THE TIME TRAVELER'S WIFE

時空旅人之妻

奧黛麗・尼芬格 Audrey Niffenegger——著　陳雅汝——譯

全球書評

「一個關於時空旅行的愛情故事，感人肺腑……唯有鐵石心腸的讀者才不會為亨利和克萊兒必須面對的種種艱難危險，以及本書作者對愛情終將戰勝時空阻撓的頌揚而感動得一掬同情之淚。」

——**《芝加哥論壇報》**（***Chicago Tribune***）

「亨利和克萊兒輪流述說這個故事，他們歷經了種種考驗，但彼此之間的聯繫依然十分深刻。一個科幻假設造就了一個蕩氣迴腸、極具原創性的愛情故事。」

——**《人物》**（***People***）**雜誌（年度十大好書）**

「一個充滿靈性的故事……尼芬格在她的時空鏡廳裡玩得出神入化，令人嘆為觀止。」

——**《紐約客》**（***The New Yorker***）

「讀者將會憶起《愛在瘟疫蔓延時》（*Love in the Time of Cholera*），《愛在瘟疫蔓延時》描述的是一段歷經了種種艱辛阻礙的愛情……馬奎斯（Márquez）和本書作者尼芬格一樣，他們試圖告訴我們，在如此崇高的愛情裡是沒有悲劇可言，也永遠不會被任何限制所囿。」

——**《華盛頓郵報・書世界》**（***The Washington Post Book World***）

「尼芬格的作品很有新意，敘述貼切傳神，值得一讀。」

——《娛樂週刊》（*Entertainment Weekly*）

「感人至深，敘事精準……尼芬格有如站在一場戰役邊緣的戰地記者，下筆清晰，既不畏怯，又很超然客觀。」

——《今日美國報》（*USA Today*）

「一個描述罹患某種怪異病症（不時進出時空）的迷人男子，與深愛他的女人之間的奇特故事。故事背景設定在芝加哥，這座城市在作者的筆下熠熠生輝。」

——《舊金山紀事報》（*San Francisco Chronicle*）

「就好像愛情還不夠複雜似的，初出茅廬的作家尼芬格虛構出一對被某個古怪問題所折磨的幸福情侶……多虧了尼芬格的寫作功力，讓她不至於成為眾矢之的，而且她還以格外奇特而機智的方式闡述了她那新穎的概念。」

——《紐約閒暇》（*Time Out New York*）

「和表面所呈現的相反，《時空旅人之妻》講述的是一個非常古老的愛情故事：動盪起伏、性感、不可思議……這個故事十分吸引人，很有創意，就算一再述說也聽不厭。」

——《泰晤士報》（*The Times [London]*）

「一部非比尋常的小說，其假設十分獨特……尼芬格以悲憫的筆調刻畫她書中獨一無二的角色，他們以優雅的姿態認命接受他們遭逢的幸與不幸。讀者千萬不要被亨利與克萊兒之間輕鬆迷人的關係矇騙了，他們會把你拉進他們的小圈圈裡，讓你也隨著他們的美夢而喜，隨著他們的挫敗而悲。他們的故事會讓你肝腸寸斷。」

——Curledup.com

「對那些宣稱已經沒有新穎愛情故事的人，我誠心推薦他們閱讀《時空旅人之妻》，這是一本相當引人入勝的小說，精心編織，想像力非常豐富，也浪漫得令人目眩神迷。」

——史考特·杜羅（Scott Turow），《可逆的錯誤》（*Reversible Errors*）、《無罪的罪人》（*Presumed Innocent*）等暢銷小說作者

「讓人縈繞於心，很有原創性，構思巧妙每每令我嘆為觀止……總之，這是我有認真讀完的極少數幾本書之一，而且我很嫉妒，我真希望這本書是我寫的。」

——茱迪·皮考特（Jodi Picoult），《姊姊的守護者》（*My Sister's Keeper*）、《事發的19分鐘》（*Nineteen Minutes*）等暢銷小說作者

「一個奇異但動人的愛情故事。我們大多是在成年之後，在脫離孩提時期許久之後，才得以遇見所愛。亨利和克萊兒——拜亨利的時空錯置失調（其實也算是好事）所賜——卻是一個在成年後才遇見所愛，而另一個則在孩提時期就遇見了。這是一個關於時空烈愛的故事，講述一對靈魂伴侶在一個轉瞬即變的世界裡，分享他們成長過程中最好和最糟的總總的故事。」

——查理·狄更生（*Charles Dickinson*），《時空捷徑》（*A Shortcut in Time*）一書作者

「這是由奧黛麗．尼芬格所創作的，關於時空旅人和他的一生至愛的故事，尼芬格用優雅且語帶同情的筆調撰述這個故事。《時空旅人之妻》是一本很有原創性、企圖心很強，兼又娓娓道來的小說，這本小說才智煥發，作者毫不畏懼地探討了愛情和時空之間微妙的交互作用。閱讀本書真是賞心樂事。」

——安．烏爾蘇（*Anne Ursu*），《詹姆士的消影術》（*The Disapparation of James*）和《溢出的克雷倫斯》（*Spilling Clarence*）等書作者

「一個崇高的愛情故事，閃耀著許多精心觀察到的細節與情景，本書的核心也巧妙地觸及一個巨大難解的謎團……讀者將會感受到生命的精彩豐富與不可思議。」

——《出版人週刊》（*Publishers Weekly*）重點評論

「錯綜複雜……學識淵博。」

——《科克斯書評》（*Kirkus Reviews*）

「令人注目……寫作技巧高超，角色鮮明，情感真摯，穿梭時空，可以從很多層面解讀。」

——《圖書館學刊》（*Library Journal*）重點評論

時鐘上的時間是我們的銀行經理，
稅吏，督察；
而這個內在的時間是我們的妻子。

——引自普里斯特利（J. B. Priestley）的《人類與時間》（*Man and Time*）

愛之後的愛

那樣的時刻將會來臨
懷著喜悅
你將迎接自己的到來
相對一笑
在你自己的門前，在你自己的鏡中
你說，請坐。請吃。
你將再一次愛上這陌生人：他曾經是你自己。
給他酒。給他麵包。將你的心
交還給它本身，給這一生都愛著你的
陌生人，為了另一個
你將他忽視，而他知你於心。
自書架上取下那些情書吧
那些照片，那些絕望的便箋，
自鏡中撕下你自個的影像。
請坐。請享用你的一生。

——德瑞克．沃克特（Derek Walcott）

序曲

克萊兒：被留下來的感覺很不好受。我癡癡地等著亨利，不知道他身在何方、過得好不好。身為留下來的一方，我過得很辛苦。

我讓自己保持忙碌，讓時間過得快一些。

我獨自入眠，醒來的時候還是一個人。我散步、工作到疲憊不堪、望著即將被冬雪掩埋的落葉在風中飛舞……一切是如此簡單，直到你開始思索，思索為什麼對方離開後，愛更加濃烈？

很久以前，男人出海捕魚，女人在陸地上等待。她們站在岸邊，仔細盯著海面上的孤舟；如今，我也在等。亨利在非自願的情況下，毫無預警地消失。每一刻守候，感覺起來就像一年、宛若永恆；等待是如此緩慢而漫長，望穿秋水，就像玻璃般透明，可以一眼望盡等在面前的無垠時刻。為什麼他要前往他方？令我無從追隨？

亨利：這種滋味怎麼樣？**這種滋味怎麼樣？**

有時候你會突然覺得，就好像閃了個神。手裡的書、身上帶有白色鈕釦的紅色棉質格子襯衫、腰下最喜歡的黑色牛仔褲、腳後跟破了個洞的紫紅色襪子、偌大的客廳、廚房裡正要煮開發出聲響的水壺……所有一切都在瞬間消失，你頓時杵在不明鄉村路邊的溝渠裡，恍如松鴉般渾身赤裸，冷水淹到腳踝。你等了一分鐘，想說也許會啪的一下回到你的書本、你的公寓裡；但在連續五分鐘的咒罵、顫抖、深切盼望能就此消失後，你開始漫無目的地行走，直到看見一戶農家。此時你有兩個選擇：偷竊或者解釋。行竊可能會讓你吃上牢飯，但解釋起來卻更為沉悶、更浪費時間，而且有時候解釋到最後，你還是得說謊、還是會吃上牢飯，所以，管那麼多幹嘛呢？

有時候就算你已經躺在床上、在半夢半醒之間，發作起來還是會有一種太快起身的錯覺：你會聽到血液往頭頂猛衝，世界天旋地轉，手腳一陣刺痛，好像不見了似的；又一次，你不知道自己身在何方，一切全都發生在轉瞬間，你好像還有點時間可以抓點什麼東西、揮舞一下手臂（並因此傷到自己或是什麼珍貴的東西），然後你就滑過俄亥俄州雅典市某家經濟型連鎖旅館鋪了綠色地毯的走道，現在是一九八一年八月六日星期一凌晨四點十六分，你的頭撞上某個客人的房門，於是房裡那位來自費城的舒爾曼太太，在打開房門一探究竟後開始尖叫，因為有個全身赤裸、被地毯磨傷的男子倒在她的腳邊，昏迷不醒。然後你在市立醫院裡醒來，有些腦震盪，一個條子坐在你病房外頭，用不斷有雜訊干擾的收音機收聽費城人隊的棒球賽事。不幸中的大幸是，你又墮入無意識狀態，幾個小時後在自家床上醒來，看見妻子正一臉焦急地低頭看著你。

有時候，會有一股幸福感油然而生，萬事萬物昇華至崇高的氣氛當中，突然，你會很想吐，然後你就不見了。你吐在郊外的天竺葵上、你爸的網球鞋上、三天後的自家浴室地板上、大約一九〇三年伊利諾州橡樹園的木製步道上、五〇年代美好秋日籠罩的網球場上，或是你自己光溜溜的腳上，你吐在各式各樣的時間和空間裡。

這種滋味怎麼樣？

這種滋味完完全全像是那類夢境中的一種，在夢中，你在沒有任何準備的情況下就要開始考試，而且身上一件衣服都沒穿，甚至連錢包也放在家裡。

而我在另一個時間裡被轉化為可怕的版本：變成一個賊、一個流浪漢、一隻只會躲藏和逃跑的動物，讓老太太和小孩受到驚嚇，我是上天開的玩笑，是如此地不可思議，但我確實存在。

謹以本書獻給

伊麗莎白・希爾曼・塔曼鐸（Elizabeth Hillman Tamandl）

（生於一九一五年五月二十日，卒於一九八六年十二月十八日）

與

諾伯特・查爾斯・塔曼鐸（Norbert Charles Tamandl）

（生於一九一五年二月十一日，卒於一九五七年五月二十三日）

這些來來去去的經歷、這混亂的一切，究竟有沒有邏輯或規則可循？我能不能被牢牢地固著在當下、擁抱當下？我不曉得。事情發生前是有一些蛛絲馬跡，就像所有疾病都有些模式或可能性：極度疲憊、嘈雜的噪音、壓力、突然站立、閃光，都有可能牽扯出一段插曲。但是話說回來，我也可以在閱讀週日《紐約時報》、手裡拿著一杯咖啡、克萊兒正躺在床上打瞌睡的情況下，突然回到一九七六年，看著十三歲的自己幫爺爺奶奶割草。有些插曲只維持了片刻，就像在車上聽廣播，就是很難固定在某個電台。我三不五時會發現自己置身於人群中、觀眾裡、暴民間；我也經常獨自一人，在田野裡、房子裡、汽車裡、沙灘上，或午夜時分的中學裡。我很怕發現自己身在監牢、客滿的電梯，或高速公路的路中央。我不曉得如何解釋自己是從哪裡冒出來，又為什麼全身光溜溜的。我要從何解釋？我從來都無法帶上任何東西，沒有衣服、沒有錢、沒有身分證，我幾乎每回都把大部分時間花在弄衣服穿和東躲西藏上，好險的是，我不用戴眼鏡。

說起來諷刺，所有能讓我感到愉悅的事物，都是居家式的：豪華的扶手椅、平靜喜悅的家庭生活等等。而我所企求的，也都是平淡細瑣的喜樂，像是在床上看推理小說，嗅聞克萊兒剛洗完澡、還有點濕潤的金紅色長髮味道，某位朋友在度假途中捎來的明信片，牛奶在咖啡裡散開，克萊兒胸脯的柔軟肌膚，幾包放在流理檯上還沒打開的購物袋，或是在圖書館常客都回家以後，獨自流連在書庫裡，輕輕撫摸書本的書背。這些，都是時間一時興起，把我從它們身邊奪走後，我最懷念的事情。

而克萊兒……最讓我記掛的，永遠都是克萊兒。在清晨睡夢中，壓皺了臉龐；把雙手浸到造紙用的甕染料桶裡，拉出模子甩動，甩到纖維融在一起；頭髮披散在椅背上，整個人沉浸在書中；睡前，用止痛藥膏按摩龜裂發紅的雙手。她低沉的嗓音，總是迴盪在我的耳裡。

我討厭身處在沒有她的時空裡，但我總得上路，而她永遠無法相隨。

第一部　超脫時間的男人

哦，不是因為眼前存在著幸福，[1]
一件眼前損失的倉促的利益。

*

而是因為身在此時此地就很了不起；因為此時此地，
這倏忽即逝的一切，奇怪地
與我們相關的一切，似乎需要我們。我們，這最易消逝的。

*

……悲哉，又能帶去什麼呢？
不是此時此地慢慢學會的關照，
不是此時此地發生的一切。什麼也不是。
那麼，是痛苦。那麼，首先是處境艱困，
那麼，是愛的長久經驗，——那麼，是純粹不可言說之物。

——引自里爾克（Rainer Maria Rilke）《杜伊諾哀歌．第九首》
（*The Ninth Duino Elegy*）；史蒂芬．米契爾（Stephen Mitchell）譯

第一次約會，之一

一九九一年十月二十六日星期六（亨利二十八歲，克萊兒二十歲）

克萊兒：圖書館裡很冷。雖然看過去都是大理石，我卻覺得空氣中瀰漫著地毯清潔劑的味道。我在訪客登記簿裡簽下：「克萊兒．艾布希爾。一九九一年十月二十六日上午十一點十五分。特藏書庫。」我從沒來過紐伯瑞圖書館；而今，我跨過勾起我好奇心的昏暗、不祥入口。這間圖書館就像一個裝滿了漂亮書籍的大箱子，讓我有種聖誕節早晨的感覺。電梯裡的燈光黯淡，移動時幾近無聲無息。到了三樓，我填好一張借書證申請表後，走到特藏書庫。靴子的鞋跟踩在木製地板上，發出叩叩聲響。芝加哥秋日早晨的陽光從高處的窗口灑下來，室內放滿了堅固笨重、堆滿書堆的桌子，加上讀者全都埋頭苦讀，顯得格外安靜、擁擠。我到服務檯拿了一疊索書單，最近，我為了一門藝術史的課，正在擬一篇報告，研究凱姆史考特印刷社出版的《喬叟作品集》[2]。我抬頭看了看這本書，填了一張索書單。我也想了解凱姆史考特的造紙方法，但書籍編目似乎有點混亂，於是我走回服務檯找人幫忙。就在跟某位婦人說明我想找的書籍時，她的目光望向我的肩膀後頭，落在某個正從我背後經過的人身上。「狄譚伯先生說不定幫得上忙。」我轉過頭，準備再說明一次時，亨利竟然就站在我的面前。

我一時說不出話來。眼前的亨利神情平靜、穿戴整齊，比起之前見面時更年輕。亨利在紐伯瑞圖書館工作，現在就站在我的面前。就在此地，就在此刻！我欣喜若狂。他很有耐心地望著我，不太確定出了什麼事，只是維持著客氣的態度。

「我能幫上什麼忙嗎？」他問道。

「亨利！」很顯然的，他這輩子從沒見過我，我只能壓抑一把抱住他的衝動。

「我們以前見過嗎？真對不起，我不……」亨利瞄了瞄四周，好像很擔心讀者跟同事會注意到我們。他在記憶中搜尋，然後明瞭在某個未來的他，曾經見過眼前這個喜形於色的女孩。上次碰面，他正在牧場吸吮我的腳趾頭呢。

我試著解釋：「我是克萊兒．艾布希爾，我從小就認識你了……」我不知道該如何是好，因為我深深愛著這個男人，但他腦海中卻沒有一丁點跟我有關的記憶。對他來說，所有的一切都發生在未來。我真想好好嘲笑這件離奇荒謬的事情，在我心裡，充滿了多年來和亨利有關的一切記憶：他穿著爸爸的舊漁夫褲，很有耐心地考我九九乘法、法文動詞、美國各州首府；嘲笑七歲時的我帶到牧場的奇特午餐；或是我十八歲生日那天，他穿著燕尾服，用顫抖的手解開襯衫飾釦的模樣。但在此地、此刻，他卻一臉困惑、不安地看著我。「可以陪我喝杯咖啡、吃頓飯或什麼的嗎？」他當然會答應，不論是過去或未來，他都愛著我，現在肯定也不例外。他真的答應了，這讓我鬆了一口氣。我們約好今晚在附近的一家泰國餐廳碰面。服務檯後面的女人一直用驚訝的眼神看著我們，然後我離開了，忘了凱姆史考特印刷社和喬叟，飄飄然地奔下大理石階梯，穿過大廳，歡呼著跑進芝加哥十月的陽光裡，跑過滿是小狗和松鼠的公園。

亨利：事情發生在十月某個秋高氣爽的普通日子。我在紐伯瑞圖書館四樓一間窄小、沒有窗戶、有濕度控制的房間裡，為最近獲贈的斑石紋紙編目。這些紙很美，但編目無聊透了，我覺得自己很悶、很可憐。事實上，在熬了大半夜、喝昂貴的伏特加，還試圖和英格麗．卡米契爾重修舊好未果之後，我覺得自己老了，以一種只有二十八歲的人可以老的方式老了。我們一整個晚上都在吵架，但我現在甚至想不起來我們到底在吵什麼。我的頭在抽痛，我需要咖啡，於是我起身離開，留下這些斑石紋紙，任由它們以一種亂中有序的方式四處散落。走過辦公室，經過閱覽室服務檯時，我聽見伊莎貝爾說「狄譚伯先生說不定幫得上忙」，因而停下腳步。她話裡真正的意思是：「亨利，你這狡猾的傢伙，想偷偷摸摸溜去哪兒啊？」而這個令人驚豔、一頭琥珀色秀髮的高䠷女孩轉過身來，就像看著只屬於她自己的耶穌似地注視著我。我的胃抽了一下。她好像認識我，但我卻不認識她，只有老天爺知道我對這個明豔動人的尤物說了什麼、做了什麼，或承諾了什麼。我只能用最標準的圖書館員口吻說：「我能幫上什麼忙嗎？」這女孩倒抽了幾口氣，「亨利！」她的反應讓我更加確信，在某段不可知的過去，我們曾經一起做過某件神奇的事。但是我卻對她一無所知，甚至不記得她的名字，這簡直是尷尬至極。我說：「我們以前見過嗎？」而伊莎貝爾看了我一眼，彷彿在譴責著：「你這個混帳東西。」但這個女孩說：「我是克萊兒．艾布希爾，我從小就認識你了……」她邀我共進晚餐，我也傻傻地答應了。即使我沒刮鬍子、還在宿醉、不是在最好的狀態下，她還是因此心滿意足地看著我。今晚，我們將在泰國餐廳用餐，而克萊兒在確定稍後能跟我碰面之後，就像一陣風似地奔出了閱覽室。直到站在電梯中，我都還有點茫然，突然，我明白這就好像一張能夠改變我的未來的中獎彩券，不知怎麼地，現在就找上門來了。我忍不住大笑著穿過大廳，就在即將跑下台階、跑到街上時，我看到克萊兒一邊跳躍，一邊歡呼著跑過華盛頓廣場公園，雖然不知道為什麼，但我眼淚都快掉下來了。

當天晚上

亨利：傍晚六點左右，我下了班趕回家，打算把自己打點得帥氣一些。這陣子，我住在一間位在北迪爾本、狹小但房租貴得要命的公寓套房裡，不停地強迫自己忍受這些令人不悅的磚磚瓦瓦、流理檯與傢俱。到家第一步：打開公寓門上的十七道鎖，縱身跳入客廳兼臥房，開始脫衣服。第二步：沖澡、刮鬍子。第三步：絕望地瞪著衣櫃深處，漸漸明白沒有哪件衣服是真正乾淨的；好不容易找到一件放在乾洗袋裡的白襯衫，搭配黑色西裝和縫線皮鞋，再打上灰藍色的領帶。第四步：打扮就緒後，發現自己活像個ＦＢＩ探員。第五步：看看四周，發現這屋子簡直是個垃圾堆；雖然不無可能，但我決定今晚絕對不能帶克萊兒回來。第六步：在浴室的全身鏡前仔細端詳自己，我看起來就像穿著乾淨襯衫搭上葬禮總監的西裝，是個充滿稜角、狂野不羈、六呎一吋高、宛如十歲大艾貢．席勒[3]的傢伙。我很納悶這個女人到底看過我穿什麼樣子的衣服，因為在未來造訪她的過去的我，身上穿的顯然不是我自己的衣物。她說那時她是個小女孩？太多無法回答的問題竄進我的腦海。我停了下來，深呼吸個一分鐘。好了。我抓起錢包和鑰匙，走出家門，鎖上三十七道鎖，搭著搖晃動盪的小電梯下樓，在大廳一間商店裡為克萊兒買束玫瑰花，用破紀錄的時間越過兩條街，抵達餐廳時還是遲到了五分鐘。克萊兒已經入座，她看到我時，似乎鬆了一口氣。她朝我揮手，那樣子就像她在遊行隊伍裡一般。

「哈囉，」我打了個招呼。克萊兒穿著一件酒紅色的絲絨洋裝，戴著珍珠項鍊，看起來就像是用約翰．葛蘭姆[4]手法所表現出來的波提切利[5]畫下的女子，有著灰色的大眼睛、挺直的鼻子、日本藝妓般的櫻桃小口。她的紅色秀髮及背，遮住了她的肩膀。克萊兒實在是太蒼白了，看起來就像燭光下的蠟像。我把玫瑰花送到她的面前，「送給妳的。」

「謝謝。」克萊兒欣喜若狂，似乎興奮得有點過頭了。她看著我，意識到我因為她的反應而倍感困惑。「你從來沒有送過花給我。」

我坐在她對面，覺得自己被她吸引。這個女人認識我，她可不是我在某一段未來遨遊時偶然碰到的露水姻緣。女服務生走過來，把菜單遞給我們。

「告訴我！」我開口要求。

「告訴你什麼？」

「所有的事情……妳知道我不認得妳的原因嗎？這真的很抱歉……」

「不，你不必感到抱歉。我知道……你為什麼會不認識我。」克萊兒降低音量，「對你來說，這一切都還沒有發生；但對我而言，我已經認識你很久了。」

「多久？」

「差不多有十四年了。我頭一回見到你的時候才六歲。」

「天啊。妳很常見到我？還是只看過幾次？」

「我最後一次見到你時，你要我在再次相遇、共進晚餐時，把這個給你。」克萊兒把一本小孩子的灰藍色日記遞給我，「就是這個，你拿去吧。」我打開日記，翻到用報紙當書籤夾著的地方，頁面的右上角躲著兩隻小可卡，內容記載著一份大事紀。我算了一下，從一九七七年九月二十三日開始，到一九八九年五月二十四日為止，總共記錄了十六頁，共一百五十二個日子。那筆跡看來像是一名六歲大的小孩，仔細地以帕爾瑪書寫體、用藍色鋼珠筆寫下來的。

「這張表是妳做的？這些日期全都正確嗎？」

「這是由你口述，我記錄下來的。幾年前你跟我說，你把這張表上的日期都背下來了，所以我不知道這張表是怎麼來的，這有點像是莫比爾斯環[6]。不過這些日期都很正確，因為有這張表，所以我知道什麼時候該去牧場找你。」女服務生又走了過來，我點了椰汁雞，克萊兒則點了椰汁咖哩牛腩。另一名服務生端了茶過來，我替我倆各倒了一杯。

「牧場在哪裡？」我興致盎然地問。我從來沒有遇過在未來認識的人，更不用說是一個曾和我接觸一百五十二次、波提切利畫下的女子。

「在密西根州，我爸媽在那裡有塊地，一邊是片樹林，房子在另一側。房子跟樹林中間有塊空地，直徑約莫十呎長，上頭還有一塊很大的石頭。因為這塊空地四周隆起，中間卻往下陷，所以從房子裡看不見待在空地上的人。我喜歡自己一個人到空地上玩，總覺得沒有人知道我在那裡。我念一年級那年，有一天下課回家後去了空地，就看見你在那裡。」

「全身光溜溜的，可能還吐了滿地？」

「說真的，你似乎挺泰然自若的。我記得你從一開始就知道我叫什麼名字，也記得你消失時的情景有多壯觀。事後想想，顯然你以前就到過牧場了。我想你第一次出現在那裡，應該是一九八一年、我十歲的時候。你不停地說『我的天啊』，還一直瞪著我，因為自己全身赤裸而渾身不自在，不過我好像覺得這一切沒什麼大不了的，只覺得這個光溜溜的老男人是從未來神奇地出現在我面前，需要衣服穿，也需要東西吃。」克萊兒笑了。

「這有什麼好笑的？」

「這些年來，我為你做了很多很可怕的食物，像是鯷魚花生醬三明治，或是放了鵝肝醬和甜菜的麗茲鹹餅乾。我想我會這麼做，有一部分是想看看到底有沒有什麼東西是你不會吃下肚的；另外就是我想用我的烹調絕技，讓你留下深刻的印象。」

「我那時幾歲了？」

「我見過最老的你應該有四十好幾吧，最年輕的你是幾歲我就不確定了，可能有三十吧。你現在多大了？」

「二十八。」

「我覺得你現在看起來很年輕。最近幾年，我見到的你大概都是四十出頭，而且你的日子似乎過得很不如意。不過這很難說，用小孩子的角度看，所有的成年人都很高大、老氣。」

「我們都在牧場上做些什麼？我們好像在那裡度過了很多時光。」

克萊兒笑了。「我們做過很多事情，隨著我的年紀及天氣而有所不同。你會教我做功課、玩遊戲，但大多數時間我們都在閒聊。我很小的時候，還以為你是個天使，問了你很多有關上帝的問題。十幾歲的時候，我就想勾引你上床，但是你始終不肯就範，這當然更堅定了我勢在必得的決心。我猜你心裡一定想著，你怎麼把我變成了花癡。某個程度上，你很像爸爸。」

「聽起來挺有意思的，但不管怎麼說，我現在可不想被妳當作老爸。」我們的目光接觸，彼此會心一笑。「那冬天呢？密西根的冬天可是冷到不行。」

「我曾經偷偷把你帶到家裡，我家的地下室很大，裡面有好幾個房間，其中一間是儲藏室，鍋爐在牆的另一邊，我們都叫它閱覽室，因為所有用不著的舊書和雜誌都堆在裡頭。有一次，我們遇到一場暴風雪，沒有人出門上學或工作，那時候你就躲在裡面。暴風雪來的時候，剛好是艾塔應該採買食品雜貨的日子，結果屋裡的食物不大夠，我為了幫你張羅吃的，急得都快瘋了。最後你在地下室看了三天的過期《讀者文摘》，靠沙丁魚罐頭和泡麵維生。」

「聽起來滿鹹的。我會好好期待。」我們的菜上桌了。「妳學過烹飪嗎？」

「沒有，我想我不會大聲嚷嚷說我知道怎麼做菜。除了給自己拿罐可樂之外，只要我在廚房裡做別的事，奈兒和艾塔就會抓狂。搬到芝加哥之後，我連做飯的對象都沒有，所以也沒有什麼興致學做菜。我大多數時間都在忙學校和其他事，幾乎都在外面吃。」克萊兒吃了一口咖哩，「真好吃。」

「奈兒和艾塔？」

「奈兒是我們家的廚子。」克萊兒笑著說道：「她就像是法國藍帶廚藝學院兜上了底特律[7]，可是品質與效率兼具。如果說她是首創電視烹飪節目的首位明星級廚師茱莉亞・柴爾德，不難想見靈魂歌后艾瑞莎・弗蘭克林為什麼會這麼胖了。至於艾塔啊，她是我們的管家，家裡大大小小的事情都是她在打理的，她幾乎就像我們的媽媽……我的意思是說，我媽是……嗯，總之艾塔永遠都在，她是個嚴厲的德國人，讓人覺得可以安心地依賴她，我媽就有點不食人間煙火。你懂我的意思嗎？」

我點點頭，嘴裡都是湯。

「喔，還有彼得，」克萊兒接著說：「他是我們家的園丁。」

「哇，妳家還有佣人啊。我們好像有點門不當戶不對……呃，我見過妳的家人嗎？」

「你見過我外婆，就在她去世之前。我只跟她提過你，那時候她差不多瞎了，因為知道我們將來會結婚，所以很想見見你。」

我停下進食動作，看著克萊兒。而她一派輕鬆自在地望著我，神情非常安詳，像天使般無邪。「我們將來會結婚？」

「我一直都是這麼認定的。這麼多年來，不管你從什麼時間來，你都說你已經娶我了。」

太多了，這實在是太多了。我閉上雙眼，希望自己什麼都不用思考，此時此刻我最不希望的，就是失去自制力。

「亨利？亨利？你還好嗎？」我感覺到克萊兒坐到我身旁。我睜開眼睛，看見她緊緊握住我的手。那是一雙勞動者的手，粗糙且龜裂。「亨利對不起，我就是無法習慣這一切，這整個都顛倒了！一直以來，你都是那個無所不知的人，或許我忘了今晚我應該把腳步放慢一點。」她笑了，「事實上，你離開前對我說的最後一件事，好像就是『手下留情啊，克萊兒』，我猜你當時一定是為了現在發生的事而特別提醒我。」她還握著我的手，用充滿愛意的眼神熱切地望著我。我這是何德何能啊？

「克萊兒？」

「嗯？」

「我們可不可以倒帶重來，假裝這是兩個普通人之間，一般的初次約會？」

「可以啊。」克萊兒起身坐回桌子的那一邊，她坐直了身，忍著不笑出來。

「嗯，好。那，克萊兒，談談妳吧，妳有什麼嗜好？有養寵物嗎？有沒有什麼不尋常的性癖好？」

「你自己來探索吧。」

「嗯，好的。我想想……妳在哪裡上學？主修什麼？」

「我是芝加哥藝術學院的學生，主修雕塑，最近才剛開始學造紙。」

「真酷。妳都做些什麼樣的作品？」

克萊兒第一次流露出坐立難安。「嗯……就很大，是和……鳥有關的。」她盯著桌子，喝了一口茶。

「鳥？」

「嗯，事實上，和……渴望有關。」她還是沒有看我，我決定換個話題。

「多跟我講講妳家裡的事情吧。」

「好啊。」克萊兒鬆了一口氣地笑了，「我家在密西根州，一個叫南海文的湖邊小鎮外圍。房子是我外公和蜜格蘭外婆的。在我出生前，外公就過世了，外婆一直跟我們住在一起，直到我十七歲她嚥氣為止。外公跟爸爸都是律師，我爸因為替外公工作，所以認識了我媽。」

「所以他娶了老闆的女兒。」

「沒錯。我媽媽是獨生女，所以我有時候會想，其實他真正娶到的，或許是他老闆的房子。這棟房子很神奇，它曾經出現在很多談美術工藝運動[8]的書上。」

「這棟房子有名字嗎？誰蓋的？」

「『草地雲雀屋』，是彼得．韋恩斯在一八九六年建造的。」

「哇，我看過這棟房子的照片，是為了亨德森家族的一個成員建造的，對吧？」

「沒錯。這棟房子是瑪麗．亨德森和狄特．巴斯康伯的結婚禮物。只是他們搬進去沒兩年就離了婚、賣了房子。」

「這棟房子可真豪華。」

「我們家也算是名門望族，但還是覺得這棟房子確實很不一般。」

「妳有兄弟姊妹嗎？」

「馬克今年二十二歲，他才剛念完哈佛大學的法律先修課程；艾莉西亞今年十七歲，還在念高三，她是拉大提琴的。」我發覺她好像很喜歡她妹妹，卻對她哥哥頗不以為然。「妳好像不是很喜歡妳哥哥？」

「馬克和我爸很像，他們都喜歡贏，都喜歡滔滔不絕地講到你屈服為止。」

「我向來很羨慕有兄弟姊妹的人，雖然他們不見得都很喜歡自己的手足。」

「你是獨生子嗎？」

「是啊。我還以為妳對我的一切瞭如指掌。」

「其實，我什麼都知道，也什麼都不知道。我很清楚你沒穿衣服的樣子，但一直到今天下午，我才知道你姓什麼；我知道你住在芝加哥，但除了你媽在你六歲時因為車禍過世之外，我並不清楚你家裡的情況；我還知道你對藝術很在行，說得一口流利的法語和德語，但我不知道你原來是個圖書館員。你不可能讓我在『當下』找到你，你只說事情該發生的時候就會發生，然後我們就相遇了。」

「我們就相遇了。」我打從心底贊同。「我並不是名門望族之後，我父母是音樂家。我父親叫理查．狄譚伯，母親叫安妮塔琳．羅賓遜。」

「啊！是那個演唱家。」

「對。至於我爸爸，他在芝加哥交響樂團拉小提琴，但他不像我母親那樣功成名就。我滿遺憾的，因為他真的是一位很了不起的小提琴手，可惜在我媽過世之後，他就浮浮沉沉的。」帳單送上來了。我們都吃得不多，我沒什麼食欲。克萊兒伸手拿她的提包，但我對她搖搖頭。結帳後，我們走出餐廳，站在克拉克街上，這真是個美好的秋日夜晚。克萊兒套上一件精緻的藍色針織外衣，還披上一條毛皮圍巾；我則因為忘了帶外套，冷得直發抖。

「你住在哪裡？」克萊兒問道。

糟了。「離這裡兩條街，地方很小，而且亂七八糟的。妳呢？」

「羅斯科村，就在侯因大道上。但我有一個室友。」

「如果妳要來我家的話，妳得先閉上雙眼數到一千才行。還是妳有一個不愛打探別人隱私，耳朵也不大好的室友？」

「想得美。而且我從來不帶人回去的，雀兒喜一定會一把抓住你，用銀耳環的鉤子刺進你的指甲裡，直到你什麼都招出來為止。」

「我很想被某個叫雀兒喜的女孩蹂躪拷打，不過看來妳並不欣賞我這個癖好。到我家去吧。」我們沿著克拉克街朝北走，路上，我拐進一家酒行買了瓶酒，卻發現克萊兒一臉困惑。

「我還以為你不能喝酒。」

「我不能喝酒？」

「肯德瑞克醫生嚴禁你喝酒。」

「他是誰？」我們走得很慢，因為克萊兒的鞋子不便於行走。

「你的主治醫生，他是時空障礙方面的權威。」

「解釋一下。」

「其實我也不是很了解。大衛・肯德瑞克醫生是分子遺傳學家，他發現……他將在二〇〇六年發現，人們之所以罹患時空障礙，主要跟遺傳有關。」她嘆了一口氣。「我想現在說這些還太早，但你曾經告訴過我，從現在開始後十年間，會有更多人罹患時空障礙的病症。」

「我從來沒聽說有別人得到這個……病的。」

「我想，就算你現在找到肯德瑞克醫生，他也沒辦法幫你的忙。或假設他真的幫上了忙，我們就永遠碰不到面了。」

「別這麼想。」我們踏入我公寓的大廳，克萊兒先我一步走進狹小的電梯裡，我關上電梯門，按了十一樓，然後深吸了幾口氣，她聞起來有舊衣服、香皂、汗水以及毛皮的味道。電梯鏗鏗鏘鏘地停在我住的那一層，我們逃出電梯，走下狹窄的走道，用我那一大串鑰匙打開一百零七道鎖，輕輕地推開門。「我們吃晚餐的時候，我的房間一定變得更亂了，我得蒙住妳的眼睛才行。」克萊兒笑得花枝亂顫，我把酒放下，解開領帶，用領帶蒙住她的雙眼，在她的後腦勺上打了一個結後，領著她走進公寓，讓她坐在扶手椅上。「好了，妳開始數數吧。」

克萊兒依言照做，我趕緊撿起散落在地板上的內褲和襪子，把四處亂放的湯匙和咖啡杯收進廚房水槽裡。當她數到「九百六十七」時，我解開蒙在她眼睛上的領帶。我已經把沙發床恢復成日間該有的沙發模樣，坐了下來，「要喝點酒嗎？來點音樂？點些蠟燭？」

「都可以，麻煩你了。」

我起身點好蠟燭，關掉天花板的燈，整個房間便搖曳在昏暗的光線下，所有的一切都顯得更加美好。我把玫瑰花泡在水裡，找出拔塞鑽，把我那瓶酒的軟木塞給拔了出來，倒了兩杯酒。我稍加思索，放了一張由ＥＭＩ發行、我母親演唱舒伯特藝術歌曲的ＣＤ，並調低音量。

我的公寓基本上只有一張沙發床、一張扶手椅，以及大約四千本書。

「你的房間真可愛，」克萊兒說道。她站起來，然後又在沙發上坐下。我坐在她身旁，兩個人就只是坐著、望著彼此，這一刻真令人陶醉。因為燭光，克萊兒的頭髮有深深淺淺的光影。她伸手撫摸我的臉頰，「能見到你真好。我真的很寂寞。」

我伸手拉近她，吻住她。這是一個非常……契合的吻，一個只有經過長時間相處、醞釀，才有可能擁有的吻。我開始納悶我們在牧場上到底做過些什麼，但這個念頭很快就因為嘴唇分開而被拋在一邊。通常到了這個階段，我會開始思考該如何突破層層的衣物壁壘。我整個人往後躺在沙發上，抓住克萊兒的手臂，將她拉往我的方向，讓她躺在我身邊。她穿的絲絨洋裝讓她整個人摸起來非常滑溜，她滑進我的身體和沙發靠背間的空隙，就像一條渾身絲絨的鰻魚。她面對我、壓在我身上，而我枕著沙發扶手，隔著她單薄的衣衫，感受她整個身軀。有一部分的我渴望跳到她身上舔她、進入她，我渴望得要命。但我已經筋疲力竭，整個人都被壓垮了。

「可憐的亨利。」

「為什麼說『可憐的亨利』？我可是高興得要命。」我說的是真話。

「因為我把這些爆炸性的消息，像扔大石頭一樣地往你身上丟啊。」克萊兒跨到我身上，恰好坐在我的老二上。這可真是讓我集中精神的妙招啊。

「別動。」我說道。

「好。我覺得今晚真是太有意思了，所謂『知識就是力量』，這句話真的一點也沒錯。我一直都好奇得要命，想知道你住在哪裡、穿什麼衣服、靠什麼維生。」

「Voilà（這就是了）。」我的手緩緩從她的洋裝下襬伸進去，來到她的大腿上方，摸到她身上穿的長統襪和吊帶。是我喜歡的那型。「克萊兒？」

「Oui（是）。」

「就這麼迫不及待一次搞定所有事，好像很丟臉。我是說，吊一下胃口也不是什麼壞事啊。」

克萊兒羞愧難當，「真對不起！可是，對我來說，我等這一刻已經等了很多年了。而且，這又不是蛋糕……又不是吃到肚子裡就沒有了。」

「是是，那就好好享用妳的蛋糕吧。」

「這是我的座右銘。」她有點邪惡地笑了一下，然後來回擺弄她的臀部。我興奮難當，勃起的程度，已經高到可以在沒有父母的陪伴下，玩「大美洲」主題樂園裡一些比較嚇人的遊樂設施了。

「妳總是為所欲為，對吧？」

「沒錯，我很恐怖的，但你總是對我的勾引視若無睹。我在你法文動詞和西洋棋的統治下，過得實在是生不如死。」

「我想我可以安慰一下自己，未來的我起碼有幾樣制服人的武器。妳對所有的男孩都這麼做嗎？」

克萊兒生氣了，但我卻無法分辨她有幾分當真。「我不會夢想跟別的男孩子做這個的。你怎麼會有這麼下流的想法！」她解開我襯衫上的鈕釦。「天啊，你真是太……年輕了。」她用力捏我的乳頭。這真是美德的地獄。我已經搞懂解開她洋裝的辦法了。

第二天早晨

克萊兒：我醒過來，卻不知道自己身在何方，眼中只見陌生的天花板，遠處傳來街道的嘈雜聲。這間屋裡有很多書架，和一張藍色的扶手椅，我的絲絨洋裝就扔在那上頭，洋裝上還攞著一條男人的領帶。我想起來了。轉過頭，亨利就在身邊。這情景如此稀鬆平常，好像我已經在他身邊躺了一輩子。沉睡的他蜷曲成不可思議的姿勢，好像他剛被沖上某個海灘，黑色的長髮披散在枕頭上，一隻手臂遮住晨光。這情景是如此平常啊！我們終於在一起了，就在此時此地，就在此時。

我小心翼翼地下床。亨利的床就是他的沙發，我起身時，彈簧嘎吱作響，床和書架間沒有太多空隙，我必須側著身子走過。浴室很狹小，讓我覺得自己就像仙境裡的愛麗絲，因為身材太過高大，必須把手伸出窗外才能轉身。裝飾華麗的小電暖器正噹啷噹啷地送出暖氣。我上了廁所、洗了手和臉，才注意到白瓷的牙刷架上有兩支牙刷。

我打開藥櫃，櫃子最上層放著刮鬍刀、刮鬍霜、李施德霖漱口水、止痛藥、鬍後水、擴香石、牙籤、體香劑，下面那一層放著護手霜、衛生棉、避孕用子宮帽、體香劑、口紅、一瓶綜合維他命、一條殺精軟膏。口紅是暗紅色的。

我站在那裡，手裡拿著口紅，感覺有點不舒服。我在腦中想像她的長相、猜測她的名字。他們在一起多久了？我想也夠久了。把口紅放回去，我關上藥櫃，看著鏡子裡的自己，臉色蒼白、一頭亂髮。「不管妳是誰，我現在人都在這裡了。妳或許是亨利的過去，但我卻是他的未來。」我對自己微笑，鏡中的映影對我還以鬼臉。我從浴室門後拿起亨利的毛巾布浴袍，浴袍下面還吊了一件灰藍色的絲質浴袍。沒什麼特別的理由，但穿上他的浴袍讓我覺得好過多了。

我回到客廳，亨利還在睡。我拿起放在窗檯上的手錶，現在才六點半而已，但是我心裡焦躁不安，實在沒辦法睡回籠覺，於是我走到廚房，找找看有沒有咖啡可以喝。流理檯和爐子上堆滿了盤子、雜誌和其他讀物，水槽裡甚至還有一只襪子，昨天晚上亨利一定是不管三七二十一地把東西通通往廚房裡扔，我還一直以為他很愛乾淨呢，現在總算真相大白了，原來他是個很講究個人形象，但私底下很邋遢的傢伙。我在冰箱裡找到咖啡，也找到了咖啡機，便動手烹煮。趁咖啡還沒煮好的空檔，我一一檢視亨利的書架。

多恩的《輓歌、歌曲和十四行詩》、馬羅的《浮士德博士的悲劇》、《裸體午餐》、安・布萊斯特里特、康德、巴特、傅柯、德希達、布雷克的《天真與經驗之歌》、《小熊維尼》、《注釋版愛麗絲》、海德格、里爾克、《項狄傳》、《威斯康辛死亡之旅》、亞里斯多德、柏克萊主教、安德魯・馬維爾、《失溫、凍傷和其他寒害》。在他的書架中，我看見我所認識的亨利。

床突然嘎吱作響，嚇了我一跳。亨利坐起身，在晨光下瞇著眼睛看我。他實在太年輕、太「從前」了。他還不認識我。我突然覺得很害怕，怕他已經把我給忘了。

「妳看起來挺冷的，」他說道，「回到床上吧，克萊兒。」

「我煮了咖啡。」

「嗯，我聞到咖啡香了。但妳得先過來跟我說聲早安。」

我爬到床上，身上還穿著他的浴袍。他的手偷偷地溜到浴袍下，然後停頓了一會兒，他應該已經意識到箇中蹊蹺，腦海中正上演著我在檢查浴室的情景。

「妳介意嗎？」他問道。

我猶豫了一下。

「會的，妳當然會介意，這是一定的。」亨利跟我雙雙坐起，他轉過頭看著我，「不管怎麼說，我們差不多已經分手了。」

「差不多？」

「我跟她快吹了。現在這個時機可能很不好，也可能很好，我不知道。」他試著探索我臉上的表情，為什麼？希望我原諒他？這又不是他的錯，他怎麼會知道事情會怎麼發展？「我們是那種長久以來都在折磨彼此的情侶……」他愈說愈快，卻突然住口。「妳想知道嗎？」

「不想。」

「多謝。」亨利用手蒙住臉。「我很抱歉，我不知道妳會來，要不然我會清理得更乾淨的，不只是這間公寓，也包括我的人生。」亨利的耳朵下方有一枚口紅印，我伸手幫他擦掉。他握住我的手，「我很不一樣嗎？跟妳預期的有差別嗎？」他焦急地問道。

「你比較……」自私，我心想。

但我卻說：「……年輕。」

他想了想，「這到底是好還是不好？」

「就是很不一樣。」我用兩隻手搓揉亨利的肩膀，然後滑到他的背部，按摩他的肌肉、探索他身上的抓痕，「你見過四十歲的你嗎？」

「有。看起來就像被拉長、已經殘缺了的樣子。」

「沒錯。但你比較不……我是說你多了點……那時候的你認識我，所以……」

「妳的意思是說我有點笨拙嗎？」

我搖搖頭，雖然這正是我的意思，「我只是想說，我擁有全部的經驗，而你……我不習慣跟不記得過去發生什麼事的你相處。」

亨利悶悶不樂的。「我很遺憾，妳認識的那個人現在還不存在，但請妳別離開我，他早晚會出現的，這是我唯一能承諾的。」

「這一點毋庸置疑，」我說道：「但在此同時……」

他迎向我的目光。「在此同時？」

「我想……」

「妳想？」

我漲紅了臉。亨利笑了，輕輕地把我推倒在枕頭上。「你知道的。」

「我不是很清楚，但我可以猜到一二。」

後來，十月的晨間陽光灑在我們身上。我們打著盹，肌膚貼著肌膚，亨利在我脖子後面說了一些話，但我沒聽清楚。

「你說什麼？」

「我在想，跟妳一起待在這裡的感覺好平靜、好諧和，就只是躺在這裡，知道未來已經有人罩著了，這感覺真不賴。」

「亨利？」

「嗯？」

「你為什麼不跟你自己說我的事？」

「喔，我不會這麼做的。」

「你不會怎麼做？」

「我不常跟自己說未來的事，除非是很重大、會威脅到生命的事。我試著活得像個正常人，我甚至很不喜歡在自己身邊晃盪。因此，除非別無選擇，不然我是不會順道去探望自己的。」

我沉思了一會兒，「我就會老實告訴自己所有的事。」

「不，妳不會的，這會給妳帶來很多麻煩。」

「我總是纏著你跟我講事情。」我翻過身子，而亨利用手撐著頭，低頭看我。我們的臉只相隔六吋左右，這實在太詭異了。我們就像以前一樣聊天，但近距離的接觸卻讓我很難集中精神。

「我會告訴妳發生了什麼事情嗎？」他問道。

「有時候會，當你想說，或是有必要說的時候。」

「例如？」

「你看吧，你明明就很想知道，不過我不會告訴你的。」

亨利大笑。「我真是活該。嘿，我餓死了，我們出去吃早餐吧。」

外面冷颼颼的。汽車和自行車騎士沿著迪爾本街慢慢行駛，情侶在人行道上溜達，我們也置身其中，沐浴在早晨的陽光下，手牽著手。我們終於可以在眾目睽睽之下在一起了，但我卻有種遺失祕密般的缺憾，然而突然之間，一陣狂喜向我襲來：現在，所有的一切都開始了。

一切的第一次

一九六八年六月十六日星期日

亨利：我的第一次很神奇，至今我還不明白這第一次有何含意。那天是我五歲生日，我們參觀了費爾德自然史博物館。在那之前，我應該沒有到過費爾德博物館。那一整個星期，爸媽都在跟我說博物館裡有多少神奇的東西可以看：大廳裡有製成標本的大象，還有恐龍骨骸、穴居人的實景模型。他們還描述了一大堆蝴蝶啦、蜂鳥啦、甲蟲之類的事情。媽媽剛從雪梨回來，帶了一隻巨大、湛藍色的蝴蝶給我，這隻天堂鳳蝶被一大堆棉花塞住，裱了起來。我會把蝴蝶貼近臉龐，近到我看不見其他東西，眼前只剩一片湛藍。這隻蝴蝶讓我全身充滿了某種感受，一種我後來想藉由喝酒感覺，最後在克萊兒身上才再次找到的，一種天人合一、渾然忘我的感覺。那天我因為過度興奮，天還沒亮就醒了。我穿著睡衣套上運動鞋，拿著我的天堂鳳蝶來到後院，走下台階跑到河邊。我坐在渡頭上，看著太陽緩緩升起，一家子野鴨往這邊游過來，一隻浣熊出現在對岸的渡頭，牠先好奇地望著我，接著開始清洗牠的早餐，大快朵頤起來。我可能睡著了，直到我聽到媽媽喊我的聲音，才跑上台階。沾了露水的台階頗為滑溜，我謹慎地護著蝴蝶，不讓它掉下去。媽媽很氣我一個人跑去渡頭，不過她沒有借題發揮，畢竟今天可是我的生日。

爸爸媽媽那天晚上都沒有工作，所以他們花了很多工夫打扮、準備出門。我早早就準備好了，坐在他們的床上等了很久，假裝在看一份樂譜。差不多就在這個時候，我那對音樂家父母看出他們唯一的孩子並沒有音樂方面的天賦。我不是沒有試過，但不管他們能從一支樂曲中聽出些什麼，我就是摸不著頭緒；我很喜歡音樂，但我就是沒辦法不走音。雖然我四歲就會看報紙，但樂譜對我來說，就只是一堆很好看的黑色豆芽菜而已。即便如此，我爸媽還是盼望著，說不定我仍有些尚未發掘的音樂天分，所以每當我拿起樂譜，媽媽就會坐到我旁邊教我。很快地，媽媽就會看著樂譜唱起歌來，而我就咬著手指頭，用很難聽的嚎叫聲跟著唱和。我們咯咯地笑著，媽媽還搔我的癢，爸爸從浴室走出來，腰間圍著一條毛巾，也跟我們玩在一塊。過了很愉快的幾分鐘後，他們一起唱起歌，爸爸把我抱起來，夾在他和媽媽中間，我們三人在臥室裡漫舞。然後電話響起，驅散了整個畫面：媽媽跑去接電話，爸爸把我放在床上，開始著裝。

他們終於準備好了。媽媽穿了一件紅色的洋裝，腳上穿著涼鞋，手指和腳趾都塗了指甲油，跟她的洋裝很搭；爸爸穿了一件深藍色的褲子和白色短袖襯衫，看起來很耀眼，正好襯托出媽媽的火紅豔麗。我們全都擠進車裡，和往常一樣，我一個人坐在後座，所以我躺下來，看著車窗外矗立在湖岸大道旁的高聳建築物往後飛逝。

「亨利，坐起來，」媽媽說道：「我們到了。」

我坐起來看著博物館。從出生迄今，我的童年就在歐洲國家的首都間四處奔波，所以費爾德博物館很符合我對「博物館」的看法，但它圓頂的石牆反倒沒什麼特別的。因為今天是星期天，所以不太好停車，但最後我們還是停妥了車，沿著湖邊，經過船隻、雕像以及其他興奮得要命的兒童，穿過巨大的圓柱，進入博物館。

然後，我就成了一個被施了魔法的小男孩。

在這裡，萬物都根據某種邏輯分門別類，這種邏輯似乎超越了時間，是由上帝所安排的，或許上帝把祂創造世界的草稿弄丟了，便要求費爾德博物館的工作人員幫祂把草稿追回來。對才五歲的我來說，只要看到一隻蝴蝶就會欣喜若狂，走在費爾德博物館裡，就好像身處伊甸園，我看到了所有曾經在那裡出現的生物。

我們那天看了非常多的展品，逐一欣賞來自巴西、馬達加斯加島的蝴蝶，甚至還看到了我那隻藍色蝴蝶從澳洲來的兄弟。博物館裡陰暗、寒冷又古老，增添了幾分懸疑、歲月和死亡的氛圍，我們走進展覽室時，每每為之卻步。我們還看了水晶和美洲獅、麝鼠和木乃伊、化石和更多的化石，中午在博物館的草地上野餐，然後再進到館內觀看鳥類、短吻鱷和尼安德塔人。到了閉館時，雖然我已經累得站不住了，卻還捨不得離開。博物館的警衛走過來，彬彬有禮地把我們大家往出口方向送。我憋著不哭出來，最後還是忍不住放聲大哭，因為我真的累壞了，也太依依不捨了。爸爸把我抱起來，回到停車場，我一碰到後座就睡著了，等我醒來時，我們已經到家，當時正值晚餐時間。

我們到樓下金姆夫婦的公寓吃飯，他們是我們的房東。金姆先生是個強壯的男人，似乎很喜歡我，但他從來沒開口說；而兼具我的哥兒們及褓母身分的金姆太太（我都叫她金咪），是一個超愛玩牌的韓國人，我醒著的時間大部分都跟她一起度過。我媽媽對煮飯不怎麼在行，但是不管是法國傳統甜點舒芙蕾，或韓國料理蔬菜拌飯，金咪都會做。今天晚上，她為了慶祝我的生日，特地烤了披薩和巧克力蛋糕。

我們盡情享用餐點，大家還為我唱生日快樂歌、看我吹蠟燭，我已經記不得我許了什麼願。那天晚上，我可以比平常更晚上床睡覺，一方面是因為我還為了今天的遊歷而亢奮不已，另一方面是因為我在傍晚時睡了一會兒。我穿著睡衣，和爸媽、金姆夫婦一起坐在後廊，邊喝著檸檬水，邊眺望向晚的藍天，聽著蟬聲以及附近公寓傳來的電視嘈雜聲。最後，爸爸說「亨利，上床的時間到了」，於是我刷完牙、禱告，然後上床。我雖然累到不行，但仍十分清醒。爸爸給我唸了一會兒故事書，看我還沒睡著，便和媽媽把燈關掉，讓臥房的門開著，回到客廳裡。媽媽坐到鋼琴前，爸爸拿起他的小提琴，他們邊演奏邊唱歌唱了很久。我們的交易是：我想聽多久，他們就為我演奏多久，但是我得待在床上。搖籃曲、藝術歌曲、夜曲，都是動人入眠的音樂，可以安撫臥房裡的小毛頭。後來媽媽走進來看我睡著沒。我在小床上看起來一定很幼小、機靈，像一隻穿著睡衣的夜行性動物。

「寶貝，你還醒著嗎？」

我點點頭。

「我和爸爸要上床睡覺了，你一個人沒問題嗎？」

我說沒問題，然後她抱了我一下。「今天去博物館很好玩吧，嗯？」

「我們明天可以再去嗎？」

「明天不行，但我們很快就會再去的，好嗎？」

「好。」

「晚安。」她讓門開著，把走廊的燈關掉，「被子蓋緊一點，別被臭蟲咬了。」

我還聽得到一點聲響，水流的聲音、沖馬桶的聲音。我下床跪在窗前，看到隔壁房子透出來的燈光，遠處有一輛車子駛過，車裡的廣播開得很大聲。我在窗前待了一會兒，看能不能有點睡意，然後我站起來，一切都變了。

一九八八年一月二日星期六上午四點零三分／一九六八年六月十六日星期日下午十點四十六分

（亨利分別是二十四歲和五歲）

亨利：現在是一月的清晨四點零三分，天氣十分寒冷，我才剛到家。我出去跳舞了，雖然才喝得半醉，卻累得不得了。就當我站在明亮的大廳裡胡亂摸索鑰匙時，膝蓋突然一軟，頓時感到頭昏眼花及陣陣噁心，然後我置身在黑暗中，還在鋪了磁磚的地板上吐了。我抬起頭，看到一個紅色的出口照明標誌，等到眼睛適應黑暗之後，我還看到老虎、手持長矛的穴居男人、穿著獸皮遮掩身體的穴居女人、看起來很像狼的狗。我的心跳得很快，好一段時間，只覺得一片混亂，心想「哇靠，我不會是一路回到石器時代了吧」。然後我想到了出口標誌，這比較像是二十世紀的產物。我從地上站起來，抖抖身子，朝門口的方向摸過去，我光著腳踩在磁磚上，磁磚冰冰涼涼的，令我渾身起了雞皮疙瘩，身上的毛髮也豎了起來。萬籟俱寂，但空調開著，所以空氣還算濕潤。我走到入口處，看向另一個房間，只見裡頭擺滿了玻璃櫃，白色路燈的光輝從高窗照進來，讓我看見了數以千計的甲蟲。我人在費爾德博物館，讚美主。我站住不動，深呼吸，想讓腦袋清醒清醒。我那被禁錮了的腦袋，突然冒出了這件事的模糊記憶，我認真追憶，想起自己好像是為了某個目的而來的。對了，我五歲生日……某人來了，而我將成為那個人……我需要衣服。沒錯，我的確需要。

我很快跑過收藏甲蟲的房間，跑到把二樓一分為二的長廊上，沿著西側的樓梯衝到一樓。置身於還沒有震動感測器這種東西的年代，讓我滿心感激。我的眼前赫然出現幾頭巨象，它們沐浴在月光下，看來不懷好意，朝它們揮了揮手後，我走進位於正門入口右側的小禮品店，仔細打量裡頭的商品，找到幾個可能派得上用場的物品：一把裝飾用的拆信刀、一個印有費爾德博物館館徽的金屬書籤，還有兩件印著恐龍的T恤。商品陳設櫃上的鎖根本就是擺好看的，我用在收銀機旁找到的髮夾打開這些鎖，拿走我需要的東西。之後，我又走上樓梯，來到三樓。三樓是費爾德博物館的「頂樓」，博物館的研究室、工作人員的辦公室，都設在這裡。我查看貼在門上的名字，沒有一個是對我有意義的。最後我隨便挑了一間辦公室，把書籤塞進去沿著鎖移動，直到把鎖打開。現在，我人在辦公室裡。

辦公室的主人是個名叫威廉遜的邋遢傢伙，他的辦公室裡堆滿了報紙，咖啡杯擺得到處都是，菸蒂都從菸灰缸裡滿出來了，他的桌上還有一副很特別的人造蛇骨骸。我迅速地翻箱倒櫃，想找件衣服，卻一無所獲。下一間辦公室屬於一個名叫貝特蕾的女人。第三次，好運終於降臨，費區的衣架上掛著一套乾淨的西裝，雖然手和腳的部分短了一點，翻領的部分寬了些，但我穿起來還算合身。我在外套裡面穿了一件恐龍T恤，雖然腳上沒有鞋子，但已經穿得很像樣了。費區的桌上還有一包沒開動的奧利歐餅乾，在心裡由衷感激他後，我將餅乾佔為己有，小心翼翼地關上門，離開這間辦公室。

「我人在哪裡？何時會見到我自己？」我閉上雙眼，突然覺得疲憊不堪，疲累用它那教人愛睏的手指撫摸我，讓我幾乎就要昏倒在地上，但我硬是撐住。這時，有個東西靠近，那是一個男人的形影，他正背著光朝我走過來。我必須回到大廳。

當我到達大廳時，一切寂靜無聲。我從大廳中央穿過，試著回想位在此處的那些門的樣子，並在靠近存衣處附近坐下，思索怎麼脫離現狀。我可以聽到血液衝上腦袋、空調系統嗡嗡作響、湖邊大道上的汽車駛過的咻咻聲。我吃了十塊奧利歐，輕輕、慢慢地把每一塊夾心餅乾掰開，用我的門牙把內餡一點一點地刮掉，再一點一點啃掉已經被掰開的兩片巧克力餅乾。我不知道現在幾點，也不知道我還要等多久，我的酒幾乎都醒了，而且保持了適度的警覺性。時間一分一秒地過去，什麼事情也沒發生。然後，我聽到輕輕的砰的一聲、一個喘氣聲，四周又安靜了下來。我等著，然後靜靜地站起來，躡手躡腳地走到大廳，就著斜照在大理石地板上的光線慢慢前進，直到站在所有門口的中心點，用不是很大的聲音喊道：「亨利。」

沒有人應聲。真是個好孩子，很謹慎、很安靜。我又試了一次，「沒事的，亨利，我是你的嚮導，負責帶你逛一逛。這是一趟很特別的旅程。別害怕，亨利。」

我聽到一陣細微的騷動。「亨利，我幫你拿了一件T恤，這樣我們在參觀時，你就不會著涼了。」我現在可以找到他的位置，他就站在黑暗的角落裡。「這裡，接住。」我把T恤丟給他，看著那件衣服消失，然後他走到光線下，T恤長及膝蓋。五歲的我有一頭很難整理的黑髮，臉色蒼白，眼睛是棕藍色的，身材瘦削卻很結實，個性活潑調皮。五歲的我很快樂、很正常，而且飽受父母呵護。但從現在開始，一切都變了。

我慢慢地往前走，彎身溫柔地對他說：「哈囉，很高興見到你，亨利，謝謝你今晚蒞臨。」

「我在哪裡？你是誰？」他的聲音又尖又細，冰冷的大理石傳來少許回音。

「你在費爾德博物館，我被派來帶你參觀一些你白天見不到的東西。我也叫亨利，這是不是很好玩啊？」

他點點頭。

「你想不想吃點餅乾？我逛博物館時總是喜歡吃點餅乾，這樣比較像多感官學習[9]。」我把那包奧利歐給他。他猶豫了一下，不確定這樣到底好不好，他的肚子很餓，但不確定他能拿多少，怕拿太多會很失禮。「想拿多少就儘管拿。我已經吃了十塊，所以你得多吃一些才能趕上我的進度。」於是他拿了三塊餅乾。「你有沒有什麼想先看的？」他搖搖頭。「我跟你說，我們先上三樓，他們把沒有拿出來展示的東西都放在那裡，你說好不好？」

「好。」

我們走進黑暗之中，上樓。他的動作並不快，我只好放慢速度以配合他。

「我媽媽在哪裡？」

「她在家睡覺。這是一趟為了你的生日而舉辦的特別旅程，通常大人不參與這類事情的。」

「難道你不是大人嗎？」

「我不一樣，我的工作就是探險。當我聽到你想馬上回到費爾德博物館時，我就迫不及待地跳出來接受這個任務，打算帶你四處逛一逛。」

「可是我是怎麼來的呢？」他停在樓梯最上面那一階，一臉困惑地望著我。

「嗯，怎麼說呢，這是祕密。如果我告訴你的話，你必須發誓不跟任何人透露半點風聲。」

「為什麼？」

「因為他們不會相信你。如果你想，你可以告訴你媽媽或金咪，就只告訴她們倆，好嗎？」

「好吧……」

我跪在他面前，看著他的眼睛。那白紙般的自己。「你敢對天發誓，如果說出來就沒有好下場嗎？」

「嗯哼。」

「好。你是這麼來的：你時空旅行了。你人在臥房裡，然後一下子，噗！你就在這裡了。現在還有點早，所以在你必須回家之前，我們還有很多時間來看看所有的東西。」他沒出聲，看起來很疑惑的樣子。「你聽懂了嗎？」

「可是……為什麼會這樣呢？」

「嗯，我也還沒搞清楚，等我搞懂了，我會告訴你的。現在，我們該走了。要吃餅乾嗎？」他拿了一塊。慢慢走到走廊上後，我決定做個實驗。「我們來看看這裡頭有什麼。」我把書籤滑進貼著編號三〇六的門裡，把門打開。我開了燈，地板上到處都是南瓜般大小的岩石，有一整顆的，也有切成一半的，表面是岩石，裡面有一條一條的金屬脈紋。「亨利你看，這是隕石。」

「隕石是什麼東西？」

「就是從外太空掉下來的岩石。」他望著我，好像我來自外太空似的。「我們要不要看看其他房間？」他點點頭。我關上隕石房間的門，打開走廊對面的門。這個房間裝滿了鳥，模擬飛行中的鳥、永遠棲息在枝頭上的鳥、鳥頭、鳥皮。這裡還有好幾百個抽屜，我打開其中一個，裡頭擺了一打玻璃試管，每個試管裡都裝了一隻金黑色的小鳥，小鳥的名字裹在牠的一隻腳上。亨利的眼睛張得跟小茶碟一樣大。「想不想摸摸看？」

「嗯哼。」

拿出塞在試管口的棉花，我把金翅雀倒在手心裡，金翅雀依舊保持在試管裡的姿態。亨利愛憐地撫摸它小小的頭，「它睡著了嗎？」

「算是啦。」他目光炯炯地望著我，並不怎麼相信我的含糊其詞。我輕輕地把金翅雀裝回試管、塞好棉花、放回試管，再把抽屜關上。此刻我真的累壞了，光想到「睡覺」這個字眼，就是很大的誘惑。我領著他走到走廊上，這才突然想起，還是小孩子的我，在今天晚上最喜歡做的事情是什麼。

「亨利，我們去圖書室吧。」他聳聳肩。我走得很快，他要跑步才能跟上。圖書館在這棟建築物的三樓東側，我們到了之後，我盯著門上的鎖足足有一分鐘。亨利看著我，就好像在說：算了，就這樣囉。我摸摸口袋，找到拆信刀，拔開木頭刀柄，這就出現了一根又長又薄的金屬尖頭工具。我把其中一半插進鎖裡，慢慢移動、慢慢感覺，我可以聽到制拴在動的聲音，就在我沿原路退出來之後，我把另一半插進去，再將書籤插進另一個鎖裡，芝麻開門！

我的夥伴不禁對我刮目相看，「你怎麼辦到的？」

「這其實不難，我下次教你。Entrez（請進）！」我打開門讓他走進來。燈亮了之後，閱覽室映入我們的眼簾：笨重的木桌木椅、絳紫色的地毯、令人望之生畏的參考諮詢檯。費爾德博物館的圖書室不是設計來吸引五歲小孩的。這是一間閉架式圖書室，會來這裡的都是科學家或學者，房間裡放了一排書櫃，但書櫃裡擺的大多是維多利亞時期的精裝科學期刊。我要找的書放在一個位於房間中央的大型玻璃橡木書櫃裡。我用髮夾把鎖撬開，打開玻璃門。說真的，費爾德博物館在保全方面應該更用心一點。我並沒有因為自己的行為而良心不安，畢竟我也是個貨真價實的圖書館員，經常在紐伯瑞圖書館負責「演示說明」的工作。我走到參考諮詢檯後面，找到一塊毛氈和幾塊支撐塞墊，然後把它們攤在最近的一張桌子上。接著我走到書櫃前，戒慎恐懼地把書舉起來，放到毛氈上。我拉開一張椅子，「過來這裡，這樣你可以看得更清楚。」他爬到椅子上，我則把書翻開。

這本書是奧都邦的《美洲鳥類》[10]，非常豪華的對開本，長度有五十吋，幾乎跟孩童時期的我一樣高。這個版本是現存最精美的版本，我曾經花了好幾個雨天午後的時間在膜拜這本書。我翻到第一張插圖，亨利笑了，他看看我。「普通潛鳥，」他唸出來，「看起來很像鴨子。」

「沒錯，是很像。我敢說我猜得出你最喜歡什麼鳥。」

他搖搖頭，微微一笑。

「你要賭什麼？」

他低頭看看他的暴龍T恤，然後聳聳肩。我很清楚他的感覺。

「如果我猜對了，你就吃一塊餅乾；如果我猜錯了，你也吃一塊餅乾，怎麼樣？」

他想了一會兒，覺得這個賭注應該挺划算的。我把書翻開，翻到「紅鶴」那一頁，亨利笑了。

「我猜對了嗎？」

「猜對了！」

如果你以前什麼都做過了，就很容易變得無所不知。「好，這是你的餅乾。我也來一塊，因為我猜對了。不過我們得先看完這本書才能吃，我們可不希望把餅乾屑撒在這些藍鶇上，對吧？」

「對。」他把餅乾放在椅子的扶手上，然後我們又從頭逐一翻閱書上介紹的鳥類，比起剛剛在走廊那頭看到的玻璃試管裡的真鳥，這些鳥更栩栩如生。

「這是大藍鷺，牠比火鶴大得多了。你有看過蜂鳥嗎？」

「我今天有看到幾隻！」

「在博物館裡看到的嗎？」

「嗯哼。」

「看你有沒有機會在戶外看到蜂鳥，牠們就像超小型的直昇機，飛翔時，翅膀拍動得非常快，所以你只能看到模糊一片……」每翻一頁都無盡滿足，每一頁紙都極其珍貴，我就這樣慢慢翻開，然後翻過去。亨利聚精會神地站著，等待每一次的驚奇，他因為沙丘鶴、美洲白冠雞、大海雀、北美黑啄木鳥發出愉悅的聲音。當我們翻到最後一張畫著雪鴞的插圖時，亨利傾身向前，用手觸摸頁面，細細撫摸這張版畫。我看看他，看看書，然後想起小時候看見這本書、想起這一刻，這是我愛上的第一本書，我想起我想爬進書裡睡覺的感覺。

「你累了嗎？」

「嗯哼。」

「要不要走了？」

「好。」

我合上《美洲鳥類》，把書放回玻璃櫃裡，翻到紅鶴那一頁，把書櫃關上，鎖起來。亨利從椅子上跳下來，吃掉他的奧利歐。我把毛氈放回參考諮詢檯，把椅子推回去。亨利關了燈，我們一起走出圖書館。

我們漫無目的地逛著，熱絡地聊著會飛及會滑行的東西，一邊吃著奧利歐。亨利告訴我他爸媽還有金姆太太的事情，金姆太太正在教他做義大利千層麵，他還聊到了布蘭達。我早就忘記這個人了，她是我小時候最要好的朋友，從現在開始算三個月之後，他們全家會搬到佛羅里達州的坦帕市。我們站在布希曼前面，牠是被製成標本的傳奇性銀背大猩猩，立在一樓走道一個小小的大理石檯上，正怒目瞪著我們。這時亨利忽然大聲喊叫，踉踉蹌蹌地往前，想走到我這邊，我趕緊抓住他，但他消失了，我的手裡只剩下他穿過的T恤，空蕩蕩的，還有餘溫殘留。我嘆了一口氣，獨自上樓去看木乃伊，並在木乃伊前沉思了一會兒。兒時的我應該已經到家了，現在正要爬上床。我記得，我都記得，我在第二天早上醒來，所有的一切就像是一場奇妙的夢境。媽媽大笑不止，她說時空旅行聽起來很好玩，她也想試試。

這就是第一次。

第一次約會，之二

一九七七年九月二十三日星期五（亨利三十六歲，克萊兒六歲）

亨利：我站在牧場外側，全身赤裸地等待著。克萊兒總是會幫我準備好衣物，裝進一塊大石頭下方的箱子裡，但今天那裡卻空無一物，連箱子也沒有。感謝老天爺，還好今天下午的天氣很好，或許是九月初吧，但不知道是哪一年。我蹲在一片長得很高的草地裡思索，那裡沒有裝滿衣服的箱子，這意味著我回到了和克萊兒相識之前的年代，說不定克萊兒甚至還沒有出生呢。這種情形以前也發生過，那種經歷讓人痛苦萬分。我一邊想著克萊兒，一邊想盡辦法把光著身子的自己給藏好，我不敢在她家附近現身。我想起種在牧場西隅的蘋果樹，頓時很想過去瞧瞧，每年這個時候，蘋果樹上應該都結滿了又小又酸的蘋果，雖然都被鹿啃食過，但還是可以吃。我聽到門砰地一聲關上，便抬起頭從草堆上方望過去。有個小孩步履紊亂地奔跑著，當他穿過波濤般的綠草來到步道時，我的心扭成了一團——克萊兒倏地出現在空地上。

她還很小，落單的她對周遭的一切渾然不覺，還穿著學校的制服：獵人綠的背心裙、白色上衣、及膝長襪，還有一雙懶人鞋。她手裡拿著馬歇爾費爾德百貨公司的購物袋，以及一條海灘巾。克萊兒把海灘巾鋪在地上，然後把購物袋裡的東西都倒出來。購物袋裡有所有你想像得到的寫字工具，包括老式原子筆、在圖書館裡拿的短鉛筆、蠟筆、氣味很難聞的麥克筆、鋼筆，還有一堆從她爸爸事務所裡拿來的文具。她把這些工具排好後，俐落地甩了甩一疊紙，便開始依序試用每一枝筆，仔細地畫出線條和圈圈，還一邊哼著歌。我聚精會神地聽了一會兒，聽出是連續劇「迪克范戴克秀」的主題曲。

我躊躇了一下。克萊兒玩得很入神，似乎頗自得其樂。她大概才六歲，如果現在真的是九月的話，或許她才剛上小學一年級而已。她顯然沒有在等我，對她來說，我只是個陌生人，而一個人在一年級時學到的第一件事情，就是不要和陌生人打交道，尤其這個陌生人還渾身赤裸地出現在你最喜歡的祕密基地，不僅知道你的姓名，還叫你不要告訴爸爸媽媽。我很納悶，今天會不會是我們第一次見面的日子？還是另有別的時候？或許我應該小心地保持安靜，等到克萊兒走了，我就可以去吃些蘋果，偷幾件他們洗好的衣物，等著回到我正常的日程裡。

我突然從白日夢中醒過來，發現克萊兒正盯著我瞧。這時我才發現我一直跟著她哼歌，無奈我的警覺來得太晚。

「是誰？」克萊兒咬牙切齒地問道。她看起來就像一隻很生氣的鵝，昂揚著脖子，兩隻腳也踮了起來。我的念頭轉得飛快。

「妳好，地球人。」我友善地回應。

「馬克！你這個壞蛋！」克萊兒到處張望，看有沒有什麼東西可以拿來丟我，最後她決定拿她那雙有厚重尖銳鞋跟的鞋子當武器驅趕我，我也真的被打中了。我想她其實不太清楚我人在哪裡，只是碰碰運氣，但有一只鞋子擊中我的嘴巴，嘴唇開始流血。

「拜託別這樣。」我沒有可以拿來止血的東西，所以用手壓住嘴巴，聲音因此有點含糊。我的下巴受傷了。

「你是誰？」克萊兒有些害怕。我也是。

「亨利，我是亨利。克萊兒，我不會傷害妳的，但請妳別再朝我扔東西了。」

「把我的鞋子丟過來給我。我不認識你，你為什麼要躲起來？」克萊兒對我怒目而視。

我把鞋子丟到空地上，她撿起來後，就像拿著手槍般地把鞋子拿在手上。「我之所以躲起來，是因為我的衣服不見了，我覺得很不好意思。我走了很久的路，肚子很餓，而且連半個人也不認識，現在還在流血。」

「你是從哪裡來的？為什麼知道我的名字？」

所有的真相，我將告訴她的就只有真相。「我來自未來，是一個時空旅人，我們在未來是朋友。」

「只有在電影裡才會時空旅行。」

「這就是我們要你們相信的事情。」

「為什麼？」

「如果每個人都可以時空旅行的話，就會天下大亂了。就好像妳去年聖誕節去探望妳奶奶時，妳必須從歐海爾機場搭飛機，可是機場卻擠得要命。我們時空旅人不希望把事情搞得亂七八糟，所以向來都很低調。」

克萊兒認真思考了一分鐘。「我明白了。」

「妳的海灘巾借我用一下。」克萊兒把海灘巾撿起來，筆和紙張全都散了一地。她舉手過肩，把海灘巾扔給我。我伸手抓住，轉過身站起來，把海灘巾圍在腰間。這條海灘巾印有亮粉紅和亮橘色的俗麗幾何圖案，還真的是你首次邂逅未來的妻子時，想要穿在身上的玩意兒。我轉過身，走到空地上，盡量保持尊嚴地在大石頭上坐下來。克萊兒遠遠地站在空地上，緊緊抱著她的鞋子。

「你在流血。」

「是啊，妳其中一只鞋子丟到我了。」

「喔。」一陣沉默。

我試著讓自己看起來親切、無害。對兒時的克萊兒來說，親切很重要，因為有很多人都很不親切。

「你是在作弄我吧？」

「我永遠都不會作弄妳的，但妳為什麼會這樣覺得呢？」

克萊兒依舊固執己見，「沒有人會時空旅行，你騙人。」

「聖誕老公公就會時空旅行。」

「什麼？」

「這很明顯吧，不然妳以為他怎麼能夠在一個晚上就把所有禮物都送出去？他只要一直把時鐘往前撥幾個小時，到他爬完每一根煙囪為止。」

「聖誕老公公會魔法，可是你又不是聖誕老公公。」

「妳是說我不會魔法嗎？媽啊，妳還真難應付。」

「我才不是你媽。」

「我知道，妳是克萊兒，克萊兒．安．艾布希爾，一九七一年五月二十四日出生，妳爸爸叫作菲利普，妳的媽媽叫作露西兒，妳和他們，還有妳外婆、哥哥馬克、妹妹艾莉西亞，一起住在那邊的那棟大房子裡。」

「你知道這些事情不表示你就是從未來來的。」

「如果妳再待一會兒，妳就可以看到我是怎麼消失的。」我覺得我可以指望這件事情，因為克萊兒曾經跟我說過，我們第一次見面時，最令她印象深刻的，就是我的消失場景。

又一陣沉默。克萊兒把她全身的重量移到另一隻腳上，然後伸出手把一隻蚊子揮走，「你認識聖誕老公公嗎？」

「妳是指彼此認識嗎？喔，我不認識。」我的血已經止住了，但我看起來一定很可怕。「嘿，克萊兒，妳該不會剛好有ＯＫ繃吧？還是一些吃的？時空旅行讓我餓翻了。」

她想了想，伸手在背心裙的口袋裡掏了掏，拿出一條咬了一口的好時巧克力棒。她把這條巧克力棒丟給我。

「謝謝，我很愛吃這個。」血糖過低的我狼吞虎嚥地吃掉整條巧克力棒後，把包裝紙放進她的購物袋裡。克萊兒看來很開心。

「你吃東西的樣子好像狗喔。」

「我才不像，」我真的生氣了。「我的大拇指和其他手指是垂直的，好嗎？」

「垂直的大拇指是什麼東西？」

「跟著我做。」我比了一個ＯＫ的手勢，克萊兒依樣畫葫蘆。「所謂垂直的大拇指，就是說妳可以這樣做，也可以把罐子扭開、繫鞋帶，還可以做動物做不到的其他事情。」

克萊兒不太高興，「卡美莉塔修女說動物沒有靈魂。」

「動物當然有靈魂。她這想法是從哪兒來的？」

「她說是教宗說的。」

「教宗是個可惡的老傢伙。動物的靈魂比人類高尚多了，牠們從來都不會說謊，也不會對任何人亂發脾氣。」

「但牠們會互相吃來吃去的。」

「唉，牠們也是不得已的啊，牠們又不能去連鎖冰淇淋店，點一客撒上巧克力屑的香草大甜筒，牠們可以嗎？」這是克萊兒最愛吃的東西（不過只在她小時候，長大後的克萊兒最喜歡吃的是壽司，尤其是彼得遜大道上的勝日本料理店裡的壽司）。

「牠們可以吃草啊。」

「我們也可以，但我們卻不這麼做啊，我們吃漢堡。」

克萊兒在空地上找了個角落坐下來，「艾塔說我不應該跟陌生人說話。」

「這倒是個不錯的提醒。」

一陣沉默。

「你什麼時候會消失？」

「等我準備好的時候。跟我在一起很無聊嗎？」

克萊兒的眼珠子溜來溜去的。

「妳剛剛在做什麼？」

「練習寫字。」

「可以讓我看看嗎？」

克萊兒小心翼翼地站起來，一邊用有敵意的眼神盯著我，一邊撿了幾張信紙。我慢慢地往前傾，把手伸出去，就好像她是洛威拿犬，我得小心別激怒她。她很快地把那幾張紙推給我，又趕緊退回去。我全神貫注地看著，就好像她剛剛交給我的是一疊字體設計大師布魯斯．羅傑斯新設計的 Centaur 字體原稿，或是《凱爾斯書》或是其他什麼東西。她一再地用印刷體寫「克萊兒．安．艾布希爾」，字愈寫愈大，所有上伸字母向上延伸的部分，和下伸字母往下伸展的部分，都飾以漩渦狀的花體，而所有由筆畫圍成的面裡面，都有張笑臉。她的字相當美。

「妳的字很漂亮。」

克萊兒很高興，每次她的作品得到別人的稱讚時，她都會很高興。「我可以幫你寫一個喔。」

「好啊，但我時空旅行的時候，是不准攜帶任何東西的，所以或許妳可以替我保管，當我來到這裡時，我就能好好欣賞了。」

「為什麼你不能帶任何東西？」

「如果時空旅人在時空中把東西移來移去，天下又會大亂了。譬如說，如果我能帶一些錢回到過去，我可能會先在未來查看所有樂透彩的中獎數字，以及獲勝的足球隊，藉此大撈一筆。可是這好像不是很公平，對吧？或者說，如果我賊一點，就可以偷了東西跑到未來，這樣就沒有人抓得到我啦。」

「你可以當海盜！」這個想法似乎讓克萊兒樂翻天了，她甚至忘了我是個危險的陌生人。「你可以把錢埋起來，然後畫一張藏寶圖，等到以後再挖出來。」事實上，我和克萊兒得以過著不羈隨性的生活，有一部分資金正是如此得來的。克萊兒成年以後，發現這有點不道德，雖然這的確讓我們在股市裡撈了不少好處。

「這主意不錯，不過，我現在最需要的並不是錢，而是衣服。」

克萊兒疑惑地望著我。

「妳爸爸有沒有不穿了的衣服？就算是一條褲子也好。別誤會，我很喜歡這條海灘巾，只不過在我原來的地方，我通常比較喜歡穿褲子。」菲利普．艾布希爾比我矮一點，還比我重大約三十磅，他的褲子很可笑，但穿起來很舒服。

「我不知道……」

「沒關係，妳不用現在拿，但如果下次我來的時候妳可以帶幾件，我會很感激妳的。」

「下次？」

我找到一張空白的信紙及一枝鉛筆，用英文的大寫字母寫上「一九七七年九月二十九日星期四晚飯後」，將紙條交給克萊兒，她很謹慎地收了下來後，我的視線開始模糊，耳邊還聽到艾塔呼喚克萊兒的聲音。「克萊兒，這是祕密喔，好嗎？」

「為什麼？」

「妳不能說出去。我得走了，很高興認識妳。別帶錢來啊。」我伸出手，克萊兒很勇敢地握住，然後我就消失了。

二〇〇〇年二月九日星期三（克萊兒二十八歲，亨利三十六歲）

克萊兒：現在還早，差不多才凌晨六點，我還在半夢半醒間，亨利砰地一聲把我吵醒。我知道，他跑到別的時空去了，只是他突然出現在我身上，令我忍不住放聲大叫，我們把對方都給嚇得半死。亨利大笑著翻過身，我轉過去看他，發現他的嘴巴血流不止，連忙跳起來拿毛巾，當我拿毛巾沾拭他的嘴唇時，亨利還在微笑。

「發生什麼事了？」

「妳拿鞋子丟我。」我不記得我曾經拿什麼東西往亨利身上丟。

「我才沒有。」

「妳有，就在我們第一次見面，妳望著我說『這就是我以後要嫁的男人』之後，妳就把鞋子丟過來了。所以我總是說妳很有知人之明。」

一九七七年九月二十九日星期四（克萊兒六歲，亨利三十五歲）

克萊兒：今天早上爸爸桌上的月曆日期，就跟那個人寫在紙上的日期一模一樣。奈兒在幫艾莉西亞煮軟軟的蛋；艾塔在罵馬克，因為他沒做功課，還跟史帝夫玩飛盤。我問艾塔「可不可以從大衣箱裡拿幾件衣服」，我指的是閣樓上的大衣箱，我們都在那裡玩換裝遊戲。「妳要做什麼？」艾塔問，而我回答「我想跟美根玩換裝遊戲」，然後艾塔就抓狂了，「妳該去上學了吧，妳可以等到放學回家以後再來操心玩的事情。」我只好乖乖到學校，學了加法、麵包蟲以及語法，吃過午飯後，還上了法文課、音樂課、宗教課。一整天，我都想著要拿給那個人穿的褲子，因為他看起來好像真的很想穿褲子。一回到家，我就跑去找艾塔，但她進城去了。奈兒讓我舔用來攪拌蛋糕麵糊的攪拌器，艾塔就不准我們這麼做。媽媽在寫東西，我本來不打算問她，但媽媽主動問我有什麼事，我只好跟她說了，媽媽說我可以去找要捐給善心人組織的袋子，看有沒有派得上用場的東西。因此我跑去洗衣間，在袋子裡翻來翻去，最後找到三條爸爸的褲子，但其中一條有個被香菸燒破的大洞，所以我拿了另外兩條。然後我又找到一件爸爸上班穿的白襯衫、一條上面有魚的圖案的領帶，以及一件紅色的毛衣，除此之外，還有一件黃色的浴衣，這是爸爸在我很小的時候穿的，聞起來很有爸爸的味道。我把這些衣服塞進一個袋子，放到遊戲室的櫃子裡。我一走出遊戲室就遇見馬克，「妳在幹嘛，混球？」我才回答他「沒幹嘛，混球」，他就扯住我的頭髮，於是我也用力踩他的腳，痛得他放聲大哭，趁著他跑去告狀時，我趕緊跑回房間，拿起兩個布娃娃，假裝玩電視訪問的遊戲。珍是一個電影明星，熊先生問她當電影明星的感覺怎麼樣，她說，她真的很想當一個獸醫，但她長得太漂亮了，所以只能當電影明星，而熊先生說，等她老了，說不定可以去當獸醫。這時艾塔敲了敲我的房門，「妳為什麼踩馬克的腳？」「因為他突然扯我的頭髮。」我回答。「你們兩個快要把我逼瘋了。」說完，艾塔就走了。晚上爸媽去參加宴會，就只有艾塔和我們一起吃晚飯。晚餐有炸雞、小豌豆和巧克力蛋糕，馬克拿了最大的一塊蛋糕，但我沒說什麼，因為我已經舔過攪拌器了。吃過晚飯後，我問艾塔可不可以到外頭去，她問我有沒有功課要做，我說：「有拼字，還要帶葉子去學校，美術課要用。」她說：「那好吧，但要在天黑之前回來。」然後我去拿了有斑馬圖案的藍色毛衣，和裝著給那個人的衣服的袋子，來到森林的空地上。那個人不在那裡，我坐在大石頭上等了一會兒後，心想我最好撿點樹葉，於是便走到花園裡，在媽媽種的銀杏樹上摘了幾片葉子，也摘了楓樹和橡樹的葉子。我回到空地上時，他還是沒有出現。我想，說不定他說他會再來、想要褲子的事情，都是騙人的；說不定露絲說的是對的吧，我跟她說那個人的事情，但她說這都是我編出來的，除非是在電視上，否則現實生活中，人們根本不會消失得無影無蹤。或者這只是一場夢而已，就像巴斯特死的時候，我夢到牠沒事待在籠子裡，但我醒來後，巴斯特已經走了，媽媽說「夢境雖然跟現實生活不同，但也是很重要的」。天氣愈來愈冷，我想，或許我應該把袋子留下來，如果那個人來了的話，那他就有褲子穿了。當我往回走上步道時，突然聽到奇怪的聲音，有個人說「哎唷。該死，痛死我了」，而我被嚇到了。

亨利：我猛地跌在那塊大石頭上，刮破了膝蓋。我在空地上現身，夕陽西下的景色美不勝收，就像風景畫大師泰納把橘、紅兩色潑灑到樹上似的。空地上除了一個裝滿衣服的購物袋外別無他物，我很快就推論出這些衣服是克萊兒留下來的，今天可能是我們首次見面後幾天。我放眼望去，卻不見克萊兒的蹤跡；我輕輕呼喊她的名字，卻沒有任何回應。我翻找那個裝滿了衣服的袋子，裡頭有一條卡其褲、一條漂亮的咖啡色毛褲、一條滿是鱒魚的醜陋領帶、一件哈佛大學的毛衣、一件牛津布材質，袖子下方有汗漬的白襯衫、一件精緻的絲質浴衣，上面繡著菲利普字首的圖案，口袋的地方破了一個很大的洞。除了那條領帶之外，這些衣服對我來說都是老朋友了，我很高興能夠見到它們。我穿上卡其褲和毛衣，為克萊兒擁有祖上遺傳的絕佳品味和審美能力深感慶幸。除了沒有鞋子以外，我在現在這個時空中已經裝備齊全了，這感覺滿不賴的。「謝謝妳，克萊兒，妳做得很好。」我輕輕地喊道。

當她出現在空地入口時，我吃了一驚。天色很快就暗了，在黯淡的光線下，克萊兒顯得很瘦小、害怕。

「嗨。」

「嗨，克萊兒，謝謝妳帶來的衣服，這些衣服很棒，不只讓我今晚看起來滿體面的，也能讓我保暖。」

「我得走了。」

「是啊，天都快黑了，妳明天要上學嗎？」

「嗯哼。」

「今天是什麼日子？」

「一九七七年九月二十九日星期四。」

「妳幫了我一個大忙，真是太感謝妳了。」

「為什麼你不知道今天幾號？」

「我才剛來到這裡，就在幾分鐘前，我還待在二〇〇〇年三月二十七日星期一的時空裡，那是個下雨的早晨，我正在烤吐司。」

「但你把這個日期寫下來給我了啊。」她拿出一張印有菲利普法律事務所箋頭的信箋。我走到她身邊，接過那張紙，興致盎然地看著我一絲不苟用大寫字母寫在那上面的日期。我遲疑了一下，在腦海中思索著，該怎麼向眼前這個名叫克萊兒的小孩解釋變幻莫測的時空旅行。

「該怎麼說呢，妳會用錄音機嗎？」

「嗯。」

「好。妳把錄音帶放進去，然後妳就從頭放到最後，對吧？」

「對。」

「妳的人生就是這樣運轉的：妳在早上起床、吃早餐、刷牙，然後上學，對吧？妳不會在起床之後，突然發現自己人在學校裡和海倫、露絲一起吃午餐，然後一下子又在家裡穿著打扮，對吧？」

克萊兒咯咯地笑。「對。」

「但對我來說，情況卻不是這樣的，因為我是時空旅人，我經常會從一個時空跳到另一個時空，這就像是妳開始放錄音帶，放了一會兒之後，妳說，『喔，我想再聽一遍那首歌』，因此妳再放一遍，然後再回到妳本來停下來的地方，可是妳倒帶倒得太過頭了，所以妳就再倒一點回來，可是妳還是倒太過頭了。妳聽懂了嗎？」

「一點點。」

「這可能不是世界上最好的比喻，基本上，我有時候會在時間中迷失，不知道自己身在什麼時間裡。」

「比喻是什麼東西？」

「比喻就是『說某件事情跟這件事情很像，來說明這件事情』。比方說，我穿著這件漂亮又好穿的毛衣，感覺舒服得就像是壁爐前地毯裡的一隻蟲子；妳美得像幅畫；然後如果妳不趕快回家的話，艾塔就會像製帽工人一樣抓狂[11]。」

「你晚上要睡在這裡嗎？你可以來我們家，我們有一間客房。」

「天啊，妳真是太好心了。但不幸的是，一直到一九九一年之前，我都不能跟妳的家人見面。」

克萊兒看起來完全摸不著頭腦。我想，有一部分問題出在她無法想像七〇年代以後的日子。我想起我在她這個年紀時，也經常疑惑「為什麼不可以」。

「這是規則之一。時空旅人在時空旅行時，是不可以跑去跟正常人說話的，否則我們可能會搞得天下大亂。」說實話，我根本不信這套，事情就是會用它們的方式發生，而且只會發生一次，我可不是分裂宇宙論[12]的支持者啊。

「可是你會跟我說話啊！」

「那是因為妳很特別，妳很勇敢、聰明，又很會保守祕密。」

克萊兒有點不好意思。「我有跟露絲講啦，可是她不相信我的話。」

「這樣啊，其實這也沒什麼，也沒有什麼人相信我啊，特別是醫生，醫生什麼事情都不相信，除非妳證明給他們看。」

「我相信你。」

克萊兒站在離我五呎遠的地方，蒼白的小臉捕捉住從西邊照過來的最後一抹橘光，她的頭髮緊緊綁成馬尾，穿著藍色的牛仔褲和深藍色毛衣，毛衣上面還有跑過她胸部的斑馬。她的手握得緊緊的，樣子看起來很凶很果決。我有點悲傷地念及，我們的女兒一定就長這樣。

「謝謝妳，克萊兒。」

「我得走了。」

「好的。」

「你還會回來嗎？」

我在記憶裡查詢那張日期清單，「我會在十月十六日回來，那天是星期五，妳一放學就過來，把美根在妳生日時送妳的藍色小日記本帶來，還要帶一枝藍色的原子筆。」我把這個日期重複一遍，眼睛盯著克萊兒，確定她有記起來。

「Au revoir（再見），克萊兒。」

「Au revoir……」

「我叫亨利。」

「Au revoir, Henri.」她的法語發音已經比我的好了。克萊兒轉過身，跑上步道，回到她那燈火通明、歡迎她回去的家裡，而我則迎向黑暗，邁開大步穿過草地。當夜幕低垂，我把領帶扔到迪娜炸魚薯條店後面的垃圾堆裡。

求生課

一九七三年六月七日星期四（亨利分別是二十七歲和九歲）

亨利：我站在這一頭等著過街，對面是芝加哥美術館，今天是一九七三年一個豔陽高照的六月天，我有一個同伴：九歲的我。他是從下星期三來的，我則來自一九九〇年。我們有一整個下午和晚上的時間可以鬼混，因此我們到世界上最偉大的美術館之一，芝加哥美術館，上一堂扒竊課。

「我們不能看看藝術品就好嗎？」亨利哀求道，他很緊張，畢竟他從來沒有幹過這種事。

「不行，你必須學會偷竊，如果你不會偷東西的話，你要怎麼活下去？」

「乞討。」

「乞討很麻煩，而且你會一直被警察強制驅離。現在，你給我聽好：我們一進到博物館，你要離我遠遠地，還要假裝我們不認識。可是你也要靠得夠近，近到足以看見我在做什麼。如果我交給你什麼東西，別扔掉，盡快放進你口袋裡。你可以嗎？」

「我想應該可以吧。我們可以看看聖喬治[13]嗎？」

「當然可以。」我們穿過密西根大道，走過坐在美術館台階上曬太陽的學生和家庭主婦。經過銅獅時，亨利伸手摸了摸。

這整件事情讓我覺得有點難過。一方面，我在教我自己緊急必要的求生技巧，這一系列課程還包括了在商店裡偷東西、打人、撬鎖、爬樹、開車、侵入民宅、翻垃圾堆，加上如何使用百葉窗或垃圾桶蓋這般奇怪的東西當武器；另一方面，我正在腐化兒時的我，那個可憐的、純真的我。我嘆了一口氣，總得有人教他吧。

今天是免費的開放日，美術館裡人山人海，我們排隊通過入口，慢吞吞地爬上位於大廳中央的宏偉階梯，進入歐洲藝術區，由後往前走，從「十七世紀的荷蘭」走到「十五世紀的西班牙」。聖喬治一如往常站得很穩，已經準備好用那支精緻的矛來刺穿惡龍了，而一身粉紅和綠色的公主正站在畫中中景處，嫻靜地等候著他。我和小時候的我都衷心喜愛這頭黃腹惡龍，當我們發現牠死期未到時，總會鬆一口氣。

亨利和我在伯納多．馬托雷爾[14]的畫前站了五分鐘，然後他轉過頭來看我。展覽室裡只剩下我們。

「這不會很難，」我說道：「集中精神，找個心不在焉的傢伙，確定他把錢包放在哪裡。大多數男人不是把錢包放在後口袋，就是放在西裝外套的內袋裡；女人的話，挑把皮包背在後頭的。如果你在大街上，你可以搶走整個皮包，但是你得確定你跑得比可能會追你的人還快。如果你可以趁對方不注意時拿走，會比較保險些。」

「我看過一部電影，他們用一套衣服練習：他們把鈴放進衣服裡，如果有人拿了錢包卻動到衣服，鈴就會響。」

「是啊，我記得那部電影，你在家時可以用這個辦法來練習。現在，跟我來。」我領著亨利從十五世紀來到十九世紀，我們突然置身於法國印象派當中，芝加哥美術館的印象派收藏遠近馳名，我可以選擇幹或不幹，但和往常一樣，這些展覽室裡人潮洶湧，人們伸長了脖子，都想一睹「大碗島」[15]或是莫內某張「麥草堆」[16]畫作的廬山真面目。亨利的視線被大人們的頭給擋住了，所以他看不到這些畫作，不過反正他也過度緊張，根本就沒有心情欣賞。我環顧室內，有個女人正彎下腰來看顧她那蹣跚學步的小孩，小孩的腳扭到了，還拚命尖叫著。這肯定是搶東西的好時機。我朝亨利點點頭，往她那邊移動。

她的皮包是那種簡單扣上的款式，還掛在肩膀上背在背後。她的注意力都放在安撫她的小孩、制止他尖叫上。她站在土魯茲．羅特列克[17]的「紅磨坊」前，我假裝邊走邊看，不小心撞到她，害她往前倒下；我趕緊拉住她的手臂，「真不好意思，請原諒我，我一時沒在看路，妳沒受傷吧？這裡實在太擠了……」我的手伸進皮包裡。她很慌張。她有雙深色的眼睛、一頭長髮、大胸脯，還在想辦法甩掉因為生這男孩而多出來的體重。當我摸到她的錢包時，我迎向她的目光，還在道歉，但錢包已經跑到我外套的袖子裡了。我上下打量她、朝她微笑，退後幾步、轉身、走開、檢查我的肩膀。她已經把她的小男孩抱起來了，但還是盯著我的背影，有點像是被我拋棄了似的。我邊微笑邊走，一直走。亨利跟著我下樓來到兒童美術館區，我們在男廁裡會合。

「真詭異，」亨利疑惑，「她幹嘛那樣看你啊？」

「她很寂寞，」我委婉地解釋，「或許她老公常常不在。」我們擠進一間廁所裡，打開她的錢包。她名叫丹尼絲．拉德克，住在伊利諾州的別墅園，是這間美術館的會員，還是羅斯福大學畢業的學生。她的鈔票加上銅板總共有二十二美元。我靜靜地把這些東西拿出來給亨利看，然後把東西放回錢包，恢復成原狀，交給亨利。我們走出隔間與男廁，回到美術館入口。「把錢包交給警衛，說這是你在地板上發現的。」

「為什麼？」

「我們現在不需要這些錢，剛剛只是在示範而已。」亨利跑向警衛，那是一個年長的黑人婦女，她朝亨利微笑，輕輕地抱了他一下，然後他慢條斯理地走回來。我領著他走，之間相隔十呎。我們走到陰暗的長廊，此時此刻，長廊掛滿了海報，但有朝一日，這裡會收藏裝置藝術，還會通往現在連影都沒有的萊斯翼樓。我在尋找容易下手的獵物，而我眼前就有一個絕佳的實例，他是所有扒手夢寐以求的對象：矮小、黝黑、大腹便便，他頭戴棒球帽，穿著聚酯長褲，淺藍色短袖襯衫的衣領尖端還有鈕釦扣在上面，看起來就像剛從瑞格里球場出來，卻轉錯了方向。他正對著他膽小如鼠的女朋友大談梵谷。

「所以他把耳朵割下來，送給他喜歡的女人。嘿，妳會喜歡嗎？一隻耳朵！哈。所以他們把他送進瘋人院……」

扒這男人一點都不會令人良心不安。他悠閒地走著，用又響又粗的嗓音興高采烈地說笑，毫無警覺性。他把錢包放在左手邊的後口袋裡，雖然他的肚子很大，卻幾乎沒有屁股。他的錢包非常希望我把它取出來。我跟在他們身後漫步，靈巧地把我的大拇指和食指伸進獵物的口袋，拯救他的錢包。亨利看得清清楚楚的。我放慢速度往後退，而他們繼續往前走，我把錢包傳給亨利，當我往前走時，他把錢包塞進自己的褲子裡。

我還給亨利示範了其他幾個技巧：如何從西裝外套胸口內袋取出錢包、如何在將手伸進婦女皮包的同時，遮住手別被人瞧見、轉移他人注意力並扒走其錢包的六種辦法、如何從後背包裡取出錢包，以及如何讓人在漫不經心的情況下告訴你他們把錢放在哪裡。他現在比較放鬆了，甚至開始樂在其中。最後我說：「好，該你上場了。」

他馬上就呆掉了，「我辦不到。」

「你當然辦得到。看看四周，找個人。」我們就站在日本版畫陳列室裡，裡面擠滿了歐巴桑。

「我不要這裡。」

「好吧，那要去哪裡？」

他想了一分鐘，「餐廳？」

我們往餐廳前進，一路上不發一語。這一切還無比鮮活地烙印在我腦海裡，當時我怕死了。我看看小時候的自己，一臉慘白的他極度恐懼。我在微笑，因為我知道接下來會發生什麼事情。我們站在等著進入庭園餐廳的隊伍後面，亨利看看四周，一邊思索。

排在我們前面的是一個個子很高的中年男子，他穿著一套剪裁合身、非常好看的咖啡色輕便西裝，但我們根本就看不到他把錢包放在哪裡。亨利靠近他，手伸得很直，手裡拿著我之前偷的錢包。

「先生？這個錢包是您的嗎？」亨利輕聲說道：「掉在地板上了。」

「啊？喔，不是我的。」這名男子查看他褲子右邊的後口袋，發現他的錢包完好如初。為了聽得清楚些，他低下頭聽亨利說話，並接過亨利手上的錢包，打開瞧瞧。「我的天啊，你應該把這個錢包拿給警衛，這裡頭有很多現金，真多。」這名男子戴著厚厚的眼鏡，說話時，雙眼透過鏡片注視著亨利，而亨利把手伸到他的外套下方，摸走錢包。因為亨利穿著短袖T恤，所以我走到他身後，接走戰利品。這個瘦瘦高高、穿著咖啡色西裝的男子指了指樓梯，向亨利解釋如何把錢包交給警衛。亨利信步往男子指的方向走去，我跟在後頭，追上他並領著他穿過美術館來到出口，我們經過警衛，來到密西根大道，一路上齜牙咧嘴，活像妖魔鬼怪似地，往南一直走到藝術家咖啡館為止。我們用不義之財享用了奶昔和薯條，之後把錢包裡的錢都掏了出來，再把錢包丟進郵筒裡。然後我在帕爾莫飯店開了一個房間。

「怎麼樣？」我問道，坐在浴缸邊上，看著亨利刷牙。

「什摸？」亨利回答，滿嘴都是牙膏。

「你覺得怎麼樣？」

他把牙膏沫吐出來，「什麼怎麼樣？」

「扒竊。」

他望著鏡中的我，「還好。」他轉過來，直直看著我。「我成功了！」他露齒而笑，笑得很開心。

「你很厲害。」

「對！」他的笑容消褪了。「亨利，我不想一個人時空旅行，跟你在一起比較好，你不能永遠陪著我嗎？」

他背對著我站立，我們望著鏡子裡的彼此。可憐的小亨利。孩提時期的我，背很薄，肩膀像刀刃般突出，就像剛發育的翅膀。他轉過身來，等我回答，而我知道我必須告訴他，也就是我自己一些什麼。我伸出手，輕輕把他轉過去，帶他站在我的身旁，這樣一來我們就肩並肩了；我蹲下來，這樣我們的頭就一般高了。我們面對著鏡子。

「看。」我們研究鏡中的映像。帕爾莫飯店的浴室裝潢華麗，還鍍上了金，看起來輝煌燦爛，鏡子中的我們看起來就像對雙胞胎：我們都有著深咖啡色的頭髮，眼睛都是黑色，我們玩弄彼此的耳朵，根本就是一個模子印出來的。我比較高、比較強壯，而且得刮鬍子；他比較苗條、比較難看，一副發育不全的樣子。我伸手把我臉上的頭髮往後撥，露出車禍留下來的疤。他下意識模仿我的動作，觸摸自己前額上同樣的一塊疤。

「跟我的一樣，」小時候的我說道：「你的傷是怎麼來的？」

「跟你一樣。這是同樣的傷，我們是同一個人。」

這若即若離的半透明時刻。另一個我原先搞不太清楚，然後就懂了。就像現在這樣，我看著這件事情發生，希望同時成為我們兩個，希望再次感受那種迷失自己的感覺，希望再一次感受第一次看到未來和現在夾雜在一起的感覺。但是我已經太習慣、太熟悉這種感覺了，所以我只能當個局外人。我想起我九歲時的驚訝，我那時突然了解：我的朋友、導師兼哥兒們，就是我。我，就只有我。這種感覺真寂寞。

「你就是我。」

「但你比較老。」

「可是……其他人呢？」

「其他的時空旅人嗎？」

他點點頭。

「我不認為還有別的時空旅人，我從來沒碰過其他人。」

有顆淚珠凝聚在他左眼眼角。當我還是個小鬼頭時，我想像有一大群時空旅人，而亨利，也就是我的老師，是一名使者，被派來訓練我；而我最後也能加入這個友好的大圈子。我到現在依然覺得自己就像個被世人遺棄的人，是某個曾經繁榮族類中碩果僅存的一個人。這就好像魯賓遜在海灘上發現了人類的足跡，但後來才知道那是他自己的腳印。那個我自己，那個小得像片樹葉、薄得像水的自己，哭了起來。我抱住他，抱住自己，久久不放。

後來，我們向客房服務點了熱巧克力，一邊觀賞強尼．卡森的節目。燈還亮著，亨利就睡著了。節目播完後，我盯著他看，直到他消失無蹤，回到我爸公寓的那個老房間，昏昏欲睡地站在以前那張床的床邊，然後滿心感激地倒在床上。我把電視和床頭燈關掉，一九七三年的街道噪音從打開的窗戶飄進來。我想回家。我躺在旅館硬邦邦的床上，很孤單、很寂寞，還是不明白這是怎麼一回事。

一九七八年十二月十日星期日（亨利分別是十五歲和十五歲）

亨利：這天外頭很冷，我和來自明年三月的我自己待在臥房裡，正在做我們獨處時經常會做的事情，當我們倆都已經到了青春期，卻還沒有跟女孩子在一起過的經驗，我想大多數人都會這麼做的，如果他們像我一樣有這種機會的話。雖然我並不是同性戀或什麼的。

現在是星期天早上，已經接近中午了，我可以聽到聖若瑟教堂的鐘聲。爸爸昨天很晚才到家，我想，他在演奏會結束後一定又到伊克斯雀克喝一杯了。他喝得爛醉如泥，跌在台階上，我還得把他抬回公寓，再把他弄上床。他咳得很厲害，我聽到他在廚房裡弄東弄西的。

另一個自己似乎心不在焉，他一直看向房門。「有什麼嗎？」我問他。「沒什麼，」他回答。我下床檢查門上的鎖。「不要……」他似乎費了很大的力氣才說出口。「幹嘛啊？」我問。

我聽到爸爸沉重的腳步聲，他就站在門外。「亨利？」他喊著，門的把手慢慢轉動，我突然意識到，我竟然粗心大意到忘了鎖門！亨利跳了起來，但為時已晚。爸爸探頭進來，我們當場被活逮。「噢，」爸爸的眼睛睜得老大，一臉的噁心，「天啊，亨利。」他把門關上。我聽到他走回房間，趕緊抓起牛仔褲和T恤，一邊向我自己拋出譴責的憤怒目光。我沿著走廊走到爸爸的臥房，他的門關著。我敲門，沒有人應。我等候著，「爸？」鴉雀無聲。我打開門，站在門口，「爸爸？」他背對我坐在床上，一直坐著。我在門口站了一會兒，但就是沒辦法走進房間，最後我關上了門，走回自己的臥室。

「這全都是你的錯，」我嚴厲地對我自己說道。他穿著牛仔褲坐在椅子上，雙手支著頭。「你早就知道！你早知道會發生什麼事，但你一個字也沒說。你自我保護的本能跑哪裡去了？你吃錯什麼藥了？如果你連最基本的、保護我們倆不要出醜都辦不到的話，那知道未來有個屁用！」

「閉嘴，」亨利陰鬱地說著，「你給我閉嘴。」

「我才不要閉嘴，」我的聲音愈來愈大，「你知道嗎，你只要說……」

「聽著，」他一臉莫可奈何地仰望著我，「這就像……就像溜冰場那次一樣。」

「喔！可惡。」幾年前，我在印第安人頭公園目擊有個小女孩被冰上曲棍球的球餅打到頭，那經驗很恐怖。我後來知道她死在醫院裡，即便我一再地時空旅行回到那一天，想要警告她媽媽，但就是做不到。我彷彿是觀看電影的觀眾，如同一個鬼魂，我會大叫：「不要，帶她回家，不要讓她靠近溜冰場！把她帶走，她快受傷了，她快死了！」但我終於了解，這些只不過是迴盪在我腦海裡的話語，而所有的事情都會像以前那樣進行下去。

「你說要改變未來，但對我來說，這都過去了，而我能說的，只是我一點忙都幫不上。我努力過了，但因為我的努力，反而讓這一切發生，如果我什麼都沒說的話，你就不會起床……」

「那你幹嘛要說話啊？」

「因為我就是說了。而你可以做的，就只是等著。」他聳聳肩，「這就跟媽媽那次一樣，那次車禍，Immer wieder（總會再來一次）。」永遠都會發生，永遠都一樣。

「這是自由意志[18]嗎？」

他站起身，走到窗邊，看向窗外泰汀格家的後院。「我剛剛才跟來自一九九二年的自己談過這件事，他說了個很有趣的觀點：他認為只有在當下、只有現在，你才擁有自由意志，而在過去，我們就只能做我們做過的事情，去我們去過的地方。」

「但不管我人在什麼時空，那都是我的現在啊，難道我就不能決定……」

「不行，看來是不行。」

「那他對未來是怎麼說的？」

「嗯，我想想看。你去了未來，做了一些事情，然後你回到現在，而你所做的事情就變成你過去的一部分，所以這也許也是不可避免的。」

我覺得自由和絕望之間似乎有一種很詭異的連結。我在冒汗。他打開窗子，冷空氣湧進房間裡。

「可是這樣一來，我對我人不在現在時所做的任何事情就不用負責任了。」

他微笑。「真是感謝上天啊。」

「而所有的事情早就發生了。」

「想必就是這樣。」他用手揉揉臉，我發現他已經可以刮鬍子了。「但他說，就算你擁有自由意志，你還是得約束自己的行為，就好像你得為你的所做所為負責似的。」

「為什麼？這有什麼關係啊？」

「當然有關係，如果你不約束自己的行為，事情就會變糟，會讓你的心情不好。」

「他確定？」

「當然。」

「那麼接下來會發生什麼事情？」

「爸爸會對你視而不見三個星期左右，而這，」他用手比了比床，「我們得中斷這種見面形式。」

我嘆息。「對，沒問題。還有別的事情嗎？」

「薇薇安・泰斯嘉。」

薇薇安是幾何學的同學，我很迷戀她，卻從來沒有跟她說過話。

「明天下課後，去找她，約她出來。」

「我根本就不認識她。」

「相信我。」他對我很假仙地笑了笑，笑的方式讓我覺得很怪，我為什麼要相信他啊？偏偏我就是很想相信他。「那好吧。」

「我該走了，給我一些錢。」我施捨了他二十美元。「多一點。」我再給他二十美元。

「這是我全部的錢了。」

「好吧。」他開始著裝，從一堆我收起來、就算這輩子再也見不到也無所謂的東西裡撿起衣服穿。「要不要來件外套？」我遞給他一件秘魯風的滑雪衣，我一向都很討厭這件衣服。他扮了個鬼臉，但還是穿上了。我們走到公寓後門，教堂正敲起午鐘。「再見。」另一個我說道。

「祝你好運，」我說。看著他走向未知，走向不屬於他的芝加哥星期天早晨、寒冷的星期天早晨，我心裡突然感動起來。他咚咚跳下木製台階，而我轉身回到安靜的公寓。

一九八二年十一月十七日星期三／九月二十八日星期二（亨利十九歲）

亨利：我人在伊利諾州錫安市一輛警車的後座，身上除了手銬之外，別無他物。這輛特殊的警車裡聞起來有香菸、皮革、臭汗和另一種不知名的味道，我聞不出這是什麼，但每輛警車上似乎都有，說不定是毒品的味道。我的左眼腫得睜不開，身體正面都是擦傷和割傷，還渾身髒兮兮的，這都拜這兩個條子所賜。比較大個兒的條子拚命追我，一直追到一塊佈滿碎玻璃的空地上。他們現在正站在車外和鄰居講話，至少有一個鄰居親眼目睹我試圖闖入這棟黃白相間、維多利亞時期的房子，我坐的警車就停在這棟房子前面。我不知道我身處什麼時空，在這裡才待了一個小時，就已經搞得一團糟了。我餓得要命，也累得要命。我應該在逵里博士的莎士比亞課堂上，但很明顯的是，我鐵定趕不上現在正在上的「仲夏夜之夢」，真是太慘了。

這輛警車裡很溫暖，我心想著，好險我人不在芝加哥，芝加哥的警察恨死我了，因為我被拘留時會一直搞失蹤，他們至今都搞不清楚這到底是怎麼一回事。加上我也拒絕跟他們說話，所以他們始終不知道我是誰，或我住在什麼地方。一旦他們掌握這些線索，我就得束手就擒，因為我有好幾張尚未解決的逮捕狀：毀損與侵入、在商店行竊、拒捕、妨害公務、侵害、猥褻露體、搶劫，諸如此類的。或許有人會從這些事情推論出我是一個笨手笨腳的壞蛋，但其實最主要的關鍵是，一個人在一絲不掛的情況下，很難不引起別人注意。暗中行動和速度是我最重要的財產，所以當我在光天化日之下，裸體闖進別人家裡時，有時難免會不順利。我已經被逮捕過七次了，而到目前為止，我總會在他們有機會按我的指紋或是拍照前就消失無蹤。

鄰居還是一直從車窗外盯著我看。我不在乎，我不在乎。這還得耗上很多時間。幹，真痛恨這件事。我往後躺，閉上雙眼。

警車一邊的門打開了，冷空氣襲來，我馬上睜開眼睛，一瞬間，我看到了隔開前後座的鐵絲網、破爛的塑膠皮座、上著手銬的雙手、雙腿畏寒的雞皮疙瘩、擋風玻璃外的晴朗天空、儀表板上的黑色警帽、條子的紅臉、逐漸灰白的雙眉、像窗簾般垂下來的臉頰，以及手裡的紙夾寫字板。所有的一切都在閃爍，光彩變幻。有個條子說：「嘿，他好像快昏倒了……」我的牙齒打顫得厲害，警車從眼前消失，而我就躺在自家後院裡。太棒了！太棒了！我奮力吸氣，把九月夜晚甜美的空氣吸進整個肺裡。我坐起來，揉揉我的手腕，上頭還殘留著手銬的痕跡。

我一直笑，一直笑，我再一次成功逃脫了！胡迪尼[19]、普洛斯帕羅[20]，你們看看！我也是一個魔術師。

一股作嘔感襲上，我把膽汁吐在金咪種的菊花上。

一九八三年五月十四日星期六（克萊兒十一歲，但快十二了）

克萊兒：今天是瑪麗克莉斯汀娜．海帕沃斯的生日，聖巴西略全校的五年級女生都到她家過夜。我們的晚餐是披薩、可口可樂和水果沙拉，海帕沃斯太太做了一個很大的蛋糕，形狀像個獨角獸的頭，上面還用紅色的糖霜寫著：「瑪麗克莉斯汀娜生日快樂！」我們高唱生日快樂歌，壽星一口氣吹熄了十二支蠟燭。我想我知道她許了什麼願，大概是別再長高吧！如果我是她的話，我就會許這個願。瑪麗克莉斯汀娜是我們班上最高的女生，有五呎九吋高；她媽媽比她矮一點，但她爸爸真的很高很高。海倫有一次問瑪麗克莉斯汀娜她爸有多高，她說足足有六呎七吋。她是他們家的獨生女，又是最小的，其他哥哥都已經有鬍子可以刮了，而且也都長得很高。吃了很多蛋糕的他們打定主意對我們視而不見，每當他們靠近我們這邊時，佩蒂和露絲就會故意笑得花枝亂顫的，真是丟人現眼。瑪麗克莉斯汀娜拆開她所收到的禮物。我送她一件綠色的套頭毛衣，跟我這件藍色的一模一樣，她喜歡穿這件毛衣搭配「蘿拉・艾許利」這個服飾品牌的針織項飾。吃過晚餐後，我們一起看「小紅娘」[21]的錄影帶，而海帕沃斯一家就圍在旁邊看我們，直到我們在二樓的臥房裡一一換上睡衣，全都擠在瑪麗克莉斯汀娜的房間裡為止。她的房間是全然的粉紅色，就算是鋪滿整個地板的地毯，也是粉紅色的。你會冒出一種感覺，知道她父母在生了那麼多男丁之後終於一舉得女，必定是欣喜若狂。我們全都帶了睡袋來，但我們把睡袋靠牆堆成一堆，坐在瑪麗克莉斯汀娜的床上和地板上。南西帶了一瓶薄荷香甜酒來，我們每個人都喝了一點。薄荷香甜酒難喝得要命，喝起來就像我的胸腔裡有維克斯達姆感冒藥膏似的。我們決定玩「真心話大冒險」。露絲要溫蒂不穿睡衣跑到門廳。溫蒂問法蘭西她十七歲大的姊姊萊西穿什麼尺寸的胸罩。（三十八D。）法蘭西問蓋兒她上星期六和麥可・普雷特納在乳品皇后店裡做什麼。（吃冰淇淋。嗯，廢話。）玩了一會兒之後，我們就都玩膩了，因為我們很難想到什麼大膽的事是我們真的敢去做的，加上我們從幼稚園開始就一直同班，對彼此的一切根本都瞭如指掌。瑪麗克莉斯汀娜說：「來玩通靈板吧。」我們全都同意，因為這是她的派對，而且玩通靈板很刺激。她從衣櫥裡把通靈板拿出來。裝通靈板的盒子已經被壓得扁扁的了，用來代表字母的那些塑膠製小東西也不在它們原有的位置上。亨利有一次提起他去過降靈會，那個靈媒在降靈的過程中竟然盲腸炎發作，他們還得幫她叫救護車。通靈板不大，一次只能讓兩個人玩，所以瑪麗克莉斯汀娜和海倫先來。這個遊戲的規則是，你必須大聲問出你想要知道的事，要不然就會不準。她們倆把手指放在塑膠製的玩意兒上。海倫看著瑪麗克莉斯汀娜，猶豫了一下。南西說：「問問鮑比的事。」瑪麗克莉斯汀娜就問了：「鮑比・達克斯勒喜歡我嗎？」每個人都咯咯笑。答案是不喜歡，但通靈板說「喜歡」，這是因為海倫使了點力。瑪麗克莉斯汀娜笑得很燦爛，笑到我都可以清清楚楚地看見她的牙套。海倫問有沒有男生喜歡她。通靈板轉了一會兒，然後停在幾個字上。「大衛・漢利？」佩蒂唸了出來。所有人都大笑。大衛是我們班上唯一的黑人，個性害羞、身材矮小，但是他的數學很厲害。「或許他可以教妳長除法。」蘿拉說道，她也十分害羞。海倫放聲大笑，因為她的數學很爛。「到這裡來，克萊兒，換妳和露絲玩。」我們和海倫及瑪麗克莉斯汀娜換位置。露絲看著我，我聳了聳肩，說：「我不知道要問什麼。」每個人都在竊笑。到底有多少問題呢？我想知道的事情實在太多了：媽媽會好起來嗎？為什麼今天早上爸爸要罵艾塔？真的有亨利這個人嗎？馬克把我的法文作業藏到哪兒去了？這時露絲說道：「喜歡克萊兒的是什麼樣的男生？」我賞了她一個白眼，但她就只是笑了笑。「難道妳不想知道嗎？」「不想。」我說。但不管怎麼樣，我還是把手指放到白色的塑膠製品上，露絲也如法炮製，但通靈板一點動靜都沒有，因為我們倆都只有輕輕地碰觸這個塑膠製品，我們想用正確的方式玩，不想自己使勁推。然後，這個塑膠東西開始動了，慢慢地動了！它先是轉圈圈，然後停在H，接著又加速：E、N、R、Y。「亨利，」瑪麗克莉斯汀娜說道：「誰是亨利啊？」海倫也問：「我不知道，但妳的臉都紅了，克萊兒，亨利是誰？」我搖搖頭，好像這對我來說也是神祕不可解的事情。「露絲，換妳來問。」她問有誰喜歡她（可真讓人大吃一驚啊）。通靈板拼出了R、I、C、K，瑞克。我可以感覺到露絲在推。瑞克就是馬龍先生，我們自然科的老師，他很喜歡我們的英文老師安格爾小姐。除了佩蒂之外，每個人都笑得樂不可支，佩蒂也很迷戀馬龍先生。我和露絲起身，換蘿拉和南西坐下。南西背對著我，所以當她問「亨利是誰」時，我看不見她的臉。每個人都看著我，四下鴉雀無聲。我看著通靈板，沒有動靜。我才心想逃過一劫時，這個塑膠東西開始動了。H，它指道。我想它或許是要再拼一遍亨利的名字，畢竟南西和蘿拉對亨利一無所知，就連我也不是很了解他。然後它繼續動：U、S、B、A、N、D。她們全都看著我。「喂，我又沒結婚，我只有十一歲啊。」「可是亨利是誰？」蘿拉很納悶。「我不知道啊，或許是一個我還沒碰到的人。」她點點頭。每個人都覺得很不可思議，我也不例外。丈夫？亨利是我丈夫？

一九八四年四月十二日星期四（亨利三十六歲，克萊兒十二歲）

亨利：我和克萊兒在森林裡生了一堆火，然後在火堆旁下起西洋棋。這是個美好的春日，森林裡生氣勃勃，鳥兒都在築巢求偶。一直以來，我們都刻意避開克萊兒的家人，而今天他們出門了，整個下午都不在家。克萊兒卡在這步已經好一會兒了。我三步之前吃了她的皇后，她的命運早已註定，但她還是決定放手一搏。

她抬頭看我。「亨利，披頭四裡你最喜歡誰？」

「當然是約翰．藍儂。」

「為什麼是『當然』？」

「嗯，林哥．史塔還行，但他有點太老實，太像受氣包了。喬治．哈里遜就有點太新世紀了，不太合我的胃口。」

「什麼是『新世紀』[22]？」

「奇怪的宗教、無聊愚蠢的音樂、妄想說服一般人只要是比較優越的事都跟印度人有關、非西方醫學。」

「但你也不喜歡正規醫學啊。」

「這是因為醫生老是跟我說我瘋了。如果我的手斷了，我就會變成西方醫學的頭號支持者。」

「那保羅．麥卡尼呢？」

「保羅是給女生喜歡的。」

克萊兒不好意思地笑了，「我最愛保羅了。」

「是啊，妳是女生啊。」

「為什麼只有女生喜歡保羅？」

小心別說錯話啊，我對自己說道。「嗯，保羅就像比較善良的披頭，妳明白我的意思嗎？」

「這樣不好嗎？」

「沒有，不算不好。但男生都比較喜歡耍酷，約翰就像是比較酷的披頭。」

「喔，但他已經死翹翹了。」

我笑了。「就算死掉了，還是可以很酷啊，死掉還更容易變酷呢，因為你再也不會變老、變胖，或是變禿頭了。」

克萊兒哼起披頭四的「當我六十四歲的時候」前奏。她把城堡往前移了五步，我現在就可以「將死」她了，我指出這一點後，她急忙把城堡移回來。

「那妳為什麼最愛保羅？」我開口詢問，剛好抬起頭來，及時看到她羞紅了臉。

「他實在很……帥。」克萊兒說的方式讓我感覺怪怪的。我推衍我們這盤棋，突然發現，如果克萊兒用她的騎士吃掉我的主教，她就能將死我了。我在想我是不是應該跟她講，如果她再小一點的話，我應該會跟她說吧，但十二歲已經夠大，可以照顧自己了。克萊兒用夢幻般的眼神凝視棋盤。我很嫉妒。老天，我真不敢相信，我竟然嫉妒一個老得可以當克萊兒她爸的億萬富翁兼搖滾巨星怪老頭。

「哼，」我說道。

克萊兒抬起頭，淘氣地笑了。「那你喜歡誰？」

妳。我在心裡想，但沒有說出來。「妳是說，當我在妳這個年紀的時候嗎？」

「嗯，對啊。那是哪一年啊？」

我在告訴她之前，先思忖說出這個爆炸性消息的利弊得失。「一九七五年，我比妳大八歲。」

「所以你現在是二十歲囉？」

「嗯，不是，我現在三十六歲。」老得可以當妳爸爸了。

克萊兒皺起眉頭，數學不是她的強項。「可是如果你在一九七五年的時候是十二歲……」

「喔，對不起，妳是對的。我是說，我現在是三十六歲；但在某個地方，」我指了指南方，「在真實的時空裡，我是二十歲。」

克萊兒努力消化我丟出來的消息。「所以有兩個你？」

「不完全是。永遠都只有一個我，但當我時空旅行時，我有時候會去我已經存在的時空，這樣一來，妳當然可以說有兩個我，或是更多個我。」

「那為什麼我從來都沒有見過一個以上的你？」

「妳以後會看到的，當妳和處在現在的另一個我相遇之後，這種事情就會常常發生。」比我預期的更常發生。

「那你在一九七五年的時候喜歡誰？」

「其實沒有喜歡的人。我十二歲的時候，滿腦子想著別的事情，可是等我到了十三歲，我就為佩蒂・赫斯特[23]神魂顛倒了。」

克萊兒看起來不是很高興。「她是你在學校認識的女生嗎？」

我大笑。「不是，她在加州念大學，家裡很有錢。她被左翼恐怖份子綁架了，後來他們還逼她去搶銀行。有好幾個月的時間，每天晚上打開電視，都在播她的新聞。」

「她後來怎麼樣了？你為什麼喜歡她？」

「他們最後還是放她走了，後來她結了婚，也生了小孩，現在是加州一個很有錢的名媛。我為什麼喜歡她？我不知道耶，這完全是非理性的，妳懂我的意思嗎？我猜我稍微能夠了解她的感受，她被人抓走、被逼著做一些她不願意做的事，然後看起來好像她變得有點樂在其中了。」

「你會做你不願意做的事嗎？」

「會，我總是在做這樣的事。」有條腿麻了，我站起來讓腿活動活動，直到它開始刺痛為止。「克萊兒，我不是每次都能平安地和妳待在一起。很多時候，在我身處的環境裡，我必須靠著偷竊，才能得到衣服和食物。」

「噢。」她的臉沉了下來，然後她突然想到她可以怎麼走了。她移動棋子，抬頭看我，一臉得意。

「將死！」

「嘿，太棒了！」我向她行禮致意，「妳是本日的棋后。」

「對啊，我是本日的棋后，」克萊兒得意地說，並著手把棋子擺回開始的位置。「再來一盤？」

我假裝看看手上並不存在的錶。「好啊。」我又坐了下來。「妳肚子餓嗎？」我們已經在這裡待了幾個小時了，配給也都快吃完了，只剩下一袋多力多滋的殘渣。

「嗯。」克萊兒把兵都拿在背後。我拍了拍她右手肘，她就把白兵出示給我看。我的開局很標準：皇后的兵走到Q4那一格。她也針對我的標準開局做出同樣的標準回應。接下來的十步我們都下得非常快，雙方的殺戮都很節制。然後克萊兒坐了一會兒，看著棋盤沉思。她一向勇於嘗試，總是試著做出「成功的一擊」。「那你現在喜歡誰？」她問道，頭抬都沒抬。

「你是指二十歲，還是三十六歲？」

「我都想知道。」

我試著回想我二十歲的時候，就只有幾個印象很模糊的女人，我對她們的乳房、大腿、皮膚和頭髮都沒什麼印象了，和她們發生的事情全都混在一起，就連她們的臉和名字，我也兜不起來了。我二十歲時很忙碌，也很悲慘。「二十歲的時候沒有發生什麼特別的事情，也沒什麼特別喜歡的人。」

「那三十六歲的時候呢？」

我仔細審視克萊兒。十二歲會不會太小啊？我很肯定十二歲還是太小了，在這個年紀，暗戀英俊、可望而不可及、安全的保羅．麥卡尼，總比應付亨利這個時空旅行怪叔叔來得好吧。但無論如何，她幹嘛問這個問題啊？

「亨利？」

「怎樣？」

「你結婚了嗎？」

「結了。」我勉強承認。

「跟誰？」

「跟一個漂亮聰慧、堅忍不拔又才華洋溢的女人。」

她的臉垮了下來。「噢。」她吃掉我一個白主教，這是她在兩步之前逮到的。然後她把白主教放在地上讓它轉，像轉陀螺一樣。「噢，這樣很好啊。」這個消息好像讓她有點不高興。

「怎麼了？」

「沒什麼。」克萊兒把她的皇后從Q2移到KN5。「將軍。」

我趕緊移動我的騎士來保護國王。

「那我結婚了嗎？」她打探道。

我迎上她的雙眼。「妳今天很得寸進尺喔。」

「那又怎樣？反正你從來都不跟我說任何事情。拜託，亨利，如果我以後嫁不掉的話，你就老實跟我說吧。」

「妳以後會當修女。」我逗她。

克萊兒開始發抖。「天啊，我希望我不至於落到這種下場。」她用她的城堡吃掉我的一個兵。「你是怎麼認識你老婆的？」

「抱歉，這是最高機密。」我用皇后吃掉她的城堡。

克萊兒扮了一個鬼臉，「哎唷，你那時在時空旅行嗎？你在什麼時空認識她的？」

「別管閒事。」

克萊兒嘆了一口氣，用另一個城堡吃掉我的另一個兵，我的兵愈來愈少了。我把皇后的主教移到KB4。

「這很不公平耶，你很清楚我的一切，可是你從來都不告訴我你的事情。」

「沒錯，是很不公平。」我試著裝出很遺憾、很不得已的樣子。

「露絲、海倫、美根和蘿拉就會把所有的事情都跟我說，我對她們也不會有所隱瞞。」

「所有的事情？」

「是啊。喔，我沒跟她們說你的事情。」

「喔？為什麼？」

克萊兒有了防備，「你是一個祕密。反正不管怎麼說，她們都不會相信的。」她用她的騎士誘捕我的主教，然後狡黠地笑了一下。我對著棋局努力思索，試圖想出辦法吃掉她的騎士，或是移動我的主教。對白棋來說，情勢愈來愈不利了。「亨利，你真的是人嗎？」

我嚇了一跳。「是啊，要不然呢？」

「我不知道，幽靈？」

「克萊兒，我是活生生的人。」

「那你證明給我看。」

「怎麼證明？」

「我不知道。」

「我也不覺得妳有辦法證明妳是人，克萊兒。」

「我當然可以。」

「妳要怎麼證明？」

「我看起來就像人。」

「嗯，我看起來也像人啊。」克萊兒竟然提出這樣的論據，真是好玩。一九九九年時，我和肯德瑞克醫生曾經就這個議題進行哲學攻防戰，肯德瑞克醫生相信我是新品種人類的先遣部隊，和一般人有天壤之別，就像克羅馬儂人和他的尼安德塔人鄰居截然不同一樣。但我堅決主張我只是遺傳基因出了差錯，我們沒辦法生小孩就足以證明我並不是「失落的環節」[24]。我們引用齊克果和海德格的學說來攻擊對方，爭得面紅耳赤的。此時，克萊兒疑惑地望著我。

「人類才不會像你這樣出現或消失，你就像《愛麗絲夢遊仙境》裡的赤郡貓。」

「妳在暗示我是個虛構的人物嗎？」我終於想好怎麼走了：國王的城堡走到ＱＲ３。現在她可以吃掉我的主教，但她也會因此失去她的皇后。克萊兒花了一點時間才搞清楚這一點，等她搞清楚後，對我吐了吐變成可怕橘色的舌頭，她吃太多多力多滋了。

「你讓我開始懷疑童話，如果你是真的，那麼童話故事憑什麼不是真的？」克萊兒站起來，還是念著棋局，她跳來跳去的，就好像褲子著火似的。「地上愈來愈硬，我的屁股都麻掉了。」

「或許童話故事都是真的，又或者這些故事裡有某些事情是真的，然後人們再加油添醋。妳明白我的意思嗎？」

「就好像白雪公主其實只是昏迷不醒？」

「睡美人也是。」

「『傑克與魔豆』裡的傑克不過就是個差勁透頂的園丁。」

「諾亞不過就是一個有間船屋、養了一群貓的怪老頭。」

克萊兒瞪著我。「諾亞是聖經裡的人物，不是童話故事裡的角色。」

「喔，對。對不起。」我現在肚子很餓。奈兒隨時都會敲晚餐開飯的鐘，到時克萊兒就必須回去了。她又坐回地上，坐回棋盤她那邊。當她開始用她吃掉的棋子蓋一座小型的金字塔時，我就知道她對下棋已經失去興致了。

「你還是沒有證明你是活生生的人啊。」克萊兒說道。

「妳也沒有啊。」

「你曾經懷疑我不是真的人嗎？」她問我，一臉驚訝。

「或許妳是我夢裡的人，也或許我是妳夢裡的人，或許我們只存在於彼此的夢中，每天早上醒來後，我們就忘了彼此所有的事情。」

克萊兒皺了皺眉頭，手動了動，好像要把這個古怪的想法給揮掉似的。「捏我，」她要求道。我靠過去，在她的手上輕輕地捏了一下。「用力一點！」我又捏了一次，力道足以在她的手上留下一陣紅白的痕跡，幾秒鐘後才消失。「難道你不覺得，如果我在睡覺的話，這樣被你一捏，就會醒過來了嗎？不管怎麼說，我並不覺得自己有睡著啊。」

「那我也不覺得自己像幽靈，或是虛構的人物啊。」

「你怎麼知道？我的意思是說，如果你是我編出來的，而我又不希望你發現你是我編造出來的，那我就不會告訴你這件事，對吧？」

我對她挑了挑眉毛，「或許我們都是上帝編出來的，但祂並沒有告訴我們實情。」

「你不應該用這種方式說，」克萊兒大叫：「況且，你連上帝都不信。你信嗎？」

我聳聳肩，轉移話題，「至少我比保羅．麥卡尼真實多了。」

克萊兒看起來很憂心。她開始把所有的棋子都放進盒子裡，小心地分成黑色和白色兩堆。「很多人都認識保羅．麥卡尼，但認識你的就只有我一個。」

「可是妳有親眼見過我啊，但妳卻從來不曾親眼見過他。」

「我媽媽有去看過披頭四的演唱會。」她把摺疊西洋棋蓋上，躺在地上、張開四肢，望著樹木最上層的新生枝葉所構成的樹冠。「那場演唱會是在芝加哥的科米斯基公園球場舉辦的，時間是在一九六五年八月八日。」我伸手戳了戳她的肚子，她咯咯亂笑，蜷得像隻豪豬。我們呵癢、打鬧了一陣子之後，就手牽手躺在地上，然後克萊兒問：「你老婆也是時空旅人嗎？」

「不是。真是謝天謝地。」

「你為什麼要說『謝天謝地』？我覺得這樣很好玩啊，你們可以一起時空旅行。」

「一個家庭裡有一個時空旅人已經夠多了，時空旅行是很危險的，克萊兒。」

「她會擔心你嗎？」

「會，」我柔聲說道：「她很擔心。」我開始揣想一九九九年的克萊兒現在正在做什麼。她或許還在睡覺，或許還不知道我已經不見了。

「你愛她嗎？」

「非常愛，」我輕聲說道。我們安靜地躺著，肩並著肩，望著隨風擺動的樹木、鳥兒、天空。我聽到很微弱的抽噎聲，於是瞥了克萊兒一眼，看到眼淚從她的臉龐滑落，流到她的耳朵裡。我吃了一驚，趕緊坐起來，低頭看她，「妳怎麼了，克萊兒？」她只是搖搖頭，嘴巴閉得緊緊的。我順了順她的頭髮，把她拉起來坐好，然後用雙手圈著她。她是小孩，但又不是小孩，「妳怎麼了？」

她回答得很小聲，讓我不得不叫她再說一遍。

「我還想說你娶的人，或許是我。」

一九八四年六月二十七日星期三（克萊兒十三歲）

克萊兒：我站在牧場上。現在是六月底的傍晚時分，再過幾分鐘就要洗手吃晚飯了。氣溫正在下降，十分鐘前，天空還是藍紫色的，牧場上熱氣蒸騰，一切都感覺扭扭曲曲的，好像在一片遼闊的玻璃穹頂下，附近所有的聲音都被熱氣吞沒了，鋪天蓋地的，都是昆蟲合唱的嗡嗡聲響。我坐在小橋上，看著水黽在靜止的小池塘上滑行，想著亨利。今天不是亨利出現的日子，他下一次來的時間是二十二天以後。現在又更涼一些了。亨利讓我傷透了腦筋，從出生到現在，我很理所當然地接受亨利，也就是說，雖然亨利是一個祕密，但他也因此變得很有魅力；亨利也有點像是個奇蹟，但一直到最近我才恍然大悟，原來絕大多數的女生都沒有一個亨利，要不然，就是她們有一個亨利，但全都守口如瓶。一陣風吹了過來，綠草如浪般，一波波湧動；我閉上雙眼，這樣一來，風聲聽起來就像是浪濤聲（我只在電視上看過大海）。當我張開眼睛時，天空先是黃色的，然後又變成綠色的。亨利說他來自未來，以前我還小，對這所代表的意義沒有任何概念，也不覺得有任何問題。如今，我懷疑這是不是意味著，未來是一個我可以到達的地方，或者說，就像一個我可以到得了的地方，我可以用某種不同於逐漸老去的方式抵達那裡。我在想，不知道亨利能不能把我帶去未來。森林很幽暗，樹木隨風翻飛、曲折，昆蟲的嗡嗡聲悄然絕耳，大風撫平了一切，草都偃了，樹木嘎吱作響，宛若呻吟。未來令我心生恐懼，它就像一個正等著我開啟的大盒子，而亨利說他在未來認識我。一團很大的烏雲突然從樹木後方升起，讓我不禁笑了出來。這團烏雲就像受人操縱的木偶，所有的東西都朝著我旋轉而來，遠方響起一陣低鳴的雷聲。我突然意識到自己單薄地站在牧場上，站得直挺挺的。牧場上所有的東西都伏了下來，我也跟著躺下，盼望暴風雨別發現我。暴風雨滾滾翻騰，我平躺在地上，抬頭望天，等著看什麼時候雨會傾盆而下。我的衣服一下子就濕透了，此刻，我突然感覺亨利就在那裡，我的體內升起一股很不可思議的慾望，希望亨利就在那裡，把他的雙手放在我身上。在這個時候，亨利對我來說，就像是這場甘霖，而我形單影隻，期盼他的降臨。

一九八四年九月二十三日星期日（亨利三十五歲，克萊兒十三歲）

亨利：我人在空地上、在牧場上。現在仍是清晨，天還沒完全亮。夏末，花花草草都長到我胸前。天氣很冷，我一個人走過草叢，找到了裝衣服的箱子，裡頭裝著藍色牛仔褲、牛津布白襯衫和夾腳拖鞋。我以前從來沒見過這些衣服，我不知道現在身在什麼時空。克萊兒也為我準備了點心：一塊用錫箔紙細心包好的花生醬果凍三明治、一顆蘋果、一包傑氏洋芋片。搞不好，這是克萊兒從學校帶回來的午餐。我猜現在應該是七〇年代末或八〇年代初。我坐在大石頭上大快朵頤，吃完後覺得好多了。太陽緩緩升起，整片牧場都變成藍色的，接著變成橘色，之後又變成粉紅色的，萬物的影子都拉得長長的，然後天色大白。這裡沒有克萊兒來過的跡象。我爬行了幾呎，爬到草叢裡，雖然地上沾著露水，濕答答的，但我還是倒頭呼呼大睡。

等我醒來時，已經日上三竿了，而克萊兒就坐在我的身旁看書。她對我微笑，「陽光都照到沼澤上了。鳥兒都在歌唱，青蛙都在呱呱叫，起床的時間到了！」

我發出呻吟聲，揉揉眼睛。「嗨，克萊兒，今天是幾號？」

「一九八四年九月二十三日星期日。」

克萊兒十三歲。這是一個奇怪又難熬的年紀，但再怎麼難熬也不如我們現在即將要面臨的事情。我坐起來，打著呵欠，「克萊兒，如果我很客氣地求妳，不知道妳願不願意回妳家，幫我走私一杯咖啡過來？」

「咖啡？」克萊兒說得好像她從來都沒有聽過這種東西似的。她成年後，比我更離不開咖啡。她思考其中的運籌。

「拜託嘛？」

「好吧，我試試看。」她慢吞吞地站起來。克萊兒這一年一下子就長高了五吋，但她對她的新身體好像還沒有辦法泰然處之。她的胸部、大腿和屁股，全都是新出爐的。當我看著她走上步道回家時，我努力叫我自己不要想些有的沒的。我瞥了一眼她的書，是桃樂西．榭爾絲[25]的作品，這一本我還沒看過。她回來時，我已經看了三十三頁。她帶了保溫壺、杯子、一條毯子還有幾塊甜甜圈。整個夏季艷陽把克萊兒的鼻子曬出了雀斑，在她鋪毯子時，她變淡的髮絲落到手臂上，我得努力克制想要伸手遊走在她髮絲間的衝動。

「老天保佑妳。」我接過保溫壺，好像裡面裝的是聖餐一樣。我們在毯子上坐下，我踢掉夾腳拖鞋，幫自己倒了一杯咖啡，啜了一口，實在是超濃超苦的。「哇靠！克萊兒，這分明是火箭燃料嘛。」

「太濃了嗎？」她看起來有點沮喪，我得趕緊講幾句好話。

「嗯，或許沒有什麼東西真的算得上太濃，但這杯咖啡味道倒是挺重的，不過我還滿喜歡的，是妳自己煮的嗎？」

「嗯哼。我以前從來都沒有煮過咖啡，偏偏我煮到一半時，馬克走進來煩我，所以我可能煮壞了。」

「沒有，還不錯。」我吹了吹咖啡，然後一飲而盡，馬上就覺得舒服多了。我又倒了一杯。

克萊兒接走我手上的保溫壺，給自己倒了一點，然後小心謹慎地喝了一口。「噁，」她說道：「真難喝。咖啡喝起來就像這樣嗎？」

「通常沒這麼可怕，妳喜歡加很多糖和牛奶。」

克萊兒把剩下的咖啡倒在牧場上，拿起一塊甜甜圈。吃完後她說：「你把我變成怪物了。」

我不知道該怎麼回答這個問題，因為這個想法從來都不曾出現在我的腦海裡。「我才沒有。」

「你有。」

「我沒有。」我停頓了一下。「我把妳變成怪物了，這句話是什麼意思？我才沒有把妳變成什麼東西呢。」

「你知道的，就像你在我還沒嚐過咖啡時，就跟我說我喜歡喝加糖和牛奶的咖啡。但我怎麼知道那是我真正喜歡的，還是因為你說我喜歡，所以我才喜歡的？」

「可是克萊兒，這只是個人品味啊，不管我有沒有說什麼，妳應該都有辦法知道妳喜不喜歡喝咖啡。而且，妳才是那個一直吵我、要我告訴妳未來的人。」

「想要知道未來，和有人跟我說我喜歡什麼東西是不一樣的。」克萊兒說道。

「有什麼不一樣？這全都和自由意志有關。」

克萊兒脫掉鞋襪，把襪子塞到鞋裡，再把鞋子整齊地擺放在毯子一角。然後她拿起被我踢掉的夾腳拖鞋，排在她的鞋子旁邊，好像這條毯子是塊榻榻米似的。「我覺得自由意志要和原罪一起考量。」

我想了一下，「不需要，為什麼自由意志要受限於對與錯？妳出於個人自由意志，決定脫掉自己的鞋子，這有什麼關係？沒有人在乎妳有沒有穿鞋，妳並沒有罪孽深重，但也不是品行高潔，而這也不會影響未來，但妳卻行使了妳的自由意志。」

克萊兒聳聳肩，「可是有時候你會告訴我一些事情，讓我覺得未來好像已經存在了，你懂嗎？這就好像我的未來已經發生，而我沒辦法對它做什麼了。」

「這就叫『決定論』[26]，」我告訴她，「是我揮之不去的夢魘。」

克萊兒的好奇心被我勾起了，「為什麼？」

「如果妳覺得妳被無法改變未來的念頭給困住了，想想我的感受，我得一再面對我無法改變任何事情的事實，就算我人在現場，我還是得眼睜睜地看著事情發生。」

「可是亨利，你的確有改變事情啊！你寫下了我應該在一九九一年交給你的唐氏症小孩的事，還有那張表，沒有那張表，我永遠都不知道應該什麼時候來見你。你一直都在改變事情啊。」

我微笑了，「我只能促進已經發生的事情啊。但比方說，我就不能改變妳剛剛脫掉鞋子的事實。」

克萊兒大笑，「你幹嘛那麼在意我有沒有脫鞋啊？」

「我沒有在意。但就算我很在意，這也已經變成整部宇宙史裡無法更動的一頁，我半點力都使不上。」我拿了一塊俾斯麥甜甜圈，這是我的最愛，因為太陽曝曬的關係，上頭的糖霜有點融化了，還黏在我的手指上。

克萊兒把她的甜甜圈吃完，然後把牛仔褲的褲管捲起來，盤腿坐著。她用手抓了抓脖子，一臉不爽地看著我，「現在你讓我變得很注意自己，你讓我覺得每次我擤鼻涕都會變成歷史事件。」

「嗯，確實會。」

她的眼珠子轉了轉，「決定論的相反是什麼？」

「混沌。」

「喔。我想我並不喜歡混沌，你喜歡嗎？」

我咬了一大口俾斯麥甜甜圈，開始思索混沌。「我喜歡，但也不喜歡。混沌更加自由，事實上，混沌是一種全然的自由，卻毫無意義。我希望自由行動，但我也希望我的行動有其意義可言。」

「可是亨利，你忘了上帝了，為什麼不能存在一個能夠賦予行動意義的上帝？」克萊兒很用力地皺了皺眉頭，當她說話時，把臉轉過去看著牧場。

我把最後一小塊俾斯麥甜甜圈塞到嘴巴裡，慢慢咀嚼以爭取時間。每次克萊兒提到上帝，我的掌心就開始冒汗，並且有一股衝動想要躲起來，或是跑掉，或是消失得無影無蹤的。

「我不知道耶，克萊兒，如果真有一個上帝的話，那麼對我來說，萬事萬物就顯得太隨機、太沒有意義了。」

克萊兒雙手緊緊抱住膝蓋。「但你以前說過，萬事萬物就像是經過事先規畫過似的。」

「喔，」我抓住她的腳踝，把她的雙腳拉到我的膝蓋上固定。克萊兒笑個不停，她用手肘撐住地面往後仰。我把克萊兒冰冷、呈現粉紅色的乾淨雙腳握在手中，說道：「好吧，我們就來想想看。我們有幾個選項：第一、一個封閉的宇宙，在這個宇宙中，過去、現在和未來同時存在，而一切早就已經發生了；至於混沌，因為我們無法知道所有的變數，所以什麼事情都有可能發生，什麼事情都無法預測；而基督徒的宇宙裡存在著一個上帝，祂創造了一切，而萬物的存在都是為了一個目的，但不管怎麼說，我們都擁有自由意志。對吧？」

克萊兒對著我動動腳趾頭。「我想應該對吧。」

「那妳會把票投給哪一方？」

克萊兒不吭聲了。十三歲的她，對耶穌和聖母瑪莉亞既懷有實用主義[27]的態度，也抱持了浪漫的情懷，這兩種感受幾乎不相上下。如果在一年前，她一定毫不遲疑地投上帝一票；這十年內，她會投給決定論；而在十年後，克萊兒會相信宇宙獨斷：如果上帝存在，那祂一定沒有聽見我們的祈禱，我們因而無法逃脫慘無人道，且毫無意義的因果。在這之後呢，我不曉得。但此時此刻，克萊兒坐在青春期的門檻上，一邊是信仰，一邊是她逐漸產生的疑慮，而她能做的，就是把信仰和懷疑耍來耍去，或是把它們擠成一團，直到它們融合在一起為止。她搖了搖頭，「我不知道，但我希望上帝存在，這樣行嗎？」

我覺得自己像個混球。「當然行啊，這是妳所相信的事情。」

「可是我不要只是相信而已，我希望祂真的存在。」

我用大拇指滑過克萊兒的足弓，她閉上雙眼。「妳和聖多瑪斯[28]一樣，你們都希望祂存在。」

「我聽過這個人。」克萊兒這麼說，好像我們談的是她最喜歡，又久未謀面的叔叔，或是她小時候曾經看過的電視節目主持人似的。

「他渴求秩序和理性，還有上帝。他是十三世紀的人，在巴黎大學教書，既相信亞里斯多德，也相信天使。」

「我也喜歡天使，」克萊兒接口：「祂們真是太美了，我希望我身上也有翅膀，這樣我就可以四處飛，還能夠坐在雲端上。」

「Ein jeder Engel ist schrecklich.」

克萊兒輕輕地嘆了一口氣，意思是：我又不懂德文，你是不知道嗎。「啊？」

「『一切天使可怕。』這是《杜伊諾哀歌》的其中一句，這首詩的作者里爾克是我們最喜歡的詩人之一。」

「犯什麼？」

克萊兒又笑出聲，「你又犯了！」

「你又在跟我說我喜歡什麼了。」克萊兒把腳埋到我的膝蓋裡，我沒想太多就把她的腳抬到我的肩膀上，突然覺得這似乎有點色情，趕緊把克萊兒的腳放下，握回手中。當她躺下時，我用一隻手把她的雙腳騰空握住，她無邪得像個天使，頭髮散落在毯子上，就像環繞著她的光圈。我搔她的腳，克萊兒咯咯亂笑，在我的手裡扭來扭去，像條魚似的。她跳起來，滾到草地上，然後對著我齜牙咧嘴，好像在說看我敢不敢過去抓她，但我只是齜牙咧嘴回去。然後她回到毯子上，在我身邊坐下。

「亨利？」

「幹嘛？」

「你正在把我變得與眾不同。」

「我知道。」

我轉過頭看向克萊兒，有那麼一剎那，我忘了她還很小，而現在還是很久以前；我看到克萊兒，我的妻子，疊在這個小女孩的臉上，而我不知道要跟眼前的克萊兒說些什麼，這個克萊兒既世故又年輕，而且和其他女孩不同，她也知道她的不同或許會讓她過得很辛苦，但她似乎不指望得到什麼答案。她靠著我的手臂，我伸手環住她的肩膀。

「克萊兒。」克萊兒的爸爸喊她，聲音穿過了寧靜的牧場。她跳起來，一把抓起自己的鞋襪。

「上教堂的時間到了。」她突然變得很緊張。

「好吧，」我說道。「嗯，再見。」我朝她揮揮手，她對我微笑，咕噥了一句「再見」，然後跑上步道，沒一會兒就不見了。我在太陽下躺了一陣子，思索著上帝、讀著榭爾絲的小說，差不多一個小時之後，我也不見了，只留下一條毯子、一本書、咖啡杯，還有衣服，證明我們真的來過。

終結之後

一九八四年十月二十七日星期六（克萊兒十三歲，亨利四十三歲）

克萊兒：我突然醒來，彷彿聽到有人在喊我的名字，那聲音聽起來很像是亨利在叫我。我坐起身，仔細聆聽，只聽到風聲，還有公雞啼叫……會不會真的是亨利在叫我？我跳下床，鞋也沒穿就跑了起來；我跑下樓，從後門穿出去，來到牧場上。外面很冷，風灌進我的睡衣裡。他在哪裡？我停下來四處張望，看到爸爸和馬克在果園那邊，他們穿著鮮橘色的獵裝，有個男人跟他們站在一起，都在看著什麼東西。他們聽到我的聲音，全都轉過頭來，我發現那個男人就是亨利。亨利、爸爸還有馬克在幹嘛啊？我跑到他們那邊，腳都被枯草割傷了。爸爸走過來看我，「親愛的，這麼早出來做什麼？」

「我聽到有人喊我的名字。」爸爸對我微笑，好像在說著：傻女孩。然後我看看亨利，想知道他怎麼解釋。你幹嘛喊我，亨利？可是他搖搖頭，把食指放在唇上。噓，別說出來，克萊兒。他走進果園裡，我想看他們到底在看什麼，可是那裡空無一物，然後爸爸說：「克萊兒，回去睡覺，這不過是場夢而已。」他用手環住我，陪我走回家。我回頭看亨利，但他笑著對我揮手。沒事的，克萊兒，我晚一點再跟妳解釋。（我知道亨利應該不會解釋，但他會讓我了解的，要不然就是這件事在這幾天內就會水落石出了。）我也對他揮手，然後我又看看馬克，想知道他有沒有看見我們對彼此揮手示意，但他背對著我們，很不爽、很不耐煩地等我離開，這樣他跟爸爸就可以繼續打獵了。可是亨利在這裡幹嘛？他們剛剛在說什麼？我又回頭看，但我沒看到亨利。「走吧，克萊兒，回去睡覺吧。」爸爸親吻我的額頭，他看起來似乎不太高興。我跑回家後，放慢腳步上樓，直到在我的床上坐下，依舊抖個不停，我還是不明白剛剛到底發生了什麼事，但我知道一定是壞事，非常、非常壞的壞事。

一九八七年二月二日星期一（克萊兒十五歲，亨利三十八歲）

克萊兒：放學回家時，亨利已經在閱覽室裡等我了。我幫他收拾了一個小房間，就在鍋爐室旁邊，我們放腳踏車的對面。我讓全家人以為我喜歡待在地下室看書，所以他們才准許我使用這個房間，而我也真的在這裡消磨了很多時光，這樣一來，我待在地下室這件事才不會看起來太不尋常。亨利將一張椅子卡進門把下方，我敲了四下，於是他打開門讓我進去。亨利用枕頭、椅墊和毯子做了一個鳥巢般的東西，他就著我的桌燈看舊雜誌，穿著我爸的舊牛仔褲及法蘭絨格子襯衫，看起來一臉疲憊，連鬍子也沒刮。我今天早上把後門的鎖打開，現在他人就在這裡。

我把帶來的一盤食物放在地板上。「我可以拿幾本書下來。」

「其實有這些雜誌就很棒了。」他正在讀一九六〇年代的《瘋狂》雜誌。「這對時空旅人來說是不可或缺的，因為時空旅人必須在很短的時間內了解各式各樣真真假假的事情。」他邊說邊拿起一本一九六八年的《世界年鑑》。

我在他身邊的毯子堆裡坐下，望著他，想看看他會不會叫我走開。我知道他正在思索這件事情，因此我先把手舉起來給他看，再把手藏在屁股底下，我就坐在手上。他微笑了，「妳就把這裡當自己的家吧。」

「你從什麼時候來的？」

「二〇〇一年十月。」

「你看起來很累。」我看得出他正在心裡交戰，考慮要不要告訴我，為什麼他一副很疲累的樣子，但他最後決定什麼也不說。「二〇〇一年的時候，我們都在忙些什麼？」

「大事，令人心力交瘁的事情。」亨利開始吃我帶來的烤牛肉三明治。「嘿，這太好吃了。」

「是奈兒做的。」

他大笑。「我永遠都搞不懂，為什麼妳可以製作擋得住陣陣強風的巨型雕刻、調配染料的配方、煮構樹之類的，卻不能做任何跟烹飪有關的事情，這真是太神奇了。」

「這是某種心理障礙，某種病態恐懼。」

「實在是太奇怪了。」

「我只要走進廚房，就會聽到一個很微弱的聲音對我說『走開』，於是我就恭敬不如從命了。」

「妳吃得夠嗎？妳看起來很瘦。」

但我卻覺得自己很肥。「我有在吃。」突然，我的腦海裡冒出一個很可怕的念頭。「二〇〇一年的我很胖嗎？說不定就是因為這樣，你才會覺得我現在太瘦了。」

亨利笑了，但我不知道他在笑什麼。「妳那時候是有點豐滿，但妳會瘦回來的。」

「噢。」

「豐滿很好啊，妳胖一點很好看的。」

「不，多謝了。」

亨利一臉擔憂地望著我。

「我並不是得了厭食症或什麼的，你不需要擔心啊。」

「嗯，因為妳媽以前老是會嘮叨妳這件事情。」

「以前？」

「現在也是。」

「你為什麼說以前？」

「沒事，妳媽很好。別擔心。」

他在說謊，我的胃一縮。我雙手抱住膝蓋，把頭埋在裡面。

亨利：我真不敢相信，這麼大條的事，我竟然一下子就說溜嘴了。我摸著克萊兒的秀髮，非常渴望能夠回去一會兒，只要一分鐘的時間，就足夠讓我向克萊兒討教，該怎麼跟十五歲的她談及她母親的死。都是因為我沒空睡覺，如果我有睡一會兒的話，思考就會快一些，至少可以把我的失誤遮掩得好一點。可是克萊兒是我認識的人當中最真實的一個，她非常敏感，一點點小謊都別想瞞過她。如今只剩下幾個解決辦法：一是什麼都不要說，但這會讓她抓狂；二是說謊，但她不能忍受別人欺騙她；三是說實話，但這會讓她很煩惱，對她和母親之間的關係也會產生奇怪的影響。克萊兒看著我，「告訴我。」她這麼說。

克萊兒：亨利看起來一臉悲慘。

「我不能說，克萊兒。」

「為什麼？」

「事先知道對妳不好，這會毀了妳的人生。」

「沒錯，可是你不能只說一半啊。」

「根本沒什麼好說的。」

我真的驚慌起來了。

「她自殺了？」必然性淹沒了我。這一直是我最害怕的事。

「不是不是，真的不是。」我瞪著亨利，他看起來很不快樂的樣子。

我無法分辨他說的是真話還是假話，如果我可以看穿他就好了，這樣人生就簡單太多了。媽媽。噢，媽媽。

亨利：這實在太可怕了，我不能丟下這樣的克萊兒不管。

「是卵巢癌。」我輕聲說道。

「謝天謝地。」她放聲大哭。

一九八七年六月五日星期五（克萊兒十六歲，亨利三十二歲）

克萊兒：我一整天都興奮不已地等待著亨利，因為我昨天拿到駕照了！爸爸說我今天晚上可以開那輛飛雅特去參加露絲的派對，雖然媽媽並不贊成，不過因為爸爸早就答應了，所以媽媽莫可奈何。吃過晚飯後，我可以聽到他們在圖書室裡吵架。

「你可以先問過我……」

「露西兒，這又不會怎樣……」

我拿著書走到牧場上，在草地上躺下。太陽開始西沉，這裡變得涼爽，草地上到處都是小小的白蛾。西邊樹林的天空是粉紅色和橘色的，而我頭上有一抹逐漸加深的藍色蒼穹。當我正在考慮要不要回家拿件毛衣時，聽到有人踏過草地的聲音。當然是亨利來了。他走進這片空地，在大石頭上坐了下來。

我躲在草叢裡偷看他，他看起來很年輕，大概只有三十出頭吧，穿著全黑T恤、牛仔褲和帆布運動鞋的他安靜地坐著、等著。但我連一分鐘都等不了，我跳起來，把他嚇了一大跳。

「天啊，克萊兒，請妳不要把我這怪老頭嚇出心臟病好嗎？」

「你才不是怪老頭呢。」

亨利微笑了，他覺得當老人家很好玩。

「親我一下，」我要求，然後他親了我一下。

「為什麼要我親妳？」他問道。

「我拿到駕照了！」

亨利看起來很恐慌，「喔，不要啊……我是說，恭喜妳了。」

我對他微笑，不管他說什麼，都無法破壞我的好心情。「你只是嫉妒我罷了。」

「事實上，我是很嫉妒。我很喜歡開車，但我永遠都不能開車。」

「為什麼？」

「太危險了。」

「膽小鬼。」

「我的意思是說，對其他人很危險。想想看，如果我開車開到一半忽然消失了，那會發生什麼事情？車子還在跑，然後『砰砰』，很多人死掉，到處都血淋淋的。這可一點都不好玩。」

我挨著亨利，也在大石頭上坐下。他往旁邊移開了一些，我假裝沒有發現。「我今天晚上要參加露絲的派對，你要不要去？」

亨利挑起一邊的眉毛。這通常表示他要從某本我從未聽過的書上引用句子，或是用某件事情來訓話，但這次他只說了「克萊兒，這意味著我會見到妳所有的朋友」。

「有何不可？我已經厭倦了遮遮掩掩、躲躲藏藏的。」

「這麼說吧，妳今年十六歲，我現年三十二，只有妳年紀的一倍大而已，我很肯定沒有人會注意我們，而且妳的爸媽一定永遠都不會聽說這件事。」

我嘆了一口氣。「我一定得參加這場派對，你就跟我去嘛，你可以在車裡等我，我不會待太久的，之後我們就可以去別的地方了。」

亨利：我們把車停在距離露絲家一條街遠的地方，我甚至可以聽到從她家一路傳過來的音樂聲，那是「談話頭」樂團的「一生只有一次」。我確實有點期盼能跟克萊兒一起去參加派對，但這很不智。她跳下車，「給我乖乖待在這裡！」好像我是一隻很不聽話的大狗似的，她穿著高跟鞋和迷你裙，跌跌撞撞地往露絲家奔去，我則躺下來等她。

克萊兒：一走進大門，我就知道這場派對是個災難。露絲的爸媽去舊金山一個星期，所以她至少還有一點時間可以回復、打掃和解釋，說真的，我很慶幸這不是我家的房子。露絲的哥哥傑克也邀請了他的朋友來，因此這裡加起來總共有一百人左右，而這些人全都喝得醉醺醺的。這裡的男生比女生多，真希望我穿的是褲子和平底鞋，但現在做什麼都來不及了。當我走進廚房弄點東西喝時，有個人在我身後說：「大家來瞧瞧『只能看不能摸』小姐喔！」我轉過身，看到一個外號蜥蜴頭（因為他長了滿臉的青春痘）的傢伙，正色瞇瞇地打量著我。「穿得很漂亮嘛，克萊兒。」

「謝了，可是我不是穿給你看的，蜥蜴頭。」

他跟著我走進廚房。「這位年輕的女士，妳這樣說可真是沒禮貌，我只是在稱讚妳非常得體的穿著啊，而妳做出的回應就是羞辱我……」他就是不閉嘴。最後我只好抓住海倫，拿她當人肉盾牌，逃出廚房。

「這場派對真是太爛了，」海倫埋怨，「露絲在哪裡？」

露絲和蘿拉躲在她樓上的臥房裡，兩人正待在暗處抽大麻，還從窗戶往外看，因為傑克的朋友正在游泳池裡裸泳。沒多久，我們全都坐到窗邊，像花癡般盯著他們看。

「嗯，」海倫開口：「我喜歡裡面某個人。」

「哪一個？」露絲問。

「站在跳水板上的那個。」

「喔。」

「看看隆。」蘿拉說。

「那個傢伙是隆嗎？」露絲咯咯直笑。

「我想不管是什麼阿貓阿狗，只要脫掉了『金屬製品』樂團的T恤，和俗得要命的皮背心，應該都會變帥很多吧。」海倫說：「嘿，克萊兒，妳怎麼那麼安靜啊？」

「有嗎？我想有一點吧。」我有點心虛地說道。

「看看妳，」海倫嘮叨著，「妳啊，好像對情慾不屑一顧似的，真替妳感到丟臉。妳怎麼會讓自己淪落到這種地步？」她大笑，「說真的，克萊兒，妳幹嘛不趕快把這件事情解決掉啊？」

「我不行啦。」我說道，一副淒慘的樣子。

「妳當然行。妳只要走到樓下，大喊一聲『來操我吧』，應該會有差不多五十個男孩大喊：『我來！我來！』」

「妳們不會明白的。我不想……並不是……」

「她想要某個很特別的傢伙。」露絲說道，目光並沒有離開游泳池。

「那個人是誰？」海倫問。

我聳聳肩。

「拜託，克萊兒，妳就說嘛。」

「放過她吧，」蘿拉插嘴，「如果克萊兒不想說，她就沒必要說啊。」我坐在蘿拉旁邊，把頭靠在她的肩膀上。

海倫突然跳起來。「我馬上回來。」

「妳要去哪裡？」

「我帶了香檳和梨子汁要來調雞尾酒，但我把東西忘在車裡了。」她奪門而出。而戶外一個很高大、長髮及肩的傢伙恰巧用後空翻從跳水板上翻下來。

「Ooh la la!」露絲和蘿拉同時驚呼。

亨利：已經過了大概有一個小時了吧，好久。我吃了半包洋芋片，喝了一罐溫的可口可樂，那是克萊兒幫我準備的。我打了一會兒盹，她去太久了，我開始考慮要不要下車走走，況且我也需要找個地方撇尿。

我聽到高跟鞋啪啪啪朝我走過來，便從車窗往外看，來的並不是克萊兒，而是一位穿著紅色緊身洋裝的金髮妞，這個女孩長得相當漂亮。我先是吃驚，然後就想到她是克萊兒的朋友海倫．鮑威爾。糟了。

她敲了敲我這邊的車門，靠過來打量我。我可以望進她的洋裝裡面，而且可以一路往下看到東京。我覺得有點虛弱無力。

「嗨，你是克萊兒的男朋友吧？我是海倫。」

「妳說錯了，海倫，但還是很高興見到妳。」她呼出的氣有很濃的酒味。

「你要不要下車，自我介紹一下啊？」

「喔，我待在這裡挺舒服的，謝了。」

「好吧，我等一下就會坐到你那邊的。」她毫無預警地走到車子前面，打開車門，然後一屁股坐進駕駛座裡。

「我想見你已經想很久了。」海倫向我吐露。

「妳『已經』？為什麼？」我非常絕望，非常盼望克萊兒能夠前來搭救我，可是這樣一來就會露出馬腳了，不是嗎？

海倫往我這邊靠，壓低聲音對我說：「我早就推論出有你這個人存在了，我廣大無邊的觀察力讓我得出這個結論，當你把所有不可能的事物全都刪除掉之後，不管剩下來的是什麼東西、不管有多麼不可置信，但那就是真相。因此，」海倫停下來打了個嗝。「抱歉，真是太不淑女了。因此，我得出一個結論，我覺得克萊兒一定有男朋友，要不然她就不會拒絕上那些可愛的男孩，搞得他們那麼悶，接著你就出現在我的眼前了。噹噹！」

我一直都很喜歡海倫，因此我對必須誤導她感到相當難過，而這也解釋了她之所以在我們婚禮上對我說出一些話的原因。我很喜愛這種時刻，這種不小心透露了線索，卻又讓人看不清全貌的情況。

「這是一個很有說服力的推論，海倫，但我並不是克莱兒的男朋友。」

「那你怎麼會坐在她的車裡？」

我突然靈機一動，但我想克莱兒一定會殺了我。「我和克莱兒的爸媽是朋友，因為克莱兒要開車來，所以他們很擔心，怕這場派對可能會供應酒，所以就叫我陪她一塊來，萬一她醉了，我就可以幫她把車開回家了。」

海倫噘起嘴。「這根本就沒必要嘛，我們的小克莱兒很少喝超過一滴滴的酒。」

「我也沒說她會，但她的父母就是很固執啊。」

又有高跟鞋踩在人行道上的聲音，這次是克莱兒。當她看到我有同伴時，整個人都呆住了。

海倫跳出車外，「克莱兒，這個不乖的男人說他不是妳男朋友！」

克莱兒和我交換了一下眼神。「嗯，他真的不是。」克莱兒草草地說。

「噢，」海倫說道：「妳要走了嗎？」

「現在都快半夜了，我就要變成南瓜了。」克莱兒走到車子旁邊，打開她那邊的車門。「來吧，亨利，我們走吧。」她發動車子，把車燈打開。

海倫一動也不動地站在大燈前，然後走到我這邊，「不是她的男朋友嗎？啊，亨利？我的確被你耍得團團轉的。再見了，克莱兒。」她笑得很開心。克莱兒笨手笨腳地把車開出停車格，揚長而去。露絲住在康格，當我們開上百老匯高速公路時，所有的路燈都熄掉了。百老匯是一條非常筆直的兩線道高速公路，但如果沒有路燈的話，在上面開車就像開進了墨水池。她伸出手，把大燈關掉。

「克莱兒，妳最好開前燈。」我說道。

「克莱兒！」

「別指使我！」

我把嘴巴閉上，儀表板上只看得到時鐘收音機上發光的數字，現在是十一點三十六分。我聽到空氣從車邊呼嘯而過的聲音，還有汽車的引擎聲；我可以感覺得到車輪在柏油上跑。我們彷彿是靜止的，而世界正以每小時四十五哩的速度在我們身邊移動。我閉上雙眼，感覺不出差別。我睜開雙眼，心怦怦怦地跳著。

遠方有車燈出現。克萊兒打開燈，我們再度狂奔而去，筆直地開在兩條黃線之間，就在路中間的黃線和路邊的黃線之間。現在是十一點三十八分。

儀表板的燈光映著克萊兒的臉，她面無表情。「妳為什麼要這麼做？」我問她，聲音發抖。

「有何不可？」克萊兒的聲音冷靜得像夏天的池塘。

「因為我們兩個可能都會死得很難看。」

克萊兒放慢車速，然後開上藍星高速公路。「可是這類事情並不會發生啊，」她說，「我會長大，然後會遇見你，然後我們結婚，而你現在人在這裡。」

「搞不好妳剛剛會撞車，然後我們兩個的頸椎都得固定一年。」

「如果會這樣，你就會警告我不要這麼做了。」克萊兒振振有詞。

「我想說啊，可是妳對我大吼。」

「我的意思是說，更老的你一定會跟更年輕的我說：不要撞壞這輛車。」

「嗯，可是到那時候就來不及了。」

我們已經開到蜜格蘭路了，克萊兒轉進去，這條私人道路通到她家。「克萊兒，把車開到路邊好嗎？拜託。」克萊兒把車開到草地上停住、熄火、關掉車燈。現在又陷入黑暗了，我可以聽見好幾百萬隻蟬在歌唱。我伸手把她拉到身邊，伸手環抱住她。她很緊張，全身僵硬。

「答應我幾件事情。」

「什麼事情？」克萊兒問。

「答應我妳不會再做任何類似這樣的事情，不只是這樣開車，還有其他危險的事情，因為妳不知道未來會怎麼樣。未來很怪異，而妳不能一副好像所向無敵的樣子四處趴趴走。」

「可是如果你在未來有見過我……」

「相信我，就只要相信我。」

克萊兒大笑，「我幹嘛要相信你啊？」

「我不知道，如果因為我愛妳呢？」

克萊兒倏地把頭轉過來，她的動作太快了，撞到我的下巴。

「好痛。」

「對不起。」我現在只能看到她的側影而已。

「你愛我？」她問道。

「對。」

「現在嗎？」

「對。」

「可是你不是我的男朋友啊。」

哦？原來這就是她在煩惱的事。「嚴格來說，我是妳的丈夫，但是因為妳還沒有真的嫁給我，所以我想，我也只能說妳是我的女朋友囉。」

克萊兒把她的手放在某個照理說她不應該放的地方。「我寧願是你的情婦。」

「妳才十六歲啊，克萊兒。」我輕輕地移開她的手，撫摸她的臉。

「我已經夠大了。喔，你的手都濕了。」克萊兒把車頂燈打開，我大吃一驚，因為我看到她的臉上和洋裝上有一條條血跡。我看看我的掌心，上面黏黏紅紅的。「亨利！你怎麼了？」

「我不知道。」我舔了舔右手掌，有四處排成了一直線的割傷，這些割傷呈新月狀，傷口很深。我笑了。「是我的指甲搞出來的，就妳沒開大燈的時候弄的。」

克萊兒關掉車頂燈，我們再度坐在黑暗裡，四周的蟬竭盡所能地叫著。「我不是故意嚇你的。」

「才怪，妳是故意的。其實妳開車的時候，我總覺得很安全，只不過……」

「只不過什麼？」

「我小時候出過車禍，所以我不喜歡坐車。」

「噢，對不起。」

「沒關係啦。對了，現在幾點了？」

「喔，我的天啊。」克萊兒啪地開燈。十二點十二分。「我太晚到家了。可是我要怎麼走進去？我全身都是血啊！」她看起來實在太慌張了，害我很想笑出來。

「這裡。」我用我的左手掌擦了擦她的上嘴唇還有鼻子下面。「妳就說妳流鼻血。」

「好吧。」她發動車子，把車燈打開，緩緩回到路上。「艾塔看到我一定會很生氣。」

「艾塔？那妳爸媽呢？」

「媽媽這時候應該早睡了，今晚又是爸爸的撲克牌之夜。」克萊兒把出入大門打開，開了進去。

「如果我的小孩在她拿到駕照隔天就開車出去的話，我一定會拿個碼錶坐在前門等她。」克萊兒在看不見大屋的地方停車。

「我們有小孩嗎？」

「抱歉，這是機密。」

「我要提出申請，讓這件事受資訊自由法的保護。」

「悉聽尊便！」我小心地吻她，免得破壞假鼻血的血跡。「妳發現什麼記得跟我說。」我打開車門，「祝妳碰到艾塔時順利過關。」

「晚安。」

「晚安。」我下車後盡可能安靜地關上車門。車子滑下車道，轉個彎，消失在夜色裡。車子消失後，我也朝著星空下牧場上的天然床舖走去。

一九八七年九月二十七日星期日（亨利三十二歲，克萊兒十六歲）

亨利：我在牧場上現身，大約在空地西邊十五呎處；我整個人的狀況很糟，頭很暈、很想吐，我坐了幾分鐘調適一下。天氣很冷，又陰沉，我落在長長的枯草裡，被草劃傷了皮膚。周遭鴉雀無聲，過了一會兒，我覺得好一些了，於是站起來走到空地上。

克萊兒席地靠坐在大石頭旁，看到我時，一句話都沒說，就只是盯著我，臉上的神色，除了憤怒之外，找不到其他字眼形容。糟了，我幹了什麼好事嗎？穿著藍色羊毛外衣及紅色裙子的她正處在葛麗絲·凱莉[29]的階段。我直打哆嗦，在裝衣服的箱子裡搜來搜去，把找到的黑色牛仔褲、黑色毛衣、黑色羊毛襪、黑色大衣、黑色靴子、黑色皮手套一一穿到身上，看起來就像要去主演文·溫德斯執導的電影似的。我在克萊兒身邊坐了下來。

「嗨，克萊兒，妳還好嗎？」

「嗨，亨利，拿去。」她遞給我保溫壺和兩塊三明治。

「謝了。不過我有點不舒服，得等一會兒才能吃。」我把食物放在大石頭上。保溫壺裡裝著咖啡，我深吸了一口氣，光聞這個味道就讓我好多了。「妳還好嗎？」她沒有看我。我仔細打量克萊兒，她在哭。

「亨利，你能不能幫我修理一個人？」

「什麼？」

「我想教訓某個人，可是我又不夠強壯，也不知道怎麼打架。你可以幫我嗎？」

「妳在說什麼啊？妳要我揍誰？為什麼？」

克萊兒盯著裙子下襬，「我不想說。但你能不能相信我，他真的是罪有應得。」

我想我知道出了什麼事，以前聽過這個故事。我嘆了一口氣，坐靠近一點，伸手環抱住她。她把頭靠在我的肩膀上。

「跟某個和妳約會的傢伙有關，對吧？」

「對。」

「他是個混蛋，妳希望我現在去把他揍得扁扁的？」

「對。」

「克萊兒，很多男人都很混蛋啊。我也曾經是個混蛋……」

克萊兒破涕為笑了。「我敢打賭你一定沒有傑森・艾佛萊混蛋。」

「他是美式足球隊的隊員，或是類似這樣的人，對吧？」

「對。」

「克萊兒，妳為什麼認為我能打得過某個年紀只有我一半大的大塊頭呢？而妳又為什麼會跟這麼差勁的傢伙約會呢？」

她聳聳肩。「在學校，大家都在煩我，因為我從來不跟男生約會。露絲、美根、南西……總之謠言滿天飛，大家都在傳我是女同性戀，連我媽媽也問我為什麼都不跟男孩子約會。當然有男生約我，但我都拒絕了。然後貝翠絲．迪爾佛就問我是不是女同志；她是女同志，比較男性化的那種。我跟她說我不是，她就說她一點也不意外，可是每個人都這麼說。所以我才想，說不定我最好跟幾個男孩子出去約約會。剛好下一個約我出去的人，就是傑森。他就是你說的大塊頭，長得真的很帥，如果我跟他出去的話，大家就會知道我不是女同志，我想他們或許就會閉嘴了。」

「所以這是妳第一次出去約會囉？」

「對。我們去了一家義大利餐廳，蘿拉和麥克也在那裡，還有一群一起上戲劇課的同學。我說要各付各的，可是他拒絕了，他說他從來沒有讓女孩子付過帳，我覺得這樣也無所謂。我們隨便聊了一些學校和美式足球的事，又去看了『十三號星期五』第七集。說到這個，我可以跟你說，這部電影實在爛到爆。」

「我看過了。」

「噢。為什麼？這不太像是你會看的片子。」

「跟妳看的理由一樣：我約會的對象想看。」

「你約會的對象是誰？」

「一個叫亞莉絲的女人。」

「她長什麼樣子？」

「一個銀行出納員，咪咪很大，很喜歡被人打屁股。」這句話從我嘴巴冒出的那一秒，我就想到我是在跟青少年的克萊兒聊天，面前的她可不是我老婆克萊兒，我在腦海中打了自己一巴掌。

「打屁股？」克萊兒望著我，笑了一下，眉毛挑得都快高到髮際線了。

「別管這個了。所以你們去看電影，然後呢？」

「喔。然後他想去崔佛家。」

「崔佛家在什麼地方？」

「北邊的一座農場。」克萊兒的聲音突然變得像是蚊子在叫，我都快聽不見她說話了。「大家都是去那裡……亂搞的。」我什麼話都沒說。「所以我跟他說我累了、想回家，然後他就有點……嗯，抓狂。」克萊兒不再說話。我們坐了一會兒，聽著鳥鳴、飛機飛過的聲音，還有風聲。克萊兒突然說：「他是真的很失控。」

「後來怎麼了？」

「他不肯送我回家。我不確定我們人在哪裡，可能是在十二號公路上某個地方吧，他就漫無目的地開著，開下小路。天啊，我不知道。他開下一條碎石路，那裡有一間小小的農舍，附近有一座湖，我可以聽到波浪拍岸，然後他有那個地方的鑰匙。」

我愈來愈激動了。克萊兒從來沒跟我說過這件事，她只說她曾經跟一個叫傑森的美式足球隊員，約過一次很恐怖的會。克萊兒再度不發一語。

「克萊兒，他強暴了妳嗎？」

「沒有。他說我……不夠好。他說……沒有，他沒有強暴我，他只是……傷害我。他把我……」她說不出口。我等著。克萊兒解開她外衣鈕釦，將外衣和襯衫脫掉後，我看到她背部雪白的肌膚上，佈滿黑色紫色的瘀傷。克萊兒轉過身來，右胸有一處被香菸燙傷的傷疤，起了水泡，很醜。我曾經問過她這個傷疤是怎麼來的，但她死都不肯說。我要宰了這個傢伙，把他打成殘廢！克萊兒坐在我面前，全身雞皮疙瘩都起來了，靜靜等著。我把她的襯衫遞給她，讓她把衣服穿上。

「好吧。」我很平靜地對她說：「這個傢伙在哪裡？」

「我開車載你去。」

克萊兒讓我在車道盡頭搭上她那輛飛雅特，這樣屋子裡的人就看不見我們了。即使現在已經是下午、天色陰暗，她還是戴著太陽眼鏡。克萊兒塗著口紅，頭髮盤在腦後，看起來比十六歲老多了，就像剛從電影「後窗」裡走出來似的，如果她是金髮的話，就更神似了。我們加速通過秋天葉子轉黃的樹木，但我想我們倆都沒有注意到周遭美景。克萊兒在那間小農舍裡發生的事情，在我的腦海裡倒帶重播。

「他的塊頭有多大？」

克萊兒思索了一下。「比你高幾吋吧，但他比你重很多，應該多五十磅吧？」

「天啊。」

「我帶了這個。」克萊兒在她的皮包裡找了找，然後掏出一把手槍。

「克萊兒！」

「這是我爸爸的。」

我的思緒轉得飛快。「克萊兒，這個主意很爛。我現在已經抓狂到真的會開槍，但這樣做很蠢。

「啊，等一下。」我把手槍拿過來，打開彈膛，把子彈取出來，放回她的皮包裡。「看吧，這樣好多了。這個主意很棒，克萊兒。」克萊兒狐疑地望著我。我把槍插進大衣口袋。「妳希望我用匿名的方式修理他，還是讓他知道是妳派人幹的？」

「我希望我在現場。」

「喔。」

她把車開進一條私人道路，停好車。「我想把他帶到某個地方，讓你痛扁他一頓。我要在一旁看好戲，看他嚇到屁滾尿流。」

我嘆了一口氣，「克萊兒，我不太常幹這種事，我打架通常是為了自衛。」

「拜託你。」她說得非常乾脆。

「悉聽尊便。」我們繼續往前開，最後停在一棟巨大、嶄新的仿殖民地時期風格的房子前面，周遭沒有其他汽車，「范海倫」樂團的音樂從二樓一扇打開的窗戶裡流洩出來。我們走到前門，我站在一邊，然後克萊兒按了門鈴。過了一會兒之後，音樂很突兀地停了，沉重的腳步聲跑下樓。門打開後，傑森愣了一下，用很低沉的聲音說：「什麼，妳還回來？妳是還想要我揍妳嗎？」這正是我要聽到的話。我掏出槍，走到克萊兒旁邊，用槍指著這個傢伙的胸膛。

「嗨，傑森，」克萊兒開口：「我猜你可能想跟我們一塊出去。」

他幹了一件換了是我也會做的事情：蹲下來、滾到射程之外。但他的動作不夠快。我堵在門口，然後跳到他的胸口，把他狠狠揍了一頓。我站起來，靴子踩在他的胸前，用槍指著他的頭。「C'est magnifique mais ce n'est pas la guerre.（真是壯闊，但這不是打仗。）[30]」這傢伙看起來有點像湯姆·克魯斯，長得很好看，很典型的美國人。「他打什麼位置？」我問克萊兒。

「中衛。」

「根本猜不出來嘛。給我起來，把手放在我看得見的地方。」我強硬地告訴他。他很順從，我推著他走到門外，我們全都站在車道上。我突然靈光一閃，便叫克萊兒回屋子找找看有沒有繩子，她過了幾分鐘後走回來，手上拿著剪刀和膠帶。

「妳希望我在哪裡修理他。」

「樹林裡。」

我們押著傑森走到樹林，一路上他都氣喘吁吁的。我們走了大約五分鐘，看到有一塊小空地，角落種著一棵小榆樹，「這裡怎麼樣啊，克萊兒？」

「還可以。」

我看看她。她一副無動於衷的樣子，就跟雷蒙．錢德勒筆下的謀殺犯一樣冷酷無情。「發號司令吧，克萊兒。」

「把他綁在樹上。」

我把槍交給她，將混蛋傑森的手拉到樹後面，用膠帶捆起來。這捲膠帶幾乎沒用過，我還滿想在今天把它全部用完。傑森很吃力地呼吸，一直喘個不停。我走到他身邊，望著克萊兒；克萊兒則盯著傑森，好像他是一件失敗的觀念藝術[31]作品。「你有氣喘嗎？」

他點點頭。傑森的瞳孔已經縮小成小黑點了。「我去把他的吸入器拿過來，」克萊兒說完便把槍交給我，沿著我們走下來的步道小跑步跑出樹林。傑森努力把呼吸緩下來，他想說話。

「你……是誰啊？」他問道，聲音很沙啞。

「我是克萊兒的男朋友，今天是特地來教你規矩的，因為你半點規矩都沒有。」我收起嘲弄的語氣，走近他，輕聲說道：「你怎麼能對她做出這種事？她這麼小，什麼事情都不懂，而你現在把一切都搞砸了……」

「她……耍……我。」

「她什麼都不懂啊！難道小貓咪咬了你，你就要凌虐牠嗎？」

傑森沒有答話。他的呼吸變成長長的馬嘶般的聲音，而且抖得很厲害，就在我開始擔心時，克萊兒回來了。她看著我，手裡拿著吸入器。「親愛的，你知道怎麼使用這個東西嗎？」

「我想妳就先搖一搖，再把吸入器塞到他的嘴裡，然後按下按鈕。」她照做了，還問他要不要多來一些。他點點頭。幫他按了四次按鈕之後，我們站起來，看著他的呼吸慢慢恢復正常。

「準備好了嗎？」我問克萊兒。

她拿起剪刀，在空中剪了幾下。傑森瑟縮了一下。克萊兒走到他身邊，跪下來開始剪他的衣服。

「嘿！」傑森叫出聲。

「別出聲，」我說：「此時此刻，沒有人會傷害你。」克萊兒剪完他的牛仔褲，接著拿他的T恤開刀。我則動手用膠帶把他綁在樹上，從他的腳踝開始，把他的小腿和大腿纏得緊緊的。「那裡不要包，」克萊兒指了指傑森褲襠下面的地方。她已經剪掉他的內衣了，我的工作則進行到腰部。他的皮膚很涼，除了穿上鯊魚泳裝而曬不到的地方以外，全身都是棕褐色的。他流了很多汗。我一路包到肩膀就停了，希望他還能夠呼吸。我們後退幾步，欣賞我們的傑作，傑森活像個木乃伊似的，還勃起得很厲害。克萊兒捧腹大笑，笑聲讓人毛骨悚然。回音迴盪在樹林裡，我用力地盯著她，覺得她的笑聲裡含有某種蓄意和殘忍，對我來說，這個時刻似乎是個分水嶺，把克萊兒的童年，和她成為女人後的人生劃分為二。

「接下來呢？」我問。有一部分的我希望把他揍成肉醬，但另一部分的我卻不想把一個被人用膠帶綁在樹上的傢伙修理得太慘。

「喔，」克萊兒回答：「我覺得這樣就夠了。」

我鬆了一口氣。正因為如此，我故意說：「妳確定嗎？我什麼都可以做喔。要不要把他的耳朵打到聾？把鼻子打斷？等等，他的鼻子已經斷過一次了。或許我們可以把他的阿基里斯腱弄斷，這樣他就有好一陣子不能打美式足球了。」

「不要啊！」傑森開始掙扎。

「那你就道歉，」我告訴他。

傑森猶豫了一會兒，「對不起。」

「挺可憐的……」

「我知道。」克萊兒伸手在皮包裡翻了翻，找到一枝麥克筆。她走近傑森，好像面對的是動物園裡的危險動物，然後開始在他被膠帶包起來的胸膛上寫字。寫完之後，她退後幾步，把麥克筆的筆蓋蓋上。她寫下了他們約會的經過。把麥克筆塞回皮包裡後，她說：「我們走吧。」

「我們不能就這樣丟下他，他可能又會發作。」

「好吧，我知道了，我會叫幾個人來的。」

「等一下，」傑森叫住我們。

「幹嘛？」

「妳要叫誰過來？叫羅伯來吧。」

克萊兒笑得樂不可支，「才不呢，我要叫所有我認識的女孩過來。」

我走到傑森身邊，用槍口頂著他的下巴。「如果你讓我知道你跟別人提到我，我會回來把你凌虐至死。在那之後，你這輩子就再也不能走路、說話、吃東西或是打炮了。就你所知，克萊兒是個好女孩，她因為某些無法說出口的理由，所以不跟人家約會，對吧？」

傑森恨恨地看著我，「對。」

「我們對你已經很寬大為懷了，如果你還敢找克萊兒麻煩的話，你會死得很難看。」

「我知道了。」

「很好。」我把槍放回口袋裡。「這真好玩。」

「聽著，雞巴臉……」

管他的。我走回去，使盡吃奶的力氣，側踢他的下體，痛得傑森慘叫不已。我轉過身，望著克萊兒，雖然她化了妝，卻還是掩飾不了慘白的臉色。眼淚從傑森的臉上滑落，我在想，他會不會就這樣昏過去？「我們走吧。」我說。克萊兒點點頭，我們強忍住笑走回車子，不理會傑森的呼喚。上了車子，發動，掉轉車頭，駛上車道，我們回到路上。

開始下雨了，我看著克萊兒開車，她的嘴角綻出一抹心滿意足的微笑。

「妳滿意了嗎？」我問。

「滿意了，」克萊兒說，「真是太棒了，謝謝你。」

「這是我的榮幸，」我開始暈眩，「我想我快消失了。」

克萊兒把車開到路邊，大雨咚咚地打在車子上，就像在電動洗車似的。

「吻我。」她要求。

我照辦，然後我就消失了。

一九八七年九月二十八日星期一（克萊兒十六歲）

克萊兒：星期一到學校時，每個人都在看我，卻沒有人開口跟我說話。我覺得自己就像被同學發現偵察筆記本的小間諜哈麗葉[32]，在走廊上行走，就像在分開紅海似的。第一節是英文課，當我走進教室時，大家就停止交談了。我在露絲旁邊坐下來，她對我微笑，但一副憂心忡忡的樣子。我沒說話，任由她把手從桌子下伸過來，疊在我的手上，她的手小小的，很溫暖。露絲握著我的手好一會兒，直到帕爾塔基先生走進來，才把手抽回去。帕爾塔基先生注意到大家都異常地沉默，便溫和詢問：「你們上個週末過得好不好啊？」王蘇說道：「好啊。」教室裡零星冒出悶笑聲。帕爾塔基先生搞不懂這是怎麼一回事，教室又突然安靜下來，然後他說：「嗯，很好，那大家就翻開《比利．巴德》[33]吧。一八五一年，海曼．梅爾維爾出版了《莫比迪克》，也可以稱為《白鯨記》，美國大眾對這本書的反應很冷淡……」我幾乎沒在聽課。雖然我在毛衣裡面穿了一件衛生衣，但我的毛衣還是很刺人，我的肋骨很痛。在討論《比利．巴德》時，同學發言都結結巴巴、笨嘴拙舌的。下課的鈴聲終於響起，大家鳥獸散，我也慢吞吞地走出教室，露絲陪在我身邊。

「妳還好嗎？」她問。

「還好吧。」

「妳交代的事情我都做了。」

「什麼時候？」

「大概六點吧，我怕他爸媽回來會看到他的模樣。要把他救下來實在是個大工程，他的胸毛都被膠帶扯下來了。」

「很好，有很多人看到嗎？」

「有，所有人都看到了……嗯，應該說所有的女孩子都看到了。就我所知，沒有男孩子看到。」走廊上幾乎空無一人，我們站在法文課的教室前面。「克萊兒，我知道妳為什麼要這樣對付他，但我想不通妳是怎麼辦到的。」

「有人幫我。」

上課的鐘聲響了，露絲跳起來。「我的天啊，我體育課已經連續遲到五次了！」她突然往後走，就像被強大的磁場吸退了似的，「中午吃飯時要跟我說喔。」露絲大喊。而我轉頭走進西蒙夫人的教室。

「Ah, Mademoiselle Abshire, asseyez-vous, s'il vous plait.（啊，艾布希爾小姐，請坐。）」我在蘿拉和海倫中間坐下來。海倫寫了一張紙條給我，上頭寫著：「幹得好。」今天的課要翻譯蒙田。我們安靜地翻譯，西蒙夫人在教室裡巡視，糾正同學的錯誤。我沒辦法集中精神。亨利踢了傑森之後，卻一臉無動於衷，好像他剛剛只是抖了抖手而已，沒什麼大不了的，但是他很擔心，因為他不知道我會做何反應。而我發現，亨利在修理傑森時，是很樂在其中的；傑森傷害我時，也很樂在其中。這兩種情況是不是一模一樣的呢？可是亨利是好人啊，但這樣就沒問題了嗎？因為是我希望他這麼做的，所以這樣就可以了嗎？

「克萊兒，專心一點。」西蒙夫人走到我身邊，用法文提醒我。

鈴聲再度響起，大家爭先恐後地衝出教室。我和海倫同行，蘿拉有點同情地抱了我一下，然後飛奔去上音樂課。音樂課的教室在這棟建築物的另一端，我和海倫第三節都是體育課。

海倫笑得很開心。「見鬼了，小妮子，我簡直不敢相信我的眼睛，妳是怎麼用膠帶把他綁到樹上的？」

我被這個問題煩死了。「我有個朋友是幹這行的，我請他幫我的忙。」

「『他』是誰？」

「我爸的客戶。」我撒謊。

海倫搖搖頭，「好爛的謊。」

我笑了，什麼也沒說。

「是亨利吧？」

我搖搖頭，把食指放在嘴唇中間。我們抵達了女子體育館，走進更衣室時，感覺就像下了個咒，所有女孩都停止交談了，接著，一陣窸窸窣窣的談話聲驅趕了整間更衣室的沉默。我和海倫的置物櫃在同一排，我打開我的置物櫃，拿出運動服和運動鞋。我已經想過接下來要怎麼做了：我把鞋子和襪子脫掉，然後才脫內衣和內褲。我沒有穿胸罩，因為穿了會很痛。

「嘿，海倫。」我喊她，把襯衫脫掉，看著海倫轉過頭來。

「天啊，克萊兒！」瘀傷看起來甚至比昨天更恐怖，其中一些已經變成青紫色的了。這是傑森用皮帶抽我大腿弄的。「噢，克萊兒。」海倫走過來，小心翼翼地抱著我。更衣室裡鴉雀無聲，我從海倫的肩膀望過去，看到所有的女孩都圍在我們旁邊，她們全都在看。海倫挺起身子看回去，「看夠了嗎？」後面有個人鼓起掌來，接著大家開始跟進，開懷地說笑、喝采。我覺得全身輕飄飄的，宛如空氣般輕盈。

一九九五年七月十二日星期三（克萊兒二十四歲，亨利三十二歲）

克萊兒：我躺在床上，就快睡著了。當我感覺亨利用手撫過我的肚子時，我知道他已經回來了。我睜開眼睛，他彎下身來親吻我那個被香菸燙傷的小傷疤，我就著朦朧的夜燈撫摸他的臉。「謝謝你。」我說。

「這是我的榮幸。」

這是我們唯一一次談到這件事情。

一九八八年九月十一日星期日（亨利三十六歲，克萊兒十七歲）

亨利：在一個暖和的九月午後，我和克萊兒待在果園裡。蟲子沐浴在金色的陽光下，在牧場上嗡嗡地叫。萬物寂靜，放眼望去一片乾枯的草地，空氣閃著微光，看起來很溫暖。我們待在一棵蘋果樹下，克萊兒靠著樹幹，把一個枕頭墊在樹根上，坐在上頭。我呈大字形躺著，頭枕在她的膝蓋上。我們剛吃過東西，殘渣散佈在我們四周，中間還點綴著掉落的蘋果。我很睏，也很滿足。我自己的時序是一月份，當時克萊兒和我正爭論不休。這段夏末插曲真像一首田園牧歌。

「我想畫你剛剛的樣子。」克萊兒說。

「睡得東倒西歪的樣子？」

「很放鬆的樣子，你看起來很安詳啊。」

有何不可？「畫吧。」我們第一次來這裡，因為克萊兒想畫樹木當作美術課的作業。她拿起素描簿還有炭筆，把素描簿放在膝蓋上。

「我需不需要動？」我問她。

「不需要，這樣會改來改去。就保持原來那樣，拜託了。」我重新悠閒地望著天空，望著枝枒所構成的景象。

靜止不動是需要練習的，我在看書時可以很長一段時間動也不動，但為克萊兒而坐，永遠都是很困難的事情。就算一開始時似乎是很舒服的姿勢，經過差不多十五分鐘之後，也會變得很折磨人。我盡量維持不動，只偶爾動了動眼睛。我看著克萊兒，她畫得很入神。她在畫畫的時候，看起來好像整個世界都消失了，只剩下她和被她觀察的對象。這就是我喜歡被她畫的原因：當她如此專注地看著我時，我會覺得我就是她的一切。做愛時，她也是如此看著我的。就在這個時候，她凝視我的眼睛，微微一笑。

「我忘了問你，你從什麼時候來的？」

「二〇〇〇年一月。」

她的臉一沉。「真的嗎？我還以為會再晚一點呢。」

「為什麼？我看起來有那麼老嗎？」

克萊兒摸了摸我的鼻子，手指漫遊到我的鼻梁，再到眉毛。「沒有啦，你看起來不老。只不過你看起來很高興、很平靜，通常你從一九九八年、九九年或二〇〇〇年來的時候，都很心煩意亂，要不然就是很躁動不安，可是你都不告訴我原因，到了二〇〇一年時，你就又好了。」

我大笑，「聽起來像個算命的。我從來沒發現妳這麼細心注意我的心情。」

「不注意這個還能注意什麼？」

「記得嗎？我之所以會來妳這裡，是因為我受到壓力，但是妳不應該覺得我那幾年都過得很悲慘，那時候還是有很多美好的事情發生的。」

克萊兒繼續畫圖，她已經放棄詢問我有關未來的事了。她換了話題，「亨利，你害怕什麼？」這個問題頗出乎我意料，我得想一想。「我怕冷，」我回答，「我怕冬天，怕警察，怕到錯誤的時空被車撞或是被人海扁，我怕陷在某個時空，再也回不去，我怕失去妳。」

克萊兒笑了，「你怎麼可能會失去我呢？我哪裡都不會去啊。」

「我擔心妳會厭倦跟這麼靠不住的我在一起，然後妳就會離開我了。」

克萊兒把她的素描簿放在一邊，我坐了起來。

「我永遠都不會離開你的，」她說：「就算你總是在離開我。」

「但那從來都不是我想要的啊。」

克萊兒讓我看她畫的畫。我以前就看過了，這幅畫就掛在她工作室的畫桌旁邊。畫裡的我看起來確實很安詳。克萊兒在畫上簽名，準備寫上日期。「別寫，」我制止她，「這幅畫沒有寫上日期的。」

「沒有日期？」

「我看過這幅畫，上面沒有標明日期。」

「好吧。」克萊兒擦掉日期，改而寫上「草地雲雀屋」。「畫好了。」她困惑地看著我，「你曾經在回去後發現有什麼東西改變了嗎？我是說，如果我現在就在這幅畫上寫上日期，會怎樣？會發生什麼事？」

「我不知道，試試看吧。」我也很好奇。克萊兒擦掉「草地雲雀屋」幾個字，寫上「一九八八年九月十一日」。

「好了，這很容易啊。」我們呆呆地望著彼此，克萊兒大笑。「就算我擾亂了時空連續體[34]，看來也不會太明顯。」

「如果妳剛剛引起了第三次世界大戰，我會告訴妳的。」我開始覺得搖搖晃晃，「我想我快消失了，克萊兒。」她吻了我，然後我就不見了。

二〇〇〇年一月十三日星期四（亨利三十六歲，克萊兒二十八歲）

亨利：吃過晚飯後，我還掛念著克萊兒的畫，因此我走到她的工作室一探究竟，克萊兒正在用一綹一綹紫色紙樣製作巨型雕塑，這個雕塑看起來就像布偶和鳥巢的混種。我小心地走過雕塑，在她的畫桌前站住。那幅畫不在這裡。

克萊兒走進來，手裡抱著一大捆呂宋麻纖維。「嘿。」她把東西丟在地板上，走過來，「怎麼了？」

「以前掛在這裡的畫跑哪兒去了？畫我的那幅？」

「啊？我不知道，可能掉下去了。」克萊兒蹲在桌子下摸索，「我沒看到。等一下，我找到了。」她冒出頭來，用兩隻手指夾著那幅畫。「都沾滿蜘蛛網了。」她撢掉蜘蛛網，把畫交給我。我看了看，上面還是沒有日期。

「那個日期怎麼了？」

「什麼日期？」

「妳在下面寫了日期，就在這裡，在妳的名字下面。看起來好像被擦掉了。」

克萊兒大笑，「好吧，我招了，是我擦掉的。」

「為什麼？」

「我很介意你說的第三次世界大戰。我開始想，如果因為我堅持這個實驗，害我們永遠都無法在未來相遇的話，那該怎麼辦？」

「我很高興妳擦掉了。」

「為什麼？」

「不知道，就是很高興。」我們看著彼此，然後克萊兒笑了，而我聳聳肩。就是這樣。可是為什麼這件事情意味著某件不可能的事就要發生了？為什麼我會鬆了一口氣？

聖誕夜，之一（永遠都撞上同一輛車）

一九八八年十二月二十四日星期六（亨利四十歲，克萊兒十七歲）

亨利：這是個陰暗的冬日午後，我人在草地雲雀屋地下室的閱覽室裡。克萊兒幫我留了一些食物：全麥麵包夾烤牛肉和起司，塗了芥末醬；一顆蘋果；一夸脫的牛奶；還有一塑膠盆的聖誕餅乾、果味冰霜捲、肉桂核桃餅乾、摻有好時巧克力的花生餅乾。我穿著我最喜歡的牛仔褲和「手槍」樂團T恤。我應該是個快樂的露營者，但我卻一點也不快樂。克萊兒還為我留了一份今天的《南海文日報》，上面的日期是一九八八年十二月二十四日。今天是聖誕夜。今天晚上，在芝加哥的「爽翻天」酒吧裡，二十五歲的我會一直喝酒，然後在沒人注意的情況下，從高腳凳上滑下來，並在慈善醫院裡，以洗胃結束這一天。今天是我母親去世十九週年的忌日。

我安靜地坐著，想著我媽媽，記憶腐蝕的速度真是太快了。這真好玩，如果我所有的記憶都來自小時候的話，那麼我對媽媽的記憶就會褪色、模糊，只有幾個鮮明的片刻會讓我刻骨銘心。我五歲時，曾聽過她在芝加哥抒情歌劇院裡演唱「露露」[35]，那時爸爸就坐在我身邊，在第一段結束之後，他心曠神怡地對著媽媽微笑。我記得我曾經和媽媽一起坐在芝加哥音樂廳裡，就在媽媽身邊，看著爸爸在布列茲[36]的指揮下演奏貝多芬。我記得我父母曾經開過一場宴會，我獲准在宴會時在客廳對著客人背誦詩人布雷克的「猛虎，猛虎，火眼似的燒紅」，最後還以老虎的咆哮聲收場；我那年才四歲，當我表演完之後，媽媽把我擁在懷裡親吻我，所有人都在鼓掌，她擦著黑色的口紅，我堅持她得在我的臉頰上留下一個唇印，我才肯上床睡覺。我記得她坐在華倫公園的長椅上，爸爸推著我盪鞦韆，而她看起來一下子近、一下子遠，一下子近、一下子遠。

時空旅行最棒，也最痛苦的一件事情，就是有機會看到我母親生前的樣子，我甚至還跟她說過幾次話，像是「今天的天氣真爛，對吧」之類的，我在地鐵上讓座給她，尾隨她上超市，看她唱歌。我在公寓外頭看著他們倆，有時候加上還是嬰兒的我，出外散步、上館子、看電影。爸爸現在還住在那間公寓裡。那時是一九六〇年代，他們倆都是優雅、年輕又傑出的音樂家，前途不可限量。他們像雲雀般興高采烈，他們的生活閃閃發亮、順遂又快樂。當我們偶然相遇時，他們會跟我打招呼，以為我是住在附近的鄰居，一個很喜歡散步的人，一個頭髮剪得奇形怪狀的人，有時候看起來很年輕，有時候看起來很老，反正就挺神祕的，我有一次還聽到爸爸在猜測我是不是得了癌症。到現在我還是覺得很不可思議，難道我爸從來都沒想過，他們結婚頭幾年，老在他們身邊出沒的男子，就是他的兒子？

我看到媽媽跟我在一起的情況：她懷孕了；他們把我從醫院抱回家了；她推著嬰兒車去公園，坐下來背樂譜，輕聲唱著歌，還微微比著手勢，對我扮鬼臉，拿玩具逗我；或是牽著我的手散步，欣賞松鼠、汽車、鴿子，以及任何會動的東西。她穿著布做的外衣還有七分褲，腳上套著懶人鞋。她有一頭烏黑的秀髮、引人注目的五官、豐滿的嘴唇、大大的眼睛、俏麗的短髮；她看起來像義大利人，但其實是猶太人。我媽連去乾洗店也會擦口紅、畫眼線、塗睫毛膏、刷腮紅還有畫眉毛。爸爸就比較自然些，他高高瘦瘦的，很會穿衣服，戴起帽子也很好看。唯一的差別在於他的臉，那時的他一臉此生足矣的表情。他們經常碰觸對方、牽手、一起散步。去海邊玩時，我們三個都會戴上很應景的太陽眼鏡，我還戴了一頂可笑的藍色帽子。我們在全身塗上嬰兒油，躺在太陽底下，喝著蘭姆酒、可口可樂和夏威夷賓治。

我媽媽的事業正在起步。她師事於賈汗・梅克和瑪麗・德拉克洛瓦，而他們全都審慎地指點她往成名的道路上走；她唱了很多小但討喜的角色，她的演出吸引了芝加哥抒情歌劇院的路易士・畢海爾。她當過麗妮亞．威佛萊演唱的「阿依達」的替角，然後她被選中唱「卡門」。其他劇院也注意到她，很快我們就開始環遊世界了。她為笛卡唱片灌錄了舒伯特的歌曲，替ＥＭＩ唱片灌錄了威爾第和懷爾的歌劇名曲，我們還去了倫敦、巴黎、柏林和紐約。我只記得一個接著一個的旅館房間，一班接一班的飛機，永無止盡似的。她在紐約林肯中心的演出上了電視，當時她正在唱「蝴蝶夫人」。我在曼西市和外公外婆一起看，六歲了，還無法相信在那個小小的黑白螢幕裡的人，就是我媽媽。

他們計畫在芝加哥抒情歌劇院一九六九到七〇年的音樂季結束後，就搬去維也納，因為爸爸參加維也納愛樂管弦樂團的團員甄選。不管什麼時候，只要家裡的電話響起，就一定是媽媽的經紀人艾許叔，或是唱片公司的人打來的。

我聽到樓梯上方的門打開，然後啪的一聲關上，還有慢慢走下樓的腳步聲。克萊兒安靜地敲了四下門，我把卡在門把下方的直背椅子移開。她頭髮上的雪尚未融化，臉頰紅撲撲的。她現在十七歲了。克萊兒興沖沖地伸手緊緊摟住我，「亨利，聖誕快樂！你能來我實在太高興了。」我吻了吻她的臉頰，她的興奮和激動打散了我的心思，但我依然覺得悲傷失落。我伸手撫摸她的秀髮，鬆開手時，手裡還抓了一小撮雪，一下子就融化了。

「你怎麼了？」克萊兒拿起我沒有動的食物，我的舉止很無精打采。「你是因為沒有塗蛋黃醬所以不高興嗎？」

「好了，稍微靜下來一點。」我在一張破舊的懶人椅上坐下來，克萊兒硬擠進來，坐在我旁邊。我伸手環住她的肩膀。她把手放在我的大腿內側，我把她的手拿開，然後握住。她的手很冰。

「我跟妳說過我母親的事情嗎？」

「沒有。」克萊兒一副洗耳恭聽的樣子，她近來很狂熱地收集我脫口而出的個人資料。隨著表上剩下的相聚日期愈來愈少，我們即將分離兩年的陰影愈來愈近，克萊兒正祕密地確認，在我僅僅施捨一點點事實的情況下，她可以在現實時空裡找到我。不過她當然沒辦法，因為我不會跟她透露太多事情，所以她也無從確認起。

我們各吃了一片餅乾。「好吧。很久很久以前，我有個媽媽，也有個爸爸，他們彼此深愛，然後生下了我，我們過著幸福快樂的日子。他們倆在工作上的表現都很出色，尤其是我媽媽，她真的超優秀的，我們以前經常旅行，我看遍了世界各地的旅館房間，但是就在聖誕節快到的時候……」

「哪一年的聖誕節？」

「我六歲那年。聖誕夜那天早上，當時我爸人在維也納，因為我們快搬過去那裡了，他就先去找房子。原本的計畫是，爸爸那天會飛回來，我媽和我開車去機場接他，接著我們就一起到奶奶家過聖誕節。

「那天早晨的天氣很陰沉，還下著雪，街道上佈滿薄冰，我媽媽是個很神經質的駕駛，她討厭上高速公路，討厭開車去機場，除非有很正當的理由，要不然她不會這麼做。我們很早就起床了，她把東西放到車裡。我身上穿了一件冬天的厚外套，戴了一頂毛線帽，腳上套著靴子，還穿了牛仔褲、套頭毛衣、內衣，有點緊的羊毛襪，手上還戴了手套。至於我媽，她全身都是黑色的，當時和現在不一樣，這在當時是很不尋常的事情。」

克萊兒直接就著紙盒喝了一些牛奶，在紙盒上留下了肉桂色的唇印。「什麼車款？」

「六二年的白色福特。」

「那是什麼樣子的車？」

「仔細看的話，這輛車設計得有點像坦克，但它有流線型的尾翼。我爸媽很喜歡這輛車，那有很多他們過去的回憶。

「總之我們上了車，我坐在副駕駛座，兩個人都綁了安全帶，然後開車上路。天氣實在糟透了，幾乎什麼都看不見，這輛車的除霜功能又不是很好。我們穿過猶如迷宮般的社區道路，開上高速公路，那時已經過了尖峰時間，可是因為天候和假期的關係，路上還是很塞。我們大概是以每小時十五或二十哩的時速前進，我媽媽開在右車道，或許是因為她不想在無法看得很清楚的情況下變換車道，也有可能是因為這樣比較容易下高速公路。

「我們跟在一輛卡車後頭，距離不是很近，還有足夠的安全車距。經過一個出口時，有一輛紅色的雪佛蘭跑車跟了上來，就開在我們後頭。駕駛是一名牙醫，有一點點醉，那時是早上十點半，他開得有點太快了，因為路上結冰，他沒有辦法馬上放慢車速，就這麼撞上了我們。如果是平常，雪佛蘭會撞毀，而堅固福特的擋泥板會彎掉，但不會造成太嚴重的後果。

「可是天候實在太差了，路上滑溜溜的，在大家一路慢下來的情況下，雪佛蘭撞上我們，導致我們的車加速前進，前面的卡車又開得很慢，雖然我媽猛踩煞車，卻一點用也沒有。

「我們是以慢動作的方式撞到那輛卡車的，至少在我看來是這樣的，但其實我們車子的速度有四十哩。那輛卡車是輛敞篷卡車，上面裝滿了廢鐵。我們撞上它時，有一片很大的鋼鐵從卡車後頭飛出來，飛進我們的擋風玻璃裡，把我媽劈成兩半。」

克萊兒閉上眼睛。「不要啊。」

「這是千真萬確的事。」

「可是你也在車裡啊！不過你個子太小了！」

「不是的，不是這樣，那片鋼鐵就嵌進我的座位，嵌進應該是我前額的地方。我前額有一塊疤，那是鐵片劃過時留下來的。」我秀出那道疤。「鐵片就嵌在我的帽子上，警方百思不得其解的是，為什麼我所有的衣服都留在車子的座位上和車子底下，而我卻全身光溜溜地站在路邊。」

「你時空旅行了。」

「對，我時空旅行了。」我們安靜了好一會兒。「那是我第二次時空旅行。我不知道發生了什麼事，只是看著我們的車撞上那輛卡車，接著我人就在醫院裡了。事實上，除了受到很大的驚嚇之外，我幾乎毫髮未損。」

「這是……你想這是怎麼發生的？」

「純然的恐懼所造成的壓力，我想我的身體玩了它唯一會玩的把戲。」

克萊兒轉過頭來，她看起來很難過、很激動。「這……」

「就是這樣，我媽媽死了，而我活下來了。我們那輛福特前頭都被壓扁了，方向盤插進我媽胸口，擋風玻璃早碎了，她的頭飛出擋風玻璃外，掉到卡車後面，到處都是血，多得要命。雪佛蘭那傢伙一點事都沒有。卡車司機下車查看是誰撞到他，一看到我媽媽的樣子，就昏倒在路中間，然後被一輛校車輾過去，校車司機沒有看到他，他也嚇呆了。卡車司機的兩條腿都斷了。在此同時，我有十分四十七秒的時間完全不在現場，我不記得我去哪裡了，對我來說，那就只是一、兩秒鐘的事情。救護車從三個不同的方向開過來，試圖接近我們，但交通完全打結了，沒花上半小時根本到不了，醫務人員只好跑著過來。我出現在路肩上，唯一目擊我現身的，是一個小女孩，她坐在一輛綠色的雪佛蘭商旅車後座，嘴巴張得大大的，一直瞪著我看。」

「可是，你說你不記得了，那你是怎麼知道這一切的？你怎麼知道是十分四十七秒？怎麼這麼剛好？」

我沉默了一會兒，思索著該用什麼方式來解釋，「妳知道地心引力是怎麼一回事吧？一個東西愈大，質量愈大，引力就愈大，它會把比較小的東西拉向它，而這些比較小的東西，就會一直繞著它運行。」

「對……」

「我媽媽死了，這是一件不可抹滅的事情，而其他的一切，就會繞著它轉啊轉的。我會夢到這件事情，也會……一再回到當下，一而再、再而三。如果你有辦法到那裡，在事故現場逗留的話，你就可以鉅細靡遺地看清楚整件事情，看清楚所有的人、車輛、樹木、雪堆，如果你的時間充分到可以詳實地看到每一個東西，那麼你就會看到我：我坐在車子裡，我躲在樹叢後，我在橋上，我在樹上。我已經從各種角度看過這件事情了，我甚至在這件事上摻了一腳：我從附近的加油站打電話到機場，叫他們用廣播通知我爸爸馬上去醫院。我坐在醫院的等候室裡，看著我爸爸衝進來找我。他看起來很蒼白，一副天塌下來的模樣。我還曾經沿著路肩走，等著小時候的我出現，我拿了一條毯子蓋在我瘦小的肩膀上，看著小時候的我、不曉得出了什麼事情的小臉，而我想、我想……」我開始哭。克萊兒抱住我，我在她穿著羊毛衣的懷裡，無聲地哭泣。

「想什麼?亨利，你想什麼？」

「我想，我也應該死掉才對。」

我們緊緊地抱在一起。許久，我逐漸控制住自己，只是克萊兒的毛衣已經被我弄得一團糟了。她跑去洗衣間，回來時換上了艾莉西亞一件白色聚酯纖維的室內樂演奏襯衫。艾莉西亞才十四歲，但已經長得比克萊兒高大了。我端詳著站在我面前的克萊兒，對出現在這裡、毀了她的聖誕節，感到非常抱歉。

「對不起，克萊兒，我不是故意要把這些傷心往事倒給妳，我只是覺得，過聖誕節對我來說……很辛苦。」

「喔，亨利，我很高興你人在這裡，而且，你知道的，我寧願知道……我是說，你來自我不知道的地方，而且會突然消失，如果我多知道一些你的事情，你看起來就會比較……真實，就算是可怕的事情……你能說多少，我就想知道多少。」艾莉西亞在樓梯上喊克萊兒，她應該要和家人一起過聖誕節了。我站起來，小心地親吻她，然後克萊兒說，「我馬上上去！」她對我嫣然一笑，跑上樓去。我把椅子卡在門把下方，坐下來度過漫漫長夜。

聖誕夜，之二

一九八八年十二月二十四日星期六（亨利二十五歲）

亨利：我打電話給爸爸，問他在聖誕節的日場音樂會之後，需不需要我過去跟他吃頓晚餐。他答應得很勉強，為了讓他自在些，我想我就不過去了。今年的狄譚伯家殤日即將在不同的地點同步展開。金姆太太回韓國去看她的姊妹，我已經替她澆花，也幫她收信了。我打電話給英格麗．卡米契爾，問她要不要出來，但她很直接地提醒我今天是聖誕夜，有些人是有家人的，必須待在家裡孝敬父母。我翻了翻通訊錄，每個人都出城了，就算沒有出城，也有親戚來串門子。我應該去看外公外婆的，但隨後我就想到他們住在佛羅里達。現在是下午兩點五十三分，店家都關門了。我在「艾爾的店」買了一瓶甜酒，將它塞在大衣口袋裡，然後在貝爾蒙特上了El線，前往鬧區。天氣陰沉沉的，十分寒冷。車廂半滿，幾乎每個人都帶著小孩，他們大概是要進城去看看馬歇爾費爾德百貨的聖誕櫥窗，並且到水塔大廈[37]進行最後一分鐘的採購吧。我在藍道夫街下車，往東朝格蘭特公園的方向走過去。我在IC線的天橋上站了一會兒，喝了點酒，往下走到溜冰場。有幾對情侶和小朋友正在溜冰。這幾個小朋友彼此追逐，他們有的倒溜，有的溜八字形。我租了一雙尺寸差不多的溜冰鞋，穿上它，把鞋帶繫好，開始在冰上行走。我沿著溜冰場的邊緣，平穩地滑行，腦子裡什麼都沒想，重複相同的動作、平衡、冷空氣。挺好的。太陽逐漸西下，我溜了大約一個鐘頭，把溜冰鞋還回去，穿上自己的靴子後離開。

我往西走藍道夫街，又轉南走到密西根大道，經過芝加哥美術館。芝加哥美術館的銅獅裝飾了聖誕花環。我走到哥倫布大道，格蘭特公園裡空蕩蕩的，只有幾隻烏鴉昂首闊步地走在暮色藍的雪地裡，或是在天上盤旋飛翔。路燈把我頭頂上的天空染成橘紅，湖面上的天空則是深天藍色的。我站在白金漢大噴泉旁，看著海鷗盤旋俯衝，牠們為了某人留下的一條麵包你爭我奪著。我一直看，看到我冷得受不了為止。有個騎著馬的警察沿著噴泉慢吞吞地騎了一圈，又緩緩地往南騎下去。

我也離開了。靴子並不是很防水，氣溫一直向下掉，即便我穿了好幾件毛衣，但大衣還是有點單薄。我的體脂肪不夠多，每年十一月到隔年四月總是讓我冷得受不了。我沿著哈里遜街走，走到國家街，經過太平洋花園佈道團，很多遊民聚集在那裡，想討頓飯吃，或找個棲身之地。我很好奇他們今天晚上吃些什麼，今晚遊民收容所裡，是不是也有慶祝活動。路上車子不多，我沒戴錶，但猜測現在差不多是七點吧。我最近才發現我對時間流逝的感受跟別人不一樣，好像我跑得比別人慢似的。對別人來說不過是一個下午的時間，但對我而言，就像過了一天似的，就連搭一趟地鐵，都可以是趟史詩之旅。今天像是沒完沒了似的，而我打算盡可能不要想到媽媽，不要太常想到她，不要太常想到那次車禍，不要太常想到所有的事情……但現在都已經是晚上了，我一個人走著，所有一切全都蜂擁而來。我的肚子很餓，酒已經喝完了，人也快要走到亞當斯街了，我在腦海裡盤算身上還有多少錢，決定到博格夫餐廳吃頓大餐，這家德國餐館歷史悠久，啤酒遠近馳名。

餐廳裡很溫暖，也很熱鬧，裡頭有很多人，他們不是在吃，就是隨處站著。博格夫餐廳赫赫有名的侍者在廚房和餐桌間忙進忙出的，我耐心地排著隊，隨和地和夫婦或一家子閒聊。終於被領到主廳裡一張面向後方的小桌子。我點了黑啤酒和一盤德國鴨肉香腸佐麵疙瘩。菜上桌後，我就細細嚼慢慢嚥，直到把麵包沾上剩餘的醬汁吃光了，才發現我想不起來我到底有沒有吃午餐。這頓飯很不錯，我算得上是善待自己吧，我不是白癡，還想到要吃晚餐。我往後靠在椅背上，環顧室內。在高高的天花板、深色鑲嵌及船隻壁畫的下方，有幾對上了年紀的夫婦正在用餐，他們整個下午都在購物或是聽交響樂，現在則愉快地聊著他們買的禮物、他們的孫子、機票、抵達時間，或莫札特。我現在有股聽交響樂的衝動，但今天沒有晚場演奏。爸爸或許正從芝加哥音樂廳回家。我會坐在音樂廳最上層樓座、最上面的座位（這是聽音樂的最佳位置），聽「大地之歌」、貝多芬，或是沒有聖誕味道的曲子。嗯，好吧，明年好了。我突然看到我一生中全部的聖誕節在我面前一字排開，一個接著一個，等著我度過。絕望突然把我淹沒。不要啊，我盼望時空能夠把我帶離這一天一會兒，把我帶到對我比較仁慈的一天。可是罪惡感又油然而生，我竟然想要逃避悲傷。死去的人需要我們的緬懷，就算懷念會把我們擊垮，就算我們能做的只有說聲「我很抱歉」，一直說到懷念變得像空氣般無足輕重為止。我不想替這家溫暖喜慶的餐廳添加悲痛的色彩，否則我下次和外公外婆一起來時可能會想起這一切，所以我付了帳，然後離開。

回到大街上，我站著沉思。我不想回家，我想跟人們在一起，想轉移我的心思。我突然想到「爽翻天」酒吧，這是一個任何事情都有可能發生的地方，是怪胎的天堂。去那裡應該是個完美的好主意。我走到水塔大廈，搭上直行芝加哥大道的六十六路巴士，在達門大道站下車，然後換搭五十六路巴士往北走。巴士聞起來有嘔吐味，而我是車上唯一的乘客。司機正在用悅耳的教堂男高音唱「平安夜」，我在瓦班西亞大道站下車，跟司機說了聲「聖誕快樂」。當我走過腳踏車修理店時，開始下雪了，我用指尖接起大片、潮濕的雪花。我可以聽見音樂聲從酒吧裡流洩出來，打開門時，有人吹起小號，熱鬧的爵士樂猛然擊中胸口，我以一副快要溺死的樣子走進去，這就是我來這裡的目的。

加上酒保米亞，酒吧裡大約只有十個人。小號、貝斯和單簧管的樂手擠在小小的舞台上，酒客全都坐在吧台。三名樂手用最大的音量彈奏，就像是音樂苦行僧般熱烈地演奏著；我坐下來聆聽，聽出他們正在演奏「白色聖誕」。米亞走過來盯著我，我扯開喉嚨大喊，「威士忌加水！」她也大喊：「特調可以嗎？」我大吼：「可以！」她走回吧台調酒。音樂很突兀地停了，這時電話響起，米亞拿起電話說：

「爽翻天！」她把酒放在我面前，我丟了一張二十美元的鈔票在吧台上。「不要，」她對著電話說道：「幹你娘咧，去死吧！」她把話筒摔回去，好像她在灌籃似的。米亞站著，有好一會兒看起來就像吃了炸藥似的。她點了一根寶馬牌的香菸，朝我吹了一個巨大的煙圈。「喔，抱歉。」樂手走到吧台，她拿啤酒給他們喝。廁所的門就在舞台上，所以我趁他們中場休息的時間撇尿。等我回來後，米亞在我位置前又放了一杯飲料。「妳會通靈吧，」我說。

「你很容易猜啦。」她把菸灰缸重重地放下來，靠著吧台內側，若有所思。「晚一點你要幹嘛？」

我檢視我的幾個選擇。大家都知道我跟米亞回家睡過一兩次，她很放得開，只是我現在實在沒有心情亂搞。但另一方面，當你心情不好時，有個溫暖的身體可以擁抱並不是件壞事。「我打算喝個爛醉。妳有什麼計畫嗎？」

「如果你沒有喝個爛醉的話，你可以來我家，又假如你沒有喝掛的話，那你明天醒來時可以幫我一個大忙：到我住在葛蘭柯的父母家吃聖誕大餐，假裝你是瑞夫。」

「我的天啊，米亞，光是想像那情景，我就想自我了斷了。抱歉，我幫不上忙。」

她靠在吧台上，加強語氣，「亨利，求求你幫個忙嘛。在男人裡，你也算得上是上得了檯面的年輕人，你可是名圖書館員哪！當我爸媽開始問你爸媽是誰、你是哪所大學的畢業生時，你可不會把場面搞砸。」

「其實我會。我會立刻跑進洗手間割喉自盡。不管怎麼說，這樣做到底有什麼意義？就算他們很喜歡我，這只代表他們會拿『那個跟妳約過會、人挺好的年輕圖書館員後來怎麼了』的問題折磨妳好些年。而當他們見到了真正的瑞夫，又會出現什麼情況？」

「我覺得我不用煩惱這件事。拜託嘛，我會施展你連聽都沒聽過的超限制級火辣姿勢喔。」

這幾個月來，我一直推辭不見英格麗的父母，我還推掉了明天去她家吃聖誕大餐的邀請，也就是說，我更不可能幫米亞做這件事了，我跟她幾乎不認識啊。「米亞，整年裡任何一個晚上都可以。但聽好，我今晚的目標是喝到爛醉如泥，喝到頂多雙腳站得起來，但老二卻站不起來的地步，妳就打電話跟妳爸媽說，瑞夫得開刀切除扁桃腺，或諸如此類的事吧。」

她到吧台另一端招呼三個看似年輕大學生的男客人，在酒瓶之間忙了一會兒，神情專注地調製什麼飲料。她把高腳杯放在我面前，「給你，免費招待。」那顏色看起來就像草莓口味的飲品。

「這是什麼？」我啜了一口，喝起來像七喜。

米亞邪惡地笑了一下。「這是我發明的飲料，如果你想喝到掛，這絕對是特效藥。」

「喔，好吧，多謝了。」我拿酒敬她，然後一飲而盡。灼熱感和全然的幸福感把我淹沒。「這是極品，米亞，妳應該為妳的酒申請專利。妳可以在芝加哥各地擺賣飲料的小攤子，把這種酒裝在紙杯裡賣，妳會賺大錢的。」

「要不要再來一杯？」

「當然好囉。」

身為狄譚伯父子事務所未來的資淺合夥人，我大抵上算是個酒鬼，我在喝酒這件事上，到目前為止，都還沒有個限量。幾杯黃湯下肚之後，米亞隔著吧台盯著我看，一副很擔心的樣子。

「亨利？」

「幹嘛？」

「我在灌你酒。」這個主意好。我想對米亞點頭表示同意，但這實在太費力了，我反而慢慢地，以幾近優雅的方式滑到地板上。

過了很久以後，我才在慈善醫院醒過來。米亞坐在我的病床邊，睫毛膏沾得滿臉都是。我吊著點滴，覺得很不舒服，非常不舒服，說得更精確一點，是什麼樣的不舒服都有。我把頭轉到另一邊，吐在臉盆裡。米亞伸手過來幫我擦嘴。

「亨利……」米亞對著我低語。

「唉，真是天殺的。」

「亨利，真對不起……」

「這不是妳的錯，出了什麼事情？」

「你醉得不省人事，所以我就自己算了一下……你有多重？」

「一百七十五磅。」

「天啊，你有吃晚餐嗎？」

我想了想，「有。」

「不管怎麼說，你喝的東西，酒精含量大概四十度，你先前還喝了兩杯威士忌……可是你看起來很好啊，但過了一會兒，你看起來變得很糟，然後就暈過去了。我算一算，你已經喝了太多了，所以我打了一一九，然後你就在醫院裡了。」

「我想我應該謝謝妳。」

「亨利，你是不是有尋死的念頭啊？」

我想了一會兒，「有啊。」翻身朝向牆的那一邊，假裝睡覺。

一九八九年四月八日星期六（克萊兒十七歲，亨利四十歲）

克萊兒：我坐在蜜格蘭外婆的房間裡，和她一起做《紐約時報》的填字遊戲。現在是明朗清涼的四月早晨，我可以看到花園裡的紅色鬱金香在風中搖曳。媽媽正在花園裡忙著，她在黃壽丹旁種了什麼小小白白的東西，因為帽子就快被風吹走了，於是一直用手壓著，最後乾脆把帽子摘掉，用她放種花工具的籮筐壓著。

我已經將近兩個月沒見到亨利了，登記在簿子上的日期告訴我，下一回見到他的時間是在三個星期之後。我們愈來愈接近離別兩年的時間點了。我以前對亨利很漫不經心，我還小的時候，並不覺得看見他是什麼了不得的事情，可是如今他每來一次，我們見面的次數就少一次，而且我們之間的情況也不一樣了。我想要某種東西……我希望亨利能說些什麼話、做些什麼事情，好證明這一切並不是什麼精心設計的玩笑。我在企盼些什麼，就是這樣，我非常期待。

外婆坐在窗邊那張藍色的高背椅上，我坐在窗座上，報紙攤在我的膝上。我們的填字遊戲進行了差不多有一半，但我的心思已經跑掉了。

「孩子，那一則再唸一遍。」外婆要求。

「直排二十，『修士般的猴子』（Monkish monkey），八個字母，第二個字母是『a』，最後一個字母是『n』。」

「『戴帽猴』（Capuchin）[38]。」她的眼睛已經看不見了，但還是朝我的方向微笑了一下。在外婆看來，我就像團黑影，而我周圍則是比較亮一些的背景。「我答得還不賴吧？」

「對啊，妳很厲害呢。哇，聽聽這個吧：橫排十九，『不要把手肘伸太出去』（Don't stick your elbow out so far.）。十個字母，第二個字母是『u』。」

「『柏瑪刮鬍膏』（Burma Shave）[39]。我答得比妳快吧。」

「啊，這個我永遠都想不出來。」我站起來伸伸懶腰，急著出去走一走。外婆的房間很舒適，可是也很容易讓人有幽閉恐懼症。天花板很低，壁紙是精緻的藍色花朵，床罩是藍色的印花棉布，地毯是白色的。這個房間聞起來有脂粉、假牙和衰老肌膚的味道，蜜格蘭外婆坐得很挺直端正，一頭漂亮的白色秀髮，帶了點零星的紅色痕跡，我的紅髮就是遺傳自她。她的頭髮盤得很漂亮，還用髮夾別了一個假髮髻。外婆的眼睛看起來就像藍色的雲彩，她已經瞎了九年，但她調適得很好，只要待在屋子裡，她還可以四處走動。外婆以前都直接把填字遊戲的答案填在報紙上，現在她正在傳授填字遊戲的訣竅，但我的注意力始終無法集中，要是單靠自己，我連一則都做不出來。亨利，他也很喜歡玩填字遊戲。

「今天的天氣很好吧？」外婆往後靠到椅背上，揉搓她的指關節。

我點點頭，「對，但風還是有點大。媽媽正在下面種花，所有東西都一直從她身邊飛走。」

「露西兒就是這樣，」露西兒的媽媽說道，「孩子，我想出去走走。」

「我剛好也想出去走走呢。」我附和著。她笑著伸出手，我輕輕地把她扶起來，拿了我們倆的外套，還拿了一條圍巾裹住外婆的頭髮，免得被風吹亂。我們慢慢地走下樓，走出前門，站在車道上，我轉頭問外婆，「妳想去哪裡？」

「就去果園吧。」

「那裡很遠呢。喔，媽媽在向我們揮手，我們也跟她揮手吧。」我們向媽媽揮揮手，她已經一路弄到噴泉旁，園丁彼得跟著她；他本來在跟媽媽說話，卻停下來望著我們，等我們走過去，這樣才可以把他們正在吵的架吵完，他們可能在吵黃水仙，或是和芍藥有關的事。彼得很喜歡跟媽媽爭執，但媽媽到最後總是可以為所欲為。「外婆，從這裡到果園幾乎有一哩遠呢。」

「克萊兒，我的腳可沒問題啊。」

「好吧，那我們就去果園。」我扶她走過去。等我們到了牧場邊，我問外婆，「要走陰涼處還是要曬曬太陽？」外婆答說：「當然要曬曬太陽。」因此我們穿過牧場中央，來到可以通到空地的步道，我們一邊走，我一邊描述周遭景致給外婆聽。

「我們經過了營火堆，那邊有一群鳥……喔，牠們飛走了！」

「烏鴉、鳥，還有鴿子。」她說道。

「對。現在我們走到大門了。當心，步道有一點泥濘，我可以看到狗的腳印，這隻狗相當大，可能是阿靈漢家的喬伊。所有花草都冒出新芽了，那株野玫瑰就在這裡。」

「牧場有多高？」外婆問道。

「大概只有一呎高吧。這裡一片嫩青，那幾棵小橡樹就在這邊。」

她把臉轉過來，對著我微笑，「我們過去打個招呼吧。」我領著她走到橡樹那邊，這幾棵橡樹就種在離步道幾呎處。為了紀念我舅公泰迪，也就是我外婆在二次大戰中為國捐軀的哥哥，外公在一九四〇年代種下三棵橡樹。這幾棵橡樹到現在也只有大約十五呎高而已。外婆把手放在中間那棵橡樹的樹幹上，說：「哈囉。」我不曉得她是對著樹說，還是對著她哥哥說。

我們繼續走，走到較高處時，我看到牧場在我們面前伸展開來，而亨利就站在空地上。我停下腳步。「怎麼了？」外婆問道。「沒什麼。」我領著她沿著步道繼續走。「妳看到什麼了？」她問我。「有一隻老鷹在森林上空盤旋。」「現在幾點了？」我看了看手錶，「快中午了。」

我們走到空地上。亨利動也不動地站著，並對我微笑。他看起來很疲倦，頭髮也變灰了。身穿黑色大衣的他，在明亮的牧場上顯得很突出。「那顆大石頭在哪裡？」外婆問，「我想坐下來。」於是我把她帶到大石頭旁邊，扶她坐下。她把臉轉到亨利所在的方向，突然僵硬起來，「誰在那裡？」她問我，聲音聽起來很急切。「沒有人啊。」我撒了謊。

「那裡有個男人，那裡。」她朝亨利的方向點了點頭。他看著我，神情彷彿在說，「說吧。告訴她吧。」森林裡有隻狗在吠。我猶豫了一下。

「幫我們倆介紹吧。」亨利輕聲說道。

「克萊兒。」外婆的聲音聽起來很害怕。

外婆靜靜地等著。我伸手環抱住她的肩膀，「外婆，沒事的。這位是我的朋友亨利，他就是我跟妳說過的那個人。」亨利走到我們這邊，伸出手。我把外婆的手交到他的手中，「這位是伊莉莎白・蜜格蘭。」我對著亨利介紹。

「所以你就是那個人囉？」外婆問。

「是的。」亨利回答。這句「是的」在我聽來，就像是一種慰藉。是的。

「我可以摸摸你嗎？」她朝亨利比了個手勢。

「我可以坐在您身邊嗎？」亨利坐在大石頭上。我牽著外婆的手摸亨利的臉。外婆摸他的臉時，他就看著我的臉。「很癢呢。」亨利對外婆說。

「像沙紙一樣，」她用指尖滑過他沒刮鬍子的下巴，然後說道：「你已經不是男孩了。」

「對。」

「你的年紀多大？」

「我比克萊兒大八歲。」

她看起來很疑惑的樣子。「二十五歲嗎？」我看著亨利花白的頭髮，以及眼睛周圍的皺紋，他看起來大概有四十歲，或許更老。

「我今年二十五歲。」他堅定地回答。這句話倒是真的，在不知道什麼地方，現在的他確實是二十五歲。

「克萊兒跟我說她以後會嫁給你。」

他對我微笑。「沒錯，我們以後會結婚。幾年後，等克萊兒離開學校以後。」

「在我那個年代，紳士都會來家裡吃頓飯，順便見見家人。」

「我們的情況比較……非比尋常，所以這是辦不到的。」

「我看不出有什麼不可以。如果你都可以和我外孫女在牧場上跑來跑去的，那麼你當然可以來家裡，讓她爸媽給你做做身家調查。」

「我很樂意，」亨利站了起來，「但我現在得趕火車去了。」

「再等一下，年輕人……」外婆開口，但亨利仍繼續說著：「後會有期了，蜜格蘭夫人，我很高興終於見到您了。克萊兒，很抱歉我不能再待下去……」我伸手去拉亨利，但他那裡發出嘈雜的聲響，好像所有的聲音都被吸出這個世界似的，然後他就消失了。我轉頭看外婆，她坐在大石頭上，手伸得直直的，一臉摸不著頭緒的表情。

「發生了什麼事？」她問我，我只好向她解釋。當我解釋完之後，她把頭垂下來，把她老朽的手指扭成奇形怪狀。最後她抬起頭往我這邊看，「可是克萊兒，他肯定是魔鬼。」她就事論事地說道，彷彿在跟我說我的外套釦子扣錯了，或是吃午飯的時間到了。

我能說什麼？「我有想過這一點，」我抓起她的手，免得她把手給磨紅腫了。「但亨利人很好，給人的感覺不像是魔鬼啊。」

外婆微笑了。「妳說話的語氣好像妳見過很多魔鬼似的。」

「妳不覺得真正的惡魔會有點……惡魔的樣子嗎？」

「我想，如果有意的話，真正的惡魔也會甜美得像塊派。」

我小心地遣詞用字，「亨利有一次跟我說，他的醫生認為他是新品種的人類，就是人類演化的下一階段。」

外婆搖搖頭。「這跟魔鬼一樣糟糕啊。我的天啊，克萊兒，這個世界上有那麼多人，妳怎麼偏偏要嫁給這種人？想想看你們會生出什麼樣的小孩來！啪一聲就跑到下星期，然後在吃早餐前回來！」

我笑了。「可是這樣也很刺激啊！就像褓母包萍[40]，或是小飛俠彼得潘啊。」

她輕輕地捏了捏我的手，「親愛的，妳想個一分鐘：在童話故事裡，出去冒險犯難的永遠都是小孩子，做母親的就只能待在家裡，等著他們的孩子哪天能夠飛回窗邊。」

我望著散落在地上的一堆衣服，這是亨利留下來的。我把衣服撿起來摺好。「等一下，」我找到裝衣服的箱子，把亨利的衣服放進去。「我們回去吧，現在都過了午飯時間了。」我扶外婆從大石頭上起來。風呼嘯地吹過草地，我們彎下腰，朝屋子的方向走。當我們來到比較高的地方時，我回頭望向空地，那裡空無一人。

幾天後，有個晚上我坐在外婆的床邊，朗讀《戴洛維夫人》[41]給她聽。天色已晚，我抬頭看她，外婆似乎睡著了，於是我停止朗讀，合上書，她卻把眼睛睜開了。

「哈囉。」我說道。

「妳有思念過他嗎？」她問我。

「每天、每一分鐘。」

「每一分鐘……是啊，就是這樣啊，對吧？」她轉過身，把頭埋進枕頭裡。

「晚安，」我說，然後把燈關掉，站在黑暗中看著躺在床上的外婆，我覺得自己很可憐，好像我被人注射了自憫自憐的藥。「就是這樣啊，對吧？」對吧。

吃人或是被吃

一九九一年十一月三十日星期六（亨利二十八歲，克萊兒二十歲）

亨利：克萊兒邀我今晚去她的公寓吃飯，她的室友雀兒喜，還有她男友戈梅茲也會作陪。中原標準時間晚上六點五十九分，我緊張得要命地站在克萊兒公寓的門廊，盛裝打扮，一手拿著芬芳的黃色小蒼蘭，和一瓶澳洲卡伯奈葡萄酒，另一隻手手指按著門鈴。我不曾來過克萊兒的住處，也沒見過她任何一個朋友，我不知道我該用什麼樣的心情來面對。

電鈴聲很嚇人，我把門打開。「往上走就對了！」一個低沉的男性嗓音喊道。我慢吞吞地爬了四段樓梯。嗓音來自一個高大的金髮男性，留著舉世無雙的龐巴度髮型，叼著一根菸，穿著波蘭「團結工聯」的T恤。他看起來很面熟，但我一時想不起曾在哪裡見過他。對一個有著西班牙名字「戈梅茲」的人來說，他看起來太像……波蘭人了。後來我才知道他的真名是楊．戈莫林斯基。

「歡迎光臨，圖書館男孩。」戈梅茲響亮地說道。

「嗨，同志！」把花和酒交給他，我們彼此打量，達成某種「和解」，戈梅茲用很誇張的方式把我請進公寓裡。

這間公寓是那種沒有盡頭的火車車廂公寓，在一九二〇年代完工；這種公寓很棒，有一條長廊、房間一間接著一間，就好像是後來才想到要加蓋似的。這間公寓結合了放克和維多利亞時期的美學風格，幾幅絲絨貓王畫作旁，放著一張帶有笨重雕花椅腳的小圓點古董椅。我可以聽到走廊盡頭放著艾靈頓公爵的「愛情傷透我心」，而戈梅茲正帶著我朝那個方向走去。

克萊兒和雀兒喜正在廚房裡忙。「我的小貓咪們，我給妳們帶了一個新玩具，」戈梅茲自顧自地說道：「他的名字叫亨利，妳們也可以叫他圖書館男孩。」我和克萊兒四目交錯，她聳了聳肩，把臉湊過來要我親她。順著她的意，我在她臉上小心地啄了一下，才轉身跟雀兒喜握手。雀兒喜長得嬌小玲瓏，一頭烏黑長髮，看來很和藹可親，讓我萌生一股想要對她告解什麼的衝動，什麼事都好，我只是想看看她的反應。她就像小一號的菲律賓裔的聖母瑪莉亞，用一種甜美、「別操我喔」的嗓音說：「戈梅茲，拜託你閉嘴。你好，亨利，我是雀兒喜．波納馮。請你當作沒有戈梅茲這個人，我是因為需要有人搬重物才跟他在一起的。」

「還有做愛，別忘了這檔事。」戈梅茲提醒她。他看著我，「要喝啤酒嗎？」

「好啊。」他在冰箱裡找了找，遞給我一瓶布列特茲啤酒。我把瓶蓋打開，灌了一大口。廚房看起來就像是爆炸過後的品食樂冷凍麵糰工廠。克萊兒朝我的視線望過去。我突然想到，她根本就不會做飯啊。

「這作品還沒完成。」克萊兒說。

「這是一件裝置藝術。」雀兒喜接口。

「我們要吃的就是這玩意兒嗎？」戈梅茲問。

我看了看他們三個，然後我們全都笑成一團。「你們有誰會做飯嗎？」

「沒有。」

「戈梅茲會煮飯。」

「我只會煮羅尼速食米飯。」

「克萊兒知道怎麼點披薩。」

「還有泰國菜，我也會點泰國菜。」

「雀兒喜就只會吃。」

「戈梅茲，閉上你的狗嘴。」雀兒喜和克萊兒同聲說道。

「那這些東西應該要變成什麼？」我的下巴朝流理檯那一團亂指了指。克萊兒遞給我一張從雜誌上剪下來的食譜。這是一張拌上冬南瓜和松子的雞肉椎茸飯食譜，是克萊兒從《美食家》上剪下來的，這道菜大概需要二十種食材。

「所有的食材妳都有嗎？」

克萊兒點點頭，「採買的工作我還做得來，難就難在料理。」

我仔細檢查了這團災難，「我可以從這些東西裡面做點菜來吃。」

「你會做飯？」

我點點頭。

「他會做飯！晚餐有著落了！再喝一瓶啤酒吧！」戈梅茲大叫。雀兒喜看起來如釋重負，她對我溫暖地笑了笑。克萊兒畏縮不前、一副怕到不行的樣子，她悄悄走到我身邊，對我耳語：「你是不是瘋了啊？」我親了她一下，雖然在外人面前，但我還是親得比一般禮貌性的還要更久一點。我挺起身子，脫掉外套，捲起袖子。「給我一條圍裙，」我要求道：「至於你們幾個，戈梅茲開酒。克萊兒，妳來把這些濺出來的東西清乾淨，這些東西都快乾結了。雀兒喜，能不能麻煩妳去擺餐具？」

一個小時又四十三分鐘之後，我們坐在飯廳裡大啖雞肉燉飯和冬南瓜濃湯，每一道菜都加了很多奶油。最後，我們全都喝到酩酊大醉。

克萊兒：亨利在準備晚飯時，戈梅茲一直待在廚房裡抽菸、喝啤酒、開玩笑，只要沒人注意，他就會對著我做恐怖的鬼臉，一直到雀兒喜逮到他，比了一個用手劃過喉嚨的手勢，他才靜下來。我們聊著再普通不過的話題：我們的工作、念的學校、在哪裡長大等，那些所有人們初次相見時會聊的尋常事情。戈梅茲跟亨利聊他的律師工作，他是州政府監護的受虐兒和棄置兒代表。雀兒喜用她在造化戲作公司聽來的故事娛樂大家。造化戲作是一家很小的軟體公司，致力於讓電腦聽得懂人們說的話，而她的工作，就是製作我們在電腦上看到的圖樣。亨利說了些紐伯瑞圖書館，還有來看書的怪人的故事。

「紐伯瑞圖書館裡是不是真有一本用人皮做的書？」雀兒喜問亨利。

「有，《那瓦烏吉澤海德拉編年史》。這本書是一八五七年時，在印度德里的王宮裡發現的。妳什麼時候有空過來，我拿出來給妳瞧瞧。」

雀兒喜瑟縮了一下，咧了一下嘴。亨利攪拌著燉飯，一聽到他說「開動」，我們全都聚集到餐桌前。戈梅茲和亨利一直喝啤酒，而我和雀兒喜則不停地啜飲葡萄酒。戈梅茲頻頻幫大家添酒，我們都吃得不多，我一直都沒發現我們大家有多醉，直到我差點坐空、好在亨利及時扶住我，而戈梅茲差點為了點蠟燭把椅子燒起來，我才明白我們醉得有多厲害。

戈梅茲舉起他的杯子，「敬革命！」

我、雀兒喜和亨利也舉起杯子，「敬革命！」我們開始大快朵頤。燉飯很順滑清淡，冬南瓜很甜，雞肉嚐起來就像浸泡在奶油裡。我都快喜極而泣了，真是太好吃了。

亨利吃了一口，然後用叉子指著戈梅茲，「哪一場革命？」

「你說什麼？」

「我們敬的是哪一場革命？」我和雀兒喜很警覺地交換了眼神，但為時已晚。

戈梅茲微笑，我的心開始往下沉。

「下一場。」

「就是無產階級當家、有錢人被吃掉、資本主義被打敗、支持無階級社會的那一場革命嗎？」

「就是那一場。」

亨利對我眨眼，「那克萊兒會很不好過喔。你們打算怎麼處置知識份子？」

「喔，」戈梅茲說道，「我們應該也會把他們吃掉。但我們會把你留下來，因為你會做飯，你做的菜超好吃的。」

雀兒喜很親暱地摸了摸亨利的手臂，「我們不會真的吃掉誰的，我們只會重新分配他們的財產。」

「這還真讓我鬆了一口氣，」亨利順著他們的話題聊著，「我可不希望有朝一日得把克萊兒煮來吃。」

戈梅茲說：「那真是太可惜了，我敢保證克萊兒一定很好吃。」

「我真好奇人肉料理到底長什麼樣子？」我也加入他們，「有人肉料理的食譜嗎？」

「《神話學：生食與熟食》[42]。」雀兒喜回答。

亨利提出反對意見，「那又不是真正的食譜，我不覺得李維史陀有提供什麼食譜。」

「我們可以改寫成食譜啊，」戈梅茲說完又吃了一塊雞肉。「你知道的，辣味牛肝菌克萊兒番茄義大利麵、橙汁克萊兒胸肉，或是……」

「嘿，如果我不想被人吃掉呢？」

「抱歉，克萊兒，」戈梅茲一副正經八百的樣子，「為了大眾的利益，恐怕妳一定得被吃掉。」

亨利看著我，對我微微一笑，「克萊兒，妳別擔心，革命發生時，我會把妳藏在紐伯瑞圖書館裡。」

妳可以住在書庫，我會從員工餐廳帶士力架巧克力棒和多力多滋給妳吃，他們永遠都找不到妳的。」

我搖搖頭，「要是情況變成『我們先把所有的律師殺掉』呢？」

「不行，」戈梅茲回應，「沒有律師的話，什麼事都辦不成。如果沒有律師出來維持秩序的話，革命會在十分鐘內把所有的事情都搞得一團糟。」

「可是我爸爸就是律師啊，」我告訴他，「所以你們再怎麼樣也不能把我們吃掉。」

「但他不是正義的那種律師啊，」戈梅茲反駁，「他為有錢人爭取權益。至於我，我可是受壓迫的窮人子弟的代表……」

「閉嘴啦，戈梅茲，」雀兒喜制止他，「你在傷害克萊兒。」

「我才沒有！克萊兒願意為了革命被吃掉的，對吧，克萊兒？」

「不對。」

「噢。」

「『絕對命令』[43]是什麼東西？」亨利問道。

「你說什麼？」

「你知道的，就是『黃金律』[44]啊，除非你願意被人吃，要不然就不要吃人。」

戈梅茲用叉子尖端清他的指甲。「你不覺得讓這個世界運轉的原則，其實就是吃人或是被吃嗎？」

「對，這樣說很接近事實。可是你自己不就是利他主義的一個例證嗎？」亨利問道。

「當然，可是大家也都認定我是個很危險的狂人啊。」戈梅茲佯裝冷漠地說道，但我看得出來他被亨利搞糊塗了。

「克萊兒，甜點吃什麼？」

「我的天啊，我差點忘了。」我起得太快，差點跌倒，趕緊伸手扶住桌子，「我去拿。」

「我來幫妳。」戈梅茲說完便跟著我走進廚房。我穿著高跟鞋，走進廚房時被門檻絆了一下，踉蹌地往前倒下去，戈梅茲趕緊抓住我。我們有一會兒是緊貼著彼此站立的，我可以感覺到他把手放在我的腰間，然後放開。「妳喝醉了，克萊兒。」

「我知道，你也是啊。」我按了咖啡機的按鈕，咖啡開始滴到壺裡。我靠著流理檯，小心翼翼地把蓋在裝著布朗尼的盤子上的玻璃紙拿掉。戈梅茲挨在我後面，輕聲對我說話，他挨得很緊，呼吸搔得我的耳朵很癢。「他也是那種男人。」

「你這話是什麼意思？」

「他就是我跟妳警告過的那種男人，亨利，他是那種……」

這時雀兒喜走進廚房，戈梅茲突然從我身邊跳開，然後去開冰箱。

「嘿，需不需要我幫忙啊？」

「這裡，妳來拿咖啡杯。」我們全都忙著準備杯子、盤子和布朗尼，然後把這堆東西安全地弄到餐桌上。亨利坐在那邊等著，彷彿在等牙醫幫他看牙，他看起來就像一個怕得要命的病人。我忍不住笑了出來，以前我帶食物到牧場給他時，他都是這副表情。可是他什麼都不記得了，他還沒經歷那一切。

「輕鬆點，」我說：「不過是布朗尼啊，連我都會做布朗尼的。」大家全都笑了，一個個坐了下來。布朗尼有點沒有烤透的樣子。「布朗尼塔塔醬。」雀兒喜為甜點命名。「沙門氏桿菌軟糕。」戈梅茲接了下去。亨利則說「我一直都很喜歡吃生麵糰」，還舔了舔手指頭。戈梅茲捲了一根香菸，點燃後，深深地吸了一口。

亨利：戈梅茲點了一根菸，靠在椅子上。這個傢伙有些地方讓我覺得很不舒服，或許是出於他對克萊兒強烈的佔有欲，也或許是因為他對馬克斯主義的理解很半吊子。我很肯定我以前見過他，但到底是在過去還是未來？我來找出答案。「你看起來很面熟。」

「嗯？對啊，我覺得我們以前有見過。」

我想起來了。「里維拉戲院，看伊吉．帕普？」

他看起來很驚訝，「對，你和一個金髮女孩在一起，英格麗．卡米契爾，我總習慣看到你們倆一起出現。」戈梅茲和我同時看向克萊兒。她狠狠地瞪了戈梅茲一眼，他則回以微笑。然後她把眼神從他身上移開，卻沒有往我這邊看。

雀兒喜跳出來解圍，「你自己去看伊吉，卻沒有帶我去？」

戈梅茲解釋：「妳那時候出城去了。」

雀兒喜很不高興地噘著嘴。「我什麼事情都沒跟上，」她對我說道：「我錯過佩蒂．史密斯的演唱會，現在她已經退出歌壇了。我也錯過談話頭最後一次的巡迴演唱。」

「佩蒂．史密斯會復出巡迴演唱的。」我說。

「她會復出？你怎麼知道？」雀兒喜追問。我和克萊兒交換了一個眼神。

「只是隨口猜的。」我告訴她。我們開始發掘彼此的音樂品味，然後發現我們都很喜歡龐克。戈梅茲跟我們說他在佛羅里達州看「紐約娃娃」演唱的事，就在強尼．桑德斯離開那個團的時候。我跟他們描述琳恩．羅維奇的某場演唱會，那是我在一次時空旅行時想辦法趕上的。雀兒喜和克萊兒很興奮，因為「暴力妖姬」幾個星期後就要在亞拉岡舞廳開演唱會，而雀兒喜已經弄到免費的票了。晚風徐徐吹來，克萊兒送我下樓，我們站在外門和內門中間的玄關裡。

「我很抱歉，」她說。

「喔，沒什麼大不了的。今天過得很愉快啊，我不介意做飯。」

「我不是說這個，」她低頭看著她的鞋子，「我是說戈梅茲。」

玄關很冷。我伸手把克萊兒摟住，她靠在我身上。「戈梅茲怎麼了？」我看得出她有心事，但她只是聳聳肩，「沒事的。」而我就這樣把她的話當真。親吻後，我打開外門時，克萊兒也打開了內門。我走到人行道上，回頭一看，克萊兒還站在半掩的門口望著我。我停住腳步，想回去抱她，我想跟她上樓。她轉身上樓，我就這樣一直看著她，直到她從我的視線裡消失。

一九九一年十二月十四日星期六、二〇〇〇年五月九日星期二（亨利三十六歲）

亨利：我正在狠狠修理一個喝醉酒的大塊頭，他是個住在郊區的中產階級，這傢伙膽子挺大的，竟然敢罵我玻璃，還想揍我好證明他說的是對的。我們人在維克戲院旁的小巷裡，在我慢條斯理、有條不紊地痛扁這白癡的鼻子，並開始往他肋骨進攻時，可以聽到「抽菸教皇」的貝斯聲從戲院側門飄出來。我今天晚上已經衰事連連了，這笨蛋還敢在太歲爺頭上動土。

「嘿，圖書館男孩。」停手放過痛苦呻吟的雅痞，一轉頭就看到戈梅茲正靠著垃圾車露齒微笑。

「你好啊，同志。」我丟下那個被我海扁一頓、患有同性戀恐懼症的傢伙，走到戈梅茲身邊。那傢伙連滾帶爬地溜到人行道上，一副感激涕零的模樣。「近來可好？」我看戈梅茲還挺高興的，一副滿心歡喜的樣子，不過他可沒我高興。

「我實在不想打擾你，不過你在肢解的傢伙是我的朋友，對對，就是他。」

當然沒有打擾到。「他自找的，是他自己走過來對我說：『先生，我很需要被大卸八塊。』」

「嘿，幹得好，真他媽的精彩。」

「謝謝。」

「如果我扶尼克起來，送他去醫院，你不會介意吧？」

「請便。」該死，我正想剝光尼克的衣物，尤其是他那雙幾乎沒有磨損的全新深紅色馬汀大夫鞋。

「戈梅茲。」

「怎樣？」他彎下腰攙扶他的朋友，那傢伙還吐了顆牙在他膝蓋上。

「今天幾號？」

「十二月十四日。」

「哪一年？」

他抬起頭看我，彷彿在說他有比取悅瘋子更重要的事要做。戈梅茲試圖用消防員抬離法把那雅痞拉起來，這樣拉，他肯定痛死。果不其然，尼克開始啜泣。「一九九一年。你沒你看起來的樣子清醒嘛。」他走出小巷子，消失在戲院出口的方向。我心算了一下，今天離我跟克萊兒開始約會的日子並沒有太久，戈梅茲和我還談不上認識，難怪他看我的眼神很不友善。

戈梅茲又現身，身上的拖油瓶倒是不見了。「我叫川特顧著他哥，川特不大爽。」我們沿著小巷子往東走。「不過親愛的圖書館男孩，我冒昧問一下，你為什麼要穿成這樣？」

我穿著藍色的牛仔褲，一件小孩穿的藍色毛衣，上面佈滿了黃色的小鴨子，螢光紅背心，腳上還穿著粉紅色的網球鞋。說真的，會讓人覺得欠揍也沒什麼好意外的。

「我只找得到這些衣服，」我希望那個被我洗劫一空的傢伙離家夠近，要不然現在外面大概只有零下七度。「你怎麼會跟兄弟會的人混在一起？」

「喔，我們是法律系的同學。」我們走到「海陸軍軍需用品店」的後門時，我突然非常渴望穿上正常的衣物，便決定冒個險嚇嚇戈梅茲，我知道他承受得住。我停下腳步，「同志，我有些事情要處理一下，只會耽誤你一點時間，你可以到巷子底等我嗎？」

「你要做什麼？」

「沒什麼，就是闖空門。別看那個站在窗簾後面的男人。」

「你介意我跟你一起去嗎？」

「介意，」他看起來很氣餒。「好吧，如果你一定要跟的話。」我走進遮擋後門的壁龕裡。這是我第三度闖入這裡，雖然另外兩次都是在更未來的時候，但是我已經很老練了。我得先打開不起眼的密碼鎖；這鎖是用來保護安全柵門的，我把安全柵門往後推，用一枝舊鋼筆筆芯和稍早在貝爾蒙特大道上撿到的別針打開耶魯鎖，接著拿一塊鋁片插進雙門之間，把裡面的門栓撬開。好了。我只花了三分鐘，戈梅茲用幾近崇拜的敬畏眼神看著我。

「你在哪裡學到這些工夫的？」

「熟能生巧啦。」我很謙虛地回答。我們走進裡面，看到一排一閃一閃的紅燈，店家大概想讓人以為這是防盜警報系統，但這可騙不倒我。店裡很暗，我在腦海中回想商品陳列的位置，「戈梅茲，什麼東西都別碰。」我試著笨拙些，不要一副熟門熟路的樣子，小心翼翼地在通道間穿梭。我的眼睛已經適應黑暗了，於是從褲子開始挑：黑色的 Levi's 牛仔褲，然後挑了件深藍色的法蘭絨襯衫，又抓了件有工業級強度襯裡的厚重黑色羊毛大衣，加上羊毛襪、四角褲、厚重的登山用手套，還有一頂遮耳帽。我在陳列鞋子的地方找到一雙馬汀大夫鞋，就跟尼克大哥穿的那雙一模一樣。真是太滿意了，我已經準備好可以展開行動了。

在這同時，戈梅茲一直在櫃檯後面晃來晃去。「別找了，」我告訴他，「這種地方不會留著現金在收銀機過夜的，我們走吧。」我們循原路離開，輕輕把門關上，將柵門拉好。我把原來穿的那套衣服裝在購物袋裡，待會兒再找個救世軍的舊衣回收箱。戈梅茲一臉企盼地望著我，像隻等著撿剩肉渣的大狗。

這倒提醒了我。「快餓死了，我們去安．莎德斯餐廳吃飯吧。」

「安．莎德斯餐廳？我還等著你開口說要搶銀行，或至少宰個倒楣鬼呢，大哥，你現在手氣正順，可別這樣半途而廢啊！」

「我得先暫停勞動、補充一下體力才行，走吧。」我們從小巷走到安．莎德斯餐廳的停車場。停車場管理員默不作聲，看著我們穿過停車場。我們抄近路來到貝爾蒙特大道，才九點而已，街道和往常一樣，充斥著待不住的傢伙、無家可歸的精神病患、泡夜店的男男女女，還有住在郊區出來找樂子的人。安．莎德斯餐廳就像是刺青店和情趣用品店之間，一座正常極了的島嶼，如此絕世而獨立。我們走進餐廳，站在麵包房旁等人帶位，我的肚子咕嚕咕嚕地叫。餐廳內部是瑞典式的裝潢，全都是木頭嵌板和紅色漩渦狀的大理石條紋，非常舒適。我們脫掉外套，坐在壁爐正前方的吸菸區，環境看起來挺不賴的。雖然我們兩個都是老芝加哥人，搞不好免看菜單就可以用卡農的方式，把想點的菜餚二部合唱唱出來，不過還是煞有其事地看了看菜單。戈梅茲把他抽菸用的全副道具拿出來，擺在他的銀製餐具旁。

「你介意嗎？」

「介意，不過你儘管抽吧。」讓戈梅茲作陪的代價，就是得一直沉浸在從他鼻孔噴出來的煙霧裡。他把鼓牌菸草捲成粗厚的圓柱，用深赭色的手指優雅地拍打薄紙，舔舔紙，把菸捲緊，插在雙唇間點火。「呼？」對戈梅茲而言，半小時不抽菸簡直是有違天理。就算我沒有相同的興趣，通常也很喜歡欣賞人們享受他們的嗜好。

「你不抽菸嗎？有什麼嗜好嗎？」

「我跑步。」

「喔。你的身材很棒，我剛剛還以為尼克快被你宰了，你好像也臉不紅氣不喘的。」

「他喝得爛醉如泥，根本沒辦法幹架，就像個笨重的大沙包。」

「你幹嘛把他揍成那樣？」

「誰叫他蠢。」服務生來了，簡短介紹了一下：他的名字叫蘭斯，今天的特餐是鮭魚和奶油豌豆。我們先點了飲料，蘭斯收走了飲料單後離去，我把玩著牛奶罐，「他看到我的穿著就斷定我好欺負，看我不爽想扁我一頓。他不接受『不要』這種答案，就踢到鐵板了。我這個人只會自掃門前雪，我真的是這種人。」

戈梅茲好像在想些什麼，「說真的，到底是怎麼一回事？」

「什麼怎麼一回事？」

「亨利，我看起來或許像個呆頭鵝，可是你戈梅茲叔叔不是一點蛛絲馬跡都沒察覺。我已經注意到好幾次了，事實上，就在我們的小克萊兒帶你回家前，我不知道你知不知道，但你在某些圈子裡有點惡名昭彰。我認識一些知道你的人，嗯，女人。」眼前瀰漫著戈梅茲噴出來的煙霧，他斜著眼看我，「她們跟我說了些相當奇怪的事。」蘭斯端著我的咖啡和戈梅茲的牛奶過來，我們開始點菜：戈梅茲點了起司漢堡和薯條，我點了青豆湯、鮭魚、番薯以及水果盤。我覺得如果我不趕快補充熱量的話，一分鐘內就會倒下。蘭斯一下子就退場了，說真的，我實在不怎麼關心年輕時的罪行，更不想與戈梅茲辯解。不管怎麼說，這不關他的事，可是他在等我回答。我把加進咖啡裡的牛奶攪開，看著少許白色泡沫在漩渦裡消散。我拋開戒慎恐懼，反正沒什麼大不了的。

「你想知道什麼，同志？」

「我什麼都想知道。我想知道一個溫文儒雅的圖書館員，為什麼有辦法打扮得像個幼稚園老師，無緣無故把一個傢伙揍到不省人事；我想知道英格麗．卡米契爾八天前為什麼企圖自殺；我想知道為什麼你現在看起來比上次見面還要老十歲，你頭髮都已經開始變白了；我想知道你為什麼會撬開耶魯鎖；還想知道為什麼克萊兒在遇到你之前，就有一張你的照片了。」

克萊兒在一九九一年以前就有我的照片了？這我還不知道呢。「那張照片看起來是什麼樣子？」

戈梅茲盯著我瞧，「看起來比較像你現在這樣子，比較不像你幾個星期前吃飯時的模樣。」才兩個星期前？天啊，這是我和戈梅茲第二次見面。「那張照片是在戶外拍的，你在微笑。照片背後的日期是一九八八年六月。」菜上桌了，我們先打住，在我們那張小桌子上把菜一一排好，然後我就開始狼吞虎嚥，好像明天是世界末日似的。

戈梅茲看著我吃，把他的菜晾在那裡。我見識過戈梅茲在法庭上如何對待惡意證人：就像現在這樣，運用意志力逼他們把不該說的話說出來。我並不在乎一五一十地告訴他，只是想先填飽肚子再說。事實上，我也必須讓戈梅茲知道真相，因為他在往後的日子裡還得不停地掩護我。

我鮭魚都已經吃完一半了，他還呆坐著。我讓金姆太太上身，用她的口吻說道：「吃啊，吃啊。」他拿起一根薯條，沾了番茄醬後用力嚼下去。「別擔心，我會全盤托出，你就讓我平靜地吃完這最後一餐吧。」他終於投降，吃起他的漢堡。在我掃光水果盤前，我們都沒開口。蘭斯幫我添了好幾杯咖啡，我在裡頭攙了牛奶、攪拌開來。戈梅茲用一副很想搖醒我的樣子注視著我，我決定好好玩玩他。

「好吧，你聽好囉。時空旅行。」

戈梅茲轉了轉眼珠子，扮了個鬼臉，但一句話也沒說。

「我是個時空旅人，現在三十六歲，從二〇〇〇年五月九日的下午過來的。那天是星期二，我正在上班，才剛為一群卡克斯頓讀書俱樂部[45]的會員說完書，回到書庫想把書放回架上，突然就發現我人在一九九一年的學校街上。跟平常一樣，又碰上無衣可穿的問題。我在某個人家的門廊躲了一會兒，很冷，一直沒有人經過，最後來了個年輕的傢伙，他穿得……嗯，你也看到那是什麼樣子了。我襲擊他，搶走他的錢，還有他身上所有衣物，內褲除外。我把他嚇得暈頭轉向，他一定以為我要強暴他，還是幹什麼骯髒事。反正我有衣服穿了。好吧，在這附近穿成這樣的確會被誤會，所以我整晚都遭人白眼，而你朋友剛好又是最後一根稻草。如果他傷得很嚴重的話，真的很抱歉，我非常想要他的行頭，尤其是鞋子。」戈梅茲看了看桌子底下。「我發現我老是陷入類似的情境，我根本就不是故意的，就是有些地方不對勁，就是會無緣無故在時空中迷失。我沒辦法控制自己，我永遠都不知道什麼時候會發生、會到什麼年代，還是什麼地方。為了應付這類情況，就只好撬鎖、順手牽羊、扒竊、行搶、乞討、闖空門、偷車、撒謊、扁人、傷人等，只要你說得出來的，我大概都幹過。」

「謀殺。」

「嗯，就我所知，我沒有殺過人，也沒有強暴過誰。」我說話時盯著他的撲克臉瞧，「英格麗，你真的認識英格麗嗎？」

「我認識西莉亞．艾特雷。」

「天啊，你都認識些怪人。英格麗用什麼方式自殺？」

「吞了一堆安眠藥。」

「一九九一年嗎？好吧，這是英格麗第四次自殺了。」

「什麼？」

「啊，你連這個都不知道？西莉亞還真的是選擇性洩漏消息啊。英格麗一直到一九九四年一月二日才自殺成功，她朝自己的胸口開了一槍。」

「亨利……」

「你要知道，這件事發生在六年前，我到現在還是很氣她糟蹋生命。她重度憂鬱很久了，偏要一直沉淪。我什麼也幫不了，這是我們曾經努力過的幾件事情之一。」

「這個笑話爛透了，圖書館男孩。」

「你想要證據。」

他只顧微笑。

「那那張照片怎麼說？你說克萊兒有的那一張？」

他的微笑消失了。「好吧，我承認我對這件事有一點困惑。」

「我第一次遇到克萊兒是在一九九一年十月。她第一次遇到我是在一九七七年九月，那時候她六歲，而我三十八歲。她已經認識我一輩子了，我在一九九一年才開始認識她。順道一提，這件事情你應該問克萊兒，她會全盤托出的。」

「我問過了，她已經告訴我了。」

「靠！戈梅茲，你在浪費我的寶貴時間，還讓我再說一次，你不相信她嗎？」

「不相信。你相信嗎？」

「當然相信。克萊兒非常誠實，她是受天主教的教養長大的。」蘭斯幫我添了更多咖啡，我體內的咖啡因太多了，不過再來一點也無妨。「你想要什麼證據？」

「克萊兒說你會憑空消失。」

「對啊，這是我拿手的戲法之一，你可以形影不離地黏著我，但我早晚都會消失得無影無蹤，可能要等幾分鐘，或是幾小時，甚至幾天，但我一定會消失的，這點可以相信我。」

「我們在二〇〇〇年的時候還有往來嗎？」

「有啊。」我露齒而笑，「我們是好朋友啊。」

「說說我的未來。」

喔，不行，這是個爛主意。「不行。」

「為什麼不行？」

「戈梅茲，會發生的就會發生，但事先知道會讓所有的事都變得……很詭異。不管怎麼說，什麼事情都無法改變。」

「為什麼？」

「因果只會前進，事情就是會發生，而且只會發生一次。如果你事先就知道的話……我大部分時間都覺得自己被困住了，如果你與時俱進，什麼都不知道的話，那你就自由了。相信我。」他看起來很洩氣。「你會是我的伴郎，我也會是你的伴郎。你的人生很美好，可是我不會告訴你詳情的。」

「那股票內線消息呢？」

這倒可以，有何不可？二〇〇〇年股市很瘋狂，可以賺上令人難以想像的財富，而戈梅茲會是其中一個幸運兒。「你聽過網際網路嗎？」

「沒有。」

「電腦那類的，一個全球性的大網絡，一般人只要拿電話線插上電腦，就可以跟其他人溝通了。你可以買進科技股：網景、美國線上、昇陽、雅虎、微軟、亞瑪遜。」他開始做筆記。

「你說的是網站嗎？」

「這你就不用管了，只要在這些公司第一次公開發行的時候買就是了。」我對他微笑，「如果你相信有仙子的話，拍拍手。」

「我想你今天晚上會教訓任何嘲諷仙子的人吧？」

「這句話是『小飛俠彼得潘』裡面的句子啦，你這沒知識的傢伙。」我突然覺得很想吐，但我不想在這裡引起騷動。我跳起來，「跟我來。」我往男廁跑，戈梅茲緊跟在後。我闖進奇蹟般空無一人的男廁，汗水從臉頰上流下來，一口吐在洗手檯裡。「天啊，」戈梅茲說道：「該死，圖書館……」不管他後面說了什麼，我都沒聽見，因為我光溜溜地側躺在鋪了亞麻油氈的冰冷地板上，四周一片漆黑。我的頭很暈，所以我在那裡躺了一會兒。我伸出手，摸到書本的書背，原來我在紐伯瑞圖書館書庫裡。我站起來，蹣跚地走到通道盡頭，開了燈，光線打亮我站著的這排，我的眼睛一時無法適應。隔壁那排走道的推車上有衣服和我正在上架的書，我穿好衣服，把書放好，輕快地打開書庫的安全門。我不知道現在是什麼時候、警鈴是不是開著的，可是警鈴沒響，所有事情都保持原狀。伊莎貝爾跟第一次來圖書館的人指示閱覽室的方向；麥特走進來，還朝我揮了揮手。陽光從窗戶灑進來，閱覽室的時鐘指針指著四點十五分。我消失了不到十五分鐘，艾蜜莉亞看見我，伸手指了指門，「我要去星巴克，要不要幫你帶杯爪哇咖啡？」

「呃，不用了，我不想喝，不過還是很謝謝妳。」頭很痛，我把臉探進羅伯托的辦公室，告訴他我覺得很不舒服。他很體諒地點了點頭，用手比了比電話，裡頭傳來光速般的義大利語，拚命地往他耳朵傾倒。我抓起東西閃人。

不過是圖書館男孩的朝九晚五。

一九九一年十二月十五日星期日（克萊兒二十歲）

克萊兒：今天是個陽光普照的星期天早晨，我剛離開亨利的公寓。返家途中，街道路面都結冰了，還積了幾吋瑞雪，萬物潔白得令人眩目。我跟著艾瑞莎・弗蘭克林唱：「R-E-S-P-E-C-T（尊重）！」我一邊唱，一邊從艾迪遜街轉到侯因大道，定睛一瞧，前方就有個停車位，今天真是我的幸運日啊。我停好車，哼著歌走進前庭。我開始習慣做愛、習慣在亨利的床上醒來、習慣在早上回家。我悠哉悠哉地上樓，雀兒喜上教堂去了。我想洗個貴妃浴，讀讀《紐約時報》。等我打開家門，才發現屋子裡還有別人。戈梅茲坐在客廳裡，煙霧瀰漫，百葉窗沒開，襯著紅色壁紙和紅色天鵝絨家具，看起來就像金髮的波蘭貓王撒旦。他就坐在那裡，我什麼話也沒說地回房。我還在生他的氣。

「克萊兒。」

我轉過頭。「幹嘛？」

「對不起，我錯了。」除了教皇無誤說[46]，我從沒聽過戈梅茲承認其他事情。他的聲音很低沉、沙啞。

我走進客廳，打開百葉窗。外面的陽光穿不透煙霧，所以我用力打開一扇窗。「你怎麼弄的？這麼多煙霧，為什麼煙霧警報器沒響？」

戈梅茲舉起一顆電池，「我走之前會裝回去的。」

我坐在扶手沙發裡，等著戈梅茲告訴我為什麼他會改變心意。他在捲另一根菸，好不容易點好菸後，望著我。

「我昨天晚上和妳男朋友在一起。」

「我也是啊。」

「是喔，你們怎麼打發時間？」

「我們去法色斯[47]看彼得・格林納威的電影，然後吃摩洛哥菜，之後去了他那裡。」

「妳剛剛才離開他家？」

「沒錯。」

「我昨天晚上過得可沒這麼充滿文化氣息，可波折了。我在戲院旁的小巷子裡碰到妳那笑容可掬的男朋友，他把尼克打成肉醬。川特今天早上告訴我，尼克的鼻梁斷了，肋骨斷了三根，手掌五塊骨頭碎裂，軟組織受損，縫了四十六針，還得裝顆新門牙。」我沒什麼反應，尼克本來就是個大惡棍。「妳應該親眼看看的，克萊兒，妳男朋友對待尼克的方式，就好像他是個沒有生命的東西，就好像尼克是件雕刻品，而他正在雕刻似的。他的技巧真的非常純熟，先考慮從哪裡下手才能達到最大的效果，然後就使勁猛打。如果對象不是尼克的話，我真的會佩服得五體投地。」

「亨利為什麼要把尼克痛扁一頓？」

戈梅茲看起來很不自在，「聽起來好像是尼克的錯，他喜歡修理……同性戀，而亨利昨晚穿得就像個娘兒們。」我可以想像。可憐的亨利。

「然後呢？」

「然後我們非法闖入海陸軍軍需用品店。」

還好嘛，「然後呢？」

「然後我們去安・莎德斯吃晚餐。」

我放聲大笑，戈梅茲對我微笑。「然後他告訴我妳說過的精彩故事。」

「那你幹嘛相信他？」

「他實在太他媽的冷靜了。我知道他絕對認識我，一定對我瞭如指掌。他很清楚我在想什麼，卻一點也不在乎。然後他就……憑空消失了。我就站在那裡，所以我……不得不相信他。」

我點點頭，挺同情他的。「消失那一幕是很震撼。我記得我第一次遇到他時就見識過了，那時候我年紀還很小，他跟我握手，然後『噗』的一聲，就不見了。嘿，他從哪一年來的？」

「二〇〇〇年，他看起來老很多。」

「他經歷過很多大風大浪。」坐在這裡跟某個認識亨利的人談他，真是挺不錯的。我突然很感激戈梅茲，可是當他靠過來鄭重地跟我說「不要嫁給他」時，感激之情就消失得無影無蹤了。

「他還沒跟我求婚耶。」

「妳明白我的意思。」

我動也沒動地坐著，看著在膝蓋上緊緊交握的雙手。我很冷，也很生氣，戈梅茲一臉憂慮地望著我。

「我愛他，他是我的生命。我一直都在等他，我這輩子都在等他，而現在，他出現了。」我不知道該怎麼解釋，「跟亨利在一起，我可以看見所有一切在我面前展開，像一張地圖似的，過去和未來，所有一切都同時發生，他就像一個天使……」我搖搖頭，無法用言語形容。「我可以透過他碰觸到時間……他愛我，我們之所以結婚，是因為我們是彼此的一部分，」我結結巴巴地說著，「這件事情早就發生了，突然就發生了。」我盯著戈梅茲，想看他聽不聽得懂我說的話。

「克萊兒，我欣賞他，非常欣賞他。他很有魅力，但也很危險，所有跟他在一起過的女人後來都崩潰了，我只是不希望妳冒失地投入這個社會邊緣人的懷抱，雖然他很迷人……」

「你沒發現說這些已經太遲了嗎？你說的這個人，我可是從六歲就認識了，我很了解他。你才見過他兩次，竟然還想叫我跳下火車。嗯，我辦不到。我已經看見我的未來了，我無力改變；就算我能改變，我也不會這麼做的。」

「但他告訴妳了。」

「亨利很關心你，他不會告訴你的。」

戈梅茲一副若有所思的樣子，「他沒跟我說我的未來。」

「這對事情並沒有幫助，我們的生命早就糾結在一起了。我的童年因為他而截然不同，但他什麼事情也做不了，他已經盡力了。」我聽到雀兒喜把鑰匙插進門鎖裡。

「克萊兒，別生我的氣，我只是想幫妳。」

我對他微笑。「你可以幫我們的，等著瞧吧。」

雀兒喜咳嗽著走進來。「喔，甜心，你等很久了吧？」

「我正在跟克萊兒聊天，聊亨利的事情。」

「我敢說你正在跟她講你有多崇拜他。」雀兒喜說道，聲音中帶有一絲警告的意味。

「我在勸她盡早抽離。」

「噢，戈梅茲。克萊兒，別聽他胡說，他辨別男人的品味很糟。」雀兒喜坐下來，離戈梅茲有一呎遠，一副男女授受不親的樣子；但戈梅茲伸出手把她拉到他的膝蓋上。她白了他一眼。

「她上完教堂後都是這副模樣。」

「我想吃早餐。」

「妳當然想吃囉，我的可人兒。」他們站起來，蹦蹦跳跳地走進廚房。沒多久雀兒喜就爆出高八度的咯咯笑聲，戈梅茲拿著《時代雜誌》在打她的屁股。我嘆了一口氣，走回房裡。陽光依然燦爛。我走進浴室，在巨大的老浴缸裡注入燙人的熱水，脫掉昨晚的衣服。爬進浴缸時，我瞄了一眼鏡中的自己，看起來胖嘟嘟的。真高興，我整個人浸到水裡，感覺像是安格爾畫中的宮女[48]。「亨利愛我。亨利終於在此時此地了。我也愛他。」我伸手在胸前遊走，水面上激起一些細小的泡沫，然後又消散了。「為什麼所有的事情都這麼錯綜複雜呢？錯綜複雜的部分是不是都過去了？」我把頭髮浸到水裡，看著髮絲漂浮，暗色、好似一片網。「我從來都沒有選擇過亨利，他也從來都沒有選擇過我。既然如此，這怎麼會是一場錯誤呢？」我再次意識到，我們根本無從得知這是不是一場錯誤。躺在浴缸裡，盯著腳上方的磁磚，一直到水漸漸變涼為止。雀兒喜敲了敲門，問我是不是死在裡面了？她能不能進來刷個牙？我用毛巾包住頭髮，看到鏡中的自己因為蒸氣模糊成一片，而時間似乎摺疊起來了，我看到自己好像多層次地混搭在一起，我過去所有年月和未來的所有時光都混雜在一起，突然間我覺得自己好像消失了。這種感覺來得快，去得也快，靜靜地站了快一分鐘後，我穿上浴袍，打開門出去。

一九九一年十二月二十二日星期六（亨利分別是二十八歲和三十三歲）

亨利：凌晨五點二十五分，門鈴響了。鐵定不妙。我踉踉蹌蹌地走到對講機那邊，按下按鈕。

「誰啊？」

「嘿，讓我進來。」我又按下按鈕，傳來一陣糟糕、聽起來像是「我溫暖舒適的家」的嗡嗡歌聲。四十五秒後，電梯咚地啟動上升。我穿上浴袍走到外頭，站在走廊上，透過安全玻璃看著電梯纜線緩緩移動。梯廂晃動了一會兒後停住，沒什麼好懷疑的，裡頭的人就是我。

他悄悄地打開電梯門，走到走廊上，一絲不掛，鬍子也沒刮，頂著一頭很短的頭髮。我們很快穿過空蕩蕩的走廊，急忙鑽進公寓裡。我關上門，兩人站了一會兒，彼此注視。

「呃，」我想找些話來說，「近來可好？」

「馬馬虎虎，今天是什麼日子？」

「一九九一年十二月二十二日，星期六。」

「喔，晚上要去亞拉岡看『暴力妖姬』？」

「沒錯。」

他笑了。「可惡，今晚真的遜斃了。」他走到我的床邊，爬上去把被子拉到頭頂。我在他身邊砰地一聲坐下來。

「嘿。」沒理我。「你從什麼時候來的？」

「一九九六年十一月十三日，正準備睡覺，所以讓我睡一會兒吧，要不然你接下來五年都會覺得過意不去。」

有這理由就夠了。我脫掉浴袍，回到床上，另一個我強佔了我慣睡的那一邊，我只好到另一邊、克萊兒的那一邊，躺下來。這幾天我一直在想這件事情，在床的這一邊，所有一切都會有點不一樣，就好像你閉上一隻眼睛，很靠近什麼東西看了好一會兒，然後再用另外一隻眼睛觀看那東西。我躺在那裡做實驗，看著扶手椅，衣服散落在上頭，擱在窗檯的一只酒杯杯底有一顆桃核，我看我右手手背，指甲需要剪了，這間公寓可能有資格申請「聯邦災害救濟」，說不定另一個我願意出力幫我整理房子，抵他的生活費。我在腦海裡回憶冰箱和食品儲藏室裡還有什麼東西，做出糧食供應無虞的結論。我打算今天晚上帶克萊兒回來，但我還不確定該如何處理多出來的我。我突然想到，說不定克萊兒比較喜歡跟未來版本的我在一起，他們本來就比較熟。不知道為什麼，這讓我很沮喪。我安慰自己，現在沒有的，日後會得到補償。但我還是很煩躁，希望那個我能夠趕快消失。

我想著另一個我。他蜷成一團，看起來像隻豪豬，臉朝向另一邊，睡得很熟。我很嫉妒他，他就是我，但我卻不是他，我還不是他。他已經多過了五年，而那五年對我來說還很神祕，還是緊緊捲成一團等我掰開，等著我去齧咬。不管這當中有什麼樂趣，他都已經擁有了；但對我來說，這些樂趣還在後頭等著，就像一盒還沒打開的巧克力。

我試著用克萊兒的眼光看他。為什麼他的頭髮這麼短？我一直都很喜歡我那一頭黑色及肩的波浪狀頭髮，我從高中就開始蓄髮了，但我早晚都得剪掉的。我突然想到，頭髮一定是眾多事項的其中一項，會讓克萊兒感覺到我並不完全是她從小就認識的那個男人。我不過是個近似值，而她鬼鬼祟祟地把我引導成她心目中的他。如果沒有她的話，我又會變成什麼樣子？

應該不會變成那邊那個呼吸緩慢深沉，從脖子到背部到脊椎到肋骨都起起伏伏的傢伙吧。他的皮膚很光滑，沒什麼毛髮，緊緊地依附著肌肉和骨頭。他筋疲力盡地睡著，好像隨時會跳起來跑掉。我有他這麼緊繃嗎？我想有吧。克萊兒就抱怨說，除非我真的累到爆，要不然是不會放鬆下來的；但其實我跟她在一起時，通常都很放鬆。這個比較老的我看起來比較精瘦、比較疲倦、比較穩定、比較放心，要跟我炫耀實在綽綽有餘：他實在太了解我了。為了我自己好，我還是默默跟隨他的腳步好了。

七點十四分，我很明顯還醒著，起床喝杯咖啡好了。我穿上內褲還有運動褲，伸伸懶腰。最近我的膝蓋很痛，所以我在膝蓋上裹上護膝，穿上襪子，把破損不堪的慢跑鞋繫緊，我的慢跑鞋太爛或許是膝蓋出毛病的原因，我暗暗發誓明天一定要買雙新的慢跑鞋。我應該問問我的不速之客，他那邊天氣如何。唉，十二月的芝加哥，天氣惡劣是一定的。我套上已經穿成古董的「芝加哥電影節」T恤、一件黑色的長袖運動衫，以及一件厚重、前後有反光大X的橘色帽T。我抓起手套和鑰匙，出門走進白晝裡。

就早冬這種時節來說，今天天氣並不壞，地上有零星雪花，風逗弄似的，一下子把它們吹到這裡，又吹到那裡。迪爾本街的交通打結了，一堆引擎噪音合奏，天空很陰沉，慢慢地一點一點變亮。

我把鑰匙繫在鞋上，決定沿著湖慢跑。我往東跑到德拉瓦街，然後跑到密西根大道，經過天橋，轉往北方沿著自行車道旁的橡樹街沙灘前進。只有硬漢才會在今天出來慢跑、騎自行車。密西根湖是深灰藍色的，潮水退了，露出深咖啡色的狹長沙地。海鷗在頭上盤旋，又飛回遠處的水面上。我的動作很僵硬，天氣冷對關節實在不妙，過了很久我才知道湖邊相當冷，可能有零下六、七度，因此我跑得比平常慢一些，先熱熱身，提醒我可憐的膝蓋和腳踝它們這輩子的任務，就是在我需要時盡快把我運送到目的地。我可以感覺到肺裡的乾冷空氣、心臟怦怦怦地敲打。等我跑到北方大道時，感覺挺不錯的，於是開始加快速度。跑步對我來說意義良多：生存、平靜、幸福、孤寂，是我肉體存在的證明，是我在空間中控制移動能力的證明，也是我的身體遵循意志的證明，即使時間短暫。在我跑步時，空氣往我的身後流逝，我身邊的事物來了又去，步道移動起來就像我腳下的幻燈片。我記得在我小的時候，電玩和網路還要好一陣子才會出現的時代，我會在學校的圖書館裡，把幻燈片裝在小巧的幻燈機裡，盯著這些幻燈片看。我想不起這些幻燈片長什麼樣子、有什麼內容，但我記得圖書館的氣味，以及每次讓我嚇得跳起來的嗶嗶聲。我現在正在遨翔，這種感覺真是太美妙了，我好像可以就這樣跑進空氣裡，所向披靡，沒有什麼東西可以阻擋我，沒有什麼東西可以阻擋我，沒有什麼東西、沒有什麼東西、沒有什麼東西、沒有什麼東西……

當天晚上（亨利分別是二十八歲和三十三歲，克萊兒二十歲）

克萊兒：我們正在前往亞拉岡舞廳看「暴力妖姬」演唱會的路上。亨利本來不太想來，我不知道為什麼，他本來很愛「暴力妖姬」的。我們在他那邊耗了一會兒，現在在上城找停車位。我一直在繞，經過了葛林磨粉廠、酒吧、燈光黯淡的公寓大樓，以及看起來像舞台布景的自助洗衣店。我終於在亞蓋爾街停好車，然後我們一邊發抖一邊走到坑坑洞洞的人行道上。亨利走得很快，我們一起走路時我總會有點上氣不接下氣，但我注意到他在努力配合我的步伐。我脫掉一只手套，把手插進他大衣口袋裡，他用手摟住我的肩膀。我很興奮，因為我和亨利從來都沒有跳過舞。我很喜歡亞拉岡舞廳，即使它那仿西班牙輝煌時期的建築正在朽壞。蜜格蘭外婆曾經跟我說過，她在一九三〇年代在這裡跳過舞，當時還有超過十八人以上的大樂團伴奏。那個時候，一切都很新穎，沒有人會在樓座裡開槍，男廁也不會尿流成河。可是，c'est la vie（這就是人生啊），時代變了，我們人就在這裡。

我們排隊等了幾分鐘。亨利看起來很煩躁，好像在提防什麼。他握著我的手，卻又目不轉睛地盯著四周人群。我逮到機會好好看看他。亨利很英俊，及肩的頭髮又黑又亮。他把頭髮往後梳，像貓一般瘦削，散發出不安和肉體的氣味，看起來像會咬人似的。亨利穿著黑色大衣、帶有法式袖口的白色棉質襯衫，襯衫下襬就垂在大衣下方，沒有塞進去。他打著一條可愛的草綠色絲質領帶，領口稍微鬆了鬆，剛好可以讓我看到他頸部的肌肉。他還穿著黑色的牛仔褲和黑色高筒的帆布鞋。亨利把我的頭髮攏在一起，纏在他的手腕上。有那麼一會兒，我成了他的囚犯，直到隊伍開始移動，他才把我放了。

我們驗了票，隨著觀眾魚貫步入大樓裡。亞拉岡舞廳有很多通道、包廂和樓座，把主廳團團包圍，在這裡很容易迷路，也很適合玩捉迷藏。我和亨利走進一間靠近舞台的樓座，找了張小桌子坐下來。我們脫掉大衣，亨利注視著我。

「妳看起來很可愛。這件禮服很漂亮，我不相信妳穿這樣還能跳舞。」

我穿著淺紫藍色的緊身絲質禮服，這件禮服很有彈性，可以讓我擠進去。今天下午在鏡子前試穿起來還不錯，我只擔心我的頭髮，冬天的空氣太乾燥了，所以頭髮看起來有平常的兩倍多。本來想把頭髮編成辮子，但被亨利阻止了。

「請別這麼做，我想看妳把頭髮放下來的樣子。」

開場了。我們耐心聆聽，所有人都跑來跑去、說話，或抽菸。主樓層沒有座位，吵得要命。

亨利靠過來在我耳邊大吼：「妳想喝點什麼嗎？」

「可口可樂就好了。」

他往吧台走去，我趴在樓座的欄杆上欣賞觀眾：穿著復古禮服的女孩，穿著迷彩服的女孩，留著摩霍克頭[49]的男孩，穿著法蘭絨襯衫的男孩。穿著T恤和牛仔褲的男男女女，都是二十幾歲的大學生和年輕人，零零星星點綴著幾個老人家。

亨利去了很久還沒回來。暖場的樂團已經表演完了，掌聲稀稀落落的，場務動手拆下樂團的樂器，又把另一堆看起來差不多的樂器搬進來。我終於等不下去了，丟下我們的座位和大衣，努力穿過樓座裡擁擠的人群，下樓走到吧台所在的昏暗通道。亨利不在那裡。我慢慢穿梭在走廊與包廂之間，尋找他的身影，還得裝作沒有在找人的樣子。

我在一條通道的盡頭看見他。他離一個女人很近，起初我還以為他們在擁抱，她的背靠著牆，亨利靠著她，一隻手撐在她肩膀上方的牆面，樣子很親密。我差點透不過氣來。她有一頭金髮，很漂亮，很像德國人，很高，令人印象深刻。

我走近了一點，發現他們不是在接吻，他們在吵架。亨利對著那個女人大吼大叫，不管他在吼什麼，他空著的那隻手都在比畫以加強語氣。突然間，她冷峻的臉龐變得很憤怒，眼淚幾乎奪眶而出。亨利往後退了幾步，舉雙手投降，走開時，我聽到他說了幾句話。

「我沒辦法，英格麗，我就是沒辦法。我很抱歉……」

「亨利！」她在後面追他，然後他們兩個看到我一動也不動地站在過道中間。亨利咧了咧嘴，抓起我的手臂，快步往樓上走。我爬了三階樓梯後回頭看，發現她還站在那裡看著我們，手垂在身體兩側，看起來激動又無助。亨利也回頭看了一眼，然後我們轉身繼續上樓。

我們找到原來的桌子。真是奇蹟，那位置竟然還空著，大衣也還在。燈光暗了下來，亨利提高嗓門壓過嘈雜的觀眾，「我很抱歉，還沒走到吧台就碰到英格麗了……」

英格麗是誰？我想到我曾經在亨利的浴室裡，拿著一支口紅。我得知道這些，但黑暗降臨，「暴力妖姬」出場了。

主唱哥頓．蓋諾站在麥克風前，瞪視我們所有人。音樂響起，他傾身向前，唱出「Blister in the Sun」頭幾句，我們全都瘋了。我和亨利先是坐著，然後他靠過來喊道：「妳想不想下去？」舞池裡擠滿了人，鬧哄哄的。

「我想下去跳舞！」

亨利看起來像鬆了一口氣，「好啊，太棒了！我們走吧！」他扯掉領帶，塞進大衣口袋裡。我們奔下樓，走進主廳。我看到雀兒喜和戈梅茲，應該算在一起跳舞吧，雀兒喜渾然忘我，像發狂了似的，而戈梅茲看得出來就只有在動而已，嘴裡當然叼了一根菸。他看到我了，對我揮了一下手。這種情況要在群眾中前進，就像在密西根湖裡跋涉一樣，我們被捲了進去，浮在上面，往舞台的方向漂過去。觀眾都在大喊「Add it up! Add it up!」，「暴力妖姬」就瘋狂舞奏樂器來回報他們。

亨利跟著貝斯旋律擺動。我們就站在搖滾區的外層，一群觀眾正以高速互相推擠，而另一群觀眾正跟著音樂搖臀、拍手。

我們在跳舞。音樂貫穿全身，音波在脊椎裡流竄，沒有經過大腦就從雙腳跑到臀部，再跑到我的肩膀。「Beautiful girl, love your dress, high school smile, oh yes, where She is now, I can only guess.」我睜開雙眼，看到亨利一邊跳舞一邊看著我。當我舉起手臂時，他抱住我的腰把我舉得高高的。我現在可以看到舞池全貌。有人朝我揮手，但在我試圖看清楚時，亨利把我放下來了。我們一會兒貼著，一會兒分開。「How can I explain personal pain?」我身上的汗珠一直向下滴，亨利搖晃他的頭，頭髮甩成黑色一片，汗水都噴到我身上了。他們的音樂很煽動人、不停地嘲弄人。「I ain't had much to live for, I ain't had much to live for, I ain't had much to live for.」我們全神投入。我的身軀靈活，雙腿卻已經麻木了，有種白炙的滾燙感受從下體竄上頭頂。我的頭髮都濕了，一束束黏在我的手臂、脖子、臉頰，還有背上。樂器撞擊到牆上，音樂聲戛然而止。心臟怦怦地跳，我把手放在亨利的胸口，我很驚訝他的心跳似乎只有快了一些。

過沒多久，我走進女廁，看見英格麗坐在洗手檯上哭泣。有個嬌小的黑人站在她面前，這女人留著一頭長長的蛇髮魔女頭，輕聲細語地摸著英格麗的頭髮、對她說話。英格麗抽噎的聲音從潮濕的黃磁磚傳來，我往後退，想離開女廁，但我的動作引起她們注意。她們望著我，英格麗像個白癡一樣，德國人的冷靜自持蕩然無存，她的臉又紅又腫，妝都花了。她瞪著我，眼神冰冷消沉。那女人朝我走過來，她看起還不錯，很有氣質，也很黑，一樣很難過的樣子。她靠我靠得很近，輕聲地對我說話。

「小妹妹，妳叫什麼名字？」

我猶豫了一下。「克萊兒。」終於說出口。

她回頭看看英格麗，「克萊兒，這名字有智慧的含意，不過妳攪進了一個並不歡迎妳的地方。亨利是個壞男人，但再壞也是英格麗的，妳實在太傻了，竟然跟他搞七捻三的。妳聽到我說的話了嗎？」

我一點都不想知道，但我忍不住要問：「妳在說什麼？」

「他們就要結婚了，然後亨利突然翻盤，他跟英格麗說他很抱歉，千萬別放在心上，這件事就不要再提了。我跟她說，沒有他會過得比較好，可是英格麗就是聽不進去。他對她很壞，喝酒喝得就像釀酒商要停產似的，還經常無緣無故不見人影好幾天，然後又突然出現，好像什麼事情都沒發生過一樣，而且一直以來，都隨便跟女人上床。這就是亨利。當他整得妳只能哭泣哀嘆的時候，可別說沒人提醒過妳。」她突兀地轉身，走回英格麗身邊。英格麗還是瞪著我，萬念俱灰地瞪著我。

她們一定一直瞪著我吧，「我很抱歉。」我說道，然後逃之夭夭。

我在走廊上漫無目的地走著，終於發現一個空蕩蕩的包廂，裡頭只有一個歌德式打扮的年輕女孩，醉得不省人事地癱在塑膠材質的沙發上，手裡還夾著一根菸。我把她手上的菸拿走，按熄在骯髒的磁磚上。坐在沙發扶手上，音樂從尾椎一路震到頸後，我可以感覺到，連牙齒都在震動。我還是很想尿尿，而且頭很痛。真想哭，我不明白剛剛發生了什麼事……或者該說是，我知道發生了什麼事，可是我不知道該怎麼辦，我不知道我是不是該把這件事拋到腦後，還是對亨利發脾氣，要他給我一個解釋。我在期待什麼？我希望我可以寄張明信片到過去，寄給這個我不認識的壞蛋亨利，上面寫著，「什麼事情都別做，等我就好。真希望你在這裡。」

亨利從角落探頭進來。「妳在這裡啊，我還以為妳走丟了呢。」短髮。除非他在剛剛那半個小時裡剪了頭髮，要不然我現在注視著的，就是我最喜歡的時空錯亂傢伙。我一躍而起，衝進他懷裡。

「嘿，我也很高興見到妳……」

「我好想你喔！」我哭得淅瀝嘩啦。

「妳這幾個星期不是幾乎都跟我在一起嗎？」

「我知道，可是……那個你還沒有變成這個你啊，我是說，你們兩個不一樣啊，煩死了。」我靠在牆上，而亨利壓著我，我們親吻，然後亨利開始舔我的臉，就像母貓舔小貓一樣。我想發出貓高興時會發出的咕咕聲，但我忍不住笑了出來。「你這混帳，你想轉移我的注意力，你想讓我忘記你那惡名昭彰的行為……」

「什麼行為？我那時又不知道妳存在。我跟英格麗約會的時候並不快樂，然後就遇到了妳，我認識妳不到二十四小時就跟英格麗分手了。不忠這種事情並不溯及既往啊！」

「她說……」

「誰說？」

「那個黑人。」我用我的長髮模擬，「長得很嬌小，有雙大眼睛，留著蛇髮魔女頭……」

「喔，主啊。那是西莉亞．艾特雷，她很討厭我，因為她愛著英格麗。」

「她說你就要跟英格麗結婚了，說你老是喝得醉醺醺的，老是跟女人上床，而且骨子裡是個壞蛋，我應該趕緊落跑才對。」

亨利半是高興，半是不信。「嗯，有些事情她說對了。我確實常跟女人上床，跟很多女人上床，而我確實也以酗酒聞名，可是我們並沒有訂下婚約，我從來都沒有瘋到要娶她，我們在一起一定慘不忍睹。」

「那為什麼……」

「克萊兒，很少有人可以在六歲時就遇到靈魂伴侶，所以妳不知怎麼地就度過這段時間。而英格麗非常堅強，甚至可以說是忍辱負重，她很願意忍受我怪異的行為，盼著有朝一日浪子回頭，跟她這個犧牲奉獻的烈女結婚。每當有人如此堅忍不拔時，你就非得感激涕零，可是最後你還是會傷害他們。妳懂我的意思嗎？」

「大概吧。不過我不會這樣做，而且我也不會這樣想。」

亨利嘆了一口氣，「妳真是太可愛了，竟然不了解大多數感情都存在的扭曲邏輯。相信我，我們剛認識的時候，我是個廢物、混蛋兼畜生，因為我見識到妳是個真正的人，而我也想當個人，所以才慢慢振作起來。我到現在還在努力，但我沒讓妳知道，是因為我還不了解在我們之間，所有的矯飾偽裝都是徒勞的。但是現在的我跟現在正在跟妳說話的我，中間還有相當大的一段距離。妳必須幫助我，我沒辦法靠一己之力變成一九九六年的我的。」

「我知道，但這很困難，我並不習慣扮演老師的角色。」

「當妳覺得氣餒的時候，就想想我過去和現在在妳身上所花的時間吧。新數學[50]、植物學，拼字和美國史，妳現在可以用法文對我說髒話，是因為我曾經坐在那裡，把這些東西灌輸給妳。」

「你說得對極了，Il a les défauts de ses qualitiés（他在德行上有缺陷），但我敢打賭，教那些事情一定比教一個人如何快樂容易多了。」

「妳讓我很快樂啊，但困難的是如何一直快樂下去。」亨利玩我的頭髮，把我的頭髮打成小結。「克萊兒，妳聽好，我要把妳送回去給那個跟妳一起來的可憐傻瓜。我現在正沮喪地坐在樓上，想著妳到底跑哪兒去了。」

我突然發現，見到過去和未來所認識的亨利，實在令我太高興了，高興到把現在的亨利忘得一乾二淨，我真是太羞愧了。突然，我心中升起一股幾近母性般的渴望，想去安慰那個男孩，那個男孩正在努力變成眼前這個既會吻我，還會講一堆話教訓我的男人。在我上樓時，我看到未來的亨利縱身躍入正撞來撞去的觀眾中，而我夢遊般地前去尋找，找我此時此地的亨利。

聖誕夜，之三

一九九一年十二月二十四日星期二、二十五日星期三、二十六日星期四
（克萊兒二十歲，亨利二十八歲）

克萊兒：現在是十二月二十四日早晨八點十二分，我和亨利正準備前往草地雲雀屋過聖誕。天氣晴朗宜人，芝加哥沒下雪，但南海文的地上積了六吋厚的雪。我們上路之前，亨利花了許多時間重新裝備這輛車子：檢查輪胎，查看引擎等等，但我覺得他根本就是瞎看一通。我的車是九〇年出廠的白色喜美，非常可愛，我很喜歡這輛車，但亨利真的很怕坐車，尤其是小車。他是一個很恐怖的乘客，在坐車時會一直抓著扶手和手煞車不放。如果讓他開的話，說不定他就不會那麼害怕了，但是為了某個不得不的理由，亨利沒有駕照。在這個美好的冬日裡，我們馳騁在印第安納州的收費高速公路上，我的心情很平和，一心盼著見到家人，而亨利就一副廢人樣。他今天早上沒去跑步，這簡直是雪上加霜。要讓亨利快樂的話，他需要進行很大量的體能活動，就跟帶灰獵犬溜達一樣。現在和亨利在一起的感覺很不一樣，在我成長的過程中，亨利來來去去的，我們接觸的時間很寶貴，都很戲劇化，也很不定。以前亨利隱瞞了很多事，而且泰半的時間都不讓我接近他，因此我對他始終懷有一種強烈的不滿足感。現在我終於找到他了，原本以為會像過去一樣，但事實上，很多方面都比以前好太多了。首先，也是最重要的是，以前他拒絕碰我，但現在他很常摸我、親我、跟我做愛，我覺得我好像變了一個人似的，變成一個沐浴在溫暖情慾裡的人。而且他什麼事都會告訴我，不管我問他什麼，他自己的、生活上的、家裡的，他都願意一一告訴我，會跟我講名字、地點，和日期。小時候看來很神祕的事情，現在就以完全合乎邏輯的方式一一揭開了。但最棒的，還是我可以長時間見到他。不論是幾小時、幾天，不管他是去工作，或是回家了，我都知道去哪裡找他。我有時候會翻開我的通訊錄，就只是為了看看我記在上面的資料。姓名：亨利．狄譚伯；地址：伊利諾州芝加哥市迪爾本街七百一十四號；電話：（六〇六一〇）三一二－四三一－八三一三。有姓名，有地址，有電話。我可以打電話給他！這簡直就是奇蹟，我覺得自己就像是跟著房子被吹到奧茲國的桃樂絲，整個世界就此從黑白變成彩色，如今我們再也不在肯薩斯州了。

事實上，我們就快到密西根州了。前面有一個休息站，我開進停車場裡，下車活動活動雙腿。我們朝建築物走過去，裡面有為旅客準備的地圖和觀光手冊，還有一排自動販賣機。

「哇，」亨利驚呼一聲，走過去一一看過所有的垃圾食物，然後開始閱讀觀光手冊。「嘿，我們去法蘭肯慕斯吧，『一年三百六十五天都是聖誕節！』天啊，我在那裡待上一個小時應該就會切腹自殺了。妳身上有零錢嗎？」

我在皮包底層找到一大把零錢，我們興高采烈地買了兩罐可口可樂、一盒佳多糖果，還有一條好時巧克力棒後，手挽著手在乾冷的寒風中往回走，回到車裡，我們打開可口可樂汲取糖分。亨利看著我手上的錶，「真頹廢，現在才九點十五分而已。」

「再過幾分鐘就十點十五了。」

「喔，對，密西根的時間快了一個小時，這真是太超現實了。」

我瞄了瞄他，「所有的一切都很超現實啊。我不敢相信你真的要去見我家人了，我花了那麼多時間把你藏起來，不讓我家人發現哪。」

「我會願意這麼做，全都是因為我毫無來由地仰慕妳，我向來都逃避公路旅行、見女朋友的家人，還有過聖誕節，但我一次忍受這三件事，就足以證明我真的很愛妳。」

「亨利……」我轉身和他接吻，我們的吻變得愈來愈火辣，我從眼角瞥見三個小鬼還有一隻大狗就站在幾呎遠的地方，看得津津有味。亨利轉過頭來看我在看些什麼，那幾個小男孩全都咧嘴笑了，還對我們豎起大拇指，才從容地走回他們父母的貨車。

「對了，在妳家裡時，我們怎麼睡？」

「艾塔昨天有打電話跟我討論這件事，結果是，我睡我自己的房間，你睡客房。我們全都睡在走廊那頭，中間隔著我爸媽和艾莉西亞的房間。」

「那我們要怎麼繼續這檔子事？」

我發動車子回到高速公路，「我不知道，我以前沒幹過這種事。馬克會在凌晨帶他女朋友到樓下的遊藝室，在沙發上做愛做的事，然後我們全都假裝不知道。如果事情很難搞定的話，我們總是可以到閱覽室……我以前曾經把你藏在那裡。」

「嗯，好吧。」亨利看著窗外一會兒。「其實，沒有想像中難熬。」

「你說什麼？」

「搭車啊。待在車裡，在高速公路上。」

「哈，那接下來你就可以搭飛機了。」

「不可能。」

「巴黎、開羅、倫敦、京都。」

「絕不。我知道我會時空旅行，天知道我有沒有辦法回到某個時速三百五十哩、飛在天上的東西裡，我肯定會跟伊卡魯斯[51]一樣從天上掉下來。」

「你是說真的嗎？」

「我才不想找出解答。」

「你可以用時空旅行的方式去那些地方嗎？」

「以下是我的理論，不過這只是亨利．狄譚伯所執行的時空旅行的個人高見，並非時空旅行的通則。」

「好吧。」

「首先，我認為這件事情和大腦有關，就跟癲癇有點像，當我有壓力時，這件事情比較容易發生；還有一些生理上的線索，像是閃光，也會刺激這件事情發生。至於跑步、做愛和打坐冥想之類的，則可以幫助我固著在當下。其次，我絕對無法用意識來控制我會到什麼年代、什麼地方、會去多久，或是什麼時候回來。所以啦，想要來一場蔚藍海岸時空之旅是不大可能的。應該可以這麼說吧，我的潛意識似乎擁有極大的控制權，因為我花了很多時間重回我個人的過去，一再造訪有趣或重大的事件，而且毫無疑問的，我勢必會花上非常大量的時間探訪妳，因為妳是我最朝思暮想的。我傾向於跑去一些我到過的地方，雖然我也會去其他更為隨機的年代或地方，但我比較常回到過去，而非未來。」

「你曾經到過未來？我不知道你辦得到。」

亨利看起來很高興，「到目前為止，我的能力只及於前後五十年。但我很少去未來，也不認為我在未來能發現什麼對我有幫助的事。在未來停留的時間一向都很短暫，可能是因為我不知道應該尋找些什麼吧。過去所施加的拉力比較大，我在那些時候會覺得比較踏實，或許是因為未來本身就比較不實際吧，我也不是很清楚。在未來的時候，我總覺得自己像是在呼吸稀薄的空氣，而這也是我分辨我是不是在未來的辦法之一，因為感覺很不一樣，在未來跑起來比較吃力。」亨利一邊深思一邊說道，我突然隱隱地感受到某種恐懼感：一個人身處異時異地，沒有衣服、沒有朋友……

「這就是為什麼你的腳……」

「跟皮革沒兩樣。」亨利兩隻腳腳底都長有厚繭，彷彿這些厚繭努力想變成鞋子似的。「我是有蹄動物，如果我的腳出了什麼事情，妳可以一槍打死我。」

我們靜靜地往前駛去，公路高低起伏，一片片收割過的玉米田閃逝而過。農家沐浴在冬陽下，每一戶都有長長的車道，他們的貨車、馬車和美國製的汽車在車道裡排成一行。我嘆了口氣，返家的心情真是五味雜陳。我迫不及待地想見到艾莉西亞和艾塔，也很擔心媽媽；至於爸爸和馬克，我不是很想跟他們打交道，但又很好奇他們會怎麼跟亨利周旋，亨利又要怎麼應付他們。我對我守著亨利這個祕密這麼久感到很自豪。十四年了，當你還是個小孩時，十四年就是永恆。

我們經過一家沃爾瑪超市、一家乳品皇后、一家麥當勞，還有沒完沒了的玉米田，以及一座可以自己動手採摘的草莓和藍莓觀光果園。夏天時，這條路是水果、穀類和資本主義的走廊，但現在這些田地都收割了，乾枯一片。在晴朗寒冷的冬日裡，車輛沿著高速公路疾駛而過，對停車場視而不見。

在我搬去芝加哥前，我一向不把南海文當一回事，我們的房子永遠都像是一座孤島，坐落在南海文這個尚未併入美國領土的獨立自治區南方，周遭環繞著牧場、果園、森林、農田，而南海文就只是個小鎮，就像「我們去鎮上吃個冰淇淋吧」的那種小鎮。鎮上有雜貨店、槍械行、麥肯季麵包坊，艾莉西亞最喜愛的音樂商城裡有賣樂譜和唱片。我們以前會站在艾普亞德照相館前，一邊看著櫥窗裡的新娘、學步的幼兒以及笑得很難看的全家福，一邊編故事。我們並不覺得仿造希臘輝煌風格而建的圖書館看起來很可笑，也不覺得本地菜餚的菜色有限、味道平淡，更不覺得密西根電影院裡所放的電影全都很美國、很沒大腦。這些新的想法都是後來才冒出來的，都是在我變成都市人、變成急於和年輕時的鄉巴佬保持距離後才冒出來的。我突然感受到一陣鄉愁，懷念起還是小女孩時的我，那個喜歡田野、信仰上帝、冬天住校時很想家、邊看神探南西邊舔止咳藥片、能夠保守祕密的我。我瞄了亨利一眼，他睡著了。

南海文，五十哩。

二十六哩。十二哩。三哩。一哩。

鳳凰路。

藍星高速公路。

接下來是蜜格蘭道。我伸手想搖醒亨利，但他早醒了，他有點緊張地對我笑了笑，轉過頭看著車窗外。窗外看不到盡頭，是由光禿禿的冬樹所構成的隧道，大門映入眼簾，我笨手笨腳地在駕駛置物箱裡摸索遙控器，大門搖搖晃晃地開了，我們開了過去。

我家那棟房子就像打開立體書後突然跳出來的圖片，亨利倒抽了一口氣，開始大笑。

「幹嘛笑？」我防禦心很重地問。

「我沒有想到它這麼大，這個龐然大物有幾間房間？」

「二十四間。」我告訴他，把車開上車道，在靠近前門的地方把車停好。艾塔從大廳窗戶向我們揮手，她的頭髮比我上回見到她時白多了，但她臉上滿是喜悅，臉頰都變成粉紅色的了。我們下車時，她只穿著那件好看的蕾絲領海軍藍禮服，沒披大衣就跑出來了。她小心翼翼地在結了冰的地上找好走的地方走，小心地在那雙耐穿的鞋子上方平衡她那肥胖的身軀。我跑過去扶她，但她甩開我的手，靠著自己的力量走下來，然後抱住我、親我（我高興萬分地吸進艾塔身上的樂爽潤膚膏和脂粉的味道）。亨利就站在一旁看著。「這位是誰啊？」她問，彷彿亨利是我未經宣佈就帶回來的小孩似的。「這位是艾塔．米爾葆。這位是亨利．狄譚伯。」我幫他們倆介紹。我看到亨利臉上掛了一個小小的「喔」，我納悶他到底以為艾塔是什麼三頭六臂？我們爬上台階時，艾塔對著亨利微笑。她打開前門，亨利小聲問我：

「我們的行李怎麼辦？」我告訴他彼得會幫我們提進去。「大家都在哪兒？」我問道。艾塔說再過十五分鐘就要吃午餐了，我們可以先脫掉大衣、梳洗一下，然後再去吃飯。她把我們留在大廳裡，逕自回廚房去了。我轉過身，脫掉大衣，掛在大廳的衣櫥裡，再轉過頭看亨利，他正在跟什麼人揮手。我在附近望了望，看到奈兒那張有著獅子鼻的大臉從飯廳門口探出來，她笑得合不攏嘴。我跑到走廊那邊，狠狠地親了她一下，她咯咯地笑，跟我們打招呼：「帥哥、野丫頭，」然後在亨利走過來前，匆忙進到另一個房間。

「她是奈兒嗎？」他猜測，我點點頭，「她不是害羞啦，只是很忙而已。」我領著他從後面樓梯走上二樓。「你的房間在這裡，」我邊告訴他邊打開客房的門。他看了看，跟著我走到走廊上。「這是我房間。」我悵然若失地說道。亨利悄悄走進來，站在地毯上環顧四周，當他轉頭看我時，我就知道他什麼東西都不認得了，這房間裡沒有一件東西對他有意義，他要理解這一切還需要很多的時間。在這間收藏了我的過去的博物館裡，所有的小紀念品都像是寫給不識字的人的情書。亨利拿起一個鷦鷯的巢（這些年來，亨利送了我很多鳥巢，這是他送的第一個）說道，「挺好看的。」我點點頭，然後開口告訴他這是他送的。他把鳥巢放回架子上，「這扇門有鎖嗎？」我把鎖扣上，我們就這麼錯過了開飯時間。

亨利：當我跟著克萊兒下樓時，心幾乎靜如止水。我們穿過陰暗寒冷的走廊，前往飯廳。每個人都已經開動了，這個房間天花板很低、很舒適，是威廉．莫理斯[52]式的風格，小壁爐裡的火劈里啪啦地燒著，傳來陣陣暖風，窗戶的玻璃都結霜了，沒辦法看到外面。克萊兒走到一個瘦削、一頭淺紅色秀髮的女人身邊，想必是她媽媽。她把臉側一邊讓克萊兒親，然後半起身跟我握手。克萊兒跟我介紹她是「母親」，我稱呼她為「艾布希爾太太」，她馬上接腔：「叫我露西兒吧，大家都這麼叫我。」她對我笑了笑，是那種很疲憊但又充滿溫暖的笑，就像她是別的銀河系的燦爛太陽似的。我們分別在桌子兩邊就坐，克萊兒坐在馬克跟一個老婦人中間，後來我知道這位老婦人是她的姨婆杜兒西；我坐在艾莉西亞和一個漂亮豐滿的金髮女孩中間，這女孩名叫雪倫，好像是馬克的女朋友。克萊兒的父親坐在桌子首位，我對他的第一印象是他看我很不順眼。馬克長得很英俊，一副逞強鬥狠，但好像很沉不住氣的樣子。他們以前曾經見過我，我很納悶我究竟做了什麼事讓他們注意到我。克萊兒介紹我時，他們突然微微露出一股嫌惡之情，不過菲利普．艾布希爾是名律師，可以主宰他臉上的五官，所以在一分鐘之內就換成了一張和藹可親的笑臉。這位東道主，也就是我女朋友的爸爸，一個頭逐漸禿了的中年人，戴著飛行員眼鏡，有一副鬆弛中的運動員身材，還有一雙肥厚有力的手、打網球的人的手，雖然他很推心置腹地咧著嘴笑，但是一直用灰色的眼睛充滿警覺地盯著我。馬克就花了比較長的時間來隱藏他的不快，每當我接觸到他的眼神時，他就趕緊轉向他的盤子。艾莉西亞跟我想像中很不一樣，她是那種很親切，但很一板一眼的人，也有點古怪，心不在焉的。她跟馬克一樣，遺傳到菲利普的黑髮，五官有點像露西兒，看起來就像有人想把克萊兒和馬克揉在一起，可是做到一半放棄了，然後就把伊蓮娜．羅斯福[53]丟進來將缺口填滿。菲利普不知道說了什麼，惹得艾莉西亞開懷大笑，轉瞬間她就可愛起來了，當她起身準備離桌時，我有點訝異地轉頭看她。

「我得去聖巴西略教堂了，」她跟我說明，「我有一場排練，你會去教堂嗎？」我朝克萊兒看了一眼，她輕輕地點點頭，所以我就告訴艾莉西亞，「當然會囉。」每個人都在嘆息，這是怎麼一回事？是鬆了一口氣嗎？我想到聖誕節除了是我個人的贖罪日之外，終究是基督徒的節日啊。艾莉西亞走了。我想媽媽正在嘲笑我，她那修得完美的眉毛挑得高高的，望著她那有一半猶太血統的兒子孤立無援地過聖誕節，我在腦海裡用食指對她指了指，「妳應該說出來，」我責備她，「說妳嫁給了一個聖公會的教徒。」我注視著我的盤子，裡頭有火腿、豌豆以及一小撮軟垮垮的沙拉。我不吃豬肉，而且我討厭豌豆。

「克萊兒跟我們說你是圖書館員。」菲利普確認道，我承認了這個事實。我們嘰嘰喳喳地討論了一會兒紐伯瑞圖書館，聊了些既是紐伯瑞圖書館的財產受託者，也是菲利普事務所客戶的傢伙。那些人的大本營顯然是在芝加哥，因此我不太清楚為什麼克萊兒一家子要住在大老遠的密西根州這邊。

「他們夏天都住在這裡。」菲利普告訴我。我回想起克萊兒曾經說過，她父親的專長是遺囑和信託。我想像有錢的老頭子身上塗著厚厚的防曬油，斜躺在私人沙灘上，決定把兒子從遺囑中剔除，然後拿起他們的手機打電話給菲利普。我想起艾維，在芝加哥交響樂團裡，他坐第一個位子，而我爸坐第二個，他在附近有棟房子。我提到這個，然後大家的耳朵都豎起來了。

「你認識他嗎？」露西兒問道。

「當然認識，他就坐在我爸爸旁邊。」

「坐在你爸爸旁邊？」

「呃，就是第一和第二小提琴手。」

「你爸爸是小提琴家？」

「是啊。」我望著克萊兒，她正瞪著她媽，臉上掛著「別讓我丟臉」的表情。

「而且在芝加哥交響樂團裡演奏？」

「對。」

露西兒的臉佈滿紅暈，我總算明白克萊兒老是臉紅是遺傳到誰了。「如果我們給他錄音帶的話，你想他會願意聽聽艾莉西亞的演奏嗎？」

我衷心盼望艾莉西亞非常、非常地出色。爸爸一天到晚收到錄音帶。突然間，我想到更好的主意。

「艾莉西亞是大提琴手嗎？」

「對。」

「她有在找老師嗎？」

菲利普插嘴說道：「她現在跟著住在卡拉馬助鎮的法蘭克．溫萊特學習。」

「我可以把她的錄音帶交給赤輪義，他有一個學生剛去巴黎就職。」赤輪先生是個很棒的人，是首席大提琴手，我知道他起碼會聽聽錄音帶，但我爸爸不收學生，只會把錄音帶丟到一邊。露西兒很激動，連菲利普看起來都很高興，克萊兒好似如釋重負，馬克只顧著吃。有著一頭粉紅色頭髮、個頭嬌小的杜兒西姨婆對我們的交談無動於衷，說不定她耳朵已經聽不見了。我看了雪倫一眼，她就坐在我左邊，卻一句話也沒說，看起來一副很悲慘的樣子。菲利普和露西兒正在討論應該給我哪一卷錄音帶，還是艾莉西亞應該錄一卷新的。我問雪倫她是不是第一次來這裡，她點點頭，就在我要問她第二個問題時，菲利普問起我媽媽的職業，我眨了眨眼，看了克萊兒一眼，用眼神跟她說：「難道妳什麼都沒跟他們說嗎？」

「我母親是聲樂家，但她已經過世了。」

克萊兒輕聲補充：「亨利的母親是安妮塔琳．羅賓遜。」她搞不好也跟他們說過我媽是聖母瑪莉亞吧。菲利普眼睛一亮，露西兒的雙手抖了一下。

「真不敢相信，這真是太神奇了！我們有她所有的錄音……」露西兒滔滔不絕，「我年輕的時候見過她。我爸爸帶我去聽『蝴蝶夫人』，他認識的人在演唱會結束後帶我們去後台，我們到她的化妝室找她，她就在裡面，滿屋子都是花。她帶著一個小男孩……哇，那個小男孩就是你！」

我點點頭，想要說點什麼。克萊兒說，「她長什麼樣子？」這時馬克插嘴：「我們下午要去滑雪嗎？」菲利普點點頭。露西兒微笑，迷失在回憶裡。「她實在太美了，她那個時候還戴著假髮，一頭烏黑的長髮，還用假髮逗小男孩玩、給他搔癢，小男孩就跑來跑去的。她的手很美，跟我差不多高，非常苗條，她是猶太人，你知道的，但我覺得她長得比較像義大利人……」

「你是猶太人嗎？」馬克愉快地問道。

「我想如果我願意的話，我可以算是猶太人，但是從來都沒有人跟我強調這一點。她在我六歲時過世了，而我爸爸又是個墮落的聖公會教徒。」

「你長得很像她，」露西兒跳出來幫我解圍，我很感激她。艾塔把我們的盤子收走，當她問我和雪倫要不要喝咖啡時，我們倆同聲說「要」，堅決的語氣，惹得克萊兒全家都笑了。艾塔給了我們一個慈母般的笑容，過了幾分鐘之後，在我們面前放了兩杯冒著熱氣的咖啡，我心想：「這頓飯也沒那麼慘嘛。」大家開始談滑雪的事，還有天氣。然後我們全都站起來，菲利普和馬克一起走進大廳，我問克萊兒要不要去滑雪，她聳聳肩，反問我想不想去，我跟她說我不會滑雪，而且也沒什麼興趣學。但當露西兒說她需要有人幫她調整固定器時，克萊兒決定要去。我們上樓時，我聽到馬克說，「簡直太像了……」我在心裡偷笑。

所有人都離開了，整棟房子變得很安靜。過了一會兒，我從那間冷颼颼的房間冒險出來尋找溫暖和咖啡。我穿過飯廳來到廚房，迎面而來的是一整排的玻璃製品、銀器、蛋糕、去皮蔬菜和烤盤，真是令人嘆為觀止，這間廚房看起來就像是四星級餐廳的廚房。奈兒就站在這間廚房中央，她背對著我，邊唱「紅鼻馴鹿魯道夫」，邊搖她的大屁股，還對著一個年輕的黑人女孩揮舞一根管子，女孩默默地指了指我。奈兒轉過身，給了我一個燦爛無比的微笑，都可以看到她齒間的縫了。接著她說：「你到我的廚房來幹嘛啊，男友大人？」

「不知道這裡有沒有剩的咖啡？」

「剩的？你在想什麼啊，我會把咖啡放一整天放到變難喝嗎？小子，你給我滾開，去客廳裡坐好。你只要拉拉鈴，我就會幫你煮新鮮的咖啡。難道你媽都沒有教你咖啡的事情嗎？」

「說實話，我媽媽不太會做飯。」我告訴她，大著膽子走近漩渦的中心。有個東西聞起來香噴噴的，「妳在煮什麼？」

「你聞到的是湯普遜火雞，」奈兒打開烤箱，給我看一隻巨大的火雞，看起來就像被芝加哥大火[54]燒過了似的，整隻火雞烤得焦黑。「小子，不要一副半信半疑的樣子，焦皮之下可是地球上最好吃的火雞。」

我很願意相信她，因為這個味道實在太令人垂涎了，「湯普遜火雞是什麼意思？」我問道，於是奈兒開始長篇大論談及湯普遜火雞種種神奇特性：湯普遜火雞是摩頓．湯普遜發明的，他是一名報人，在一九三〇年代發明這道菜。顯然烹煮這隻龐然大物需要在它肚子裡填塞大量的配料，澆上大量的肉汁，還要一直翻動。奈兒恩准我留在她的廚房裡看她煮咖啡，看她把火雞拖出烤箱外、在火雞背上拍打，然後熟練地淋滿蘋果酒肉汁，再把火雞用力推進烤箱裡。有十二隻龍蝦在水槽旁的塑膠盆裡爬來爬去。

「這是妳的寵物嗎？」我逗她，而她答道：「小子，那是你的聖誕大餐，要不要自己挑一隻？你不會是吃素的吧？」我跟她保證我不是，我是一個好小孩，不管在我面前放什麼食物，我都會吃光光。

「很難說喔，你這個人瘦巴巴的，我要把你養肥。」

「這就是克萊兒帶我來的原因。」

「嗯！」奈兒高興地答道：「好了，現在給我滾開，這樣我才可以繼續幹活。你的咖啡。」我拿起子跟她身上穿的毛衣很搭。

咖啡香味四溢的大馬克杯，直奔客廳。客廳裡有一棵很高大的聖誕樹，壁爐裡還生著火，看起來就像是陶倉[55]會做的廣告。我在壁爐邊一張橘色的高背椅上坐下來，快速翻閱一大疊報紙。突然有個人說，「你的咖啡是從哪裡弄來的？」我抬頭一看，看到雪倫坐在對面，就坐在一張藍色的扶手椅上。這張椅子跟她身上穿的毛衣很搭。

「嗨，」我說道：「對不起……」

「沒事啦。」

「我去廚房拿的，但我想我們只要拉鈴就可以了，不管那個鈴到底躲在哪裡。」我們把客廳找了一遍，想當然耳，鈴應該是躲在某個角落裡。

「這真是太詭異了，」雪倫與我交談，「我們是昨天回來的，來了以後我就開始提心吊膽，你知道的，怕自己會拿錯叉子或是什麼的……」

「妳是哪裡人？」

「佛羅里達。」她笑了。「在我上哈佛之前，從來就沒有過過白色聖誕。我爸爸在傑克遜維爾開加油站；我原本打算畢業後就回去，因為我不喜歡寒冷，但我想我是困在這裡了。」

「為什麼？」

雪倫很驚訝，「他們沒告訴你嗎？我和馬克要結婚了。」

我不知道克萊兒知不知道這件事，她好像有跟我提過的樣子。然後我才注意到雪倫手上戴了一顆鑽戒。「恭喜。」

「啊？喔，謝謝。」

「妳會不安嗎？對於結婚這件事？」雪倫看起來像是哭過了，眼睛四周都腫腫的。

「嗯，我懷孕了，所以……」

「是喔，那妳也沒必要……」

「如果你是天主教徒，那就是得結。」雪倫嘆了一口氣，沒精打采地窩回椅子裡。我認識好幾個信奉天主教的女孩都墮過胎，但她們也沒被天打雷劈啊。雪倫的信仰顯然沒那麼因時制宜。

「還是恭喜。所以什麼時候……」

「一月十一日。」她看到我滿臉訝異，「喔，你是問小孩什麼時候出生嗎？四月。」她扮了一個鬼臉。「我希望產期是在春假，要不然我就不知道該怎麼應付了，但如今這也不見得有多要緊……」

「妳主修什麼？」

「醫預科。我爸媽都很生氣，他們給我很大的壓力，希望我放棄結婚的念頭，把小孩送人。」

「他們不喜歡馬克嗎？」

「他們根本沒見過馬克，但不是因為他們不喜歡他，他們只是怕我就這樣不進醫學院了，如此一來，過去的心血就付諸流水了。」前門打開，去滑雪的人回來了。一股冷空氣揚長直入，吹進了客廳、吹過了我們，感覺很不錯，我突然領悟到，我就像奈兒的火雞般，正坐著烤火。「幾點吃晚餐？」我問雪倫。

「七點，但昨天晚上我們先在這裡喝飲料，馬克才跟他爸媽講這件事，而他們並沒有伸出雙手接納我。我是說，他們人是很好啦，應該不至於苛刻。可是，你總不會以為我靠自己一個人就可以懷孕，而馬克什麼責任都不用負吧！」

看到克萊兒走進來讓我挺高興的，她戴著一頂可笑、垂著一條大流蘇的綠色鴨舌帽，穿著藍色的牛仔褲和醜到家的黃色滑雪服。她從外面奔進來時臉上掛著笑容，頭髮都濕了，當她穿著長統襪、雙腳熱情洋溢地穿過大片波斯地毯朝我走過來時，我明白她確實屬於這裡，她並沒有異於常人，只是選擇了另一種生活方式而已。我為她感到開心。我站起來，她伸出雙手擁抱我，然後立刻轉過頭看雪倫，「我剛剛聽說了，恭喜！」她抱住雪倫。雪倫從克萊兒的肩頭往我這邊望，她很驚訝，但更高興。雪倫後來跟我說：「我想你得到了唯一的一個好人。」我搖搖頭，但我懂她的意思。

克萊兒：離晚餐還有一個小時，我們趁著大家沒注意時溜了出去。「走吧，」我告訴亨利：「我們出去吧。」

他呻吟哀求：「我們非得出去嗎？」

「我想帶你看點東西。」

我們穿上大衣和靴子，戴上帽子和手套，穿過屋子從後門出去。天空呈現很乾淨的群青色，草地上的雪映照出天空，但顏色稍淺些，這兩種藍色在樹林邊幾棵樹木的陰影處交會。現在這個時候，要看到星星還嫌太早了，但有架飛機閃閃爍爍地劃過天際。如果從飛機上往下看的話，我家就只是個小光點而已，像顆星星似的。

「往這邊走。」通往空地的步道埋在六吋厚的雪下面。我想到我總會把他赤腳的足跡抹掉，這樣就沒有人會看到這些足跡從步道朝屋子跑去。雪地上有鹿的蹤跡，還有一隻大狗的腳印。白雪覆蓋著植物殘株，有風、有我們的靴子踩在雪上的聲音。空地就像是一個淺碟子，盛滿了藍雪，而那顆大石頭就是一座有著蘑菇頂的孤島。「就是這裡。」

亨利站定，雙手插在大衣口袋裡。他四處轉了轉、看了看。「就是這裡囉？」他問。我盯著他的臉，尋找他已經認出來的蛛絲馬跡，但什麼都沒有。「你難道沒有 déjà vu（似曾相識）的感覺嗎？」

亨利嘆了一口氣，「我整個人生就是一場冗長的 déja vu 啊。」

我們轉身循著自己的足跡，走回大屋。

稍晚

我已經提醒過亨利，我們必須換上正式的服裝參加聖誕夜的聖誕大餐，所以當我在大廳裡見到他時，他已經穿著黑色的西裝、白色的襯衫，打著絳紫色的領帶，領帶上還別著珍珠貝母的領帶夾，看起來非常耀眼。「天啊，」我驚呼：「你竟然有擦皮鞋！」

「我是擦了，」他承認道：「真可悲，對吧？」

「你看起來很完美啦，年輕帥哥一枚。」

「但其實我只是豪華版的龐克圖書館員。家長們，當心囉。」

「他們都很喜歡你。」

「我才喜歡妳，過來。」我和亨利站在樓梯頂的試衣鏡前，讚賞我們自己。我穿著外婆的淺綠色露肩禮服。我有一張她在一九四一年除夕夜穿著這件禮服拍的照片，照片裡的她笑得很開心，嘴唇塗著深色口紅，手裡拿著一根菸。那張照片裡還有一個男人，是她的哥哥泰迪，他在半年後就在法國壯烈犧牲了，照片中的他也笑得很開心。亨利把手放在我的腰上，當他摸到絲綢底下用來把衣服撐開的骨架和緊身褡時，感到非常訝異。我告訴他外婆的事，「她比我嬌小一點。只有在坐下來、鋼骨尖端刺到屁股時才會痛。」亨利親吻我的脖子，某個人咳了一聲，我們馬上分開。馬克和雪倫就站在馬克房間門口，爸媽勉為其難地同意他們住同一間房，因為實在找不出理由不讓他們睡在一起。

「現在還不能這樣，」馬克說道：「你們難道還沒有從哥哥姊姊的痛苦例子裡學到任何教訓嗎？」

「有啊，」亨利答道：「要做好萬全準備。」他笑了笑，拍了拍褲子口袋（裡頭其實是空的）。雪倫咯咯直笑，我們步態優雅地走下樓。

我們走進客廳時，他們已經喝了好幾杯了，艾莉西亞比了一個只有我們倆才看得懂的手勢——當心媽媽，她已經一團糟了。媽媽坐在沙發上，看起來毫無惡意，她把頭髮盤成髮髻、配戴珍珠首飾，穿著有蕾絲袖的桃色絲絨晚禮服。馬克走到她身邊坐下時，她看起來很高興，馬克跟她開了幾個無傷大雅的玩笑，她還笑得很開心。我有一瞬間很納悶艾莉西亞是不是搞錯了，可是接著看到爸爸看媽媽的樣子，我就明白，她在我們進來之前一定講了些很可怕的話。爸爸站在旁邊，轉頭看我，似乎鬆了一口氣地為我倒了一杯可口可樂，然後遞給馬克一罐啤酒和一個杯子。他問雪倫和亨利要喝什麼。雪倫想喝紅酒，亨利沉思了一會兒之後，決定喝摻水的蘇格蘭威士忌。我父親用一隻粗壯的手調酒，亨利拿了威士忌一飲而盡，一點都不費力，我爸爸瞪大了眼，但很快就恢復平靜。

「還要再來一杯嗎？」

「不用了，謝謝。」我知道亨利現在寧可拿著酒瓶和杯子，外加一本書，躲在床上，而他之所以婉拒第二杯，是因為如果他不拒絕的話，就會對第三杯、第四杯來者不拒，完全不以為忤。雪倫在亨利附近徘徊，我丟下他們倆穿過客廳，到窗邊在杜兒西姨婆旁坐下來。

「喔，孩子，妳真漂亮，自從伊莉莎白穿它參加李希特家在天文館舉辦的宴會後，我就再也沒有見過這件衣服了。」艾莉西亞加入我們，她穿著一件海軍藍套頭毛衣，上面有一個小洞，毛衣袖子和毛衣是分離的；她還穿了一件又舊又皺的蘇格蘭短裙，腳上套了一雙羊毛長筒襪，但只穿到腳踝附近。我知道她這麼穿是想要惹惱爸爸，但爸爸一句話也沒說。

「媽媽有什麼地方不對勁嗎？」我問她。

艾莉西亞聳聳肩，「她很討厭雪倫。」

「雪倫有什麼不好嗎？」杜兒西姨婆問道，她讀到我們的唇了。「她人好像很好啊，比馬克好多了。如果妳們要問我的意見的話。」

「她懷孕了，」我告訴杜兒西姨婆，「就快和馬克結婚。但媽媽覺得她就是所謂的窮苦白人56，因為她是他們家第一個上大學的人。」

杜兒西姨婆犀利地盯著我，她明白我懂她的意思。「露西兒比誰都清楚那種感受，她應該多認識認識這個年輕女孩的。」艾莉西亞想問杜兒西姨婆她這麼說是什麼意思，剛好晚餐鈴響起，我們起身，就像帕夫洛夫說的制約一樣，魚貫步入飯廳。我對艾莉西亞耳語：「媽媽喝醉了嗎？」艾莉西亞低聲回道：「我想她在房裡先喝過一些了。」我握了握艾莉西亞的手。亨利落在後頭，我們進入飯廳，找到我們的座位：爸爸媽媽分坐餐桌兩端，杜兒西姨婆和雪倫及馬克坐一邊，馬克旁邊是媽媽，而艾莉西亞和亨利及我坐一邊，艾莉西亞旁邊坐的是爸爸。飯廳裡點滿了蠟燭，雕花玻璃的缽上浮著小朵的花，艾塔在刺繡桌巾上擺滿了銀和瓷的餐具，刺繡桌巾是外婆的，繡工出自普羅旺斯的修女之手。簡單說來，這就是聖誕夜，除了亨利在我身邊以外，這跟我記憶中的每一個聖誕夜一模一樣。當爸爸帶著我們做飯前感恩禱告時，亨利怯怯地把頭低了下來。

「天上的父啊，我們在這個神聖的夜晚感謝祢的慈悲與仁愛，希望祢賜予我們來年身體健康萬事順心。感謝祢賜予我們一家幸福美滿，感謝祢賜予我們新的朋友。我們感謝祢用無助嬰兒的形式派遣祢的兒子指引我們、替我們贖罪，我們也為了馬克和雪倫即將帶給我們這個家庭的寶寶而感謝祢。我們乞求我們能夠更愛彼此，對彼此更有耐心。阿們。」「呼，」我想，「他總算禱告完了。」我瞄了媽媽一眼，看出她情緒激動。如果你不認識媽媽的話，你不會發現到的：她默不吭聲，直盯著她的盤子看。廚房的門打開了，艾塔端著湯走進來，在我們每個人面前擺了一個小碗。我迎上馬克的眼神，他的頭微微往媽媽的方向歪了一下，挑了挑眉毛，而我只是輕輕地點了點頭。他問了她關於今年蘋果收成的事，看來她老實回答了，我和艾莉西亞都稍微鬆了一口氣。雪倫正在看我，我朝她眨眨眼。湯是用栗子和防風煮的，聽起來好像不太好喝，但等你嚐過奈兒的手藝後，就不會這樣想了。「哇。」亨利驚呼。我們全都笑了，然後把湯喝個精光。艾塔把湯碗收走，奈兒把火雞端進來。火雞呈金黃色、熱騰騰的，很大一隻，我們全都熱烈鼓掌叫好，我們每年都這樣。奈兒喜形於色，接著她說：「嗯，上菜囉。」她每年也都這麼說。「喔，奈兒，真是太完美了。」我媽說道，眼眶裡還含著淚珠。奈兒淩厲地看了她一眼，接著又看了爸爸一下，然後說：「謝謝妳的讚美，露西兒小姐。」艾塔把火雞肚子裡的配料、奶油燴蘿蔔、馬鈴薯泥和檸檬酪分給大家，然後我們把盤子傳給爸爸，他在我們的盤子裡放上許多火雞肉。我看著亨利吃下他生平第一口奈兒烤的火雞：先是驚訝，然後狂喜。「我已經看到我的美好前程了，」他宣佈道，我開始緊張。「我要放棄圖書館館員的事業，住進你們家的廚房；我要跪在奈兒的腳下膜拜她，或者我就乾脆娶她為妻好了。」

「你遲了一步，」馬克說：「奈兒已經嫁人了。」

「喔，好吧，我只想拜在她的腳下。你們一個個體重為什麼都沒有高達三百磅呢？」

「我正在朝這個目標邁進。」爸爸說道，拍了拍他的大肚子。

「當我老了，再也不用拖著大提琴到處跑時，我就要吃到三百磅。」艾莉西亞告訴亨利：「我以後要住在巴黎，別的不吃，每天就只吃巧克力，還要抽雪茄、吸海洛因，除了吉米·亨德里克斯和門合唱團的音樂外，別的音樂都不聽。對吧，媽媽？」

「我會加入妳的，」媽媽裝模作樣地說道：「但我比較想聽強尼·馬賽斯的音樂。」

「如果妳打海洛因的話，妳什麼東西都不會想吃，」亨利跟艾莉西亞通報這個消息，艾莉西亞好奇地盯著他看，「可以改抽大麻。」爸爸皺起眉頭。馬克趕緊改變話題：「我聽廣播說，今晚雪可能會下到八吋厚。」

「八吋！」我們齊聲說道。

「我夢想已久的白色聖誕啊……」雪倫大著膽子，硬著頭皮搭腔。

「我希望雪不會在我們人都到了教堂時才傾盆而下，」艾莉西亞臭著一張臉，「我望完彌撒後都超想睡覺的。」我們開始聊起我們所知道的大風雪。杜兒西姨婆說起她曾經遭遇一九六七年的芝加哥大暴雪，「我不得不在湖岸大道上下車，從亞當斯街一路走到貝爾蒙特大道。」

「我也在那一場暴雪中被困住，」亨利接著說：「我都快被凍僵了！後來我被帶到密西根大道上的『第四長老教會』主管牧師的寓所裡。」

「那年你多大？」爸爸問道，亨利猶豫了一下，然後回答：「三歲。」他瞥了我一眼，我就知道他說的是他在時空旅行時碰到的事情，然後他又追加了一句：「我那個時候跟我爸爸在一起。」在我聽來，他撒的謊漏洞百出，但好像沒有人發現。艾塔走進來把我們的碟子收走，擺上甜點盤。過了一會兒之後，奈兒端著冒著火焰的乾果布丁走進來。「哇，」亨利又是一陣驚訝。奈兒把布丁放在媽媽面前，火焰把媽媽的灰髮映成亮銅色的，就跟我的髮色一樣。在火焰熄掉之前，爸爸把香檳打開（爸爸用餐巾包著香檳，免得瓶塞飛出去打到誰的眼珠子）。我們把杯子傳給爸爸倒酒，然後再把杯子拿回來；媽媽把乾果布丁切成薄片；艾塔把布丁分給大家。爸爸多倒了兩杯酒，一杯給艾塔，一杯給奈兒，然後我們全都站起來舉杯。

從爸爸開始，「敬全家。」

「敬奈兒和艾塔，她們就像家人一樣，辛勤工作，把我們家打理得好好的，還這麼多才多藝。」媽媽柔聲地說，有點喘不過氣來。

「敬和平與公義。」杜兒西姨婆說道。

「敬全家。」艾塔說道。

「敬新生命。」馬克敬了雪倫一杯。

「敬命運。」她答道。

輪到我了。我凝視著亨利，「敬幸福，敬此時此地。」

亨利態度莊重，「敬『夠大的世界和夠長的時間』[57]。」我的心停了一拍，他怎麼會知道這首詩？但接著我就想到馬維爾是他最喜歡的詩人之一，而他除了未來之外什麼都沒提。

「敬下雪和耶穌和媽媽和爸爸和腸線和糖果和我那雙新的Converse紅色高筒帆布鞋。」艾莉西亞說道，我們全都笑了。

「敬愛情，」奈兒盯著我，露出了燦爛的笑容，「還有敬摩頓．湯普遜，他發明了地球上最好吃的火雞料理。」

亨利：吃聖誕大餐時，露西兒從頭到尾都在悲傷、高興和絕望之間狂野地擺盪。全家人都小心翼翼地引導她的情緒，一再地把她帶往情緒的中立國度，安撫她、保護她。可是當我們坐下來吃甜點時，她就崩潰了，開始無聲啜泣。她的肩膀在抖動，把臉轉過去，就像把頭埋進翅膀裡睡著了的小鳥一樣。起初只有我注意到這點，我很害怕地坐著，不知道該怎麼辦才好。然後菲利普也發現了，接著整桌人都安靜了下來。菲利普馬上站起來，走到露西兒那邊，「露西兒？露西兒，妳怎麼了？」克萊兒也趕緊走到她身邊，跟她說：「好了，媽媽，沒事了，媽媽……」露西兒一直搖頭，不要、不要、不要，把雙手擰得緊緊的。菲利普退回去，克萊兒說了「噓」，然後露西兒急促地說著話，不是說得很清楚，我聽到她劈里啪啦地講了一堆大家聽不懂的話，斷斷續續著「全都錯了」、「毀了他的前途」、「我在這個家裡完全沒有地位」，緊接著是「偽君子……」，最後她就一直啜泣。出乎我的意料之外，竟然是杜兒西姨婆打破這個讓人目瞪口呆的靜默，「孩子，如果這個家裡有哪個人是偽君子的話，那個人一定就是妳。妳也做了一模一樣的事情，但我看不出來菲利普的前途哪裡有毀掉。如果妳問我的話，我會說，那就努力改變命運啊。」露西兒不哭了，眼睛盯著她阿姨，因為震驚而安靜下來。馬克望著他父親，他父親朝他點了個頭，也對雪倫點了個頭。雪倫微微笑著，就好像她剛剛贏了賓果似的。我看著克萊兒，她好像沒有特別訝異。我很納悶如果連馬克都不知道的話，她怎麼會知道這件事情？然後我又疑惑她到底還知道些什麼但沒跟我提起的，接著我意識到，克萊兒其實什麼都知道，我們的未來、我們的過去，所有的一切，於是我在這溫暖的房間裡打了個哆嗦。艾塔端了咖啡進來，我們沒空細細品味。

克萊兒：我和艾塔把媽媽弄上床。她一直道歉，每次都這樣，不停地想說服我們她很好，好到可以望彌撒，好不容易讓她躺下來，她頭一沾枕就睡著了。艾塔說她會待在家裡，免得媽媽醒過來，我跟她說別傻了，我留下來就好，但是艾塔固執得很，我只好讓她待在床邊讀馬太福音。我走到走廊上，偷看亨利房裡，他房間是暗的。我打開我的房門，看見亨利躺在我的床上看《時間的皺紋》。我把門鎖上，上床加入他。

「妳媽媽怎麼了？」他問道。我小心翼翼擠到他身旁，免得被我的衣服扎到。

「她有躁鬱症。」

「她常常這樣嗎？」

「我小時候她還沒這麼嚴重，我七歲那年，她生了一個小寶寶，卻夭折了，這對她打擊很大，她試圖了結自己的生命，還好我發現得早。」我記得那時血流得到處都是，浴缸裡滿是血水，毛巾也浸在血水裡。我拚命尖叫，可是沒人在家。亨利什麼話也沒說，我伸展脖子，他就只是乾瞪著天花板。

「克萊兒。」他終於說話了。

「怎麼了？」

「妳為什麼沒有告訴我這件事？我是說，妳家裡有一堆亂七八糟的事情，如果我事先知道的話會比較好吧。」

「可是你早就知道了……」我的聲音逐漸減弱。他並不知道，他怎麼會知道呢？「我很抱歉。只是……事情一發生，我就告訴你了，但我忘了你還沒經歷，所以我以為這些事情你全都知道……」

亨利沉默了一會兒，「嗯，我還滿像個空無一物的袋子。不過就我家的情況而言，所有的櫥櫃和隔間妳都可以一覽無遺。我只是對這些有點驚訝……我不知道。」

「你也還沒有帶我去見你爸爸啊。」我實在太想見到亨利的爸爸了，但我同時也很害怕這一天的到來。

「對，我是還沒帶妳去。」

「你會帶我去見他嗎？」

「總有一天。」

「什麼時候？」我以為亨利會跟我說我在濫用我的好運，每次我問太多問題時，他都會這麼告訴我。但他並沒有，相反的，他坐起來，把雙腿挪下床。襯衫後面全都皺巴巴的。

「我不知道，克萊兒，我想得等到我承受得起再說吧。」

我聽到門外傳來腳步聲，來人在我房門口停下，門把來回轉動了幾下。「克萊兒？」是爸爸，「門怎麼鎖上了？」我起床把門打開。爸爸正要張嘴說話，但他看見亨利，於是就示意我出來。

「克萊兒，妳知道我和妳媽媽不准妳帶朋友進妳閨房的，」他小聲地說：「這棟房子裡有很多房間。」

「我們只是在聊天……」

「你們可以在客廳裡聊啊。」

「我在跟他講媽媽的事情，而我並不想在客廳裡談，好嗎？」

「親愛的，我真的不認為妳有必要告訴他妳媽媽的……」

「都看完她剛才的精彩表演了，你說我還能怎麼辦？亨利自己就看得出她是個瘋子，他又不笨。」我的聲音愈來愈大，艾莉西亞打開房門，把手指放在嘴唇中間。

「妳媽媽不是瘋子。」爸爸厲聲說道。

「她是啦，」艾莉西亞斬釘截鐵地說道，加入戰局。

「妳們倆不准再說了！」

「我會聽你的才怪！」

「艾莉西亞！」爸爸的臉漲成紫紅色，怒目圓睜，嗓門大了起來。艾塔打開媽媽的房門，生氣地看著我們三個。「如果你們要吼來吼去的話，到樓下去。」她噓了幾聲把我們趕走，就把房門關上了。我們面面相覷，窘到不行。

「等一下好不好，」我告訴爸爸，「等一下再修理我吧。」亨利坐在我的床上，努力假裝他人不在那裡。「來吧，亨利，我們去別的房間。」亨利像個被人斥責的小男孩，乖乖地站起來跟著我下樓。艾莉西亞得意洋洋、連跑帶跳地跟在我們身後。當我走到階梯最下面一階時，抬頭往上望，看到爸爸低頭看著我們，一臉無助。他轉過身，走到媽媽的房門口敲門。

「嘿，我們來看『風雲人物』吧，」艾莉西亞看看她的錶。「六十台，五分鐘後就要播了。」

「又看？妳已經看了兩百遍了吧？」艾莉西亞很喜歡吉米．史都華。

「我從來都沒有看過。」亨利說道。

艾莉西亞假裝很震驚的樣子。「從來都沒有嗎？為什麼？」

「我沒有電視。」

這會兒艾莉西亞是真的震驚了，「你的電視是壞掉了，還是怎麼著？」

亨利大笑。「不是啦，我只是很討厭看電視，一看電視就會頭痛。」因為電視畫面會一閃一閃，而頭痛會害他時空旅行。

艾莉西亞大失所望。「所以你們不想看囉？」

亨利看了我一眼，我是無所謂啦。「好啦，」我說道：「就看一會兒，不過我們不會看到完，我們得準備去望彌撒。」

我們結伴走進客廳那邊的視聽室。艾莉西亞打開電視，有個唱詩班正在唱「午夜的祝福」。「噢，」她嘲笑道：「看那些醜得要命的黃色塑膠袍子，跟雨衣沒兩樣。」她撲通一聲坐在地板上，亨利坐在沙發上，我則坐在他身邊。自從我們到家之後，我一直在煩惱，亨利在我五花八門的家人面前應該怎麼表現比較好？我應該坐離他多遠？如果艾莉西亞不在這裡的話，我會躺下來，把頭枕在亨利的膝上。亨利解決了我的難題，他的手似乎有點自主意識，急忙靠過來摟住我。我們在別的情境下，絕對不會坐成這樣，當然，我們也從來沒有一起看過電視，如果我們曾經一起看過電視的話，或許這就是我們會用的姿勢。唱詩班不見了，出現一堆廣告：麥當勞、在地的別克汽車經銷商、品食樂食品公司、紅龍蝦餐館，全都祝我們聖誕快樂。我瞥了亨利一眼，看到他臉上出現驚恐的表情。

「怎麼了？」我輕聲問他。

「那個速度……幾秒鐘就跳一次。我快不行了。」亨利用手揉了揉眼睛，「我想我還是去看一會兒書好了。」他站起來，走出視聽室，還不到一分鐘的時間，我就聽見他爬樓梯的腳步聲。我連忙禱告：拜託，上帝，千萬別讓亨利在這個時候時空旅行啊，尤其別讓他在我們即將前往教堂的時候時空旅行，這樣我就沒辦法向大家解釋了。片頭字幕出現在螢光幕上時，艾莉西亞就爬到沙發上來了。

「他沒撐多久嘛。」她觀察道。

「他看電視是真的會頭痛欲裂。那種頭痛讓他非得躺在黑暗中一動也不動，如果有人發出聲音的話，他的頭就會爆掉。」

「喔。」詹姆斯．史都華亮著一疊旅遊小冊子，他在出發前被攔下來了，因為他得參加一場舞會。

「他真可愛。」

「吉米．史都華嗎？」

「他也很可愛。不過我是說妳的男友亨利啦。」

我露齒微笑。我很驕傲，就好像亨利是我做出來的一樣。「對啊。」

在一個擁擠的房間裡，唐娜．瑞德隔著人群對史都華燦笑。現在他們正在跳舞，而詹姆斯．史都華的對手把開關打開，舞池朝游泳池的方向打開了。「媽媽真的很喜歡他。」

「哈利路亞！」唐娜和吉米跳著跳著就往後跌進游泳池裡；很快的，穿著晚禮服的人也一一落水，樂隊還在演奏呢。

「奈兒和艾塔也很欣賞妳的選擇。」

「太好了。現在我們只要再熬三十六個小時，不要把美好的第一印象毀掉就行了。」

「這會很難嗎？除非……不會的，妳沒那麼笨。」她狐疑地打量我，「妳有了嗎？」

「當然沒有。」

「當然沒有，」她重複我的話，「我實在不敢相信，馬克竟然會這麼蠢，他真是一個混蛋。」吉米和唐娜分別穿著美式足球隊服和浴袍，走在小鎮貝德福瀑布的街道上，他們看起來光彩奪目，嘴裡唱著「Buffalo Girls, won't you come out tonight」。「妳應該昨天就到的，我想爸爸差點就要在聖誕樹前心臟病發了。我那時想像他匡啷一聲倒在聖誕樹上，然後聖誕樹壓下來，而救護人員在幫他做心肺復甦術之前，還得先把他身上的裝飾和禮物全都移開才行。」吉米向唐娜求婚，唐娜答應了。

「我想妳在學校裡有學過CPR。」

「我當時沒空，我忙著救媽媽。那時候真的很可怕，克萊兒，大家都吼來吼去的。」

「雪倫也在場嗎？」

艾莉西亞咧嘴大笑。「妳在開玩笑吧？雪倫和我都在這裡，我們努力找話聊，妳知道的，馬克和爸媽在客廳裡尖叫來尖叫去的，而我們就坐在這裡聽他們吵架。」

艾莉西亞和我交換了一個眼神，意思是，「還會有什麼新鮮事？」我們這輩子都在聽父母吼來吼去：彼此吼來吼去，對我們吼來吼去。有時候我覺得，如果我還得看到媽媽哭的話，我就要離家出走，永遠都不要回來了。而此時此刻，我只想抓起亨利、開車回芝加哥，芝加哥沒有人會吼叫，也沒有人會假裝一切都好，什麼事都沒發生。有個挺著大肚子、穿著汗衫的男人氣沖沖地對著詹姆斯・史都華大吼，叫他不要一直唐娜唐娜地講個不停，直接去吻她就好了。我舉雙手贊成，但他還沒吻她，反而踩到她的衣服，唐娜沒注意到就往前走了，接下來的事情大家可想而知，她全身赤裸地躲在高大的繡球花叢後面。

電視上出現了必勝客的廣告，艾莉西亞把電視調成靜音。

「克萊兒？」

「嗯？」

「亨利以前來過這裡嗎？」

糟了。「沒有，我想應該沒有，為什麼這麼問？」

她有點坐立難安，調了調姿勢，眼睛望向別的地方，「妳一定會以為我瘋了。」

「怎麼了？」

「好吧，我曾經碰過一件很奇怪的事。很久很久以前，我差不多十二歲左右，我當時應該在練琴吧，後來想到我沒有乾淨的襯衫可以穿去參加甄選，艾塔和大家又都出去了，馬克應該當我的褓母，好好看著我，可是他躲在房間裡吸大麻之類的。總之，我下樓去洗衣間找襯衫，然後聽到一些動靜，就是地下室南面那個通往我們擺腳踏車儲物間的門，發出某種嗖嗖聲。我原本以為那應該是彼得吧，所以就站在洗衣間門口側耳傾聽。後來腳踏車間的門就打開了，克萊兒，妳不會相信的，裡面跑出來一個光溜溜的傢伙，長得跟亨利一模一樣。」

我開始大笑，但笑聲聽起來很假，「喔，拜託。」

艾莉西亞咧了咧嘴，「看吧，我就知道妳會覺得我瘋了。可是我發誓，這件事千真萬確。那傢伙看起來很吃驚。我站在那裡，嘴巴張得老大，心想這沒穿衣服的傢伙是不是要……妳知道的，強暴我、殺掉我之類的。但他只是盯著我看，說，『嗨，艾莉西亞。』然後就走進閱覽室，把門關上。」

「啊？」

「所以我跑上樓猛敲馬克的房門，他叫我走開，但最後我還是逼著他把門打開。他的神智很恍惚，花了好一會兒才搞懂我在說什麼。他當然不相信我說的話，但最後還是被我逼下樓去敲閱覽室的門，當時我們都很害怕，就像神探南西的故事，妳知道的，看到那裡時妳會想，『那些女孩真是太蠢了，她們應該直接叫警察來的。』可是什麼反應都沒有。接著馬克打開那扇門，但裡面沒有人，他就對我大發雷霆，好像那都是我捏造出來的，後來我們還想說，這個男人可能上樓去了，所以就走到廚房，坐在廚房的電話旁邊，還把奈兒的大切肉刀放在流理檯上。」

「妳怎麼從來都沒有告訴我這件事？」

「等你們全都回家以後，我覺得這件事情有點蠢，而且我知道爸爸一定會大驚小怪的，加上也沒有真的發生什麼事情，我又不想說出來被笑，所以就沒再追究下去。」艾莉西亞大笑。「我有一次還問外婆，我們這棟房子裡有沒有鬼，不過她說她沒聽說過。」

「而這個傢伙，或是鬼，長得很像亨利？」

「沒錯！我敢發誓。克萊兒，妳男朋友一走進來，我都快嚇死了，他就是那個傢伙！連聲音也一模一樣。呃，不過我在地下室看到的男人，頭髮比較短，也比較老，可能有四十歲了……」

「可是如果那傢伙有四十歲，這件事又發生在五年前……艾莉西亞，亨利現在只有二十八歲啊，那時候他不過二十三歲。」

「可是這件事情真的太詭異了。他有哥哥嗎？」

「沒有，而且他爸爸長得跟他也不是很像。」

「妳知道嗎，這說不定就像是靈魂出竅或什麼的。」

「時空旅行。」我笑著給她出點子。

「喔，對，就是這樣。天啊，這真的太奇怪了，」螢光幕暗了一會兒，然後我們就回到躲在繡球花叢後面的唐娜身上了。吉米走過來，手上還掛著她的浴袍。他在開她玩笑，跟她說他要賣票讓人參觀。這無賴，我心想，但我馬上臉紅了，因為我想起來，在面對「有/沒穿衣服」這個議題時，我曾經對亨利說過、做過更可怕的事情。接著有輛汽車開過來，吉米把浴袍丟給唐娜。「你爸中風了！」車裡的人說道，然後吉米頭也沒回地走了，而唐娜．瑞德就孤伶伶地站在樹葉後面。我的眼睛含著淚水，「哎呀，克萊兒，沒事的，他會回來的。」艾莉西亞好心提醒我。我對她笑了笑，然後我們又聚精會神地觀看波特先生譏笑可憐的吉米，叫他放棄大學學業，回來經營命中註定的借貸生意。「畜生。」艾莉西亞說道。

「嗯，畜生。」我很贊同。

亨利：我們從冰冷的夜風裡走進溫暖明亮的教堂，我的內臟在翻騰。我從來都沒參加過天主教的望彌撒，上一次參加宗教儀式是在我母親的葬禮上。我抓著克萊兒的手臂，好像我是個瞎子似的，她領著我走上中間的通道，我們一個個走進一張空的靠背長椅。我照先前克萊兒的指示坐著，而克萊兒和她家人一起跪在跪墊上。我們早到了，艾莉西亞已經不見人影，奈兒和她丈夫及兒子坐在我們後頭，她兒子在海軍服役，正值放假。杜兒西姨婆跟她同齡的朋友坐在一起。克萊兒、馬克、雪倫以及菲利普挨著跪，態度卻各不相同：克萊兒很忸怩，馬克敷衍，雪倫平靜地沉浸其中，菲利普則疲憊極了。教堂裡擺滿了聖誕紅，空氣中有蠟和潮濕大衣的味道。祭壇的右邊佈置了一個馬廄的場景，裡面有瑪莉亞、若瑟和他們的隨從。人們魚貫而入，挑了座位坐下，互相寒暄。克萊兒移到我身邊坐下，馬克和菲利普也跟著坐過來，雪倫多跪了幾分鐘後加入我們，然後我們全都安靜地坐成一排，耐心等候。有個西裝筆挺的男士走上舞台還是祭壇什麼的，測試麥克風，接著又走到舞台後方，然後就不見蹤影了。人愈來愈多了，教堂現在已經擠滿了人。艾莉西亞和兩女一男帶著樂器出現在舞台左方。金髮女人是拉小提琴的，灰褐色頭髮的那一個拉中提琴，那個男人也是拉小提琴的，不過他的年紀實在太大了，彎著腰，駝著背，走路慢吞吞的。他們全都穿著黑色的衣服，坐在摺疊椅上，打開樂譜架上方的燈，開始看著樂譜試音，彈彈每一條弦，很有默契地看看彼此。人們突然安靜下來，靜默中，出現了一個長而慢的低沉音符，填滿整個空間。這個音符並沒有連往任何大家所熟悉的樂曲，就只是存在著、延續著。艾莉西亞盡可能緩慢地低下頭去，垂到人類所能低垂的極限，演奏出來的聲音難以辨識從何而來，似乎來自我雙耳之間，在我的腦海裡共鳴，就像用手指敲打大腦似的。然後她停下來。隨之而來的靜默非常短暫，但難以忽略。接著四名樂手突然開始演奏，在某個簡潔的音符之後，音樂變得很不協調，很現代、很嘈雜，是巴爾托克的音樂嗎？我試著理解我所聽到的東西，才搞清楚他們演奏的是「平安夜」。我實在不知道為什麼這首曲子聽起來會這麼怪異，直到我看到金髮的小提琴家在踢艾莉西亞的椅子時，才恍然大悟；過了一拍以後，樂曲又變得清晰了。克萊兒朝我看了一眼，笑了笑；教堂裡每一個人都很放鬆。「平安夜」突然轉換成了聖歌，但我聽不出來是哪一首。大家全都起立，轉身面向教堂後方；教士走上中間的通道，後面跟著一批小男孩和幾個穿西裝的男人。他們莊嚴地走到教堂前方，走到他們的位置站好。音樂說停就停。噢，不會吧，不會是現在吧？克萊兒握著我的手，我們站在一起，站在人群裡，如果這個世界上真有上帝的話，求求祢，就讓我安靜、不惹人注意地站在這裡吧，就在此時此地，就在此時此地。

克萊兒：亨利看起來好像快昏過去了。親愛的上帝，拜託祢千萬不要讓他在這時候消失。康普頓神父用廣播播報員的聲調歡迎我們。我把手伸進亨利大衣的口袋裡，手指從大衣口袋底部的小洞鑽出去，摸到他的老二，捏了一把，他像被電到一樣跳起來。「願主與你們同在。」康普頓神父說道。「也與你同在。」我們全都沉靜地答道。又一樣，每個細節和流程都一模一樣，不過我們終於到了這裡，光明正大地出現在大家面前。我可以感覺到海倫的眼神在我背上游移；露絲就坐在我們後五排，和哥哥及父母一起來；南西、蘿拉、瑪麗克莉斯汀娜、貝蒂、大偉和克里斯，甚至是傑森．艾佛萊，好像以前跟我一起上學的人，今晚全都來了。我望著亨利，他對這一切毫無知覺。他在冒汗。他望了我一眼，挑起一邊的眉毛。彌撒繼續進行，讀垂憐經，「願和平與你們同在：也與你同在。」我們全都起立聽宣講福音，路加福音，第二章。人人都身在羅馬帝國，在他們的故鄉行走、被課重稅；若瑟和瑪莉亞能有小孩真好，這些奇蹟、誕生、謙和、被布包起來、馬槽等等，我永遠都沒辦法理解這件事的邏輯，但你無法否定這些事情的美妙；牧羊的人，在田野裡看守羊群。天使說：「不要懼怕：我報給你們大喜的消息，是關乎萬民的……」亨利很不安地抖起他一條腿，他把眼睛閉起來，咬著嘴唇，眾天使啊。康普頓神父吟誦道：「瑪莉亞卻把這一切的事存在心裡，反覆思想。」「阿們。」我們坐下來聆聽佈道，亨利靠在我耳邊，「廁所在哪裡？」「從那扇門出去，」我告訴他，指了指艾莉西亞和法蘭克等人走進來的那扇門。「我要怎麼走到那裡？」「先走到教堂後面，再走旁邊的通道。」「如果我沒有回來的話……」「你一定要回來。」康普頓神父說：「在這個至樂的夜晚……」亨利站起來，快步走出去。神父的眼神一直跟著他。他走到後面，然後往旁邊走，走到門邊。我看著他偷溜出去，門在他身後關上。

亨利：我站在一個像是小學走廊的地方。我反覆告訴自己：別慌，沒有人看得到你，找個地方躲起來。我焦急地尋找，看到一扇門寫著「男廁」。我打開門，走進一間縮小版的男生廁所，所有的裝置都很迷你，天花板離地面很低，暖氣正在吹送，磁磚是咖啡色的。我把窗戶打開幾吋，把我的臉從那道縫中探出去。外面種著常青樹，擋住了這個時節該有的景色，而且我用力吸進的冷空氣聞起來也有松樹的味道。過了幾分鐘後，感覺沒那麼虛弱了，我躺在磁磚上，蜷縮成一團，膝蓋碰著下巴。我在這兒，牢牢地固定在這裡，在現在，在這片鋪了咖啡色磁磚的地板上。我只不過有個大家習以平常、薄弱的渴求，希望維持一種連續性。當然啦，如果上帝真的存在的話，祂會希望我們大家都好，可是無緣無故就希望大家都好，實在很沒道理；不過克萊兒很好，非常好，而且還信仰上帝，上帝為什麼要害她在所有人面前出醜？

我睜開雙眼。廁所裡所有的迷你瓷製裝置都籠罩在蔚藍色、綠色、紫色……的五彩氤氳中，我認命了，放任自己消失，現在已經停不下來了，我在晃動。「不要！」但我已經消失了。

克萊兒：神父終於佈完道了，佈道的內容是關於世界和平那類的，然後爸爸越過雪倫和馬克，靠過來對我耳語：「妳朋友不舒服嗎？」「是啊，」我小聲回道：「他在頭痛，有時候頭痛會害他噁心想吐。」「要不要我去看看？」「不要！他沒事的。」爸爸好像沒有被我說服，但還是待在他的座位上。神父正在為聖餅祝謝。我努力壓抑跑去找亨利的強烈衝動。第一排的人站起來領聖餐；艾莉西亞拉起了巴哈的第二號無伴奏大提琴組曲，很哀傷，也很動人。回來啊，亨利，回來。

亨利：我人在芝加哥的公寓裡，屋子裡很暗，我就跪在客廳裡。我搖搖晃晃地站起來，手肘撞到書架，「幹！」我真不敢相信事情會變成這樣，我竟然沒辦法跟克萊兒的家人過上完整的一天，就被吸走了，我就像是彈珠台的鋼珠，被丟回自己那間可惡的公寓裡。

「嘿。」我轉過身。是他，我一臉惺忪地從沙發床上坐起來。

「今天是什麼日子？」我問。

「一九九一年十二月二十八日。」是四天後。

我在床上坐下來。「我撐不下去。」

「放輕鬆，你過幾分鐘就會回去，沒有人會注意到，在接下來幾天你都表現得很好。」

「是嗎？」

「是的，別沮喪了。」另一個我說道，模仿爸爸模仿得維妙維肖。我很想打他，但這有什麼意義？

不知道哪來的音樂聲輕柔地響起。

「那是巴哈嗎？」

「啥？喔，對，音樂聲是從你腦海裡響起的，那是艾莉西亞在演奏。」

「真是太詭異了……啊！」我往浴室的方向跑，差一點就到了。

克萊兒：只剩最後幾個人還沒領聖餐，亨利終於進來了，臉色有一點蒼白，但還是走過來了。他先走到後頭，接著走回中間的通道，然後擠到我旁邊坐下。「彌撒完畢，請眾退席。」康普頓神父說道。「阿們。」我們答道。輔祭童聚集在一起，就像一群魚兒般圍繞在神父身邊，他們走到通道上，而我們全都跟在他們身後，排成縱隊走出去。我聽見雪倫在問亨利還好嗎，但我沒聽到亨利回答，因為我們被海倫和露絲攔截住了，只好跟她們介紹。

海倫有點不懷好意地笑道：「我們以前就見過面了！」

亨利驚慌地望著我。我對海倫搖搖頭，她在假笑。「呃，或許沒有吧，」她說道。露絲很害羞地向亨利伸出她的手，「很高興認識你，亨利。」我還沒有向他介紹露絲之前，他就握了露絲的手好一會兒，「哈囉，露絲。」我大驚失色，不過看來她並沒有認出他來。就在艾莉西亞砰的一聲把大提琴盒關上時，蘿拉走了過來，「明天來我家玩吧，我父母四點鐘就會出發去巴哈馬群島。」我們全都興奮地答應了。蘿拉的父母每年在所有禮物拆開的那一分鐘後，就會馬上啟程前往熱帶某個地方，而每年當他們一從車道上消失，我們就會立刻蜂擁到他們家。我們異口同聲地說了「聖誕快樂」，然後才依依不捨地分開。從教堂側門走到停車場時，艾莉西亞說：「啊，我就知道！」新下的雪下得到處都是，雪積得很深，整個世界都變成白茫茫的一片。我站住不動，望著樹木和車輛，視線穿過街道，望向湖的那邊。亨利跟我站在一起，耐心等候。馬克說：「走吧，克萊兒。」我才跟著他們離開。

亨利：我們走到草地雲雀屋門口時，已經午夜一點半了。一路上，菲利普都在斥責艾莉西亞一開始演奏「平安夜」時犯的「錯」，艾莉西亞不發一語地坐著，望著窗外夜色裡的房屋和樹木。現在，除了艾莉西亞和克萊兒，其他人在說完大概五十多遍的「聖誕快樂」後，紛紛上樓回房。她們倆消失在一樓走廊末端的房間裡。我不知道我一個人要做什麼，一時衝動就跑去找她們。

「……大笨蛋！」我把頭探進去時，艾莉西亞正好說道。這個房間裡擺了一張巨大的撞球檯，被懸掛在上方的燈所灑下的耀眼強光籠罩著。克萊兒正把球擺成三角形，而艾莉西亞則在角落的陰暗處來回踱步。

「可是，如果妳精心策畫的目的就是要惹他發飆，他也真的發飆了，那我就不懂妳為什麼還會不高興了。」克萊兒說道。

「他實在太自以為是了，」艾莉西亞朝空中揮了幾拳。我咳了幾聲，她們倆全跳了起來，「喔，是亨利，謝天謝地，我還以為是爸爸呢。」克萊兒說道。

「你要不要玩？」艾莉西亞問我。

「不要，我看妳們玩就好了。」我坐上撞球檯旁的高腳凳。

克萊兒遞給艾莉西亞一枝撞球桿，艾莉西亞用巧克磨了磨桿頂，很俐落地開了球。兩顆大花球進了底袋，艾莉西亞再補進兩顆球，然後打了一個顆星灌球，差一點就進了。「慘了，」克萊兒哀叫。「這下麻煩了。」克萊兒把一顆好打的二號球擊落袋，它本來掛在一個底袋的邊緣；後來母球就跟著三號球一起進袋了。艾莉西亞把這兩顆球撈起來，然後瞄準她的球，「八號球，中袋。」艾莉西亞指定道，心想事成。「可惡，」克萊兒嘆了一口氣，「你真的不想玩玩嗎？」她把撞球桿朝我遞過來。

「來玩嘛，亨利。」艾莉西亞說：「嘿，你們倆要不要喝點飲料？」

「我不想喝。」克萊兒回答。

「妳這裡有什麼飲料？」我問。艾莉西亞啪一聲打開燈，房間那頭出現了一個華麗而老舊的吧台。艾莉西亞和我擠在吧台後頭，我想像得到的酒精飲料幾乎都有。艾莉西亞為她自己調了一杯蘭姆酒加可樂，我在眾多豐饒的酒類前猶豫了一會兒，最後還是幫自己倒了一杯很烈的威士忌。克萊兒後來也決定喝點東西，她倒了杯卡魯哇酒，就在她努力把製冰盤裡的冰塊弄進杯子裡時，門突然打開了，我們全都僵住。

是馬克。

「雪倫呢？」克萊兒問他。

「把門鎖上。」艾莉西亞命令道。

他把門鎖上，然後走到吧台後頭，「雪倫睡了。」他說，然後從小冰箱裡拿出一瓶海尼根扭開瓶蓋，從容地走到撞球檯邊，「現在是誰在玩？」

「艾莉西亞和亨利。」克萊兒說道。

「嗯，有人警告過他嗎？」

「馬克你給我閉嘴。」艾莉西亞說道。

「她是傑基・格雷森[58]假扮的。」馬克向我擔保。

我轉身看艾莉西亞，「開始玩吧。」克萊兒把球擺回三角形，由艾莉西亞開球。威士忌襲上我所有的神經突觸，萬事萬物都變得敏銳清晰。球像煙火般炸開，形成新的圖案。十三號球慢慢地滾到底袋邊，滑了下去。「再來還是大花球，」艾莉西亞說道。她把十五號、十二號和九號球都擊落袋，剩下的球位置都很糟糕，逼得她冒險打一個根本就不可能發生的兩顆星。

克萊兒站在燈光可及的邊緣，臉落在陰影裡，身體卻飄浮在黑暗之上，雙手交叉在胸前。我把注意力轉回撞球檯，我已經輕鬆地把二號球、三號球和六號球擊落袋，看看還有什麼球可以打。一號球正好在對面的底袋前，我先讓七號球把一號球撞落袋，再用顆星讓四號球進中袋，憑著運氣好，借球把五號球擊落到後底袋。這根本沒什麼，但艾莉西亞還是吹了口哨。七號球如意料進球。「八號球，底袋。」我用球桿指了指，然後八號球也進去了。檯邊傳來一聲嘆息。

「哇，太厲害了，」艾莉西亞對我的表現大為讚賞，「再做一遍。」克萊兒在黑暗中微笑。

「妳沒有發揮平常的水準喔。」馬克對艾莉西亞說。

「我累到沒辦法專心啊，而且我氣得要死。」

「因為爸爸的緣故嗎？」

「對啊。」

「他那個人啊，如果妳打他，他會反擊的。」

艾莉西亞把嘴噘起來。「任誰都會犯下無心之過的。」

「那時候聽起來就像泰瑞．萊利[59]在拉琴似的。」我對艾莉西亞說出我的看法。

她笑了一下。「是他沒錯，從『莎樂美為和平而舞』[60]現身。」

克萊兒大笑。「莎樂美[61]怎麼跟『平安夜』扯在一起？」

「嗯，大概是施洗約翰[62]的緣故吧，我想這就足以把他們扯在一起了，而且如果你們把第一小提琴的部分低一個八度，聽起來就會相當悅耳，啦啦啦，啦……」

「可是妳不能怪他，」馬克表示意見，「我的意思是說，他知道妳不會不小心演奏出那種音樂。」

我又為自己倒了一杯酒。

「法蘭克怎麼說？」克萊兒問。

「喔，他很喜歡啊。就像要努力搞清楚怎麼譜出一首全新的樂曲似的，就像『平安夜』遇上史特拉汶斯基那樣。法蘭克已經高齡八十七了，他才不在乎我有沒有搞砸，只要他覺得好玩、有被逗到就好了。不過，阿菈貝菈和艾許莉倒是急得像熱鍋上的螞蟻。」

「呃，妳這樣實在太不專業了。」馬克評論。

「誰在乎啊？我們只不過是在聖巴西略教堂裡，沒錯吧？」艾莉西亞看著我，「你覺得呢？」

我猶豫了一下，「我不是頂在乎的，」我還是說了：「可是如果我爸爸聽到妳這麼拉的話，他會非常生氣。」

「真的嗎？為什麼？」

「他覺得應該尊重每一首樂曲，就算不是很喜歡也一樣。我的意思是說，他並不喜歡柴可夫斯基或是史特勞斯，可是他也會很認真地演奏他們的音樂，所以他才會拉得那麼好，不管他拉什麼樂曲，都會拉得就像他很愛那首樂曲似的。」

「噢。」艾莉西亞走到吧台後面，又為自己調了一杯酒，思索這件事情。「嗯，你很幸運，你有一個很棒的爸爸，他愛金錢以外的東西。」

我站在克萊兒身後，這裡很暗，我的手指沿著她的脊椎往上遊走。她把手放到背後，我緊緊握住。

「如果妳知道我家裡狀況的話，妳就不會這麼說了。而且，妳爸爸看起來非常關心妳。」

「才沒有呢，」她搖搖頭。「他只是希望我在他的朋友面前表現得完美無缺而已，他一點都不關心我。」艾莉西亞把球擺成三角形，移到對的位置上。「有誰要玩？」

「我要玩，」馬克問我：「亨利你要玩嗎？」

「當然要啊。」我和馬克用巧克擦了擦，隔著撞球檯對望。

我開球，四號球和十五號球落袋。「小花球，」我看到二號球很靠近底袋，擊落後，錯失了三號球。我有點累了，威士忌削弱了我的協調能力。馬克很認真，但他沒什麼天分，只敲進十號球和十一號球。我很快就把所有的小花球都弄進袋裡。馬克的十三號球就停在一個底袋的邊緣。「八號球，」我比著球說道。「你不能撞到馬克的球，要不然你會輸掉的，」艾莉西亞提醒我。「沒事的。」我告訴她，然後輕輕擊出母球，母球越過撞球檯，真摯地吻上八號球，八號球平穩地往十三號球的方向滾去，就像在軌道上運行似的，看來就要繞過十三號球了，最後球很文雅地撲通一聲掉進洞裡。克萊兒大笑，可是十三號球也接著搖搖晃晃地掉進去。

「喔，」我說道，「來得快，去得也快。」

「打得好。」馬克說道。

「天啊，你在哪裡學的，怎麼打得這麼好？」艾莉西亞問我。

「這是我在大學時，學到的其中一件事情。」我還學會了喝酒、讀英文詩和德文詩，還有嗑藥。我們把球桿收好，拿起酒杯和酒瓶。

「你主修什麼？」馬克把門打開，我們一起走到走廊，往廚房前進。

「英國文學。」

「為什麼不主修音樂？」艾莉西亞用一隻手拿好她和克萊兒的酒杯，推開飯廳的門。

我大笑，「妳絕對不會相信，我連一個音樂細胞也沒有。我父母以前很確定我一定是在醫院裡抱錯的。」

「一定有過一陣掙扎，」馬克說道，「不過至少爸爸不會逼妳當律師，」他轉向艾莉西亞。我們走進廚房，克萊兒把燈打開。

「他也沒逼你啊，」她回嘴：「你自己愛得要死。」

「對啊，這就是我想說的，他沒有逼我們任何一個做我們不想做的事。」

「他們有逼你嗎？」艾莉西亞問我，「如果是我的話，一定會欣然接受。」

「呃，在我媽媽過世之前，我們過得很美滿；但是我媽媽死了以後，我們過得很悲慘。如果我有小提琴天賦的話……我不知道。」我看著克萊兒，聳聳肩。「不管怎麼說，我和我爸爸處不好。一點都不好。」

「為什麼？」

克萊兒說話了，「睡覺時間到了。」她的意思是說，已經說得夠多了。但艾莉西亞還在等我回答。

我轉過臉對著她，「妳有看過我媽媽的照片嗎？」她點點頭。「我長得很像她。」

「所以呢？」艾莉西亞在水龍頭下方洗杯子，克萊兒負責擦乾。

「所以他沒辦法看到我。不過，這是許多理由中的一個。」

「可是……」

「艾莉西亞……」克萊兒努力阻止，但艾莉西亞就是不肯打住。

「可是他是你爸爸啊。」

我對她微微一笑。「妳為了惹毛妳爸爸所做的事情，跟我和我爸爸對彼此做的事情比起來，簡直是小巫見大巫。」

「比方說？」

「比方說把我鎖在外頭無數次，不管天氣狀況如何；比方說我會把他的車鑰匙丟到河裡，諸如此類。」

「你幹嘛這麼做？」

「我不希望他把車撞爛，而且他喝醉了。」

艾莉西亞、馬克和克萊兒全都望著我，然後點點頭，他們全都能理解。

「上床的時間到了，」艾莉西亞說道。我們離開廚房，走回各自的房間，除了「晚安」之外，沒再說別的。

克萊兒：鬧鐘指著凌晨三點十四分，門打開時，我才剛把床睡暖。亨利躡手躡腳地走進來，我把被子掀開，讓他跳進來。在我們試著找個舒服的姿勢時，床發出唧唧嘎嘎的聲音。

「嗨。」我在亨利的耳邊說道。

「嗨。」亨利也對著我耳語。

「被逮到就不妙了。」

「可是我的房間冷得要命。」

亨利撫摸我的臉頰，「喔！」我必須忍住尖叫，他的手指冷冰冰的。我把他的手放在我的手掌間摩挲。亨利一直往被子裡鑽，我緊靠著他取暖。「妳有穿襪子嗎？」他輕聲問道。

「有。」他把手伸下去把襪子從我的腳上脫掉。過了幾分鐘，在一堆唧唧嘎嘎聲和「噓！噓！噓！」之後，我倆都光溜溜的。

「你離開教堂的時候，去了哪裡？」

「我的公寓，待了大概五分鐘吧，四天後。」

「為什麼？」

「我猜是疲憊和緊張吧。」

「不是，我是說，為什麼是那裡？」

「我不知道，有點像是機制疏失。或許時空旅行飛航管制人員覺得我到那裡比較好吧。」亨利把手埋在我的頭髮裡。

外面的天色比較亮了。「聖誕快樂。」我耳語道。亨利沒有應聲，我清醒地躺在他的懷裡想著眾天使，聽著他規律的呼吸聲，默默地在我的心裡思索。

亨利：清晨時，我起床就著小仙女夜燈的光，一臉惺忪地站在克萊兒的浴室裡小便，然後我聽到一個女孩的聲音說道：「是克萊兒嗎？」就在我弄清楚這聲音打哪裡來前，有一扇我以為是櫃子的門打開了。我發現我一絲不掛地站在艾莉西亞的面前。「呃，」她小聲地說道，雖然為時已晚，但我還是抓了一條毛巾遮住我自己。「嗨，艾莉西亞。」我小聲地說道，我們都露齒而笑。她突然奔回她的房裡，就跟她進來時一樣突兀。

克萊兒：我打著盹，聽著屋裡的人醒來。奈兒在廚房裡唱著歌，鍋碗瓢盆弄得嘎啦嘎啦作響。有人在走廊上，經過我的房門。我睜開眼睛看了看，亨利睡得很熟，我突然想到我必須趁著沒有人看到之前，把他弄出去。

我從亨利的懷抱和被子裡掙脫出來，小心地爬下床，從地板上撿起睡衣，我剛把睡衣套到頭上，就聽見艾塔邊說著「克萊兒，快點起床，今天可是聖誕節」邊探頭進來。我聽到艾莉西亞在叫艾塔，當我把頭從睡衣裡伸出來時，正好看到艾塔轉身回應艾莉西亞。我轉頭看看床上，亨利不在那裡。他的四角褲攤在一張小地毯上，我把它踢到床底下。艾塔穿著黃色浴袍走進我房間，她的辮子垂在肩膀上。我對她說「聖誕快樂」，然後她跟我說了一些媽媽的事。我心不在焉地聽著，想像亨利會突然在艾塔的面前冒出來。「克萊兒？」艾塔關心地瞅著我。

「啊？喔，抱歉，我想我還沒睡醒。」

「樓下有咖啡。」艾塔正在鋪床，一臉疑惑。

「我自己來，艾塔。妳就下去幹活吧。」艾塔走到床的另一邊。媽媽探頭進來，她看起來很美麗，經過昨晚的狂風暴雨之後，如今她一派澄澈安詳。「親愛的，聖誕快樂。」

我走到她身邊，溫柔地親了親她的臉頰。「聖誕快樂，媽媽。」她是我最熟悉的家人，我實在很難生她的氣，可愛的媽媽。

「艾塔，妳要不要跟我一起下樓？」媽媽問道。艾塔用手拍了拍枕頭，我和亨利枕在枕頭上的印跡消失了。她看了我一眼，挑了挑眉毛，但什麼話也沒說。

「艾塔？」

「來了……」艾塔奔到媽媽身後。她們走了以後我趕緊把門關上，剛好逮到亨利從床底滾出來。他站起來，穿上四角褲。我把門鎖上。

「你跑到哪裡去了？」我低聲問他。

「床底下。」亨利也低聲說道，好像沒什麼好懷疑似的。

「一直都待在那裡嗎？」

「對啊。」不知道為什麼，我覺得很好笑，然後我開始捧腹大笑。亨利用手摀住我的嘴巴，我們倆笑到不行，不敢發出一丁點的聲音。

亨利：跟昨天的暗潮洶湧相比，聖誕節平靜許多。我們聚在聖誕樹旁，有志一同地穿著浴袍和拖鞋；我們打開禮物，高興得大叫；我們到處向人道謝，接著開始吃早餐。之後一切都風平浪靜，然後我們開始吃聖誕大餐，大力地讚美了奈兒和龍蝦一番，大家都面帶微笑、溫文有禮，都打扮得很體面，我們是模範幸福家庭，也是中產階級的活廣告。我每年的聖誕節都和爸爸及金姆夫婦一起坐在福旺中餐館裡，假裝玩得很高興，但他們卻都一臉擔憂地望著我。在那個時候，現在這個景象是我長久以來所夢想的一切。但就算我們吃完了晚餐，酒足飯飽，懶洋洋地躺在客廳裡，有的看美式足球賽轉播，有的在讀我們拿給彼此的書，有的在玩需要裝電池或需要組裝的禮物，室內還是瀰漫著一股緊張。就好像在某個地方，在這棟屋子某間偏僻的房間裡，簽了一份停火協議，如今各方都在努力遵守這份協議，至少遵守到明天，遵守到新的彈藥補給為止。我們全都在演戲，假裝我們很輕鬆；我們都在扮演理想的父親、母親、哥哥、妹妹、男朋友及未婚妻。因此當克萊兒看了看錶，起身離開沙發，說：「走吧，該去蘿拉家了。」我真的鬆了一口氣。

克萊兒：我們抵達時，蘿拉的派對開得正熱鬧。亨利很緊張，一臉蒼白，我們一脫掉大衣，他就急忙找酒喝。因為晚餐喝了點葡萄酒，我到現在還是很睏，所以當他問我要喝什麼時，我搖搖頭。他幫我拿了罐可口可樂，自己緊握著啤酒，好像那是他的護身符似的。「不管在什麼情況下，都不能把我丟著不管，讓我自生自滅。」亨利如此要求。他看向我的肩頭，在我回頭之前，海倫就出現在我們面前。突然陷入了令人尷尬的沉默。

「呃，亨利，我們聽說你是一名圖書館員，但你看起來不像啊。」

「其實我是卡文．克萊的內衣模特兒，圖書館員只是幌子罷了。」

我從沒見過海倫這麼尷尬，真希望我有帶相機來。不過她很快就鎮定下來了，她上下打量亨利、面露微笑，「很好，克萊兒，妳可以把他留下來。」

「那我就放心了，」我告訴她，「因為收據已經扔了。」蘿拉、露絲和南西聚集到我們身邊，看起來心意已決，她們開始審問我們：我們是怎麼認識的、亨利靠什麼吃飯、他在哪裡上大學，沒完沒了。我從來都沒有預料到，當我和亨利終於一起在公開場合出現時，竟然會這麼傷腦筋又令人厭煩。「真是太詭異了，你的名字竟然叫亨利。」

「哦？」亨利有些疑惑，「為什麼這麼說？」

南西說了在瑪麗克莉斯汀娜家睡衣派對的事，就在那場派對上，通靈板說我會嫁給一個名叫亨利的男人。亨利很驚訝，「真的嗎？」

「嗯，對啊。」我突然很想尿尿，「對不起。」不顧亨利哀求的眼神，我硬是從這群人裡逃開。我跑上樓時，海倫緊跟在後。我得當著她的面把浴室的門關上，免得她跟著進來。

「開門啊，克萊兒，」海倫一邊轉動門把。我開始尿尿、洗手、補口紅。「克萊兒，」海倫嘟噥：「如果妳不馬上開門，我就下樓告訴妳男朋友，妳這輩子曾經幹過的每一件駭人聽聞的事……」我把門打開，海倫差一點跌了進來。

「好了，克萊兒．艾布希爾。」海倫威脅著。她把門關上，我在浴缸邊坐下來，她則靠在洗手檯上，用她盤問人的方式詢問我，「坦白從寬。妳和這個叫亨利的傢伙究竟是怎麼一回事？我的意思是說，妳在樓下撒了個漫天大謊，妳才不是三個月前認識他的，妳已經認識他好幾年了！到底有什麼重大的祕密？」

我不知道該從何說起。我該告訴海倫實情嗎？不行。為什麼不行？就我所知，海倫只見過亨利一次，而且他那時候看起來跟現在沒有差很多。我愛海倫，她很強壯、很瘋狂、很不好騙，但我知道如果我跟她坦白的話，她不會相信的。眼見為憑啊。

「好吧，」我開始發揮我的聰明才智。「沒錯，我認識他很久了。」

「多久？」

「打我六歲起。」

海倫的眼珠子像卡通人物般突出來。我大笑。

「為什麼？怎麼會這樣……嗯，那妳跟他『約會』多久了？」

「我不知道。有段時間情況很曖昧，但沒有真的發生什麼，亨利很不為所動，他不想跟小孩子亂搞，所以我只是無可救藥地迷戀他。」

「那為什麼我們從來都沒聽過這男人？我不懂妳為什麼要死守這個祕密，妳可以告訴我的。」

「嗯，妳算是知道的。」這個說法很站不住腳，我自己心裡清楚。

海倫看起來很受傷。「妳那個時候可不是這樣跟我說的。」

「我知道，我很抱歉。」

「哼。那問題出在哪裡？」

「他大我八歲。」

「那又怎樣？」

「所以當我十二歲時，他二十歲，這就是問題所在。」更不用說在我六歲的時候，他四十歲。

「我還是不懂。我是說，我可以理解妳不希望妳爸媽知道妳在玩羅麗塔和杭伯特．杭伯特[63]的遊戲，但我不明白妳為什麼不能告訴我們呢？我們全都可以理解啊！這麼久以來，我們都覺得對妳很抱歉，也都很替妳擔心，成天納悶妳為什麼守身如玉，」海倫搖了搖頭，「結果呢，妳那時候卻整天跟圖書館員打得火熱！」

我沒辦法控制自己，唰地一下臉紅了，「我才沒有整天跟他打得火熱。」

「噢，拜託。」

「真的！我們一直等到我滿十八歲，在我生日那天才做愛的。」

「就算是這樣，克萊兒，」海倫開始說話，但浴室門上傳來重重的敲門聲，有一個深沉的男性嗓音問道：「妳們幾個女生好了沒？」

「我們還沒講完喔。」海倫小聲地對我說。走出浴室時，看到走廊上有五個傢伙在排隊，他們看到我們出來還鼓掌叫好。

我在廚房裡找到亨利，他正耐心地聽蘿拉一個頭腦簡單四肢發達型的朋友，喋喋不休地高談美式足球經。我迎向他那金髮、塌鼻女友的眼神，看她死命地把他拽去喝一杯。

「克萊兒，妳看，小龐克，」亨利指著蘿拉十四歲的妹妹裘蒂，還有她的男朋友巴比‧哈德葛洛夫。巴比留著一頭綠色的雞冠頭，穿著撕裂的T恤，別著許多別針；裘蒂想打扮得像是前衛女歌手麗迪亞‧朗奇，但看起來卻像隻髮型奇糟無比的浣熊。他們比較像是置身在萬聖節派對，而不是聖誕節派對。他們看起來像被困住了，而且防備心很重。可是亨利很興奮，「哇，他們的年紀多大？有十二歲嗎？」

「十四歲。」

「我來算一算，十四歲，現在是一九九一年，所以說他們……喔，我的天啊，他們是一九七七年出生的。我覺得自己好老，我需要再喝一杯。」蘿拉端著一盤果凍穿過廚房。亨利拿了兩個，狼吞虎嚥地吞下去，接著扮了個鬼臉，「呃，真噁心。」我大笑。

「妳想他們都聽些什麼樣的音樂？」亨利問。

「我不知道。你幹嘛不走過去問他們？」

亨利看起來很慌。「噢，不行。我會嚇到他們。」

「我想是你會被他們嚇到吧。」

「好吧，或許妳說得對。他們看起來好嫩，年輕又翠綠，就像是新生的豌豆。」

「你有穿成那樣過嗎？」

亨利嗤之以鼻。「妳覺得呢？當然沒有啊！這些小孩在模仿英國龐克，但我可是美國龐克啊。我以前打扮得比較像李察．赫爾[64]。」

「你為什麼不走過去跟他們說話？他們看起來很孤單。」

「妳得過去幫我們介紹，而且要握著我的手。」我們戒慎恐懼地穿過廚房，就像李維史陀接近一對食人族似的。裘蒂和巴比臉上有種你會在自然頻道上看到的鹿的眼神，像要打鬥或逃跑時的眼神。

「嗨，裘蒂、巴比。」

「嗨，克萊兒。」裘蒂也向我打了招呼。裘蒂一出生我就認識她了，但她似乎一下子變得很害羞，我想他們這身新龐克裝扮，一定是出自巴比的點子。

「你們兩個看起來有點……嗯，無聊，所以我帶亨利過來認識你們。他很喜歡你們的……這一身打扮。」

「嗨，」亨利看起來真的很不好意思，「我只是很好奇，不知道你們都聽些什麼？」

「聽些什麼？」巴比重複他的話。

「我是指音樂。你們喜歡聽什麼音樂？」

巴比面露喜色，「嗯，性手槍樂團。」他說道，停頓了一下。

「當然，」亨利點點頭，「還有衝擊樂團吧？」

「對。還有，嗯，超脫樂團……」

「超脫很不錯。」

「金髮美女樂團呢？」裘蒂講的一副她會答錯似的。

「我很喜歡金髮美女，」我說：「亨利很喜歡女主唱黛博拉．哈利。」

「雷蒙樂團呢？」亨利又開口，他們倆同時點頭。「那佩蒂．史密斯呢？」

裘蒂和巴比看起來一臉茫然。

「伊吉．帕普呢？」

巴比搖搖頭，「珍珠果醬？」他又說了一個。

我替他們說情，「我們這裡沒有什麼太了不起的電台，所以他們沒有管道知道這些東西。」

「噢，」亨利停頓了一下，「好吧，你們要不要我寫一些團給你們參考？你們可以聽聽看。」裘蒂聳聳肩。巴比點頭，看起來很嚴肅，也很興奮。我在我的皮包裡找紙筆。亨利在廚房的桌子旁坐下來，巴比就坐在對面。「好，」亨利說道：「我們得先回到一九六〇年代對吧？從紐約的『地下絲絨』開始，接著來到底特律，這裡有ＭＣ５、『伊吉．帕普與小矮人』樂團，然後再回到紐約，那裡有『紐約娃娃』以及『傷心人』……」

「湯姆．佩蒂呢？」裘蒂問，「我們聽說過他。」

「嗯，他們不算，他們完全不一樣，他們幾乎都在一九八〇年代死掉了。」

「飛機失事嗎？」巴比問道。

「海洛因，」亨利更正，「不管怎麼說，還有『電視』樂團、『李察．赫爾與巫毒小子』以及佩蒂．史密斯。」

「談話頭！」我補充。

「呃，妳真的認為他們是龐克團嗎？」

「他們也在紐約啊！」

「好吧，」亨利把他們加到他的名單上。「談話頭，接下來就到英國了。」

「我想龐克應該是起源自倫敦。」巴比說道。

「當然不是囉，」亨利把椅子推回去，「有些人，包括我在內，認為龐克不過是某種精神、某種感覺的最新表現罷了，這種精神、感覺，你知道的，就是事情壓根就不對，而且其實大錯特錯，我們唯一可以做的就是說『操你媽的』，一直說一直說，大聲說，說到有人出面阻止我們為止。」

「你說的沒錯，」巴比小聲地說，在他釘狀髮型下方的臉上散發著幾乎是宗教般的狂熱。「對。」

「你在戕害民族幼苗。」我告訴亨利。

「就算沒有我，他也會變成那樣。對吧，巴比？」

「我在努力，可是這不是件容易的事。」

「我可以了解。」亨利繼續開名單，我從他的肩頭望過去：「手槍」、「衝擊」、「四人幫」、「吵鬧公雞」、「死甘迺迪」、「梅肯斯」、「雨衣」、「死男孩」、「新秩序」、「史密斯」、蘿拉·洛吉克、「幫傭寄宿生」、「大黑」、PiL、「小妖精」、「飼主」、「音速青春」……

「亨利，這樣開下去會沒完沒了。」他點點頭，然後在紙張下方草草寫下一間專賣另類音樂的唱片行電話和地址。「你有電唱機吧？」

「我爸媽有，」巴比說。亨利瑟縮了一下。

「妳喜歡聽什麼樣的音樂？」我問裘蒂。我覺得在亨利和巴比進行男性結盟儀式期間，她好像掉到外頭了。

「王子，」她坦白招認。我和亨利都發出很大一聲的「嘩」，然後我扯開嗓門唱「1999」，接著亨利加入，我們就在廚房裡學脫衣舞孃大扭特扭。蘿拉聽到我們的歌聲，就跑去放這首歌，大家也跟著跳起來，就跟那首歌一樣，這是個熱舞派對。

亨利：我們開車要回克萊兒家。

「你怎麼都不說話。」克萊兒開口。

「我在想那些小孩。小龐克。」

「他們怎麼了？」

「我想搞清楚到底是什麼原因讓那個小鬼……」

「巴比。」

「……巴比，去回顧、親近在他出生前就做出來的音樂。」

「嗯，我真的很喜歡披頭四，但他們在我出生前一年就解散了。」

「沒錯，但這究竟是怎麼一回事？我的意思是說，妳就應該為『流行尖端』或史汀或是其他什麼人神魂顛倒才對。而巴比跟他的女朋友，如果他們想要穿奇裝異服的話，就應該聽『怪人』才對。可是他們反而被這個叫作龐克的東西給絆倒了，但他們明明對這個東西一無所知。」

「我確定這肯定會激怒他們的父母。蘿拉曾經跟我說過，她爸爸是不會讓裘蒂穿成那樣出門的。她把所有的東西都放在背包裡，到學校的女廁裡換。」

「可是在那個年紀，大家都這樣啊。我的意思是說，這跟主張一個人的個性有關，我可以理解這件事，可是他們為什麼要主張一九七七年的個性？他們應該穿格子法蘭絨[65]才對啊。」

「你幹嘛在意這個？」克萊兒有些好奇。

「因為我覺得很沮喪，這讓我想到屬於我的時刻已經死了，而且不只是死了，還被遺忘了。電台再也不會播那些東西了，我搞不懂為什麼會這樣，就好像這件事從來沒發生過一樣。這也是為什麼我一見到這些假裝自己是龐克的小鬼頭，就興奮得要死，因為我不希望這些東西就這麼消失得無影無蹤。」

「但你永遠都可以回去啊。大多數人都只能緊緊地黏附在現在，你卻可以一再返回那個年代。」

我想了想，「但還是很令人難過啊，克萊兒。就算我可以做一些很酷的事情，比方說去看一場我在第一次巡演時錯過的演唱會，或是一支後來會解散或某個團員會過世的樂團，但看他們表演，我還是會很難受啊，因為我知道接下來會發生什麼事情。」

「但這跟你生命中的其他部分有什麼不一樣？」

「是沒什麼不一樣。」我們已經開到通往克萊兒家的那條私人道路了。她轉了進去。

「亨利？」

「嗯？」

「如果你現在可以停止……如果你再也無法時空旅行，也就不會再有隨之而來的後續，你願意嗎？」

「如果我現在可以停止時空旅行，但還是可以遇見妳？」

「你已經遇見我了。」

「我願意，我會停止的。」我瞥了克萊兒一眼，她在昏暗的車裡顯得很朦朧。

「這會很好玩，我擁有所有的回憶，而你永遠都沒有辦法擁有。這很像……嗯，這就很像跟一個得了失憶症的人在一起。自從我們到這裡之後，我就一直有這種感覺。」

我大笑。「所以未來妳就可以看著我踉踉蹌蹌地跌進每一段回憶裡，直到我把這些回憶全都收集完畢。」

她微笑。「我想是吧。」克萊兒開進屋前方圓形的車道。「『甜蜜的家庭』到了。」

我們躡手躡腳地上樓各自回房，我換上四角睡褲、刷完牙，偷偷摸進克萊兒的房間，我這次記得把門鎖上。我們暖呼呼地擠在她的窄床上，她耳語道：「我不希望你錯過那些。」

「錯過什麼？」

「所有曾經發生過的事、我小時候的事。到目前為止，這些事只發生一半而已，因為你還沒經歷，所以，只有在這些回憶發生在你身上時，它們才算是真實的。」

「我在半路上了。」我的手滑過她的肚子，然後到她的雙腿間。克萊兒發出尖叫。

「噓。」

「你的手很冰。」

「抱歉。」我們小心安靜地做愛。當我射精時，因為實在太激烈了，害我頭痛得要命。有大概一分鐘的時間，我很怕我會消失，但我沒有；相反的，我躺在克萊兒的臂彎裡。因為頭痛的關係，我的眼睛變成了鬥雞眼。克萊兒呼呼大睡，像頭動物般打呼，感覺就像推土機在我頭裡開過來開過去似的。我想念自己的床，想念自己的公寓。甜蜜的家庭。*沒有別的地方比得上家。鄉村小路帶我回家。*諺語說「家者，心之所在」，我的心在這裡，所以我一定已經在家了。克萊兒嘆了口氣，把頭轉過去，然後就安靜下來了。嗨，親愛的，我已經在家了。我已經在家了。

克萊兒：這個早晨晴朗而且寒冷。我們已經吃過早餐，行李也都裝上車了。馬克和雪倫已經先行離開，由爸爸送他們去卡拉馬助的機場。亨利正在大廳裡跟艾莉西亞說再見，我上樓來到媽媽的房間。

「已經這麼晚了啊？」她看到我穿著大衣和靴子，「我還以為你們會待到吃完午餐呢。」媽媽坐在她的桌前，她桌上永遠都擺滿了紙張，紙張上也永遠有她龍飛鳳舞的字跡。

「妳在寫什麼？」不管她在寫什麼，上面滿滿的都是潦草的字和塗鴉。

媽媽把頁面翻過來蓋住，她對她筆下的東西保密到家。「沒什麼，是一首有關埋在雪下的花園的詩，還沒寫好。」媽媽站起來，走到窗邊，「真是好笑，詩永遠都比不上真實的花園來得美好。我是說我的詩啦。」

我沒辦法發表任何意見，媽媽從來都不讓我讀她的任何一首詩，所以我只好說，「是啊，花園是很美。」她揮揮手，像在趕走我的恭維。讚美對媽媽來說不具任何意義，她不相信讚美，只有批評才能讓她臉紅，才能引起她的注意。如果我說了什麼貶抑的言語，她會記得一輩子。我們之間出現了一陣尷尬，我明白她在等我離開，這樣她才可以繼續寫作。

「媽，再見囉。」我親吻她冰冷的臉頰，逃之夭夭。

亨利：已經上路一個小時了。這條高速公路前四哩兩旁都種著松樹，如今我們置身在一覽無遺的路上，路旁圍著鐵絲網。我們倆有好一陣子沒開口說話，我一發現我們之間瀰漫著詭異的沉默時，我就決定開口說點話。

「沒有想像中那麼慘啊。」在這輛小車裡，我的聲音顯得有點太愉快、太大聲了。克萊兒沒有搭腔，我朝她看了一眼，她在哭。她開車時，眼淚就順著臉頰滑下來，但她假裝她沒有在哭泣。我以前從來沒見過克萊兒哭，她安靜而克制的淚水裡，有些東西讓我覺得很氣餒。「克萊兒。克萊兒，要不要……妳要不要在路邊停個一分鐘？」她沒有看我，只是放慢車速，開到路肩，然後熄火。我們人在印第安那州某處，天空很藍，路旁的田野裡有乳牛在吃草。克萊兒把前額靠在方向盤上，長長地吐了一口氣。

「克萊兒。」我對著她的後腦勺說話：「克萊兒，對不起。是不是……我還是搞砸了？發生了什麼事？我……」

「跟你沒有關係。」她的秀髮遮住了她，她在頭髮底下說道。我們就這樣坐了幾分鐘。

「那到底是怎麼一回事？」

克萊兒搖搖頭，我目不轉睛地盯著她，最後鼓足勇氣碰觸她，我撫摸她的秀髮，隔著頭髮觸摸她脖子和脊椎的骨頭。她轉過來，我笨拙地越過座位抱住她。現在克萊兒哭得更厲害了，肩膀抖個不停。然後她靜了下來。「都是可惡的媽媽。」

後來我們在丹・萊恩快速道路上塞住了，我們坐在車裡聽著艾瑪・湯瑪斯唱歌。「亨利，你會很介意嗎？」

「介意什麼？」我在心裡想著克萊兒為什麼要哭。

「我的家人？他們會不會……他們看起來會不會……」

「他們很好啊，克萊兒。我真的很喜歡他們，尤其是艾莉西亞。」

「有時候我真想把他們全都推進密西根湖，親眼看著他們沉下去。」

「噢，我明白這種感覺。嘿，我覺得妳爸爸和哥哥以前有見過我耶，我們要走的時候，艾莉西亞也跟我說了一些很奇怪的話。」

「我有一次看見你跟我爸爸和馬克在一起，而艾莉西亞在她十二歲的某天，在地下室見過你。」

「這會造成問題嗎？」

「不會，因為解釋起來實在太詭異了，沒有人會相信的。」我們倆都大笑，一路上一直困擾我們的緊張情緒就此煙消雲散。交通開始暢通，沒多久，克萊兒就在我公寓前停車，我從後車廂拿出袋子，看著克萊兒開走，轉進迪爾本街。我的喉頭一緊。幾個小時後，我終於確定原來那種感覺是寂寞，聖誕節正式結束，明年再見。

家是你掛頭的地方

一九九二年五月九日星期六（亨利二十八歲）

亨利：誠實是上策，反正他的答案不是「要」，就是「不要」。我搭瑞文斯伍德El線到爸爸的公寓，我度過青春時光的地方。我最近都沒去他那裡，爸爸很少叫我過去，我也不喜歡沒有事先通知就大駕光臨。但如果他連電話都不接，那也由不得他了。我在衛斯坦大道下車，往西走到勞倫斯街。爸爸住的是兩房一廳的公寓，就在維吉尼亞街上，從後陽台就可以眺望芝加哥河。我站在門廊，笨手笨腳地找鑰匙，金姆太太從門裡往外窺視，鬼鬼祟祟地招手叫我進去。我很緊張，金咪通常熱情洋溢，嗓門又大又親切，但就算她對我們所有的事情都瞭如指掌，也從來不會干涉我們的生活……嗯，幾乎從來不會干涉。好吧，其實她相當程度地介入我們的生活，只不過我們都很喜歡她這樣。這會兒我覺得她真的心煩意亂得很。

「你要喝罐可樂嗎？」她已經往廚房走去。

「好啊。」我把背包放在前門門口，跟著她進去。我們走進廚房，看她撬開一個老式製冰盒的金屬拉柄。我總是對金咪的力氣之大驚訝不已，她肯定有七十歲了，但對我來說，她看起來就跟我小時候看到的一模一樣。我在這裡度過了不少光陰，讀書、寫功課、看電視、幫著她給金姆先生（他在五年前蒙主寵召了）做飯。我在桌子旁坐下來，她把一杯加了冰塊、快要溢出來的可口可樂放在我面前。桌子上有一個骨瓷杯，裡頭裝著她喝剩一半的即溶咖啡，她那些骨瓷杯子的杯緣都繪有蜂鳥。我想起她第一次讓我用其中一個杯子喝咖啡的情景，那年我十三歲，覺得自己像個大人。

「好久不見啦，哥兒們。」

哎唷。「我知道。對不起……最近時間過得有點快。」

她打量著我，金咪有雙能夠洞察人心的黑眼珠，她的眼睛彷彿可以望穿我腦海的最深處。但是除非她自己願意透露，否則她那張扁平的韓國臉絕對能夠隱藏所有情緒，看她橋牌打得出神入化就知道了。

「你時空旅行去了？」

「沒有。事實上，我這幾個月哪兒都沒去。超美妙。」

「你交了女朋友？」

我露齒笑了笑。

「呵呵。好吧，我對這種事情清楚得很。她叫什麼名字？怎麼不帶她來這裡玩？」

「她叫克萊兒，我跟她提過好幾次，說要帶她來這裡玩了，但她總是拒絕。」

「你可沒跟我提過。你來我家，這樣理查也會來，我們可以一起吃點鴨肉泥。」

和往常一樣，我因我的愚鈍而扼腕。金姆太太知道如何完美解決所有社交難題。我爸爸不會因為待我不好而愧疚，但他永遠都會為金姆太太兩肋插刀的。他的確也應該如此，因為她幫他把孩子帶大，搞不好就連房租也沒依行情來收。

「妳真是個天才。」

「沒錯，我確實是。但請問一下，為什麼沒人頒我一座麥克阿瑟獎[66]呢？」

「我也不知道，可能是因為妳不常離開這間屋子吧，我想麥克阿瑟基金會的人不會閒閒沒事到『賓果世界』裡晃蕩。」

「他們是不會，因為他們已經夠有錢了。所以你打算什麼時候結婚？」

可樂衝上鼻子，我笑到不行。金咪突然站起來，猛捶我的背。我趴下去，然後她嘀嘀咕咕地坐回去，「什麼事情這麼好笑？我只是問問而已。我有資格問的，對吧？」

「不是啦，我笑不是因為妳問啦，我沒有覺得妳的問題很可笑喔，而是因為妳看穿了我的心意，我就是過來問爸爸能不能把媽媽的戒指送給我的。」

「小子，你要結婚啦？嘿！這真是太棒了！她會答應嗎？」

「我想會吧，我有九成九的把握。」

「這真的太好了。雖然我不知道你媽戒指的事，不過你聽好，」她朝天花板瞥了一眼。「你爸爸現在不太好，經常亂吼亂叫的，還會亂丟東西，而且他都沒在練習。」

「我不驚訝，但這樣還是不太好。妳最近有上去過嗎？」金咪常會進我爸公寓，或許是去偷偷打掃吧，我見過她一臉不爽地在燙我爸的禮服襯衫，但我沒膽評論這件事情。

「他不讓我進去！」她的眼淚都快奪眶而出了。這實在太糟糕了，我爸爸確實有他自己的問題，但他讓他的問題影響到金咪，就真的是太荒唐了。

「他不在家的時候呢？」我通常都假裝不知道金咪會背著爸爸進出他的公寓，她也會假裝她從來沒有做過這樣的事情。但我其實很感激她，因為我現在不住在那裡了，得有人看著他才行。

當我提到這件事時，她看起來滿心的罪惡感，也有一點點驚慌失措。「好吧。是啦，我是進去過一次，因為我很擔心他。他家裡到處都是垃圾，如果他一直維持這種狀態的話，公寓就會蟲滿為患了。他的冰箱裡除了啤酒和檸檬之外，什麼都沒有，床上也堆了一大堆衣服，我想他應該沒在那上頭睡覺。我不知道他都在做什麼，自從你媽媽走了以後，我還沒見過他這麼糟糕的樣子。」

「嗯，妳覺得呢？」頭上傳來砰然巨響，這意味著爸爸掉了什麼東西在廚房的地板上，他可能才剛起床。「我想我最好上去一趟。」

「對。」金咪一臉的愁眉苦臉。「他是那麼好的一個人，我不知道他為什麼要把自己搞成這樣。」

「他是個酒鬼，酒鬼都這樣，他們做的事就是崩潰，然後繼續崩潰。」

她很誠摯地看著我，眼神征服了我。「說到做事……」

「怎麼？」可惡。

「我想他沒有在工作了吧。」

「現在是淡季，他五月份不工作的。」

「他們要到歐洲巡演，可是他人卻在這裡。此外，他有兩個月沒交房租了。」

該死、該死、該死。「金咪，妳為什麼不打電話給我？天啊，這真是太過分了。」我起身到走廊，抓起背包回到廚房。我在背包裡翻來翻去的，終於找到我的支票簿，「他欠妳多少錢？」

金姆太太真的很不好意思。「不要，亨利。別這樣，他會交的。」

「他可以還給我。拜託，沒關係啦，說啦，現在就說，多少錢？」

她沒看我。「一千兩百美元。」她小聲地說道。

「才這點？妳在幹嘛啊？經營『資助任性狄譚伯一家』的慈善機構嗎？」我寫了一張支票，放在她的咖啡碟上。「妳最好去兌現，要不然我會來找妳的。」

「那我不要兌現，這樣你就得來看我了。」

「無論如何我都會來看妳的。」我心裡充滿了罪惡感，「帶著克萊兒一起來。」

金咪對著我笑了笑。「這樣最好，我會當你的首席伴娘，對吧？」

「如果爸爸沒有準備好的話，妳可以把我交給新娘。其實這個主意真不錯：妳可以領著我走地毯，然後克萊兒會穿著燕尾服在前面等候，而風琴師會彈奏『天鵝騎士』……」

「我最好去買件禮服。」

「哎唷。除非我跟妳說這件事情已成定局，要不然先別買。」我嘆了一口氣。「我想我最好上去跟他談談。」我站起來。在金姆太太的廚房裡，我突然覺得自己像個巨人，就像造訪小時候就讀的小學，對桌子尺寸訝異萬分。她慢吞吞地站起來，跟著我走到前門。我抱了抱她，有好一會兒，她看起來很脆弱、很迷惘，我不禁對她那充斥著打掃、蒔花弄草和橋牌的生活感到好奇。不過，我自己的問題都煩不完了……我很快就要認真面對這一切，總不能一輩子都跟克萊兒賴在床上。當我打開爸爸家大門時，金咪仍兀自張望。

「嗨，爸？你在家嗎？」

安靜了瞬間。「走開！」

我走上樓，金姆太太把門關上。

迎面而來的第一件事，是某種味道：什麼東西腐爛了。客廳裡一片荒蕪，書都到哪裡去了？我父母有上噸的書，談音樂的、談歷史的、小說、法文書、德文書、義大利文的，這些書都到哪裡去了？甚至連唱片和ＣＤ好像也少了很多，到處都是紙張、廣告信、報紙、樂譜，鋪滿了整個地板。媽媽的鋼琴上積了許多灰塵，有個插著劍蘭的花瓶就擺在窗檯上，劍蘭早枯死，變成木乃伊了。我從走廊上往臥房看，那根本是一團亂：衣服、垃圾、更多的報紙。有一罐啤酒躺在浴室洗手檯裡，磁磚上有一灘乾掉的啤酒漬閃閃發亮。

爸爸坐在廚房的桌子邊，背對我，望著窗外的河流。我走進廚房時，他沒有轉過頭來；我坐下時，他也沒有回頭看我。但他也沒有起身離開，所以我把這視為我們可以繼續對話的徵兆。

「嗨，爸。」

沉默。

「我見到金姆太太了，就在剛剛，她說你過得不太好。」

沉默。

「我聽說你沒在工作了。」

「現在是五月。」

「你為什麼沒跟去巡演？」

他終於看我了，頑強底下藏著驚懼，「我在休病假。」

「從什麼時候開始休的？」

「三月。」

「有給薪的病假？」

沉默。

「你生病了嗎？有什麼地方不舒服嗎？」

我以為他會假裝沒聽到我的話，但他卻伸出手作為回答：他的手在顫抖，彷彿自己進行小型地震。

他終於搞砸了，在很有毅力地喝了二十三年之後，終於毀了他拉小提琴的能力。

「天啊，爸，史坦怎麼說？」

「他說就是這樣了，神經毀了，無法復原了。」

「我的天啊。」我們面面相覷了一分鐘，很難熬的一分鐘。他看起來很痛苦，我漸漸理解，他已經一無所有了，已經沒有什麼東西可以抓住他、固定住他，可以成為他的生命。先是媽媽，再來是音樂，這些東西全都消失了，消失了。我從來都不是很在乎這些事情，而我遲來的努力也不會有多少成效。

「接下來有什麼打算？」

沉默。沒有接下來了。

「你不能就只是待在這裡，然後再喝個二十三年。」

他看著桌子。

「你的退休金呢？員工票呢？醫療保險呢？戒酒互助會呢？」

他什麼都沒做，只是讓所有的事情慢慢墮落。我到底都在幹嘛啊？

「我把你的房租付了。」

「噢？」他看起來很困惑的樣子，「我沒付嗎？」

「沒有，你欠了兩個月的房租。金姆太太很不好意思，她不想告訴我，也不希望我給她錢，但實在沒有道理把你的問題變成她的問題。」

「可憐的金姆太太。」淚水從我父親的臉頰滑落。他老了。我找不到別的話來形容。他今年五十七歲，已經垂垂老矣。如今我的火氣已消，我很替他難過，也很替他擔心。

「爸。」他又看向我，「你得讓我為你做點事，好嗎？」他把臉別開，繼續望著窗外對岸比我更有趣的樹木。「你得讓我看看你的退休金文件、銀行對帳單之類的東西，讓金姆太太和我打掃這裡，還有，你得戒酒。」

「不要。」

「不要是什麼意思？是都不要，還是只有其中一兩件不要？」

沉默。我快要失去耐心了，因此我決定換個話題。「爸，我要結婚了。」

我終於得到他的注意了。

「跟誰？誰要嫁給你？」我想他沒有惡意，他是真的好奇。我拿出皮夾，從塑膠套裡抽出一張克萊兒的照片。照片中的克萊兒安詳地望著燈塔灘，在清晨天光裡，微風拂過，秀髮像旌旗般飄揚，她在黯淡樹木的襯托下，顯得光彩奪目。爸爸把照片拿過去仔細端詳。

「她的名字是克萊兒．艾布希爾。搞藝術的。」

「她長得很漂亮。」他勉強說道。我想我很快就可以獲得父親的祝福。

「我很想……我真的很想給她媽媽的結婚和訂婚戒指，我想媽媽應該有這樣的東西吧。」

「你怎麼知道？你搞不好根本就不記得她了。」

我不想討論這件事情，但我突然決定要照自己的意思做，「我常常見到她。在她過世後，我見過她幾百次了，我看到她在附近散步，跟你、跟我；她去公園背樂譜，她去購物，她和瑪拉喝咖啡；我看到她和艾許叔叔在一起；我看到她在茱莉亞音樂學院；我聽到她唱歌！」爸爸目瞪口呆地望著我。我把他毀了，但我似乎還不想停止，「我還曾經跟她說過話。有一次在一節擁擠的車廂裡，我就站在她身邊，跟她接觸。」爸爸哭了起來。「這不一定永遠都是詛咒好嗎？有時候時空旅行是件很棒的事。我必須見她，有時候我就去見她。她一定會愛克萊兒的，她一定會希望我快樂的，她也一定會對你因為她死去就把所有事搞砸而痛苦不已。」

他坐在廚房的桌子旁哭泣。他在哭，沒有把臉摀住，就只是垂著頭，淚流滿面。我看了他好一會兒，這就是我發脾氣的代價。我走去浴室，回來時手裡拿著一捲衛生紙。他看也沒看，伸手拿了一些衛生紙，擤了擤鼻子，然後我們在那裡呆坐了幾分鐘。

「你為什麼不告訴我？」

「什麼意思？」

「你為什麼不告訴我你看得到她？我會很想……知道。」

任何正常的父親到了現在都會恍然大悟，那個在他們婚後陰魂不散的陌生人，真的是他異於常人、會時空旅行的兒子。我為什麼不告訴他？因為我很害怕，怕他為了只有我倖存而恨我；怕他以為我會在心裡覺得比他優越，即使他視時空旅行是個缺陷；種種這類醜陋的理由。

「因為我怕這會傷害你。」

「不會的。這、這不會傷害我。我很高興知道她在這裡、在某個地方，我是說……最可怕的事情就是她消失了，所以我很高興她還在某個地方，就算我看不見她。」

「她大多時候是很快樂的。」

「對，她非常快樂……我們非常快樂。」

「是啊，你看起來像是另外一個人。我常常在想，如果我是被以前那個你帶大的話，現在不知道會是什麼樣子。」

他慢慢地站起來，我還是坐著。他腳步蹣跚地走到走廊上，走進他的臥房，我聽到他翻箱倒櫃的聲音。接著他慢慢地走回來，手裡拿著一個緞布做的小手提袋。他把手伸進去，拿出一個深藍色的珠寶盒，並從裡頭取出兩枚精緻的戒指。這兩枚戒指就像種子般躺在他抖個不停的大手裡。爸爸把左手放在右手上，然後把戒指握住，彷彿這兩枚戒指是他捉在雙手裡的螢火蟲。就這樣坐了一會兒後，他把眼睛閉上，再張開眼睛，伸出他的右手，我把雙手拱成杯狀，讓他把戒指倒進我等候的手心裡。

訂婚戒指鑲著一顆祖母綠，窗戶照進來的昏暗光線在寶石上折射出綠色和白色光澤。這兩枚戒指都是銀的，都需要清洗；它們需要被戴上，而我認識將要戴上它們的女孩。

生日

一九九二年五月二十四日星期日（克萊兒二十一歲，亨利二十八歲）

克萊兒：今天是我的二十一歲生日。這是一個完美的夏日夜晚。我在亨利的公寓裡，躺在他的床上讀《月光石》，亨利正在窄小的廚房裡做晚飯。我穿上他的浴袍朝浴室走去時，聽到他在攪拌機旁罵髒話。我慢慢地洗頭，鏡子都蒙上了一層水氣。我在想要不要把頭髮剪短，這樣洗頭會有多輕鬆啊，而且只要很快地梳幾下，然後「哇」，頭髮就有型了，馬上就可以去跳舞了。我嘆息。亨利愛我的頭髮就像它們有自己的生命，就像它們有自己的靈魂，就像它們也會回應他的愛。我知道他愛我的頭髮是因為那是我的一部分，但我也知道，如果我把頭髮剪掉的話，他會如喪考妣，而且我也會很想念我的頭髮的。可是整理實在太花心力了，有時候我很想把頭髮掀掉，就像掀假髮一樣，這樣當我出去玩時，就可以把它們放在一邊。我小心翼翼地梳理頭髮，梳開糾結。我頭髮濕淋淋的時候會很重，會拉扯我的頭皮。我把浴室門打開，讓水蒸氣散發掉。亨利正在唱「布蘭詩歌」裡的歌曲，唱得五音不全。我從浴室出來時，他正在擺飯桌。

「時機正好，晚餐好了。」

「再等一分鐘，我穿一下衣服。」

「妳這樣穿很好啊，真的。」亨利繞過桌子，打開我身上的浴袍，雙手輕輕地在我的乳房上遊走。

「晚餐要冷掉了。」

「晚餐是冷的。我是說，晚餐本來就應該是冷的。」

「喔……嗯，我們開動吧。」我突然覺得很累，而且心情很彆扭。

「好。」亨利沒有異議就放開我了，他回去擺好銀製餐具。我看了他一分鐘，把我散落在四處的衣物一一撿起來穿上，然後在桌旁坐下來。亨利端了兩碗湯出來，看起來灰灰濃濃的。「奶油冷湯，我外婆的配方。」我嚐了一口，好喝極了，有很重的奶油味，而且冷冷的。下一道菜是鮭魚蘆筍捲，淋上迷迭香橄欖油醬汁。我張嘴想說點讚賞的話，但我竟然說：「亨利……其他人做愛次數有我們多嗎？」

亨利思索了一會兒，「大多數的人……沒有，我想應該沒有。我想大家只有在彼此認識不太久，還無法相信自己竟然這麼幸運的情況下，才會頻頻做愛。我們做太多了嗎？」

「我不知道，或許吧。」我看著我的盤子，無法相信我竟然說出這樣的話，我整個青春期都在乞求亨利跟我做愛，現在我竟然告訴他我們做太多了。亨利坐著，一動也不動。

「克萊兒，我很抱歉，我沒有想過這件事。」

我抬起頭，亨利看起來很受傷。我放聲大笑，亨利微笑，有一點點罪惡感，但他在眨眼睛。

「只是很……你知道的，有好幾天我都沒辦法坐下來。」

「妳得跟我說啊，就說『親愛的，今晚不行，因為我們今天已經做了二十三次，我寧可讀《廢屋》。』」

「這樣你就會乖乖停下來，打消跟我做愛的念頭嗎？」

「我會啊，就像剛才那樣，難道我沒有嗎？我可是很聽話的。」

「對。但接著我就會很有罪惡感。」

亨利笑了出來。「妳可不能指望我把妳從罪惡感裡救出來。跟妳做愛可能是我唯一的期望：日復一日、月復一月，我會逐漸憔悴，終日渴望一個吻而不可得，終日渴望口交而日漸凋萎；過一陣子後，妳會把視線從書本上移開，發現我躺在妳腳邊奄奄一息，如果妳不馬上操我的話，我就會嚥下最後一口氣。但我一句話都不會開口，可能只會發出一點點抽噎聲。」

亨利隔著桌子探身過來，伸出他的雙手。我把手放在他的手上。

「可是……我不知道，我累壞了。可是你好像……還好，是我不正常還是怎樣？」

「克萊兒。」

「嗯？」

「講這些可能很下流，可是如果妳會原諒我的話，那我就直講好了。妳的性慾遠遠勝過我約會過的絕大多數女人。大部分女人都會跟我求饒，然後幾個月內就會把電話答錄機打開，拒接我的電話。但我應該有想過……妳看起來很樂在其中，但如果我們真的做太多了，或是妳覺得不想做了，妳一定要說出來，要不然我會戒慎恐懼，老是納悶妳會不會因為我需索無度而被折磨得不成人形。」

「但到底要有多少性才算夠？」

「就我來說嗎？我對所謂完美人生的定義，就是我們全部的時間都待在床上，我們可以一直做愛，只要起個床去補充營養，妳知道的，新鮮的水和水果，這是為了預防壞血病；而且在跳回床上之前，偶爾還要旅行到浴室刮個鬍子。有時可以換個床單，還有看電影，這是為了預防褥瘡。還有跑步，我每天早上還是得出門跑步。」跑步是亨利的信仰。

「為什麼還要跑步？反正你的運動量也夠多了。」

他突然很嚴肅。「因為我的命跟我有沒有跑得比追我的人快有關。」

「噢。」現在輪到我不好意思了，我早該想到這層關係。「可是……我要怎麼理解這件事情呢？你似乎哪裡都沒去啊，自從我在此時此地遇見你之後，你幾乎都沒有時空旅行了。你有嗎？」

「嗯，聖誕節的時候，妳有看到啊，還有感恩節，那時候妳人在密西根。我沒有跟妳說，是因為這讓我很沮喪。」

「你去看那場意外嗎？」

亨利瞪著我。「我確實是去看那場意外，妳怎麼知道？」

「幾年前的聖誕夜，你在草地雲雀屋現身，告訴我這件事情。你那時真的很難過。」

「對。我記得我在行事曆上看到那個日期，然後心情就跌到谷底，我心想，天啊，又有一個聖誕節要過了。此外，那是個特別悲慘的聖誕節，我最後的下場是酒精中毒，還得洗胃。希望我沒有毀了妳的聖誕節。」

「沒有……看到你我很高興，而且你那個時候跟我說了一些很重要、很私密的事，就算你很小心不去提任何人名或地點，但那還是你的真實人生，而我很期盼能夠得到任何有助於相信你真實存在、不是我在發神經的線索。這也是為什麼我老是摸你。」我大笑。「我從來都沒有發現我對你做的事情有多殘忍。我做盡了一切我想得到的事情，而你卻只是盡可能地裝酷，你一定快被我整死了。」

「比方說？」

「甜點吃什麼？」

亨利溫順地起身把芒果冰淇淋配覆盆子端過來，冰淇淋的一角插著一根小蠟燭，亨利幫我唱生日快樂歌，我笑得好開心，因為他走音走得太嚴重了。我許了願，把蠟燭吹熄。冰淇淋太好吃了，我的心情也很愉快，我在記憶裡搜索某個勾引亨利的可笑插曲，特別可笑的插曲。

「好吧，這是最糟糕的一個。我十六歲的時候，有個晚上等你等到很晚，差不多十一點了吧，天上有一抹新月，空地上黑漆漆的。我有點生你的氣，因為你看起來打定主意把我當成小孩，還是好朋友什麼的，可是我卻瘋狂地想要擺脫我的童貞。我突然想到一個主意，打算把你的衣服藏起來……」

「噢，不要啊。」

「我就要。所以我把衣服移到另一個地點……」講這個故事有點丟臉，但現在已經來不及了。

「然後呢？」

「然後你出現了，我根本就是在挑逗你，挑逗到你受不了為止。」

「然後呢？」

「然後你跳到我身上，一副很飢渴的樣子，過了大概三十秒吧，我們倆都想說『就這樣吧』。因為是我主動的，所以這並不是強暴，但你臉上卻有這樣的表情，於是你說『不行』，就起身離開了。你穿過牧場，走到樹林子裡，我一直到三個星期後才又見到你。」

「哇，那傢伙比我好多了。」

「我因為這整件事受到很大的刺激，所以在往後兩年都很安分守己。」

「感謝老天。我無法想像我必須在正常的情況下，表現出如此強大的自制力。」

「但你會的，這就是最神奇的部分。一直以來，我都以為我對你沒什麼吸引力。當然啦，如果我們後半輩子都會在床上度過，那當你旅行到我的過去時，應該是可以表現出一點點自制的。」

「嘿，我想做那麼多愛可不是隨便說說的，雖然我知道這個想法很不切實際，但我一直想告訴妳：我覺得很不一樣，我就是覺得……跟妳有很緊密的連結，我想這就是把我固定在此處、固定在當下的原因。而我們這種身體緊密連結的方式，在某種程度上也重新裝置了我的大腦。」亨利用指尖撫摸我的手。他抬起頭來看我，「我有東西要給妳，過來這邊。」

我起身隨他走到客廳。他把床變成沙發，我在那上面坐了下來。太陽正在西下，屋裡灑滿了玫瑰色和橘紅色的光線。亨利拉開書桌，伸手在書桌上方的分類架裡找了找，然後拿出一個緞子做的小手提袋。他輕輕地在我身邊坐下來，我們膝蓋碰著膝蓋。我心想，他肯定聽到我的心跳了。亨利握住我的雙手，認真地凝視我。這件事我已經等太久了，而這一刻終於來到時，我卻怕得要命。

「克萊兒？」

「啥？」我微弱的聲音帶著害怕。

「妳知道我很愛妳。妳願意嫁給我嗎？」

「我願意……亨利。」我湧起一股強烈的熟悉感。「可是你知道的，我……其實早就嫁給你了。」

一九九二年五月三十一日星期日（克萊兒二十一歲，亨利二十八歲）

克萊兒：我和亨利站在他從小長大的公寓大樓入口大廳裡，我們有點遲到了，但還是站在這裡。亨利靠在郵箱上，雙眼緊閉，調整呼吸。

「別擔心，」我安慰他，「這不會比你見我媽媽更可怕啦。」

「妳父母對我非常親切。」

「可是我媽媽是……你無法預料她會做出什麼事。」

「我爸爸也是。」亨利把鑰匙插進前門的鎖裡，往上走了一段樓梯後，亨利敲了敲一間公寓的門。有個嬌小的韓國女人馬上就把門打開，那是金咪，她穿著一件藍色絲質洋裝，還塗著大紅色的口紅，她的眉毛畫得有點左右不平衡，頭髮是黑白相間的那種灰色。她把頭髮編成辮子，然後在兩邊的耳朵旁各盤了一個髮髻。不知為什麼，她讓我想到了羅絲．高登[67]。金咪身高大概到我肩膀，她把頭往後仰，說，「亨利，她長得太漂亮了！」我可以感覺到我臉紅了。亨利說，「金咪，妳的禮貌跑到哪裡去了？」金咪大笑，「克萊兒．艾布希爾小姐，妳好。」「金姆太太，您好。」我們對著彼此微笑，她說：「妳要叫我金咪啦，大家都叫我金咪。」我點點頭，然後跟著她走進客廳，亨利的爸爸也在裡頭，坐在一張扶手椅上。

他什麼話也沒說，就只是盯著我看。亨利的爸爸高高的，瘦骨嶙峋，看起來很疲憊的樣子。他長得不太像亨利，有一頭灰白的短髮、黑眼睛、長鼻子、薄嘴唇，嘴角有一點下垂。他縮成一團坐在椅子裡，我注意到他的手，又長又優雅，就像正在打盹的貓咪躺在他的膝蓋上。

亨利清了清喉嚨，「爸，這位是克萊兒．艾布希爾。克萊兒，這位是我的父親，理查．狄譚伯。」狄譚伯先生慢條斯理地伸出一隻手，我上前幾步，握了握他的手。他的手很冰冷。「狄譚伯先生，您好，很高興認識您。」

「真的很高興嗎？那亨利一定沒有跟妳說太多我的事。」他的聲音很低沉，聽起來也很開心。「我得好好利用妳的樂觀。過來坐我旁邊。金咪，我們可以喝點飲料嗎？」

「我才正要問你們呢。克萊兒，妳想喝什麼？我做了西班牙水果酒，妳想喝嗎？亨利，你呢？西班牙水果酒嗎？好。理查，你要喝啤酒嗎？」

大家都停頓了一會兒，然後狄譚伯先生說：「不了，金咪，我想我喝茶就好，如果妳不介意幫我泡的話。」金咪微微笑了一下，消失在廚房裡。狄譚伯先生轉頭對我說：「我有一點感冒，吃了幾顆感冒藥，我怕這會害我昏昏欲睡。」

亨利坐在長沙發上看著我們。所有的家具都是白色的，看起來像是在一九四五年左右的潘尼百貨買的。客廳裡有一座壁爐，但好像一輩子都沒用過似的，上方掛著一副很美的疾風勁竹水墨畫。

「這幅畫很美。」我說道，因為沒有人說話。

狄譚伯先生看起來很高興。「妳喜歡這幅畫嗎？這是我和安妮塔琳一九六二年的時候，從日本京都買回來的，原作來自中國，是一幅年代更為久遠、十七世紀所繪的摹本。我們覺得金咪和唐應該會喜歡這幅畫。」

「跟克萊兒說說那首詩。」亨利要求。

「『抱節元無心，凌雲如有意。置之空山中，凜此君子志。』詩和畫的意境都很高遠，是吳鎮[68]寫的。」

「這首詩很美。」我說道。金咪用托盤端著飲料走進來，亨利和我分別拿了一杯西班牙水果酒，而狄譚伯先生小心地用雙手捧著他的茶，當他把茶放到身旁的茶几上時，茶杯和茶碟撞得嘎嘎直響。金咪在壁爐旁的一張小扶手椅上坐下來，啜飲她的西班牙水果酒。我嚐了嚐我的飲料，這酒真的很烈。亨利看了我一眼，挑了挑眉毛。

「妳喜歡花園嗎，克萊兒？」金咪問我。

「喜歡啊。我母親也會園藝。」

「那妳一定得在晚餐前看看我的後院。我種的芍藥都開得好漂亮，而且我們得帶妳看看芝加哥河。」

「聽起來挺不錯的。」我們四個走到院子裡，芝加哥河的河水平穩地湧到一道看起來有點危險的階梯底下。觀賞芍藥時，金咪又問：「妳媽媽都種些什麼花？有種玫瑰嗎？」金咪有一個小小但井然有序的玫瑰園，裡頭有所有我叫得出名字的雜交品種。

「她有一個玫瑰園，不過，她真正熱愛的是鳶尾花。」

「喔，我也有種鳶尾，就種在那邊。」金咪指了指一叢鳶尾花。「它們得分株了，妳媽媽要不要一些呢？」

「我不知道，我可以問問看。」媽媽有超過兩百種不同品種的鳶尾花。我看見亨利在金咪的背後微笑，我對他皺了皺眉頭。「我可以問問她是否願意跟妳交換一些鳶尾花，她有一些自己培育出來的花種，她很喜歡把這些花分送給朋友。」

「妳的母親培育鳶尾花？」狄譚伯先生問道。

「嗯，她也培育鬱金香，但鳶尾花是她的最愛。」

「她是專業的園藝家嗎？」

「不是，她是業餘的。她有個園丁幫她處理大部分工作，還有一群人會來除草、播種之類的。」

「你們家的院子一定很大，」金咪領著我們走回公寓。廚房裡有個定時器響了。「吃飯時間到了。」我問她需不需要幫忙，但她對我揮揮手，要我在一張椅子上坐好。我在亨利對面坐下來，他爸爸坐在我的右手邊，而金咪的椅子就在我的左側。屋內很溫暖，我發現狄譚伯先生穿著一件毛衣。金咪有很好看的瓷器，上面繪了蜂鳥。我們每個人都有一杯冰水，杯子上還凝著水氣。金咪幫我們倒了白葡萄酒，在亨利爸爸的杯子前猶豫了一會兒，但亨利的爸爸搖搖頭，她就從他旁邊走過去了。她把沙拉端上來後入座，狄譚伯先生舉起他的水杯，「敬幸福的小倆口。」他說道。「敬幸福的小倆口。」金咪跟著附和。我們大家碰了碰杯子，然後一飲而盡。金咪說：「克萊兒，亨利說妳是搞藝術的，妳搞哪一種藝術？」

「我造紙。紙雕。」

「是喔。妳有空一定要讓我看看，我不懂這個。就像摺紙嗎？」

「不是的。」

亨利插嘴，「她做的東西就像我們以前去芝加哥美術館看的德國藝術家作品，妳知道的，安賽姆・基弗。黑色的大型紙雕。」

金咪看起來很疑惑，「為什麼像妳這麼漂亮的女孩，要去搞那麼醜的東西啊？」

亨利大笑。「那是藝術啊，金咪，而且那些東西很美的。」

「我會使用很多花當素材，」我告訴金咪，「如果妳給我一些枯萎的玫瑰，我會把它們放在我現在正在做的作品上。」

「好啊。妳正在做什麼作品？」

「我正在用玫瑰、毛髮和金針花的纖維，製作巨大的烏鴉。」

「為什麼要做烏鴉？烏鴉是不祥之物啊。」

「是嗎？我倒覺得牠們很美呢。」

狄譚伯先生挑起一邊的眉毛，有那麼一秒，他看起來很像亨利。他說：「妳對美有很特殊的看法。」

金咪起身把我們的沙拉盤收走，然後端了一碗豌豆和一盤熱騰騰的烤鴨佐覆盆子紅胡椒醬汁進來。真是太美味了。我突然明白亨利是在哪裡學會做菜的。「你們覺得如何？」金咪問道。「太好吃了，金咪。」狄譚伯先生答道，我附和他的讚美。「糖應該可以少放一點。」亨利建議。「對，我也這麼想。」金咪說道。「雖然這樣就已經很柔嫩可口了。」亨利補充，金咪咧嘴笑了一下。我伸出手拿我的酒杯。狄譚伯先生對我點點頭，「妳戴安妮塔琳的戒指很好看。」

「這枚戒指很美，謝謝您割愛。」

「這枚戒指的歷史很悠久了，它一直都是結婚戒指，是一八二三年時，在巴黎為我的曾曾祖母珍妮打造的。我祖母伊薇特在一九二〇年時把這枚戒指帶到美國。一九六九年之後，它就一直躺在抽屜裡，安妮塔琳就是那一年過世的。我很高興可以看見它重見天日。」

我注視這枚戒指，心裡想，「亨利的媽媽過世時，手上戴著這枚戒指。」我看了亨利一眼，他似乎也想到同樣的事情，然後我又看了狄譚伯先生一眼，他正在大啖鴨肉。「告訴我安妮塔琳的事。」我要求狄譚伯先生。

他放下叉子，把手肘靠在桌子，雙手撐著額頭。他從雙手後面望向我，「我相信亨利一定跟妳講過一些了。」

「是啊，但只說了一點點。我是聽她的唱片長大的，我父母是她的歌迷。」

狄譚伯先生微笑。「既然如此，妳一定知道安妮塔琳擁有最不可思議的嗓子，豐富且純淨，她的嗓子是如此美妙，可以唱出寬廣的音域、傳達她的靈魂，每當我聽她唱歌時，我都覺得我的生命不只是生物學上的意義。她真的可以聽見、理解音樂的結構，她可以正確分析出一首樂曲該有的樣貌。安妮塔琳是非常感性的人，她把感情帶給別人，在她死後，我甚至覺得我再也無法感受任何事情了。」

他停頓了一下。我沒辦法看著狄譚伯先生，只好看向亨利。但他用很哀傷的神情注視他的父親，我只好看我的盤子。

狄譚伯先生繼續說著，「不過妳問的是安妮塔琳，不是我的事情。她很親切，是一位偉大的藝術家，妳很難同時在一個人身上發現這兩樣東西。安妮塔琳把歡笑帶給別人，她自己就是很快樂的人，她盡情享受生命，我只看她哭過兩次：一次是我給她這枚戒指的時候，另一次是她生了亨利的時候。」

再度陷入停頓。最後我說：「你很幸運。」

他微笑，仍然用手蒙著臉。「我們是很幸運，但我們也很不幸。前一分鐘還擁有所能夢想的一切，下一分鐘她就在快速道路上斷成幾截。」亨利瑟縮了一下。

「可是難道你不認為，」我執意說道：「比起一輩子過著還過得去的生活，短暫的幸福不是比較好嗎，就算你轉眼間就會失去？」

狄譚伯先生把手從臉上移開，看著我。最後他說：「我常常對這種說法感到很疑惑，妳真的相信這種說法？」

我想了想我的童年，所有的等待、懷疑，以及在好幾個星期、好幾個月沒有見到亨利之後，突然看到他穿過牧場的那種喜悅；接著我又想了想有兩年的時間見不著他，然後突然發現他就站在紐伯瑞圖書館閱覽室裡的感覺：能夠觸摸他的喜悅、知道他人在哪裡、知道他愛我的滿足感。「相信，我真的相信。」我接觸亨利的眼神，然後微笑。

狄譚伯先生點點頭，「亨利很會挑人。」金咪起身去端咖啡，當她在廚房裡忙的時候，狄譚伯先生又說了下去，「他沒辦法給任何人過太平的日子。事實上，他在很多方面都跟他母親相反：不可靠、反覆無常，而且除了他自己之外，並不特別關心任何人。克萊兒，妳告訴我，像妳這麼可愛的女孩，為什麼要嫁給亨利？」

房間裡所有的東西似乎都屏住了呼吸。亨利全身僵硬，但他什麼話也沒說。我傾身向前，對著狄譚伯先生微笑，然後熱切地回答，就像他剛剛問我的是我最喜歡的冰淇淋口味。「因為他的床上功夫真的、真的很厲害啊。」廚房裡爆出一陣大笑。狄譚伯先生瞄了亨利一眼，亨利挑了挑眉，然後咧嘴笑了笑，最後連狄譚伯先生也微笑了，他還說，「Touché（真令人感動），親愛的。」

後來我們喝完咖啡、吃完金咪做的超完美杏仁果子奶油蛋糕，金咪讓我看亨利嬰兒時期、學步時期及高中時期的照片（他真的恨不得找個地洞鑽進去）。接著金咪探聽了更多有關我家的消息（「有幾間房間？那麼多間啊！嘿，哥兒們，你為什麼沒有告訴我，她不僅漂亮，而且還很有錢？」）後，我們站在前門，我向金咪道謝，然後對狄譚伯先生道晚安。

「今天真愉快，克萊兒，」他說道：「但妳一定得叫我理查。」

「謝謝你……理查。」他握著我的手好一會兒，就在那一瞬間，我看到的他，肯定是安妮塔琳在多年前看到的他。然後那個他就消失了，笨拙地對亨利點了點頭。亨利親了親金咪，我們走下樓，走進夏夜裡。從進去到出來，似乎過了好幾年。

「呼，」亨利呼了一口氣，「我光在旁邊看就死了一千次了。」

「我表現得還好嗎？」

「什麼叫還好啊？妳表現得太棒了，他愛妳！」

我們手牽著手走到街上。街區的盡頭有一座遊樂場，我跑到鞦韆那裡，坐上其中一個鞦韆，亨利面朝另一個方向，坐上我旁邊的鞦韆。我們愈盪愈高，我們交錯而過，有時同步，有時衝得太快了，感覺就要撞上彼此。我們大笑，一直笑，沒有什麼事情好憂傷的，沒有什麼人真的會錯失，或死亡，或遠離，此時，我們正在此地，沒有什麼事情能夠破壞我們的圓滿，偷走這一刻的完美歡愉。

一九九二年六月十日星期三（克萊兒二十一歲）

克萊兒：我一個人坐在貝瑞戈里希咖啡館，靠著前頭窗子的一張小桌子，這是一家歷史悠久的狹小齷齪之地，但咖啡超讚的。我應該努力為今年夏天修的怪誕風格史寫一篇《愛麗絲夢遊仙境》的報告，但是我大作白日夢，漫無目的地盯著本地居民，看這些人傍晚時分在哈斯泰德街上奔波忙碌。我不太常來男孩城，我覺得我如果置身在沒有人認識我的地方，做事效率就會比較差。亨利失蹤了。他不在家，也沒去上班，我試著叫自己不要擔心，我設法培養某種淡然處之的態度。亨利能夠照顧他自己的，我不曉得他人在何處，並不表示出了什麼事情。誰知道呢？或許他正在我身邊呢。

有人站在對街朝我揮手，我定睛一看，發現是那天晚上跟英格麗一起在亞拉岡舞廳的嬌小黑人女子，西莉亞。我也朝她揮手，於是她穿過街道，一下子就站在我面前。她實在太矮小了，臉跟我的臉齊高，但我坐著，而她站著。

「嗨，克萊兒，」西莉亞打了聲招呼。她的聲音很像奶油，真想被她的聲音包住，沉入夢鄉。

「哈囉，西莉亞，請坐。」她在我對面坐下來，我才發現她矮是因為她的腿很短，她坐下來後，看起來正常多了。

「聽說妳訂婚了。」

我舉起左手，讓她看看婚戒。服務生無精打彩地走過來，西莉亞點了土耳其咖啡。她看著我，投以一個狡猾的微笑。她的牙齒白白長長、彎彎曲曲的，她有一雙大眼睛，眼瞼半開半閉，彷彿要睡著了。她把「蛇髮」堆得老高，插上粉紅色的筷子作為裝飾，跟她身上穿的亮粉紅色洋裝很搭。

「妳要不是太勇敢，就是太瘋狂了。」她評論。

「大家都這麼跟我說啦。」

「好吧，現在妳也應該知道了。」

我對她微笑，聳聳肩，啜飲我的咖啡。咖啡的溫度跟室溫一樣，而且有點太甜了。

西莉亞問：「妳知道亨利現在人在哪裡嗎？」

「不知道。妳知道英格麗現在人在哪裡嗎？」

「她在『柏林』吧台的高腳凳上等我。」她看了看錶，「我遲到了。」從街道上射來的燈光把她焦茶色的肌膚映成藍色的，然後又映成紫色的。她看起來就像個令人銷魂的火星人。她對我微笑，「亨利光溜溜地跑在百老匯街上，身後有一群光頭族[69]在追他。」噢，千萬不要啊。

服務生把西莉亞的咖啡端過來，我指了指我的杯子，他幫我把咖啡加滿，我小心地舀了一茶匙的糖，加到咖啡裡攪拌。西莉亞的土耳其咖啡很小杯，她什麼都沒加，咖啡是黑色的，像糖漿一樣濃稠。從前有三個小姊妹……她們住在一座井底下……她們為什麼要住在井底下呢？因為那是一口糖漿井。[70]

西莉亞等著我回話。在你還沒有想出該說什麼的時候，不妨先行個屈膝禮，這可以爭取時間。[71]「真的嗎？」我說道。太棒了，克萊兒。

「妳看起來不是很擔心嘛。如果我的男人像他那樣全身赤裸地在外面跑來跑去，就我個人而言，我是會覺得有點奇怪啦。」

「是啊，但是亨利並不是一般的男人啊。」

西莉亞大笑。「好姊妹，妳說的對極了。」她到底知道多少？英格麗知道嗎？西莉亞傾身向前，啜飲一口咖啡，眼睛睜得大大的，挑起她的眉毛，噘起她的嘴唇，「妳真的要嫁給他嗎？」

一股瘋狂的衝動逼得我說：「不相信的話，妳可以親自來觀禮，來參加我們的婚禮吧！」

西莉亞搖搖頭。「我？妳知道的，亨利根本就不喜歡我，徹頭徹尾地討厭。」

「妳似乎也不是很喜歡他啊。」

西莉亞露齒而笑，「我現在很喜歡他了。他狠狠地把英格麗・卡米契爾小姐甩掉，而我正在收拾他留下的爛攤子。」她又看了看錶。「說到英格麗，我約會遲到了。」西莉亞起身，「妳為什麼不跟我一起過去？」

「噢，不用了。」

「來嘛，妳和英格麗應該認識認識的，妳們有那麼多共通點，我們還可以開一場小型的單身女子派對。」

「去柏林開嗎？」

西莉亞大笑。「不是那座城市啦，是酒吧。」她的笑聲像焦糖漿、像是從比較高大的人的身體裡發出來的。我不希望她離開，可是……

「不去，我不覺得這是個好主意。」我望著西莉亞的眼睛。「妳這樣很小氣呢。」她的目光逮住了我，讓我想到蛇，還有貓的眼神。貓吃蝙蝠嗎？……蝙蝠吃貓嗎？[72]「而且，我得把這個寫完。」西莉亞瞥了我的筆記本一眼。「什麼東西？功課嗎？今天晚上是用功日啊！聽妳老大姊西莉亞說的準沒錯，她知道什麼對上學的小女生最好。嘿，妳年紀夠大，可以喝酒了吧？」

「可以，」我很驕傲地告訴她。她聞起來有肉桂的味道。「來嘛，來嘛。在妳和圖書館員定下來之前，妳一定要小小縱情狂歡一下，來嘛，克萊兒。」

「我真的不……」

「不要拒絕了，來就是了。」西莉亞動手打包我的書，把一小罐牛奶喝光。我開始收拾殘局，但西莉亞抱著我的書大步走出咖啡館，我急忙跟在她後頭。

「西莉亞，別這樣，我需要那些……」對一個短腿而且蹬著五吋高跟鞋的人來說，她走得算快的。

「妳答應跟我一起去，我就把書還妳。」

「英格麗不會想看到我的。」我們齊步走著，從哈斯泰德街朝南往貝爾蒙特大道的方向走。我不想見英格麗，我第一次也是最後一次見到她，是在「暴力妖姬」的演唱會上，我覺得那樣就夠了。

「她當然想，英格麗一直都對妳很好奇。」我們轉到貝爾蒙特大道，沿途經過刺青店、印度餐廳、皮革店以及臨街教堂。我們走到El線下面，柏林酒吧就在那裡。從外觀看來並不是很吸引人，窗戶塗得黑黑的，有個瘦到皮包骨、臉上還長著雀斑的傢伙要我出示身分證，但他並沒有這樣要求西莉亞，我可以聽見他身後暗處傳來迪斯可樂聲，他在我們的手上蓋章，恩准我們進入這個深淵。

等我的眼睛適應黑暗之後，我發現這裡全都是女人，大家都擠到一個很小的舞台附近，觀賞穿著紅色丁字褲、戴著乳頭罩的脫衣舞孃跳舞。女人們不是盡情綻放笑容，就是在吧台調情。今天是淑女之夜。西莉亞拉著我往一張桌子走過去，英格麗一個人坐在那裡，前面有一個高腳杯，裝著天藍色的液體。她抬起頭，我敢說她見到我並沒有多高興。西莉亞親了親英格麗，示意我坐到一張椅子上，但我還是站著。

「嘿，寶貝。」西莉亞對英格麗說道。

「妳一定在跟我開玩笑吧，」英格麗開口，「幹嘛把她帶來？」她們倆無視於我的存在。西莉亞手裡還是拿著我的書。

「這滿好玩的啊，英格麗，她很好啊，我覺得妳們或許都想要更了解彼此，就只是這樣。」西莉亞近乎辯解，但就算是我，也看得出她正津津有味地欣賞著英格麗的不自在。

英格麗對我怒目而視，「妳幹嘛來？來耀武揚威嗎？」她往後靠到椅子上，下巴朝一邊抬高。英格麗看起來就像金髮吸血鬼，她穿著黑絲絨的夾克，嘴唇是血紅色的，樣子很迷人。我覺得自己就像個在小鎮的學校念書的女生。我朝西莉亞伸出手，她把我的書還給我。

「我是被逼來的，我現在要走了。」我扭頭就走，可是英格麗突然伸出一隻手抓住我的手臂。

「等一下！」她把我的左手往她的方向扭，我絆了一下，手上的書飛了出去。我把手抽回來，聽到英格麗開口詢問：「妳訂婚了嗎？」我這才明白她正在看亨利的戒指。

我什麼話都沒說。英格麗轉過去看西莉亞，「妳早就知道了，對吧？」西莉亞低頭看著桌子，沉默不語。「妳把她帶來這裡嘲笑我，妳這婊子。」她的聲音很小。音樂太吵了，我幾乎聽不見她的話。

「不是的，英格麗，我只是……」

「操妳媽的，西莉亞。」英格麗站起來。有一會兒她的臉離我很近，我想像亨利吻過她的紅唇。英格麗瞪著我，「妳跟亨利說，叫他給我下地獄去，還有，我會親眼見到他在地獄裡。」她大步走出去。西莉亞還是坐著，用手蒙住臉。

我開始收拾我的書，離去時，西莉亞叫住我，「等一下。」

我等了。

「克萊兒，對不起。」我聳了聳肩，轉身走到門口時，回頭看到西莉亞孤伶伶地坐在那張桌子旁，啜飲英格麗的藍色飲料，然後又用手蒙住臉。她並沒有看我。

我走到街上，腳步愈來愈快，我回到車上，開車回家、進到房間、躺在我的床上，然後撥了亨利的電話，但他不在家。我把燈關掉，了無睡意。

化學創造美好生活

一九九三年九月五日星期日（克萊兒二十二歲，亨利三十歲）

克萊兒：亨利正在仔細閱讀他那本已經翻到破破爛爛的《醫師藥用指南》。這不是個好預兆。

「我從來都不知道你有藥癮。」

「我沒有藥癮，我是酒鬼。」

「你才不是酒鬼。」

「我當然是。」

我躺在沙發上，把腿擱在他的膝蓋。亨利把書放在我的小腿上，繼續翻閱。

「你並沒有喝很多酒。」

「我曾經喝很多。我是喝到幾乎送命之後，才多少節制一些的。而且我爸就是一個悲慘的警世故事。」

「你在查什麼？」

「我在查可以在婚禮上服用的東西。我不想丟下妳一個人，在四百位賓客眾目睽睽之下，孤伶伶地站在聖壇前面。」

「嗯，這是個好主意。」我仔細想了想這個景象，然後打了個冷顫。「我們私奔好了。」

他迎上我的眼神。「好啊，我舉雙手贊成。」

「我父母會不認我這個女兒的。」

「他們才不會。」

「你根本就沒搞清楚。這是一齣重要的百老匯大戲，我們只是我爸爸用來娛樂他的律師同行、讓他們大開眼界的藉口罷了。如果我們跑掉的話，我爸媽會雇演員來扮演我們的。」

「我們提前去市政大廳公證結婚吧。這樣一來，就算發生了什麼事，我們也都結婚了。」

「噢，可是……我不喜歡那樣。那算是在騙人吧……我會覺得很怪。如果我們真正的婚禮搞砸了，我們就去公證，你說呢？」

「好吧，就把這個方案列為B計畫吧。」他伸出手，我握了握他的手。

「你有找到什麼藥嗎？」

「理論上，我最喜歡一種叫作理思必妥的精神安定劑，但這種藥要到一九九四年才會上市。其次是可自律，第三個可能的選擇將是好度。」

「這些藥聽起來很像高科技咳嗽藥。」

「這些是抗精神病的藥。」

「你是說真的嗎？」

「當然。」

「可是你並不是個精神病患者啊。」

亨利看著我，扮了一個很嚇人的鬼臉，伸手在空中抓了抓，看起來就像默片裡的狼人。然後他很嚴肅地說：「從我的腦電波來看，我有精神分裂症。不只一名醫生堅持我這個時空旅行的小妄想，都是肇因於精神分裂。而這些藥物會阻斷多巴胺受體。」

「副作用呢？」

「嗯……肌張力不全症、靜坐不能症、假性帕金森氏症，也就是會有非自主的肌肉收縮、焦躁不安、左右搖晃、來回走動、臉部表情僵硬，還會有遲發性不自主運動、慢性的臉部肌肉無法控制，以及顆粒性白血球缺乏症，這種病會破壞人體製造白血球的能力，還會導致性功能喪失。事實上，當今能夠取得的所有藥物，或多或少都有鎮靜的功效。」

「你不是認真的吧，你是認真的嗎？」

「嗯，我有吃過好度，還有索瑞精。」

「結果呢？」

「真的很恐怖，簡直就像行屍走肉，我覺得我的腦部充滿了白膠。」

「你還有吃過別的藥嗎？」

「煩寧、利眠寧、贊安諾。」

「嗯，吃這些還比較說得過去。」他扮了一個鬼臉，把《醫師藥用指南》放到一邊，要我挪過去一點。我們在沙發上移來動去的，直到我們並肩躺著為止。這樣躺著非常舒服。

「什麼藥都別吃。」

「幹嘛不吃？」

「你又沒有生病。」

亨利大笑。「這就是我這麼愛妳的理由：妳無法覺察我所有駭人聽聞的缺陷。」他正在解開我的襯衫，我伸手抓住他的手。他看著我，等著。我有點生氣。

「我不了解你為什麼要用這種方式說話，你總是要把你自己說得很可怕。但你不是你說的那樣，你很好。」

亨利看著我的手，然後抽出他的手，把我拉近一點。「我不好，」他在我的耳邊輕聲說道：「可是搞不好我會變好，嗯？」

「你已經很好了。」

「我對妳來說很好。」完全正確。

「克萊兒？」

「嗯？」

「妳有沒有在夜深人靜的時候，一個人很清醒地躺在床上，懷疑我是上帝跟妳開的玩笑？」

「沒有。但我曾在夜深人靜的時候，一個人很清醒地躺在床上，擔心你會消失，而且永遠都不會回來。我清醒地躺在床上，憂心忡忡地想著未來一些我其實算是一知半解的事情。但我深信我們是命中註定要在一起的。」

「深信？」

「你不深信嗎？」

亨利吻我。「時間、場所、際遇、死亡都無法讓我屈服／我最卑微的慾望就是最少的移動。」

73

「還要再做嗎？」

「我是不介意啦。」

「吹牛。」

「現在是誰把我說得很可怕的啊？」

一九九三年九月六日星期一（亨利三十歲）

亨利：我坐在亨堡德公園一棟骯髒白色房子的門階上，外牆貼滿了鋁片。現在是星期一早晨，大約十點。我在等賓回來，不知道他現在人在哪裡。我不是很喜歡這一帶，坐在這裡、坐在他家門口，讓我有種暴露在危險之中的感覺，可是他是極度守時的人，所以我很有信心地等下去。我看到兩個年輕的拉美裔婦女，推著嬰兒車走在凹凸不平的人行道上。就在我思索都市公共設施分配不公時，聽到遠處有人喊叫：「圖書館男孩！」我往聲音傳來的方向張望，果真是戈梅茲。我暗暗叫苦。戈梅茲有一種神奇的天賦，可以在我正好在忙什麼壞事的時候冒出來。我得在賓出現之前把他打發掉才行。

戈梅茲很高興地迅速朝我走過來，全身上下一副律師裝扮，手裡還提著公事包。我嘆了一口氣。

「Ça va（你好），同志。」

「Ça va。你在這裡做什麼？」

好問題。「等一個朋友。現在幾點了？」

「十點十五分。一九九三年九月六日。」他很好心地加上一句。

「我知道啦，戈梅茲，但還是謝謝。你來見客戶？」

「對啊。一個十歲的小女孩，她媽媽的男朋友逼她喝通樂。我實在是受夠人類了。」

「是啊，太多瘋子，太少米開朗基羅。」

「你午餐吃了嗎？早餐呢？我想吃飯的時間快到了。」

「吃了。我得待在這裡等我朋友。」

「我不知道你有朋友在這裡討生活，我在這裡認識的人，全都慘到亟需法律諮詢。」

「他是我念圖書館學院時的朋友。」賓出現了，開著他那輛一九六二年出廠的銀色朋馳過來。那輛車裡面破破爛爛的，但從外觀來看，卻是一輛很好看的車子。戈梅茲輕聲地吹了吹口哨。

「對不起，我遲到了，」賓很快地跑上人行道。「到府服務。」

戈梅茲望著我，一副很想探聽的樣子。我假裝沒看到。賓看看戈梅茲，然後看看我。

「戈梅茲，這位是賓。賓，這位是戈梅茲。同志，很抱歉，你現在得離開了。」

「其實我有幾個小時的空檔……」

賓接手，「戈梅茲，很高興認識你，下回再好好聊，好嗎？」賓的近視很深，透過厚重的鏡片親切地注視戈梅茲，眼睛因為鏡片的放大效果，顯得有平常尺寸的兩倍大。賓用手把玩鑰匙，鑰匙發出叮噹聲，這讓我很緊張。我們倆不發一語地站著，恭候戈梅茲離開。

「好吧，好啦。再見。」戈梅茲說道。

「我下午打電話給你。」我告訴他。他沒看我一眼就轉身走了。我覺得很難過，但有些事情我並不希望讓戈梅茲知道，這是其中一件。賓和我轉身面對彼此，交換了一個承認某個事實的眼神。這個事實就是我們知道彼此的一些事情，而這些事情有鬼。他打開前門。賓住的地方有一大堆五花八門的鎖和保全裝置，這讓我老是有股衝動，想要闖進他的住處。我們走進又黑又窄的門廳，這裡聞起來老是有甘藍菜的味道，雖然我心裡清楚賓從來不做飯，更別說什麼甘藍菜了。我們從後面的樓梯上樓，來到另一間門廳，穿過一間臥室，來到另一間臥室，賓把這個房間佈置成實驗室。他把包包放下，將他的外套掛好。我有點希望他會穿上網球鞋，就像羅傑斯先生[74]那樣。但是他跑去弄他的咖啡機，我在一張摺疊椅上坐下來，等他把活幹完。

賓比所有我認識的人更像圖書館員，我真的是在玫瑰學院認識他的，可是他在完成圖書館碩士學業前就退學不念了。他比我上次見到他時瘦多了，而且還掉了不少頭髮。賓有愛滋病，每一次我見到他，都會留意他的身體狀況，因為我不知道他的病會怎麼發展。

「你看起來氣色挺不錯的。」我告訴他。

「多虧了大劑量的齊多夫定[75]，還有維他命、瑜珈、打坐冥想。說到這，有什麼我可以幫得上忙的？」

「我就要結婚了。」

賓很吃驚，接著就變得很高興。「恭喜。你要娶誰啊？」

「克萊兒，你見過她，她有一頭很長的紅髮。」

「喔，對。」賓看起來很嚴肅，「她知道嗎？」

「知道。」

「嗯，太好了。」他投以一個眼神，彷彿在說：這件事情真是太棒了，然後呢？

「所以她父母計畫在密西根州籌辦一場大型婚禮，有教堂、伴娘、撒米、整整九碼的紅毯，而且婚禮結束後，在遊艇會還有一場豪華婚宴，居然要打白色領帶。」

賓把咖啡倒出來，遞給我一個上面印有小熊維尼的馬克杯。我在馬克杯裡加入粉狀奶精。這裡很冷，咖啡聞起來很苦，但很好喝。

「我得待在那裡，撐過大約八個小時，承受巨大且令人難以置信的壓力，我一定不能消失。」

「喔。」賓有一種領悟問題的方式，就是接受它。這讓我覺得很安心。

「我必須把我的每一個多巴胺受體都擊倒才行。」

「耐悶、好度、索瑞精、Serentil、Mellaril、使得安靜……」賓用毛衣擦了擦眼鏡。如果沒有眼鏡和毛衣的話，他看起來就像一隻無毛的大耗子。

「我希望你幫我做這種藥。」我在牛仔褲裡找來找去，試圖撈出一張紙，找到了，我拿出來交給他。賓睞起眼睛閱讀那張紙上寫的東西。

「3-〔2-〔4-96-fluoro-1,2-benizisoxazol-3-yl〕……膠態二氧化矽（colloidal silicon dioxide），羥丙基甲基纖維素（hydroxypropyl methylcellulose）……丙二醇（propylene glycol）……」他一臉困惑地抬起頭看我，「這是什麼東西？」

「這是一種新的抗精神病藥物，理思必妥。這種藥要到一九九八年才能在市面上買到，但我希望現在就服用看看。這種藥屬於一類叫作異苯噻唑類衍生化合物（benzisoxazole derivatives）。」

「你從哪裡知道這個東西的？」

「《醫師藥用指南》，二〇〇〇年版。」

「這是哪家公司製造出來的。」

「楊森製藥。」

「亨利，你要知道，你並不是很能承受抗精神病藥物，除非這種藥以某種截然不同的方式作用。」

「他們才不知道這種藥怎麼作用，『選擇性單胺類拮抗劑，對血清素二型和多巴胺二型具高度親和性，巴啦巴啦巴啦。』」

「他們向來如此。為什麼你會覺得這個藥比好度好？」

我很有耐心地微笑。「只不過是基於知識上的猜想，我其實不是很確定。你做得出來嗎？」

賓遲疑了一下。「可以，當然做得出來。」

「多快能做好？我得花一點時間來建立這個系統。」

「我會通知你的。婚禮在什麼時候？」

「十月二十三日。」

「嗯。需要多少劑量？」

「一開始是一毫克，然後逐漸增加劑量。」

賓站起來，伸了伸懶腰。在這間冰冷房間的黯淡燈光下，他顯得很衰老，看起來好像有黃疸，皮膚薄得像紙一樣。有一部分的賓喜歡接受挑戰（嘿，趁還沒有人發明出來之前，我們先來複製這種前衛的新藥吧），但另一部分的賓並不喜歡冒險犯難。「亨利，你甚至不確定你的問題是不是出在多巴胺。」

「你也看過掃描了。」

「對。可是你為什麼不乾脆跟你的病和平共處呢？治療或許會讓你的問題變得更嚴重啊。」

「賓，如果我現在咬住我的手指，」我站起來，往他的身上靠過去，咬住我的手指。「然後你突然發現你置身一九八六年，站在艾倫的臥房裡……」

「我會殺了那個混蛋。」

「可是你不能，因為你當時不在那裡。」賓閉上眼睛，甩甩頭。「而且你什麼事情都無法改變：他還是會得病，你還是會得病，事情總是一再重複。如果你非得一遍又一遍地看著他斷氣，你會有什麼感覺？」賓在摺疊椅上坐下，他沒有看我。「這就是我的感覺。沒錯，有時候是挺有趣的，但大多數時候你會覺得很失落，覺得有什麼東西被偷走了，而你就只是努力去……」

「應付。」賓嘆了一口氣。「天啊，我不知道我幹嘛要忍受你這個傢伙。」

「因為我新奇啊，而且我還有一張稚氣的帥臉。」

「你在作夢吧。嘿，我有沒有受邀參加婚禮啊？」

我大吃一驚。因為我從沒想過賓會有意願參加婚禮。「有啊！真的嗎？你真的要來嗎？」

「要啊。」

「太棒了，那婚禮上男方的座椅很快就會坐滿了，你是我的第八位賓客。」

賓大笑不止。「你就邀請你所有前任女友參加嘛，場面一定會很精彩，你那邊的座位肯定會坐滿。」

「那我絕對會死無全屍，我那些前任女友絕大多數都希望看到我人頭落地。」

「嗯。」賓起身，在桌子抽屜裡翻找。他拿出一個空藥瓶，又打開另一個抽屜，拿出一個裝著膠囊的超大藥瓶，他從這個藥瓶裡取出三顆藥丸，放到小藥瓶裡丟給我。

「這是什麼東西？」我打開藥瓶，把一顆藥丸倒在我的手心上。

「這是腦內啡穩定劑加上抗憂鬱劑。是……嘿，不要！」我已經把這顆藥丸吞到嘴巴裡，嚥了下去。「……主要是嗎啡。」賓嘆息。「你對藥物的態度實在太隨便、太狂妄了。」

「我喜歡鴉片。」

「我相信你一定喜歡啦，但你也不要以為我會成噸成噸地把藥供應給你。萬一你叫我做的東西沒有成功，又覺得這種藥對婚禮有幫助的話，一定要跟我說。這種藥的藥效有四個小時左右，所以你需要吃上兩顆。」賓朝剩下那兩顆藥丸點點頭，「不要只是為了好玩，就把這些東西狼吞虎嚥吃下去好嗎？」

「我以童子軍的榮譽保證。」

賓嗤之以鼻。我把藥丸的錢付給他，然後就離開了。當我走下樓時，突然升起一股恍惚的快感，於是我在樓梯底停下腳步，盡情感受這股感覺。這感覺持續了好一會兒。不管賓在藥裡攙了什麼，這種快感實在太強烈了，就像高潮乘以十再加上古柯鹼，而且藥效似乎愈來愈強了。當我走出前門時，我差一點被戈梅茲給絆倒。他正在等我。

「要不要搭便車？」

「當然好囉。」他的關心，或者說他的好奇心，或者不管什麼東西，都讓我深受感動。我們走到他車子那裡，他開的是雪佛蘭，有兩個重型的車頭燈。我爬進助手席，戈梅茲上了車，啪的一聲把車門關上、很有耐心地發動車子，然後我們就上路了。

這座城市灰濛濛的，當我們駛過毒窟和空地時，碩大的雨滴劈里啪啦地落到擋風玻璃上。戈梅茲扭開美國國家公共電台，正在播放查爾斯．明格斯的作品，在我聽來，他們放得有點慢，但這又有何不可？這是個自由的國度啊。艾許蘭大道上坑坑洞洞的，快把我的大腦震壞了，不過別的事情倒都很不錯，事實上是相當不錯。我的頭成了液體，流過來又流過去，就像是破掉的溫度計裡跑出來的液態水銀，而我能做的，就只是在這顆藥用它細小的化學舌頭舔過我全部神經末梢時，盡量不要發出愉悅的呻吟聲。我們經過了「超能感應通靈占卜」、漢堡王、必勝客，腦海裡響起了伊吉．帕普的名曲，「我是個乘客」的旋律，和明格斯的歌交織在一起。戈梅茲說了一些話，但我沒聽懂，於是他又說了一遍。

「亨利！」

「啊？」

「你怎麼了？」

「我也不是很清楚。像是某種科學實驗。」

「你為什麼要這麼做？」

「這個問題太棒了，我晚一點會回答。」

在戈梅茲把車停在克萊兒和雀兒喜的公寓之前，我們都沒有再開口。我滿臉困惑地看著戈梅茲。

「你需要有人陪著，」他輕聲告訴我，而我並不反對他的看法。戈梅茲把我弄到門口，我們走上樓。是克萊兒來開的門，當她看到我時，臉上同時出現了心煩意亂、如釋重負以及開心的表情。

克萊兒：終於說服亨利上床睡覺後，我和戈梅茲坐在客廳裡喝茶、吃花生醬奇異果果凍三明治。

「娘們，拜託妳去學做菜好嗎？」戈梅茲自顧自地說。他的語氣聽起來就像是卻爾登・西斯頓[76]在傳授十誡給我似的。

「我最近會找一天去學啦。」我加了一些糖到茶裡，攪勻。「謝謝你去找他，還把他弄回來。」

「貓咪，為了妳，就算赴湯蹈火也在所不惜。」他開始捲菸。戈梅茲是我認識的人當中，唯一一個會在吃飯時抽菸的人。我忍住不發表意見。他把菸點燃，看著我，我把自己抱得緊緊的。「好了，這段小插曲到底是怎麼一回事？大多數會去賓的『善心藥廠』的人，都是愛滋病患或是癌症病人。」

「你認識賓嗎？」我不知道我為什麼會驚訝，戈梅茲三教九流都認識。

「我聽過這個人，我媽媽曾經去找過他，那時候她正在做化療。」

「噢。」我仔細考慮這個情況，搜腸刮肚的，想找些保險的話來說。

「不管賓給他吃了什麼，那東西的確讓他的反應變得很慢。」

「我們想找些東西協助亨利固著在現在。」

「如果是為了日常使用的話，他看起來有點太恍神了。」

「是啊。」或許他服用的劑量要少一點？

「妳為什麼要這麼做？」

「做什麼？」

「協助及教唆『蓄意破壞先生』。妳居然要嫁給他？」

亨利喚了我的名字，我起身，而戈梅茲伸手抓住我。

「克萊兒，請妳……」

「戈梅茲，放開我。」我低頭瞪視他。好一段冗長、糟糕透頂的沉默之後，他垂下眼睛，把我放開。我趕緊走到走廊上，回到房間，把房門關上。

亨利像隻貓似地把四肢張開，在我的床上呈對角線躺著，臉朝下。我把鞋脫掉，然後上床，在他身邊躺下，也像他那樣伸展四肢。

「那個藥怎麼樣？」我問他。

亨利翻過身子，微笑。「像天堂啊。」他伸手撫摸我的臉，「要不要試試看？」

「不要。」

亨利嘆了一口氣。「妳太好了，我不應該逼妳墮落的。」

「我一點都不好，我很害怕。」我們沉默地躺在一起，良久。外頭的陽光很燦爛，看起來差不多是下午兩三點。弧形的胡桃木床架、金色和紫羅蘭色的東方地毯，梳妝檯上有梳子、口紅和護手乳液。我在車庫大拍賣時買來的破舊扶手椅上，有一本封面是里昂·葛魯柏畫作的《美國藝術》雜誌，還被《反自然》[77]遮住了一部分。亨利穿著黑色的襪子，他的腳很長很瘦，骨頭都凸了出來，就這樣垂在床角。跟我比起來，他整個人顯得很瘦。亨利的眼睛閉著，或許他感受到我正在盯著他看吧，因為他突然睜開眼睛，對我微笑。他的頭髮落到臉上，我幫他把頭髮撥到後面。亨利牽起我的手，親吻我的掌心。我解開他的牛仔褲，手滑到他的老二上，但亨利搖搖頭，握住我的手。

「對不起，克萊兒，」他溫柔地說道：「這種藥裡面有些東西似乎會讓我的工具短路，或許晚一點再說吧。」

「那我們的新婚之夜一定會很好玩囉。」

亨利搖搖頭。「結婚時我不能吃這種藥，這太過頭了。賓是個天才，可是他已經很習慣幫助無藥可救的末期病患了。不管他給我吃的是什麼，那感覺就跟瀕死經驗很類似。」他嘆了一口氣，然後把藥瓶放在我的床頭櫃上。「我應該把這瓶藥寄給英格麗的，這對她來說再完美不過了。」我聽到前門打開又關上的聲音。戈梅茲離開了。

「你想吃點什麼嗎？」我問。

「不用了，謝謝。」

「賓會幫你做你要的那種藥嗎？」

「他會試試看。」亨利回答。

「如果那種藥不對呢？」

「妳是說，萬一賓失敗了嗎？」

「對。」

「不管會發生什麼事，我們倆都知道，我起碼會活到四十三歲，所以就別再為這件事擔心了。」

四十三歲？「四十三歲以後會發生什麼事？」

「我不知道，克萊兒，或許我會找出留在現在的辦法。」他抱我，我們都沒出聲。當我醒來後，天色已經暗了，亨利就躺在我身邊，還在睡覺。裝著藥丸的小藥瓶在液晶鬧鐘的光線照耀下，散發出紅色的光芒。四十三歲？

一九九三年九月二十七日星期一（克萊兒二十二歲，亨利三十歲）

克萊兒：我進到亨利的公寓，把燈打開。我們今晚要去看歌劇「凡爾賽宮的鬼魂」，芝加哥抒情歌劇院是不會幫晚到的人找座位的，所以我很不安，而且我一開始沒有想到，燈沒開，這就表示亨利不在這裡。我很氣惱，他就要害我們遲到了。當我開始懷疑他是不是消失了時，就聽到有人呼吸的聲音。

我屏息不動，呼吸聲是從廚房傳來的。我奔到廚房，把燈打開，亨利就躺在地板上，衣著整齊，他用一種奇怪且僵硬的姿勢躺在地板上，兩眼直直地盯著前方。當我站在那裡時，他發出很低沉、完全不像人類所發出來的聲音，他的呻吟聲像是從喉嚨裡咯出來的。

「噢，我的天啊，我的天啊。」我打一一九。接線生保證他們會在幾分鐘內抵達。當我坐在廚房地板上瞪著亨利時，突然一陣憤怒，於是我在亨利的桌上找到他的旋轉式名片架，撥了電話。

「哈囉？」聲音很微弱，聽起來像是從很遙遠的地方傳來的。

「請問賓．麥特遜在嗎？」

「我就是。請問妳哪位？」

「我是克萊兒．艾布希爾。賓，你聽好，亨利現在躺在地板上，全身僵硬，而且無法開口說話。這他媽的是怎麼一回事？」

「什麼？幹！趕快打一一九啦！」

「我已經打了。」

「這個藥是模擬帕金森氏症的，他需要多巴胺！告訴他們……靠，到了醫院記得打電話給我。」

「他們已經到了。」

「很好！記得打電話給我。」我掛上電話，轉身面對救護人員。

救護車把我們載到慈善醫院。在亨利被送進醫院、打針、插管、身上連著點滴監視器、終於放鬆下來睡著之後，我抬頭看到一個高大憔悴的男子站在亨利病房的門口，我這才想起我忘記打電話給賓了。他走進來，站在病床另一側，正對著我。病房裡很暗，走廊上的燈光只映出了賓的輪廓，他頷了頷首，「我很抱歉，真的很抱歉。」

我伸手越過病床，握住他的手。「沒事的，他會好起來的，真的。」

賓搖搖頭。「這全都是我的錯，我不應該幫他做這個藥的。」

「出了什麼事？」

賓一直嘆氣，然後在椅子上坐下，我則坐在床邊。「有好幾種可能，」他說：「這可能只是副作用，可能會發生在任何人身上，但也有可能是亨利的配方並不是很正確。有很多東西不能搞錯，可是我也無從核對檢查。」

我們陷入沉默。亨利的點滴監視器把點滴輸進他的手臂裡。我終於開口：「賓？」

「怎麼了，克萊兒？」

「幫我做點事情？」

「任憑妳差遣。」

「斷了他的活路。別再給他藥了，藥物不會有用的。」

賓對我咧嘴笑了笑，看起來安心不少，「就只要說『不』啊？」

「完全正確。」我們大笑。賓陪我坐了一會兒，當他起身離去時，他握著我的手說：「謝謝妳對這件事情這麼寬容，他很有可能一下子就一命嗚呼的。」

「但他沒有翹辮子。」

「對，他是沒有翹辮子。」

「婚禮見了。」

「好。」我們站在走廊上，在耀眼的燈光下，賓看起來很疲憊、病懨懨的。他朝我點點頭，轉身下樓，然後我回到昏暗的病房，亨利還躺在那裡睡覺。

轉捩點

一九九三年十月二十二日星期五（亨利三十歲）

亨利：我在南海文的林登街上溜達了差不多有一個小時；克萊兒和她母親正在花店辦事。明天就是婚禮了，但作為新郎，我似乎不用負太多責任，只要人出現就好，這一點是我待辦事項中最重要的一項。克萊兒一直飛快地在試衣、諮詢、告別單身女子派對間跑來跑去。每當我看到她時，她看起來都很依依不捨、若有所思。

天氣冷而晴朗，我無所事事地鬼混。我很希望南海文能有家像樣一點的書店。就算是當地的圖書館，裡頭擺的也大多是芭芭拉．卡德蘭[78]和約翰．葛里辛[79]的小說。我身上有企鵝版的克萊斯特[80]文集，但我現在沒有心情翻閱。我經過一家古董店、一家麵包店、一家銀行、另一家古董店，當我走過理髮廳時，探頭往裡面瞧見一位短小精悍、有點禿頭的理髮師，正在幫一位老人家刮鬍子，剎時間，我知道我接下來要做什麼了。

我走進理髮廳時，門上有個小鈴發出叮噹聲。理髮廳裡聞起來有肥皂、水蒸氣、護髮液和老人的體味。所有的東西都是淺綠色的，椅子很舊，上面還裝飾著鉻石，精緻的瓶子在黑色的木頭架子上排成一列，剪刀、梳子以及刮鬍刀分別盛在淺盤上。這簡直跟治療沒兩樣，也很像是諾曼．洛克威爾[81]的畫。理髮師抬頭瞥了我一眼。「有在幫人理髮嗎？」我問。他朝一排空蕩蕩的直背式椅子點了點頭，這排椅子的一端擺了一個置物架，架子上整齊地堆著雜誌。電台正在播法蘭克．辛納屈的歌。我坐下來，翻了翻《讀者文摘》。理髮師把老人家下巴上的肥皂泡沫痕跡擦乾淨，為他上了些鬍後水後，老人家便很有活力地從椅子上爬起來，把帳付清。理髮師幫他穿上外套，把他的手杖遞給他。老人家慢慢走出去，邊走邊說：「下回見了，喬治。」「再見了，艾德。」理髮師把注意力轉到我身上，「你想怎麼剪？」我跳到椅子上，他踩了踩椅子踏板，椅子升高了幾吋，我被轉了一圈，面對著鏡子。我看了頭髮最後一眼，許久，我用大拇指和食指比了大約一吋的長度，「全都剪掉。」他點點頭表示贊同，在我脖子上圍了一件塑膠袍子。很快的，他的剪刀就在我頭上發出喀擦聲，頭髮落到地板上。他剪完以後，幫我把頭髮撣掉，把塑膠袍子拿掉，voilà（看哪）！我變成了未來的我。

讓我準時抵達教堂吧

一九九三年十月二十三日星期六（亨利三十歲，克萊兒二十二歲）

（上午六點）

亨利：我在凌晨六點醒來，外面正在下雨。我們住在一家位在南海文南灘，名叫布雷克，相當整潔舒適的民宿，我就睡在屋簷下的綠色小房間裡。這家附早餐的民宿是克萊兒的父母挑的。我爸睡在樓下一間相當舒服的粉紅色房間裡，隔壁可愛的黃色房間裡睡的是金姆太太，外公和外婆則住在超級舒服的藍色主臥房。我躺在鋪了蘿拉．艾許利牌床單的超軟床上，可以聽到大風猛烈撲向這棟房子的聲音。雨傾盆而下。不知道在強風肆虐的情況下，能不能出門跑步？我聽到風迅速穿過導水槽後拍打屋頂的聲音，屋頂離我的臉只有兩呎遠。這間房間就像是閣樓，裡頭擺了一張精緻的小寫字桌，必要時我還可以在桌上寫婚禮需要的感人詞句。臥室的五斗櫃上擺著裝了洗臉水的大口水罐和洗臉盆，如果我真要用的話，可能得先把水面上的冰給敲破才行，因為房間裡冷得要命。我覺得自己就像一隻粉紅色的蟲子，躲在這間像果核似的綠色房間裡，我拚了命地吃，才能進到這個果核裡，並且致力於變成蝴蝶之類的東西。此時此地，我不算真的清醒過來。我聽到有人咳嗽，我聽到我的心臟怦怦跳，還有尖銳的聲音，那是我的神經系統在按自己的意思行事。上帝，我求求祢，就讓今天是正常的一天吧；就讓我正常地糊塗、正常地害怕吧；就讓我準時、及時抵達教堂吧；就讓我不要嚇到任何人，尤其是我自己；就讓我竭盡全力度過我們結婚的日子吧，不要發生什麼奇怪的事情；請把克萊兒從不愉快的情況裡拯救出來吧。

阿們。

（上午七點）

克萊兒：我在我從小睡到大的床上醒來。將醒未醒之際，我不知道自己身處什麼時間點，是聖誕節？還是感恩節？我現在是小學三年級嗎？我生病了嗎？為什麼在下雨？黃色窗簾外的天空一片黯淡，高大榆樹上的黃葉被風吹落了。我整晚都在作夢，而現在夢消逝了。我夢到我在海裡游泳，變成了一隻美人魚。我算是新手吧，而其他美人魚中的一隻正試圖教我一些事，她在幫我上美人魚課。我很怕在水面下呼吸，水跑進我的肺裡，我不知道應該怎麼辦，這種感覺太可怕了，我拚命想升到水面上呼吸，但另一隻美人魚一直說：「不行，克萊兒，就像我這樣……」直到我終於了解她的脖子上有鰓，我也有，然後我才好過多了。游泳很像飛翔，所有的魚都是鳥……海面上出現了一艘船，我們全都游到海面上看那艘船。那是一艘小帆船，我媽媽獨自一人坐在上面。我游到她身邊，她看到我在海面上時，不禁一臉驚訝，「克萊兒，妳怎麼在這裡？我還以為妳今天結婚呢！」就像你在夢裡那樣，我猛然想到，如果我變成了美人魚，我就不能嫁給亨利了啊！接著我放聲大哭，就這麼醒了過來。結果才不過是午夜時分，所以我在黑暗中躺了一會兒，開始編織故事：我像人魚公主那樣，變成了正常的女人，但我的腳不用忍受毫無道理可言的巨大疼痛，我的舌頭也沒有被割掉。安徒生一定是個非常奇怪、非常悲傷的人。接著我又沉沉睡去，現在我躺在床上，今天我就要嫁給亨利了。

（上午七點十六分）

亨利：婚禮將在下午兩點舉行，我得花大約半小時梳妝打扮，到聖巴西略教堂需要二十分鐘車程，現在是七點十六分，所以我還得打發五小時又四十四分。我套上牛仔褲和舊法蘭絨襯衫，穿上高筒帆布鞋，盡可能靜悄悄地走下樓找咖啡。爸爸已經先我一步找到咖啡了，他坐在早餐間裡，雙手捧著一個細緻的杯子，裡頭盛著熱騰騰的黑色咖啡。我幫自己也倒了一杯，在他對面坐下。光線從拉上了蕾絲窗簾的窗戶灑進來，微弱的光線把爸爸照得像鬼一樣。一直以來都是黑白的爸爸，今天早上突然活了過來，變成彩色的了。他的頭髮翹得亂七八糟的，然後我想都沒想，就伸手順了順我的頭髮，好像他是一面鏡子似的。他也如法炮製，我們彼此微笑。

（上午八點十七分）

克萊兒：艾莉西亞坐在我的床上，伸手戳我，「起床啊，克萊兒。」還戳。「日光都照到沼澤上了。鳥兒都在歌唱。」（這根本就不是真的）「青蛙都在呱呱叫，起床的時間到了！」艾莉西亞搔我癢。她把被子掀開，就在我按住她時，艾塔探頭進來，發出噓聲，「女孩們！妳們乒乒乓乓的是在幹什麼啊？妳們的父親還以為有棵樹倒下來壓到房子了，結果咧，原來是妳們這兩個笨蛋想把對方給宰了。早餐快好啦。」艾塔說完，猛地把頭縮回去，就在我們爆出陣陣笑聲時，同時聽到她橫衝直撞跑下樓的聲音。

（上午八點三十二分）

亨利：外面的風依然呼嘯，但無論如何我還是要出去跑步。我研究著克萊兒幫我準備的南海文地圖（「密西根湖日落沙灘上的一顆明珠！」）。昨天我沿著沙灘跑，這趟路讓人心曠神怡，但因為天候關係，今天早上沒辦法去了；如果去的話，我應該能夠見到六呎高的巨浪拍打湖岸。我計畫到街上跑一哩，整整跑個一圈。如果外面的情況真的太恐怖，我也不排除縮短路程。我伸了伸懶腰，每個關節都在啪啦作響，我幾乎可以聽到緊張把我的神經弄裂的聲音，就好像電話線裡的靜電一樣。我穿好衣服，出門走進這個世界。

雨滴打在我的臉上，我一下子就濕透了。我緩慢地行進到楓樹街，而這真是一趟艱困的路程，我得和大風對抗，完全沒辦法加快速度。經過一個帶著鬥牛犬站在路邊的女人時，她很驚訝地望著我。這不僅僅是運動而已，我無聲地告訴她，這是垂死掙扎。

（上午八點五十四分）

克萊兒：我們聚在早餐桌前，寒意從所有的窗戶滲進來，我幾乎看不見外面的景色，雨下得實在太大了。亨利怎麼能在這種天氣下出去跑步呢？

「真是適合結婚的完美天氣啊。」馬克打趣道。

我聳聳肩。「日子又不是我挑的。」

「不是妳挑的？」

「爸爸挑的。」

「嗯，我得到報應了。」爸爸又惱又怒。

「沒錯。」我大口嚼我的吐司。

媽媽用挑剔的眼光看了看我的盤子。「親愛的，妳怎麼不吃點好吃的培根？還是蛋？」

這念頭讓我覺得很噁心。「我不能吃，真的，拜託。」

「那至少在妳的吐司上塗點花生醬吧，妳需要蛋白質。」我看到艾塔的眼神，她大步走進廚房，一分鐘後她走回來，手裡端了一個盛滿花生醬的小水晶盤。我道了謝，在吐司上塗了一點花生醬。

我問媽媽，「在珍妮絲出現之前，我還有沒有時間？」珍妮絲要來對我的臉和頭髮做些駭人聽聞的事。

「她十一點會到，妳要幹嘛？」

「我得去鎮上拿點東西。」

「我可以幫妳拿啊，甜心。」她一想到可以離開這棟房子，就鬆了一口氣似的。

「我想自己去。」

「我們可以一起去。」

「我想自己去。」我堅決地求她。她覺得很傷腦筋，但心腸還是軟下來了。

「好吧。」

「太棒了，我很快就會回來的。」我站起來要離開，爸爸清了清喉嚨。

「我能先告退嗎？」

「當然可以。」

「謝謝。」我趕緊逃走。

（上午九點三十五分）

亨利：我站在巨大而空蕩蕩的浴缸裡，掙扎著把濕冷的衣服脫下，全新的慢跑鞋已經變得截然不同。我在前門到浴缸間，留下了長長一道水漬，希望布雷克太太別太介意。

有人敲我的房門。「等一下。」我喊道，跌跌撞撞地走到門口，把門打開一條縫。出乎意料之外，來的人是克萊兒。

「通關密語是什麼？」我輕聲詢問。

「來操我吧。」克萊兒回答。

我把門打開。克萊兒走進來坐在床上，開始脫鞋。

「妳不是在開玩笑吧？」

「來吧，我未來的老公，我得在十一點以前回去。」她上下打量我，「你去跑步了！我以為下這麼大的雨，你應該不會出去跑步的。」

「非常時期必須採取非常手段。」我把T恤脫掉，丟進浴缸裡。浴缸發出水濺出來的嘩啦聲。「新郎在婚禮前見到新娘不是會有厄運嗎？」

「既然這樣，你就閉上眼睛吧。」克萊兒小跑步衝進浴室，抓了一條毛巾出來。我靠過去，讓她幫我把頭髮擦乾。這種感覺太美好了。我可以讓她幫我擦一輩子。沒錯，就是這樣。

「這裡真是有夠冷的。」克萊兒說道。

「上床來吧，我即將過門的老婆，這是整間房間唯一溫暖的地方。」我們爬上床。

「我們做任何事都毫無章法，對吧？」

「妳有什麼不滿嗎？」

「沒有，我喜歡這樣。」

「很好，那妳已經替妳所有毫無章法的需求，找到合適的男人了。」

（上午十一點十五分）

克萊兒：我走進後門，把傘丟在玄關裡，差點在走廊上撞倒艾莉西亞。

「妳跑哪兒去了？珍妮絲已經到了。」

「現在幾點了？」

「十一點十五分。嘿，妳的上衣穿反了，還前後對調。」

「我想這代表好運，對吧？」

「或許吧，但妳最好在上樓前先換好。」我走回玄關穿好衣服，然後上樓。媽媽和珍妮絲站在我房間外頭的走廊上，珍妮絲帶著一個很大的包包，裡頭裝了化妝品和其他的整人工具。

「妳回來啦，我擔心得要死。」媽媽把我趕進房裡，珍妮絲跟在後頭。「我得去跟承辦喜宴的人談談。」她走的時候，兩隻手扭得緊緊的。

我轉向珍妮絲，她用吹毛求疵的態度檢查我，「妳的頭髮全都濕了，而且都打結了。在我準備的同時，妳把頭髮梳一梳好嗎？」她從包包裡拿出好幾百萬個軟管和瓶子，擺在我的梳妝檯上。

「珍妮絲。」我遞給她一張從烏菲茲美術館[82]弄來的明信片，「妳能把我打扮成這樣嗎？」我一直都很愛這位梅迪奇家族[83]的小公主，她把和我相仿的琥珀色頭髮編成很多小辮子，上面裝飾了很多珍珠，看起來就像道美麗的瀑布。畫這幅畫的無名畫家肯定也很愛她，怎麼可能不愛她？

珍妮絲考慮了一下，「這可不是妳媽媽希望我們搞出來的樣子。」

「的確，但這是我的婚禮，也是我的頭髮。如果妳照我要的方式做，我會給妳很豐厚的小費。」

「可是如果我們這樣弄，我就沒有時間幫妳化妝了，編好全部辮子會耗掉太多時間。」

哈利路亞。「沒關係，化妝我就自己來好了。」

「那好吧。先幫我把妳的頭髮梳開，然後我們就開始吧。」我動手解開頭髮上的結，開始享受這個過程。我屈服在珍妮絲棕色纖細的雙手下，心裡想著，不知道亨利現在在忙些什麼？

（上午十一點三十六分）

亨利：燕尾服和所有可憐的配件都被我放在床上，在這間冷得要命的房間裡，我那營養不良的屁股已經結冰了。我把所有又冷又濕的衣服從浴缸裡拿出來，放到洗手檯裡。這間浴室竟然和臥房一樣大，實在是很誇張。浴室裡鋪了地毯，是仿維多利亞時期的風格，浴缸是個爪形腳的龐然大物，就擺在蕨類植物、一疊一疊毛巾、一座洗臉檯，和一副裱起來的大型複製畫之間，這幅複製畫是亨特的「醒悟的良心」。窗檯離地面只有六吋高，窗簾則是白色的薄紗，我看得到楓樹街上佈滿了壯觀的落葉，有輛淺棕色的林肯牌大陸車款的車，懶洋洋地駛過街上。我在浴缸裡放水，得等浴缸注滿熱水再爬進去；但浴缸實在太大了，我等得很不耐煩，只好把玩歐洲風格的蓮蓬頭自娛，還把十來瓶的洗髮精、沐浴乳和潤絲精的蓋子一一打開，輪流嗅聞，聞到第五瓶就開始頭痛了。我開始唱披頭四的「黃色潛水艇」。方圓四呎內的東西全都浸濕了。

（中午十二點三十五分）

克萊兒：珍妮絲放了我，然後媽媽和艾塔跑過來。艾塔讚嘆：「克萊兒，妳實在是太美了！」但媽媽卻說「克萊兒，這可不是我們想像中的髮型」，還把珍妮絲教訓了一頓之後才付錢給她，我趁媽媽不注意時，把該給的小費塞給她。我應該到教堂再穿結婚禮服，所以他們把我塞進車子裡，開車去聖巴西略教堂。

（中午十二點五十五分）／（亨利三十八歲）

亨利：我沿著十二號高速公路走，人在南海文南方大約兩哩的地方。今天的天氣實在是令人難以置信的糟。現在時節正值秋天，雨一陣一陣地傾盆而下，天氣很冷，風也很大，而我除了牛仔褲以外，什麼都沒穿，光著腳、渾身都濕透了。我不知道我現在身在何時，只是朝著草地雲雀屋走去，希望能在閱覽室裡把身子弄乾，或許還能吃點東西。雖然身上一毛錢也沒有，可是當我看到一家廉價加油站招牌上的粉紅色霓虹燈光時，我就改變了行進方向。我走進加油站，在裡頭站了一會兒，身上的水流到亞麻油氈上。我喘了口氣。

「今天可真不適合出門。」櫃檯後一個瘦削年長的紳士說道。

「對啊。」我答道。

「車子拋錨了嗎？」

「啊？噢，不是。」他仔細端詳我，注意到我光著腳，還穿著不合時節的服裝。我猶豫了一下，裝作沒臉見人的樣子。「我女朋友把我趕出門了。」

他說了一些話，但我沒在聽，因為我正在看《南海文日報》。今天是一九九三年十月二十三日星期六，是我們結婚的日子。掛在香菸架上的鐘指著一點十分。

「我得用跑的了。」我對那位老人家說道，我真的跑去了。

（下午一點四十二分）

克萊兒：我穿著結婚禮服站在我四年級的教室裡。這件禮服是用象牙白的波紋綢做成，上面綴了很多蕾絲和小珍珠，腰部以上和手臂部分貼身，但裙子超大的，裙襬在地面上拖了足足有二十碼長，我都可以在裙子裡藏十個小矮人了。我覺得自己就像一輛遊行花車，但媽媽還在繼續裝扮。她一直都在瞎操心，一下子幫我拍照，一下子叫我撲更多粉。艾莉西亞、雀兒喜、海倫和露絲都穿著十分適合她們的灰綠色絲絨伴娘禮服，個個都很激動不安。雀兒喜和露絲很矮，而艾莉西亞和海倫很高，她們就像分過等級的女童軍，看起來真的很怪。雖然如此，但我們全都達成協議，我媽媽在的時候，要假裝若無其事、一副泰然自若的樣子。她們正在比較她們鞋子的染功，並討論應該由誰去接新娘的捧花。海倫說：「雀兒喜，妳都已經訂婚了，應該不會想去搶捧花吧？」但雀兒喜聳聳肩，說：「這是為了保險起見。和戈梅茲在一起，妳永遠都不知道會出什麼事。」

（下午一點四十八分）

亨利：我在一間擺滿了箱子的房間裡，坐在暖氣裝置上，這間房間又霉又臭，箱子裡裝的是祈禱書。戈梅茲一邊吸菸一邊來回踱步，他穿燕尾服的樣子很帥。我覺得自己就像在扮演遊戲節目的主持人。戈梅茲踱過來，把菸灰彈到茶杯裡，我已經很緊張了，但他把我搞得更加緊張兮兮。

「戒指有在你身上吧？」我問了一兆遍了。

「有，我有拿戒指。」

他停下來，看著我。「想喝點什麼東西嗎？」

「好。」戈梅茲拿出隨身攜帶的扁平小酒瓶，遞給我。我把蓋子打開，吞了一口。酒瓶裡裝的是順口的蘇格蘭威士忌。我又喝了一口，然後把酒瓶遞還他。我可以聽到人們在外面走廊談笑的聲音。我在冒汗，頭也開始痛了。這個房間很暖，我站起來，打開窗戶，把頭伸出去，大口呼吸。外面還在下雨。

灌木叢裡發出聲響。我把窗戶開大一點，低頭往下看。我在那裡，坐在泥巴裡，就在窗戶下方，全身濕答答的，正在喘氣。他朝我咧嘴笑了笑，還對我豎起大拇指，為我加油打氣。

（下午一點五十五分）

克萊兒：我們全都站在教堂走廊上。爸爸說「好戲就要上場囉」，然後他敲了敲亨利更衣室的門。戈梅茲探頭出來說：「再給我們一分鐘。」他朝我看了一眼，那眼神讓我的胃糾結成一團。他把頭縮進去，把門關上。等戈梅茲再度把門打開時，我朝他們房門的方向走過去。亨利出現了，正在扣袖口的鏈釦，他又濕、又髒、又沒刮鬍子，看起來大約四十歲左右，但他人在這裡。他穿過教堂的門，走到通道上，給了我一個燦爛的笑容。

一九七六年六月十三日星期日（亨利三十歲）

亨利：我躺在以前臥房的地板上，獨自一人，不知道現在是哪一年，但今晚倒是一個很完美的夏日夜晚。我邊躺在那裡咒罵，邊覺得自己就像個白癡地待了好一會兒，然後起身走到廚房，幹掉我爸好幾瓶啤酒。

一九九三年十月二十三日星期六（亨利分別是三十八歲和三十歲，克萊兒二十二歲）

（下午兩點三十七分）

克萊兒：我們站在聖壇前面，亨利轉過來對我說；「我，亨利，娶妳克萊兒為我的妻子，不管妳是窮、是富，是健康、生病，我保證都會真心待妳，這輩子都愛妳、敬重妳。」我心裡想，「記住這一刻啊。」並對他重複這段誓言。康普頓神父對我們微笑，然後說：「……上帝所結合的，人類必不能分離。」我心裡想：「問題真的不在這裡啊。」亨利把細銀戒指套在我的手指上，就套在訂婚戒指上方。我把他的金戒指套在他的手指上。彌撒繼續進行，而我心裡想：「真正重要的是，他在這裡，我在這裡，我們是怎麼在這裡的並不重要，重要的是他和我在一起。」康普頓神父祈求上帝賜福，然後說：「彌撒完畢，請眾退席。」我們臂挽著臂一起走在紅毯上。

（晚上六點二十六分）

亨利：喜宴才剛要開始。承辦喜宴的人匆匆忙忙地跑來跑去，一下子推著手推車，一下子拿著有蓋的托盤。賓客陸續抵達，正在寄放他們的外套。雨終於停了。南海文遊艇會位在北灘，是一座一九二〇年代的建築物，裡面是用嵌板、皮革、紅地毯和船隻的油畫來裝飾的。天已經暗下來了，但遠處碼頭上的燈塔一明一滅地閃著。我站在一扇窗戶旁，喝著格蘭利威純麥威士忌，等著克萊兒，她被她母親用我搞不清楚的理由迅速帶走了。我看到窗戶上戈梅茲和賓的映像朝我走來，我轉過身。

賓看起來很擔心的樣子，「你還好嗎？」

「還好，你們可以幫我一個忙嗎？」他們點點頭。「戈梅茲，回去教堂。我在那裡，正在教堂的走廊上等著。去接我，把我帶來這裡，偷偷帶進樓下的男廁所。賓，你留下來監視我。」（我指了指我的胸口）「當我告訴你的時候，你就把我的燕尾服帶去給男廁所裡的我，好嗎？」

戈梅茲問道：「我們有多少時間？」

「不太多。」

他點點頭，然後就走了。雀兒喜走過來找戈梅茲，戈梅茲親了親她的額頭，繼續往前走。我轉向賓，他看起來很疲倦。「你還好嗎？」我問他。

賓嘆了口氣。「有點累。呃，亨利？」

「嗯？」

「你是從什麼時候來的？」

「二〇〇二年。」

「你能……我知道你不喜歡這樣，但……」

「怎麼樣？沒關係的，賓，不管你想要什麼，現在是特殊情況啊。」

「你能告訴我，我那時候還活著嗎？」賓沒有看我，只是盯著正在舞廳裡調音的樂隊。

「你好得很。我幾天前才見過你，我們還一起打撞球呢。」

賓猛然吐出一口氣。「謝謝你。」

「不客氣。」眼淚盈滿他的眼眶。我把我的手帕遞給他，他接過去，沒拭淚就把手帕還給我，接著跑去找男廁所了。

（晚上七點零四分）

克萊兒：大家都坐下來享用晚餐，但沒有人找得到亨利。我問戈梅茲有沒有看到他，他也只是給我一個他的招牌眼神，然後說他保證亨利隨時就會出現。金咪走過來，她穿著玫瑰色的絲綢禮服，看起來非常纖弱，而且憂心忡忡。

「亨利在哪裡啊？」她問我。

「我不知道。」

她把我拉到她身邊，在我耳邊小聲地說：「我看到他那個年輕的朋友賓，帶著一疊衣服離開休息室。」天啊，不要！如果亨利突然回去，那事情就會變得很難解釋。還是我可以說圖書館有緊急狀況，需要亨利馬上回去處理？但他所有的同事都在這裡啊！或者我可以說亨利有失憶症，不知道跑到哪裡去了……

「他來了。」金咪捏了捏我的手。亨利就站在門口，眼睛正掃過人群，他看到我們了！他朝我們跑過來。

我親了親他，「你好啊，陌生人。」他已經回到現在了，我那比較年輕、屬於此地的亨利。亨利挽著我和金咪的手臂，領著我們就座享用晚宴。金咪笑得很開心，對亨利說了一些話，但是我沒聽見。「她說了什麼？」「她問我洞房花燭夜的時候要不要玩三P。」我的臉唰地羞紅。金咪對我眨了眨眼睛。

（晚上七點十六分）

亨利：我正在圖書館的俱樂部裡吃著歐式開胃菜，讀著裝幀豪華的初版《黑暗之心》，這本書搞不好從來都沒有人翻閱過。我從眼角瞥見俱樂部的經理加快速度朝我走來。我合上書，把書放回書架。

「先生，很抱歉，恐怕我得請你離開。」沒穿襯衫，沒穿鞋，就不提供服務。

「好吧。」我站起來，就在這名經理快要腦充血時，我消失了，來到二〇〇二年三月二日的我家廚房，大笑不止。我做這種事已經很久了。

（晚上七點二十一分）

克萊兒：戈梅茲正在發表演說：「親愛的克萊兒、亨利、諸位家人和朋友、陪審團成員……等一下，這段去掉。親愛的，我們今晚聚在單身樂園的岸邊，是為了揮著手帕給克萊兒和亨利送行，因為他們就要一同搭上那美好的『婚姻號』輪船了。就在我們含悲目送他們告別愉悅的單身生活之際，我們也很有信心地認為，幸福婚姻不過是不實的宣傳，如果我們不趕緊想個解決辦法，我們當中有些人或許很快就會上船加入他們的行列。因此，讓我們敬克萊兒．艾布希爾．狄譚伯，藝術美少女，她就要步入新世界了，而她值得所有可能會降臨到她身上的每一分幸福。還有亨利．狄譚伯，一個該死的好傢伙，也是個幸運的狗娘養的。願生活之海像透明玻璃似地在你們面前敞開，也願你們永遠都能順順利利的。敬這對幸福的新人！」戈梅茲靠過來，親在我的嘴上，我看著他，和他對望了一會兒，然後這一刻就消失無蹤了。

（晚上八點四十八分）

亨利：我們切了結婚蛋糕，也吃完了。克萊兒丟了她的捧花（雀兒喜接到），我也丟了克萊兒的襪帶（這麼多人，竟然是賓接到）[84]。樂隊正在演奏「搭乘A號列車」[85]，大家都在跳舞。我已經跟克萊兒、金咪、艾莉西亞和雀兒喜跳過了，現在我的舞伴是海倫，她真是太火辣了。克萊兒和戈梅茲正在共舞。當我隨意地帶著海倫轉圈時，我瞥見西莉亞把戈梅茲的舞伴截走，接著戈梅茲也把我的舞伴截走，他把海倫轉了出去，而我則混入酒吧旁的人群，欣賞克萊兒和西莉亞共舞。賓加入，他正在喝塞爾茲蘇打水，我點了伏特加湯尼。賓把克萊兒的襪帶綁在手臂上，搞得跟戴孝似的。

「那個人是誰？」他問我。

「西莉亞．艾特雷，英格麗的女朋友。」

「看起來挺怪的。」

「沒錯。」

「戈梅茲那傢伙是怎麼了？」

「什麼意思？」

賓盯著我，接著把頭轉過去，「沒事。」

（晚上十點二十三分）

克萊兒：喜宴終於結束了。我們一路跟人親吻、擁抱著離開遊艇會，並開著我們那輛噴滿了刮鬍膏，後面還掛了一串錫罐的車子離開。我在露珠客棧前停車，這是一家位在銀湖的俗豔汽車旅館。亨利已經睡著了。我下車，進旅館辦入住登記，然後叫櫃檯的傢伙幫我把亨利搬進房間，丟到床上。這個傢伙把我們的隨身行李提進來，眼睛瞄了瞄我的結婚禮服，又看了看不省人事的亨利，然後對著我不自然地笑了笑。我給他小費讓他離開，把亨利的鞋子脫掉、領帶鬆開，最後脫掉我的禮服，擱在扶手椅上。

我站在浴室裡，一邊哆嗦一邊穿上襯衣，然後刷牙。我可以從鏡子裡看見亨利躺在床上，正在呼呼大睡。我把嘴裡的牙膏吐掉，漱了漱口，突然之間，幸福感和「我們已經結婚了」的領悟圍繞著我。不管怎麼說，我嫁人了！

我把燈關了，給亨利一個晚安吻。他身上摻著酒精的臭汗味和海倫的香水味。晚安、晚安，別讓臭蟲咬了。然後我也沉入睡鄉，一夜無夢，心中萬分幸福。

一九九三年十月二十五日星期一（亨利三十歲，克萊兒二十二歲）

亨利：婚禮過後，星期一，我和克萊兒到芝加哥市政廳，在法官的公證下結婚。我們的證人是戈梅茲和雀兒喜。公證完之後，我們到查理．措特餐廳吃晚餐，查理．措特是一家很昂貴的餐廳，菜餚的擺設可以跟飛機頭等艙，或是極簡主義雕塑相比擬。幸運的是，雖然飯菜看起來像藝術品，但嚐起來也很美味。當菜上桌時，雀兒喜為每一道菜拍照留念。

「已婚的感覺如何？」雀兒喜問。

「幸福洋溢。」克萊兒回答。

「你們可以一直玩下去，玩遍所有不同的婚禮，佛教的、裸體的……」戈梅茲建議。

「這樣算不算重婚罪？」克萊兒正在吃某個淡草綠色的東西，這個東西上頭擺了幾隻大蝦子，看起來就像正在讀報的近視老頭。

「我想，妳跟同一個人可以想結幾次婚，就結幾次婚。」雀兒喜說道。

「你是同一個人嗎？」戈梅茲問我。我嘴裡的東西包著切得很薄的生鮪魚片，就在我舌頭上融化了。在我回答之前，我先花了一點時間細細品嚐這個美妙滋味。

「是啊，不過不只是這樣。」

戈梅茲很不高興，還嘟噥了一些禪的公案之類的話；但克萊兒對我微笑，然後舉杯。我用我的杯子碰了碰她的杯子，一個清脆細緻的水晶音符響起，散入餐廳的嗡嗡聲裡。

就這樣，我們結婚了。

第二部　一碗牛奶裡的一滴血

「怎麼回事？我親愛的？」

「啊！我們怎麼可能承受得了啊？」

「承受什麼？」

「這樣的狀況啊！時間是那麼地少。我們怎麼能在睡夢中就把時間給用盡了呢？」

「我們可以靜靜地在一起，然後假裝——反正這不過是才剛開始——我們還擁有全世界所有的時間。」

「然後一天天過去，我們擁有的愈來愈少，最後不剩一絲一毫。」

「所以說，難道妳希望什麼都不曾擁有過嗎？」

「對，這就是我一直夢寐以求的。打從我步上人生開始。當我離開今生，這便會成為一個中間點，之前所有的一切都向它奔近，而之後所有的一切便將自此遠離。可是現在，我親愛的，我們走到了這兒，我們擁有了現在，而現在以外的其他光陰卻不斷奔向別的去處。」

——《迷情書蹤：一則浪漫傳奇》；拜雅特著[1]

婚姻生活

一九九四年三月（克萊兒二十二歲，亨利三十歲）

克萊兒：就這樣，我們結婚了。

一開始，我們住在雷文斯伍德一間雙拼的公寓裡，採光很好，硬木地板是奶油色的，有兩間臥房，還有一間擺滿了古董陳列櫃和陳舊設備的廚房。我們花了好幾個星期天的下午到居家用品店換結婚禮物，本來訂了一張沙發，但沙發太大，進不了公寓的門，只好退回去。公寓就像一間實驗室，我們在裡面進行各種實驗，探索彼此：我們發現亨利討厭我吃早餐看報紙時，無意識用湯匙敲牙齒發出嗒嗒聲；我們也都達成協議，只要對方不在，我就可以聽瓊妮·蜜雪兒[2]，而他就可以聽毛茸茸樂團；我們也都發現亨利應該負責三餐，而我應該負責洗衣服，但我們倆都不喜歡用吸塵器打掃，所以決定請人提供打掃服務。

我們的生活建立了固定的模式：亨利星期二到星期六在紐伯瑞圖書館上班，他會在早上七點半起床，先喝咖啡，接著就匆忙換上跑步服出去跑步。等他回來之後，他會淋浴、更衣，我就搖搖晃晃地爬下床，在他準備早餐時陪他聊一會兒。等我們吃完早餐之後，他去刷牙，然後奔出家門搭地鐵，而我則回到床上，再小睡一個小時。

等我再度起床時，公寓靜悄悄的。我先洗個澡，然後梳頭髮、換上工作服。我為自己又倒了杯咖啡，走到後面作為我的工作室的臥房，把房門關上。

剛結婚時，我在那間小小的工作室裡經歷了一段辛苦的日子。亨利很少使用這個房間，我可以把那裡當作是我的個人空間，但那裡實在太小了，使得我的想法也變得很渺小。我就像隻被包在紙繭裡的毛蟲，被雕塑草圖還有小幅素描團團包圍了。這些草圖和素描看起來就像撞向窗戶的飛蛾，拚命地拍打翅膀，想要逃離這窄小的空間。我製作雕塑的設計模型、作為大型雕塑預演的小雕塑，但創意一天天愈趨勉強地降臨，就好像它們知道我要讓它們挨餓、阻止它們發育。晚上，我會夢到色彩、夢到把手浸入裝著紙纖維的甕染料桶裡，我會夢到我無法踏足的微型花園，因為我是個女巨人。

搞藝術，或是搞任何東西，我想都應該是這樣的吧：最迷人的事，就是空幻迷濛的念頭終於變成了一個固體、一個作品，變成實體世界裡的一個實體。瑟斯[3]、阿特米斯[4]、雅典娜[5]、所有古老的女巫，她們肯定了解這種感覺，因為她們會把人變成荒誕無稽的生物、會偷走魔法師的祕密、會部署軍隊。啊，看哪，變出新的東西來了，把這個新東西稱為豬玀，稱為戰爭，稱為月桂樹，稱為藝術。而我現在能變的魔法不過是小小的、延宕的魔法：我每天都在幹活，但什麼東西都沒有成形。我覺得自己就像珀涅羅珀[6]，織了又拆，拆了又織。

而亨利，我那位奧德修斯[7]的情況又是如何？亨利是另一類的藝術家，搞消失的。在這間過於狹小的公寓裡，我們的生活不時會被亨利的小失蹤打斷。有時候他會冒冒失失地消失：我從廚房走到走廊時，可能會發現地上躺著一堆衣物；可能在早上下床後，發現蓮蓬頭開著，可是沒人。有時候情況很嚇人：某個下午我正在工作室裡埋頭苦幹，卻聽到有人在門外呻吟，等我打開門以後，映入眼簾的是亨利全身光溜溜地趴在走廊地上，血汩汩地從頭上流下來，他睜開眼睛看了看我，然後又消失不見；有時候我半夜醒來，亨利已經消失了，天亮後他會跟我說他去了哪裡，就像別的老公會跟老婆說他們作了什麼夢一樣，「我跑到一九八九年，現身在塞爾澤圖書館，沒被人發現」，或是「我被一隻德國牧羊犬追著跑過別人家的後院，還得爬上樹」，或是「我站在雨中，站在我爸媽的公寓附近，聆聽我媽媽唱歌」。

我等著亨利跟我說他已經見到小時候的我了，但截至目前為止，這件事情尚未發生。當我還小的時候，我很盼望能夠見到亨利，每次見面都是頭等大事；現在，他每次消失，都成了我最不願發生的頭等大事，每去我的過去一次，我們見面的次數就扣掉一次，每次都是一種冒險。我的冒險家現身在我腳邊時，不是流著血就是吹著口哨，不是在微笑就是在發抖。現在，當他消失時，我心裡都很擔心害怕。

亨利：當你和一個女人住在一起時，你每天都會學到一些事情。到目前為止，我已經學到：在你說「通樂」之前，長髮就會把淋浴間的排水管堵住；在你老婆看過報紙之前，剪下什麼東西都是非常不智的，就算那是一週前的報紙也一樣。我還發現，我是我們這兩人世界裡，唯一一個可以連續三天晚餐吃同樣的菜，而嘴巴不會嘛起來的人；另外我也知道了耳機的發明，是為了讓配偶免於對方音樂的疲勞轟炸。（而且我永遠都搞不懂，克萊兒怎麼會聽「廉價把戲」樂團？她為什麼會喜歡老鷹合唱團？我每次問她，她就一副防備心很重的樣子。再者，我深愛的女人怎麼可能會不想聽 Musique du Garrot et de la Farraille[8]啊？）最難的一課，是克萊兒的孤獨。我有時候回到家時，覺得克萊似乎有點惱怒，好像我打斷了她一連串的思緒，打破了她一整天如夢似幻的靜謐。有時候，我看到克萊兒臉上的表情，感覺那就像一扇關起來的門，她已經回到她內心的房間裡了，就坐在那裡編織或幹些別的事情。我發現克萊兒喜歡一個人待著，但當我時空旅行回來時，她看到我，總是一副放下心中大石的樣子。

如果跟你同居的女人是名藝術家，那每一天都是驚喜。克萊兒已經把我們的第二間臥房變成一間多寶閣，牆上的每一吋空間都釘上了小型雕塑和素描，架子上和抽屜裡都塞滿了一圈一圈的鐵絲和一捲一捲的紙。她的雕塑讓我想到了風箏，或是飛機模型。有天晚上我剛下班回家，正準備要去做飯，穿著西裝打著領帶站在她工作室的門口，跟她說了藝術家多寶閣的事，她就朝我丟了一尊雕塑，意外的是，這尊雕像飛得挺好的。很快的，我們就分站在走廊兩端，朝對方扔細小的雕塑，測試這些雕塑的空氣動力。第二天我回家以後，發現克萊兒創作了一群用紙和鐵絲做成的鳥，這群鳥就懸掛在客廳的天花板上。一個星期後，我們臥房窗戶全都貼滿了藍色透明抽象狀的東西，陽光照進房間裡，投射到牆上，在克萊兒畫在牆上的鳥兒周圍映出一片天空。真的很美。

第二天晚上我站在克萊兒工作室門口，看著她在一隻紅色小鳥的周圍畫上錯綜複雜的黑色線條。我看到克萊兒置身在她那間小小的房間裡，緊緊貼著她周遭所有的東西，突然間，我領悟到她想表達些什麼，也知道我必須做些什麼了。

一九九四年四月十三日星期三（克萊兒二十二歲，亨利三十歲）

克萊兒：我聽到亨利的鑰匙插進前門的聲音，他進門時，我正好從工作室走出來，發現他竟然搬了一台電視回家。我們家裡沒有電視，因為亨利不能看，我一個人又沒有看電視的興致。這台黑白電視很舊、很小，佈滿了灰塵，還附有一根斷掉的天線。

「嗨，親愛的，我回來了。」亨利把電視放在飯廳的桌子上。

「呃，這台電視真髒，你在小巷子裡發現的嗎？」

亨利有點不置可否，「我是在一家二手商店買的，花了十塊錢。」

「你幹嘛買電視？」

「今晚有個節目，我想我們應該看看。」

「可是……」我想像不到有什麼節目能讓亨利心甘情願地冒險。

「沒事的，我不會坐下來一直盯著電視，我只是想讓妳看看。」

「看什麼？」我對電視節目實在沒什麼興趣。

「這是個驚喜，八點才會播出。」

我們吃晚飯時，電視就擺在飯廳的地板上。亨利拒絕回答任何關於電視的問題，但他卻故意亂賣關子，問我如果有一間超大的工作室，我會做什麼。

「這很重要嗎？我已經有一間小房間了啊。可能會搞搞日式摺紙吧。」

「拜託，認真一點。」

「我不知道。」我用叉子捲著義大利麵。「我會把每一個設計模型放大一百倍；我會在十乘十的破布纖維紙上畫畫；我會穿直排輪從這頭溜到那頭；我會在工作室裡放巨大的甕染料桶、一套日本製的烘乾設備，還有可以造出十磅重紙的打漿機。」我放任想像力馳騁，盡情想像這間夢想中的工作室，連我自己都快被迷住了；但我馬上就想到現實裡的那間工作室，只好聳聳肩，「看看哪一天可以實現囉。」靠著亨利的薪水和我信託基金的孳息，我們的生活還過得不錯，但如果想養一間大工作室的話，我就得出去找份工作了。只是這樣一來，我就沒有時間待在工作室裡了，真是魚與熊掌啊。我所有搞藝術的朋友都很需要金錢，要不就需要時間，或者兩者都要，像雀兒喜就是白天設計電腦軟體，晚上搞藝術。她和戈梅茲下個月要結婚了。「我們應該幫戈梅茲他們準備什麼結婚禮物？」

「啥？我不知道，可不可以把我們收到的義式濃縮咖啡機全送給他們？」

「我們已經把所有的咖啡機換成微波爐和製麵包機了。」

「對喔。嘿，快八點了，拿好妳的咖啡，我們到客廳看電視吧。」亨利把椅子推回去，然後把電視抬起來，我拿著我們倆的咖啡杯走到客廳。他把電視放在咖啡桌上，弄好延長線，手忙腳亂地東按西按後，我們就坐在沙發上看第九頻道的水床廣告，水床展覽間好像在下雪。「該死，」亨利說道，眼睛偷瞄螢幕，「這台電視在店裡看起來比較清晰啊。」伊利諾州樂透彩的標誌在螢光幕上閃現，亨利在他褲子的口袋裡掏了掏，遞給我一張白色小紙片。「拿好。」一張樂透彩。

「我的天啊，你不會……」

「噓，看電視吧。」在盛大的奏樂之後，穿著西裝、嚴肅的樂透彩官方代表，一個接一個宣佈隨機跳出的乒乓球上的數字：43、2、26、51、10、11。這些數字當然跟我手上那張彩票的數字吻合。樂透彩的主持人恭喜我們中了大獎，我們剛剛贏得了八百萬美元。

亨利把電視關掉，對我微笑，「真有意思，對吧？」

「我不知道該說些什麼。」亨利發現我沒有很高興。

「就說『謝謝你，親愛的，因為你弄到了我們買房子所需要的錢了』，我聽了會很受用。」

「可是，亨利，這不是真的。」

「這當然是真的，這可是一張貨真價實的樂透彩票。如果妳拿去凱茲熟食店，蜜妮會給妳一個熱情的擁抱，而伊利諾州會給妳一張真正的支票。」

「可是你早就知道這期中獎的數字了。」

「是啊，我只是先看了一下明天出刊的《芝加哥論壇報》。」

「我們不能這樣做……這是欺騙啊！」

亨利很戲劇化地在他額頭上拍了一下，「我真是太笨了，我竟然忘得一乾二淨，忘了妳只有在不知道結果的情況下才會去買彩票。嗯，我們可以解決這件事情。」他從走廊裡消失，跑到廚房，回來時手裡拿著一盒火柴。他點燃一根火柴，把彩票拿在火柴上方。

「不要啊！」

亨利把火柴吹熄。「沒關係的，克萊兒。如果我們想中樂透的話，未來這一年裡，每個星期都可以中。所以，如果妳對這件事情有所疑慮，也沒什麼大不了的。」彩票一角有一點燒到的痕跡。亨利坐在沙發上，就坐在我旁邊。「這樣好了，妳乾脆把這張彩票收起來，如果妳想去兌現的話，我們就去兌現；但如果妳決定把這張彩票送給妳碰到的第一個無家可歸的遊民，那妳也可以……」

「這不公平。」

「什麼不公平？」

「你不能把這個重責大任丟給我。」

「不管妳怎麼決定，我都很高興。如果妳覺得我們是在欺騙伊利諾州廣大辛勤工作的人民，那我們就把這件事拋到腦後好了。我相信我們一定可以想到其他辦法，幫妳弄一間大一點的工作室。」

一間更大的工作室。我慢慢了解了，我真笨，亨利不管什麼時候都可以中樂透，他永遠不會因為這麼做而有所困擾，因為他本來就不正常。他已經決定把「像個正常人般活著」的狂熱想法丟到一邊了，所以我可以擁有一間大得能夠穿著直排輪溜過來溜過去的工作室。而我竟然成了不知感恩的人……

「克萊兒？醒醒啊，克萊兒……」

「謝謝你。」我嘴裡突然冒出這句話。

亨利挑了挑眉毛，「所以我們要去兌現這張彩票？」

「我不知道。我的意思是『謝謝你』。」

「不客氣。」我們之間出現一陣尷尬的沉默。「我很納悶電視上出現的那些到底是什麼？」

「那是雪花。」

亨利笑得很開心，他站起來，把我從沙發上拉起來。「走吧，我們出去花掉這筆不義之財吧。」

「要去哪裡？」

「我也不知道。」亨利打開衣櫥，把我的外套拿給我。「不然我們買一輛車當作戈梅茲和雀兒喜的結婚禮物吧！」

「我記得他們那時候送我們酒杯。」我們興高采烈、連跑帶跳地下樓。在這個美好的春日夜晚，我們就站在公寓大樓前的人行道上，亨利牽起我的手，我凝視著他，舉起我們牽在一起的手，然後亨利帶著我轉了一圈，很快我們就跳到美麗平原大道上，沒有音樂聲，但有汽車呼嘯而過的聲音，還有我們的笑聲、櫻花的香味。我們跳到櫻花樹下時，櫻花像雪片般繽紛，落在人行道上。

一九九四年五月十八日星期三（克萊兒二十二歲，亨利三十歲）

克萊兒：我們打算買間房子。看房子真是一件神奇的事，絕對不會邀請你上他們家的人，在這種時候就會敞開大門，讓你打開他們家的櫥櫃直瞧、對壁紙評頭論足，或是針對水溝提出尖銳的問題。

我和亨利看房子的方式大相逕庭。我會慢慢走，仔細查看房子的木工、設備，提出熱水器之類的問題，檢查地下室有沒有淹過水的痕跡；而亨利就會直接走到房子後頭，從窗戶往外瞧，然後對我搖搖頭。我們的房地產經紀人卡蘿覺得他簡直就是瘋子，我只好跟她說，亨利是個園藝迷。我們就這樣度過一整天，後來從卡蘿的辦公室開車回家時，我決定問個清楚。

「你到底，」我很「客氣」地問，「在幹嘛啊？」

亨利一副乖乖牌的樣子，「我不確定妳想不想知道，但我去過我們未來的房子，我不記得是在什麼時候，但我曾經……在一個美好的秋日傍晚時分，我將會站在妳外婆給妳的那張桌面鑲著大理石的小桌子旁邊，從房屋後面的窗戶往外看，我的視線會穿過後院，看進一棟磚造建築物的窗戶裡。那棟房子似乎是妳的工作室，妳正把好幾張紙拖回那裡。那些紙是藍色的，妳穿著綠色的毛衣，還有妳經常穿的橡膠圍裙，綁著黃色的頭巾，把頭髮固定在後腦。後院有一個葡萄棚架，我在那裡待了大約兩分鐘。所以我只是試著重現那個景色，只要我找到了，我就可以確定那是我們的房子。」

「天啊，為什麼你以前都沒提過？這下我覺得自己很蠢了。」

「不是這樣的，妳千萬別這麼想。我只是認為妳會喜歡用一般的方式看房子，妳看起來非常投入，讀了所有關於買房的書，我覺得妳或許想要……親自物色，而不是因為『命中註定』，所以得到一棟房子。」

「總得有人問過白蟻、石綿、腐朽，還有地下井泵這類事情吧。」

「沒錯沒錯，所以就讓我們繼續用原來的方式看房子吧，最後我們一定會達成共識的。」

最後也確實是如此，但是在這之前，還是出現了多次夫妻關係緊張的時刻。我一度被東羅傑斯公園的一棟大宅邸迷得神魂顛倒的，它位於本城北環邊上一個很可怕的區域。那是一頭白象、維多利亞時期的巨獸，房子大得足以容納一家十二口外加佣人。我甚至還沒開口，就知道這棟房子不是我們的房子，亨利在我們走到前門之前，就被這棟房子嚇壞了。這棟房子的後院是一家大型藥店的停車場，房子裡面有著非常漂亮的結構：挑高天花板、大理石壁爐檯、裝飾華麗的木工……「拜託，」我低聲下氣地哄他，「這棟房子是這麼地不可思議。」

「對，確實該用不可思議來形容。要是住在這裡，恐怕一星期就會被強暴和搶劫一次。此外，這棟房子還需要全面整修，管線要重拉、要換新的鍋爐，或許還需要新的屋頂……反正不是這棟房子。」他做出最後的判決，這是一個已經看過未來，而且不打算跟這棟房子瞎攪和的人的判決。我後來生了好幾天悶氣，亨利因而帶我去吃壽司。

「心肝寶貝，跟我說話。」

「我沒有不跟你說話。」

「我知道，可是妳在生悶氣。我不希望有人生我悶氣啊，尤其是因為常識上的……」

女服務生走過來，我們急忙向她索取菜單。我不想在這裡起口角，「勝」是我最喜歡的壽司店，我們經常來這裡吃飯。我仔細一想，亨利大概就是看上了這一點，以及壽司本身帶給人們的幸福感，他想藉此來安撫我。我們點了芝麻醬拌菠菜、羊棲菜、太卷、河童卷，還有一大盤讓人大開眼界的握壽司。女服務生紀子帶著我們的點單離開。

「我沒有生你的氣。」這句話只有一部分是真的。

「你真的非常確定，你當時去的地方是我們住的房子嗎？如果你搞錯了，只是因為房子後院的景色不對，害我們錯過了一棟真的很棒的房子，那要怎麼辦？」

亨利挑起一邊的眉毛，「好吧，那妳到底怎麼了？」

「我同意妳的說法，那棟房子也可能不是我們買的第一棟房子，當時我離妳有點距離，沒有看清楚妳那時候到底是多大年紀，只覺得妳那時候還很年輕，但也有可能是妳很會保養。總之，我跟妳發誓，那棟房子真的很不錯，而且像那樣在後院裡有間工作室，不是很棒嗎？」

我嘆了一口氣。「對，是很棒。天啊，真希望你四處漫遊的時候，能夠帶個攝影機，我很想看看那個地方。你在那裡的時候，就不能順道看看門牌嗎？」

「抱歉，當時太匆忙了。」

有時候我願意付出任何代價，打開亨利的腦子，看看裡面的記憶，就像看電影那樣。我想起我十四歲那年，第一次學電腦時，馬克試著教我在他的麥金塔電腦上畫圖；過了大概十分鐘，我就很想把手伸進螢幕裡，碰觸那裡面的東西、真實的東西，不管那是什麼。我喜歡直接接觸東西，觸摸質地，體會顏色，這就像開玩具遙控車，我總會故意把車子開去撞牆。跟亨利一起看房子真的快把我逼瘋了。

「亨利，你介意我自己一個人花點時間去看房子嗎？」

「不會，我想應該不會。」他似乎有點受傷。「如果妳真的很想這麼做的話。」

「反正我們遲早都會找到我們的房子，對吧？就算我一個人看，也不會改變任何事情。」

「沒錯，妳就別管我了。可是別再看上任何不妥的地方好嗎？」

大概經過一個月，在看了大概二十幾棟房屋後，我終於找到我們的房子了。這棟房子位於安斯利街，就在林肯廣場上，那是一棟建於一九二六年的紅磚小屋。卡蘿砰的一聲打開鑰匙盒、拿出鑰匙、跟鎖苦苦奮戰。門打開時，我心裡升起了一股壓倒性的感覺，有一種很對的感覺……我直接走到房子後面，從窗戶往外看：後院裡有我未來的工作室，還有一個葡萄棚架。當我轉過身時，卡蘿一臉想要追根究柢的模樣。

「我們要買這棟房子。」

她吃驚的程度可不是只有一點點而已。「妳不逛逛其他地方嗎？妳老公呢？」

「喔，他早就看過了……呃，對……當然，我們來看看這棟房子吧。」

一九九四年七月九日星期六（亨利三十一歲，克萊兒二十三歲）

亨利：今天是搬家的日子，一整天都很熱。早上搬家工人上樓時，衣服全都黏在身上。他們朝我們微笑，以為一間兩房一廳的公寓沒什麼大不了的，應該可以在午餐以前把活幹完。可是當他們站在客廳裡，看到克萊兒笨重的維多利亞時期家具，和我那七十八箱的書時，他們臉上的笑容褪去了。現在天色已晚，我和克萊兒在新居裡漫步、摸摸牆壁、用手滑過櫻桃木製窗沿、赤腳拍打木頭地板、在有爪形腳的浴缸裡放水、把瓦斯爐的爐嘴開了又關。窗戶沒有窗簾，於是我們把燈關掉，讓路燈的燈光穿過佈滿灰塵的玻璃，照進空蕩蕩的壁爐裡。克萊兒一間間巡視、愛撫她的房子。我們的房子。我跟著她，看著她打開衣櫥、窗子和陳列櫃。她踮著腳站在客廳裡，用指尖觸摸雕花玻璃燈具。然後她脫掉身上的襯衫，我伸舌舔舐她的乳房。這棟房子包圍著我們、看著我們，凝視我們在裡面做第一次的愛。完事後，我們筋疲力竭地躺在擺滿箱子的地板上，我覺得我們已經找到我們的家了。

一九九四年八月二十八日星期日（克萊兒二十三歲，亨利三十一歲）

克萊兒：現在是星期天，又濕、又悶、又熱的下午。亨利、戈梅茲和我正在艾文斯頓逍遙，我們一整個早上都待在燈塔灘上，在密西根湖裡玩耍、在沙灘上做日光浴。戈梅茲想要被埋在沙子裡，我和亨利當然恭敬不如從命。野餐完，小睡了一會兒，我們被太陽曬得迷迷糊糊的，現在正走在教堂街上陰涼的那一側。

「克萊兒，妳的頭髮裡都是沙子。」亨利說道。我停下腳步、低下頭，用手撢了撢頭髮，就像撢地毯似的。沙子從頭髮落下來，落成了一片。

「我的耳朵裡都是沙，不好意思說出來的部位也是。」戈梅茲說道。

「我很樂意幫你拍拍頭，但其他部位你得自己想辦法。」我接口。一陣微風吹來，我們迎上前去。我把頭髮盤在頭頂上，頓時覺得涼快多了。

「接下來要幹嘛？」戈梅茲問。我和亨利交換了一個眼神。

「去『讀書人之巷』[9]。」我們異口同聲。

戈梅茲呻吟著：「老天爺，不要去書店啊。老爺、夫人，求你們可憐可憐你們卑微的僕人吧！」

「那可是『讀書人之巷』耶。」亨利愉快地說道。

「拜託答應我，不會在裡面待超過，呃……三個小時吧……」

「他們五點打烊，」我告訴他，「現在已經兩點半了。」

「你可以去喝杯啤酒。」亨利提議。

「我以為艾文斯頓有實施禁酒令。」

「沒有，我想他們已經改過法律了。如果你可以證明你不是基督教青年會的一員，你就可以喝杯啤酒。」

「三劍客還是一起行動好了。」我們走進雪曼街，走過成了運動鞋暢貨中心的馬歇爾費爾德百貨公司舊址，還經過以前是大學戲院，現在變成一家服飾店的地方。我們轉進花店和修鞋店間的小巷，哈，「讀書人之巷」到了。我推開店門，走進這間既寒冷又陰暗的店裡，無意間跌進過去。

羅傑坐在他那張亂七八糟的小辦公桌後面，跟一個臉色紅潤、滿頭白髮的老紳士聊著室內樂。他一看見我們，就堆起滿臉微笑，「克萊兒，我有一些書妳一定會喜歡。」亨利直接走到後面，所有印刷品和書目都放在那裡。戈梅茲就只是到處逛逛，把玩各區的怪異玩意兒，像是西部小說書區的馬鞍、推理小說書區的獵鹿人獵帽等等。他從兒童書區的大碗公裡拿了一顆橡膠糖，似乎不知道那些糖已經放了很多年，吃下肚害到自己就知道了。羅傑為我留了一本荷蘭裝飾紙的型錄，上面還附了樣張，一看就知道是個寶。我把書放在辦公桌旁的平台上，開始疊起我想買的書。我如夢似幻地仔細翻閱書架上的書，把紙、膠水、舊地毯和木頭的味道，連同厚重的塵土吸進肺裡。我看到亨利坐在藝術書區的地板上，膝蓋上放了什麼東西。他曬得很黑，頭髮豎了起來。我很高興他把頭髮剪短了，對我來說，短髮的他更像他。我看見他抬起手，想用手指捲頭髮，然後發現他的頭髮太短了，沒辦法這樣做，才搔了搔耳朵。我想碰觸他，想把手伸進他豎得直挺挺的頭髮裡，但我轉過身子，一頭鑽進旅遊書區。

亨利：克萊兒站在店內的主廳裡，就站在一大堆新到書的旁邊。羅傑不大喜歡客人翻找他還沒定價的書，但我注意到，他會放任克萊兒在他的店裡愛幹嘛就幹嘛。她把頭埋進一本紅色的小書裡，盤在頭頂上的秀髮想掙脫，洋裝一邊肩膀上的細肩帶鬆開了，裡面的泳裝露了一點出來。這意境實在太刺激、太強烈了，我得即刻走到她身邊，摸摸她，如果沒人注意的話，我還想咬她一口，但我同時又捨不得結束這個滿是想像的瞬間。我突然注意到戈梅茲，他站在推理小說書區，也正望著克萊兒，臉上的表情和我實在太相像了，我想走過去看個究竟。

正巧克萊兒抬起頭來看我，「亨利，你看，這是龐貝古城。」她拿著一本專門介紹圖畫明信片的小書，這句話背後的含意是：「看，我已經挑了你了。」我朝她走過去，把手放在她的肩膀上，幫她把鬆開的細肩帶綁緊。一秒鐘後我抬頭看，戈梅茲已經轉過頭背對著我們，專注地審視阿嘉莎．克莉絲蒂的書。

一九九五年一月十五日星期日（克萊兒二十三歲，亨利三十一歲）

克萊兒：我正在洗碗，亨利在把青椒切成丁。星期日的傍晚時分，太陽正在西下，把我們後院裡的正月雪映得粉紅粉紅的。我們一邊煮墨西哥辣肉豆湯，一邊唱「黃色潛水艇」。

在我出生的小鎮，曾經住了一個出了海的男人……

爐子上燒著一個平底鍋，鍋裡的洋蔥發出嘶嘶聲。當我們唱到「而我們的朋友都登上潛艇了」時，我突然只聽到我的聲音飄在空氣中，轉頭一看，亨利的衣物堆成一堆攤在地板上，菜刀也躺在廚房地上，半個青椒在砧板上輕輕晃動。

我把火關掉，拿個鍋蓋把洋蔥蓋上，在亨利的衣物旁坐下來，一一收攏，上面還留有亨利的體溫，我一直坐到衣物的溫度來自我身上，才把他的衣服拿起來，起身走進我們的臥房，把衣服摺好放在我們的床上，然後盡我所能地繼續做完晚飯，一個人吃飯、等他回來，內心充滿了不安。

一九九五年二月三日星期五（克萊兒二十三歲，亨利分別是三十一歲和三十九歲）

克萊兒：我和亨利、戈梅茲及雀兒喜坐在我們的飯廳裡，玩戈梅茲和雀兒喜發明的「當代資本主義大白癡」，我們在大富翁的圖板上玩，遊戲包括回答問題、得分、累積財富，以及剝削你的同伴。現在輪到戈梅茲了，他抖了抖骰子，擲出一個六，然後走到「社會公益基金」[10]。他抽出一張卡片。

「好，各位，為了這個社會好，你們想丟棄哪種現代發明？」

「電視。」我說。

「衣物柔軟精。」這是雀兒喜。

「偵測器。」亨利激動地說著。

「那我就說火藥吧。」

「火藥一點都不現代。」我抗議。

「好吧，裝配流水線。」

「你不能給兩個答案。」亨利說道。

「我當然可以。偵測器是什麼爛答案啊？」

「我一直被圖書館書庫裡的偵測器逮到，光這星期就被逮到兩次了，我被關在書庫裡好幾個小時，快把我搞瘋了。」

「但如果沒有偵測器，無產階級也不會受到多大影響。我和克萊兒因為答對所以各得十分，雀兒喜得五分，因為她很有創意，亨利要往後退三步，因為他把個人需要看得比公眾利益更重要。」

「這樣我就回到起點了。銀行，給我兩百塊。」雀兒喜把亨利的錢給他。

「喂。」戈梅茲喊道，我朝他微笑。

輪到我了，我擲了一個四。

「公園地旅館[11]，我要買！」如果我想買什麼東西的話，就一定要答對一個問題。亨利從「機會」那疊裡抽出一張卡片。

「亞當．斯密[12]、卡爾．馬克思[13]、羅莎．盧森堡[14]、艾倫．葛林斯潘[15]，你最想跟誰共進晚餐？為什麼？」

「羅莎。」

「為什麼？」

「她的死法最有趣。[16]」亨利、雀兒喜和戈梅茲商量了一下，同意我把公園地旅館買下來。我把錢給雀兒喜，她把權狀交給我。亨利抖了抖骰子，然後走到「所得稅」那格。所得稅有另外一疊卡片，我們都很緊張地聽著亨利唸出卡片上的字。

「大躍進。」

「該死。」我們把所有不動產都交給雀兒喜，連同她自己的，一起交還給銀行。

「我才擁有公園地旅館一下子而已。」

「抱歉。」亨利走到圖板中間，停在聖詹姆斯公園。「我要買下來。」

「我可憐的小聖詹姆斯啊。」雀兒喜哀嘆。我從「免費停車」那一疊裡抽出一張卡片。

「今天日圓兌美元的匯率為何？」

「我不知道。這個問題是誰出的啊？」

「我。」雀兒喜微笑。

「答案是什麼？」

「九九・八日圓兌一美元。」

「好吧，聖詹姆斯飛了。換妳了。」亨利把骰子交給雀兒喜，她擲了一個四，最後就跑到「監獄」去了。她抽出一張卡片，上面寫了她所犯的罪：內線交易。我們都笑了。

「這條罪名比較像是你們兩個會犯的吧。」戈梅茲指控。我和亨利笑了笑，這些日子以來，我們確實在股市上大有斬獲。為了離開監獄，雀兒喜必須答對三個問題。

戈梅茲從「機會」裡抽卡片。「第一個問題，說出托洛斯基[17]在墨西哥認識的兩位著名藝術家的名字。」

「迪亞哥・里維拉[18]和芙烈達・卡蘿[19]。」

「答對了。第二題，耐吉每天付越南工人多少錢，要他們去做那些貴得要命的運動鞋？」

「我不知道……三美元？十分？」

「妳的答案是多少？」

廚房傳來轟然巨響，我們全都跳起來。亨利說：「坐著！」他的語氣很強硬，我們下意識服從。他跑進廚房，雀兒喜和戈梅茲都很驚訝地望著我，我搖搖頭，「我不知道出了什麼事。」但其實我知道。

廚房傳來壓低的交談聲，還有呻吟聲。雀兒喜和戈梅茲都僵住了，側耳聽著。我站起來，在亨利之後走進去。

他跪在地板上，拿著一條擦碗布，按在一個一絲不掛的男人頭上。躺在亞麻油氈上的那個男人當然是亨利。放碗盤的木製陳列櫃倒在一邊，玻璃破了，所有的碗盤都碎了滿地。亨利躺在這團混亂中，流著血，身上還覆蓋著玻璃。兩個亨利都望著我，一個模樣可憐，另一個神情緊張。我在亨利對面跪下來，跪在亨利旁邊。「這些血是從哪裡流出來的？」我低聲問。「我想都是從頭皮流出來的，」亨利也低聲回答。「我們叫輛救護車吧。」我邊說邊把倒在他胸口上的玻璃撿起來。他閉上眼睛說：「別動。」於是我就住手了。

「我的天啊。」戈梅茲站在門口。我看到雀兒喜踮著腳尖站在戈梅茲身後，試著從他肩頭往這邊看。「哇。」她從戈梅茲身邊擠進來。亨利拿一條擦碗布蓋在他平躺的分身的老二上。

「亨利，別擔心那個，我已經畫過好幾兆個人體模特兒了。」

「我只是想要保有一點點隱私。」亨利厲聲說道。雀兒喜往後退了幾步，彷彿被賞了一巴掌。

「聽著，亨利……」戈梅茲用低沉的聲音開口。

發生這麼多事情，我都沒辦法思考了。「拜託大家都給我閉嘴。」我要求道。我很火大，但沒想到他們全都乖乖聽話。我問亨利：「發生什麼事了？」他還躺在地板上，扮了一個鬼臉，努力別讓自己移動。他睜開雙眼，在回答之前，抬頭看了我一會兒。

「我幾分鐘後就會消失了。」他終於輕聲說道，看著亨利，「我想喝點飲料。」亨利跳起來，回來時，手上拿了一杯倒滿威士忌的玻璃杯。我扶起亨利的頭，他勉強喝了三分之一。

「這樣好嗎？」戈梅茲問。

「我不知道，也不在乎。」躺在地板上的亨利斬釘截鐵地說，「我身上的傷讓我痛不欲生。」他喘著氣，「退後！閉上眼睛！」

「為什麼……」戈梅茲話說到一半。

亨利在地板上抽搐，彷彿被電到了似的，很劇烈地前後晃動頭部，大喊：「克萊兒！」我閉上眼睛。一陣就像床單被撕成兩半的噪音傳來，碎掉的玻璃和瓷器散落得到處都是，亨利消失了。

「我的天啊。」雀兒喜驚呼。我和亨利彼此瞪視，「亨利，這很不尋常，這太激烈了。你出了什麼事？」他的臉色發白，他也不曉得。他檢查威士忌裡有沒有玻璃碎片，然後一飲而盡。

「這些玻璃要怎麼處理？」戈梅茲興奮地撢了撢自己。

亨利站起來，把手交給我。他的身上佈滿了血跡，還有陶器和水晶的碎片。我也站起來，看了雀兒喜一眼，她的臉上有一道很長的割傷，血像滴眼淚般流過她的臉頰。

「只要不是我身體某部分的東西，到最後都不會留在我身上。」亨利解釋，「所以不論他會回到哪個年代，起碼所有的玻璃碎片都不會留在他身上，他不用坐在地上，用小鑷子把碎片一一撿起來。」

「對，但我們要。」戈梅茲說道，小心地挑出雀兒喜頭髮裡的玻璃。他的話很有道理。

圖書館科幻小說

一九九五年三月八日星期三（亨利三十一歲）

亨利：我和麥特在特藏書庫裡玩捉迷藏。我們應該要為紐伯瑞信託基金會和其夫人書寫俱樂部，做一場書法演示說明，所以他正在找我，我也正在躲他，因為我得在他找到我之前，先把衣服穿上。

「拜託，亨利，他們在等我們。」麥特從「美國早期印刷品」某處喊道，而我在「二十世紀法國藝術家的生活」這一側穿褲子。「再給我一秒鐘，我只是想找一本書。」我喊了回去，並在腦海裡暗暗記住，以後得為類似這種情形去學腹語術。麥特的說話聲離我愈來愈近，「康納莉夫人家的貓都快要生了，算了啦，我們出去啦！」就在我扣襯衫鈕釦時，他探進我這一排的書架，「你在做什麼？」

「你說什麼？」

「你是不是又光著身子在書庫裡跑來跑去了？」

「呃，可能吧。」我試著讓聲音聽起來很淡然。

「天啊，亨利。把手推車給我。」麥特伸手抓過裝了書的手推車，朝閱覽室的方向推去。沉重的金屬門開了又關。我穿上鞋襪、打上領帶，拍了拍外套後套上。接著我走進閱覽室，隔著長長的課桌和麥特面對面，這群有錢的中年女士全圍在課桌旁邊。我開始講解天才魯道夫・科赫[20]所發明的各種書寫字體。麥特把毛氈攤開、打開文件，還不時插嘴講幾個科赫的小故事。在這一個小時即將結束時，我猜想麥特應該還不會把我殺掉。這群快活的女士悠閒地走出去吃午餐，我和麥特在桌邊遊走，把書收回書匣裡，放到推車上。

「對不起，我遲到了。」我說道。

「如果你不是這麼優秀的話，我們現在就會把你鞣成皮革，重新裝訂《裸身文化宣言》。」

「我們沒有這本書。」

「你要打賭嗎？」

「不要。」我們把手推車推回書庫，把檔案和書上架。我請麥特在泰國餐廳吃飯，就算他還沒忘記這件事，但他原諒我了。

一九九五年四月十一日星期二（亨利三十一歲）

亨利：我很怕位在紐伯瑞圖書館長廊東邊盡頭，可以通往這棟四層建築物每一層樓的那座樓梯。這座樓梯把閱覽室和書庫隔開，並不是宏偉的設計，也不像有大理石梯面和雕花扶手的主梯，四邊沒有窗戶，燈光黯淡，階梯是水泥灌成的，每一層樓都只有一扇沒有窗戶的金屬門。但我害怕的不是這些東西，我不喜歡的是這座樓梯有「籠子」。

「籠子」有四層樓高，就在這座樓梯的中間，乍看之下就像是電梯梯廂，但那裡並沒有，也不曾有過電梯。紐伯瑞圖書館裡好像沒人知道「籠子」的用途，也不知道它為什麼被安裝在這裡。我猜想這裡之所以會設置一個「籠子」，是為了預防有人從樓梯上掉下去，跌成一堆爛泥。「籠子」漆成米黃色，是用鋼鐵打造的。

我第一天上班時，凱薩琳帶我參觀每一個角落和裂縫。她很驕傲地帶我參觀書庫、藝品店、麥特用來練唱的空房間、基金會董事那亂得嚇人的個人閱覽室、職員閱覽室，還有員工餐廳。在我們前往保存修繕室的途中，凱薩琳打開通往那座樓梯的門，我突然感到一陣驚慌，瞥了「籠子」十字形的鋼條一眼，我突然退縮不前，就像一隻受了驚嚇的馬。

「那是什麼東西？」我問凱薩琳。

「那是『籠子』。」她漫不經心地答道。

「那是電梯嗎？」

「不是，就只是一個籠子。我想那籠子並沒有什麼用途。」

我走上前，「那裡面有門嗎？」

「沒有，你沒辦法進去。」

「喔。」我們上樓，繼續參觀行程。

從那時候起，我就避開那座樓梯，努力別想「籠子」的事情。我不想把這件事看得太嚴重，但如果我在裡頭現身的話，我就出不來了。

一九九五年六月九日星期五（亨利三十一歲）

亨利：我在圖書館四樓員工男廁的地板上現身。我消失好幾天了，迷失在一九七三年印第安那州的鄉間，我又餓又累，鬍子也沒刮，更慘的是，我有一隻眼睛被打瘀青，而且還找不到我的衣服。我起身，把自己鎖在一間廁所裡坐著思索。這時有人進來，他拉開拉鍊，站在小便器前撒尿。撒完尿後拉上拉鍊，還站了一會兒。我突然打了個噴嚏。

「誰在裡面？」羅伯托問。我安靜地坐著，看到羅伯托慢慢彎下腰，從門下看到我的腳。

「亨利？我會叫麥特把你的衣服拿給你，拜託你穿上衣服後到我的辦公室一趟。」

我靜靜地走進羅伯托的辦公室，在他對面坐下。他在講電話，我偷瞄一下他的行事曆，今天是星期五，桌上的鐘顯示兩點十七分，我已經消失超過二十二個小時了。羅伯托輕輕地把話筒掛好，轉過頭來看我。「把門關上。」他說。這只有形式上的效果而已，我們辦公室的牆並沒有連到天花板上，但我還是照著他的話做了。

羅伯托是傑出的義大利文藝復興學者，也是紐伯瑞圖書館特藏書庫的主管。他是最樂觀的人，朝氣蓬勃，留著絡腮鬍，向來很會鼓勵人，但此刻他透過他近遠視兩用的雙光眼鏡，悲傷地望著我，「你知道的，我們真的很受不了你這樣。」

「是，我知道。」

「我可以請教一下，你那個相當搶眼的黑眼圈是怎麼來的嗎？」羅伯托的聲音很嚴厲。

「我撞上了一棵樹。」

「當然。我怎麼這麼笨啊，竟然沒有想到。」我們坐著，對望了一會兒，羅伯托再度開口：「我昨天碰巧看到麥特手裡拿著一疊衣服，走進你的辦公室。這不是我第一次看見麥特拿著衣服到處走了，於是我問他那疊衣服是從哪裡來的、為什麼他認為應該要把衣服放進你的辦公室。他說那是他在男廁所裡找到的，因為那疊衣服看起來很像你穿的，也確實是你的衣服，不過因為沒有人找得到你，所以我們只好把衣服放在你的桌子上。」

他停頓了一下，好像應該換我說點什麼，但我想不出任何適當的話。他繼續下去，「今天早上克萊兒打電話來，跟伊莎貝爾說你得了流行性感冒，今天不會上班。」我用手支頭，那隻瘀青的眼睛正在抽痛。「給我好好解釋解釋，」羅伯托要求。

我有股想吐露事實的衝動：羅伯托，我困在一九七三年，在印第安那州的曼西市，因為沒辦法脫身，所以在一座穀倉裡住了好幾天。穀倉主人以為我想要和他的羊亂搞，就痛打了我一頓。但我當然不能這麼說。「我真的想不起來了，羅伯托，我很抱歉。」

「好吧，我想這次麥特賭贏了。」

「什麼賭？」

羅伯托微笑，我想這或許表示他不會叫我捲舖蓋走路。「麥特賭你連解釋都不會解釋。艾蜜莉亞把她的錢押在你被外星人綁架。伊莎貝爾賭你跟某個國際運毒集團掛鉤，已經被黑手黨綁架並且宰了。」

「那凱薩琳呢？」

「凱薩琳和我確信，這全都肇因於你說不出口、和裸體與書有關的性怪癖。」

我做了個深呼吸。「這比較像癲癇。」

羅伯托看起來滿臉疑惑，「癲癇？你昨天下午消失，直到今天才帶了一個黑眼圈出現，臉上和手上還佈滿擦傷耶。我昨天請警衛將整棟樓搜索了一遍，他們說你有在書庫裡脫光衣服的習慣。」

我盯著我的指甲。當我抬起頭時，羅伯托正望著窗外。「亨利，我不知道該拿你怎麼辦。我真的不想失去你，當你衣著整齊的時候，你相當……勝任。但這種情況要我怎麼辦？」

我們坐著，互望了幾分鐘。最後羅伯托要求，「答應我，這種事不會再發生了。」

「我也希望我可以答應你，但我沒辦法。」

羅伯托嘆了口氣，朝門揮了揮手。「去吧，去給『逵格里藏書』編目錄吧，這可以讓你擺脫一陣子麻煩。」（「逵格里藏書」是最近才收到的一批捐贈書，總共有超過兩千本來自維多利亞時期、曇花一現的書，大多數的書都必須用肥皂來擦洗。）我點點頭表示遵從，然後站起來。

我打開門時，羅伯托說：「亨利，事情嚴重到你不能告訴我嗎？」

我猶豫了一下，「是的。」羅伯托沒出聲。我把門關上，走回辦公室。麥特坐在我辦公桌後面，把他行事曆上的什麼牘寫到我的上頭。我走進來時，他正好抬起頭，「他炒你魷魚了嗎？」

「沒有。」我答道。

「為什麼沒炒？」

「我不知道。」

「真奇怪。喔，對了，我幫你上了芝加哥手工裝幀協會的課了。」

「謝了。我明天請你吃午餐？」

「你當然要請。」麥特查看放在他面前的行事曆。「我們四十五分鐘後要幫哥倫比亞學院字體編排與設計史的課做演示說明。」我點點頭，開始在桌子上翻找等一下要展示的物件清單。「亨利？」

「嗯？」

「你到底跑去哪裡了？」

「一九七三年印第安那州的曼西市。」

「喔，對。」麥特翻了翻白眼，挖苦似地咧了咧嘴，「沒關係啦。」

一九九五年十二月十七日星期日（克萊兒二十四歲，亨利八歲）

克萊兒：我去探望金咪。現在是十二月一個下雪的星期天午後，我已經採購完聖誕節需要的東西了，現在正坐在金咪的廚房裡，喝著熱巧克力，以護壁板暖氣片暖腳，用聖誕節裝飾的故事跟她說笑，聊些討價還價的趣事。我們一邊聊天，金咪一邊玩單人紙牌遊戲，我著迷於她純熟的洗牌技術。爐子上正燉著一鍋菜，飯廳裡發出聲響，有張椅子倒了。金咪抬起頭，轉過頭去。

「金咪，」我低聲說道：「飯廳的桌子底下有一個小男孩。」

有人咯咯笑。「亨利？」金咪叫道，卻沒有人應聲。她起身，在門口站住。「嘿，哥兒們，別再這麼做了。把衣服穿上，先生。」金咪消失在飯廳裡。有人低聲說話，又咯咯笑。一陣安靜。突然間，有個矮小赤裸的小男孩站在門口盯著我，然後又突然消失。金咪走到桌邊坐下，繼續玩牌。

「哇。」我說道。

金咪微笑。「最近這種情況已經沒那麼常發生了，通常來的都是大亨利，而且也沒有以前常來。」

「我從來都沒有見過他來到未來。」

「嗯，妳跟他還沒有那麼多的未來吧。」

我花了一秒鐘才搞清楚她的意思，不知道我們會有什麼樣的未來？想著想著，未來逐漸延展到亨利可以從過去來找我。我喝著熱巧可力，望著外面結冰的院子。

「妳會想他嗎？」我問道。

「想啊，我很想念他。但他現在已經是大人了，所以當他以小男孩的面貌現身時，看起來就像幽靈，妳懂我的意思嗎？」我點點頭。金咪的牌已經排完了，她把牌收攏，看著我微笑。「你們小倆口什麼時候生小孩啊？」

「我不知道，金咪，我不確定我們能不能生。」

她站起來，走到爐子旁攪拌燉菜。「嗯，世事難料。」

「對。」世事難料。

後來，我和亨利躺在床上。雪還在下，暖氣發出微弱的咯咯聲。我轉身看他，他也看著我，我開口說：「我們來生個小孩吧。」

一九九六年三月十一日星期一（亨利三十二歲）

亨利：我一直都在追蹤肯德瑞克博士，他和芝加哥大學附設醫院有很深的淵源。芝加哥三月的天氣應該要比二月來得好，但今天又濕又冷，還起霧。我搭上IC支線，面朝後方坐著，列車疾駛，把芝加哥拋在後頭，沒多久就到五十九街了。我下了車，奮力穿過摻著雪的雨。星期一早上九點，大家都在努力振作，按耐著回到工作崗位的日子。我喜歡海德公園，那會讓我以為離開了芝加哥，置身在其他城市，像是劍橋什麼的。灰色的石造建築因為雨水洗滌顯得很暗沉，樹上落下飽滿冰冷的雨滴，掉在路人的身上。我感受到一種胸有成竹、全然的寧靜與安詳。我可以說服肯德瑞克，雖然我說服不了的醫生實在太多，但他將會是我的醫生，因為我確實說服他了，因為在未來，他就是我的醫生。

我進入醫院旁一棟仿密斯[21]的小建築物裡，搭電梯到三樓，打開鐫有「史洛恩博士」和「肯德瑞克博士」金色銘文的玻璃門，向接待員通報我的身分，然後在一把深紫色、有包墊的椅子上坐下來。等候室用粉紅色和紫羅蘭色裝飾，我想應該是用來鎮定病人的情緒。肯德瑞克博士是一位遺傳學家，也是一位哲學家。這可不是巧合，我想，身為一位哲學家，肯定在對付遺傳裡殘酷的實踐實有上是有些用處的。我早到了十分鐘，等候室裡除了我之外沒有別人。寬條紋的壁紙顏色正好與某種粉紅色的胃藥一樣，和掛在我對面那幅棕綠色為主的磨坊畫很不搭；家具仿殖民地時期，地上鋪著一塊很不錯的小地毯，有點像是柔軟的波斯地毯。我為這塊小地毯感到惋惜，它竟然被困在這間糟糕透頂的等候室裡。接待員是一個看起來很親切的中年婦女，因為曝曬多年的關係，臉上有很深的皺紋，在三月的芝加哥，她算是曬得很黑的了。

九點三十五分，我聽到走廊外面傳來說話的聲音，有個金髮女人帶著一個坐在一張小輪椅上的小男孩走進來，看起來像是腦性麻痺一類的病。那女人對我微笑，我也對她微笑。當她轉過身時，我發現她有孕在身。「狄譚伯先生，你可以進去了。」接待員說道。經過小男孩時，我對他微微笑；他張大眼睛敏銳地觀察我，但沒有還以微笑。

我進入肯德瑞克博士的辦公室，他在某個檔案夾上記東西。我坐了下來，他還在寫。他比我想像的更年輕，大概才三十七、八歲吧。我總以為醫生都是老人家，沒辦法，這是我小時候見過無數個醫生所留下來的印象。肯德瑞克博士有一頭紅髮，臉很瘦，留著絡腮鬍，還戴著鏡片很厚的金屬框眼鏡。他看起來有一點像D. H. 勞倫斯[22]，穿著一套很好看的炭灰色西裝，打著細長的深綠色領帶，領帶上別著虹鱒的領帶夾。這間房間瀰漫著香菸的煙霧，雖然他現在沒有抽菸，但菸灰缸都滿出來了。房間裡的一切都很現代：鋼管、米色的斜紋布、淺色的木頭。他抬頭看我，對我微笑。

「早安，狄譚伯先生，有什麼可以為你效勞的？」他看著他的行事曆。「我好像不大了解你的情況？你有什麼樣的問題？」

「Dasein。」

肯德瑞克嚇了一跳。「Dasein？存有？怎麼會這樣？」

「我有一種毛病，有人跟我說，這種毛病以後會叫作『時空障礙』。我在停留於現在有些障礙。」

「對不起，你說什麼？」

「我會時空旅行，非自主性的。」

肯德瑞克很慌張，但他克制住了。我喜歡他。他試著用對待一個瘋子的合宜方式來對待我，雖然我很確定他正在思索，要叫我去找他哪一個精神科醫生朋友。

「但你怎麼會找遺傳學家？還是說，你是來找我這個哲學家諮商的？」

「這是遺傳方面的疾病……雖然找人聊聊這個問題的深遠意義也很愉快。」

「狄譚伯先生，你顯然是個很聰明的人。我從來都沒聽過這種病，可能幫不上忙。」

「你不信。」

「對，我是不信。」

事到如今，我已經可以很憂愁地微笑了。我覺得這樣做很可怕，但我一定得這麼做。「我這輩子看過很多醫生，從來沒有人相信過我。但這是我第一次有東西可以拿出來證明。你和夫人正在期待下個月出生的寶寶吧？」

他馬上有所警覺，「你怎麼知道的？」

「我在幾年後查過你孩子的出生證明。我回到我妻子的過去，把出生證明上的資料寫下來，裝在這個信封裡；當我和妻子在現在相遇以後，她把這個信封交給我。哪，給你，等你兒子出生後再打開吧。」

「我們即將誕生的是女兒。」

「不是，事實上不是。」我溫婉地說著，「但我們無須爭論這個問題。把信封留著，等孩子出生後再打開來看。別扔掉。當你看完之後，如果你願意的話，就打電話給我。」我起身離開，「祝你好運。」雖然這些日子以來，我並不太相信運氣這回事。我對他深感抱歉，但沒有別的法子了。

「再見，狄譚伯先生。」肯德瑞克博士冷冷地說道。我走了，進入電梯時，我心想他一定馬上就會把信封拆開。裡面有張用打字機打出來的信，上面寫著：

科林．約瑟夫．肯德瑞克

一九九六年四月六日凌晨一點十八分

六磅八盎司白種男性

一九九六年四月六日星期六凌晨五點三十二分（亨利三十二歲，克萊兒二十四歲）

亨利：我們交纏著睡覺，整個晚上我們都輾轉難眠，起床，又躺回床上。肯德瑞克家的寶寶剛剛誕生了，電話很快就會響。電話響了，在克萊兒那邊，她接起電話，很小聲地說：「哈囉？」然後把話筒交給我。

「你怎麼會知道？怎麼會知道？」肯德瑞克用幾近耳語的方式說道。

「我很遺憾，真的很遺憾。」我們倆有一分鐘不發一語。我想肯德瑞克正在哭泣。

「來我辦公室一趟。」

「什麼時候？」

「明天。」他說道，然後把電話掛了。

一九九六年四月七日星期日（亨利分別是三十二歲和八歲，克萊兒二十四歲）

亨利：我和克萊兒開車前往海德公園，一路上幾乎都沒有出聲，外面下著雨，雨刷規律地刮除擋風玻璃上的雨水。

就像在延續我們的對話似的，克萊兒說：「總覺得這樣很不公平。」

「什麼？對肯德瑞克嗎？」

「對。」

「造化本來就不公平。」

「對那個寶寶來說，沒錯，是很悲慘，但我指的是我們，我們利用這件事，其實很不公平。」

「違反運動精神？」

「嗯。」

我嘆了一口氣。五十七街出口的號誌出現了，克萊兒變換車道，把車開下去。「我同意妳的看法，但現在已經太遲了。我盡量……」

「不管怎麼說，已經太遲了。」

「對。」我們再度陷入沉默。我指引克萊兒穿過由單行道組成的迷宮，沒多久，我們就停在肯德瑞克辦公室的那棟大樓前。

「祝你好運。」

「謝謝。」我很緊張。

「乖一點啊。」克萊兒親了親我。我們看著彼此，所有的希望全都淹沒在罪惡感裡。我下車，看著克萊兒慢慢開到五十九街，她要去芝加哥大學史馬特美術館辦點事情。

大門沒鎖，我直接搭電梯到三樓。肯德瑞克的等候室裡連半個人都沒有，我穿過等候室到走廊上。辦公室的門開著，但燈是關著的。肯德瑞克背對我站在辦公桌後面，望著窗外下著雨的街道。我無聲地站在門口好一會兒，才走進他的辦公室。

肯德瑞克轉過來，我非常震驚，他整個人看起來截然不同，用滿目瘡痍來形容還不是很恰當；他整個人非常木然，過去在他臉上的特徵已經消失了，安全感、信任、自信，全都蕩然無存。我太習慣住在形而上的高空鞦韆裡了，都忘了其他人是在比較踏實的地面生活著。

「亨利．狄譚伯。」肯德瑞克說道。

「你好。」

「你為什麼會找上我？」

「因為我已經找過你了，這不是選不選擇的問題。」

「命運嗎？」

「隨便你怎麼稱呼。如果你是我，就會發現事情變得有點像是循環，因果是混雜在一起的。」

肯德瑞克在桌邊坐下，發出嘎吱聲，除此之外，只剩下雨聲。他伸手在口袋裡掏菸，摸出菸後，他看看我。我也只能聳聳肩。他點了一根、抽了一會兒，我靜靜地打量著他。

「你怎麼知道的？」他問。

「我之前跟你說過了，我看過出生證明。」

「什麼時候？」

「一九九九年。」

「不可能。」

「那你來解釋。」

肯德瑞克搖搖頭。「我沒辦法。我想搞清楚這是怎麼一回事，但我沒辦法。所有的事情……都一致：時辰、日期、體重，還有……異常。」他絕望地望著我，「如果我們決定幫他取別的名字呢？艾力克斯，還是佛瑞德，或是山姆……那要怎麼辦？」

我搖搖頭，意識到我正不自覺地模仿他，就停了下來，「但你並沒有啊。我不會推說你辦不到，但你就是沒有這麼做。我所做的事情就只是報告，我並不是靈媒。」

「你有孩子嗎？」

「沒有。」我不想討論這件事，雖然我最後還是得討論。「我對科林的事感到很遺憾。但你也知道，他真的是一個令人讚嘆的好孩子。」

肯德瑞克盯著我。「我有追查這個錯誤，我們的檢查結果很意外地和一對夫婦對調了。」

「如果你早就知道的話，你會怎麼做？」

他把臉轉向別的地方。「我不知道。我和我太太都是天主教徒，所以我想最後的結果還是一樣吧。這很諷刺……」

「是啊。」

肯德瑞克把他的菸掐熄，又點了一根。我只好忍受因為二手菸而引起的頭痛。

「這怎麼運作的？」

「什麼？」

「這個號稱是時空旅行的事，你是怎麼進行的？」他的聲音聽起來很憤怒。「你說了什麼咒語？或是爬進時光機裡？」

我試著提出合理的解釋：「不用，什麼都不用做，事情就會自然發生，我根本沒辦法控制，就是……前一分鐘一切都好好的，下一分鐘我人就在別的地方、別的時間，就像換頻道一樣，我會突然發現自己置身在別的時空。」

「呃，那你希望我幫什麼忙呢？」

我傾身向前，強調這件事情的嚴重性。「我希望你找出原因，並且停止這個現象。」

肯德瑞克不友善地微笑。「你幹嘛要停止？你看起來挺愉快的，你知道所有其他人不知道的事情。」

「這太危險了，我遲早會死的。」

「說真的，我不是很在乎這件事。」

再談下去也沒多大用處了。我站起來，走到門口。「再見，肯德瑞克博士。」我慢條斯理地走到走廊，給他機會把我叫回去，但他沒有吭聲。當我站在電梯裡時，我頹喪地思索這件事情，不管什麼地方出了錯，但這件事情就是得這麼發展，這件事情遲早都會修正回來的。我打開門時，在對街看到克萊兒坐在車裡等我，她轉過頭來，臉上的表情流露出滿滿的渴望與期待。我被憂傷淹沒，害怕走過去、說出事情的經過，就在我過馬路時，耳朵開始嗡嗡叫、失去了平衡。我跌了下去，但沒有跌在路面上，反而跌在像是地毯的東西上，我躺著不動，聽見一個很耳熟的童音：「亨利，你還好嗎？」我抬頭看到我自己，八歲的自己，坐在床上望著我。

「我很好，亨利。」他有點半信半疑。「真的，我沒事。」

「你要不要喝點阿華田？」

「好啊。」他下床，跌跌撞撞地穿過臥室走到走廊。現在是午夜時分，他在廚房裡忙了好一會兒，終於端了兩杯裝著熱巧克力的馬克杯回來。我們慢慢且安靜地喝著。喝完後，亨利把馬克杯拿回廚房洗乾淨。當他回來時，我問他，「最近都在幹嘛？」

「沒幹嘛。我們今天去看另一個醫生。」

「嘿，我也是。你看的是哪一個醫生？」

「我忘了他的名字了，一個老先生，耳朵裡有很多毛。」

「結果呢？」

亨利聳聳肩。「他不信。」

「你應該放棄的，因為沒有人會相信……嗯，不過我想我今天見的那個相信，但他不願意幫忙。」

「為什麼？」

「我猜他就是不喜歡我吧。」

「喔。你要不要蓋幾條毯子？」

「好啊，給我一條吧。」我把亨利的床罩剝下來，然後蜷縮在地板上。「晚安，好好睡。」我看見小時候的白牙在藍色臥房裡閃了閃，接著他轉過身，捲成一團，就這樣睡著了，留下我一個人瞪著天花板，希望回到克萊兒的身邊。

克萊兒：亨利走出來時看起來很不快樂，他突然大叫，然後就消失了。我跳下車，跑到他剛剛消失的地點、一瞬間前還在的地點，當然現在那裡只剩下一堆衣服。我把所有衣物收起來，在路中間站了幾秒鐘，看到有個人從三樓某扇窗戶往下看，接著他就消失了。我回到車裡，看著亨利淡藍色的襯衫和黑色的褲子，考慮要不要留在這裡等。我的皮包裡有一本《夢斷白莊》[23]，所以我決定在這裡待一會兒，搞不好亨利很快就會出現了。在我找書的時候，看到一個紅髮男人朝我跑過來，他肯定是肯德瑞克。我打開車門鎖，讓他上車，他也不知道該說些什麼。

「你好。」我先開口招呼，「你一定是肯德瑞克博士吧。我是克萊兒·狄譚伯。」

「對……」他一副手足無措的樣子。「對、對，妳先生……」

「在光天化日之下消失了。」

「沒錯！」

「你看起來很驚訝。」

「呃……」

「他沒有告訴你他會這個嗎？」到目前為止，我對這傢伙的印象不太好，但我繼續忍耐。「關於你寶寶的事，我很遺憾，但亨利說他是個惹人憐愛的孩子，而且很會畫畫，想像力也很豐富。你女兒的資質也很好，你們以後會很平順的，到時候你就知道了。」

他目瞪口呆地盯著我。「我們沒有女兒，只有……科林。」

「但你們會有的，她的名字叫作娜迪亞。」

「這件事給我們的打擊實在太大了，我太太非常傷心……」

「這會過去的，真的。」大出我意料之外，這陌生人哭了起來，他的肩膀在抖動、臉埋在手裡。過了幾分鐘後，他漸漸停止哭泣，並抬起頭來。我遞給他一張面紙，他擤了擤鼻子。

「對不起。」他開口致歉。

「不要緊。你和亨利怎麼了？發生了什麼事？你們鬧翻了嗎？」

「妳怎麼知道？」

「他承受了很大的壓力，所以失去控制，沒辦法固定在現在。」

「他現在人在哪裡？」肯德瑞克看了看四周，好像以為我把亨利藏在後座。

「我不知道，他不在這裡。我們非常希望你能幫忙，但我想事與願違吧。」

「嗯，我不知道怎麼……」就在這個時候，亨利在他先前消失的同一地點出現了。二十呎外有一輛車，就在亨利跑向我們車子的引擎蓋方向時，司機猛然踩了煞車。司機是個男的，他搖下車窗；亨利坐起來，向他頷首表示歉意。司機吼了幾句後，才把車開走。我的血液直衝上我的耳朵，發出嗡嗡聲。我看看肯德瑞克，他一時也說不出話來。我跳下車，亨利放鬆下來、從引擎蓋上爬起來。

「嗨，克萊兒，真是千鈞一髮對吧？」我緊緊擁住他。他在發抖。

「妳有把我的衣服撿起來嗎？」

「有，在這裡。啊，肯德瑞克在這裡呢。」

「什麼？他在哪裡？」

「他在車裡。」

「為什麼？」

「他看見你消失，好像受了不小的衝擊。」

亨利把頭伸進駕駛座，「哈囉。」抓起他的衣服穿上。肯德瑞克下車，急急忙忙走過來。

「你剛剛去了哪裡？」

「一九七一年。和八歲的自己一起喝阿華田，在凌晨一點、我以前的臥房裡。我在那裡待了一個小時左右。問這個幹嘛？」亨利一邊打領帶一邊冷淡地看著肯德瑞克。

「真是令人難以置信。」

「如果你想要的話，你可以一直這樣講下去；但不幸的是，這些都是真的。」

「你的意思是說，你變成了八歲的小男孩？」

「不是。我的意思是說，我，就是現在這個三十二歲的我，坐在一九七一年我爸爸的公寓裡，坐在以前我的那間臥房裡。而八歲的那個我就陪在我身邊，一起喝著阿華田，聊著為什麼醫生總是不相信呢。」亨利走到車子另一邊，打開車門。「克萊兒，我們快點走吧，再待下去也沒有意義。」

我走到駕駛座那一邊。「再見，肯德瑞克博士，祝科林好運。」

「等……」肯德瑞克欲言又止，他得先整理好自己的思緒。「這是遺傳方面的疾病？」

「對，」亨利回答：「這是遺傳方面的疾病，而我們想要生個孩子。」

肯德瑞克苦笑，「這種事是沒辦法預測的。」

我還以微笑，「我們已經很習慣賭一下運氣了，再見。」我和亨利上車，開車離去；就在我開到湖岸大道時，我瞥了亨利一眼，他竟然咧著嘴笑得很開心。

「你在高興什麼？」

「肯德瑞克，他上鉤了。」

「你真的這麼認為？」

「對。」

「太棒了。但他似乎有點笨。」

「他沒有啦。」

「好吧。」我們一路安靜地開回家，但這種沉默跟去程時的沉默完全不一樣。肯德瑞克當天晚上就打電話給亨利了，他們約了個時間，著手進行把亨利固定在此時此地的工作。

一九九六年四月十二日星期五（亨利三十二歲）

亨利：肯德瑞克低頭坐著，拇指在他的掌心移動，一副想要從他手上逃開的樣子。紅色的印度地毯上，米色斜紋布扶手椅的鋼管椅腳閃閃發光，午後金色的陽光照亮了整個辦公室。肯德瑞克安靜地坐著聽我說話，除了拇指以外，一動也不動，也沒伸手拿那包駱駝牌的香菸。他圓形眼鏡的金框呼應陽光，右耳的耳垂變得通紅，頭髮和粉紅色的肌膚都因為陽光照耀，就像辦公桌上黃銅碗裡的黃色菊花一樣有光澤。整個下午，肯德瑞克就坐在那裡，聽我說話。

我全盤托出，從開始，到學習的過程、拚命求生、預知的樂趣、無法改變事情的恐懼、失去的苦惱。說完之後，我們不發一語地坐著，他終於抬起頭來看我。他明亮的雙眼充滿哀傷，我很想把他的哀傷抹去。在我說出一切之後，我很想把這些話都收回來、起身走人，卸下他思考這些事情的重擔。他伸手拿菸，挑了一根、點燃、吸了一口、吐出藍色的煙霧。

「你有沒有睡眠方面的障礙？」因為有一段時間沒開口，他的聲音聽起來有點刺耳。

「有。」

「一天當中有沒有什麼特定時刻是你比較容易……消失的？」

「沒有……嗯，清晨可能比別的時候更容易發生。」

「你會頭痛嗎？」

「會。」

「偏頭痛嗎？」

「不是。是因為壓力引起的頭痛，還伴隨了視覺扭曲和模糊。」

「嗯。」肯德瑞克站起來，他的膝蓋喀喀作響。他在辦公室裡踱步、抽菸，沿著地毯的邊緣行走，就在我快抓狂時，他停下腳步，坐回椅子上。「聽好，」他皺著眉頭，「有種東西叫作生物時鐘基因，這種基因支配晝夜節律，讓你跟太陽保持同步。我們已經發現這種基因存在於許多不同形態的細胞裡，全身都有，但這些基因和視覺關係特別密切，而你的症狀似乎有很多都跟視覺有關。下視丘的視叉上核位於一個人視神經交叉處的正上方，那是一個人時間感的重開機鍵，我想從這個地方著手。」

「嗯，當然。」他注視著我，好像正等著我回答似的。肯德瑞克再度起身，大步走到一扇我以前沒有注意到的門邊，打開門走進去。他在裡頭待了一分鐘，出來時，手裡拿著橡膠手套和一支針筒。

「把你的袖子捲起來。」肯德瑞克要求。

「你要做什麼？」我問道，把我的袖子捲到手肘上方。他沒有回答，只是把針筒的包裝拆開，擦了擦我的手臂，然後把我的手臂綁緊，熟練地把針插進去。我別過臉，太陽快下山了，辦公室裡變得很陰暗。

「你有醫療保險嗎？」他問我，把針拔出來，鬆開我的手臂，在扎針的位置蓋上棉花，拿ＯＫ繃貼好。

「沒有，所有的費用我來負擔。」我用手指按在貼著ＯＫ繃、隱隱作痛的地方，把手肘彎了起來。肯德瑞克微笑。「不需要，你可以當我小小科學實驗的實驗對象，搭我為這項目所申請的國家衛生研究院研究經費的便車。」

「這是為什麼？」

「我們不是在胡搞瞎搞，」肯德瑞克停頓了一下，拿著他用過的手套和裝了我的血液的小玻璃管站起來。「我們要幫你的ＤＮＡ排序。」

「我還以為這要花上好幾年。」

「如果你要做整個基因組的話，是得花上好幾年。我們先檢視最有可能出問題的部位，比方說，第十七號染色體。」肯德瑞克把橡膠手套和針頭丟在一個貼有「生物危害物」標籤的金屬桶子裡，然後在裝了血液的小玻璃管上寫了一點東西。他坐回我對面，把小玻璃管放在桌子上，就放在駱駝牌香菸旁。

「可是人類的基因組要到二〇〇〇年才會排序完成啊，你要拿我的基因跟什麼東西比對？」

「二〇〇〇年？這麼快啊？你確定嗎？我想你應該很確定吧。先回答你的問題，和你的狀況一樣具有毀滅性的疾病，通常都會表現出連續情況，都會出現一個重複的基因碼。舉例來說吧，亨丁頓舞蹈症[24]就是第四號染色體上，有一束多出來的ＣＡＧ三核甘酸重複序列。」

我坐起來伸伸懶腰，想喝點咖啡。「所以這樣就好了嗎？我可以走了嗎？」

「我還想幫你的頭部做個掃描，但不是今天，我得跟你約個時間去醫院做核磁共振造影、電腦輔助斷層掃描，還有X光。我也要把你送到我一個朋友那裡，他叫亞倫．拉森，他在學校裡有一間睡眠實驗室。」

「挺有趣的，」我說道，慢慢地站起來，這樣血液才不會一下子全都衝上我的頭。

肯德瑞克側著臉看我。我看不到他的眼睛，從這個角度看，他的鏡片就像兩塊閃亮的透明圓盤。「這確實很有趣，這是一道超棒的難題，而且我們終於有工具可以發現……」

「發現什麼？」

「不管會發現什麼，不管你是什麼。」肯德瑞克對我微笑，我注意到他的牙齒不只參差不齊，而且還很黃。他站起來，伸出手，我握了握他的手，謝謝他，卻又突然陷入令人尷尬的沉默裡。我們在一個下午的親密相處後，再度變成陌生人。接著我走出他的辦公室，下樓，來到街上，外面的陽光恭候已久。不管我是什麼？我是什麼？我是什麼？

一只很小的鞋子

一九九六年春天（克萊兒二十四歲，亨利三十二歲）

克萊兒：婚後差不多兩年左右，我和亨利決定要生個小孩，但我們不大常討論，我知道亨利對這件事情並不是很有把握，我也沒有問過他或自己，為什麼他會這樣；因為我怕他早就看過未來膝下無子的我們，我就是不想知道這個結果，我也不想去想亨利時空旅行的毛病或許是遺傳性的，或是這多少毀了他的生育能力。所以，我只是避免思考很多重要的事情，我完全沉醉在孩子承歡膝下的想法裡：一個長得有點像亨利的嬰兒，黑頭髮、黑眼睛，也許像我一樣蒼白，聞起來有牛奶、痱子粉和肌膚的味道，有點胖乎乎、調皮的寶寶、會嘰哩咕嚕說話的寶寶。我會夢到嬰兒。在夢中，我會爬上一棵樹，在一個鳥巢裡找到一只很小的鞋子；我會突然發現我原本抱在手裡的貓咪、書本、三明治，其實原來是個小嬰兒；我會在湖裡游泳，發現湖底有一個嬰兒部落在增長。

突然之間，不管到什麼地方，我會一直看到嬰兒：超市裡戴著遮陽帽、剛好打了個噴嚏的紅髮女孩；目不轉睛盯著人瞧的中國小男孩（那是金旺中國餐館老闆的兒子，蔬菜蛋捲真是太美味了）；「蝙蝠俠」裡有一個睡得很香、頭上沒幾根毛的嬰兒。在百貨公司的試衣間裡，有個過度信任人的女人竟然請我幫她抱才三個月大的女兒，我只能強迫自己一直坐在粉紅色和米色相間的塑膠椅子上，別突然跳起來，發瘋似地抱著這個柔軟的小東西跑掉。

我的身體想要生個寶寶。我覺得很空虛，希望被填滿。我想要有個人可以愛，一個會待在我身邊的人，永遠都待在我身邊，都待在這裡。我希望亨利就在這個孩子裡面，這樣當他不見時，他就不會完全消失了，會有少許的他陪著我……這是為了以防上帝惡搞出火災、水災等天災。

一九六六年十月二日星期日（亨利三十三歲）

亨利：我很滿足、很舒服地坐在威斯康辛州艾普頓的一棵樹下，現在是一九六六年，我吃著一塊鮪魚三明治，穿著從某戶人家漂亮的洗衣房裡偷出來的白襯衫和卡其褲。在芝加哥的某處，我三歲、母親還活著，而這個時空狗屁症還沒開始發作。我向小時候的我致意；想到孩提時的我，讓我很自然地想到了克萊兒，以及我們為懷孕所做的努力。一方面，我很渴望、很想給克萊兒一個寶寶，看著克萊兒胖得像顆肉瓜，就像散發著光輝的狄蜜特[25]。我想有個正常的寶寶，會做正常寶寶會做的事：吃奶、抓東西、拉屎、睡覺、大笑、翻身、坐起來、走路，以及發出無意義的咕噥聲。我想要看我爸爸笨手笨腳地搖晃他小孫子的搖籃；我給爸爸的幸福實在太少了，這一定會是很大的補償、很大的慰藉，而這也是給克萊兒的慰藉，當我從她身邊消失時，有一部分的我依然留在她身邊。

可是，我知道這個可能性實在太低了，我幾乎可以確定我的小孩會是「一個很有可能自動消失的小孩」，一個很神奇、會消失的寶寶，他會從人間蒸發，彷彿被仙子帶走。我想起猴掌[26]的故事，那三個願望很自然地、很恐怖地一個跟著一個實現，我懷疑我們的願望也會循相同的模式而來。

我是個膽小鬼。一個比較勇敢的男人會抱住克萊兒的肩膀說：親愛的，這是一場錯誤，我們就接受這個錯誤，然後繼續過幸福快樂的日子。但我知道克萊兒永遠都沒辦法接受這件事，她會因此而永遠陷在悲傷中。所以我希望，我跟希望對抗，我跟理智對抗，我和克萊兒做愛，似乎有什麼好東西會從中誕生。

一

一九九六年六月三日星期一（克萊兒二十五歲）

克萊兒：第一次發生時亨利不在。那是在我懷孕第八週的時候，寶寶像顆棗子那麼大，他有臉、有手，還有一顆會跳動的心臟。那是一個初夏的傍晚時分，我洗碗時可以看到西邊璀璨的晚霞。亨利已經消失大概兩個小時了。他出去幫草地澆水，過了半小時，我發現灑水器還沒關，我站在後門，看見葡萄棚架旁有一堆衣服。我出去把亨利的牛仔褲、內衣和他那件破破爛爛的「殺掉你家電視」T恤收起來，摺好放在床上，思索要不要任由灑水器開著，但又決定還是關掉好了，我想亨利如果在後院現身的話，應該不會喜歡渾身濕透。

我已經把晚飯做好了，也把通心粉、起司和一小碗沙拉吃完了，維他命也吞了，一大杯的脫脂牛奶也喝了。我洗碗的時候還一邊哼著歌，想像我肚子裡的那個小生命聽得見我在哼。就在我站著專心洗沙拉碗時，我感覺到體內深處的某個地方輕輕地劇痛了一下，就在我骨盆的某個地方。過了十分鐘後，我坐在客廳裡，把心思放在自己的事情上，我閱讀路易士・狄博尼爾的書，然後又來了，身體裡面抽搐了一下。我故意不予理會，一切都好。亨利已經消失超過兩個小時了，我擔心了一秒鐘，果決地把這件事情拋到腦後。接下來的半小時我不用再擔心了，因為現在那個詭異的感覺很像經痛，我甚至感覺兩腿之間有黏糊糊的血，然後我起身走到浴室，脫掉內褲，發現上面有很多血，我的天啊。

我打電話給雀兒喜，但電話是戈梅茲接的。我試著讓自己的聲音聽起來像沒事般地問雀兒喜在不在，她接過電話，立刻就問：「怎麼了？」

「我在流血。」

「亨利呢？」

「我不知道。」

「哪一種流血？」

「就像月經，」疼痛加劇，我在地板上坐了下來。「妳能帶我去伊利諾共濟醫院嗎？」

「我馬上就到，克萊兒。」她把電話掛了，我輕輕地把話筒放好，彷彿我太粗魯掛上的話，會傷害到它的感情。我小心翼翼地站起來，找到我的包包。我想寫張紙條給亨利，但我不知道該從何說起。我寫道：「請到伊利諾共濟醫院找我，雀兒喜載我過去了。晚上七點二十分，克萊兒留。」為了方便亨利進來，我沒鎖後門。把紙條放在電話旁邊，幾分鐘之後，雀兒喜就到了。我們上車，戈梅茲開車，我坐在前座，望著窗外，一路上我們沒有多聊。從衛斯坦大道、貝爾蒙特大道、雪菲爾街到威靈頓街，所有的一切都很清晰，都很引人注目，彷彿我需要記住這一切，彷彿這是一場試驗似的。戈梅茲開進急診室入口。我和雀兒喜下車，我回頭看戈梅茲，他對我笑了笑，轟隆轟隆地把車開去停。通過大門時，我們用腳踩了踩地面，門就自動開了，彷彿置身在童話故事裡，好像大家早就料到我們會來似的。疼痛已經退潮，但新一波洶湧的潮水再度朝岸邊奔來。有幾個人神色悽慘地坐在光線明亮的房間裡，等著叫號，他們把頭垂得低低的、雙手交叉，用這種方式把疼痛包圍起來，我在他們中間坐下。雀兒喜走到坐在檢傷分類處的人身邊。我聽不見他說什麼，但當他說「小產嗎」時，我才恍然大悟，這是我現在的情況，這就是這件事情的稱呼，這個字眼開始在我腦海裡膨脹，直到把我腦海裡的所有空隙都填滿，直到它壓擠到其他每一個念頭為止。我開始哭泣。

在他們做完他們所有能做的一切之後，這件事情還是發生了。我後來知道亨利剛好在結束前抵達，但他們不讓他進來。我睡著了，當我醒來時，已經是深夜了。亨利在這裡，臉色蒼白、眼窩凹陷，一句話也沒說。「噢，」我咕噥：「你去哪裡了？」亨利彎下身子小心地抱住我，我感覺到鬍碴摩挲著臉頰，很痛，不僅我的肌膚刺痛，我的內心深處也是，有個傷口裂開了，亨利的臉濕濕的，究竟是誰的淚？

一九九六年六月十三日星期四、六月十四日星期五（亨利三十二歲）

亨利：我疲憊不堪地抵達睡眠實驗室，肯德瑞克博士叫我來的。這已經是第五個晚上了，現在我已經了解這套程序了：我置身在一間奇怪、假造、像家的臥房裡，穿著四角睡褲坐在床上，拉森博士實驗室的醫檢師凱倫在我的頭部和胸部塗上軟膏，然後把線路貼在該貼的位置上。凱倫很年輕，一頭金髮，她是越南人。她戴著很長的假指甲，不小心刮到我的臉頰，「對不起。」燈光很昏暗，房間裡很冷。這裡沒有窗戶，只有一片看起來像是鏡子的單面玻璃，玻璃後面坐著拉森博士，或是今晚負責監視儀器的人。凱倫弄完線路，跟我道了聲晚安，然後離開房間。我小心翼翼地在床上躺下來，閉上雙眼，想像這些儀器正在細膩地記錄我眼睛的跳動、呼吸和腦波，幾分鐘之內我就進入夢鄉了。

我夢到我在奔跑。我跑過樹林，穿過濃密的樹叢、樹木，我像個鬼魂般通過，闖入一片空地，空地上著火了……

我夢到我和英格麗做愛。即使我沒有看到她的臉，我也知道那個人是英格麗，那是英格麗的身體，又長又光滑的雙腿。我們在她父母的家裡做愛，在他們家客廳的沙發上，電視開著，我們轉到正在播映大自然紀錄片的頻道，有一群羚羊在奔跑，接著是一場遊行，克萊兒也出現在遊行的行列裡，坐在一輛小花車上，當人群圍繞在她身邊歡呼時，她看起來異常憂傷。突然間，英格麗跳起來，從沙發後面拿出一把弓箭，朝克萊兒射去，箭直直地射進電視裡，克萊兒用手拍拍胸部，就像默片版的「小飛俠彼得潘」裡的溫蒂，然後我一躍而起，掐住英格麗的喉嚨，向她叫喊。

我醒過來，很冷，全身都是汗，我的心怦怦地跳個不停。我人在睡眠實驗室裡，疑惑了好一會兒：他們是不是有些事情沒告訴我？他們是不是看得見我的夢、看得見我的思緒？我翻身到我那一側，把眼睛閉上。

我夢到我和克萊兒穿過一間博物館。這間博物館是一座古老的宮殿，所有的畫作都裝在洛可可風格[27]的金色畫框裡，其他的訪客都戴著假髮，穿著寬鬆的連衣裙、雙排釦長禮服和褲子。我們通過時，他們似乎沒有注意。我們欣賞繪畫，但那並不是真的繪畫，而是詩，是具象化了的詩。「看啊，」我對克萊兒說道：「那裡有一首愛蜜莉・狄瑾蓀[28]的詩。」「心先要求愉快，再要求免除疼痛……」她站在這首鮮黃色的詩前，似乎在用這首詩溫暖她自己。我們欣賞了但丁、多恩、布雷克、聶魯達、碧許[29]等人的詩作；我們在一間全是里爾克詩作的展覽室裡再三流連、不肯離去，我們很快通過「垮掉的一代」[30]的詩作，在魏崙[31]和波特萊爾[32]的詩作前停留了一會兒。我突然發現克萊兒走失了，我先往回走，然後用跑的，一間一間地找，意外地在一首詩的前面找到她，一首被人塞在角落裡的白色小詩。她在哭泣。當我走到她身後時，我看到這首詩：「我躺下就此睡去。神啊！請保佑我的靈魂。如果我在醒來前死去，神啊！請帶走我的靈魂。」[33]

我跌落在草地上，天氣很冷，風猛烈朝我襲來。我全身赤裸，置身在黑暗中，冷得受不了，地上有雪，我跪在雪裡，血滴到雪上，然後我伸出手……

「我的天啊，他在流血！」

「這是怎麼發生的？」

「媽的，他把所有的電極扯掉了，快來幫我把他弄回床上。」

我睜開雙眼，肯德瑞克和拉森博士都低頭看我。拉森博士看起來很沮喪、很擔心，但肯德瑞克的臉上卻綻放了一個歡欣的微笑。

「你搞清楚了嗎？」我問，而他答道：「太完美了。」「那太棒了。」我說，然後失去知覺。

二

一九九七年十月十二日星期日（亨利三十四歲，克萊兒二十六歲）

亨利：醒過來時，我聞到鐵的味道、血的味道。血流得到處都是，克萊兒像隻小貓般，蜷縮在當中。

我搖晃她，她說：「不要。」

「拜託，克萊兒醒醒，妳在流血。」

「我在作夢……」

「克萊兒，求求妳……」

她坐起來。她的手、她的臉、她的頭髮全都浸在血裡。克萊兒伸出手，她的手裡躺著一個微型的怪物。她只說「他死了」，然後就放聲大哭。我們一起坐在浸了血的床角，抱著彼此哭泣。

一九九八年二月十六日星期一（克萊兒二十六歲，亨利三十四歲）

克萊兒：我和亨利正要外出。現在是下午，外面正在下雪，我在穿靴子時，電話響了，亨利穿過走廊，走進客廳接電話。我聽到他說：「哪位？……真的嗎？嗯……等一下，我去拿張紙。」然後是一陣很久的沉默，中間只說了一句：「等等，解釋一下這個。」我把靴子和外套脫掉，穿著襪子，放輕腳步走到客廳裡。亨利坐在沙發上，電話像隻寵物般窩在他的膝蓋上，他迅速地記著筆記。我在他身邊坐下來，他對我咧咧嘴。我看了一眼他的本子，從最上頭開始寫道：4 genes: per4，生物時鐘，新基因＝時空旅人？Chrom＝17x2, 4, 25, 200＋重複 TAG，性連結？不是，＋太多的多巴胺受體，何種蛋白質？……然後我了解了：肯德瑞克已經搞定了！他已經解決了！我不敢相信。他成功了，接下來呢？

亨利把電話掛好，轉身看我，他看起來跟我一樣呆若木雞。

「接下來呢？」我問他。

「他要複製這些基因，然後放在老鼠身上。」

「什麼？」

「他要製造時空旅鼠，再把牠們治好。」

我們同時放聲大笑，接著開始跳舞，我們飛舞過房間，一直笑、一直跳，直到跌落到沙發上大口喘氣為止。我望著亨利，他不過是一個穿著白色襯衫和短厚呢夾克的人，不過是一個笑得像個正常人的人，我很驚訝他在細胞組成的層面上是如此地與眾不同，如此地異於常人。我一直都知道他與眾不同，但這又有什麼關係？不過就是基因密碼上的幾個字母。但這一定有關係，而且我們一定得改變它，在這座城市另一邊的某處，肯德瑞克博士正坐在他的辦公室裡，想辦法製造出能夠挑戰時空規則的老鼠。我笑得很開心，但這可攸關生死，頓時，我再笑不出來，用手摀住了嘴。

間奏曲

一九九八年八月十二日星期三（克萊兒二十七歲）

克萊兒：媽媽終於睡著了。她在自己的房間裡，睡在自己的床上。她從醫院逃出來，只為了找她的房間、她的庇護所。但她的房間已經變成一間病房了，只是她再也無法分辨其中差異。整個晚上，她都不停地說話、哭泣、大笑、大喊，她呼喊著「菲利普」、「媽媽」，與「不要，不要，不要……」。整個晚上，我童年時的蟬和樹蛙一波接著一波地發送蟬鳴和蛙叫。夜燈把她的肌膚照得閃閃發光，像是塗了蜂蠟一樣，消瘦見骨的手抓著我送到乾枯嘴唇邊的水杯。天已經破曉了。從窗戶看出去是東邊，我坐在窗邊的白色椅子上，面對著床，但我沒有往床的方向看，沒有盯著媽媽，她在那張大床上是如此不顯眼。我也沒有看那些藥瓶、湯匙、水杯，以及掛著裝了液體、飽滿鹽水袋的點滴架，和一直閃著光的紅色液晶顯示器、便盆、盛裝嘔吐物的腎形小容器，與裝在盒子裡的橡膠手套、貼著「生物危害物」警告標籤、裝滿沾血注射針筒的垃圾桶。我望著窗外，望著東邊，有幾隻鳥在啁啾。我可以聽到住在紫藤花裡的鴿子甦醒了，整個世界都灰濛濛的，顏色慢慢滲進這個世界，並不是曙光初現般地瞬間光明，而比較像是慢慢蔓延，一塊塊紅橙色在地平線上流連，淹沒了花園，才是萬丈金光、蔚藍天空，接著所有的顏色在被指派的地點跳動，炮杖花、玫瑰花、白鼠尾草、金盞花，全都點綴著清晨才凝成的、玻璃似的露珠，閃閃發光。種在樹林角落的銀樺樹懸盪著，就像懸吊在天上的白條。一隻烏鴉飛過草地，影子在地上劃過，形與影一起停在窗下，呱呱地叫。光線找到窗戶，照到我的手和身體，我坐在媽媽的白色椅子上，朝陽升起了。

我閉上雙眼，空調發出嗚嗚聲。我很冷，起身走到另一扇窗邊，關掉空調。房間安靜了下來。我走到床邊，媽媽一動也不動，老是擾我清夢的吃力呼吸聲已經停止，她的嘴微微張開，眉毛挑得高高的，好像很驚訝的樣子，雖然她的眼睛閉著。那個時候她可能正在唱歌吧。我在床邊跪下，把床單拉開，耳朵靠在她的心臟，她的肌膚還很溫暖。什麼都沒有，沒有心跳、沒有血流、沒有氣息進入她的肺裡，沒有聲音。

我用雙手抱住她惡臭、軟趴趴的身體，她很完美，再度變成我既完美又美麗的媽媽，就那麼一刻，雖然她的骨頭頂著我的乳房、螓首低垂，雖然她的肚子裡都是癌細胞，但她在記憶中復活了，她很耀眼，笑得很開心，她已經被釋放了：她自由了。

走廊上傳來腳步聲。門打開，傳來艾塔的聲音。

「克萊兒？啊……」

我把媽媽放回枕頭上，撫平她的睡袍和頭髮。

「她走了。」

一九九八年九月十二日星期六（亨利三十五歲，克萊兒二十七歲）

亨利：露西兒是唯一愛著這座花園的人。當我們去看大家的時候，克萊兒會直接穿過草地雲雀屋的前門，直直走出後門找露西兒，不論晴雨，她幾乎永遠都待在花園裡。當她還健康的時候，我們會看到她跪在花床上，播種、移植或是幫玫瑰施肥；當她生病的時候，艾塔和菲利普會把她包得密不透風地帶下樓，讓她坐在她的籐椅上，有時候坐在噴泉邊，或是坐在梨樹下，讓她看見彼得工作，或挖土，或修剪樹枝，或嫁接；當露西兒還健康的時候，她會拿花園裡的種種事物款待我們。名花終於有主的紅頭山雀、種在日晷旁令人喜出望外的大麗花，或是新栽的玫瑰，因為她不忍剷除，變成一片欣欣向榮、恐怖的淡紫色。有一年夏天，露西兒和艾莉西亞進行了一場實驗：艾莉西亞每天花幾個小時在花園裡練習大提琴，看看這些植物對音樂有沒有有反應。露西兒發誓說，她的番茄從來都沒有這麼豐收過，她還秀一顆有我大腿那麼粗的節瓜給我們看。這項實驗可以說是相當成功的，只不過這實驗後來就沒有繼續下去，因為那年夏天是露西兒身體好到可以去花園的最後一個夏天。

就像一株植物一樣，露西兒會隨著季節變遷有所消長。夏天時，當我們都回去時，露西兒的元氣就會恢復，房子裡充滿馬克和雪倫的孩子的快樂喊叫聲和乒乒乓乓聲，這些孩子像小狗一樣在噴泉裡翻滾，手腳不靈活但活蹦亂跳地在草地上嬉戲玩耍。露西兒經常都是髒兮兮的，但也總是很優雅，白色摻雜紅銅色的頭髮盤在腦後，幾綹頭髮散落在臉上，她會把白色小山羊皮的園藝手套和「史密斯與霍肯」牌的園藝工具丟到一邊，起身迎接我們、接受我們的擁抱。我和露西兒的親吻總是很正式，都會親在對方的臉頰上，彷彿是兩個年紀很大的法國伯爵夫人，好一陣子沒有見到彼此。雖然她使一個眼神就足以讓她的女兒乖乖聽話，但她從來都沒有對我不親切過。我很想念她。至於克萊兒……對她而言，用「想念」這個詞還不足以形容。克萊兒痛失親人，她會走進房裡，忘記她走進來的原因；她會坐著瞪視一本書，一個小時一頁也沒動。但她沒有哭泣，如果我開玩笑的話，克萊兒會微笑、會吃我放在她面前的飯菜，如果我跟她做愛的話，她也會努力配合……沒多久我就讓她一個人待著，我害怕面對她那張溫馴、欲哭無淚的臉，她看起來總是心不在焉的。我很想念露西兒，但我卻失去克萊兒了，克萊兒消失了，留下這個只是長得很像她的陌生人，和我待在一起。

一九九八年十一月二十六日星期三（克萊兒二十七歲，亨利三十五歲）

克萊兒：媽媽的房間是白色的，家具都搬空了，所有的醫療設備也都不見了。床被剝得只剩床墊，上頭斑斑點點的，在這間乾淨的房間裡顯得相當醜陋。我站在媽媽的桌子前面，一張沉重、現代的白色富美家辦公桌，和這間相當女性化、精緻、擺滿法國古董的房間格格不入。媽媽的桌子放在一個被窗戶包圍的小隔間裡，晨光洗過小隔間空蕩蕩的表面。桌子上了鎖，我花了一個小時找鑰匙，但我運氣不好，沒找到。手肘靠在媽媽那張旋轉椅的椅背上，瞪著那張桌子。後來我下了樓，客廳和飯廳都空無一人。我聽到廚房裡有笑聲，於是我把門推開，亨利和奈兒擠在一堆碗、一條包糕餅的麻布和擀麵杖的旁邊。

「放輕鬆，小子，放輕鬆！你會把它們弄硬的，你得輕輕地撫摸它們，要不然它們會有泡泡糖那樣的質地。」

「對不起對不起對不起，我會輕一點的，可是別再這樣狠狠地打我了。嘿，克萊兒。」亨利轉頭對我微笑，渾身都是麵粉。

「你們在做什麼東西？」

「牛角麵包。我已經發誓一定要掌握揉麵糰的技藝，不然我就死在廚房裡。」

「你就安息吧，小子。」奈兒咧開嘴笑著說道。

「怎麼了？」亨利問。奈兒很有效率地挖了一球麵糰，使勁揉一揉，切一切，用蠟紙包起來。

「奈兒，我要借用亨利幾分鐘。」奈兒點點頭，用擀麵杖指了指亨利，「十五分鐘內回來，我們要開始做醃泡汁了。」

「遵命，夫人。」

亨利跟著我上樓，一起站在媽媽的桌子前面。

「我想打開這張桌子，但找不到鑰匙。」

「啊。」亨利飛快射來一個眼神，太快了，我讀不出它的意思。「嗯，這好辦。」亨利離開這個房間，幾分鐘內就回來了，坐在媽媽桌子前的地板上，把兩根迴紋針弄直。他從左邊底下的抽屜開始進行，小心地轉動其中一根迴紋針探查，再插進另一根迴紋針。「Voilà（好啦）。」他說道，然後把抽屜拉開，裡頭塞滿了紙。亨利不費吹灰之力就打開其他四個抽屜，裡面裝的東西全曝光了：筆記本、活頁紙、園藝型錄、種子包、鋼筆和小枝的鉛筆、一本支票簿、一條好時水果棒、一把捲尺，還有很多小東西，這些東西在日光下看起來像被拋棄似的，很容易受驚。亨利沒有碰觸任何東西，他望著我；我下意識地朝門口望了一眼，亨利明白這暗示，於是他離開了。我轉身看向媽媽的桌子。

這些紙亂成一團。我坐在地板上，把某個抽屜裡的東西都堆在我面前。我一一撫平有她字跡的紙張，堆在左手邊；有些紙張是她寫給自己的清單和條子：「別跟P打聽S的事情」，或是「提醒艾塔星期五晚上請B一家吃晚餐」。許許多多的紙張都是亂寫亂畫，螺旋、波形曲線、黑圈圈，還有像鳥腳的符號。有些塗鴉裡還寫了隻字片語：「用把刀子分開她的頭髮」、「無法無法做這件事情」、「如果我安靜的話，這個東西就會過去」。有些紙張上寫著詩，沾了很多髒污，又打叉又畫掉的，只有幾句詩句留下來，就像莎芙[34]所寫的斷簡殘篇。

像是老肉，~~柔軟鬆弛~~
沒有空氣~~XXXXXXX~~她說對
她說~~XXXXXXXXXXXXXXX~~

或是：

他的手XXXXXXXXXXX
XXXXX擁有，
XXXXXXXXXXXXXXXXX
極端的XXXXXXXXX

有些詩是用打字機打出來的：

此刻
所有的希望都凋萎
變小。
音樂和美
是我悲傷的刺激品；
白色的虛空劃破我的冰。
有誰能說
性的天使
是如此悲傷？

或是已知的慾望
將會融化這個遼闊
冬夜，融成
滔滔不絕的黑暗

一九七九年一月二十三日

春天的花園：
一艘夏天的船
游過我冬天的眼簾。

一九七九年四月六日

媽媽在一九七九年失去了寶寶、試圖結束她自己的生命。我的胃開始作痛，我的眼睛開始氤氳。我現在知道她當時的感受了。我拿起這些紙，沒有閱讀就把它們擱在一邊。在另一個抽屜裡，我發現更多近期的詩，其中有一首是寫給我的：

雪下的花園
給克萊兒

如今花園已埋在雪下
像是空白的一頁，我們在上面印上足跡
克萊兒她永遠都不是我的
但永遠都屬於她自己
睡著的美人
像水晶般透明的空白
她在等待
這是她的春天
這是她的睡／醒
她正在等待
萬物都在等待
十個吻
塊莖根的形狀未必確實
我從來都沒有想過
我的寶貝
幾乎她的整個臉龐
是一座等待的花園

亨利：差不多是晚餐時間了，我一直都在煩奈兒，所以當她說「你是不是應該去看看你的女人在做什麼啊」時，似乎是個好主意。

克萊兒坐在她媽媽桌前的地板上，周圍都是白色和黃色的紙，檯燈在她四周照出光圈，她的臉卻落在陰影裡，頭髮有紅銅色的光暈。她抬頭看我，手裡拿著一張紙，對我說：「亨利你看，她寫了一首詩給我。」就在我坐在克萊兒身旁讀詩時，我原諒露西兒了，有一點點原諒她驚人的自私，和她可怕的死亡方式。我抬頭看克萊兒，「這首詩真美。」她點點頭，有那麼一會兒，顯得心滿意足，因為她母親真的愛她。我想到我母親會在吃過午飯的夏日午後唱舒伯特的藝術歌曲，會對著我們在商店櫥窗裡的映影微笑，會在演出化妝間裡穿著藍色的禮服旋轉。她愛我，我從來都沒有懷疑過她對我的愛。而露西兒就像風一樣善變。克萊兒拿在手上的詩，是證據，永恆不渝、無可爭辯，是她某種情感的快照。我環顧地板上圍繞在她身邊的紙張，鬆了一口氣，因為這團混亂裡浮出了某種像是克萊兒的救生艇的東西。

「她寫了一首詩給我。」克萊兒又說了一遍，她很迷惑。眼淚從她的臉頰流下來，我伸手抱住她，她回來了，我的妻子克萊兒，平安健康地歸來了，終於在船難後被沖到海岸了，她哭得像個小女孩似的。她的母親在下沉的輪船甲板上，朝她揮手。

除夕夜，之一

一九九九年十二月三十一日星期五晚上十一點五十五分（亨利三十六歲，克萊兒二十八歲）

亨利：我和克萊兒站在柳條公園的一家屋頂酒吧，一旁還有一大群吃苦耐寒的靈魂，大家都在等待千禧年到來。這是一個晴朗的夜晚，不算太冷，我可以看見我呼出的氣息，耳朵和鼻子有點凍僵而已。克萊兒被她那條很長的黑色圍巾裹得緊緊的，臉龐在月光及路燈照射下，蒼白得不可思議。屋頂酒吧是克萊兒幾個藝術家朋友的。戈梅茲和雀兒喜就在附近，他們穿著連帽的長外套、戴著手套，跟著只有他們自己才聽得見的音樂慢舞。周圍所有人都醉醺醺地開他們儲存的罐頭食品、開他們為了保護自己電腦所做的英勇措施的玩笑。我對著自己微笑，清楚知道，當垃圾車開始收集、處理被丟棄在街道上的聖誕樹時，所有這些關於千禧年的、不明所以的事物，就會被人完全拋在腦後了。

我們在等煙火。我和克萊兒在建築物的正面，眺望芝加哥這座城市。我們面朝東方，望著密西根湖的方向。「大家好。」克萊兒說道，對著湖、對著密西根州的南海文，揮舞她的手套。「真好玩，」她對我說：「那邊已經是新年了，我敢打賭他們現在一定都在床上睡覺。」

我們站在六層樓高的地方，可以眺望到很遠的遠處，這讓我很吃驚。我們在林肯廣場的房子，就在西北方某處，那一帶又靜又暗。鬧區在東南方，閃閃亮亮的。有些高樓大廈有聖誕節裝飾，窗戶上有綠色和紅色的燈光在閃爍。席爾斯百貨公司和漢考克大樓就像兩個對峙的巨型機器人。我差一點就可以看見我遇到克萊兒時住的公寓，就在北迪爾本街，但那間公寓被幾年前蓋在隔壁的高聳、醜陋大樓擋住了。芝加哥有很多很出色的建築，所以他們覺得有義務剷除其中一些，在原地蓋上醜得要命的大樓，好幫大家了解那些好建築的價值。路上沒怎麼塞車，午夜時分，大家都想待在某個地方，而非路上。我可以聽到此起彼落的鞭炮聲，偶爾還穿插笨蛋開槍的聲音，這些笨蛋好像忘了，除了可以用來製造很大的噪音之外，槍還能惹出別的事情。「我快凍僵了。」克萊兒說道，看看她的錶，「還有兩分多鐘。」附近冒出慶祝的聲音，有些人的錶快了。

我想著下個世紀的芝加哥。更多的人，更多，更多。交通更誇張，但坑洞少多了。格蘭特公園會出現一棟彷彿爆炸中的可口可樂罐的大樓，不堪入目。西區會慢慢脫離貧困，而南區會繼續衰退。他們最後還是會把瑞格里球場拆掉，再蓋一棟醜得要死的超大球場，但現在瑞格里球場依然閃著燈光，屹立在東北方。

戈梅茲開始倒數：「十、九、八……」然後我們全都加入他的行列，「七、六、五、四、三、二、一！新年快樂！」香檳酒的軟木塞砰的一聲飛出去，煙火點燃、奔過天際，我和克萊兒鑽入彼此的臂膀裡。時間靜止了，希望未來會更好。

三

一九九九年三月十三日星期六（亨利三十五歲，克萊兒二十七歲）

亨利：雀兒喜和戈梅茲剛剛生了他們第三個孩子，羅莎．伊凡潔琳．戈莫林斯基。我們忍了一個星期之後，帶著禮物和食物一聲不響地跑去看他們。

戈梅茲來應門。三歲大的麥克斯米蘭緊抱著他的一條腿，把臉埋在戈梅茲的膝蓋後面，當我們說「嗨，麥克斯」時，個性較為外向的約瑟夫奔向克萊兒，嘴巴發出不具意義的「巴巴巴」聲，克萊兒把他抱起來時，他開始大聲打嗝。戈梅茲翻了翻白眼，克萊兒和約瑟夫都放聲大笑，就連我也因為這團亂而笑。他們的房子彷彿是條冰凍著玩具反斗城的冰河，裡面的人全跑光了，只留下滿地的樂高玩具和填充玩具熊。

「別看，」戈梅茲說：「這裡面沒有一樣東西是真的。我們才在測試雀兒喜的一款虛擬實境遊戲，我們稱它為『為人父母』。」

「戈梅茲？」雀兒喜的聲音從臥房裡傳出來，「是克萊兒和亨利嗎？」

我們爭先恐後地擠到走廊上，然後走進臥房。我們走過去時，我瞥了廚房一眼，有個中年女人站在水槽前洗碗。

雀兒喜躺在床上，手上抱著寶寶。寶寶睡著了，很小，頭髮是黑色的，長得有點像阿茲提克人，不過麥克斯和約瑟夫的頭髮是淺色的。雀兒喜看起來很憔悴（對我而言是這樣，但克萊兒堅持說她看起來「美極了」）。剖腹生產的雀兒喜胖了很多，看起來氣力用盡、病懨懨的。我在椅子上坐下來，克萊兒和戈梅茲坐在床上，約瑟夫坐在戈梅茲的膝上，麥克斯則拚命爬到他母親身邊，依偎在她空著的那隻手裡。他瞪著我，把大拇指放進嘴裡。

「她真是太美了。」克萊兒讚美著，雀兒喜報以微笑，「妳看起來也很美。」

「我覺得自己糟透了，但我總算成功，我們有女兒了。」雀兒喜撫摸寶寶的臉龐，羅莎打了一個呵欠，舉起一隻小手。她的眼睛細細長長，是黑色的。

「羅莎．伊凡潔琳，」克萊兒對著寶寶嘰哩咕嚕地說話。「這真是太棒了。」

「戈梅茲想把她取名為『溫斯黛』（Wednesday），但我舉雙腳反對。」雀兒喜說道。

「不管怎麼說，她是星期四出生的。」戈梅茲解釋。

「要不要抱抱她？」克萊兒點點頭，雀兒喜謹慎地把她女兒放到克萊兒的手臂上。

看著克萊兒把寶寶抱在懷裡，我想起克萊兒幾次流產的事。有那麼一會兒，我很想吐，希望不是又要時空旅行了。這個感覺消褪了，只剩下不停發生的事實：我們一直失去我們的小孩，他們跑到哪兒去了？這些不見了的小孩，他們會很困惑地流連不去嗎？

「亨利，你要不要抱抱羅莎？」克萊兒問我。

我很驚慌。「不要，」我的語氣太重了，趕緊補上一句解釋，「我不太舒服。」然後我起身走出臥房，穿過廚房，走出後門，站在後院裡，外面下著毛毛雨。我站著，大口呼吸。後門啪的一聲關上，戈梅茲也出來了，在我身邊站住。

「你還好嗎？」他問道。

「還好。我有點幽閉恐懼症。」

「我懂你的意思。」

我們安靜地站了幾分鐘。我試著回想小時候父親抱我的感覺，但我只記得和他一起玩遊戲、一起跑、一起笑，騎在他頭上。我發現戈梅茲在看我，而眼淚從我臉頰滑落，我用袖子擦擦臉，有人得講講話。

「你就別管我了。」我說道。

戈梅茲比了一個很不雅的手勢，「我馬上就回來。」他說完就消失在房子裡。我覺得他離開比較好，但他又出現了，手裡還拿著一根剛點燃的香菸。我在一張年久失修的野餐桌上坐下來，因為下雨的緣故，桌上很濕，而且覆滿了松針。這裡真冷。

「你們兩個還在努力生小孩嗎？」

我很驚訝他這麼問，或許克萊兒什麼都告訴了雀兒喜，但雀兒喜或許什麼都沒跟戈梅茲說。

「對。」

「克萊兒還在為那次流產難過嗎？」

「是幾次。複數。她流產三次了。」

「狄譚伯先生，失去一個孩子，可以說是運氣不好；但失去三個，看起來很像是粗心大意啊。」

「戈梅茲，這真的不是很好笑。」

「對不起。」戈梅茲看起來真的很慚愧，這很難得。我不想談論這件事，因為我不知道該怎麼談，我只能和克萊兒、肯德瑞克，和其他醫生談這件事。「對不起。」戈梅茲又說了一遍。

我站起來，「我們該進去了。」

「啊，她們不會希望我們進去的，她們想聊聊女人的事情。」

「嗯。對了，芝加哥小熊隊現在的狀況如何？」我又坐了下來。

「別扯了。」我們倆都不是棒球迷。戈梅茲一直來回踱步，我希望他停下來，或者最好進屋去。

「問題出在哪裡？」他裝作漫不經心地問道。

「誰的問題？小熊隊嗎？要我說的話，問題是出在投球上。」

「不是啦，我親愛的圖書館男孩，我不是在談小熊隊的問題。導致你和克萊兒一直沒有小孩的問題是什麼？」

「這真的不關你的事，戈梅茲。」

他大膽地繼續說：「他們真的知道問題出在哪裡嗎？」

「你給我滾他媽的蛋，戈梅茲。」

「嘖嘖，罵髒話啊，因為我認識一個很棒的醫生……」

「戈梅茲……」

「她專精胎兒的染色體疾病。」

「你為什麼知道……」

「她是『鑑定證人』。」

「喔。」

「她的名字是艾蜜特．孟塔格，」他繼續說：「她是個天才，上過電視，什麼獎都得過，陪審團都很崇拜她。」

「如果陪審團都很愛她的話……」我打算挖苦他。

「去看看就好。拜託，我只是想幫忙。」

我嘆了口氣，「好吧。謝啦。」

「你的謝啦是『謝啦，親愛的同志，我們會聽你的建議飛奔而去』，還是『謝啦，現在給我滾遠一點』？」

我站起來，把屁股上的松針撢掉。「我們進去吧。」我說道，走進門。

四

一九九九年七月二十一日星期三／一九九八年九月八日星期三（亨利三十六歲，克萊兒二十八歲）

亨利：我們在床上，克萊兒蜷縮在她那邊，背對我；我蜷縮在她身邊，面對她。現在大概是凌晨兩點，我們才剛關燈，在此之前，曾就不幸的生育事故進行了冗長且毫無意義的討論。現在我躺在克萊兒的背後，用手捧住她的右乳房，試著分辨我們仍站在同一陣線，還是我已經被她拋在後頭了。

「克萊兒。」我靠在她脖子附近柔聲說道。

「嗯？」

「我們收養小孩吧。」我已經考慮好幾個星期、好幾個月了，這似乎是個絕佳的逃生路線：我們會有一個寶寶，他會很健康，克萊兒會很健康，我們會很快樂。這是最顯而易見的答案。

克萊兒說：「但這是假的，我們是在假裝。」她坐起來面對我，我也坐起來看著她。

「那會是一個真的寶寶，也會是我們的寶寶。這有什麼好假裝的？」

「我已經厭倦了我們一直都在假裝，這件事我想來真的。」

「我們哪有一直在假裝？妳到底在說什麼？」

「我們假裝自己是正常人，在過正常的人生！你老是消失，跑去天曉得什麼地方，而我還假裝我很好，我沒事。你都快喪命了，而肯德瑞克根本不知道該怎麼辦，但是你還假裝一切都很好，一切都沒事！寶寶死掉的時候，我假裝我一點都不在乎……」她在抽噎、蜷曲成一團，她的臉被頭髮遮住了，像是一塊絲毯遮住了她的臉。

我厭倦哭泣，尤其厭倦看著克萊兒哭泣。在她的眼淚前，我是完全的無助、無能為力。「克萊兒……」我伸手撫摸她，這是為了安撫她，也是為了安撫自己，但她把我推開。我下床抓起衣服，到浴室穿上，然後從克萊兒的皮包裡拿出車鑰匙，穿上鞋子時，克萊兒出現在走廊上。

「你要去哪裡？」

「我不知道。」

「亨利……」

我走到門外，把門摔上。到屋外後，我覺得好多了，只是想不起來車子停在哪裡，卻又看到它就停在對街。我走到車子旁邊，開門坐進去。

我的第一個念頭是在車裡睡覺，但一坐進去後，我就決定把車開去什麼地方。沙灘，我決定開車去沙灘。我知道這是一個很可怕的主意，我很疲倦、心情很不好，在這種情況下開車出去，簡直是瘋了……但我就是想開開車。街道空蕩蕩的，我發動車子，發出一陣轟鳴聲。我花了一分鐘才把車子開出停車位，並看到克萊兒的臉貼著前窗。就讓她擔心吧！就這麼一回，我一點都不在乎。

我從安斯利街開到林肯廣場，再轉到衛斯坦大道，朝北開去。我已經好一陣子沒有一個人在午夜跑出屋外了，我甚至想不起最後一次在沒有絕對必要的情況下開車是什麼時候了。這真的很棒。我加速通過玫瑰崗墓園，沿著那條都是汽車經銷商的商店街開。我扭開收音機，按了廣播頻道預設為WLUW的按鈕，正在播柯川[35]的音樂，我把音量轉大，把車窗搖下來。噪音、風聲、不停重複的車尾燈和路燈讓我冷靜下來，麻醉了我，過了一會兒，我有點忘了我最初出來的理由。我從艾文斯頓路邊的花壇轉到瑞吉，接著走丹普斯特街到湖邊。我在潟湖附近停車，把鑰匙留在車上，下車散步。天氣很涼爽，四周寂靜無聲。我走到防波堤上，在堤防盡頭站住，俯瞰芝加哥的湖岸線，看著湖岸線在芝加哥橘紫色的天空下來回移動。

我實在太累了，死亡令我厭倦，把性愛當作達成目的的手段也令我厭倦，我很害怕這一切將永無止盡，我不知道我究竟可以承受多少來自克萊兒的壓力。

我們一直在製造、失去胚胎，這些胎兒、這些細胞團到底是什麼東西？這些東西到底是什麼，它們有重要到值得拿克萊兒的命去冒險嗎？它們有重要到我們每一天都要覺得很絕望嗎？老天在跟我們說我們應該放棄了，老天在說：亨利，你是一個搞砸的生物體，而我們不想再製造更多的你了。我已經準備好認命了。

我從來都沒有在未來看到我有小孩，雖然我花了很多時間跟比較年輕的我相處，雖然我花了很多時間跟童年時的克萊兒相處，但我並不認為，少了自己的骨肉，我的人生就會不完整。沒有哪個未來的我曾經鼓勵我要再接再厲、努力不懈。我在幾個星期前確實崩潰了，而且問出口了。我在圖書館的書庫偶然碰見來自二〇〇四年的我。「我們以後會有小孩嗎？」那個我只是對我微笑，然後聳聳肩。他自以為是又語帶同情地答道：「抱歉，你得自己經歷這件事。」

「老天爺，你就行行好跟我說吧。」我哭喊著，提高音量。他舉起手，然後就消失了。「混帳東西。」我大聲咒罵。然後伊莎貝爾探頭進來，問我為什麼要在書庫裡大喊大叫的，知不知道閱覽室裡的人都聽得見我的聲音？

我就是想不出解決辦法，克萊兒已經走火入魔了。艾蜜特．孟塔格一直鼓勵她，跟她說各式各樣奇蹟寶寶的故事，給她喝維他命飲料，這讓我想到了電影「失嬰記」[36]。或許我可以罷工。對，就這麼辦：性罷工。我突然笑了起來，笑聲被輕輕拍打防波堤的浪濤吞沒了，我知道機會不大，沒幾天我就會跪地求饒了。

我的頭在痛。我想假裝頭痛並不存在，我知道我之所以頭痛是因為我太累了。我在想，不知道我有沒有可能不受干擾地睡在沙灘上。這是個美好的夜晚。就在這時，防波堤上劃過一束強光，照到我的臉，害我嚇了一大跳。

突然間，我就在金咪的廚房裡了，我仰躺在她廚房的桌子底下，四周都是椅腳。金咪坐在其中一張椅子上，她把頭伸進桌子底下，盯著我瞧。我左邊的屁股壓到她的鞋子了。

「嗨。」我微弱地招呼，覺得我就要暈過去了。

「你這陣子一定會把我嚇出心臟病的，哥兒們。」金咪用腳戳戳我。「給我起來，去穿件衣服。」我撲通落到地板上，跪著從桌子底下往後退出來。接著我蜷曲在亞麻油氈上，休息了一會兒，努力保持清醒，強忍著別吐出來。

「亨利……你還好嗎？」她低頭看我，「要不要吃點東西？喝點湯？我做了義式蔬菜濃湯……還是要喝點咖啡？」我搖搖頭。「你要不要到沙發上躺一會兒？你生病了嗎？」

「沒有，金咪，我沒事，我會沒事的。」我設法抬起膝蓋，再抬起腳，踉蹌地走進臥房，打開金姆先生的衣櫃，裡頭幾乎都空了，只剩幾件乾淨、熨好的牛仔褲，有各種不同的尺寸，從小男孩到大人的都有，還有好幾件乾淨的白襯衫。那是我的小衣物櫃，都已經準備就緒，也恭候我已久了。我穿好衣服後走回廚房，靠在金咪身邊，在她的臉頰上輕輕吻了一下。「今天是什麼日子？」

「一九九八年九月八日。你從什麼時候來的？」

「明年七月。」我們在桌子邊坐下來。金咪在玩《紐約時報》上的填字遊戲。

「明年七月怎麼樣？」

「一個非常涼爽的夏天，妳的花園看起來很漂亮。所有的科技股都會上漲，妳應該在一月份買些蘋果電腦的股票。」

她把這些事情記在一個棕色的紙袋上。「好的，你呢？你還好嗎？克萊兒還好嗎？你們倆有小孩了嗎？」

「說真的，我很餓，給我來一點妳剛剛提到的湯怎麼樣？」

金咪緩慢而吃力地從椅子上起身，從冰箱中拿出一個燉鍋，開始把湯加熱。「你還沒回答我的問題。」

「沒有什麼新鮮事。金咪，沒有小孩。我和克萊兒只要醒著，就都在為這件事情爭吵。拜託妳別找我碴。」

金咪背對著我，很用力地攪著湯。她的背影投射出火大的訊息，「我不是在『找你碴』好嗎？我只是問問，只是好奇。可惡！」

我們沉默了幾分鐘。湯匙刮到燉鍋底部，發出刺耳聲。我想著克萊兒，當我把車開走時，她站在窗邊望著我。

「嘿，金咪。」

「嘿，亨利。」

「為什麼妳和金姆先生一直膝下無子？」

好一陣沉默。「我們有過小孩。」

「你們有過小孩？」

她把冒著煙的湯倒進我小時候最愛的米老鼠碗裡，然後坐下來，用手撫了撫頭髮，把跑出來的白髮塞回腦後的小髮髻裡。金咪望著我，「喝你的湯，我馬上就回來。」她走出廚房，我聽到她拖著腳走過鋪在走廊上的塑膠地毯。我開始喝湯，她回來時，我已經快把湯喝完了。

「這個，這就是敏，她是我的寶貝。」那是一張黑白且模糊不清的照片，裡頭有一個小女孩，可能才五、六歲吧，她站在金姆太太的房子，也就是這棟我從小長大的房子前，穿著天主教學校的制服，臉上帶著微笑，舉著一把雨傘。「那是她第一天上學。她很快樂，也非常害怕。」

我仔細研究這張照片，不敢問問題。我抬起頭，金咪望著窗外，望著河。「發生了什麼事？」

「她死了，就在你出生之前，她得了血癌，後來就死了。」

我突然想起來了，「她以前是不是常常坐在後院的木馬搖椅上，穿著紅色洋裝？」

金姆太太很驚訝地瞪著我。「你見過她？」

「對，我想我見過。很久以前，大概七歲的時候，我站在通往河邊的台階上，一絲不掛。她警告我最好不要走進她的院子，我跟她說那是我的院子，但她不相信。我那個時候實在搞不懂這是怎麼一回事。」我笑了，「她跟我說，如果我不離開的話，她媽媽會打我屁股。」

金咪笑得很開心，「嗯，她說得對，是吧？」

「對，她只是早幾年說而已。」

金咪微笑。「敏是一個小爆竹，她爸爸叫她大嘴巴小姐，他非常愛她。」金咪把頭轉過去，偷偷用手抹了一下眼睛。我記得金姆先生是個沉默寡言的男人，大部分時間都坐在扶手椅裡看電視上的運動節目。

「敏是哪一年生的？」

「一九四九年。一九五六年死的。好玩吧，如果她還活著的話，現在會是幾個孩子的媽，是個四十九歲的中年婦女，她的孩子說不定正在上大學，或者更大一點。」金咪望著我，而我也望著她。

「我們正在努力，金咪，我們正在嘗試所有我們想得到的辦法。」

「我可什麼都沒說。」

「好啦。」

金咪向我眨了眨眼，好像她是露易絲·布魯克斯[37]或是什麼大人物。「嗨，哥兒們，我被這個字卡住了。第九行往下，『K』開頭的……」

克萊兒：我看著警方的潛水人員游進密西根湖裡。這個清晨很昏暗，但已經漸漸變得炎熱。我站在丹普斯特街的堤防上，雪瑞登路上有五輛消防車、三輛救護車還有七輛警車，這些車輛的燈光都閃個不停。這裡有十七名消防員、六名醫護人員，還有十四名警察和一名矮矮胖胖的白人女警，她的頭似乎被警帽壓扁了，正喋喋不休地說著一些愚蠢的陳腔濫調來安撫我，直到我想把她推下防波堤了，她才住口。我拿著亨利的衣服，現在是清晨五點。這裡有二十一名記者，其中幾位是電視記者，配著麥克風，旁邊還有轉播車，以及扛著攝影機的攝影師；還有幾位文字記者，旁邊跟著帶著相機的攝影師。有一對老夫婦站在附近看熱鬧，他們很有分寸，但也很好奇。我努力別去意識警方對亨利從防波堤盡頭往下跳的描述：他被警車探照燈的光束照到了。我努力別想。

有兩名警察剛到，他們走來防波堤這邊，跟幾名早就在這裡的警察交換一下意見，接著其中比較老的那位警察朝我走來，他留著老式的翹八字鬍，向我自我介紹說他是麥可斯隊長，問我想不想得到任何我丈夫可能輕生的理由。

「我真的不認為他有跳下去，他是個游泳健將，或許他只是游去……呃，威爾梅特或是什麼地方。」我隨便朝北比了比，「他可能隨時都會游回來……」

隊長看起來不太相信，「他有在午夜游泳的習慣嗎？」

「他是個失眠症患者。」

「你們有吵架嗎？他心情不好嗎？」

「沒有，」我撒謊。「當然沒有。」我望著密西根湖，確定我的話聽起來並不是很有說服力。「我正在睡覺。他一定是臨時決定游泳，但又不想吵醒我。」

「他有留紙條嗎？」

「沒有。」就在我絞盡腦汁想找個更說得過去的解釋時，我聽到靠近岸邊的湖裡傳來嘩啦嘩啦的聲音。哈利路亞。這一刻來得剛好。「他在那裡！」亨利從水裡站起來，他聽見我在叫喊，再次潛入水中，游到防波堤那邊。

「克萊兒，這是怎麼一回事？」

我跪在防波堤上，亨利看起來又冷又累。我小聲地說：「他們以為你溺水了，有個人看見你從防波堤上跳下去。為了找你的屍體，已經找了兩個小時了。」

亨利看起來憂心忡忡的，但同時又覺得這很有趣，任何會讓警察不高興的事情他都覺得很好玩。所有的警察都聚到我身邊，不發一語地低頭盯著亨利。

「你是亨利．狄譚伯嗎？」隊長問道。

「對。你介意我先從水裡出來嗎？」我們隨著亨利來到岸邊，亨利用游的，我們則跟著他在防波堤上行走。他從水裡爬起來，渾身濕答答地站在沙灘上，像一隻濕淋淋的老鼠。我把他的襯衫遞給他，他用它擦乾身體，再把剩下的衣服穿上，很沉著地站著，等著搞清楚警察想怎麼對付他。我想先吻他，然後再殺了他，反過來也行。亨利伸手抱住我，他又冷又濕的。我往他身邊靠，因為他很冰涼；他往我這邊靠，因為我很溫暖。警察問他一些問題，他非常客氣地回答。這些警察是伊凡斯頓的警察，還有幾位隸屬莫頓葛洛夫和斯科基，他們就只是為了這件可笑的小事過來瞧瞧。如果他們是芝加哥市的警察，他們就會認識亨利，然後會逮捕他。

「警察叫你從水裡出來的時候，你為什麼沒有反應？」

「我塞著耳塞，隊長。」

「耳塞？」

「為了防止水跑進我的耳朵。」亨利表演了一場秀，他在口袋裡掏了掏。「我不知道耳塞跑哪裡去了。我游泳的時候，總是塞著耳塞。」

「你為什麼在凌晨三點出來游泳？」

「我睡不著。」

諸如此類的問題。亨利天衣無縫地撒著謊，搬出一些事實支持他的論點。最後警察很勉強地開了一張罰鍰五百美元的罰單，因為他在沙灘關閉期間還來游泳。就在警察放了我們，我們走去開車時，記者、攝影師和攝影機把我們團團圍住。無可奉告，就是為了游泳而已。拜託，我們真的很不想被拍。喀擦喀擦。我們終於走到車子那邊了，這輛車還孤伶伶地停在雪瑞登路上，鑰匙還插在鑰匙孔裡。我發動車子，搖下我那邊的車窗。警察、記者和那對老夫婦全都站在草地上看著我們。但我們並沒有注視彼此。

「克萊兒。」

「亨利。」

「對不起。」

「我也是。」他望著我，撫摸我握著方向盤的手。我們一路安靜地開車回家。

二〇〇〇年一月十四日星期五（克萊兒二十八歲，亨利三十六歲）

克萊兒：肯德瑞克帶著我們穿過一座迷宮，走廊上鋪著地毯，兩旁都是隔間，上頭還鋪著隔音磁磚。我們走進一間會議室，裡面沒有窗戶，鋪著藍色的地毯，有一張發亮的黑色長桌，四周放了鋪著軟墊、會旋轉的辦公椅。會議室裡掛著一個白板，還有幾枝麥克筆，門上掛著一個鐘，桌上擺了一個咖啡壺，旁邊還放著杯子、牛奶和糖。肯德瑞克和我在桌子邊坐了下來，但亨利在會議室裡來回踱步。肯德瑞克摘下眼鏡，用手指揉了揉小鼻子的兩側。門打開了，有個穿著手術衣、拉丁美洲裔的年輕男人推著一輛手推車進來。推車上放著一個被布蓋住的籠子。「你想把籠子放在哪裡？」年輕男人問道。肯德瑞克說：「如果你不介意的話，把整輛推車留下來就行了。」年輕人聳聳肩就走了。肯德瑞克走到門邊，轉動一個旋扭，燈光暗了下來。我只能看見亨利站在籠子旁，肯德瑞克走到他身邊，不發一語地把布掀開。

籠子裡飄出柏木的味道。我站起來，盯著籠子瞧。我只看到捲筒衛生紙軸、幾個放食物的碗、一個水瓶、一個運動用的轉輪，還有蓬鬆的柏木屑。肯德瑞克打開籠子上方的門，把手伸進去，挖出某個小小白白的東西。亨利和我擠到他身邊，瞪著這隻坐在肯德瑞克掌心、正在眨眼睛的小老鼠。肯德瑞克從他口袋裡掏出一支很小的手電筒，快速地對著老鼠閃照。老鼠開始緊張，然後就消失了。

「哇！」我驚訝不已。肯德瑞克把布蓋回去，然後把燈打開。

「這將發表在下星期出刊的《自然》科學期刊上，」他帶著微笑，「這篇論文是系列專題的破題首篇。」

「恭喜，」亨利看了時鐘一眼。「牠們通常會消失多久？去了哪裡？」

肯德瑞克比了比咖啡壺，我們倆都點點頭。「大概會消失個十分鐘吧。」說話的同時，他倒了三杯咖啡，給我們倆一人一杯。「牠們會去位在地下室的動物實驗室，牠們是在那裡出生的。無論怎麼弄，牠們好像還沒辦法消失超過幾分鐘。」

亨利點點頭。「等牠們大一點，消失的時間就會長一點。」

「對，到目前為止是這樣沒錯。」

「你怎麼辦到的？」我問肯德瑞克，我到現在還無法相信他已經成功了。

肯德瑞克吹了吹咖啡，喝了一小口，然後扮了一個鬼臉。咖啡有點苦，我加了些糖。「賽雷拉生物科技公司幫了很大的忙，他們排序了老鼠全部的基因圖譜。這讓我們知道應該到哪裡尋找我們鎖定的四個基因。但沒有他們，我們還是可以成功。

「我們從複製你的基因開始，用酵素把DNA上損壞的部分弄掉，之後把這些損壞的部分，植入處於四個細胞分裂期的老鼠胚胎裡。這部分比較容易。」

亨利挑了挑眉毛。「當然，我和克萊兒總是在廚房裡搞這些事。比較困難的部分呢？」他坐在桌子上，把咖啡放在身邊。我可以聽見籠子裡傳來轉輪轉動的嘎嘎聲。

肯德瑞克看了我一眼。「困難的部分，在於如何讓母畜，也就是母鼠，把經過基因改造的老鼠懷到足月。牠們一直在死亡，大量出血到死。」

亨利看起來非常擔憂。「母親死了？」

肯德瑞克點點頭。「母親死了，小孩也死了。我們找不出原因，因此開始全天候觀察牠們，結果就看到事情發生的經過——胚胎時空旅行到母鼠的子宮外，接著再進去，然後母鼠就因為內出血而死。要不然牠們就會在胎兒十日齡時流產。這實在很讓人洩氣。」

亨利和我交換了一個眼神，接著我們別過臉。「我們的情況跟這個類似。」我告訴肯德瑞克。

「是的。但我們解決這個問題了。」

「怎麼解決的？」亨利問道。

「我們判定這可能是免疫反應。這隻胎鼠有些東西實在是太異質了，以致於母鼠的免疫系統會試圖與之對抗，好像這些東西是病毒還是什麼別的東西。所以我們抑制了母鼠的免疫系統，接著事情就像魔法般運轉。」

我的心臟怦怦地跳，連我的耳朵都聽見了。像魔法般。

肯德瑞克突然往地上撲過去，在地上抓住了什麼東西。「抓到了。」他讓我們看看在他拱成杯狀的手裡的老鼠。

「太厲害了！」亨利說道，「那接下來呢？」

「基因治療，」肯德瑞克告訴他。「藥物。」他聳聳肩。「就算我們可以讓這件事發生，但我們還是不知道這件事為什麼會發生，或如何發生，因此我們還在努力了解當中。」他把老鼠遞給亨利。亨利把手拱成杯狀，讓肯德瑞克把老鼠倒在他的手裡，好奇地觀察著。

「牠有刺青。」他說道。

「這是我們追蹤牠們的唯一辦法，」肯德瑞克說：「動物實驗室的技師快被搞瘋了，牠們總是在逃跑。」

亨利大笑。「逃跑，這就是我們的達爾文優勢。」他摸了摸老鼠，老鼠在他的手裡大便。

「對壓力零度容忍[38]。」肯德瑞克把老鼠放回籠子裡，老鼠一進去之後，馬上逃進捲筒衛生紙軸裡。

等我們回家以後，我立刻打電話給孟塔格醫生，跟她說了免疫抑制劑和內出血等事情，她很仔細地聽完我的話，叫我下星期去一趟，她要做一些研究。我把電話掛上，亨利正在看《時代雜誌》商業版，他抬起頭，神經質地瞪著我。

「這值得一試。」我告訴他。

「在他們搞清楚原因之前死了很多母鼠。」

「可是成功了！肯德瑞克辦到了！」

亨利只說了聲「對」，就繼續看他的雜誌。我張開口，接著又改變主意，走出工作室。我實在是太興奮了，根本不想跟他吵架。事情就像魔法般運轉。像魔法般。

五

二〇〇〇年五月十一日星期四（亨利三十九歲，克萊兒二十八歲）

亨利：在二〇〇〇年晚春走在克拉克街上，不是什麼太值得注意的事。但這是個溫暖美好的夜晚，在安德森威爾，所有時髦的年輕人都坐在寇匹裡喝花式冰咖啡，或是坐在瑞薩裡吃蒸粗麥粉，要不就只是溜達，對瑞典家飾品店視而不見，或是對彼此的狗吠來吠去的。我應該在二〇〇二年上班，可是，好吧，我猜麥特得幫我做今天下午的演示說明，我在腦海裡記下要帶他去吃頓晚飯。

就在我閒逛時，沒有料到竟然會看見克萊兒就在對街。她站在一家歷史悠久的服飾店前，望著嬰兒裝的陳列櫥窗。就連她的背影都透露出渴望，連肩膀都發出渴望的嘆息。就在我看著她時，她把額頭貼在商店的櫥窗上，情緒低落地站在那裡。我走過街，閃過一輛UPS廂型車和一輛富豪汽車，站在她的身後。克萊兒抬起頭，非常驚訝地看見玻璃裡有我的映影。

「是你啊。」她轉過身來。「我還以為你跟戈梅茲去看電影了呢。」克萊兒看起來有點設防、有點罪惡感，彷彿我逮到她在做什麼壞事似的。

「我可能有去看電影。事實上，我應該在上班的，在二〇〇二年。」

克萊兒笑了，看起來非常疲倦。我在腦子裡算了一下，知道她在三個星期前第五度流產。我猶豫了一下，接著伸手抱住她，讓我放心的是，她很放鬆地靠在我身上，頭就枕在我的肩膀上。

「妳還好嗎？」我問道。

「很不好，」她輕聲回答，「很累。」我想起她在床上躺了好幾個星期。「亨利，我放棄了。」她望著我，想要評估我對這件事的反應，她想在她的意圖和我所知道的事之間做個權衡。「我放棄了，我們不會成功的。」

有沒有什麼事情能夠阻止我給她她所需要的東西？我想不出不告訴她的理由。我站著，絞盡腦汁想著有沒有任何事情可以阻止克萊兒提早知道。我所記得的就只有她的堅定，而這是我即將要創造出來的。

「鍥而不捨，克萊兒。」

「你說什麼？」

「堅持下去。在我的現在，我們有個寶寶。」

克萊兒閉上眼睛，低聲說：「謝謝你。」我不知道她是對著我說，還是對著上帝說，但這都不要緊。「謝謝你。」她看著我，又說了一遍，這遍是對我說的，我覺得自己就像是「聖母領報」[39]癡呆版裡的天使。我傾身吻她，可以感受到克萊兒身上傳來的堅毅、欣喜和決心。我記得克萊兒的兩腿間冒出一個滿頭黑髮的小頭，而那個奇蹟，就是在這一刻被創造出來的，反之亦然，我為此而驚嘆。謝謝妳。謝謝妳。

「你也知道這件事嗎？」克萊兒問我。

「不知道。」她看起來很失望。「我不僅不知道，還做盡一切我想得到的事，阻止妳再度懷孕。」

「太好了。」克萊兒大笑。「所以不管發生什麼事情，我就是得保持緘默，要吵就吵吧。」

「對。」

克萊兒對我咧了咧嘴，我也對她咧了咧嘴。要吵就吵吧。

六

二〇〇〇年六月三日星期六（克萊兒二十九歲，亨利三十六歲）

克萊兒：我坐在廚房的桌子邊，閒閒地翻閱《芝加哥論壇報》，看著亨利把他採買的食品雜貨拿出來。棕色的紙袋整齊地排列在流理檯上，亨利像個魔術師般，從中變出了番茄醬、雞肉、豪達圓形乳酪。我一直在等兔子和絲巾，但出來的反而是蘑菇、黑豆、義大利寬扁麵、生菜、鳳梨一顆、脫脂牛奶、咖啡、蘿蔔、蕪菁、一顆蕪菁甘藍、燕麥片、奶油、茅屋乳酪、黑麥麵包、美乃滋、蛋、刮鬍刀、體香劑、青蘋果、乳脂、貝果、蝦子、奶油乳酪、糖霜小餅乾、義大利蒜香番茄醬、冷凍柳橙汁、胡蘿蔔、保險套、番薯……保險套？我站起來，走到流理檯，拿起藍色盒子對著亨利揮舞。

「這是什麼？你有外遇嗎？」

他正在檢查冰箱裡的東西，然後抬頭傲然地望著我。「沒有，事實上，我想我是碰到神靈顯現了。我就站在牙膏那排，神靈突然顯現，我就頓悟了。妳想聽嗎？」

「不想。」

亨利站起來，轉身看我，表情像是在嘆息，「好吧，總之就是這樣：我們不能再嘗試生小孩了。」

叛徒。「我們說好了……」

「……繼續試是嗎？我想五次就夠了，我們都累了。」

「不要。我是說，為什麼不再試一次？」我試著懇求，試著吐出這些字句，好壓抑從喉嚨裡升起的憤怒。

亨利走到流理檯邊，站在我面前，但沒有碰我，他知道他這時候不能碰我。「克萊兒，要是再流產，妳會死的，我才不要一直做會害妳死掉的事。懷孕五次……我知道妳想再試一次，但我沒辦法，我再也沒辦法忍受了。克萊兒，我很抱歉。」

我走出後門，站在太陽底下，站在覆盆子叢旁邊。我們的孩子、死掉的孩子，用光滑的雁皮棉紙包好，放在小木盒裡，埋在玫瑰花旁邊；傍晚，太陽已經照不到他們了。我可以感受太陽的熱力在我的肌膚上灼燒，但我也為了他們瑟瑟發抖，他們埋在六月天陰涼的花園深處。幫幫我，我在腦海裡對著我們未來的小孩說，他不知道，所以我不能告訴他。你快點來吧。

二〇〇〇年六月九日星期五／一九八六年十一月十九日星期五（亨利三十六歲，克萊兒十五歲）

亨利：現在是星期五早上八點四十五分，我坐在某個名叫羅伯特．剛薩雷茲醫生的等候室裡，克萊兒並不曉得我來這裡。我決定結紮。

剛薩雷茲醫生的診療室在雪瑞登路上，靠近戴維西大道，就在一家很高、位於林肯公園植物園出口路上的醫療中心裡。這間等候室裝飾著棕色及漆成獵人綠色的物品，還擺著許多自一八八〇年代以來的賽馬贏家的馬鞍和裱裝照片，非常有男子氣概。我覺得自己應該穿著寬鬆的吸菸服，咬著一根大雪茄。我需要喝一杯。

坐在計畫生育處裡的親切女人，用很能撫慰人心的聲音向我保證這幾乎不會痛。還有其他五個傢伙跟我一起坐在這裡，我懷疑他們是不是得了性病，或是前列腺出了問題。說不定其中有些人就跟我一樣，坐在這裡等著終結自己未來的父親生涯。我覺得我跟這些素不相識的男人間有某種休戚與共的關係，我們全都在這個陰沉沉的早晨，一起坐在這間咖啡色、由木頭和皮革所構成的等候室裡，等著進入檢查室，脫掉我們的褲子。有個年紀很大的男人傾身向前坐著，雙手緊緊握著手杖，他戴著很厚重的眼鏡，把他的眼瞼都放大了，他鏡片後的眼睛緊閉著。或許他不是來剪輸精管的。有個坐著的小毛頭快速地翻閱一本過期的《君子》雜誌，裝作很冷淡的樣子。我閉上眼睛，想像我人在酒吧裡，女酒保背對我，調一杯香醇的蘇格蘭純麥威士忌加上少許的溫水。或許是一間英式的小酒館。沒錯，就跟這間等候室的裝潢很搭。坐在我左手邊的男人咳嗽，幾乎快把肺給咳出來了。當我睜開眼睛時，我仍然坐在醫生的等候室裡。我偷偷瞥了一眼我右手邊男人手上戴的錶，那種巨大的運動錶可以用來測跑短跑時間或呼叫母艦。現在是九點五十八分，我預約的時間在兩分鐘後，但醫生似乎看得超過時間了。接待員喊道：「李斯頓先生。」小毛頭猛然站起，走出沉重、鑲著木板的門，進入診療室。剩下的人偷偷摸摸地注視彼此，好像我們坐在地鐵裡，有人在跟我們兜售《街頭見識》。

我因為緊張而全身僵硬，只能不住提醒自己，我即將要做的事有其必要性，是一件好事。我不是叛徒、我不是叛徒，我在拯救克萊兒，讓她免於恐懼、免於受苦。她永遠都不會知道這件事，她不會受到傷害……或許會受一點點傷，有一天，我會告訴她這件事，她也會了解我必須這麼做。我們努力過了，我別無選擇，我不是叛徒。就算我會傷害到她，但這也是值得的，我之所以這麼做，是因為我愛她。只要想到克萊兒坐在我們的床上哭泣，全身都是血，我就覺得很不舒服。

「狄譚伯先生。」我站起來，現在我真的很不舒服了。我感到頭昏眼花，彎下腰準備嘔吐。我把頭埋在膝蓋裡，地上很冷，覆滿了野草枯死的殘株。胃裡已經沒有東西了，我正在吐黏液。天氣很冷，我抬頭看，發現我人在空地，在牧場上。樹木光禿禿的，天空有點陰，天色快暗下來了。我獨自一人。

我起身去找放衣服的箱子。一下就穿好了「四人幫」樂隊的T恤、毛衣、牛仔褲、厚襪子、黑色軍靴、黑色羊毛大衣，我還戴上一雙很大的淺藍色手套。看來有什麼東西咬破了箱子，還在裡面做了個巢。這些衣服看起來像是一九八〇年代中期的設計，克萊兒大約十五、六歲吧。我尋思應該去哪裡待著比較好，還是我應該等她呢？或者乾脆轉身離開？我不知道我現在有沒有辦法面對青春朝氣、活力充沛的克萊兒。我轉過身，朝果園走去。

現在似乎是十一月末。牧場是棕色的，在風的吹撫下發出嘎嘎聲，幾隻烏鴉在果園的一角爭奪被風吹落的蘋果。就在我走過牠們身邊時，聽到有人氣喘吁吁地跑在我後頭。我轉過身，是克萊兒。

「亨利……」她上氣不接下氣的，聲音聽起來好像感冒了。我讓她站著喘息了有一分鐘。我不能跟她說話。她站著，還在喘氣，呼出來的氣在她面前形成一道白色的雲霧，她的頭髮在灰色和棕色的襯托下呈現亮紅色，肌膚是淡粉紅色的。

我轉過身，走進果園。

「亨利，」克萊兒跟在我後面，抓住我的手臂。「怎麼了？我做了什麼？你為什麼不跟我說話？」天啊。「我本來在為妳做一件事，一件很重要的事，但我辦不到。我開始緊張，然後我就出現在這裡了。」

「什麼事情？」

「我不能告訴妳，我甚至不能跟長大後的妳說，因為妳會不高興。」

「既然這樣，你為什麼要做？」克萊兒在風中發抖。

「這是唯一的辦法。我沒辦法讓妳好好聽我說話。我以為如果我做了這件事，我們就會停止爭吵。」我嘆息。我會再試一次，而且，如果有必要的話，我會繼續試。

「我們為什麼吵架？」克萊兒抬頭看我，她很緊張，也很焦慮。她在流鼻水。

「妳感冒了嗎？」

「對。我們在吵什麼？」

「這都是因為貴國的大使夫人在大使館舉辦的晚會上，賞了敝國首相的情婦一巴掌。而這影響到燕麥片的關稅，導致高失業率和暴動……」

「亨利。」

「怎樣？」

「就一次，只要一次，你能不能不要逗我，回答我問你的問題？」

「我辦不到。」

克萊兒顯然沒有預謀，但她狠狠賞了我一巴掌。我退後幾步，非常驚訝，但也很高興。

「再打我一次。」

她被我搞糊塗了，搖搖頭。

「求求妳，克萊兒。」

「不要。你為什麼希望我打你呢？我想傷害你啊。」

「我希望妳傷害我，求求妳。」我低下頭。

「你到底怎麼了？」

「所有事情都太可怕了，我好像無法感覺。」

「什麼事情很可怕？發生什麼事了？」

「別問我。」克萊兒走過來，離我非常近，她牽起我的手，脫掉我手上可笑的淺藍色手套，用力地咬了我的手掌。痛得要命。她停下來，我看著我的手，血慢慢地流出來，一小滴一小滴，就在咬痕的周圍。我或許會得敗血症，但此時此刻，我一點也不在乎。

「告訴我。」她的臉離我只有幾吋而已。我吻了她，非常粗魯地吻她。她拚命抵抗，我放開她，她轉過身背對我。

「這樣非常不好。」她很小聲地說道。

我是發什麼神經了？這個克萊兒才十五歲，她不是那個已經折磨我好幾個月的克萊兒；那個克萊兒拒絕放棄生小孩的念頭，拿她的生命開玩笑，她很絕望，還把做愛變成點綴孩童死屍的戰場。我把手放在她的肩膀上，「我很抱歉，真的很抱歉，克萊兒，我不是針對妳。請妳原諒我。」

她轉過來，哭得一把鼻涕一把眼淚的。我的外套口袋裡有包面紙，於是我拿起面紙輕輕擦拭她的臉，她從我的手裡把面紙搶過去，擤了擤鼻子。

「你以前從來都沒有吻過我。」喔，不。我的臉一定很好笑，因為克萊兒笑了。我簡直無法相信，我真是個大白癡。

「克萊兒，忘掉這件事好嗎？就把這件事從腦海中抹掉，當它從來沒有發生過。過來，重來一遍好嗎？克萊兒？」

她試探性地朝我走過來，我伸手抱住她、凝視她。她哭得眼圈發紅、鼻子腫脹，絕對是重感冒。我把手放在她耳邊，讓她的頭往後仰，然後吻她，我試著把心放進她的心裡，免得我又失去她的心了。

二〇〇〇年六月九日星期五（克萊兒二十九歲，亨利三十六歲）

克萊兒：亨利整個晚上都很安靜，靜得嚇人，而且他還驚慌失措、悶悶不樂的。吃晚飯時，他似乎都在腦海裡那座想像的書庫中，搜尋某本他在一九四二年讀過的書。此外，他的右手包著繃帶。吃過晚飯後，他走進臥房、趴在床上，頭在床尾，腳在我的枕頭上。我到工作室擦洗模子和定紙框，然後享用我的咖啡。我的心情也不是很愉快，因為我搞不懂亨利到底出了什麼問題。最後我走回房裡，他還是用同樣的姿勢躺在黑暗中。

我躺在地板上。在我伸展四肢時，背部發出很大的啪啪聲。

「克萊兒？」

「嗯？」

「妳還記得我第一次吻妳的情景嗎？」

「栩栩如生。」

「我很抱歉。」亨利翻過身。

我的好奇心在燃燒。「你那時候到底在煩惱什麼？你想做什麼事情但辦不到，而且你還說我不會喜歡這件事，到底是什麼事？」

「妳是怎麼記住這所有事情的？」

「我是《大象之子》[40]的原型，你現在要告訴我了嗎？」

「不要。」

「我來猜猜看，如果我猜對的話，你會告訴我嗎？」

「或許不會。」

「為什麼不會？」

「因為我已經累斃了，而且我今晚不想吵架。」

我也不想吵架。我喜歡躺在地板上，地板上有點冷，卻非常安如磐石。「你去結紮了。」

亨利沒吭聲，他沉默了很長一段時間，長到我想把一面鏡子放在他的嘴巴前，看看他有沒有呼吸。

終於出聲了，「妳怎麼知道的？」

「我不是很確切地知道，只是擔心可能會是這件事。我看到你跟醫生約今早看診的紙條了。」

「我把那張紙條燒了。」

「我看到紙條下面那張紙上的印跡了。」

亨利呻吟，「好吧，福爾摩斯，妳逮到我了。」

我們繼續平和地躺在黑暗裡，「想做就去做吧。」

「什麼？」

「去結紮啊，如果你非做不可的話。」

亨利再度翻身，他望著我，而我只能看到黑色天花板下他黑色的頭顱。「妳不對我大吼大叫嗎？」

「不。我也沒辦法堅持下去了，我放棄了，你贏了，我們不會再嘗試生小孩了。」

「我不會把這個定義為贏。這只是……有必要這麼做。」

「隨便你怎麼說。」

亨利爬下床，和我一起坐在地板上。「謝謝妳。」

「不客氣。」他親吻我。我回想一九八六年那個陰鬱的十一月，亨利才剛從那個地方回來。我想著那時候的風、在寒冷的果園裡、他溫暖的身體。後來，幾個月來的第一次，我們在不用擔心後果的情況下做愛；亨利得了我十六年前的感冒。四個星期後，亨利做了輸精管結紮手術，接著我發現我第六度懷孕了。

寶寶的夢

二〇〇〇年九月二十日（克萊兒二十九歲）

克萊兒：我夢見我下樓來到外婆的地下室，左手邊的牆上還留有過去烏鴉從煙囪飛進來留下的長長煤灰痕跡。階梯滿是灰塵，我用手抓著扶手穩住自己，在扶手上留下了灰色的手印。我走下樓梯，走進一間小時候會把我嚇得半死的房間，裡頭有一排排的黑色架子，擺滿了罐頭食品、番茄、泡菜、玉米和甜菜，看起來像是做過防腐處理。在眾多廣口瓶中，有一個裝了一隻鴨子的小胎兒。我小心地打開它，把雛鴨倒出來，瓶子裡的液體都流到我手上，那隻雛鴨大口喘氣，還嘔吐了。「妳為什麼把我丟在這裡不管？」當牠能夠開口說話時，劈頭就這麼問我，「我一直都在等妳。」

我夢到我和媽媽一起走在南海文住宅區一條很安靜的街道上。我帶著一個寶寶，在我們行走的時候，寶寶變得愈來愈重，重到我幾乎抱不動他。我轉身看著媽媽，跟她說我再也沒有辦法抱著寶寶往前走了。她很輕鬆地接過我的寶寶，繼續前進。我們來到一棟房子，走過一條小路來到房子後院，裡頭有兩個螢幕和一台幻燈機。人們坐在草坪的椅子上，觀賞幻燈片。每個螢幕裡都各有半棵樹，一半是夏天，另一半是冬天，它們是同一棵樹，只是季節不同罷了。寶寶笑了，因為高興而大喊大叫。

我夢到我站在西莒威克的El月台，等著棕線列車進站。我帶著兩個購物袋，裡面裝著幾盒鹹餅乾，還有一個很小的死產紅髮嬰兒，用保鮮膜包著。

我夢到我在家，待在以前的房間，深夜裡，房間很昏暗，只有來自水族箱裡的燈光。我突然驚懼地發現，有一隻小動物在水族箱裡游來游去。我急忙把水族箱的蓋子掀起來，撈起這隻小動物。這隻小動物變成一隻有鰓的沙鼠。「我真的很抱歉，」我說：「我把你給忘了。」這隻沙鼠用譴責的眼神瞪著我。

我夢到我在草地雲雀屋，我正在上樓。所有家具都不見了，每個房間都空無一物。陽光照射進來，在擦得發亮的橡木地板上灑下一片金光，灰塵在陽光裡飄浮。我走到長廊上，每個臥房都瞥了一眼，來到我的房間，房裡只有一個木頭做的小搖籃；房裡寂靜無聲，我很怕朝搖籃裡看。媽媽房間的地板上鋪著白色的床單，我的腳下有一小滴血，血一碰到床單末端就擴散開來，我一直注視著，直到整個地板被血染紅為止。

二〇〇〇年九月二十三日星期六（克萊兒二十九歲，亨利三十七歲）

克萊兒：我住在水面下，所有事情似乎都很緩慢、很遙遠。我知道上面有一個世界、一個很容易就陽光普照的世界，在那裡，時間就像乾沙流過沙漏般流轉；但在下面這裡、我所在之處，空氣、聲音、時間和感覺，都很濃稠。我和這個寶寶待在一個潛水鐘裡，就我們兩個人，努力地在這個異質的環境裡生存，但我覺得很孤單。「哈囉？你在那裡嗎？」沒有回應。「他死了。」我告訴艾蜜特。「沒有。」她憂愁地微笑著，「沒有，克萊兒。看，這是他的心跳。」我無法解釋。亨利在我的身邊徘徊不去，想要餵我吃飯、替我按摩、為我打氣，直到我受不了地咬他為止。我穿過院子，走進我的工作室。我的工作室就像博物館、就像陵墓般寂靜，沒有什麼東西活著或是呼吸，此處沒有意念，就只有東西，這些東西控訴似地瞪著我。「對不起。」我告訴那張空空如也的畫桌、乾掉的甕染料桶和模子、做了一半的雕塑。「死嬰。」我心裡想，看著這個用紙包起來的藍色鳶尾花支架，它在六月時看起來前途一片光明。我的手很乾淨、很柔軟，充滿粉紅血色。我討厭我的手，我恨這種空虛，我恨這個寶寶。「不，」不。

我不恨他，我只是找不到他而已。

我在畫板旁坐下來，手裡拿著筆，面前有張白紙，卻什麼想法都沒有。我閉上眼睛，能想到的就只有紅色。因此我拿了一管深鎘紅的水彩顏料，拿起一枝很蓬鬆的大畫筆，在水罐裡注滿水，然後開始在紙上塗滿紅色。紙上閃閃發亮，因為潮濕而變得很鬆軟，乾了之後顏色轉深。我看著紙變乾，聞起來有阿拉伯膠的味道。我用黑色的墨水，在紙張正中央畫了一顆很小的心，不是那種愚蠢情人節的心，而是解剖學上的精準臟器，很小一顆，像個洋娃娃似的，然後是血管，很精細的血管路線圖，從四面八方伸展到紙張邊緣，讓這顆小心臟被網捕捉著，就像一隻被蜘蛛網纏住的蒼蠅。「看，這是他的心跳。」

天就要暗了。我把水罐裡的水倒掉，把畫筆洗乾淨。鎖上工作室的門，走過院子，走進後門。亨利正在煮義大利麵醬，我走進來的時候他抬頭看我。

「好一點了嗎？」他問道。

「好一點了。」我向他保證，也向自己保證。

二〇〇〇年九月二十七日星期三（克萊兒二十九歲）

克萊兒：他躺在床上，流了一些血，但沒有很多。他仰躺著，正在努力呼吸，他小小的胸腔正在顫動，但他太快出來了，他在痙攣，血液跟著心跳節拍從脊髓裡湧出來。我跪在床邊，小心把他拾起來，把他拾起來，我小小的男孩，抽搐得像隻剛捕上岸的小魚，快要溺死在空氣裡了。我抱著他，非常輕柔地抱著他，但他不知道我在這裡，他不知道我抱著他，他滑溜溜的，皮膚薄得幾乎像是想像出來的，他的眼睛緊閉，我漫無邊際地想著嘴對嘴人工呼吸，還有一一九，還有亨利，「噢，別在亨利見到你之前就消失啊！」但他一邊呼吸一邊流出液體來，他是在海水裡呼吸的小小海洋生物，他把嘴張得大大的，我可以把他整個人看盡。我的手突然空了，他就這麼消失了。消失了。

我不知道過了多久，我一直跪著，跪著，祈求親愛的上帝。親愛的上帝，親愛的上帝。寶寶在我的子宮裡動了動。噓。躲好。

我在醫院裡醒來，亨利也在。寶寶死了。

七

二〇〇〇年十二月二十八日星期四（亨利分別是三十三歲和三十七歲，克萊兒二十九歲）

亨利：我站在我們的臥房裡，在未來。現在是晚上，但月光讓房間看起來很超現實，有種單色的清晰。我的耳朵在嗡嗡作響，當我人在未來時，耳朵常常會這樣。我看著熟睡中的克萊兒和自己，他們好像死了。我像顆球似地縮著，膝蓋抱在胸前，用毯子把自己裹得緊緊的，嘴還微微張開。我想摸摸我自己，我想把我自己抱在懷裡、朝我自己的眼睛裡頭看。但我不會這樣做，我站了好幾分鐘，專注地打量正在熟睡的未來的我。我悄悄走到克萊兒的那一邊，跪下來，覺得這就好像是我的現在。我逼自己忘記床上還有另一具身體，一心一意地望著克萊兒。

她稍微動了動，張開了眼睛。她不確定我們人在哪裡，我也不確定。

我被慾望壓倒了，被盡情與她激烈結合的渴望壓倒了。就在此地，就在現在。我非常輕柔地吻她，在她嘴唇上流連，腦子裡一片空白。她還沒睡醒，下意識地伸手摸我的臉，當她感覺到實際的我時，她稍微清醒了一點。如今她醒了，她伸手愛撫我的手臂，我極度小心地把她身上的床單抽掉，免得吵醒另一個我，克萊兒還沒有意識到他的存在。我懷疑另一個我可能有點抗拒醒來，但我決定不要探個究竟。我趴在克萊兒上面，身體完全覆蓋住她。我希望可以阻止她轉頭，但她現在隨時會轉頭。就在我進入她的時候，她注視著我，我想像我並不存在，過了一秒鐘之後，她轉過頭去，看到另一個我。她輕輕地叫出聲，然後回過頭來看我，看著她身上的我、看到她體內的我。接著她想通了，就認命接受了，「這很詭異，但也還好。」就在這一刻，我愛她更勝過生命。

二〇〇一年二月十二日星期一（亨利三十七歲，克萊兒二十九歲）

亨利：克萊兒整個星期心情都怪怪的，她很迷亂，好像有些只有克萊兒才聽得到的事情，把她的注意力牢牢吸住了，好像她從她的內在接收到天啟似的，或是試圖在她的腦海裡，破解俄羅斯的衛星發送過來的密碼。我問她究竟是怎麼一回事，她只是笑了笑，聳聳肩。這實在太不像克萊兒了，所以我心生警覺，但立刻又把念頭拋到腦後。

有天晚上我下班回家，光是望著克萊兒就知道發生了可怕的事情。她看來很害怕，神情中又帶著一絲懇求。她走近我，停了下來，一句話也沒說。有人死了嗎？我心想。誰死了？我爸？金咪？菲利普？

「說話啊，」我問：「出了什麼事？」

「我懷孕了。」

「妳怎麼能……」即使我正在說話，我也確切知道這是怎麼發生的。「沒事，我記得這件事。」對我來說，那個晚上已經是好幾年前的事；但對克萊兒來說，那發生在幾個星期前。我從一九九六年來，當時我們正不顧一切想懷個孩子，而克萊兒幾乎都是清醒著的。我咒罵自己，因為我像個粗心大意的傻瓜。克萊兒等著我說話。我強迫自己微笑。

「很大的驚喜吧。」

「對。」她看起來有點泫然欲泣。我把她摟在懷裡，她緊緊地抱住我。

「害怕嗎？」我在她的髮絲裡耳語。

「嗯。」

「妳以前從來都不害怕的。」

「我以前瘋了，但我現在知道……」

「這是怎麼一回事。」

「……可能會發生什麼事。」我們站著想像各種可能。

我猶豫了一下。「我們可以……」我話說到一半。

「不行，我辦不到。」這是真的，克萊兒辦不到。一日為天主教徒，終身為天主教徒。

我說：「或許這是件好事，一樁快樂的意外。」

克萊兒微笑，然後我了解到她想要這樁意外，她真的希望七是我們的幸運數字。我的喉嚨一緊，我得把臉轉過去。

二〇〇一年二月二十日星期二（克萊兒二十九歲，亨利三十七歲）

克萊兒：鬧鐘收音機滴答滴答地走到早晨七點四十六分，「美國國家公共電台」很悲傷地告訴我，某個地方發生了一起空難，八十六個人不幸罹難。我很確定我是其中一個罹難者。亨利那邊的床是空的。我閉上眼睛，我在一艘遊輪床艙的一個小舖位上，這艘遊輪在波濤洶湧的大海上高低起伏地顛簸著。我嘆了一口氣，打起精神爬下床，跌跌撞撞地走進浴室。當亨利探頭進來問我好不好時，我已經吐了十分鐘了。

「很好，再好不過了。」

他在浴缸邊緣坐下，但我在嘔吐時可不想要有個觀眾在旁邊欣賞。「我應該擔心嗎？妳以前從來都沒有吐過。」

「艾蜜特說這是好事，我應該要害喜的。」這表示我的身體認定這個寶寶是我的一部分，而不是一個異質的東西。艾蜜特一直給我吃一種他們讓器官移植的人吃的藥。

「我今天說不定應該為妳多抽點血存起來。」亨利和我都是O型。我點點頭，然後又吐了。我們是貪婪的血液銀行家；他需要輸兩次，我需要三次，其中一次需要很大量的血液。我坐了一分鐘，搖搖晃晃地站起來；亨利小心地扶著我。我擦擦嘴，然後刷牙。亨利下樓準備早餐。我突然有股想吃燕麥片的強烈欲望，排山倒海而來。

「燕麥片！」我對著樓梯大喊。

「遵命！」

我開始梳頭，鏡子裡的映影看起來氣喘吁吁的，我還以為孕婦應該會散發出光輝呢，但我並沒有散發出光輝。好吧，我還在懷孕，這才是最重要的。

二〇〇一年四月十九日星期四（亨利三十七歲，克萊兒二十九歲）

亨利：我們在艾蜜特．孟塔格的診療室裡做超音波。我和克萊兒很渴望，也很抗拒做超音波。我們已經拒絕羊膜穿刺了，因為我們很確定，如果用一根巨大的長針刺進寶寶的身體裡，我們就會失去他。克萊兒已經懷孕十八週，到懷孕中期了，如果我們可以把時間摺疊成一半，就像羅氏墨跡測驗[41]那樣，這會是正中央的那條線。我們屏住呼吸，害怕如果吐氣，嬰兒會跟著出來，太快出來。

我們坐在等候室裡，一旁還有別的孕婦和她們的伴侶、推著嬰兒車的母親，以及正在學步的幼兒，這些幼兒跑來跑去的，老是撞到什麼東西。孟塔格醫生的診療室總是讓我很沮喪，因為我們已經花太多時間待在這裡焦急不安，或是聆聽壞消息了。但今天不同，今天事事都會順利。

一名護士喊了我們的名字。我們走進一間檢查室，克萊兒把衣服脫掉，躺到檢查檯上，肚子上塗了潤滑油、開始掃描。醫檢師看著監視器，艾蜜特．孟塔格也看著監視器。孟塔格是法裔摩洛哥人，長得很高大、很有威嚴。我和克萊兒手握著手，也看著監視器。影像慢慢地出現，一點一點地。螢幕上出現一張全球氣象圖，或是一個星雲、一團正在旋轉的星星。一個寶寶。

「Bien joué, une fille（很好，是個女孩）。」孟塔格醫生說道：「她正在吸大拇指。她長得很漂亮、很大。」

我和克萊兒都鬆了一口氣。螢幕上有個漂亮的星雲在吸大拇指，就在我們觀看她的時候，她把手從嘴裡拔出來。孟塔格醫生說：「她在微笑。」我們也是。

二〇〇一年八月二十日星期一（克萊兒三十歲，亨利三十八歲）

克萊兒：再過兩個星期就要臨盆了，但我們還沒有選好名字。事實上，因為迷信，我們一直在逃避，好像幫寶寶取名就會讓復仇三女神發現她的存在，進而折磨她。後來，亨利抱了一本《人名辭典》回家。

我們躺在床上。現在才晚上八點半，但我已經筋疲力竭了。我躺在床上，面對著亨利，肚子像座突出來的半島；他躺在他那一邊，也面對著我，頭枕在手臂上，書就放在中間。我們面面相覷，神經質地微笑。

「有什麼想法嗎？」他快速地翻閱這本書。

「珍。」我答道。

他扮了一個鬼臉，「珍？」

「我以前把所有的洋娃娃和填充玩具都取名為珍，每一個都叫珍。」

亨利翻查這個名字的意思，「『神賜的禮物』。」

「我喜歡這個名字。」

「我們來找點非比尋常的名字吧。伊瑞特如何？或是喬朵莎？」他一邊翻書一邊隨口亂說：「這裡有個不錯的名字：盧羅魯魯亞，是阿拉伯文珍珠的意思。」

「那珍珠這個名字是什麼意思？」我想像寶寶就像顆平滑、閃著珍珠光澤的白球。

亨利的手指一行一行地滑過去。「好，『拉丁名。可能是 perula 的變體，用來指涉這種產物最珍貴的形式。』」

「呃，這本書有什麼毛病啊？」我把書從亨利那裡搶過來，為了還以顏色，我也開始查。「『亨利：條頓名。管理家庭的人，家族統治者。』」

他大笑。「查查克萊兒吧。」

「克萊兒：拉丁名。燦爛、明亮的，Clara 的變形。」

「這不錯。」他說道。

我隨便翻了翻書。「菲露梅兒呢？」

「我喜歡這個名字，」亨利說道：「但那個可怕的小名問題怎麼辦？叫菲麗？還是叫梅兒？」

「碧倫：希臘名。紅髮。」

「但如果她不是紅髮呢？」亨利伸手來拿書，然後抓起一把我的頭髮，把髮梢含在嘴裡。我把被他抓過去的髮絲搶回來，把頭髮全都撥到後面。

「我想我們知道關於這個孩子所有的一切。肯德瑞克當然做過紅髮的檢驗吧？」我說。

亨利從我這裡拿走書。「綺瑟呢？柔伊呢？我喜歡柔伊，柔伊有很多可能性。」

「它的意思是？」

「生命。」

「嗯，這個名字非常好，在這上面放張書籤。」

「伊莉莎。」亨利又提了一個。

「伊莉莎白。」

亨利看看我，猶豫了一下。「安奈特。」

「露西。」

「不要。」亨利堅決地說道。

「不要。」我也贊成。

「我們需要的，是一個嶄新的開始。一塊空白的石版。我們就叫她『泰布勒蕾莎』[42]吧。」

「我們叫她泰壇妮敏懷特[43]吧。」

「布蘭琪、布蘭卡、碧安卡……」

「阿爾芭，」我說道。

「阿爾芭．狄譚伯。」我說話時，這個名字就在我嘴裡流轉。

「這個名字很不錯，所有這些小小的抑揚格[44]，輕快地跳著……」他翻著書。「『阿爾芭：拉丁名。白色。普羅文斯語（Provençal）[45]名。晨曦。』嗯。」他費勁地爬下床。我可以聽見他在客廳裡翻箱倒櫃找東西。幾分鐘後他回來了，帶著《牛津英語大辭典》第一卷、《藍燈書屋英文大辭典》，以及我那本破舊的《大美百科全書》第一冊。「『普羅文斯語詩人所做的一首晨曦之歌……為了緬懷他們心愛的女主子。黎明時分，被警戒者的叫聲喚醒，方才一起過夜的一對情侶，在分離的同時邊咒罵著來得太早的白晝。這類主題不會比牧羊女之歌的變化來得少，它是一種名稱借用某個 alba 字的題材，此字有時落在每一首樂曲的開端，但通常出現在每一段最後、形成副歌的地方。』真是太悲傷了。我們來查查藍燈書屋的，這本講的比較好：『山丘上的白色城市。堡壘。』」他把藍燈書屋的辭典扔到床下，打開大美百科全書：「伊索、理性的時代、阿拉斯加……找到了，這裡，阿爾芭。」他仔細地閱讀詞條，「古義大利一群現今已經被夷為平地的城鎮。以及阿爾巴公爵。」

我嘆了一口氣，翻個身仰身躺著。寶寶動了一下，她一定在睡覺了。亨利又回去仔細閱讀那本《牛津英語大辭典》：「情（amour）。色情的（amourous）。犰狳（armadillo）。女人的奶子（bazooms）[46]。老天啊，看看他們這些日子都印些什麼字給人參考啊。」他把手滑進我的睡衣裡，慢慢地在我緊繃的肚子上滑動。寶寶重重地踢了一下，就在他手放著的地方，他嚇了一大跳，看著我，覺得很神奇。他的手在漫遊，探索熟悉和不熟悉的領土。「妳這裡面可以裝多少個狄譚伯啊？」

「總有空間多裝一個的。」

「阿爾芭。」他溫柔地說道。

「一座白色的城市，白色山丘上一座堅不可摧的堡壘。」

「她會喜歡這個名字的。」亨利把我的內褲脫到腿上、拉到腳踝，再丟下床，他直視著我。

「小心一點……」我告訴他。

「我會非常小心的。」他同意道，把他的衣服脫掉。

我覺得自己很巨大，就像枕頭和毯子之海裡的一片大陸。亨利像探險家般用舌頭探索我的肌膚。

「慢慢來，慢慢來……」我很害怕。

「吟遊詩人在拂曉時唱的歌……」他進入我時，在我的耳邊低語。

「……獻給他們心愛的女主子。」我把眼睛閉上，覺得亨利的聲音好像是從隔壁房間傳來的：

「……這樣。」「是的。就是這樣。」

阿爾芭，介紹

二〇一一年十一月十六日星期三（亨利三十八歲，克萊兒四十歲）

亨利：我在芝加哥美術館的「超現實藝廊」裡，在未來。我穿得不是很得體，所能弄到最好的穿著，是一件從存衣處偷來的黑色長外套，還有一件從警衛置物櫃裡偷來的褲子。我得設法找雙鞋，這向來是最難到手的。我想我得先偷個錢包，在美術館的商店裡買件T恤、吃頓午餐、欣賞一些藝術品，然後離開這棟建築物，進入有商店和旅館房間的世界裡。我不曉得現在是什麼年代，但離我來的時間應該不太遠，因為服裝和髮型跟二〇〇一年沒有太大區別。我對這趟短暫的逗留覺得既興奮又苦惱，因為現在克萊兒隨時都會生下阿爾芭，我絕對想要待在她的身邊；但另一方面，這又是一趟很不尋常又很高品質的未來時空之旅：我覺得活力充沛，感覺很像在現在，這種感覺真的很好。因此我安靜地站在一間擺滿了約瑟夫．柯內爾[47]箱子的昏暗房間裡，那些箱子都用探照燈照著。我看到有個學校團體跟著一名導覽員，學生手裡都拿著小凳子，導覽員叫他們坐下來時，他們就順從地把凳子放好、坐下。

我觀察一下這個團體：導覽員是一個五十幾歲、穿著很考究的女人，有一頭金髮和一張在她這個年紀不可能有的緊實臉龐；老師是一個和藹可親的年輕女人，擦著淺藍色的口紅，站在這群學生後頭，準備隨時出面制止吵鬧的學生。我最感興趣的是學生，我想他們大概都十來歲，在念五年級吧。他們念的是天主教學校，穿著一模一樣的服裝，女生穿綠格子的，男生穿海軍藍的。學生們全都全神貫注、很有禮貌，但看來並不是很興奮。太可惜了，我覺得對孩子而言，柯內爾真是太完美了。導覽員似乎以為他們比實際年齡更年輕，講話的方式，就像他們還是小小孩一樣。最後一排有個女孩，她看起來比其他人更投入，我無法清楚看見她的臉，但她有一頭黑色捲曲的長髮，穿著一件孔雀藍的洋裝，這讓她跟其他同學有所不同。每當導覽員問了一個問題，這個女孩就把手舉起來，但導覽員從不點她。我看得出，這個女孩愈來愈不耐煩了。

導覽員正在講柯內爾的「鳥類飼養箱」。每個箱子都透著淒涼，許多飼養箱的內部都塗成白色、畫些東西，有棲枝、有一般鳥籠會有的小鳥巢，有些飼養箱裡還擺了鳥類的圖片。這些箱子是他的作品當中最荒涼最簡單的，沒有他那些「肥皂泡沫機」異想天開，也沒有「旅館箱子」浪漫。

「你們覺得柯內爾先生為什麼要做那些箱子？」導覽員喜孜孜地看了這群孩子一輪，看有沒有人能回答，但她對孔雀藍女孩卻視而不見，那女孩一直揮手，好像罹患了舞蹈病[48]似的。前面有個男孩羞答答地說：這個藝術家一定很喜歡鳥。那女孩實在無法接受這個答案。她站起來，手還舉在半空中。導覽員很勉強地說了聲：「請說。」

「他是因為寂寞才做那些箱子的。他沒有人可以愛，所以他做了這些箱子，這樣他就有東西可以愛了，大家也才會知道他的存在。還有，鳥生性自由，而箱子是鳥躲藏的地方，所以牠們在箱子裡會覺得很安全。而他既渴望自由，也渴望安全。這些箱子是為他自己做的，這樣他才能當一隻鳥。」那個女孩說完後坐了下來。

我為她的答案傾倒。這個十歲大的小女孩能夠理解約瑟夫．柯內爾。不只是導覽員，還有這班學生都聽不太懂她說的話。但老師顯然已經很習慣她這樣了，所以她說：「謝謝妳，阿爾芭，妳的見解很敏銳。」她轉過去對老師感激地笑了笑，然後我看到她的臉，我望著我女兒。我那時站在隔壁的陳列室裡，往前走了幾步，想好好看看她。她看見我了！她的臉一亮，跳起來，把她的凳子都撞倒了。幾乎在我意識到之前，我就把阿爾芭抱住了，抱得緊緊的。我在她面前跪下來，手還是抱著她，聽她一遍遍地喊「爸爸」。

所有人都瞠目結舌地盯著我們。老師趕過來。

「阿爾芭，這個人是誰？先生，你是哪位？」

「我叫亨利．狄譚伯，是阿爾芭的父親。」

「他是我爸爸！」

老師就快把她自己的手擰斷了。「先生，阿爾芭的父親已經死了。」

我一時說不出話。但是阿爾芭，我的女兒，她很善於處理這個局面。

「他是死了，」她告訴老師，「但他並不是『連續性地』死了。」

我頭腦冷靜下來，「這有點難解釋……」

「他是一個CDP，」阿爾芭插嘴：「就跟我一樣。」老師似乎覺得這個說法很有道理，雖然我摸不著頭緒。老師看起來一臉同情，化了妝的臉白了一下。阿爾芭捏了捏我的手，她要我說話啊。

「啊，小姐……」

「庫柏。」

「庫柏小姐，我和阿爾芭方不方便在這裡談個幾分鐘？我們不太容易碰到面。」

「嗯……我、我們在校外教學……班上……我不能讓你把這孩子從班上帶走，我根本不知道你究竟是不是狄譚伯先生，你知道……」

「我們把媽媽叫來吧，」阿爾芭說道。她在書包裡找了找，突然拿出一支手機。她按了一個鍵，我聽到電話響，很快就理解這裡有很多可能性。有人接了電話，接著阿爾芭說：「媽媽嗎？我在美術館……沒事，我很好。媽媽，爸爸在這裡！妳告訴庫柏小姐這真的是爸爸好嗎……好，嗯，再見！」她把手機遞給我。我躊躇了一下，把手機接過來。

「克萊兒嗎？」那邊傳來尖銳的吸氣聲。「克萊兒？」

「亨利！噢，天啊，我真不敢相信！你趕快回家！」

「我會……」

「你從什麼時候來的？」

「二〇〇一年，就在阿爾芭出生之前。」我對著阿爾芭微笑，她靠在我身邊，握著我的手。

「還是我應該過去？」

「這樣會快一點。聽好，妳可以跟老師說我就是真的我嗎？」

「當然，你會在哪裡等我？」

「在獅子那邊。盡快趕來，克萊兒，我不會在這裡待太久的。」

「我愛你。」

「我也愛妳，克萊兒。」我猶豫了一下，接著就把手機交給庫柏小姐。她和克萊兒交談了一會兒，克萊兒說服她讓我帶著阿爾芭到美術館出口，克萊兒會到那裡找我們。我謝謝庫柏小姐，她在這麼詭異的情況下，表現還是相當得體。我和阿爾芭手牽手走出莫頓翼樓，從螺旋梯走下去，走進「中國陶瓷器」陳列室裡。我的心跳得很快。先問什麼問題？

阿爾芭說：「謝謝你錄的錄影帶。媽媽在我生日的時候送給我了。」什麼錄影帶？「我已經會開耶魯和名家了，現在正在學華特斯。」

鎖，她在學開鎖。「太好了，繼續學下去……阿爾芭？」

「爸爸？」

「什麼是ＣＤＰ？」

「時空錯置人（Chrono-Displaced Person）。」我們在唐朝瓷龍前的長椅上坐下來。阿爾芭面對我坐著，手放在膝蓋上。她的模樣跟十歲的我簡直是同一個模子印出來的。我真的很難相信這一切。阿爾芭甚至還沒出生，而她現在就在這裡，像是含苞待放的雅典娜。我盯著她看。

「妳知道嗎，這是我頭一回跟妳見面。」

阿爾芭微笑，「你好嗎？」她是我見過最泰然自若的小孩了。我仔細打量她，這個孩子身上的克萊兒部分在哪裡？

「我們很常見面嗎？」

她想了一下。「不常，已經一年沒見了，我在八歲的時候見過你幾次。」

「我死的時候妳幾歲？」我屏住呼吸。

「五歲。」老天爺，我沒辦法承受這件事。

「對不起！我不應該跟你說這件事嗎？」阿爾芭很後悔。我把她緊緊擁住。

「沒關係的。是我問的，對不對？」我做了個深呼吸。「克萊兒還好嗎？」

「還好。很傷心。」這刺痛了我。我明白我不想再知道更多了。

「那妳還好嗎？學校怎麼樣？妳在學什麼？」

阿爾芭露齒微笑。「我在學校裡沒有學到多少東西，但我有在研讀樂器還有埃及的東西。我和媽媽現在正在讀《魔戒》，我還正在學阿斯托．皮亞佐拉[49]的一首探戈曲子。」

十歲？天啊。「小提琴嗎？妳的老師是誰？」

「爺爺。」有一會兒，我以為她說的是我爺爺，接著才想到她說的是我爸爸。太棒了。如果爸爸願意花時間在阿爾芭身上，那就表示她肯定很出色。

「妳拉得好嗎？」這個問題問得太魯莽了。

「好。我拉得非常好。」感謝上蒼。

「我對音樂一竅不通。」

「爺爺也這麼說，」她咯咯地笑。「但你很喜歡音樂。」

「我很愛音樂，但我就是沒辦法演奏。」

「我聽過安妮塔琳奶奶唱歌！她真是太美了。」

「妳聽的是哪張唱片？」

「我親眼見到她唱歌，在抒情歌劇院，她在唱『阿依達』。」

她是ＣＤＰ，跟我一樣。可惡。「妳也會時空旅行。」

「對啊。」阿爾芭笑得很開心，「媽媽總說我跟你簡直是一個模子印出來的。肯德瑞克醫生說我是天才兒童。」

「怎麼說？」

「有時候我能去我想去的時間和地方。」阿爾芭好像很喜歡她自己，我實在太羨慕她了。

「如果妳不想去的話，妳可以不用去？」

「嗯，不行。」她一副很尷尬的樣子。「但我喜歡這樣。我是說，有時候是很不方便，可是……這很有趣，你懂吧？」是啊，我知道。

「來找我吧。如果妳可以的話，隨時都歡迎。」

「我試過。我有一次在街上看見你，你和一個金髮女人在一起，看起來好像很忙的樣子。」阿爾芭的臉變紅了，突然間，克萊兒偷偷地看了我一眼，就那麼一秒鐘。

「那是英格麗，我在認識妳媽媽之前跟她約會過。」我很納悶我們那時候到底在幹什麼，我和英格麗竟然會讓阿爾芭這麼困窘，我有些懊悔，我竟然讓這個嚴肅又可愛的女孩留下如此惡劣的印象。「說到妳媽，我們應該到前面等她。」我開始聽見高頻的嗡嗡聲，真希望克萊兒能夠趕在我消失前抵達這裡。我和阿爾芭站起來，趕緊走到前面的台階。現在是晚秋，阿爾芭沒有穿外套，所以我用我的外套裹住我們倆。我靠著某隻獅子的花崗石板支座，面朝南；阿爾芭靠著我，躲在我的外套裡，緊緊貼著我，只有臉從我胸膛探出來。今天是個下雨天，車流沿著密西根大道流過。我整個人因為感受到對這個不可思議的小孩那排山倒海的熱愛而暈陶陶的，這個孩子緊緊貼著我，好像她屬於我，好像我們從來沒有分離過，好像我們擁有這個世界上所有時間。我緊緊抓住這一刻，跟疲憊和拉回現在的拉力相對抗。讓我留下來！我乞求我的身體，我乞求老天，我乞求時間，我乞求聖誕老公公，我乞求任何願意聆聽我心聲的人。就讓我見見克萊兒吧，然後我會平靜地離開。

「媽媽到了。」阿爾芭說道。一輛我不熟悉的白色轎車朝我們加速開來。車停在十字路口，克萊兒跳下車，就把車停在那裡，堵住交通。

「亨利！」我試著跑向她。她也在奔跑，但我跌在階梯上，朝克萊兒伸出雙手，阿爾芭扶著我，好像在喊什麼，而克萊兒近在咫尺，我用我最後留下來的一點意志力，望著看來十分遙遠的克萊兒，然後盡可能清楚地對她說：「我愛妳。」然後我就消失了。可惡。可惡！

二〇〇一年八月二十四日星期五晚上七點二十分（克萊兒三十歲，亨利三十八歲）

克萊兒：我躺在後院一張已經舊了的休閒長沙發裡，書和雜誌散落在四周，手邊還有一杯喝了一半的檸檬水，因為冰塊融化的關係，味道已經有點淡了。天氣開始轉涼，剛剛大概還有二十九度，但現在吹來一陣微風，蟬唱著牠們最後的夏曲。有十五架噴射機從我頭上飛過，從未知的、遙遠的地方飛向歐海爾機場。我的肚子在我的面前隱約可見，把我固定在這個地點。亨利昨天早上八點就消失了，到現在還沒出現。我開始覺得害怕，如果我開始陣痛，而他不在這裡，該如何是好？如果我把寶寶生下來了，而他還沒有回來，那該如何是好？如果他受傷了，如果他死了，如果我死了，那該如何是好？這些念頭彼此追逐，就像老太太習慣圍在脖子上的那些怪異毛皮一樣，把尾巴含在嘴裡，圍成一圈。我連一分鐘也忍受不下去了。通常我喜歡在忙著幹活時操心，當我刷洗工作室、洗一大堆的東西，或是拉著三剖重得要命的紙時，我會一邊擔心亨利；但現在我躺在這裡，在日暮陽光下，躺在我們的後院裡，因為我的大肚子而擱淺，在亨利不知道跑去哪裡的時候，在亨利不知道在做什麼事情的時候……老天爺，把他帶回來吧。現在。

但什麼事都沒發生。帕內塔先生的車子開進巷裡，他家車庫的門開啟，發出尖銳刺耳的聲音，接著又關上。一輛貨車來了又走了。螢火蟲開始牠們的夜間狂歡。亨利還是沒回來。

我肚子餓了，快要餓死在後院裡了，因為亨利不在這裡幫我準備晚餐。阿爾芭正扭來扭去，我想起身走到廚房，準備些食物吃，但接著我就決定去做亨利沒辦法弄飯給我吃時，我總會做的事情。我慢慢、慢慢地起身，小心翼翼地走進屋子。我找到我的皮包，打開幾盞燈，然後走出前門，把門鎖上。移動時的感覺挺好的，我再一次為自己感到驚訝，也對我竟然還感到驚訝而驚訝，我的身體居然只有一個部位變得很大，就像某個整型手術做壞了的人，就像非洲部落那些女人中的一個，認為拉得非常長的脖子、嘴唇，或是耳垂，才是美的。我努力在我和阿爾芭的體重間尋得平衡，我們用連體雙胞胎跳舞的方式，走到泰國餐廳。

餐廳裡很涼爽，擠滿了人。我被領到靠前面窗子的一張桌子，點了春捲和泰式炒麵佐豆腐，很清淡、很安全。我喝了一大杯水，阿爾芭緊緊地貼著我的膀胱。我去上廁所，等我回來時，菜已經上桌了。我開始用餐，並想像如果亨利在這裡，我和他之間會有的對話。我很好奇他現在到底在哪裡，我在腦海裡梳理記憶，試著把昨天在穿褲子時消失的亨利，和我童年時見過的任何一個亨利比對。這有點浪費時間，反正我就是必須等他回來、聽他講故事。說不定他已經回來了。我得阻止自己衝出餐廳回家查看。前菜上桌了，我在炒麵上面擠了些檸檬，然後夾了一口麵塞到嘴裡。我在腦海中想像阿爾芭，小小的、粉紅色的，蜷曲在我的身體裡，用小小精緻的筷子吃泰式炒麵。我想像她有一頭黑色的長髮，還有一雙綠色的眼睛。她微笑對我說：「謝謝妳，媽媽。」我也微笑著對她說：「不客氣，真的不用跟我客氣。」她身邊還有一隻小小的填充玩具，她把這個玩具取名為艾方索，餵它吃了些豆腐。我吃完了，坐了幾分鐘休息一下。隔壁桌有人點了一根菸，我才把帳結了離開。

我搖搖晃晃地走在衛斯坦大道上，一輛載滿波多黎各年輕人的車子駛過，對我吼了幾句，但我沒聽懂。回到家後，我笨手笨腳地找鑰匙時，亨利把門推開，「謝天謝地！」然後他張開雙臂抱住我。我們接吻。我看到他時如釋重負，過了幾分鐘後我才明白：他看到我的時候，也才把心中的大石頭放下。

「妳跑去哪裡了？」亨利質問。

「泰國餐廳啊，你跑去哪裡了？」

「我回到家，可是妳不在，也沒有留下紙條。我還以為妳在醫院裡，所以我打電話過去。但他們說妳還沒……」

我開始難以控制地大笑，這實在很好笑。亨利看起來很困惑。當我終於可以說話時，我跟他說：

「現在你知道這是什麼感覺了吧。」

他微笑。「對不起。我只是……我不知道妳在哪裡，我有點慌，以為我錯過阿爾芭誕生了。」

「但你到底去了哪裡？」

亨利露齒微笑，「等一下再說。等一分鐘就好，我們先坐下來吧。」

「我們躺下來吧，我累垮了。」

「妳整天都幹什麼去了？」

「就躺著啊。」

「可憐的克萊兒，難怪妳這麼累。」我走進臥房，打開冷氣，拉上百葉窗。亨利轉進廚房，幾分鐘後，手裡端著飲料出現。我在床上躺好，伸手接過薑汁汽水；亨利把鞋踢掉，爬上床躺在我身邊，手裡拿著一瓶啤酒。

「一五一十地說吧。」

「嗯。」他抬起一邊的眉毛，欲言，又止。「我不知道該從什麼地方說起。」

「毫無保留地說出來就好了。」

「我得先說，這是截至目前為止，發生在我身上的事情裡，最古怪的一件了。」

「比你和我的事情更古怪嗎？」

「是的。這感覺起來很合理、很自然，男孩遇見女孩……」

「比再三觀看你母親死去更古怪嗎？」

「嗯，到目前為止，那就只是可怕的例行公事罷了，只是我不時會作的惡夢罷了。不過這個就很超現實了。」亨利的手在我的肚子上遊走。「我去了以後，我是真的在那裡，覺得精力充沛，然後就碰到了我們的小女孩。這裡。」

「喔，我的天啊。我實在太嫉妒你了。可是……哇！」

「是啊，她大概十歲。克萊兒，她實在太神奇了。她很聰明、很有音樂天賦，她也真的很有自信，沒有什麼事情難得倒她。」

「她長什麼樣子？」

「就像我，女孩版的我。她很漂亮，她有妳的眼睛，但基本上她長得比較像我：黑髮、蒼白，還有幾個雀斑，她的嘴比我的小，耳朵沒有突出來。她有一頭又長又捲的秀髮，有我的手和修長的手指，她很高……就像一隻小貓。」

太完美了。太完美了。

「我很怕我的基因會在她身上亂搞，但她的個性比較像妳，氣質出眾……我在芝加哥美術館見到她混在一群學童裡，高談約瑟夫．柯內爾的『鳥類飼養箱』，她說了一些關於他令人心碎的事情。不知道怎麼著，我就是知道她是誰，然後她就把我認出來了。」

「呃，我希望是這樣。」我必須問，「她會……她是……」

亨利躊躇了一下。「是的，」他終於說道，「她會。」我們倆都安靜下來了。他撫摸我的臉，「我知道。」

我想哭。

「克萊兒，她看起來很快樂。我問過她，她說她喜歡這樣。」他微笑。「她說這很有趣。」

我們倆都笑了，一開始有點悲傷，但後來打動了我。我們發自內心大笑，直到我們的臉都笑僵了、眼淚從我們的臉頰滑落為止。當然啊，這很有趣。非常有趣。

生日

二〇〇一年九月五日星期三到九月六日星期四（亨利三十八歲，克萊兒三十歲）

亨利：克萊兒整天都像隻老虎般在房子裡來回踱步，收縮每二十分鐘左右就出現一次。「妳就多少睡一下。」我告訴她。她在床上躺了幾分鐘，接著又起身，直到凌晨兩點才終於睡著。我躺在她身邊，人很清醒，看著她呼吸，聽她發出小小、煩躁的聲音，把玩著她的頭髮。就算我知道，就算我已經親眼見過她和阿爾芭母女均安，我還是很擔心。三點半，克萊兒醒來。

「我想去醫院。」她告訴我。

「我們應該叫輛計程車，但現在實在太晚了。」

「戈梅茲說不管幾點都可以叫他過來。」

「好。」我打電話給戈梅茲和雀兒喜。電話響了十六聲，戈梅茲接了電話，聲音聽起來像在海底。

「嗯？」戈梅茲說道。

「嘿，同志，時候到了。」

他嘟噥了一句聽起來像是「麻賞倒」的話，接著雀兒喜把電話接過去，說他們馬上就到。我把電話掛了，打給孟塔格醫生，在她的答錄機裡留言。克萊兒四肢著地蹲伏在地上、前後搖動，我跟她一起蹲伏在地上。

「克萊兒？」

她抬頭看我，但還在搖動。「亨利……我們當初為什麼會決定要再來一次？」

「因為我們以為等這件事情結束以後，他們會交給妳一個寶寶，讓妳擁有她。」

「喔，對。」

十五分鐘後，我們爬進戈梅茲的富豪汽車裡。戈梅茲幫我把克萊兒搬進後座時，還一邊打著呵欠，他親切地對克萊兒說：「妳的羊水可別把我的車弄濕，想都別想。」雀兒喜跑進屋裡拿了幾個垃圾袋出來，鋪在座位上。我們跳上車，出發。克萊兒靠著我，緊緊抓住我的手。

「別離開我。」她要求。

「我不會的。」我告訴她，迎上後視鏡裡戈梅茲的眼睛。

「痛死我了，」克萊兒說道，「天啊，好痛。」

「想點別的事情，想點美好的事情。」我提議。我們疾駛過衛斯坦大道，朝南駛去，路上幾乎沒車。

「告訴我……」

我拚命想，想到我最近一次到克萊兒兒時逗留的情形。「記得我們去湖邊那天嗎，妳十二歲的時候？我們去游泳，然後妳跟我說妳月經來的事情？」克萊兒用會把骨頭捏碎的力氣緊握著我的手。

「我有嗎？」

「有，妳有點不好意思，但也很驕傲。那時候妳穿著一套粉紅色和綠色相間的比基尼。」

「我想起來……啊！亨利，好痛，痛死我了！」

雀兒喜轉頭過來，「拜託，克萊兒，這不過是寶寶靠在妳的脊椎上而已。妳得轉身，好嗎？」克萊兒試著改變姿勢。

「我們到了。」戈梅茲把車開到慈善醫院的急診室門口。

「羊水流出來了。」克萊兒說道。戈梅茲停好，然後跳下車，我們輕輕地把克萊兒從車裡搬出來。她走沒兩步，羊水就破了。

「時機抓得真準，貓咪。」戈梅茲說道。雀兒喜拿著我們的文件先跑進去了，而我和戈梅茲慢慢地陪著克萊兒走過急診室，穿過長廊，來到婦產科。她靠著護理站，等待他們冷靜地為她準備病房。

「別離開我。」克萊兒低語。

「我不會的。」我又一次告訴她。我希望我可以確定，但我覺得很冷，有點想吐。克萊兒轉身緊緊靠著我，我抱住她，寶寶是我們之間一顆很硬的圓球。「出來啊，不管妳人在哪裡，趕快出來啊。」克萊兒在喘息。一名胖胖的金髮護士走過來，告訴我們病房已經準備好了。我們一走進去，克萊兒立刻趴在地上，手和膝蓋著地；雀兒喜開始整理東西，她把衣服放進衣櫃，把盥洗用品放進浴室；我和戈梅茲無助地望著克萊兒，她正在呻吟。我們面面相覷，戈梅茲聳聳肩。

雀兒喜提議：「克萊兒，要不要泡個熱水澡？泡在熱水裡會覺得好一點。」

克萊兒點點頭。雀兒喜用手對戈梅茲示意，意思是「給我滾」。戈梅茲搭腔：「我想出去抽根菸。」就離開了。

「我要留下來嗎？」我問克萊兒。

「對！別走！留在我看得到你的地方。」

「好。」我走進浴室放熱水。醫院的浴室總讓我起雞皮疙瘩，這些地方聞起來總是有便宜肥皂和生病肉體的味道。我打開水龍頭，等水變熱。

「亨利！你在裡面嗎？」克萊兒叫道。

我把頭探出浴室。「我在這裡。」

「留在這裡！」克萊兒命令著，雀兒喜走進浴室把我換出去。克萊兒發出我從來沒有聽過人會發出的聲音，那是極度痛苦時才會發出的呻吟聲，充滿深層的絕望。我到底對她做了什麼？十二歲的克萊兒笑得很開心，在沙灘上穿著她的第一件比基尼，躺在毯子上，身上蓋滿了濕沙。噢，克萊兒，我很抱歉，我真的很抱歉。一名有點年紀的黑人護士進來檢查克萊兒的子宮頸。

「乖孩子，」她柔聲地對克萊兒說道，「六公分。」

克萊兒點點頭，對她微笑，接著又扮了個鬼臉。她抱緊肚子，把身子彎起來，呻吟得更大聲了。我和護士抓住她，克萊兒一直大口喘氣，接著開始喊叫。艾蜜特．孟塔格走進來，衝到她身邊。

「寶貝寶貝寶貝，噓——」護士給了孟塔格醫生一堆對我來說毫無意義的資訊。克萊兒在啜泣；我清了清喉嚨，聲音很沙啞，「要不要幫她打麻醉？」

「克萊兒？」

克萊兒點點頭。拿著管子、針筒和機器的一眾人等擠滿了病房。我坐著握住克萊兒的手，望著她的臉，她還在抽噎，當麻醉師吊起一瓶點滴、拿針插進脊椎時，她的臉佈滿了汗水和淚水，濕成一片。孟塔格醫生正在檢查，對著胎兒的監視器皺眉頭。

「怎麼了？」克萊兒問她：「有些事情不對勁。」

「心跳很快，她的小女兒很害怕。妳得冷靜下來，克萊兒，這樣寶寶才能冷靜下來，好嗎？」

「但我實在是太痛了。」

「這是因為她很大。」孟塔格醫生的聲音很平靜、很溫柔。麻醉師是一個很魁梧、留著絡腮鬍的男人，他看起來很無聊，越過克萊兒的身體望著我。「但現在我們會給妳一點雞尾酒、一些麻醉性鎮痛藥、一些止痛藥，很快妳就會放鬆下來，然後寶寶也會放鬆下來，好嗎？」克萊兒點點頭，好。孟塔格醫生微笑。「還有亨利，你還好嗎？」

「不是非常放鬆。」我努力擠出一個微笑。我想用一些他們給克萊兒的藥物。我看東西時會出現雙重影像。我深呼吸，然後這種現象就消失了。

「情況正在好轉，看到了嗎？」孟塔格醫生說道：「這就像烏雲散去，痛苦消失，我們把痛苦帶走，帶去某個地方，把它留在路邊，只有痛苦留在那邊，妳和小寶寶依然待在這裡，對吧？待在這裡很愉快，我們好整以暇，不需要趕時間……」克萊兒臉上的緊張不見了，眼睛牢牢地盯著孟塔格醫生。機器嗶嗶叫，房間裡很昏暗，外頭太陽正在升起。孟塔格醫生注視著胎兒的監視器，「告訴她妳很好，她也很好。為她唱首歌，好嗎？」

「阿爾芭，沒事的。」克萊兒溫柔地說。她直直看著我，「唸那首愛者們在地毯上的詩。」

我的腦海裡一片空白，接著我想起來了。我覺得要在所有人面前朗誦里爾克的詩很難為情，但我還是用德語唸道：「Engel!: Es wäre ein Platz, den wir nicht wissen——」

「用英文！」克萊兒打斷我。

「抱歉。」我換了換姿勢，這樣我就可以坐在克萊兒的肚子旁邊，背對著雀兒喜和護士、醫生。我把手滑進克萊兒的衣服裡，透過克萊兒溫熱的肌膚感受阿爾芭的輪廓。

「天使！」我對克萊兒說道，就好像我們在自己的床上，把整個晚上耗在無關緊要的事情上；

天使！假如有一個我們一無所知的處所，在那兒，
在不可名狀的地毯上，愛者們展現了他們在這兒
從不可能做到的一切，展現了他們大膽的

心靈飛翔的高尚形象，
他們的慾望之塔，他們
早已離開地面、只是顫巍巍地彼此
倚靠著的梯子，——假設他們能夠做到這一切，
在四周的觀眾、那數不清的無聲無息的死者面前：
那麼他們會把他們最後的、一直珍惜著的、
一直藏匿著的、我們所不知道的、永遠
通用的幸福錢幣扔在
鴉雀無聲的地毯上那終於
真正微笑起來的一對情侶面前嗎？[50]

「你看，」孟塔格醫生敲了敲監視器，「大家都平靜下來了。」她對著所有人微笑，接著走出去，護士也跟在她身後。我偶然間捕捉到麻醉師的眼神，好像在說：「靠，到底是哪來的娘娘腔啊？」

克萊兒：太陽正冉冉上升，我麻木地躺在一間粉紅色的病房裡，躺在這張陌生的床上；而在異國他鄉某處，我的子宮裡，阿爾芭正朝著回家或離家的方向，緩緩爬行。疼痛已經離開了，但我知道它沒有走遠，正躲在某個角落或床底下生悶氣，在我沒有預警時，就會跳出來。收縮來了又去，一時離得遠遠的，就像教堂的鐘聲因為穿過濃霧而減弱。亨利躺在我旁邊，人們來來去去的。我想吐，但我沒有。雀兒喜給我一個裝了碎冰的紙杯，嚐起來有積雪的味道。我望著管子和一閃一閃的紅色燈光，想到了媽

媽。我吸了一口氣，亨利望著我，看起來如此緊繃、如此不快樂。我又開始擔心他會消失了，「沒事的。」他點點頭，撫摸我的肚子。我在流汗，這裡實在太熱了。護士走進來檢查，艾蜜特檢查，我和阿爾芭孤伶伶地待在大家中間。「沒事的，」我告訴她，「妳做得很好，沒有弄痛我。」亨利起身來回踱步，踱到我叫他停下來。我覺得所有的器官好像都有了生命，都有它們自己的行程、有自己的火車要趕。阿爾芭的頭正朝著前方在體內挖隧道，一個正在開鑿我的骨和肉的骨肉，是我體內深處的挖地機。我想像她在體內游泳，想像她跌進了早晨紋風不動的池塘裡，跌下來的速度之快，把池塘的水都濺開了。我想像她的臉，我要看見她的模樣。我告訴麻醉師，我希望能有所感覺，麻木逐漸退去，疼痛又回來了，截然不同的疼痛，還撐得下去的疼痛。時間一分一秒過去。

時間一分一秒過去，疼痛又開始升起，然後退下，彷彿有個女人站在熨衣板旁邊，用熨斗在一塊白色的桌布上熨過來又熨過去、熨過來又熨過去。艾蜜特走進來說進產房的時候到了。我身上的毛髮都被刮除、擦洗乾淨，然後被抬上推送病人用的輪床，被推過走廊。我看著走廊的天花板流曳而去，我和阿爾芭一起在輪床上移動，朝著即將見面的地方前進，亨利就跟在我們旁邊。產房裡一切事物都是綠色和白色的。我聞到清潔劑的味道，想到了艾塔，我希望艾塔人在這裡陪我，但她現在正在草地雲雀屋裡。我抬頭望著亨利，他穿著手術衣，我心想，我們為什麼會在這裡，我們應該在家的。接著我感覺到阿爾芭好像在前進、在往前衝，所以我開始用力推擠，想都沒想；然後我們一而再、再而三地重複動作，好像這是一場遊戲，好像這是一首歌。有人說：「嘿，爸爸跑哪裡去了？」我環顧四周，但亨利已經消失了，他不在這裡，我心想：天殺的亨利。可是不，老天爺，我不是故意的；但阿爾芭已經出來了，她正在出來，接著我就看到亨利了，他踉踉蹌蹌地映入眼簾，搞不清楚方向，全身光溜溜的，但他在這裡！他在這裡！然後艾蜜特說：「我的老天！啊，她的頭冒出來了！」我用力推擠，阿爾芭的頭出來了，我伸手去撫摸她的頭，濕濕滑滑的，很纖細脆弱，摸起來像天鵝絨，我一再地用力，然後阿爾芭滾落到亨利早就等在那裡的雙手中，有人說了聲：「喔！」然後我就空了、被釋放了。接著我聽到一個聲音，就像唱針放錯溝槽的黑膠唱片發出來的聲音，接著阿爾芭就叫出來了。突然間，她就在這裡了。有人把她放在我的肚子上，我往下看，她的臉、阿爾芭的臉，紅撲撲、皺巴巴的，頭髮好黑好亮，眼睛視若無睹地尋找什麼。她把手伸出來，阿爾芭抓到我的胸脯上，然後就停住了，因為使了吃奶的力氣、因為這一切，筋疲力竭。

亨利彎下身撫摸她的額頭，「阿爾芭。」

稍晚

克萊兒：這是阿爾芭降臨到地球的第一個晚上。我躺在醫院病床上，房間裡到處是氣球、泰迪熊和花。我的手裡抱著阿爾芭，亨利盤坐在床尾幫我們拍照。阿爾芭才剛吃完奶，她從小嘴裡吹出初乳的泡沫，然後沉沉睡去，她是我睡衣上一團柔軟又溫暖的肌膚和液體。亨利把一卷底片都拍完了，他把相機裡的底片取出來。

「嘿，」我突然想起來，「你那時跑去哪裡了？在產房的時候？」

亨利大笑，「我那個時候很希望妳沒注意到，我以為妳說不定太入神了……」

「你跑去哪裡了？」

「我在半夜時分，在以前上的小學裡晃蕩。」

「在那裡晃了多久？」我問。

「幾個小時吧，當我離開時，天都快亮了。那時候是冬天，他們又把暖氣關了。我消失了多久？」

「我不確定，可能有五分鐘吧？」

亨利搖搖頭。「我急瘋了。我丟下妳，一個人沒事地在法蘭西斯·帕克小學的走廊裡遊蕩。這實在太……我覺得這太……」亨利微笑，「但後來事情就轉好了，嗯？」

我大笑。「結果好，一切都好。」

「真有哲理。」門上傳來輕輕的敲門聲，亨利說：「請進！」理查大步走進來，接著就停下腳步、裹足不前。亨利轉過身，「爸……」然後就沒聲音了。之後他跳下床，「請進，請坐。」理查帶著花，還有一隻小泰迪熊，亨利把這隻泰迪熊放在窗檯那一堆泰迪熊裡。

「克萊兒，我……恭喜。」理查慢慢地坐在床邊的椅子上。

「你要不要抱抱她？」亨利柔聲問道。理查點點頭，望著我，看我是否答應。理查看起來好像好幾天沒睡覺了，他的襯衫需要熨一熨，而且他身上散發出汗臭味和酸臭的啤酒味。我對他微笑，雖然心裡也在納悶這到底是不是個好主意。我把阿爾芭交給亨利，亨利小心地把她交到理查不靈活的手裡。阿爾芭把她紅通通的圓臉轉過去，抬起來看理查那張沒有刮鬍子的長臉，然後低下頭看他的胸部，尋找乳頭。過了一會兒之後，她放棄了，打了一個呵欠，接著繼續睡。他微笑了。我已經忘記理查的微笑是如何改變他的臉的。

「她很漂亮，」他告訴我，然後對亨利說：「她長得很像你媽媽。」

亨利點點頭。「爸，這是你的小提琴家。」他微笑，「隔了一代。」

「小提琴家？」理查低頭望著這個睡著的寶寶，一頭黑髮，還有一雙小小的手，她睡得很熟。現在沒有人會比阿爾芭更不像個小提琴演奏家了。「小提琴家。」他搖搖頭。「但你怎麼……算了，這不重要。所以妳是小提琴家囉，現在就是嗎？小女孩？」阿爾芭微微吐了一下舌頭，我們都笑了。

「她會需要一位老師的，等她夠大。」我提議。

「老師。對……你們不會把她交給那些鈴木[51]白癡吧？」理查質問。

亨利咳了幾聲。「呃，事實上我們希望，如果你沒有別的事情要忙……」

理查懂了。看著他搞懂了、看著他了解到有人需要他、看著他了解到只有他能給他唯一的孫女她所需要的訓練，真的是一件心曠神怡的事情。

「我真是太高興了。」他說道，阿爾芭的未來在她的面前鋪展開來，就像一塊能望多遠就望多遠的紅地毯。

二〇〇一年九月十一日星期二（克萊兒三十歲，亨利三十八歲）

克萊兒：我在六點四十三分醒來，但亨利不在床上，阿爾芭也不在她的嬰兒床裡。我的乳房在痛、陰道在痛、全身都在痛。我小心翼翼地下床，走到浴室，再慢慢地走過走廊、飯廳。亨利坐在客廳的沙發上，手裡抱著阿爾芭，他沒有看那台黑白小電視，電視的聲音開得很小。阿爾芭睡著了。我在亨利旁坐下，他用手摟住我。

「你怎麼起來了？」我問他，「我以為你們會睡很久？」電視上有個氣象播報員一邊微笑，一邊比著一張美國中西部的衛星雲圖。

「我睡不著，我想聽聽這個正常世界的聲音，想聽久一點。」

「喔。」我把頭靠在亨利的肩膀上，閉上雙眼，當我再度睜開眼睛時，才剛播完一支手機廣告，接著又開始播一支瓶裝水的廣告。亨利把阿爾芭交給我，站了起來。過了一分鐘後，我聽到他準備早餐的聲音。阿爾芭醒了，我解開我的睡衣餵她吃奶。我的乳頭很痛。我看著電視，一名金髮的新聞節目主持人微笑著告訴我發生了什麼事，他和另外一名節目主持人，一個亞裔女人，對著我開心地笑著。達利市長正在市政大廳回答問題。我打了個盹，阿爾芭吸著奶，亨利端著一盤蛋、吐司還有柳橙汁進來。我想喝咖啡，我猜亨利一定在廚房裡偷喝咖啡，我可以從他的呼吸裡聞到咖啡的味道。他把盤子放在咖啡桌上，然後把我的盤子放在我的膝蓋上。阿爾芭一邊吸奶，我一邊吃蛋，亨利用吐司沾著蛋黃吃。電視上有一群小孩坐著滑橇滑過草地，用來表現某種洗衣粉的效能。我們吃完了，阿爾芭也吃完了。我輕拍她的背部讓她打嗝，亨利收拾所有的盤子，拿到廚房。當他回來時，我把她交給他，走去浴室沖了個澡。水實在有夠燙的，我差一點就受不了，但熱水打在我疼痛的身子上，感覺就像在天堂。我把水蒸氣吸進去，用力擦乾肌膚，在我的嘴唇、乳房，還有肚子上擦止痛香膏。鏡子上佈滿了水蒸氣，我可以不用見到我自己。我梳完頭，穿上運動褲和毛衣，覺得自己很醜、很沒有信心。亨利坐在客廳裡閉目養神，阿爾芭正在吸她的大拇指。當我坐回沙發時，阿爾芭睜開眼睛，發出喵喵聲；她的大拇指滑出她的嘴巴，看起來很困惑不解的樣子。一輛吉普車駛過了沙漠，亨利把電視的聲音關掉，他用手指揉揉眼睛，我又沉沉睡去。

「醒醒啊，克萊兒。」我睜開雙眼。電視畫面有了一百八十度的轉變，出現了一座城市的一條街道、一片天空、一棟正在著火的白色摩天大樓。一架玩具般的飛機慢慢飛向第二棟白色大樓，安靜的火舌冒出來。亨利把聲音開大，「我的天啊！」電視裡的聲音說道：「我的天啊！」

二〇〇一年六月十一日星期二（克萊兒三十一歲）

克萊兒：我正在畫阿爾芭，她現在九個月又五天大，仰躺著、睡得很熟。她躺在一條淺藍色法蘭絨的小毯子上，小毯子則鋪在客廳地板的一條黃赭色和紫紅色的中國地毯上。她才剛喝完奶。我的乳房輕盈，幾乎是空的。阿爾芭睡得太熟了，我覺得就算走出後門、穿過院子去我的工作室，也絕對不會有問題。

我在工作室門口站了一分鐘，吸了一口久未使用所散發出來的輕微霉味。接著我在桌子上翻找，找到一些看起來像牛皮的紙，抓起幾枝蠟筆，還有一些工具和一個畫板，走出門（帶著一些由惋惜而引起的痛苦），回到屋裡。

屋裡很安靜，亨利去上班了（我希望），我可以聽到地下室的洗衣機正在翻攪的聲音，冷氣發出嗡嗡聲，林肯大道上傳來模糊的汽車聲。我在地毯上坐下來，就在阿爾芭的旁邊。一道形狀不規則的陽光一吋吋地從她小而圓胖的腳往上移，半個小時內，她整個人就會籠罩在陽光下。

我把紙夾在畫板上，把蠟筆擺在我旁邊的地毯上。我手裡拿著鉛筆，構思著我的女兒。

阿爾芭睡得很熟，她的肋骨慢慢地起伏，我可以聽見她每一次呼吸所發出來的輕微咕嚕聲，我在想她是不是感冒了。六月份的午後時分很溫暖，阿爾芭的身上除了尿布之外，什麼都沒穿。她的臉頰有點發紅，左手很有節奏地一下子握緊，一下子鬆開，說不定她夢到了音樂。

我開始畫阿爾芭的輪廓，她把頭轉過來朝向我。我沒有在想作畫這件事，真的。我的手在紙上來回移動，就像地震儀上的那根針，記錄著眼睛所觀察到的阿爾芭的形狀。我注意到她的脖子不見了，被她下巴下方那團肥肉遮住了，當她輕踢時，膝蓋後的皮膚怎麼會有如此柔軟的摺痕……又踢了一次。我手上的鉛筆畫出阿爾芭圓滾滾的肚子凸面，一直畫到她尿布上方才隱沒。我研究這張畫紙，調整阿爾芭雙腿角度，重畫阿爾芭右臂到軀幹間的皺摺。

我開始用蠟筆上色。我先拿白色蠟筆塗，這是為了強調她的曲線，從小鼻子往下，沿著她的左側，經過她的指關節、她的尿布、她左腳的邊緣。接著我用深綠色和群青色畫出陰影的輪廓。我在她的左側、在她身體和毯子接觸的地方塗上很深的陰影。就像一潭水，我把陰影塗滿。現在，畫紙上的阿爾芭突然變成立體的了，她突然從紙上跳了出來。

我用了兩枝粉紅色的蠟筆，淺粉紅的顏色就像貝殼內部的顏色，而深粉紅色那枝蠟筆，則讓我想到了生鮪魚片。我迅速地塗好阿爾芭的肌膚，好像她的肌膚就藏在畫紙裡，而我正在把某些遮蓋住她肌膚、肉眼看不見的物質給去掉。在肌膚上面，我用冷紫色的蠟筆來塗阿爾芭的耳朵、鼻子和嘴巴（她的嘴巴微微張開，就像一個小O）。一頭濃密的黑髮，在畫紙上變成了深藍色、黑色及紅色的混合物。我小心地處理她的眉毛，那看起來真的很像在阿爾芭臉上找到家的毛毛蟲。

阿爾芭整個人籠罩在陽光下。她動了動，把小手放在眼睛上，嘆了一口氣。我寫上她的名字，還有我的名字，在紙的下方寫上今天的日期。

畫作完成了。在我離開人世很久之後，在亨利離開人世很久之後，甚至在阿爾芭離開人世很久之後，這幅畫會變成一個紀錄：我愛妳，我製造了妳，而我為妳畫了這幅畫。這幅畫會說：我們生了妳，而妳在這裡，此時此地。

阿爾芭睜開眼睛，對我微笑。

祕密

二〇〇三年十月十二日星期日（克萊兒三十二歲，亨利四十歲）

克萊兒：這是個祕密：我會因為亨利消失而高興，我有時候很享受獨自一人的滋味。我會在夜深時分在屋子裡漫遊，因為不用說話、不用碰觸，只要行走、坐著、洗澡，而高興得顫抖；我有時候會躺在客廳的地板上聽佛利伍麥克合唱團、手鐲合唱團、the B-52's、老鷹合唱團，亨利受不了這些樂團；我有時候會和阿爾芭出去散很久的步，沒有留張紙條交代我去了哪裡；我有時候會跟西莉亞喝杯咖啡，我們會聊亨利，還有英格麗的事，還有西莉亞在那個星期看到的任何人；我有時候會跟雀兒喜和戈梅茲出去玩，但我們不聊亨利的事情，我們享受我們的美好時光；我有一回去密西根，等我回來時亨利還是無影無蹤，我從來都沒有告訴他我曾經去了哪裡；我有時候會找一個褓母，然後出去看電影，或是天黑後在沒有路燈的蒙特羅斯灘旁的自行車道上騎自行車，就像在飛翔。

有時候，我會因為亨利消失而高興；但當他回來時，我每一次都欣喜不已。

遭遇技術難題

二〇〇四年五月七日星期五（亨利四十歲，克萊兒三十二歲）

亨利：我們在芝加哥文化中心，克萊兒的展覽開幕式上。她已經不眠不休工作一整年了，用鐵絲建造巨大、飄逸的鳥類骨架，用半透明的紙條把牠們裹起來，用蟲膠塗在這些鳥的表面上，直到牠們能夠傳輸光線為止。現在，這些雕塑從高聳的天花板上懸掛下來，蹲伏在地板上。其中有些鳥會動，那是電動的：有幾隻鳥拍著牠們的翅膀，某個角落裡有兩隻公雞的骨架緩慢地毀滅彼此，一隻八呎高的鴿子指著出口。克萊兒累壞了，但也很高興。她穿著一件簡單的黑色絲質禮服，頭髮盤在頭頂上。人們獻花給她，她的手上抱著一束白玫瑰，來賓簽名簿旁還擺著堆積如山、包裝精美的花束。現場人山人海，人群到處流轉，仰著頭觀看飛翔中的鳥，對每一件作品讚嘆不已。大家都在恭喜克萊兒，今天早上的《芝加哥論壇報》上還有一篇熱情洋溢的藝術評論。我們所有的朋友都來了，克萊兒的家人從密西根州開車過來。他們把克萊兒團團圍住，菲利普、艾莉西亞、馬克和雪倫及他們的孩子、奈兒和艾塔都來了。雀兒喜在幫他們拍照，所有人全都對著鏡頭微笑。幾個星期後，雀兒喜加洗幾份照片送給我們時，我才被克萊兒的黑眼圈，還有骨瘦如柴的模樣嚇壞了。

我握著阿爾芭的手。我們站在後頭的牆邊，遠離人群。阿爾芭什麼東西都看不到，因為每個人都很高，所以我把她舉到我的肩膀上，讓她騎在上面。她在我肩上亂蹦亂跳的。

克萊兒的家人四散開來，她的經紀人黎兒・賈可布正把她介紹給一對穿著考究的老夫婦。阿爾芭說：「我要媽媽。」

「媽媽在忙，阿爾芭。」我覺得很想吐。我彎下腰，把阿爾芭放在地板上。她舉起手，「不要，我要媽媽。」我在地板上坐下來，把頭埋在膝蓋裡。我得找個沒人看得見我的地方。阿爾芭正在扯我的耳朵。「不要啊，阿爾芭。」我說道。我抬頭看，父親正穿過人群朝我們這邊走來。「去吧，」我輕輕地推了她一把，「去找爺爺吧。」她開始抽噎，「我看不見爺爺，我要媽媽。」我朝爸爸的方向爬過去，撞到某個人的腿。我聽到阿爾芭在尖叫：「媽媽！」然後我就消失了。

克萊兒：真是人山人海。大家把我團團圍住，對我微笑，我也對他們微笑。這場表演真是太棒了，而且已經完成了、已經結束了！我很高興，當然也很疲憊。我的臉因為保持笑容而疼痛，我認識的每一個人都在這裡。當我聽到藝廊後面傳來騷動聲時，我正在和西莉亞交談，接著我聽到阿爾芭尖叫「媽媽」。亨利在哪裡？我試著穿過人群去找阿爾芭，接著我看到她了，理查把她高高舉起。人們往兩邊站，讓出一條路讓我穿過去。理查把阿爾芭交給我，她的雙腿把我的腰夾得緊緊的，把臉埋在我的肩膀裡，雙手緊抱我的脖子。「爸爸呢？」我輕聲問她。「不見了。」阿爾芭說道。

靜物

二〇〇四年六月十一日星期日（克萊兒三十三歲，亨利四十一歲）

克萊兒：亨利在廚房的地板上睡覺，鼻青臉腫、身上的血都凝結成塊了。我並不想搬動他或是叫醒他，只是和他一起坐在冰涼的亞麻油氈上。後來我站起來煮咖啡，當咖啡流到咖啡壺裡時，亨利發出抽噎聲，然後把他的手放在眼睛上。他一定是挨揍了，其中一隻眼睛腫得睜不開，血似乎是從他的鼻子流出來的。我沒有看到任何外傷，他全身佈滿了拳頭大小的瘀青。他瘦骨嶙峋的，我可以看到他全部的脊椎和肋骨。他的骨盤突出、臉頰凹陷，頭髮已經快長到肩膀了，中間還摻雜了些許白髮。他的手腳都有割傷，全身滿是被蟲子咬過的傷痕。他曬得黑黝黝的，全身污穢，指甲裡都是污垢，塵土都滲進皮膚的皺摺裡了。他聞起來有青草、血和鹽的味道。望著他、陪他坐了一會兒之後，我決定叫醒他。「亨利，」我非常溫柔，「醒醒，你現在人在家裡……」我小心地撫摸他的臉龐，他睜開眼睛。我可以看得出來他不是十分清醒。「克萊兒，」他咕噥道：「克萊兒。」眼淚從他安好無恙的那隻眼睛流出來，他一邊啜泣一邊發抖。我把他拉到我的膝蓋上，忍不住哭泣。亨利蜷縮在我的膝蓋上，就在地板上，我們緊緊地抱在一起發抖、一起晃動、一起釋放我們的痛苦、一起哭出來。

二〇〇四年十二月二十三日星期四（克萊兒三十三歲，亨利四十一歲）

克萊兒：今天是聖誕夜的前夕。亨利在水塔大廈，他帶阿爾芭去馬歇爾費爾德百貨公司看聖誕老公公了。我採購完畢後，現正坐在博德斯書店的咖啡廳裡，靠著前面窗子的位置，喝著卡布奇諾，讓我的雙腳歇一歇。一堆裝得鼓鼓的購物袋就靠在我的椅子旁。窗外天色逐漸暗了下來，每棵樹上的小白燈繪出了樹的形狀，密西根大道上來來往往的都是匆忙的購物人潮，我可以聽見下面傳來救世軍扮演的聖誕老公公搖鈴的叮噹聲。我轉過頭，在書店裡搜尋亨利和阿爾芭的蹤影，這時有人喊我的名字，肯德瑞克和他的妻子南西，以及科林和娜迪亞，一起朝我這邊走過來。

我可以想見他們剛從玩具店裡出來，他們有那種剛從玩具店地獄倖存、父母臉上特有的震嚇癡呆表情。娜迪亞跑過來，用長而尖的聲音叫道：「克萊兒嬸嬸，克萊兒嬸嬸！阿爾芭呢？」科林害羞地微笑，伸出手讓我看看他的黃色小拖車。我向他祝賀，然後告訴娜迪亞，阿爾芭去拜訪聖誕老公了，而娜迪亞回答我說，她上星期已經看過聖誕老公公了。「妳向他要求什麼禮物呢？」「男朋友。」娜迪亞回答。她才三歲而已。我對肯德瑞克和南西露齒微笑，肯德瑞克輕聲跟南西說了一些話，然後她就說：「來吧，小傢伙，我們得幫席兒薇阿姨找本書。」他們三個匆匆離開。肯德瑞克指了指我對面的一張空椅子，「我可以坐下來嗎？」

「當然可以啊。」

他坐下來，深深地嘆了一口氣。「我痛恨聖誕節。」

「你和亨利一樣。」

「他也是嗎？這我倒不知道。」肯德瑞克靠著窗戶，閉上雙眼，就在我覺得他真的睡著了時，他睜開眼睛說：「亨利有按時服藥嗎？」

「我想有吧。我是說，以他最近經常時空旅行的次數來看，他已經算是盡可能地按時服藥了。」

肯德瑞克用手指敲打桌子。「經常是多常？」

「每隔幾天吧。」

肯德瑞克看起來很生氣。「他為什麼沒有告訴我這些事？」

「我想他是怕你煩惱，然後就放棄了。」

「他是唯一可以跟我交談的實驗對象，但他從來都不告訴我任何事情！」

我大笑。「歡迎你加入我的行列。」

「我正在做研究，如果有些東西起不了作用的話，他得告訴我，不然我們就只是在浪費時間罷了。」

我點點頭。外面開始下雪了。

「克萊兒？」

「嗯？」

「妳為什麼不讓我看看阿爾芭的ＤＮＡ？」

我已經和亨利就這個問題談過幾百次了。「因為第一，你會想要找出她基因裡所有的標誌物，這也還好。但接著你和亨利就會開始煩我，要我同意讓你在她身上試一些藥物，這就不妥了。這就是理由。」

「但她還很小，比較有機會對治療產生積極反應。」

「我的答案是『不行』。等阿爾芭十八歲時，她就可以自己作主了。但截至目前為止，你給亨利的東西都是一場惡夢。」我沒辦法看著肯德瑞克，只能盯著我放在桌上，十指緊握的雙手。

「但或許我們可以發展出她個人的基因療法……」

「基因治療也會治死人的。」

肯德瑞克不出聲了。書店裡吵得要命，接著我在這片喧囂中聽見阿爾芭在叫我：「媽媽！」我抬起頭，看見她騎在亨利的肩膀上，雙手緊抓著亨利的頭。他們倆都戴著皮帽。亨利看到肯德瑞克，有那麼一下子，他看起來很憂慮，我不禁懷疑這兩個人是不是有什麼祕密瞞著我。接著亨利微笑著大步朝我們走過來，阿爾芭很高興地在人群上方上下移動。肯德瑞克起身迎向他，而我把這個念頭拋到腦後。

生日

一九八九年五月二十四日星期三（亨利四十一歲，克萊兒十八歲）

亨利：我砰的一聲落下，趴著滑過牧場上的殘株，渾身髒兮兮、血淋淋地停在克萊兒腳邊。她坐在大石頭上，穿著白色的絲綢禮服、白色的襪子和鞋子，戴著白色的短手套，看起來純潔無瑕。「哈囉，亨利。」她招呼著，彷彿我只是順路經過討杯茶喝。

「怎麼了？妳看起來像在第一次領聖餐的路上。」

克萊兒坐得直挺挺的，「今天是一九八九年五月二十四日。」

我迅速想了一下。「生日快樂。妳會不會已經幫我準備好比吉斯樂團的全套打扮，藏在這裡的某個地方了？」克萊兒不屑回答我的問題，她從大石頭上滑下來，把手伸到石頭後面，拿出一個西裝袋，打開拉鍊，大動作拿出燕尾服、褲子以及一件令人痛恨的正式襯衫，需要飾釦的那種。她又拿出一個手提箱，裡面裝了內衣、腰帶、蝴蝶領結、飾釦，還有一朵梔子花。我覺得很不妙，不知道接下來會發生什麼事。我搜索著相關資訊，「克萊兒，我們不是要在今天結婚，或是做類似的瘋狂事情吧？我們的結婚紀念日是在秋天，十月，十月底。」

在我穿衣服時，克萊兒轉過身去。「你的意思是你不記得我們的結婚紀念日了嗎？男人哪！」

我嘆息。「親愛的，天知地知妳知我知，我現在就是沒辦法跟妳結婚。但無論如何，生日快樂。」

「我十八歲了。」

「天啊，妳已經十八歲了啊，妳昨天好像才六歲呢。」

克萊兒的好奇心被我勾起了，和往常一樣，她對我最近拜訪過的克萊兒——不管老的小的——的想法很有興趣。「你最近有見過六歲的我嗎？」

「我剛剛躺在床上跟十三歲的妳一起讀《艾瑪姑娘》，四十一歲的我很享受這每一分鐘。」我用手指梳了梳頭髮，摸了摸鬍碴。「對不起，克萊兒，沒有在妳生日的時候呈現最佳狀態。」我把梔子花插進燕尾服的鈕釦眼裡，開始扣上飾釦。「我大概在兩個星期前見過六歲時的妳，妳畫了一張鴨子的畫送給我。」

克萊兒臉紅了，臉上紅暈擴散的方式就像血滴到一碗牛奶裡。

「你餓了嗎？我準備了一頓大餐。」

「我當然餓，都快餓扁了。妳沒看我都瘦了，正在考慮食人俗[52]。」

「到目前為止還沒有這個必要吧。」

她的語氣裡有些東西扯了我一下，有些我不知道的事情正在發生，而克萊兒期待我能知道。她都興奮得哼起歌來了。我思索了一會兒，到底是要繼續裝聾作啞？還是要坦白招供我對這一切一無所悉？我決定視事情進行的狀況再行應變。克萊兒正在鋪一條毯子，這條毯子最後會變成我們的床。我小心地在毯子上坐下來，毯子是灰綠色的，這讓我感覺很親暱、很舒服。克萊兒把三明治、小紙杯、銀製餐具、鹹餅乾、一小罐超市買來的黑色魚子醬、女童軍薄荷薄片餅乾、草莓、一瓶貼了特級標籤的卡伯奈紅酒、看起來有點融化的布瑞起司，以及紙盤，全拿了出來。

「克萊兒，紅酒！魚子醬！」我簡直是大開眼界，但並沒有很高興。她把卡伯奈葡萄酒和開瓶器遞給我。「呃，我想我沒有說過，但醫生不准我喝酒。」克萊兒看起來很沮喪。「但我當然可以……如果妳覺得這樣比較好的話，我可以假裝有喝酒。」玩扮家家酒的想法在我腦海裡揮之不去。「我不知道妳能喝酒，我幾乎沒看妳喝過。」

「我不是很喜歡喝，但因為這是個重大的節日，我覺得喝酒挺應景的。喝香檳或許會更好一些，但這瓶酒就放在食物儲藏室裡，所以我就帶來了。」

我把酒開了，為我們倆各倒了一小杯，沉默地互相敬酒。我假裝啜飲，克萊兒則喝了一大口，用很有效率的方式大口嚥下，然後說：「嗯，這沒那麼難喝嘛。」

「這是一瓶二十幾美元的酒。」

「好吧，真是好喝極了。」

「克萊兒。」她拆開黑麥三明治的包裝紙，那塊三明治好像裝滿了小黃瓜。「我不喜歡當個遲鈍的人……我的意思是說，今天是妳的生日……」

「我十八歲的生日。」

「是。首先，我真的很不高興我竟然沒有幫妳準備一份禮物……」克萊兒很驚訝地抬起頭，我發現我快猜到了，我在這裡是有目的的，「但妳知道我永遠都不知道我什麼時候會來，而且我沒辦法攜帶任何東西……」

「這些我全都知道。但你不記得了嗎？你上一次來這裡的時候，我們已經計畫好了。在那份日程表上，今天是最後一個日期，也是我的生日。你不記得了？」克萊兒非常專注地凝視我，彷彿只要專心一意，就可以把她腦海裡的記憶搬到我的腦海裡。

「呃，我還沒到過那裡，那段對話發生在我的未來。我很奇怪那時候我為什麼沒告訴妳，我還有很多日子要去過呢。今天真的是最後一天嗎？妳知道的，我們幾年後就會相遇了，到那時我們就會見到彼此了。」

「但對我來說，那是很久以後了。」

出現了令人尷尬的停頓。這樣想實在很奇怪，但現在的我人在芝加哥，二十五歲，正在忙他自己的事情，完全不曉得克萊兒的存在，也不知道我在這裡，置身在密西根州這片青蔥的草地上，在一個燦爛的春日裡，今天是她的十八歲生日。我們用塑膠餐刀挖了些魚子醬抹在麗茲鹹餅乾上；有一陣子，這裡只有嚼東西的喀滋喀滋聲，我們狼吞虎嚥地吃著三明治，交談似乎沒來由地中斷了。生平第一次，我思忖著，如果克萊兒對我是完全坦白的，那她一定知道我現在是處於「我還沒有說什麼、做什麼」的棘手狀況，因為不管在任何時候，我永遠都沒有完整的過去，我的過去總和我的未來混在一起。我們向草莓進攻。

「克萊兒。」她無邪地笑了一下。「妳上一次見到我的時候，我們到底決定做什麼來慶祝妳的生日？」

她的臉再度羞紅了。「嗯，這個。」她說道，比了比我們的野餐。

「還有別的嗎？我是說，這頓飯很棒。」

「嗯，有。」我洗耳恭聽，因為我想我知道接下來會發生些什麼。

「有？」

克萊兒滿臉通紅，但她設法在說話時保有尊嚴。「我們決定要做愛。」

「啊。」事實上，當我們在現時現刻頭一回相遇以後，我總是猜測克萊兒在一九九一年十月二十六日之前有多少性經驗。雖然我以前拒絕跟克萊兒做愛讓她很生氣，她也因此做出許多相當誇張的挑逗行為；我也曾經花很多時間跟她聊一些有的沒的，努力視而不見這些讓我難熬的時刻。但今天，或許在情感上還未臻成熟，但克萊兒在法律上已經成年了，我可不能把她的人生扭曲得太過分……因為她的童年都有我的存在，所以我已經給了她一個相當詭異、相當不同的童年了，有多少女孩的丈夫會定期一絲不掛地出現在她們眼前？我在思索這些事情時，克萊兒一直望著我。我想到我們第一次做愛時，我心裡還在納悶這是不是她第一次跟我做愛。我決定等我回去時向她問個清楚。在此同時，克萊兒正在把東西收回野餐籃裡。

「所以你的意思是？」

管他的。「好。」

克萊兒很興奮，同時也很害怕。「亨利，你已經跟我做過很多次愛了嗎？」

「很多、很多、很多次。」

她好像不知道該怎麼說。

「每次都很美妙，」我告訴她，「那是我生命中最美妙的事情。我會很溫柔的。」我剛說完這幾句話，突然開始緊張，我覺得責任重大，覺得自己很像誘拐羅莉塔的杭伯特，彷彿眾人正在一旁觀看，而且那些人全都是克萊兒。我這輩子從來沒有像現在這麼提不起性趣過。好吧，深呼吸。「我愛妳。」

我們倆都站起來，因為毯子表面有點不平而傾斜了一下。我張開雙臂，克萊兒投入我的懷裡。我們在牧場上站著，紋風不動，緊緊擁抱，就像結婚蛋糕上頭那對新郎與新娘一樣。但畢竟，這是克萊兒，她幾乎就像我們第一次見面般朝四十一歲的我走過來，毫無畏懼。她的頭往後仰，我往前傾，吻她。

「克萊兒。」

「嗯？」

「妳真的百分之百確定只有我們倆嗎？」

「除了艾塔和奈兒在家以外，大家都去卡拉馬助了。」

「我覺得我好像在上『偷拍鏡頭』，在這裡。」

「你有被害妄想症，真可悲。」

「算了，沒關係。」

「我們可以去我房間。」

「太危險了。天啊，這就像在高中時代。」

「你說什麼？」

「算了，沒事。」

克萊兒往後退了幾步，把禮服的拉鍊拉開、脫掉，毫不在乎地將它丟在毯子上；她脫掉鞋子，剝掉襪子，把胸罩解下來丟在一邊，再脫下她的襯褲，然後，一絲不掛地站在我面前。真是個奇蹟，所有那些我喜愛的小標記都消失了，她的肚子很平坦，沒有任何會讓我們感到萬分悲痛或幸福的懷孕痕跡。這個克萊兒是小一號、比較纖瘦的克萊兒，而且比我現在所深愛的克萊兒愉快多了。我又一次體認到，我們被太多的悲傷壓垮了。但今天，那些悲傷全都神奇地不見了；今天，愉悅是如此地接近我們。我跪下來，克萊兒走向我，站在我面前。我把臉貼在她的肚子上，抬起頭，克萊兒就聳立在我面前，用手撫摸我的頭髮，萬里無雲的藍天襯托著她。

我把外套脫掉，解開領帶。克萊兒也跪下來了，我們熟練地把飾釦解開，然後專心拆除炸彈。我把褲子和內褲脫掉，心想，實在沒有辦法優雅地做好這件事，我很好奇那些猛男秀的猛男都如何解決這個問題，還是說他們就只是在舞台上單腿跳，一隻腿進去，一隻腿出來？克萊兒大笑，「我從來沒見過你脫衣服，這景象並不是很養眼嘛。」

「妳傷害到我了。過來，讓我把妳臉上的假笑擦掉。」

「嘖。」在接下來的十五分鐘裡，我的確把克萊兒臉上所有的優越感都抹掉了。但不幸的是，她變得愈來愈緊張了，防備心變得……愈來愈強了。我跟克萊兒做愛十四年了，只有老天知道我們花了多少小時或是日子在快樂、焦慮、急迫、懶散地做愛上；但這一次對我來說，是全新的經驗。我希望，如果我辦得到的話，讓她感受到我遇見她、第一次做愛（我真蠢）時，內心所感受到的那股不可思議的驚奇感。我坐起來，大口喘氣。克萊兒也坐了起來，雙手保護性地抱住膝蓋。

「妳還好嗎？」

「我很害怕。」

「沒事的。」我思索著。「我可以向妳發誓，下一次我們碰面時，妳會迫不及待地想霸王硬上弓。妳對做愛確實擁有罕見的天賦。」

「我是嗎？」

「妳總是慾火焚身。」我在野餐毯上找東西：杯子、酒、保險套和毛巾。「聰明的女孩。」我幫我們倆各倒了一杯酒。「敬童貞，『但願我們有夠大的世界和夠長的時間』。喝光。」她乖乖照辦，就像小孩子服藥似的。我把她的杯子重新斟滿，也把我的斟滿。

「可是你不應該喝酒啊。」

「這是重大節日。乾杯。」克萊兒大概有一百二十磅重，但這些不過是紙杯的量而已。「再來一杯。」

「還要再喝嗎?我都快睡著了。」

「妳會放鬆下來的。」她大口吞下去。我們把紙杯捏扁，丟到野餐毯裡。我仰躺下來，把雙臂張開，就像在日光浴或是被釘在十字架上似的。克萊兒也在我身邊躺下來，張開雙臂。我把她拉近，這樣我們就肩並肩、面對著彼此了。她的頭髮美妙、動人地落到她的肩膀和乳房上，我在心裡期盼過幾百億次，真希望我是個畫家。

「克萊兒？」

「嗯？」

「想像妳打開自己，妳是空的，有人走過來把妳全部的內臟取走，只剩下神經末梢。」我把食指指尖放在她的陰蒂上。

「可憐的小克萊兒，沒有內臟。

「不過這是件好事，因為這裡面就有這麼一個大的空間。妳想像一下，如果沒有這些可笑的腎臟、胃和胰臟等等，妳能把多少東西放進妳的身體裡面啊。」

「像是什麼？」她已經很濕了。我把手抽出來，用牙齒小心地把保險套的包裝撕開，我已經很多年沒做這個動作了。

「袋鼠、烤麵包機、陰莖。」

克萊兒帶著迷人的嫌惡表情把保險套搶過去。她仰躺著，拿出保險套，嗅了嗅。「我們一定要用這個嗎？」

雖然我經常拒絕告訴克萊兒什麼事情，但我很少真的對她撒謊。當我說「恐怕我得這麼做」時，還是很有罪惡感、很內疚。我把保險套拿過來，但我沒有把它套上，我們現在真正需要的是口交。未來的克萊兒很沉迷於口交，就算還沒有輪到她，她也會上刀山下油鍋，或是用洗碗來換取這項服務。如果奧林匹克競賽項目裡有口交的話，我一定能得獎的。我把她攤開，用舌頭舔她的陰蒂。

「喔，天啊，」克萊兒小聲地呻吟：「甜美的耶穌。」

「別叫出來。」我警告她。如果克萊兒真的叫出來的話，就連艾塔和奈兒都會跑到牧場上一探究竟的。接下來的十五分鐘裡，我讓克萊兒在演化的階梯上往前邁進了好幾步，直到她腦部的情感核心區域，和一些大腦皮質的神經末梢區域長出來為止。我把保險套戴上，慢慢、小心地滑進她裡面，想像裡面有東西破掉、血大量地噴出來，噴得我滿身都是。她的眼睛閉著，起初我以為她沒有意識到我已經在她裡面了，但她睜開眼睛，洋洋得意、聖潔無邪地微笑。

我想辦法趕快射精。克萊兒全神貫注地望著我，我射精時，看到她的表情變得很訝異。這些事還真奇怪，我們動物怎麼會做這種奇怪的事情？我癱在她的身上，浸在汗水裡，可以感覺到她的心臟怦怦地跳，也有可能是我的心臟在跳。

我小心地抽出來，把保險套處理掉。我們肩並肩躺著，望著湛藍的天空。風吹過草地，發出海浪般的聲音。我轉過去看克萊兒，她似乎有點被嚇到了。

「嘿，克萊兒。」

「嘿，」她虛弱地回應。

「會痛嗎？」

「會。」

「妳喜歡嗎？」

「喜歡！」她說道，然後就哭起來了。我們坐起來，我抱著她一會兒。她在發抖。

「克萊兒，克萊兒，怎麼了？」

一開始我聽不懂她的話，接著：「……你就要走了，從現在起，我會有很多年看不到你。」

「才兩年而已，兩年又幾個月。」她安靜下來。「克萊兒，我很抱歉，但我也無能為力。不過這也很有趣啊，因為我可以躺在這裡，心想今天多好運啊，我竟然能夠和妳在這裡做愛，而不是被暴徒追趕、躲在某座穀倉裡冷得要命，或是做其他我不得不去解決的狗屁鳥事。等我回去之後，我又跟妳在一起了。今天真的是美好的一天。」她微微地笑了一下。我吻她。

「為什麼我總是得等著你？」

「因為妳擁有完美的ＤＮＡ，沒有像塊燙手山芋般，老是被扔進時空裡。而且，忍耐是種美德。」克萊兒用拳頭輕輕捶打我的胸膛。「再說，妳這一輩子都認識我，但我卻得等到二十八歲時才會遇見妳，所以我把我們相遇前的那些日子都花在……」

「上別的女人。」

「呃，對。可是我不知情啊，這只是遇到妳之前的練習罷了。而且那很寂寞、很怪，如果妳不相信的話，就去試試看好了，反正我永遠都不會知道的。當妳不在乎的時候，情況就完全不一樣了。」

「我不想要其他人。」

「很好。」

「亨利，給我一條線索吧。你住在哪裡？我們會在哪裡見面？哪一天？」

「只給一個：芝加哥。」

「多給我一些線索。」

「要相信。全都在那裡，就在妳面前。」

「我們現在幸福嗎？」

「我們經常被幸福沖昏了頭，也會為了一些我們都無能為力的理由悶悶不樂。雖然住在一起，但是有點像分居的兩個人，各有各的煩惱。」

「所以，你老是在這裡，而不是跟以後的那個我在一起？」

「不完全是這樣。我可能只消失了十分鐘，也有可能是十天，之間完全沒有規則可言，這也是妳覺得很辛苦的原因。此外，我有時候也會碰到危險的狀況，當我回去的時候，我就會遍體鱗傷，或是被人揍得很慘，所以我消失時，妳會很擔心，就像嫁給警察似的。」我疲憊不堪。我很納悶，在實際的時空裡，我到底有多老了，日曆上我是四十一歲，但由於這些事情，或許實際上有四十五或四十六了。也有可能是三十九歲，誰知道呢？好像有些事情得告訴她，是什麼事？

「克萊兒。」

「亨利？」

「當妳見到我的時候，一定要記得我並不認識妳；當妳見到我，而我把妳當成素不相識的陌生人時，千萬不要難過，因為對那個我來說，妳是全新的。還有，請不要為了讓我又驚又喜，就突然把所有一切都告訴我。手下留情啊，克萊兒。」

「我會的！啊，亨利，留下來！」

「乖，我會與妳同在的。」我們又躺了下來。疲憊瀰漫全身，我在一分鐘內就會消失了。

「我愛你，亨利。謝謝你……送給我的生日禮物。」

「我也愛妳，克萊兒，要乖乖的。」

我消失了。

祕密

二〇〇五年二月十日星期四（克萊兒三十三歲，亨利四十一歲）

克萊兒：現在是星期四下午，我在工作室裡做淡黃色的構樹紙。亨利已經消失差不多二十四小時了，和往常一樣，我被兩股情緒撕扯，一方面像是強迫症般地想著他究竟去了什麼時空，另一方面則因為他不在這裡，讓我一直擔心他到底什麼時候回來而痛恨他。這對集中注意力一點幫助都沒有，我已經毀了很多張紙了。我把紙放進甕染料桶裡，為自己倒一杯咖啡，停下來休息一會兒。工作室裡很冷，甕染料桶裡的水應該也很冷，我為了拯救我的手、預防龜裂，已經稍微加熱過了。我用手貼著馬克杯，蒸氣冉冉上升；靠著臉，把水氣和咖啡的香味都吸到肺裡。我聽到亨利吹著口哨穿越花園小徑；真是太感謝祢了，上帝。他來到工作室，重重地跺腳好弄掉靴子上的雪，抖了抖大衣。他看起來一副難以置信、喜孜孜的模樣。我的心跳得很快，於是大膽地猜測：「你去了一九八九年五月二十四日嗎？」

「沒錯！」亨利把我整個人抱起來旋轉，現在我笑得很開心，我們倆都在笑。亨利渾身散發出歡喜，「妳為什麼沒有告訴過我？我這些年來老是無謂地猜測。妳這個潑婦！妳這個蕩婦！」他咬我的脖子，搔我癢。

「但你又不知道，所以我不能告訴你。」

「是啊，我的天啊，妳真是太讓人吃驚了。」我們坐在工作室那張難看的舊沙發上。

「我們可以把這裡的暖氣打開嗎？」

「可以啊。」亨利跳起來，把溫度調節器的溫度調高一點。不過機器壞了。「我消失了多久？」

「差不多一整天了。」

亨利嘆息。「這樣值得嗎？用一整天焦慮交換真正美妙的幾小時？」

「值得。那是我生命中最美好的幾天之一。」我安靜下來，回憶那一天。我經常會喚出那天的回憶，亨利的臉在我上方，被藍天襯托，還有我被他穿透的感覺。當他消失而我輾轉難眠的時候，我就會回想這些事情。

「告訴我……」

「嗯？」我們交纏在一起，為了取暖，也為了安心。

「我離開之後發生了什麼事情？」

「我把所有的東西收拾好，把自己打點到差不多可以見人後，就走回屋裡。我走上樓，沒有碰到任何人，然後我洗了個澡。過了一會兒，艾塔開始拍打我的門，她想知道我為什麼中午就泡在浴缸裡，我還得假裝生病。後來我就有點……整個夏天都很失魂落魄，都在睡覺、讀書，有點把自己關起來了。我會花許多時間待在牧場上，期待你出現。我有寫信給你，後來又把這些信燒了。有一陣子茶不思飯不想的，媽媽還把我拖去看她的心理諮商師，然後我才開始吃東西。到了八月底，我的父母鄭重告訴我，如果我不『振作起來』的話，秋天就不能去上學，所以我馬上就振作精神，因為我生命的唯一目標就是離開這個家去芝加哥。上學是件好事，能為我帶來新的生活，我有一間公寓，我愛這座城市，除了不曉得你人在哪裡，或是如何才能找到你以外，我有很多事可以想。等我終於遇見你的時候，我已經過得相當不錯了，我很忙，交了許多朋友，經常有人找我出去約會……」

「喔？」

「當然囉。」

「那妳去了嗎？約會？」

「我真的跟他們出去了，本著研究的精神……也因為我偶爾會想到你就在某個地方，在不知情的情況下跟別的女人約會，我就很抓狂。但這有點像是黑色喜劇，我會跟某個長得很帥、人很不錯、搞藝術的年輕小夥子出去約會，然後花一整個晚上頻頻看錶，心想約會怎麼這麼無聊、這麼沒意思啊。我跟五個人約過會後就停了下來，因為我真的很討厭這些傢伙。有個人在學校裡宣傳說我是個女同性戀，結果就有一大票女孩來約我出去了。」

「我可以想像妳是個女同性戀的樣子。」

「對，乖一點，要不然我可是會改變性向的。」

「我總是夢想當一個女同志。」亨利的眼神變得很朦朧，眼瞼低垂。我覺得很受傷，準備要罵他了，這不公平。他打了個呵欠，「喔，不是這輩子，得動太多手術了。」

我在腦海裡聽到康普頓神父從告解室鐵格子窗後傳來的聲音，他很溫柔地問我是不是還有別的事情想告解。沒有，我堅定地告訴他，沒有，我沒有事情要告解了。那是個錯誤，我喝醉了，那不算。好心的神父嘆了一口氣，然後把簾子拉上。告解結束。我的補贖就是對亨利撒謊，只要我們倆還活著一天，我就不會告訴他這件事情。我注視著他，在充分享用了比較年輕的我的魅力之後，他現在處於幸福的飯後時光。戈梅茲睡覺的影像、戈梅茲的臥房在早晨的陽光照射下的畫面，閃入我的腦海。那是個錯誤，亨利。我無言地告訴他。我那時候在等你，而我失足了，就那麼一次。告訴他。康普頓神父還是某個人在我的腦海裡說道。我不能，他會恨我的。

「嘿，」亨利柔聲說道：「妳的魂跑去哪裡了？」

「想事情。」

「妳看起來很悲傷。」

「你有時候會不會擔心所有很棒的事情都已經發生了？」

「不會……嗯，有點吧，但和妳說的有點不一樣。我依舊穿梭在妳緬懷的時空裡，所以對我來說，那些事情並不是真的消失了。我很擔心我們沒有把心思放在當下；時空旅行可以說是一種意識發生變化的狀態，當我旅行的時候，不知道為什麼，這點似乎很重要……有時我會覺得，如果我更……專注在此時此地發生的事物，這樣就是完美了。但最近倒是發生了一些很棒的事情。」他微笑，笑的時候臉側向一邊，笑容很好看，滿面春風、天真無邪的。我強迫我的罪惡感下沉，塞進小盒子裡，盒子像降落傘般落下去。

「阿爾芭。」

「阿爾芭很完美，妳也很完美。我是如此地愛妳，我們分享生活的一切，我們了解彼此……」

「不管在什麼情況下……」

「事實上，讓人生變得更加真實的，就是那些艱難的日子。這就是我所期盼的真實。」

告訴他，告訴他。

「就連真實也可能相當不真實……」如果我要說的話，現在是最好的時機。他等著……但我就是辦不到。

「克萊兒？」我悲慘地望著他，就像一個陷入複雜小謊裡的小孩，接著我用蚊子般的聲音說話。

「我曾經跟某人上床。」亨利呆掉了，一臉不信的樣子。

「跟誰？」他問道，沒有看我。

「戈梅茲。」

「為什麼？」亨利紋風不動，等著我給他致命的一擊。

「我那時喝醉了。我們在一場派對上，而雀兒喜人在波士頓……」

「等一下，這是哪一年的事？」

「一九九〇年。」

他開始大笑。「噢，克萊兒，別這樣整我啊。靠，一九九〇年。老天，我還以為妳在跟我說剛發生的事，像是上個星期之類的。」我虛弱地微笑。「我是說，我聽見這件事並不會欣喜若狂，但因為我才剛交代妳要出去約會，去找別人試試看，所以我沒辦法真的……我不知道。」他開始焦躁不安。他站起來，在工作室裡來回踱步。我還是沒辦法相信，這十五年來，我因為懼怕而癱軟無力，我害怕戈梅茲會把事情抖出來，我害怕戈梅茲會以他冷酷無情的方式做出，或是說出什麼事情來，但亨利並不介意。或者，他其實是介意的？

「跟他做的感覺如何？」他漫不經心地問道，背對我，正在弄咖啡機。

我小心地遣詞用字。「很不一樣。如果不太挑剔戈梅茲的話……」

「繼續說。」

「就有點像是置身在一間瓷器店裡，試圖躲開一隻公牛。」

「他的比我的大。」亨利像陳述事實般。

「現在的話我不太清楚，但那時候，他的技巧一點都不好。他和我上床時還在抽菸。」亨利瑟縮了一下。我起身，走到他身邊。「我很抱歉，這是個錯誤。」他把我拉向他，然後我柔聲地對著他的衣領說：「我很耐心地等待……」可是接著我就說不下去了。亨利撫摸我的頭髮，「沒事的，克萊兒，這沒那麼糟。」我心想他是不是在心裡比較他才剛見過的一九八九年的我，和現在在他懷中這個對他撒謊的我，而他就好像能夠讀我的心似的，他說：「還有別的驚喜嗎？」

「就這樣了。」

「天啊，妳真是守口如瓶耶。」我盯著他，他也盯著我，我察覺得出，自己多少有為他改變了。

「這讓我了解到，跟你比較好……這讓我懂得感恩……」

「妳是要跟我說我不用因為比較而痛苦嗎？」

「對。」我試探性地吻他，亨利猶豫了一下，但也開始回吻我，過了一會兒之後，我們再度覺得還不錯，比還不錯更好。我告訴他了，這沒什麼大不了的，而他也依然愛我。我整個身子輕盈多了，我嘆息，因為終於告解而覺得萬分美好，我甚至也不用向聖母瑪利亞或天父補贖。我覺得自己就像毫髮無傷地從一輛全毀的車子裡走出來。在那裡，在某處，我和亨利在草地上的綠色毯子上做愛，而戈梅茲睡眼惺忪地望著我，他巨大的雙手伸向我，而所有的一切，所有的一切都在現在發生，但和往常一樣，想改變任何事情都太遲了，亨利和我在工作室的沙發上脫掉彼此的衣服，就像從來都沒有拆開過的巧克力，不管怎麼說，現在並不算太遲，還未太遲。

一九九〇年四月十四日星期六（克萊兒十八歲）

（凌晨六點四十三分）

克萊兒：我睜開眼睛，不知道自己身在何處。我聞到香菸的味道，百葉窗的影子投射在龜裂的黃色牆上。我轉過頭，躺在我身邊、睡在他自己床上的，是戈梅茲。我驀地記起來了，開始感到恐慌。

亨利，亨利會宰了我，雀兒喜會恨我。我坐起來。戈梅茲的臥房是失事現場，散佈著裝得太滿的菸灰缸、衣服、法律教科書、報紙、骯髒的碗盤。我的衣服堆成一堆，控訴般地躺在一旁的地板上。

戈梅茲的睡相很美，看起來很安詳，不像一個剛背叛女朋友、跟他女朋友最好的朋友上床的傢伙。他的金髮亂七八糟的，不像平常控制完美的狀態。他看起來彷彿是個個子長得太高的小男孩，因為玩了太多小孩子的遊戲而累壞了。

我的頭好像遭人重重敲打，五臟六腑好像被人揍過了似的。我搖搖晃晃地起床，走到走廊上，走進浴室。他的浴室很潮濕，到處都發霉，裡面塞滿了刮鬍子的用品和潮濕的毛巾。等我走進浴室後，我就不確定我要幹嘛了。我上了廁所，用已經發硬的肥皂薄片洗臉；我看著鏡子裡的自己，想看看我看起來有沒有不一樣，想看看如果亨利望著我的話，會不會看出我哪裡不一樣……除了有點噁心想吐之外，我就像我在早晨七點看起來的樣子。

屋子裡很安靜，附近什麼地方有個鐘在滴滴答答走著。戈梅茲和其他兩個在西北大學法學院就讀的朋友分租這間房子。我不想撞見任何人，便走回戈梅茲的房間，在床上坐下來。

「早安。」戈梅茲對我微笑著伸出手。我跳開，突然放聲大哭。「哇。貓咪！克萊兒，寶貝……」他趕緊爬起來，很快我就被他抱在懷裡。我想起所有那些我在亨利肩膀上哭泣的片刻，你在哪裡？我絕望地想著，我需要你，此時，此地。戈梅茲一遍又一遍呼喊我的名字。我在這裡做什麼啊！我身上一絲不掛，在同樣光著身子的戈梅茲懷裡哭泣？他伸出手，把一盒面紙遞給我，我擤了擤鼻子，把眼淚擦乾，用徹底絕望的眼神望著他，而他則是困惑地望著我。

「好一點沒？」

沒，怎麼可能會好啊。「好一點了。」

「怎麼了？」

我聳聳肩。戈梅茲轉換到交叉質詢脆弱證人的模式。

「克萊兒，妳有過性經驗嗎？」我點頭。「是因為雀兒喜嗎？妳是因為她才這麼難過？」又點頭。「我做錯了什麼嗎？」搖頭。「克萊兒，亨利是誰？」我一臉難以置信、目瞪口呆地盯著他。

「你怎麼知道……」現在我搞砸了。媽的，狗娘養的。

戈梅茲越過我的身子，抓起放在桌邊上的菸，拿出一根點著。他把火柴揮熄，深深地吸了一口菸。不知道什麼緣故，戈梅茲手裡拿著菸時，比較像……有穿衣服。他默默地遞給我一根菸，我拿住了，就算我不抽菸，但這似乎就像是應該做的事，而且幫我爭取了一點時間，思索我應該說些什麼。他幫我點菸，然後起身在櫃子裡找到一件看起來並不是很乾淨的藍色浴袍，把它交給我。我穿上這件大浴袍，坐在床上抽菸，看著戈梅茲套上一條牛仔褲。就算我是如此地苦惱難受，我還是意識到戈梅茲的英俊、高大、寬闊，而且……很大，他和亨利是完全不同類型的美，亨利就像隻柔軟但狂野的美洲豹。我立刻就因為比較他們兩個而覺得自己很糟糕。戈梅茲在我身邊放了一個菸灰缸，然後在床上坐下來，打量著我。

「妳在睡覺的時候，一直喊著一個叫作亨利的傢伙。」

該死、該死。「我說了什麼？」

「大多是一遍又一遍的『亨利』，就像妳正在召喚某人來妳身邊似的。還有『我很抱歉』。有一次妳還說『嗯，既然你不在這裡』，好像妳真的很生氣的樣子。亨利是誰啊？」

「亨利是我的愛人。」

「克萊兒，妳沒有愛人。這半年來，我和雀兒喜幾乎每天都見到妳，妳從來不跟任何人約會，也從來沒有人打電話給妳。」

「亨利是我的愛人。他消失了一陣子，但他會在一九九一年的秋天回來。」

「他現在人在哪裡？」就在附近。

「我不知道。」戈梅茲以為這一切都是我捏造出來的。沒有任何理由，我就是下定決心要讓他相信。我把皮包拿來、打開我的錢包，讓戈梅茲看亨利的照片。他仔細端詳這張照片。

「我見過這個傢伙……不對，我見到某個很像他的人。這傢伙太老了，他們不可能是同一個人，但那傢伙也叫亨利。」

我的心跳得很快，就像瘋了一樣。我假裝隨口問問：「你在哪裡見到他的？」

「在夜店裡。大部分在 Exit，還有 Smart Bar。但我無法想像他是妳的男人，他是個瘋子，他的每一個行為都伴隨著混亂與失序。他是個酒鬼，還有他……我不知道，他對女人相當粗暴、苛刻。我聽到的大概就是這樣。」

「他使用暴力嗎？」我無法想像亨利會打女人。

「沒有。我不知道。」

「他姓什麼？」

「我不知道。聽好，貓咪，這傢伙會把妳嚼碎，然後再把妳吐出來……他根本就不是妳需要的。」

我微笑了。他正是我需要的，但我知道找他也只是枉然。「我需要什麼？」

「我。只是妳好像不這麼想。」

「你有雀兒喜了，為什麼還想要我？」

「我就是想要妳，我也不知道為什麼。」

「你是一夫多妻主義者之類的嗎？」

戈梅茲很認真地說：「克萊兒，我……聽好，克萊兒……」

「別說。」

「真的，我……」

「不要，我不想知道。」我起身，把菸捻熄，開始穿衣服。戈梅茲非常平靜地坐著看我穿衣服。在戈梅茲面前穿起我昨晚派對上的衣服，讓我覺得很洩氣、骯髒、作嘔，但我努力不表現出來。我自己沒辦法拉上洋裝後面那道長長的拉鍊，戈梅茲一臉嚴肅地幫我拉上。

「克萊兒，別生氣。」

「我不是生你的氣，我在生我自己的氣。」

「如果這傢伙可以從像妳這樣的女孩身邊離開，還指望妳兩年後會再跟他在一起，他肯定不簡單。」我對戈梅茲微笑。「他是很不可思議。」我可以想像得到我傷害了戈梅茲的情感。「戈梅茲，我很抱歉，如果我單身，而你也單身……」戈梅茲搖搖頭，就在我明白之前，他吻住我，而我吻回去，有那麼一下子，我開始懷疑……

「我得走了，戈梅茲。」

他點點頭。

我走了。

一九九〇年四月二十七日星期五（亨利二十六歲）

亨利：我和英格麗在里維拉戲院，跟著伊吉．帕普美妙悅耳的音調跳舞，拚命甩著我們小小的腦袋。我和英格麗在跳舞、做愛，或是做其他任何和體力活動有關、不用開口說話的事情時，總是非常幸福。現在我們就置身在天堂。我們站在最前面的位置，帕普先生煽動我們，讓我們全都陷入瘋狂的狀態。我有一次跟英格麗說，她跳舞的樣子很像德國人，雖然她不喜歡我這樣說，但這是實話。她跳舞的時候很嚴肅，就像生命正懸於一線，就像舞跳得精確可以拯救印度挨餓的兒童。這很棒。帕普正在低吟，「呼喚午夜姊妹，我在妳面前就像個白癡……」我完全可以了解他的感受。那是像這樣的時刻，像我明知我和英格麗之間的問題的時刻。我們一路飆過三首歌曲，英格麗和我的速度都快到可以飛到冥王星了；我產生了一種很詭異、高亢的感覺，還有一種很深刻的信念：我可以做得到，我可以下半輩子都待在此地，別無所求、心滿意足。英格麗汗如雨下，白襯衫以一種很有趣、很賞心悅目的方式黏在她的身體上，我很想把她的襯衫剝掉，但我強忍住，因為她沒有穿胸罩，一扯的話就知道一失足成千古恨了。我們跳舞，帕普唱歌，可悲的是，在他唱了三首安可曲後，演唱會終於無可避免地結束了。我覺得很棒。在我們跟著其他觀眾魚貫而出時，我在想我們接下來應該做什麼。英格麗加入女廁前的漫長隊伍，我到外面百老匯街上等她。當這個高大的金髮男子朝我走過來時，我正在旁觀一個坐在ＢＭＷ裡的雅痞，在一個不准停車的地方，和一個泊車小弟爭吵。

「你是亨利嗎？」他問道。我懷疑他是不是要來向我遞送法庭傳票還是什麼的。

「我就是。」

「克萊兒要我向你問好。」誰是見鬼的克萊兒啊？

「抱歉，你認錯人了。」英格麗走過來，看起來回復到她平常龐德女郎的模樣。她打量這個男人，眼前這個男人算是男性中相當不錯的樣本。我伸手抱住她。

這傢伙微笑。「對不起，你在什麼地方一定有個分身。」我的心揪了一下。有些我不明白的事情正在發生，我未來有一小部分滲透到現在來了，但此刻不是調查這些事情的時候。他似乎因為什麼事情暗自高興，道了歉，然後離開。

「這是怎麼一回事？」英格麗問道。

「我想他認錯人了。」我聳聳肩。英格麗看起來憂心忡忡的。只要是和我有關的任何事情，英格麗似乎都很擔心，所以我決定把這件事情拋在腦後。「嘿，英格麗，我們接下來要幹嘛？」我覺得自己精力充沛，可以一躍跳過好幾棟高樓大廈。

「到我住的地方？」

「這個主意太棒了。」我們先去吃了冰淇淋，很快地，我們就坐在車裡大唱「我尖叫，你尖叫，我們全都尖叫吵著要冰淇淋」，然後笑得像是發了狂的小孩。後來，當我和英格麗躺在床上時，我還在想著克萊兒是誰，後來認為這個問題應該沒有答案，就把這件事忘了。

二〇〇五年二月十八日星期五（亨利四十一歲，克萊兒三十三歲）

亨利：我帶雀兒喜去看經典歌劇「崔斯坦與依索德」。之所以會帶雀兒喜而不是克萊兒來，是因為克萊兒極度嫌惡華格納。我其實也不是華格納的迷，但我們有季票，而我是那種有票就去看的人。某個晚上，我們在雀兒喜和戈梅茲家裡討論這件事，雀兒喜很嚮往，說她從來都沒有看過歌劇。於是搞到最後，就是我和雀兒喜在芝加哥抒情歌劇院前下計程車，而克萊兒在家照顧阿爾芭、陪來探望我們的艾莉西亞玩拼字遊戲。

我不是很有看戲的心情。當我到雀兒喜家接她時，戈梅茲對我眨眨眼，用愚蠢爹娘的聲音說：「別讓她在外頭混太晚啊，小子！」我記不得我上次和雀兒喜單獨相處是什麼時候了。我很喜歡雀兒喜，非常喜歡，但我跟她實在沒有什麼好聊的。

我領著雀兒喜穿過人群。她慢吞吞地移動，走進富麗堂皇的大廳。挑高的大理石頂層樓座坐滿了優雅樸素的有錢人，和穿著假皮草、打了鼻洞的學生。雀兒喜對著販賣歌劇劇本的小販微笑，兩個穿著燕尾服的男子站在通往大廳的入口，用兩部和聲唱道：「歌劇劇本啊！歌劇劇本啊！買一本歌劇劇本吧！」這裡沒有我認識的人。華格納的崇拜者是歌劇迷裡的綠扁帽部隊，全是硬漢，而且也都互相認識。我和雀兒喜上樓到包廂時，有很多人在送飛吻。

我和克萊兒有個私人包廂，這是我們的愛好之一。我把簾子拉開，雀兒喜走進去，然後說：「哇！」我把我們脫下來的大衣垂掛在一張椅子上，雙雙坐下。雀兒喜交叉雙腳，雙手十指交叉放在膝蓋上，她的黑髮在昏暗柔和的燈光下閃閃發亮。雀兒喜有一雙誇張的大眼，塗著黑色的口紅，就像一個纖弱、調皮的兒童盛裝打扮，終於得到恩准，可以跟大人待到很晚。她坐著，全神貫注地享受芝加哥抒情歌劇院美輪美奐、裝飾華麗的金色和綠色布幕，以及觀眾興奮的低語。燈光暗了下來，雀兒喜對我露齒而笑。布幕升起，我們置身在一艘船上，依索德正在唱歌。我靠在椅背上，隱沒在她流動的嗓音裡。

四小時後，美妙的一劑藥[53]，觀眾熱烈鼓掌，我轉頭對雀兒喜說：「妳喜歡嗎？」她微笑。「這齣戲很蠢不是嗎？但歌唱的部分讓這齣戲變得不一樣。」

我幫她拿著大衣，她感覺一下袖襱的位置，把大衣穿上。「蠢嗎？我想也是。但我會努力裝作珍・伊格蘭既年輕又貌美，而非一頭三百磅重的母牛，只因為她有歐忒耳珀的嗓子。」

「歐忒耳珀？」

「她是音樂繆思。」我們加入心滿意足的聽眾行列，加入離去的人潮。下樓之後，我們湧流到外頭，湧流到寒冷的天候裡。我領著她走到韋克道，沒幾分鐘就攔到一輛計程車了。「亨利，我們去喝杯咖啡吧，我還不想回家。」我差點就要告訴計程車司機雀兒喜家的地址了。我叫司機載我們去唐氏咖啡俱樂部，這家咖啡館位在賈維斯大道上，就在這座城市的北角。雀兒喜聊著歌劇，她覺得演唱的部分很莊嚴，至於布景，我們倆都同意這部分沒有什麼新意；我們還聊到喜歡華格納的道德難題，因為你知道他是一個反猶太的混帳，而且他的頭號樂迷就是希特勒。我們抵達唐氏時，店裡還人聲鼎沸的。唐穿著一件橘色的夏威夷衫，正在接見他的仰慕者。我朝他揮揮手，在後面找到一張小桌子。雀兒喜點了冰淇淋櫻桃派和咖啡，我一如往常點了花生醬果凍三明治和咖啡。立體音響傳來派瑞．柯摩的低吟，香菸的煙霧飄浮在上空，雀兒喜用手支著頭，嘆息。

「這真是太棒了。我覺得有時候我好像已經忘記當一個大人是什麼感覺了。」

「你們倆不常外出嗎？」

雀兒喜用叉子把她的冰淇淋攪碎，開懷大笑。「喬都這麼做。他說攪碎後比較好吃。天啊，我竟然沒有讓他們學到我的好習慣，反而把他們的壞習慣都學起來了。」她吃了一口派。「回答你的問題，我們確實會外出，但幾乎都是為了政治事務。戈梅茲打算出來競選市議員。」

我因為嗆到而咳了起來。當我又能說話時，我說：「妳是在開玩笑吧？這不是太墮落了嗎？戈梅茲一天到晚抨擊市政。」

雀兒喜皺著眉頭看了我一眼。「他決定從內部改變這個體制。他已經被可怕的虐童案件搞到心力交瘁了。我想他已經說服他自己，如果他擁有某些勢力的話，可以真的改善一些事情。」

「或許他說得對。」

雀兒喜搖搖頭。「我比較喜歡我們還年輕時的無政府主義革命黨人，我寧可把事情毀掉也不願屈服。」

我微笑。「我從來都沒有發覺妳比戈梅茲更激進。」

「事實上，這是因為我沒有戈梅茲那麼有耐心，我渴望起而行。」

「戈梅茲有耐心？」

「當然，看看他對克萊兒這整件事情……」雀兒喜猛然停下來，望著我。

「什麼整件事情？」當我問出這個問題時，我才了解到，這是我們之所以在這裡的原因，雀兒喜一直等著要跟我談這件事。我在想，有什麼是她知道，而我不知道的，我在想我是不是想要知道雀兒喜所知道的事情。我的答案是不想。

雀兒喜把臉轉過去看別的地方，接著又轉回來看我，再低頭看她的咖啡，雙手捧著杯子。「嗯，我還以為你知道，可是……戈梅茲深愛著克萊兒。」

「這我知道。」這件事情我幫不了她。

雀兒喜用手指描摹桌面的紋理。「因此……克萊兒一直叫他不要煩她，但他覺得，如果他堅持得夠久，有些事情就會發生，最後就能跟她在一起。」

「有些事情就會發生……」

「在你身上。」雀兒喜直視我。

我覺得很不舒服。「我失陪一下。」我起身，走進廁所，用冷水潑了潑臉。我雙眼緊閉，靠在牆上。當情況穩定，確定我哪兒都不會去之後，我回到位置上坐下來。「抱歉。妳是說？」

雀兒喜看起來很害怕、很微小。「亨利，」她小聲地說道：「告訴我。」

「告訴妳什麼？」

「告訴我你不會去任何地方，告訴我克萊兒並不想要戈梅茲，告訴我一切都會順利，或是告訴我這一切全是狗屎，我不知道……就只要告訴我到底怎麼了。」她的聲音在顫抖。她把手放在我的手臂上，我強迫自己不要把她的手拿開。

上。「他不會離開妳的。」

「妳會好好的，雀兒喜，沒事的。」她瞪著我，壓根不相信我的話，卻又很想相信。我靠在椅背上。「他不會離開妳的。」

她嘆氣。「你呢？」

我沒有說話。雀兒喜瞪著我，接著她就低下頭。「我們回家吧。」她終於說話了，然後我們打道回府。

二〇〇五年六月十二日星期日（克萊兒三十四歲，亨利四十一歲）

克萊兒：這是一個陽光普照的星期天午後，我走進廚房找亨利，他正站在窗戶旁邊望著後院。他打了個手勢叫我過去，我站在他的身旁往外頭看：阿爾芭和一個年紀比較大的女孩在外面玩耍；那個女孩約莫七歲，有一頭烏黑的長髮，打著赤腳，穿著一件上頭印有芝加哥小熊隊隊徽的舊襯衫。她們倆都坐在地上，面對彼此。那個女孩背對我們，阿爾芭對著她微笑，雙手比了個姿勢，彷彿她在飛行似的。那個女孩搖搖頭，放聲大笑。

我看著亨利。「那個人是誰？」

「阿爾芭。」

「我知道。跟她在一起的是誰？」

亨利微笑了，但他的眉毛皺在一起，以致於笑容看來憂心忡忡。「克萊兒，那是年紀比較大的阿爾芭，她正在時空旅行。」

「我的天啊。」我瞪著那個女孩。她在轉圈圈，然後指了指房子，我看到她的側面了，就那麼一下子，又轉過去了。「我們應該出去嗎？」

「不用，她很好。如果她們想進來的話，她們會進來的。」

「我很想見見她……」

「最好不要。」亨利開口說道，但就在他說話的同時，這兩個阿爾芭跳起來，手牽手朝後門跑過來。她們闖進廚房，笑得很開心。「媽媽，媽媽。」我的阿爾芭說道，三歲大的阿爾芭指著那個女孩說：「看！這是大女孩阿爾芭。」

另一個阿爾芭露齒微笑，「嗨，媽媽。」我也在微笑，然後我說：「哈囉，阿爾芭。」當她轉過來看到亨利時，她大聲喊：「爸爸！」然後跑向他，伸出雙手抱住他，放聲大哭。亨利看了我一眼，彎腰安撫阿爾芭，在她的耳邊低聲說了幾句話。

亨利：克萊兒的臉色慘白，她牽著小阿爾芭的手站著，看著我和大阿爾芭。大阿爾芭緊緊抱著我哭泣時，小阿爾芭嘴巴張得大大地看著。我俯下身子，在阿爾芭的耳邊說：「別告訴媽媽我已經死了，好嗎？」她抬頭看我，淚珠沾在她的長睫毛上，嘴唇在抖動。她點點頭。克萊兒手裡拿著一張面紙，叫阿爾芭擤擤鼻子，然後抱了抱她。阿爾芭乖乖地跟著克萊兒去洗臉。小阿爾芭，現在的阿爾芭，抱著我的一隻腿。「怎麼了，爸爸？她為什麼這麼難過？」幸運的是，我不用回答這個問題，因為克萊兒和大阿爾芭回來了。大阿爾芭穿著克萊兒的襯衫，還有我的牛仔短褲。克萊兒提議：「嘿，各位，要不要出去吃冰淇淋啊？」兩個阿爾芭都笑了。小阿爾芭在我們四周邊舞邊叫：「我尖叫，你尖叫，我尖叫，你尖叫……」我們魚貫上車，克萊兒開車。三歲大的阿爾芭坐在前座，我和七歲大的阿爾芭坐在後座。她靠著我，我伸手摟住她。除了小阿爾芭之外，沒有人開口說話，小阿爾芭一直在說「看啊，阿爾芭，一隻小狗！看啊，阿爾芭，看啊，阿爾芭……」，直到大阿爾芭說，「是啊，阿爾芭，我看到了。」克萊兒載我們去芝加哥有名的冰淇淋店，我們在閃閃發光的藍色塑膠皮火車座裡坐下，點了兩客香蕉船、一客巧克力麥芽冰淇淋，還有一個撒了碎巧克力的香草甜筒冰淇淋。這兩個小女孩像吸塵器般地把她們的香蕉船舔光，我和克萊兒玩弄我們的冰淇淋，彼此都沒有注視對方。克萊兒開口問：「阿爾芭，妳在妳現在都過得怎麼樣？」

阿爾芭瞄了我一眼。「還好啊，」她說：「爺爺正在教我拉聖桑的第二號小提琴協奏曲。」

「妳在學校裡演戲。」我迅速地說道。

「我有嗎？」她說：「我想還沒有。」

「喔，抱歉，」我說：「我想到明年之前都沒有。」情況就像這樣進行，我們斷斷續續地交談，話題圍繞在我們知道的事情上，避免談到我們一定不能讓克萊兒和小阿爾芭知道的部分。過了一會兒，大阿爾芭把頭枕在放在桌面的手臂上。「累了嗎？」克萊兒問她。她點點頭。「我們得走了。」我告訴克萊兒。我們付了帳，我抱起大阿爾芭，她癱軟無力，幾乎就要在我懷裡睡著。克萊兒把小阿爾芭抱起來，她因為吃了很多糖而興奮得要命。回到車上，我們開到林肯大道上時，阿爾芭消失了。「她回去了。」我對克萊兒說道。她從後視鏡盯著我許久。「回去哪裡啊，爸爸？」阿爾芭問道：「回去哪裡啊？」

稍晚

克萊兒：我終於把阿爾芭哄睡了。亨利坐在我們的床上喝蘇格蘭威士忌，凝視著窗外，有幾隻松鼠沿著葡萄架互相追逐。我走過去，在他身邊坐下，「嘿。」亨利望著我，用手環抱住我，把我拉向他。

「嘿。」

「你要告訴我到底發生了什麼事嗎？」我問他。

亨利把他的飲料放下，開始解開我襯衫的釦子。「如果不告訴妳的話，妳會放過我嗎？」

「不會。」我把他的皮帶鬆開，解開他牛仔褲的鈕釦。

「真的嗎？」他親吻我的脖子。

「對。」我把他褲子拉鍊拉下，將手伸到他的襯衫裡面，在他的肚子上遊走。

「妳又不是真的很想知道。」亨利在我耳邊呼吸，用舌頭舔我耳朵邊緣，我顫抖著。他把我的襯衫脫掉，解開我胸罩的鉤子，我的乳房垂下來。我躺下，看著亨利脫掉他的牛仔褲、內褲和襯衫。他爬到床上。「還有襪子。」

「喔，對。」他把襪子脫掉。我們凝視彼此。

「你只是想轉移我的注意力。」我說。

亨利愛撫我的肚子。「我是想轉移自己的注意力，如果順便也轉移了妳的，那算額外賺到的。」

「你一定得告訴我。」

「不，我不告訴妳。」他用手捧住我的乳房，用大拇指摩挲我的乳頭。

「我會想像最壞的情況。」

「想吧。」我把臀部抬起來，亨利把我的牛仔褲和內褲脫掉、分開我的雙腿、低下頭親吻我。「天啊，」我心裡想，「可能會是什麼情況？最壞的情況是什麼？」我閉上眼睛，回憶浮現，我孩提時代很冷的一天，在牧場上，我跑過乾枯的草地，有個聲音，他在叫我……

「克萊兒？」亨利正輕輕地咬著我的嘴唇，「妳在哪裡？」

「一九八四年。」

亨利停頓了一下，「為什麼？」

「我認為事情就是在那時候發生的。」

「那時候發生了什麼？」

「你害怕告訴我的事。」

亨利從我身上滾下來，我們肩並肩地躺著。「告訴我，」他要求。

「那時正值秋天，天色很早，爸爸和馬克出去獵鹿。我醒過來，以為聽到你在叫我，然後我跑到草地上，你在那裡，你、爸爸和馬克全都在看些什麼，可是爸爸叫我回屋裡去，所以我沒有看到你到底在看什麼。」

「喔？」

「晚一點我又去那裡，草地上有個地方全都是血。」

亨利什麼話也沒說，他緊閉著雙唇。我用雙手纏住他，緊緊抱著他，「最壞的……」

「別出聲！克萊兒。」

「可是……」

「噓。」外面依然是金色的午後。室內的我們很冷，緊緊貼著彼此取暖。阿爾芭躺在她的床上，睡得很熟，她夢到冰淇淋；而另一個阿爾芭，在未來的某處，夢到雙手緊緊摟著爸爸，她醒來後發現了……什麼？

蒙洛街停車場插曲

二〇〇六年一月七日星期一（克萊兒三十四歲，亨利四十二歲）

克萊兒：電話響起時，我們睡得正熟，是冬天清晨時的那種熟睡。我一下就清醒了，我很緊張，然後意識到亨利還躺在我身邊。他越過我，把電話接起來。我瞥了時鐘一眼，現在是清晨四點三十二分。「喂？」亨利說道，他聽了一分鐘。我已經完全清醒了。亨利面無表情，「好，別動。我們現在就出發。」他又越過來，把話筒掛上。

「誰啊？」

「我。是我，我人在蒙洛街停車場，身上沒穿衣服，現在零下十五度，天啊，希望車子發得動。」

我們跳下床，匆忙穿上昨天的衣服。亨利在我穿好牛仔褲前就已經先穿好靴子和外套，跑出去發動汽車了。我把亨利的襯衫、衛生衣褲、牛仔褲、襪子、靴子、大衣、手套和一件毯子，往一個購物袋裡塞，然後把阿爾芭叫醒，幫她穿上外套和靴子，再穿上我的外套，帶她一起出門。我在車子熱好前就把車庫打開了，可是車子熄火了，我重新發動，坐了一分鐘，然後我又試了一遍。昨天雪下了六吋厚，安斯利街上的車轍都結冰了。阿爾芭在她的座位上哭泣，亨利正在安撫她。我們開到勞倫斯街時，我開始加速，十分鐘內就抵達湖岸大道了，這種時候，根本就沒有人會出門。本田車裡的暖氣轟隆作響。我們經過湖邊時，天色漸漸亮了，所有的一切都是藍色和橘色的，在酷寒的天氣裡，顯得如此短暫而易碎。當我們開下湖岸大道時，我突然有種強烈的熟悉感：這般的寒冷、朦朧寂靜的湖、路燈的熠熠光輝，我以前曾經來過這裡，我以前曾經來過這裡。我深深陷溺在這一刻裡。我們加速穿過這座靜止不動的城市，我們經過艾爾文街、貝爾蒙特大道、富勒頓街、拉薩爾街，我從密西根大道出去，疾駛過高檔商店的迴廊，空無一人。我們駛過橡樹街、芝加哥大道、藍道夫街、蒙洛街，現在我們已經潛入地下停車場的水泥世界了。我拿過機器吐出來的票，「開到西北區吧。」亨利說道，「開到警衛室那具公用電話旁。」我遵照他的指示。熟悉感消失了，好像被我的守護天使拋棄了似的。停車場空蕩蕩的，我加速穿過好幾條黃線，來到公共電話旁邊，話筒懸盪著。沒看到亨利。

「也許你回去了？」

「但也許沒有……」亨利很疑惑，我也是。我們下了車，這裡很冷，我的呼吸凝結成水氣，然後消失。我並不覺得我們應該離開，但我對到底發生了什麼事情也摸不著頭緒。我走到警衛室，透過窗戶往裡頭瞧。沒有警衛，影像監視器顯示著空無一人的水泥地。「媽的，我是跑去哪裡了？我們開車繞一繞吧。」我們再度回到車上，慢慢地在停車場裡巡行，經過指示我們「慢行」、「尚有車位」、「記好停車的位置」等標誌，到處都沒有亨利的蹤跡。我們垂頭喪氣地望著彼此。

「你是從什麼時候來的？」

「我沒說。」

我們安靜地開回家。阿爾芭睡著了，亨利瞪著窗外。天空萬里無雲，西邊是粉紅色的，現在外頭的車輛更多了，載著早起的上班族。當我們停在俄亥俄街上等紅綠燈時，我聽到海鷗呱呱叫。街道因為撒了鹽和積水的關係，顯得烏漆抹黑的。被雪遮掩的城市看來是如此柔軟、潔白。萬物皆美。我很超然、寂靜，我是一部電影。我們表面上看起來沒事，但早晚就要出大事了。

生日

二〇〇六年六月十五日星期四（克萊兒三十五歲）

克萊兒：明天是亨利的生日。我人在唱片行，想要幫他找一張他很喜歡，但尚未擁有的唱片。我在考慮要不要向這家店的老闆佛漢求助，因為亨利已經光顧這裡很多年了。但櫃檯後面站了一個高中男孩，他穿著一件上頭有「Seven Dead Arson」樂團的T恤，店裡大多數的唱片在灌製時，他搞不好都還沒出生呢。我很快瀏覽過裝著唱片的帶蓋大箱子：性手槍樂團、派蒂．史密斯、流浪漢、麥修．史威特、費西、「小妖精」樂團、Pogues、偽裝者、B-52's、凱特．布希、「吵鬧公雞」樂團、「迴聲與兔人」樂團、The Art of Noise、The Nails、「衝擊」樂團、「怪人」樂團、「電視」樂團，我在一張「地下絲絨」的唱片上停下來，在腦海中搜索記憶，看我是不是曾經在家中某處看過這張唱片，但我進一步審視之後發現，這不過是大雜燴罷了。Dazzling Killmen、「死甘迺迪」樂團……佛漢扛著一個大箱子進來，他把箱子抬到櫃檯後面放下，然後又走出去。他重複搬了幾次，接著和那個孩子把這些箱子拆開，把黑膠唱片拿出來疊在櫃檯上，嚷著各式各樣我從來沒有聽過的東西。我走到佛漢身邊，在他面前靜靜地拿出三張黑膠唱片來搧涼。「嗨，克萊兒，」他嘴咧得大大的，「最近好嗎？」

「嗨，佛漢。明天是亨利的生日，救命啊。」

他盯著我挑的唱片。「他已經有這兩張了，」他指著「小人國」樂團和「飼主」樂團的唱片，「而那張唱片真的很爛，」他指了指 Plasmatics 的唱片，「雖然封面做得很棒，對吧？」

「對。你那箱子裡有沒有什麼他可能會喜歡的東西？」

「沒有，這個箱子裡面都是五〇年代的東西，老掉牙了。妳或許會喜歡這張，我昨天進的。」他從「新到貨」的箱子裡拿出一張 Golden Palominos 的合輯。這張唱片裡有幾首新的曲子，所以我就接下來了。佛漢突然對我咧嘴微笑，「我有個很正點的東西可以給妳，那是我為亨利留的。」他走到櫃檯後面，在箱子裡找了一分鐘。「這個。」佛漢交給我一張套在空白唱片封面裡的黑膠唱片。我把唱片拿出來，閱讀貼在上面的標籤：「安妮塔琳．羅賓遜，巴黎歌劇院，一九六八年五月十三日，歌劇『露露』。」我狐疑地望著他。「對，這不是他平常會買的東西，對吧？這是在一場音樂會上偷錄的，這東西並不存在。他很久以前叫我幫他留意她的唱片，不過這也不是我平常會進的東西，所以我找到這張唱片，卻一直忘記告訴他。我聽過這張唱片，真的很好聽，音質也很好。」

「謝謝你。」我低聲說道。

「不客氣。嘿，這張唱片有什麼大不了的？」

「她是亨利的母親。」

佛漢挑了挑眉，額頭很滑稽地擠在一起。「妳不是在開玩笑吧？對……他長得很像她。哈，這真有趣。妳一定以為他有跟我說過。」

「他不常談論他的母親，她在他很小的時候就過世了，出了一場車禍。」

「沒錯，我有點印象。需要幫妳找別的唱片嗎？」

「不用了，我就要這一張。」我付錢給佛漢之後就離開了，當我走到戴維斯街時，我緊緊抱著亨利他母親的唱片，內心充滿狂喜。

二〇〇六年六月十六日星期五（亨利四十三歲，克萊兒三十五歲）

亨利：今天是我的四十三歲生日，雖然不用上班，但眼睛還是在早晨六點四十六分睜開，然後我就再也睡不著了。我轉頭看克萊兒，她睡得很熟，雙手張得開開的，秀髮成扇狀散落在枕頭上。就算她的臉頰上有枕在枕頭上的皺痕，看起來還是很美。我小心翼翼地下床，走進廚房，開始煮咖啡。我走進浴室，放了一會兒水，等水變熱。我們應該叫個水管工過來看一下，但我們永遠都抽不出時間。我回到廚房，倒了一杯咖啡，把咖啡帶到浴室，小心地擱在洗臉檯上。我在臉上抹滿皂沫，開始刮鬍子。通常我很擅長在不需要看著自己的情況下刮鬍子，但今天，為了慶祝我的生日，我決定仔細檢查一番。

我的頭髮幾乎都花白了，雖然兩邊鬢角還留了一小撮黑髮，眉毛也還是全黑的。我把頭髮留長了一些，沒有我在遇見克萊兒以前那麼長，但也不是很短。我的皮膚很粗，眼角和額頭上都有皺紋，法令紋從鼻孔外側一直延伸到嘴角。我的臉太瘦削了，我的一切都太瘦削了，並不是奧斯威茲集中營的那種皮包骨，但也不是一般的瘦。我不想多想這件事，所以我繼續刮鬍子。我把臉洗乾淨，拍上鬍後水，往後退幾步，檢查成果。

昨天在圖書館，有人想到今天是我的生日，因此羅伯托、伊莎貝爾、麥特、凱薩琳以及艾蜜莉亞集合起來，請我去泰國餐廳吃午餐。我知道大家都在談論我的健康狀況，談論我為什麼會一下子掉了這麼多體重，談論我最近急速衰老的狀況。大家都對我特別好，就像一般人對待愛滋病患和化療病人那樣。我真的很希望有人來問我，這樣我就可以對他們撒謊，然後這件事情就過去了。但相反的，我們就只是開著玩笑，吃著泰式炒麵和腰果雞片等菜餚。艾蜜莉亞送我一磅很棒的哥倫比亞咖啡豆，凱薩琳、麥特、羅伯托和伊莎貝爾很捨得花錢，他們送我藏在蓋提博物館的《*Mira Calligraphiae Monumenta*》的書法摹本，這本書放在紐伯瑞圖書館的書店裡，我已經垂涎許久了。我望著他們，心裡很感動，然後我意識到我的同事以為我快死了。「你們這些傢伙……」我說道，卻不知道該怎麼接下去，所以就閉嘴打住了。我說不出話來的情況並不常見。

克萊兒起床了，阿爾芭也醒了，我們全都打扮好了，也都上車了。我們今天要和戈梅茲、雀兒喜和他們的孩子一起去布魯克費爾德動物園。我們一整天都在四處溜達，看猴子和火鶴、北極熊和水獺。阿爾芭最喜歡大型的貓科動物。羅莎牽著阿爾芭的手，跟她說恐龍的事情。戈梅茲對一隻黑猩猩留下很深刻的印象，麥克斯和喬橫衝直撞地跑來跑去，假裝他們是大象，還拿著掌上型遊戲機玩。我和雀兒喜、克萊兒漫無目的地閒遊，曬著太陽，談些言不及義的事。四點時，孩子都累了，脾氣也變壞了，我們把他們塞回車裡，答應他們很快就會回來這裡玩，然後打道回府。

褓母準時七點抵達。克萊兒威脅利誘阿爾芭，要她乖乖的，然後我們溜之大吉。在克萊兒的堅持之下，我們倆盛裝打扮，當我們往南駛到湖岸大道時，我才想到我不知道我們要去哪裡。「你等一下就知道了，」克萊兒說道。「這不是什麼驚喜派對吧？」我擔憂地問。「不是。」她向我保證。克萊兒從羅斯福路的出口下湖岸大道，穿過皮爾森街，那是拉美裔居民居住的區域，就在市中心南邊。街道上有幾群小朋友在玩耍，我們小心地閃躲他們，最後停在靠近第二十街和瑞西尼大道的地方。克萊兒領著我走到一棟荒廢的雙拼公寓，她在出入口處按了電鈴。我們走進去，穿過堆滿垃圾的院子，爬上很不牢靠的樓梯。克萊兒敲了敲其中一扇門，羅迪斯把門打開。羅迪斯是克萊兒就讀藝術學校時認識的朋友，她對我們微笑，示意我們進去，進去之後我看到這間公寓已經被改裝成一家餐廳了，裡頭只有一張餐桌，到處都瀰漫著美妙的香味，桌子上鋪著白色桌巾，擺著白色的瓷器和蠟燭。有個電唱機擺在一座笨重的雕花餐具櫃上，客廳裡擺了許多鳥籠，鳥籠裡裝滿了鳥：鸚鵡、金絲雀、小鸚哥。羅迪斯親吻我的臉頰，然後說：「亨利，生日快樂，」還有一個很熟悉的聲音說：「對，生日快樂！」我探頭進廚房，奈兒在裡面，她正在攪動燉鍋裡的東西，連我伸手環抱住她、輕輕地把她抱離地面時，她的手也沒有停下來。「哇！」她說道：「你早餐一定有吃麥片！」克萊兒擁抱奈兒，然後她們相視而笑。「他看起來相當吃驚，」奈兒說道，而克萊兒笑得更燦爛。「回去坐好，」奈兒命令道：「晚餐已經準備好了。」

我們隔著桌子面對面坐下。羅迪斯幫我們端來擺得很精美的開胃菜：透明的帕瑪生火腿配淺黃色的甜瓜，清淡的煙燻淡菜，加上一點點茴香和橄欖油的胡蘿蔔及甜菜細條。克萊兒的肌膚在燭光的映照下顯得很溫暖，而她的眼睛變得很深邃。她配戴的珍珠項鍊隨著她的呼吸起伏，勾勒出她鎖骨的輪廓，還有她雙乳上方平坦的一片。克萊兒發現我在打量她，對我微笑，然後就把臉別過去了。我低下頭，這才發現我早就把開胃菜吃完了，而我就坐在那裡，像個白癡一樣舉著一根小叉子。我把叉子放下來，羅迪斯把我們的碟子收走，將下一道菜端上來。

我們享用奈兒烹調的完美半熟鮪魚，用文火燉出來的，還淋上用番茄、蘋果和羅勒調製而成的醬汁。我們享用裝滿紫萵苣和橘椒的小碗沙拉、小顆的棕色橄欖，這讓我想起小時候在雅典一間旅館裡，和我母親共進的一頓大餐。我們喝著蘇維濃白葡萄酒，不停地敬彼此。（「敬橄欖！」「敬褓母！」「敬奈兒！」）奈兒從廚房裡端著一個白色的小蛋糕出來，上面插著燃燒的蠟燭。克萊兒、奈兒和羅迪斯幫我唱生日快樂歌。我許了一個願，一口氣吹熄所有蠟燭。「這表示你許的願望將會實現。」奈兒說道。但我許的並不能算是一個願望。吃蛋糕時，鳥兒用奇怪的聲音交談，接著羅迪斯和奈兒又回到廚房裡。克萊兒說，「我為你準備了一份禮物，眼睛閉起來。」我把眼睛閉上，聽到克萊兒把椅子往後推。她穿過房間，接著出現了唱針放到黑膠唱片上的聲音……有嘶嘶聲……有小提琴聲……一個純淨的女高音像急雨般劃破交響樂團的喧囂……那是我媽媽的聲音，她正在唱「露露」。我睜開眼睛，克萊兒隔著桌子坐在我對面，對我微笑。我站起來，把她拉起來，抱住她。「太神奇了。」我沒辦法說下去，所以我親吻她。

後來後來，在我們向奈兒和羅迪斯表達我們的感激之意，道過再見之後，開車回家之後，付錢給褓母之後，在舒緩愉悅的恍惚下做完愛之後，我們昏昏欲睡地躺在床上，克萊兒說：「這個生日過得開心嗎？」

「十全十美，這是最棒的生日。」

「你曾經希望你能夠把時間停下來嗎？」克萊兒問：「我並不介意永遠待在此時此地。」

「嗯，」我說道。就在我沉睡夢鄉之前，克萊兒說：「我覺得我們就像置身在摩天輪的頂端。」我睡著了。我第二天早上忘了問她，這句話到底是什麼意思。

令人不愉快的景象

二〇〇六年六月二十八日星期三（亨利分別是四十三歲和四十三歲）

亨利：我在黑暗中現身於冰涼的水泥地板上，試著坐起來，但因為暈眩而再度躺下。我的頭很痛。我伸手摸索，左耳後頭腫了一大塊。眼睛適應黑暗之後，我看到模糊的樓梯輪廓，還有出口標誌；在我上面很遠的地方，有一顆孤伶伶、發出螢光的燈泡，燈泡放射出冷光。圍繞在我四周的，是「籠子」鋼鐵交織而成的圖案。我人在紐伯瑞圖書館裡，在下班後，在「籠子」裡。

「別驚慌，」我大聲地對自己說：「沒事的。沒事的。沒事的。」當我發現我並沒有在聽我自己說話時，我就住嘴了。我設法站起來，我在打哆嗦，我在想我得等待多久，我在想我的同事見到我之後會說什麼。因為就這樣了，我就快要被人發現我其實是個天生的怪胎，雖然我並沒有盼著這一天的到來。

我試著來回踱步保暖，但這讓我的頭抽痛得更厲害了。我放棄了，在「籠子」地板的中央坐下來，盡可能地縮著身子。過了幾個小時，我在腦海裡重演整個事件，排練我的台詞，考慮所有可能會讓情況轉好或是轉壞的辦法。最後，我厭倦這一切了，我在腦海裡為自己放唱片：果醬樂團的「那就是娛樂」、艾維斯．卡斯提洛的「藥丸和肥皂」、路．瑞德的「完美的日子」。當燈光閃爍時，我正絞盡腦汁回憶「四人幫」樂團的「我愛一個穿制服的男人」的完整歌詞。來的人當然是納粹警衛凱文，他正打開圖書館的門。凱文是我光著身子、落入「籠子」時，在這個星球上最不願碰見的人了，他一走進來就發現我了。我蜷縮在地板上，假裝自己是隻袋貂。

「誰在那裡？」凱文說道，比平常聲音更大。我想像凱文站在那裡，在樓梯間黯淡的燈光下一臉蒼白。他的聲音到處彈跳，回音在樓梯間裡迴盪。凱文走下樓，站在樓底，離我大概有十呎遠。「你是怎麼進去的？」他在「籠子」周遭走動。我繼續假裝不省人事。既然我無法解釋，或許我也不要煩惱這件事情好了。「我的天啊，是狄譚伯。」我可以感覺到他目瞪口呆地站在那裡。最後他想到了他的無線電。「啊，收到，嘿，羅伊。」令人費解的無線電干擾。「羅伊，我是凱文，你能不能下來A46？對，就在底下。」傳出嘎嘎的聲音。「下來這裡就可以了。」他把無線電關掉。「天啊，狄譚伯，我不知道你想證明什麼，但你現在肯定成功了。」我聽見他四處走動的聲音，他的鞋子吱嘎作響，製造出很輕微的呼嚕聲。我想他一定是坐在階梯上了。過了幾分鐘後，樓上有扇門打開，羅伊走下來了。羅伊是我最喜歡的警衛，他是個非裔美國人，是一位紳士，臉上總是掛著燦爛的笑容。他是大廳服務檯之王，看起來很能振奮人心，所以我上班時總是很高興，而且都沐浴在他的勃勃朝氣裡。

「哇，」羅伊說道：「這裡頭是什麼東西？」

「是狄譚伯，我想不透他是怎麼進去的？」

「狄譚伯？我的天啊。那小子真的很愛讓他的老二出來透透氣呢。我跟你說過我有一次看到他光著身子在三樓跑吧？」

「對，你是有講過。」

「我想我們得想辦法把他弄出來。」

「他沒在動。」

「呃，他有在呼吸。你想他受傷了嗎？或許我們應該叫輛救護車。」

「我們得叫消防員過來，用他們的救生鉗子把鐵條剪斷，把他救出來。」凱文聽起來很興奮。我不希望消防員或救護人員過來，於是我呻吟幾聲，然後坐起來。

「早安，狄譚伯先生，」羅伊嘟噥著：「你今天到得有點早，對吧？」

「就只早到了一點。」我說著，雙手抱膝，下巴頂在膝蓋上。我冷得要命，牙齒因為咬得太緊而受傷了。我看著他們倆，他們也看回來。「我想我沒辦法賄賂你們這兩位紳士吧？」

他們交換了一個眼神。「看情況，」凱文說：「看你心裡是怎麼盤算的。我們不能守口如瓶，因為我們沒有辦法單靠自己的力量把你弄出來。」

「不是的，不會，我不會指望你們那麼做，」他們看起來鬆了一口氣。「聽好，如果你們幫我做兩件事情的話，我就各給你們一百美元。第一，我希望你們其中一位出去幫我弄杯咖啡。」

羅伊的臉上綻放出他招牌的大廳服務檯之王的笑容。「媽啊，狄譚伯先生，我可以免費幫你做這件事。只是，我不知道你要怎麼喝到咖啡。」

「帶根吸管。別買休息室那些機器裡的咖啡，出去幫我買杯真正的咖啡，加牛奶，不加糖。」

「我會照辦的。」羅伊說道。

「第二件事情是什麼？」凱文問。

「我希望你們上樓到特藏書庫，從我的桌子裡拿幾件衣服過來，衣服就放在右手邊下面的抽屜裡。如果你們可以在神不知鬼不覺的情況下辦成的話，我還會給你們額外的紅利。」

「不費吹灰之力。」凱文說道。我開始疑惑我先前為什麼不喜歡這個男人了。

「出去時最好把樓梯間鎖上。」羅伊交代凱文，他點點頭，然後就出去了。羅伊站在「籠子」邊，同情地望著我。「好了，你是怎麼把自己弄進去的？」

我聳聳肩。「這個問題我提不出什麼好答案。」

羅伊微笑著搖搖頭。「那你就好好想想吧，我出去幫你買杯咖啡。」

二十分鐘過去了。我終於聽到一扇門打開的聲音，凱文走下樓，後面跟著麥特和羅伯托。凱文接觸到我的眼神，他聳聳肩，彷彿在說「我盡力了」。他把我的襯衫從「籠子」鐵格子的網眼裡塞進來給我，羅伯托站在那裡，雙手交叉地冷冷盯著我，我就在他面前把衣服穿上。褲子太大了，我們費了不少工夫才把它弄進來。麥特坐在階梯上，一臉疑惑的表情。我聽到門再度打開的聲音，是羅伊，他端著咖啡和甜花捲進來。他在我的咖啡裡放了一根吸管，把甜花捲和咖啡放在地板上。我得把目光硬是從它們上面移開去看羅伯托，羅伯托轉身對羅伊和凱文說：「可以讓我們私下談談嗎？」

「當然可以，卡爾博士。」警衛走上樓，從一樓的門出去。現在我孤伶伶一個，困在「籠子」裡面，就在羅伯托面前，而且還想不出什麼好解釋。羅伯托是我非常敬重的人，也是我一再欺瞞的人。現在，就只剩下真相，但真相卻比我任何一個謊言更加離譜。

「好吧，亨利，」羅伯托說道：「我們開始吧。」

亨利：這是個完美的九月早晨。我上班有點遲到了，因為阿爾芭（她拒絕更衣），還有El支線（它拒絕來），但不管怎麼說，就我的標準來說，我並沒有遲到太久。當我在大廳服務檯簽到時，羅伊並不在那裡，在那裡的是瑪莎。「嘿，瑪莎，羅伊人呢？」「他正在處理一些事情。」「喔。」然後就搭電梯上四樓了。當我走進特藏書庫時，伊莎貝爾說：「你遲到了。」而我回答「但我沒有遲到太久」。我走進我的辦公室，麥特站在我的窗邊，望著外頭的公園。

「嗨，麥特。」我打了聲招呼，不料麥特跳開了一哩遠。

「亨利！」他的臉色變得很蒼白。「你怎麼從『籠子』裡出來的？」

我把背包放在我的辦公桌上，瞪著他。「『籠子』？」

「你……我剛從樓下上來，你被困在『籠子』裡，而羅伯托在那裡……你叫我上來這裡等，但你沒說原因。」

「我的天啊。」我坐在桌子上。「噢，我的天啊。」麥特在我的椅子上坐下來，抬頭看我。「聽好，我可以解釋……」我開口說話。

「你可以？」

「當然。」我思索了一下。「我……你知道……噢，幹。」

「這件事真的很古怪，對吧，亨利？」

「對。對，是很古怪。」我們面面相覷。「聽好，麥特……我們下樓，看看現在的情況怎麼樣，然後我會向你和羅伯托解釋的，這樣好嗎？」

「好。」我們站起來，下樓。

我們走到東廊時，我看到羅伊正在樓梯間的入口附近閒晃。他見到我時嚇了一大跳，就在他即將開口時，我聽到凱薩琳說，「嗨，小子們，發生什麼事了？」她飄然經過我們，試著打開通往樓梯間的門。「羅伊，為什麼沒有一扇門開得了呢？」

「嗯，米德太太，」羅伊瞥了我一眼，「我們這裡出了一點問題，呃，是和……」

「沒關係的，羅伊，」我說道：「走吧，凱薩琳。羅伊，你可以待在這裡嗎？」他點點頭，讓我們進入樓梯間。

我們走進樓梯間時，我聽到羅伯托說，「聽好，我一點也不想聽你坐在那裡跟我講科幻小說。如果我對科幻小說感興趣的話，我會跟艾蜜莉亞借幾本來看看的。」他坐在底下幾階樓梯上，當我們走到他背後時，他轉過頭看是誰來了。

「嗨，羅伯托，」我輕聲說道。凱薩琳說：「噢，我的天啊，我的天啊。」羅伯托站起來，一時失去了平衡，麥特趕緊伸出手扶他。我望向「籠子」，我就在裡面，坐在地板上，穿著我的白色襯衫和卡其褲，雙手抱著膝蓋，顯然冷得要命、餓得要死。「籠子」外頭放著一杯咖啡。羅伯托、麥特和凱薩琳安靜地望著我們。

「你從什麼時候來的？」我問。

「二〇〇六年八月。」我端起咖啡，放在我的下巴左右高度，將吸管伸進籠子裡面。他把咖啡吸光。「你想吃這塊甜花捲嗎？」他想吃。我把甜花捲分成三塊，塞進「籠子」裡。我覺得自己好像在動物園裡。「你受傷了。」我說道。「我的頭撞到什麼了。」他回答。「你會在這裡待多久？」「大概再半小時吧。」他對羅伯托比了一個手勢，「你明白了吧？」

「到底發生什麼事了？」凱薩琳追問。

我向我自己諮詢：「你願意解釋嗎？」

「我已經解釋了，你就接下去說吧。」

所以我就說了。我跟他們解釋身為時空旅人，日常和遺傳層面的事情；我跟他們解釋這整件事情其實比較像是疾病，而我自己無法控制；我跟他們解釋肯德瑞克的事情，還有我和克萊兒是怎麼相遇，又怎麼再度相遇的；我跟他們解釋因果環路理論、量子力學、光子和光速；我跟他們解釋生活在大多數人類都得屈從的時空限制之外是什麼感受；我跟他們解釋撒謊的事情、偷東西的事情，還有我的恐懼；我跟他們解釋我努力過正常的人生。「而擁有正常人生的一環，就是有份正常的工作。」我總結道。

「我其實並不會稱這份工作是正常的工作。」凱薩琳說道。

「我也不會說我的人生是個正常的人生，」坐在「籠子」裡的我接口。

我望著羅伯托，他坐在階梯上，頭靠著牆，看起來氣力用盡、愁眉苦臉的。「這麼說吧，」我問他，「你會炒我魷魚嗎？」

羅伯托嘆了一口氣。「不，不會的，亨利，我不會炒你魷魚。」他小心翼翼地站起來，用手撣了撣他外套後面。「但我不明白，為什麼這麼久以來，你都不告訴我這件事？」

「你不會相信的，」我自己說道：「你到剛剛都還不相信我的話，一直到你親眼見到為止。」

「呃，對……」羅伯托開始說話，可是他接下來的話就散佚在我來去時有時候會產生的奇異噪音裡。我轉過身，看到一疊衣服躺在「籠子」裡的地板上。我今天下午會過來用衣架把它們勾出來。我轉頭面對麥特、羅伯托和凱薩琳，他們全都目瞪口呆。

「天啊，」凱薩琳驚呼，「這就像和克拉克．肯特[54]共事一樣。」

「我覺得自己就像吉米．奧森。」麥特說道。

「那妳就只好當露意絲．雷恩了，」羅伯托取笑凱薩琳。

「不對，不對，克萊兒才是露意絲．雷恩。」她答道。

麥特說：「但是露意絲．雷恩並不知道克拉克．肯特和超人之間的關係，而克萊兒……」

「如果沒有克萊兒的話，我很久以前就會放棄活下來的念頭了。」我說明，「我老是搞不懂為什麼克拉克．肯特要讓露意絲．雷恩墮在五里霧中。」

「這樣故事比較精彩啊。」麥特提出他的看法。

「有嗎？我不知道。」我答道。

二〇〇六年七月七日星期五（亨利四十三歲）

亨利：我坐在肯德瑞克的診療室裡，聽他解釋治療為什麼無效。外頭十分悶熱，但裡面冷氣開得很強，我瑟縮在椅子上，渾身都起雞皮疙瘩了。我們面對面坐在我平常坐的椅子上。桌上的菸灰缸裝滿了菸蒂，肯德瑞克一直都用前一根菸屁股來點新的一根菸。我們沒開燈，就這樣坐在冷氣很強、煙霧瀰漫的診療室。我想喝一杯、我想吶喊、我希望肯德瑞克能夠閉嘴，這樣我才可以問他一個問題。我希望能夠站起來走出去，但我還是坐著聽他說話。

等肯德瑞克停止發表言論之後，這棟大樓的背景噪音突然清晰起來。

「亨利？你有在聽我說話嗎？」

我坐直、注視他，好像一個被逮到在作白日夢的小學生一樣。「呃，沒有。」

「我問你是不是了解了，關於治療無效的原因。」

「嗯，對。」我努力集中精神。「治療無效是因為我的免疫系統不行了，也是因為我老了，也因為牽涉到太多基因了。」

「對。」肯德瑞克嘆息，把他的香菸在菸蒂堆裡捻熄，一縷縷的煙霧逃逸、消失。「我很抱歉。」他靠在椅背上，把他柔軟的粉紅色雙手交握放在膝蓋上。我想起初次見面的情形，就在這間診療室裡，那已經是八年前的事了。當時我們倆都很年輕，也都很驕傲，對分子遺傳學的本事都很有信心，我們已經準備好要用科學來對抗大自然了；我想起我把肯德瑞克製造出來的時空旅鼠握在手裡的感覺，我看著我小小的白色代理人，感受到澎湃洶湧的希望；我想起當我告訴克萊兒治療無效時，她臉上的表情，雖然她從來都沒有想過治療會見效。

我清了清喉嚨。「那阿爾芭呢？」

肯德瑞克交叉雙腳，有點心煩意亂。「阿爾芭什麼？」

「對她會有效嗎？」

「我們永遠都不會知道，我們會知道嗎？除非克萊兒肯改變心意，讓我用阿爾芭的ＤＮＡ試試看。但我們都很清楚，克萊兒有多害怕基因治療，每一次我試著跟她討論這件事，她看我的眼神就好像我是約瑟夫．門格勒[55]。」

「但如果你有阿爾芭的ＤＮＡ，你就可以製造一些老鼠，為她做點研究，等她十八歲的時候，如果她願意的話，她就可以試試看。」

「是啊。」

「所以說，就算在我身上失敗了，但至少阿爾芭可能會有受益的一天。」

「是啊。」

「好吧，那就這樣。」我站起來，摩搓一下雙手，把因為冷汗而緊貼著我的棉襯衫脫掉。「這就是我們要做的事。」

二〇〇六年七月十四日星期五（克萊兒三十五歲，亨利四十三歲）

克萊兒：我在工作室裡造雁皮紙，這是一種薄如蟬翼的紙，薄到你可以一眼看穿。我把纖維放進甕染料桶裡，然後拿起來，捲一捲、繞一繞，讓染料分佈均勻。我把它放在甕染料桶的一角，讓它的水排乾，然後我聽到阿爾芭的銀鈴笑聲，她正大喊著跑過花園，「媽媽！看爸爸給我買了什麼！」她闖進工作室，咯咯作響地朝我跑過來，亨利跟在她後頭，態度比她冷靜多了。我低下頭看她為什麼會咯咯作響：紅寶石舞鞋。

「跟桃樂絲穿的一樣！」阿爾芭在木製地板上跳起踢踺舞。她雙腳鞋跟碰在一起三次，但她並沒有消失，當然，她已經在家了。我大笑，亨利一副很滿足的樣子。

「你有去郵局嗎？」我問他。

他的臉垮了下來。「可惡，沒有，我忘了。對不起，我明天去，明天的第一要務。」阿爾芭正在旋轉，亨利伸手阻止她。「別這樣，阿爾芭，妳會頭暈的。」

「我喜歡頭暈暈的。」

「這可不是個好主意。」

阿爾芭穿著T恤和短褲，手肘處貼著一塊OK繃。「妳的手怎麼了？」我問她。她沒回答，反而看著亨利，所以我也望向亨利。

「沒什麼，」他說明：「她一直吸她的皮膚，所以就有個吸痕。」

「吸痕是什麼？」阿爾芭問。亨利開始解釋，但我說：「為什麼吸痕需要貼OK繃？」

「我不知道，」他說：「她就是想貼一個。」

我有個預感，姑且稱之為為人母的第六感好了。我走到阿爾芭身邊，「我看看。」

她把手抱在胸前，用另一隻手把這隻手抱得緊緊的。「不要把OK繃撕下來，我會痛。」

「我會小心的。」我牢牢地抓著她的手臂。她發出抽噎的聲音，但我的態度很堅決。我慢慢地扳開她的手臂，輕輕地撕掉。那裡有一塊瘀青，瘀青正中央有個小小的紅色針孔。阿爾芭說：「一碰就痛，不要碰。」我放開她。她把OK繃貼回去，看著我。

「阿爾芭，妳要不要去打電話給金咪，問她要不要過來吃晚餐？」阿爾芭綻出微笑，急忙跑出工作室。一分鐘後，我們家的後門發出砰的一聲。亨利坐在我的畫桌上，輕輕地來回旋轉我的椅子。他望著我，等我開口說話。

「我不相信，」我終於開口了：「你怎麼可以……」

「我必須這麼做，」亨利的聲音很平靜，「她……我沒辦法丟下她不管，在沒有……我想幫她訂好一個初步計畫，這樣肯德瑞克才可以開始著手替她做點事，這不過是預防萬一罷了。」我走到他身邊，我穿的橡膠套鞋和橡膠圍裙嘎吱作響。我靠在桌子上，亨利頭歪向一邊，燈光掠過他的臉，我可以看見橫過他額頭、嘴角和眼角附近的皺紋。他瘦了很多，眼睛在他的臉上顯得很巨大。「克萊兒，我沒有告訴她那是幹嘛用的。妳可以告訴她，當……時候到了。」

我搖搖頭，不要。「打電話給肯德瑞克，叫他停下來。」

「不要。」

「那我來打。」

「克萊兒，不要。」

「亨利，你想在你自己的身體上幹什麼都行，可是……」

「克萊兒！」亨利從咬緊的牙關裡擠出我的名字。

「幹嘛？」

「已經結束了，好嗎？我完了，肯德瑞克說他無能為力了。」

「可是……」我停下來消化他剛剛說的話，「可是……會發生什麼事情？」

亨利搖搖頭。「我不知道。我們所想的事情或許會……會發生。但如果那會發生，那麼……我就不能在沒有試著幫她一把的情況下丟下她……噢，克萊兒，就讓我為她做這件事吧！這也許不會成功，也許她永遠都用不到，她說不定會很愛時空旅行，或許永遠都不會覺得迷失或飢餓，她也可能永遠都不會被逮捕、被追趕、被強暴，或是被痛扁一頓，但如果她不喜歡呢？那麼情況會變成怎樣？如果她就是想當一個正常的女孩呢？那麼又會變成怎樣？克萊兒？噢，克萊兒，別哭……」但我停不下來，我站著，穿著黃色的橡膠圍裙不停地啜泣。亨利站起來，伸手抱住我，「我們從來就沒有被赦免過，克萊兒，」他溫柔低語：「我只是設法給她一個安全的巢。」我可以隔著T恤觸摸到他的肋骨。「妳可以讓我至少給她留下這個嗎？」我點點頭，亨利親吻我的額頭。「謝謝妳。」我又哭了起來。

一九八四年十月二十七日星期六（亨利四十三歲，克萊兒十三歲）

亨利：我現在知道結局了。結局是這樣的：我會在秋日清晨的時候，坐在牧場上。天氣很陰沉、寒冷，我會穿著黑色的羊毛大衣和靴子，手上戴著手套。這一天並沒有列在表上，十三歲的克萊兒會在她那張暖和的雙人床上睡覺。

在遠方，有聲槍響劃破乾冷的空氣。現在是獵鹿季，穿著亮橘色衣服的男人會在那邊的某處坐著等待，然後射擊，結束之後，他們會喝啤酒、吃妻子幫他們準備的三明治。

風會吹起，吹過果園，把蘋果樹上沒有用處的葉子吹走。草地雲雀屋的後門會砰的一聲關上，出現兩個穿著螢光橘色、帶著來福槍的人影，他們會朝我走過來，走到牧場上，那是菲利普和馬克。他們看不到我，因為我會躲藏在茂密的草地裡，我是一片空曠的、乾枯的草地上一個不動的黑點。菲利普和馬克會在走到距離我二十碼左右的地方離開步道，朝樹林的方向走過去。

他們會停下來，側耳傾聽。他們在我聽到之前就會聽到沙沙聲、拍擊聲，有個東西穿過草地，一個很龐大笨拙的東西，白色的東西，說不定有尾巴？牠會朝我走來，朝空地走來，而馬克會舉起他的來福槍，小心地瞄準、扣下扳機，然後發出一聲槍響、一聲叫聲、人類的叫聲，接著是一陣停頓。接著是：

「克萊兒！克萊兒！」一切歸於寂靜。

我會坐在那裡一會兒，什麼都沒思考，也沒呼吸。菲利普會開始跑，接著我也開始跑，然後是馬克，我們會在這個地方會合。

但那裡什麼都沒有。地上都是血，閃閃發光，滿地都是。枯草都垂下去了。我們會瞪著彼此，但我們認不出對方是誰。

克萊兒躺在她的床上，她會聽到我叫喊，聽到有人呼喚她的名字，然後她會坐起來，心臟怦怦地跳，接著，她會穿著睡衣跑下樓，跑出門，跑到牧場上。當她看見我們三人時，她會停下腳步，覺得疑惑。我站在她父親和哥哥的背後，把手指放在嘴唇上叫她不要說。當菲利普走向她時，我會把臉轉過去，我會站在果園那邊，看著她在父親的擁抱下顫抖；馬克就站在一旁，很不耐煩、很茫然紛亂，他才十五歲，下巴上點綴著鬍碴，他會望著我，彷彿試著記住這一切。

而克萊兒也會望著我，我將對她揮手，她會跟著她爸爸回家，並對我揮手。她看起來很纖弱，她的睡衣會吹起來，她看起來會像個天使，然後她會變得愈來愈小、愈來愈小，然後我會漸漸看不清楚，然後她會消失在那棟房子裡，然後我會站在一小塊都是血的土壤上。而我明白，我就要死在某個地方了。

蒙洛街停車場插曲

二〇〇六年一月七日星期一（亨利四十三歲）

亨利：天氣很冷，非常非常冷。而我躺在雪地上，我人在哪裡？我試著坐起來，腳都凍僵了，我感覺不到我的腳。我在一個開放的空間裡，沒有半棟建築物，也沒有半棵樹木。我在這裡多久了？現在是晚上，我聽到車輛往來的聲音。我用雙手和膝蓋撐在地上，抬頭看，我人在格蘭特公園裡，關閉的芝加哥美術館矗立在黑暗裡，和我之間隔著幾百呎的皚皚雪地。密西根大道上的美麗建築都很安靜，車輛沿著湖岸大道行駛，車頭燈劃破了黑夜，湖上射來一道黯淡的光線。即將拂曉。我得離開這裡，我得暖和起來。

我站起來。我的雙腳是白色的，很僵硬。我無法感覺或移動我的腳，但我開始行走，蹣跚往前，走過雪地。有時候會跌倒，我站起來再繼續走，反覆了幾次，最後我用爬的，爬過一條街、爬下水泥台階，緊緊挨著樓梯扶手往下爬。鹽巴跑進我雙手和膝蓋破皮的地方。我爬到公共電話旁。

響了七聲、八聲、九聲。「喂？」我自己說道。

「救救我，」我出聲：「我人在蒙洛街停車場，這裡他媽的冷得要命，我在靠近警衛室的地方，過來找我。」

「好，別動。我們現在就出發。」

我試著把話筒掛上，但失敗了。牙齒無法控制地拚命打顫。我爬到警衛室，捶了捶門。裡面沒人，那裡只有幾部監視器、一台暖爐、一件夾克、一張桌子、一把椅子。我試著扭開門把，但門鎖上了，我又沒有工具可以把門打開，窗戶是鋼絲強化的。我抖得很厲害。半輛車子都沒有。

「救救我！」我大叫。沒有人來。我在警衛室門口蜷縮成一團，雙手抱膝，下巴頂著膝蓋。沒有人來，然後，最後，最後，我就消失了。

片段

二〇〇六年九月二十五日星期一、二十六日星期二、二十七日星期三

（克萊兒三十五歲，亨利四十三歲）

克萊兒：亨利已經消失一整天了，我帶阿爾芭去麥當勞吃晚餐，我們玩著撲克牌遊戲。阿爾芭畫了一張圖，她畫了一個長髮女孩乘著一隻狗飛翔。我們挑完她明天上學時穿的衣服，現在她已經上床睡覺了；而我坐在前面的門廊上，試著閱讀法文版的普魯斯特，這讓我昏昏欲睡的。我差點就睡著了，但客廳發出轟然聲，亨利就躺在地板上發抖，全身發白、發冷，「救救我，」他的牙齒不住打顫，我跑向電話。

後來

急診室。靈薄獄[56]的景象。得慢性病的老年人。帶著發燒小孩的母親。陪四肢中彈的朋友來取子彈的青少年；他們日後會拿這件事向佩服他們的女孩自吹自擂，但現在他們還強忍著，而且很疲倦。

後來

在一間白色的小房間裡，護士把亨利抬到一張病床上，然後把他的毯子拿掉。他的眼睛睜開，確認我在一旁，接著又閉上。一名金髮的實習醫生過來檢查，一名護士量他的體溫和脈搏。亨利在發抖，他抖得太厲害了，連病床都在搖晃，連護士的手臂也在震動，就好像一九七〇年代，汽車旅館裡的那些電動床。實習醫生檢查亨利的瞳孔、耳朵、鼻子、手指、腳趾和生殖器官。他們開始用毯子和某種像是金屬薄片和鋁箔的東西裹住他，把他的雙腳用冷敷包包起來。這間小房間非常溫暖。亨利的眼睛再度睜開，一眨一眨的。他試著說話，聽起來好像在喊我的名字。我手伸到毯子下，握住他冰冷的雙手。我望著護士，「我們必須讓他暖和起來，讓他的核心溫度[57]升高，」她說道：「然後我們再看看情況。」

「他怎麼會在九月得低體溫症[58]呢？」實習醫生問我。

「我不知道，」我說道：「你得問他。」

後來

現在是早上，我和雀兒喜坐在醫院的自助餐廳裡，她正在吃巧克力布丁。亨利在樓上的病房裡睡覺，金咪看著他。我的盤子裡有兩塊沒烤透的吐司，上面塗著奶油，但我連碰都沒碰。有人在雀兒喜旁邊坐下來，是肯德瑞克。「好消息，」他說道：「他的核心溫度已經升到三十七度了，腦部似乎沒有受損。」

我什麼話都說不出來。感謝祢，上帝。我心裡就只有想到這些。

「好吧，等我結束拉什長老教會聖路加醫學中心那邊的工作之後，我會過來看看他的情況的。」肯德瑞克說道，他站起來。

「大衛，謝謝你。」他要離開時，我開口致謝。肯德瑞克對我微笑，然後就走了。

後來

穆瑞醫生走進來，後面還跟著一名印度籍、名牌上寫著蘇的護士。蘇帶了大臉盆、溫度計和水桶，不管接下來會發生什麼事情，就技術上，應該都是很簡單的事情。

「早安，狄譚伯先生，狄譚伯太太。我們要重新弄暖你的腳。」蘇把臉盆放在地板上，安靜地消失在浴室裡，水龍頭打開，水流出來。穆瑞醫生很高大，留著一頭很漂亮的蜂窩式髮型，只有某些氣勢不凡又貌美如花的黑人婦女敢留這種髮型。她拿出一支針筒，再從口袋裡拿出一瓶注射液，把注射液抽取到針筒裡。

「那是什麼？」我問。

「嗎啡。這會很痛，因為他的腳已經快完蛋了。」她輕柔地抓起亨利的手臂，他沉默地把手伸出來給她，好像她打撲克牌贏走他的手臂似的。她溫柔地撫摸他的手臂，針頭滑進去，她開始注射。過了一會兒之後，亨利發出感激的呻吟聲。當穆瑞醫生把亨利腳上的冷敷包拿掉時，蘇提著熱水走出來，把水桶放在床邊的地板上。穆瑞醫生把床搖低，她們倆把他擺佈成坐姿。蘇測量水溫，把水倒進臉盆裡，把亨利的腳浸進去。他倒吸一口氣。

「任何還有救的肌肉組織都會變成鮮紅色的，如果他的腳看起來不像紅通通的龍蝦的話，那他就有麻煩了。」

我看著亨利的腳漂浮在黃色的塑膠臉盆裡。他的腳像雪一樣白，像大理石一樣白，像鈦金屬一樣白，像紙一樣白，像麵包一樣白，像床單一樣白，像白得不能再白一樣白。當亨利的腳把水弄冷之後，蘇把水換了。溫度計顯示是四十一度，五分鐘後就降到了三十二度，然後蘇又去換水。亨利的腳像死魚般上下快速擺動。淚水從他的臉頰滑落，消失在下巴底下。我擦了擦他的臉，撫摸他的頭。我守著他，看著他的腳變成鮮紅色的，就像在等照片洗出來似的，等影像慢慢地在放了化學藥劑的盤子裡，從灰色變成黑色的。他兩隻腳的腳踝處出現一片紅潮，點點的紅色蔓延到左腳的腳跟上方，最後幾隻腳趾也猶豫地變紅了。右腳仍舊頑固地堅守白色，粉紅色心不甘情不願地出現，最遠出現在腳跟，接著就不肯再往前一步了。一個小時後，穆瑞醫生和蘇小心地擦乾亨利的腳，然後蘇在他的腳趾縫塞上一點棉花，她們讓他躺回床上，在他的腳上方放了一個框架，這樣就沒有東西能夠碰觸到它們了。

隔晚

夜深了，我們在慈善醫院裡，我坐在亨利的床邊看著他睡覺。戈梅茲坐在另一邊的椅子上，也睡著了。戈梅茲睡著時頭往後仰，嘴巴張得開開的，時常發出微弱的鼻息聲，接著他就把頭轉過去了。

亨利一動也不動地安靜著。點滴控制機發出嗶嗶聲，床腳有個像帳棚一樣的玩意，把毯子從他雙腳的位置架起來，但亨利的腳已經不在那裡了。凍傷毀了他的腳。今天早晨，他的兩隻腳從腳踝上方被截斷。我沒辦法想像，我試著不要想像毯子下面的東西。亨利包了繃帶的手就放在毯子上，我牽起他的手，感覺一下他的手有多冷多乾，感覺一下他手腕脈搏跳動的狀況，感覺一下我還感覺得到亨利被我握著的手。動完手術後，穆瑞醫生問我需不需要她為亨利的腳做些什麼。重新黏回去好像比較像是正確答案，但我就只是聳聳肩，別過臉。

一名護士走進來對我微笑、幫亨利打針，過了幾分鐘，藥物就包住他的腦子。他嘆息，然後把臉轉向我，他的眼睛微微地睜開一下，接著又沉入夢鄉。

我想要禱告，但我記不得任何禱詞，跑過我腦海的就只有這一句童謠：「抓住老虎的腳趾頭，如果牠想抱怨的話，讓牠走。」噢，老天爺，拜託祢別這樣，拜託祢別這樣對我。因為這條蛇鯊真的屬於怖悸種。」[59]沒有。什麼事情都沒有發生。派人去找醫生！你（們）這麼做了沒有？必須去醫院。我嚴重地割傷了自己。拿掉繃帶讓我看看，沒錯，是道很深的傷口。

我不知道現在幾點鐘。外面天色漸漸亮了。我把亨利的手放回毯子裡，他像是要保護自己似地把手抽出來放在胸前。

戈梅茲打了個呵欠，伸了伸懶腰，活動活動他的指關節。「早安，貓咪。」他說完起身，搖搖晃晃地走進浴室。當亨利睜開眼睛時，我可以聽見他在浴室裡撒尿的聲音。

「我人在哪裡？」

「慈善醫院，今天是二〇〇六年九月二十七日。」

亨利盯著天花板，他慢慢地往上撐起來，瞪著床腳。他傾身向前，伸手摸了摸毯子下面。我閉上眼睛。

亨利開始吶喊。

二〇〇六年十月十七日星期二（克萊兒三十五歲，亨利四十三歲）

克萊兒：亨利出院已經一個星期了，他整天都待在床上，蜷成一團，面對窗戶，因為打了嗎啡而醒醒睡睡的。我試著餵他喝湯、吃吐司，以及起司通心粉，但他吃得不多，連話也說得不多。阿爾芭在他附近晃盪，很安靜、很焦急，她想取悅她爸爸，她給她爸爸吃柳橙、看報紙、玩她的泰迪熊，但亨利只是心不在焉地微笑，而阿爾芭奉獻給他的那一小堆東西就堆在他那邊的床頭櫃上，他連碰都沒碰。一名朝氣蓬勃、名叫索妮亞·布朗恩的護士每天會來幫他換藥，提供點建議，但只要她開著紅色金龜車離開後，亨利就又躲進他那一片空無的人設裡。我協助他用便盆大小便、幫他換睡褲，我問他覺得如何、需要什麼？他也都回答得很含糊，或者乾脆就不回答了。雖然亨利人就在我面前，但他就像消失了。

我走在走廊上，雙手提著一籃待洗的衣物，經過臥房時，看見阿爾芭走進微微打開的門，站在亨利旁邊，亨利還蜷縮在床上。我停下來看她要做什麼。她站著不動，手垂在身體兩側，黑色的辮子在背後晃來晃去的，藍色的套頭毛衣因為往上拉的緣故歪七扭八的，晨光流洩進房間裡，把所有的一切都洗成黃色的。

「爸爸？」阿爾芭輕聲說道，亨利沒有回應。她又試了一次，大聲了一點。亨利轉向她這邊，翻了個身。阿爾芭在床上坐下來，亨利的眼睛閉著。

「爸爸？」

「嗯？」

「你快死了嗎？」

亨利睜開眼睛盯著阿爾芭。「沒有。」

「阿爾芭說你死了。」

「那是以後，阿爾芭，時候還沒到。跟阿爾芭說，她不應該告訴妳這些事情。」亨利用手摸了摸他的鬍子，他的鬍子從出院後就一直留到現在。阿爾芭坐著，雙手疊在膝蓋上，膝蓋並攏。

「你現在一整天都要待在床上嗎？」

亨利把自己拉上來一點，這樣他就可以靠在床頭板上了。「或許吧。」他在床頭櫃的抽屜裡翻來找去的，但止痛藥放在浴室裡。

「為什麼？」

「因為我感覺糟透了，可以嗎？」

阿爾芭往後退，跳下床，「可以。」說道，她把門打開，差點就跟我相撞了。她嚇了一大跳，接著就不發一語地伸出雙臂摟住我的腰，我把她抱起來。她現在很重了，我都快抱不動她了。我帶她到她的臥房，我們坐在搖椅裡，一起搖動，阿爾芭的熱臉貼在我的脖子上。我能告訴妳什麼，阿爾芭？我能說什麼？

二〇〇六年十月十八日星期三、十九日星期四、二十六日星期四（克萊兒三十五歲，亨利四十三歲）

克萊兒：我站在工作室裡，手裡拿著一捲雕塑用的鐵絲及一捆素描。我已經把大工作桌清乾淨了，素描也整齊地釘在牆上了。我現在站著，努力用我的心靈之眼把我的作品召喚出來。我努力用三度立體空間來想像我的作品，我喀嚓剪斷一段鐵絲，分開這段鐵絲和那一大捲鐵絲。我開始做軀幹，用鐵絲編成肩膀、胸廓，接著又編了骨盆。我停了下來，或許手和腿的部分應該表現得更明確清楚一點？要不要做腳？我開始做頭。突然了解到我不想要這個東西，便把它丟到桌子底下，拿更多的鐵絲再做過。

就像一個天使。每一個天使都是可怕的。但是，天哪，我仍然向你歌唱，幾乎致命的靈魂之鳥……[60]

我想給他的就只有翅膀。我用鐵絲在空中畫出翅膀、用鐵絲編織，我用我的手臂來測量一根翅膀的長度，並重複這個過程，做出第二根翅膀。我比較兩者有沒有對稱，好似我在幫阿爾芭剪頭髮；我用眼睛測量，弄清楚重量和形狀；我把兩根翅膀接在一起，爬上梯子，把翅膀從天花板上懸掛下來。這對翅膀飄浮在我胸口左右的位置，總共有八呎寬，非常優雅，不過這是件裝飾品，大而無當。

起初，我想像這對翅膀是白色的，但我現在領悟到，這對翅膀並不是白色的。我打開放顏料和染料的櫥櫃。群青色、土黃色、紅棕色、鉻綠色、深紫紅色。都不是。我找到了：鐵紅色。這是乾涸的血的顏色。一個可怕的天使不會是白色的，也不會比我所能夠製造出來的任何白色更白。我把顏料罐放在工作檯上，再加上骨炭黑色。我走到工作室最遠的角落，那裡放著一捆一捆芳香的纖維。構樹和亞麻透明且柔軟，其中一種纖維就像打顫的牙齒般發出咯咯聲，而另一種則柔軟得像嘴唇。我秤了兩磅重的構樹，它的樹皮很堅韌，彈性很好，這一定得煮過，還要擊打，還要折斷，還要搗碎。我在一個巨鍋裡倒滿水，把水加熱，這個鍋子很大，佔了爐子的兩個火口。水滾開之後，我把構樹放進去，看著它變黑，慢慢浸到水裡。我量了一些純鹼，放進去，然後把鍋子蓋上，打開排風罩。我把一磅重的亞麻切成小塊，把它們丟到打漿機裡，加滿水，開始攪拌撕裂，亞麻變成纖細的白色紙漿。然後我為自己煮咖啡，坐著注視窗外後院對面的大屋。

就在那時候

亨利：我母親坐在床腳。我不希望她知道我的腳怎麼了。我閉上眼睛，假裝睡覺。

「亨利？我知道你醒著。拜託，哥兒們，太陽都快曬到屁股了。」

我睜開眼睛。是金咪。「嗯，早安。」

「現在是下午兩點半，你應該下床。」

「我沒辦法下床，金咪。我沒有腳。」

「但你有輪椅。來吧，你需要洗個熱水澡、刮個鬍子，你聞起來像個老人家。」金咪站起來，看起來凶巴巴的。她把覆蓋在我身上的東西都拿走，我像個蝦仁般躺在那裡，沐浴在午後的陽光下，很冷、全身癱軟。金咪把我拖上輪椅，推到浴室門口，門太窄了，輪椅進不去。

「哎呀，」金咪站在我面前，雙手放在屁股上，「我們接下來要怎麼辦？啊？」

「我不知道，金咪，我已經蹩了，完全無能為力。」

「躄是什麼意思啊？」

「就是個瘸子。」

金咪望著我，就好像我是八歲小孩，在她面前用了「幹」這個字（我那時不知道這個字的意思，只知道這個字不准說）。「我想你的意思應該是殘障。」她靠過來，解開我睡衣最上面的一顆鈕釦。

「我還有手。」我說道，自己解開睡衣的鈕釦。金咪唐突且惱怒地轉過身，把水龍頭打開，調節一下水溫，把浴缸的排水孔塞好，在藥櫃裡找來找去的，把我的刮鬍刀、刮鬍皂和海狸毛刮鬍刷都拿出來。我不知道要怎麼離開輪椅，最後決定試著滑下去，我把屁股往前挪，拱起我的背，朝地板滑下去。就在我落下去時，我左邊的肩膀扭傷了，還跌了一屁股，但情況不算太壞。在醫院時，我的復健師是一個很有熱忱的年輕人，他的名字叫作潘尼・翡瑟韋特，他教我幾招上下輪椅的辦法，但這些招數全都得用在輪椅對床，或是輪椅對椅子的情況裡。現在我坐在地板上，浴缸看起來就像森然聳立在我上方的多佛海峽白色峭壁。我抬頭看金咪，她已經八十二歲了，我頓時明白我得自己來。她望著我，眼神滿是同情。我心想，「去他的，不管怎麼樣，我一定得辦到，不能讓金咪用剛剛那種眼神看我。」我把睡褲脫掉，開始解開包著雙腿的繃帶。金咪照著鏡子看她自己的牙齒。我把手探進浴缸裡，試試水溫。

「如果妳丟一些香草進來的話，妳就有燉瘸子當晚餐了。」

「太燙了嗎？」金咪問道。

「對。」

金咪調整一下水龍頭，接著就離開浴室，把輪椅推離門口。我非常小心地把我右腿的繃帶拿掉。繃帶下方的皮膚很蒼白、很冰。我把手放在皺巴巴的地方，放在包覆著骨頭的肉上。我不久前才服用了一顆止痛藥，我在想，有沒有辦法在克萊兒不注意的情況下再吃一顆。藥瓶或許就在藥櫃裡。金咪拿著一把廚房的椅子回來，她把椅子放在我身邊，我把另一隻腳的繃帶拿掉。

「她幹得很好。」金咪說。

「穆瑞醫生嗎？對，這是重大的改進，更符合空氣動力學了。」

金咪大笑。我請她到廚房拿來電話簿，放在椅子旁邊，接著我把自己抬起來，就坐在電話簿上頭，下一步，我爬到椅子上了，然後滾進浴缸裡了。不管怎麼樣，我現在坐在浴缸裡了。哈利路亞。金咪把水關了，用條毛巾把她的雙腿擦乾。我潛入水中。

後來

克萊兒：煮了幾個小時之後，我把構樹拖出來，放進打漿機裡。構樹在打漿機裡待的時間愈久，就變得愈細愈薄。四個小時之後，我加進了保留助劑、黏土、顏料。米色的紙漿一轉眼就變成深土紅色的。我把裡頭的水排到桶子裡，把紙漿倒進等在一邊的甕染料桶裡。當我走回屋子裡時，金咪正在廚房裡做鮪魚焙盤，她在焙盤上撒滿了薯條。

「情況如何？」我問她。

「相當好，他在客廳。」浴室和客廳之間有一道金咪腳印大小的水漬。亨利在沙發上睡覺，有本攤開的書擱在胸前。那是波赫士[61]的《偽裝》。他已經刮了鬍子，我低下頭、吸了一口氣，他聞起來很清新，潮濕的灰髮翹得亂七八糟的。阿爾芭在她的房間裡和泰迪熊聊天，有那麼一會兒，我覺得我好像時空旅行了，彷彿這是過去某個走失的片刻，但我的眼睛游移到他的身上，游移到毯子末端那一片平坦上，知道我只是在此時此地。

隔天早上下雨，我打開工作室的門，用鐵絲做成的翅膀正在等我，它們飄浮在早晨灰色的光線裡。

我打開收音機，傳來蕭邦的樂聲，是滾奏的練習曲，聽起來就像湧到沙灘上的波濤。我穿上橡膠靴子還有橡膠圍裙，為了不讓頭髮碰到紙漿，我綁了一條頭巾。拿條水管，我開始沖洗我最喜歡的模子和定紙框，那是用柚木和黃銅做的。接著我把甕染料桶的蓋子打開，再攤開一條氈子，這是用來放我造的紙的。我把手伸進甕染料桶裡，攪動暗紅色的泥漿，把水和纖維混合在一起。所有東西都滴滴答答的。我先是把模子和定紙框浸入甕染料桶裡，再小心地拿起來平放。接著我把模子和定紙框放在甕染料桶的一角，好讓水排出來，在模子和定紙框的表面留下一層纖維。我把定紙框拿掉，把模子在氈子上壓了壓，輕輕地晃動，當我把模子拿掉以後，非常細緻而閃亮的紙就留在氈子上了。我用另一張氈子蓋在上頭，讓紙保持潮濕，然後再來一次：把模子和定紙框浸進去，拿起來，把水排掉，把紙弄下來。我一直重複這個過程，忘了自己的存在。鋼琴聲漂浮在水面上，在水滴上，在雨水上。當我弄好一剖紙和氈子之後，我把這剖紙和氈子放在液壓的壓紙機上。我走回屋裡，吃了一份火腿三明治。亨利正在看書，阿爾芭還在學校裡。

吃過午飯後，我拿著我那幾剖剛做好的紙，站在這對翅膀前面。我就要把這個支架裹上紙膜了。紙很潮濕，顏色很深，很想被人撕開，但它們就像皮膚般垂掛在鐵絲支架上。我把紙扭成腱和韌帶，它們是扭在一起、連在一起的。我做的翅膀現在變成了蝠翼，紙的下方有明顯的鐵絲痕跡。我把還沒派上用場的紙弄乾、放在鐵片上加熱，接著，我把它們撕成一條一條的，製成羽毛。等翅膀乾了以後，我會把這些羽毛一根一根地縫上去。我開始為這些紙條上色，黑的灰的和紅的，給可怕的天使，致命的鳥兒，披上一身羽毛。

一個星期後的晚上

亨利：克萊兒已經哄我打扮好了，也徵召了戈梅茲把我抱出後門，穿過後院，進入她的工作室。上百根的蠟燭遍佈在桌上、地板、窗檯上，照亮了工作室。戈梅茲把我放在工作室的沙發上，就撤回大屋去了。工作室中央有條白色床單從天花板上垂下來，我環顧四周，看有沒有放映機，但這裡並沒有。克萊兒穿著一件黑色禮服，當她在房間裡走動時，臉和手看起來很白，好像跟身子分開了似的。

「想喝點咖啡嗎？」她問我。從進醫院以後我就沒有喝過咖啡了。「好啊。」我答道。她倒了兩杯，加上牛奶，幫我端了一杯。暖呼呼的杯子捧在手裡的感覺很熟悉，也很美好。「我為你做了個東西。」克萊兒說。

「腳嗎？我可以用的？」

「翅膀。」她說道，把白色床單扯到地板上。

這對翅膀很巨大，就飄浮在空中，在燭光的照耀下搖曳。這對翅膀比黑暗更黑，看起來很嚇人，但也充滿了渴望的氣息、自由的氣息、衝破空間的氣息；靠自己兩隻腳穩穩站立的感覺、跑步的感覺、跑得像在飛的感覺；盤旋的夢、飛翔的夢，彷彿重力已經廢除了，現在我離開地面，和地表拉開了一段安全的距離。克萊兒在我身邊坐下來，我感覺到她在看我。這對翅膀很靜默，翅膀的邊緣參差不齊。我沒辦法說話。看哪，我活著。靠什麼？童年和未來／都沒有愈變愈少……額外的生存／在我的心中發源。[62]

「吻我。」克萊兒開口。我轉頭看她，臉很白、嘴唇很深；她飄浮在黑暗中，我潛入水中。我飛翔、我解脫了，從心底感覺到存在。

腳的夢

二〇〇六年十月／十一月

亨利：我夢到我人在圖書館幫哥倫比亞學院的幾名研究生做演示說明。我讓他們看搖籃本，也就是早期的印刷書籍。我給他們看古騰堡的斷簡殘篇、卡克斯頓[63]印的《遊戲與棋戲》、堅森[64]印的《優西比烏》[65]。課上得很順利，他們問了許多好問題。我在推車上翻來找去，尋找一本剛剛在書庫裡找到的特殊書籍，我從來都不知道我們有這本書。那本書裝在一個笨重的紅色盒子裡，書上沒有書名，只有索書號：CASE WING f ZX 983.D 453，就壓印在紐伯瑞圖書館的館徽下方。我把盒子放在桌子上，把襯墊拿出來鋪好。我打開盒子，裡面裝的是我的腳，粉紅色的，很完美。令人驚訝的是，我的腳很重。就在我把它們放在襯墊上時，所有的腳趾都在扭動、都在打招呼、都在表演給我看它們還能這麼做。我開始談論它們，解釋我的腳和十五世紀 Venetian 印刷字體之間的關係。學生都在記筆記，其中一個長得相當漂亮、穿著金光閃閃小背心的金髮女學生指著我的腳，「看，它們全都是白色的！」她說得很對，我腳上的皮膚已經變死白、已經沒有生命、已經發出惡臭了。我悲傷地幫自己註記，提醒自己，明天頭一件事，就是把它們送去修繕保存處。

我在夢中奔跑，一切都安然無恙。我沿著湖邊，從橡樹街灘朝北跑。我感覺心臟在怦怦跳動，肺平穩地起伏。我沿著湖邊移動，這真是讓我如釋重負，我很害怕我再也不能跑步了，但我現在在跑，真是太棒了。

但情況開始不對勁了，我的身子有些部分正在掉落。先是我的左手，我停下來把它從沙灘上撿起來、撢乾淨，再把它接回去，但這隻手並沒有接得很牢，我才跑了半哩後，這隻手就又掉了。所以我用另一隻手拿著這隻手，心想或許等我把這隻手拿回家後，就可以把它接得牢一點了。但接著另一隻手也掉了，我現在一隻手也沒有了，就算我想，也沒有手可以把掉落的手撿起來。所以我繼續跑，還不算太糟的是，我不會痛。很快的，我就發現我的老二也跟我分開了，掉進我寬鬆運動長褲的右褲管裡，它在裡面用一種很惱人的方式碰來撞去的。但我無計可施，只好視而不見。接著我感覺到我的腳全都斷了，像是鞋子裡的地磚，我的兩隻腳就在腳踝處折斷了，我臉朝地跌在步道上。我知道如果我繼續待在這裡的話，會被其他跑步的人踩死。所以我只好滾，我一直滾、一直滾，滾進湖裡，波濤把我捲進湖裡，我氣喘吁吁地醒來。

我夢到我在一場芭蕾舞劇上。我是芭蕾舞劇的女主角，現在待在化妝室裡，我媽媽的化妝師芭芭拉在幫我弄舞服的粉紅色花邊。芭芭拉是個很強硬的人，所以就在她輕柔地把我的殘肢套進粉紅色的緞面舞鞋裡時，就算我的腳痛得要死，我也沒有叫苦連天。就在她弄完之後，我搖搖晃晃地從椅子上站起來，接著就放聲大哭。「別這麼娘娘腔。」芭芭拉說道，但她大發慈悲心，幫我打了一針嗎啡。艾許叔叔出現在化妝室門口，於是我們匆忙走過無止盡的後台長廊。就算我沒辦法看見我的腳或是感覺到它們，我也知道我的腳受傷了。我們急急忙忙地趕到，突然間，我就站在舞台的側面，看了一會兒後，我才發現這齣芭蕾舞劇是「胡桃鉗」，而我飾演「糖梅仙子」。由於某種原因，這讓我很惱怒，這不是我預期的。但有人推了我一把，於是我就踉踉蹌蹌地跌進舞台裡，然後我開始跳舞。我被燈光照得什麼東西都看不見，跳舞的時候腦子裡一片空白，沒辦法思考，也不知道舞步，在疼痛的狂喜中跳舞。最後我跪在舞台上開始啜泣，觀眾全都舉起他們的腳，鼓「腳」喝采。

二〇〇六年十一月三日星期五（克萊兒三十五歲，亨利四十三歲）

克萊兒：亨利舉起一顆洋蔥，正經八百地望著我，然後說：「這……是一顆洋蔥。」

我點點頭。「對，我讀過它們的事情。」

他挑起一邊的眉毛。「非常好。現在，剝洋蔥的時候，首先妳要拿一把鋒利的刀，把剛剛提到的洋蔥放在砧板的一邊，把頭尾切掉，就像這樣。接著妳就可以剝洋蔥了，就像這樣。好了。現在把洋蔥切成一片一片的。如果妳要做炸洋蔥圈的話，妳只要把每一片洋蔥弄開；但如果妳要煮湯、義大利麵醬，或是其他需要把洋蔥切丁的菜餚的話，那就像這樣……」

亨利下定決心要教會我烹飪。廚房裡所有的流理檯和櫥櫃，對坐在輪椅上的他來說，都太高了。我們坐在廚房的桌子旁邊，四周擺著碗、菜刀和茄汁罐頭。亨利把砧板和菜刀從桌子另一邊推過來給我，我站起來，笨拙地切洋蔥丁，亨利很有耐心地觀看。「好，很不錯。現在換青椒，妳把菜刀沿著這裡切下去，接著把蒂去掉……」

我們做了蒜香番茄醬、義大利青醬、義大利千層麵。第二天做巧克力餅乾、布朗尼和焦糖布丁。阿爾芭宛如置身天堂，「多做一點甜點。」她乞求道。我們做水煮蛋和水煮鮭魚，從頭開始做披薩。我得承認，做飯還挺有趣的，但我第一次自己準備晚餐時，我還是嚇壞了。我站在廚房裡，四周擺著鍋碗瓢盆，蘆筍煮太老了，我在把安康魚從爐子上拿起來時燙傷了自己。我把菜擺在盤子上，然後端到飯廳裡，亨利和阿爾芭已經坐在他們的位子上等候了。亨利對我微笑，為我打氣。我坐下來，亨利把他那杯牛奶舉到空中，「敬新廚子！」阿爾芭拿她的杯子碰了碰亨利的，然後我們就開動。我偷偷地瞄了亨利一眼，他正在大快朵頤。我品嚐後，發現所有的菜都很好吃。「很好吃耶，媽媽！」阿爾芭說道，亨利點點頭，「太好吃了，克萊兒。」我們彼此凝視，我心想：「別離開我。」

種什麼因，得什麼果

二〇〇六年十二月十八日星期一／一九九四年一月二日星期日（亨利四十三歲）

亨利：我在半夜醒來，有好幾千隻牙齒鋒利的蟲子正在齧咬我的雙腿，就在我把藥瓶裡的止痛藥弄出來前，我就跌下來了。我蜷曲著身子躺在地板上，但這不是我們家的地板，是別人家的地板，是另外一個夜晚。我人在哪裡？疼痛讓所有的事情都變得閃爍不定，這裡很暗，有個味道，這讓我想到了什麼？漂白劑、臭汗味、香水，真是熟悉的味道，但這不可能是……

傳來上樓的腳步聲、說話聲、鑰匙在開鎖的聲音（我應該躲在哪裡呢？），門打開了，燈光啪的一聲打開，像個閃光燈在我的頭裡爆開，此時我正爬過地板，有個女人低語道：「噢，我的天啊。」我心想：不要啊，這種事情不可能發生的。然後門關上了，我聽到英格麗說，「西莉亞，妳得走了。」西莉亞大聲抗議，當她們站在門的另一邊為這件事情爭吵時，我絕望地環顧四周，但這裡沒有其他出路。這裡一定是英格麗位於克拉克街的公寓，我從來都沒有來過這裡，但這裡擺的全都是她的東西：造型前衛又兼具實用性的椅子；放著流行雜誌、腎臟形狀的大理石咖啡桌；我們曾經用過的爆醜橘色沙發……我不知所措，四處張望看有沒有什麼東西可以穿，但在這間極簡風格的房間裡，唯一的織品是一塊和沙發很不搭調的黃紫色相間的織毯，我把它扯下來，裹在身上，設法把自己弄上沙發。英格麗再次把門打開，她安靜地站了好一會兒，直盯著我，我也回望著她，而我所能想到的就只有：唉，英格麗，妳為什麼要這麼對待妳自己呢？

我記憶中的英格麗，是我一九八八年，在七月四日國慶日派對上認識的，她那時是擁有一頭燦爛金髮的冰山美人，貴氣逼人、難以觸及，全身包裹著由財富、美貌和百無聊賴所構成的閃亮盔甲；如今站在這裡注視我的英格麗很憔悴、很冷酷、很疲憊。她站著，頭歪向一邊，一臉狐疑、輕蔑地望著我。我們倆似乎都不知道該說些什麼。最後她把外套脫掉，丟在椅子上，然後在沙發另一邊坐下來。她穿著皮褲，坐下來時，褲子發出嘎吱聲。

「亨利。」

「英格麗。」

「你在這裡做什麼？」

「我不知道，我很抱歉。我只是……呃，妳知道的。」我聳聳肩。我的腿痛得太厲害了，痛得我差點就不在乎我人在哪裡了。

「你看起來糟糕透頂。」

「我痛得要命。」

「這可真好玩。我也是。」

「我指的是生理上的疼痛。」

「為什麼？」英格麗只在乎我會不會在她面前自燃。我把織毯往上拉，露出殘肢。

她沒有退縮，也沒有倒抽一口氣，更沒有把頭轉開，當她注視我的眼睛時，我馬上就知道在所有人裡，就只有英格麗最了解我的心情。我們倆經由截然不同的過程，落到了相同的情況。她站起來，走進另一個房間，回來時，手裡拿著她的舊針線盒。我的心中燃起了希望。我的希望得到了證實，英格麗坐下來，打開盒子，就像過去的美好時光一樣，那裡面裝滿了備用藥品、針插和針。

「你想要什麼？」英格麗問道。

「鴉片。」

她從一個裝滿藥丸的小包包裡拿出一堆藥給我，我找出止痛藥，然後吃了兩顆，直接吞下去。她倒了一杯水給我，我一飲而盡。

「嗯。」英格麗用她長長的紅指甲撥了撥她金色的長髮。「你從什麼時候來的？」

「二〇〇六年十二月，現在是什麼日子？」

英格麗看了看她的手錶。「今天是元旦，但現在已經是一九九四年一月二日了。」

噢，不要啊，拜託不要啊。「怎麼了？」英格麗問。

「沒什麼。」今天是英格麗了結生命的日子。我能對她說什麼？我能阻止她嗎？如果我打電話叫什麼人過來，情況會變怎樣？「聽好，英格麗，我只是想說……」我猶豫了一下。該怎麼說才不會嚇到她？這件事情現在很要緊嗎？既然她都已經歸天了？就算她現在人就坐在這裡？

「什麼？」

我在冒汗。「就……對妳自己好一點。不要……我的意思是說，我知道妳並不是很快樂。」

「嗯，但這是誰的錯呢？」她癟著的嘴塗著亮紅色的口紅。我沒有回答。是我的錯嗎？我真的不曉得。英格麗瞪著我，好像她盼望我回答似的。我把頭別過去，望著對面牆上一張莫霍伊·納吉[66]的海報。「亨利，」英格麗開口：「你為什麼要對我這麼卑劣？」

我勉強把我的視線拉回來投向她。「我有嗎？我那時不想那樣的。」

英格麗搖搖頭。「你根本不在乎我的死活。」

噢，英格麗。「我確實很在乎，我不希望妳死掉。」

「你根本不在乎。你扔下我，而且你從來都沒有到醫院看我。」英格麗說話的樣子，就像那些話把她噎住了似的。

「妳家人不希望我去，妳媽媽叫我滾遠一點。」

「你應該來的。」

我嘆息。「英格麗，妳的醫生跟我說我不能去探望妳。」

「我問過他們了，他們說你連通電話也沒打。」

「我打了。他們跟我說妳不想跟我說話，還叫我不要再打了。」止痛藥開始發揮作用。我雙腿的刺痛緩和下來，我把手滑到織毯下方，用手掌在左邊殘肢的皮膚上壓了壓，然後又放到右腳殘肢的皮膚上壓了壓。

「我差點就死了，而你再也不跟我說話了。」

「我還以為是妳不想跟我說話呢，我怎麼知道呢？」

「你結婚了，而且你從來都沒有打電話給我，你還邀請西莉亞參加你的婚禮，你用這種方式來刺激我。」

我無法克制地大笑。「英格麗，是克萊兒邀請西莉亞的，她們倆是朋友。我從來都搞不懂為什麼她們會變成朋友，我想應該是異類相吸吧。但不管怎麼說，這都跟妳沒關係啊。」

英格麗一句話也沒說，在妝容底下，她的臉色慘白。她在外套的口袋裡掏了掏，拿出一包菸和打火機。

「妳是從那時候開始抽菸的嗎？」我問她。英格麗痛恨抽菸，喜歡可樂、冰毒和任何有詩意名字的飲料。她用兩根長指甲從菸盒裡夾出一根菸來，然後用打火機點火。她的手在發抖，把菸點燃，吸了一口。

「沒有腳的日子好過嗎？」英格麗問我：「這怎麼發生的？」

「凍傷。我在一月份的時候暈倒在格蘭特公園裡。」

「那你都怎麼出去？」

「大多靠輪椅。」

「噢，這真慘。」

「是啊。」我回答。我們沉默地坐了一會兒。

英格麗問道：「你的婚姻還在嗎？」

「在。」

「小孩呢？」

「一個，女孩。」

「噢。」英格麗靠在沙發上，抽了一口菸，從鼻孔吹出細流般的煙霧。「我真希望我有小孩。」

「妳從來都不想要孩子的，英格麗。」

她望著我，但我猜不著她的心思。「我一直都想要孩子，但我以為你不想要，所以我從來都沒有提過。」

「妳還是可以有孩子的。」

英格麗大笑。「我可以嗎？亨利，我有小孩嗎？二〇〇六年的時候，我有丈夫和一棟位於溫尼卡的房子，以及二．五個小孩嗎？」

「不完全是這樣。」我在沙發上換了換姿勢。疼痛已經消褪了，但留下了疼痛的外殼，那是一個空空如也的空間，裡面應該有疼痛的，但現在只剩下對疼痛的期盼。

「不完全是這樣。」英格麗模仿我說話的口氣。「是怎麼個不完全是這樣法啊？是不是就像『不完全是這樣，英格麗，其實妳是個無家可歸、把全身家當都放在一個隨身大袋子裡的遊民』？」

「妳不是遊民。」

「這樣啊，好吧，真是太棒了。」英格麗把菸捻熄，把腿盤起來。我一直都很喜愛英格麗那雙美腿。她穿著高跟靴子，一定是和西莉亞去參加派對了。「我們已經把最極端的情況刪除了，我不是住在郊區的中產階級已婚婦女，但我也不是無家可歸的遊民。拜託，亨利，多給我一些提示吧。」

我不發一語，我不想玩這個遊戲了。

「好吧，我給你幾個選項吧。我來想想……一、我在洛許街上一家相當低俗的俱樂部裡跳脫衣舞。呃，二、我因為拿斧頭劈了西莉亞，拿她餵馬爾坎而鋃鐺入獄。哈，對。三、我和一名投資銀行家住在旭日河。怎麼樣啊，亨利？這幾個選項裡，有哪一個在你聽來是還不錯的啊？」

「誰是馬爾坎？」

「西莉亞養的杜賓犬。」

「了解了。」

英格麗把玩她的打火機，啪的一聲點火又啪的一聲關上，「四、我死掉了。這個選項怎麼樣？」我瑟縮了一下。「你對這個選項有興趣嗎？」

「沒有，並沒有。」

「是嗎？我最喜歡這個選項了。」英格麗微笑，但那其實並不能算是微笑，比較像是鬼臉。「我實在太喜歡這個選項了，所以這給了我一個想法，」她站起來，大步走過房間，走到走廊上。我可以聽到她打開抽屜又關上的聲音。當她再度出現時，有隻手藏在身後。英格麗站在我面前，「驚喜吧！」她拿槍指著我。

那把槍不是很大，細細的，是黑色的，還閃閃發亮。英格麗隨意地把槍靠在腰間，好像她在雞尾酒派對上。我瞪著那把槍。英格麗說：「我可以開槍射你。」

「是的，妳是可以。」

「然後我也可以朝我自己開槍。」

「這也可能會發生。」

「但這會發生嗎？」

「我不知道，英格麗，這得由妳自己決定。」

「狗屁，亨利，告訴我啊！」英格麗命令道。

「好吧，不會，事情不會這樣發生。」我試著讓我的聲音聽起來很確切、很肯定。

英格麗冷笑。「但如果我希望事情這樣發生，那又會怎樣？」

「英格麗，把槍給我。」

「你過來拿啊。」

「妳要開槍射我嗎？」英格麗搖搖頭，微笑。我爬下沙發，爬到地板上，爬向英格麗，拖著那條織毯，因為止痛藥的關係，我的動作變慢了。她往後退幾步，拿槍瞄準我。我停下來。

「好嘛，亨利，乖狗狗，容易信任人的狗狗。」英格麗把保險打開，朝我走兩步。我全身緊繃地看著她瞄準我的頭部，距離十分近。但接著英格麗大笑，把槍口對著她的太陽穴，「那這樣呢，亨利？事情是不是這樣發生的？」

「不是。」不要啊！

她皺了皺眉頭。「你確定嗎，亨利？」英格麗把槍移到她的胸口。「這樣比較好嗎？頭還是心，亨利？」英格麗往前走了幾步。我可以觸摸到她了，我可以抓到她了！英格麗踢了我的胸口，我往後跌，四腳朝天地躺在地板上，抬頭望著她，英格麗低頭看我，往我臉上吐口水。

「你有愛過我嗎？」英格麗低頭問我。

「有。」我告訴她。

「騙子。」英格麗扣下扳機。

二〇〇六年十二月十八日星期一（克萊兒三十五歲，亨利四十三歲）

克萊兒：我在午夜醒來，亨利已經消失了。我很慌，從床上坐起來。各種可能性擠爆我的大腦。他可能被車子輾過去了，也可能被困在廢棄的大樓裡，也可能在大冷天裡流落在外……我聽到聲響……有人在哭泣，我以為是阿爾芭，也許亨利跑去看她怎麼了，我起身下床去阿爾芭的房間，但她還在睡覺，蜷縮在泰迪熊旁邊，毯子被她踢到了床底下。我跟著聲音走到走廊上，有人坐在客廳的地板上。是亨利，雙手抱頭。

我在他的身邊跪下。「怎麼了？」我問他。

路燈從窗外照進來，亨利抬起頭，我可以看到他臉頰上的淚水閃閃發光。「英格麗死了。」

我張開雙臂抱住他。「英格麗已經死很久了。」我溫柔地勸慰。

亨利搖搖頭，「幾年、幾分鐘……對我來說都是一樣的。」我們安靜地坐在地板上，坐了好一陣子。「現在已經是清晨了嗎？」

「當然啊。」天還是暗的，沒有鳥兒在啁啾。

「我們起來吧。」他說道。我把輪椅推過來，扶他上輪椅，把他推到廚房。我拿來浴袍，讓他掙扎著穿上。坐在廚房的桌子旁邊，亨利望著窗外被雪覆蓋的後院，遠處有除雪機沿著街道鏟雪。我把燈打開，量了一些咖啡放進過濾器，再量一些水放進咖啡機裡，然後打開開關。我把杯子拿出來，打開冰箱，但當我問亨利他想吃什麼時，他只是搖搖頭。我也在廚房桌子旁邊坐下來，就坐在亨利對面。他望著我，眼睛通紅、頭髮亂七八糟的。他的手很細瘦，臉上滿是陰鬱。

「都是我的錯，如果我沒去那裡的話……」

「你成功阻止她了嗎？」我問道。

「沒有，但我盡力了。」

「嗯，那也只能這樣了。」

咖啡機發出小小的爆炸聲。亨利用手擦了擦臉，「我一直都很納悶，為什麼她連張紙條都沒留下。」我正要開口問他是什麼意思，發現阿爾芭就站在廚房門口，她穿著粉紅色的睡衣，還有綠色的老鼠拖鞋。因為廚房的燈光太刺眼了，阿爾芭瞇著眼睛打了個哈欠。

「嗨，小子，」亨利說道。阿爾芭走到他身邊，靠在他輪椅的一側。「早安。」阿爾芭說道。

「現在還不算是早晨，」我告訴她，「現在其實還是晚上。」

「如果現在還是晚上的話，你們兩個為什麼要起來？」阿爾芭嗅了嗅。「你們在煮咖啡，所以現在是早上了。」

「這是古老的『咖啡等於早晨』謬誤，」亨利說道，「妳的邏輯有漏洞喔，哥兒們。」

「什麼？」阿爾芭詢問。她討厭出錯。

「妳把結論建立在錯誤的資料上，也就是說，妳忘了妳的父母是咖啡狂魔，因此我們之所以在午夜時分下床，或許就只是為了喝更多的咖啡。」他像隻怪獸……或說是咖啡狂魔般地吼叫。

「我也要喝咖啡，我也是咖啡狂魔。」她也對亨利吼道。但他把她抱開，出其不意地放到地上。阿爾芭繞過桌子跑來我這邊，她伸手抱住我的肩膀。「吼啊！」她在我的耳邊叫道。

我站起身，把阿爾芭抱起來，她現在實在太重了。「妳自己吼吧。」我抱著她走到走廊，再把她扔回床上，她一邊尖叫一邊笑。床頭櫃上的鐘顯示時間是凌晨四點十六分。「看到了吧？」我指給她看，「妳現在起床太早了。」阿爾芭抱怨一番後，還是乖乖躺好。我走回廚房，亨利已經幫我們倆又倒了咖啡。我坐回椅子，這裡挺冷的。

「克萊兒。」

「嗯？」

「當我死了以後……」亨利停下來，把臉轉過去，深呼吸一下，才開口說話，「我已經把所有的事情都安排好了，所有的文件，妳知道的……我的遺囑、給大家的信，還有給阿爾芭的東西，全都放在我的桌子裡。」我什麼話都說不出口。亨利注視著我。

「什麼時候？」我問道。亨利搖搖頭。「幾個月？幾星期？幾天？」

「我不知道，克萊兒。」他一定知道的，我知道他知道的。

「你一定有查過訃文，對吧？」我說。他猶豫了一下，接著點點頭。我張口想要再問一遍，卻滿心恐懼。

就算不是幾天，也是幾小時

二〇〇六年十二月二十四日星期五（亨利四十三歲，克萊兒三十五歲）

亨利：我醒得很早，太早了，房間在接近破曉的光線照射下呈現藍色。我躺在床上，聆聽克萊兒深沉的呼吸、林肯大道上偶爾傳來的車輛聲、烏鴉彼此叫喚著。暖氣爐已經關了，我的腿很痛；我從枕頭上撐起來，在我這一側的床頭櫃上找到一瓶止痛藥，吞了兩顆，用沒氣的可口可樂把它們沖下去。

我再度鑽進毯子裡，面朝我那一邊。克萊兒趴著睡，雙手護頭，頭髮埋在被子下面。沒有頭髮圍繞的克萊兒顯得比較年輕。她讓我想起了年幼的她，睡著時臉上帶著小時候才有的天真無邪。我努力回想我有沒有看過孩提時期的克萊兒睡覺，卻沒有片段記憶，想到的盡是阿爾芭。光線在變換。克萊兒動了動，翻了個身，面朝我這邊。我仔細端詳她的臉，眼角和嘴角有幾條模糊不清的線條，這只不過是克萊兒開始邁入中年時期的暗示罷了。我永遠也看不見她那樣的臉，我覺得很痛惜，那是克萊兒沒有我也會繼續活下去的臉，那是我再也吻不到的臉，那是屬於一個我不知道的世界的臉，我會成為她的回憶，最後被貶謫到她的過去。

今天是我母親逝世三十七週年的忌日。這三十七年來，每一天我都很想念她，我想我的父親也是幾近永止無盡地在思念她。如果熱烈的回憶可以讓死者復生的話，那我母親就會是我們的尤麗黛[67]了，她會像拉撒若夫人[68]一樣，從她頑固的死亡中復活來安慰我們。但我們的哀慟逾恆都沒有辦法讓她的生命多增加一秒、讓她的心多跳動一下、多呼吸一次。我唯一能夠辦到的，就是把我帶到她身邊。我走了之後，克萊兒怎麼辦？我怎麼捨得下她？

我聽到阿爾芭躺在她的床上說話。阿爾芭說道：「嘿，泰迪！噓，現在給我回去睡覺。」沉默。「爸爸？」我看著克萊兒，看她有沒有醒來，但她還在睡。「爸爸！」我小心地轉身，小心地從毯子裡脫身，設法爬到地板上。我爬出我們的臥房，爬到走廊上，爬進阿爾芭的房間。她看見我時，笑靨如花；我發出咆哮聲，阿爾芭輕拍我的頭，好像我是一條狗。她坐在床上，坐在她所有填充玩具的中間。「坐過來，小紅帽。」阿爾芭讓到一邊，我把自己弄上床。她精心選了幾個玩具擺在我四周。我伸手環抱住她，往後靠著，她把藍泰迪舉到我面前。「它想吃棉花糖。」

「現在吃棉花糖有點太早了，藍泰迪，來一點水煮蛋和吐司如何啊？」

阿爾芭扮了個鬼臉，嘴巴、眉毛和鼻子全都擠在一起。「泰迪不喜歡吃蛋。」她宣稱。

「噓！媽媽還在睡覺。」

「好吧，」阿爾芭大聲地耳語：「泰迪想吃藍色果凍。」我聽到另一個房間傳來克萊兒的呻吟，還有她準備起床的聲音。

「麥乳的嗎？」我哄道。阿爾芭考慮了一下，「加上焦糖？」

「好吧。」

「妳想不想自己做？」我滑下床。

「想。你可以載我一程嗎？」

我猶豫了一下。我的腿真的很痛，阿爾芭又有一點太重了，她騎在我身上，我是不可能不痛的，但我現在沒辦法拒絕她的任何要求。「當然可以啊，跳上來吧。」我用手和膝蓋撐在地板上。阿爾芭爬到我的背上，我們就這樣一路爬去廚房。克萊兒睡眼惺忪地站在水槽旁，看著咖啡滴進咖啡壺裡。我手腳並用，費力爬到她身邊，用頭頂了頂她的膝蓋，她抓住阿爾芭的手臂，把她舉起來，阿爾芭一直都笑得樂不可支的。我爬上我的椅子。克萊兒微笑，然後說：「早餐吃什麼啊，廚子們？」

「果凍！」阿爾芭尖叫著。

「哪一種果凍？玉米片果凍嗎？」

「不是！」

「培根果凍？」

「喲！」阿爾芭纏著克萊兒，扯她的頭髮。

「好痛。別這麼做，甜心。嗯，那就一定是燕麥片果凍了。」

「麥乳的！」

「麥乳果凍嗎？好吃。」克萊兒把焦糖、牛奶和麥乳拿出來，放在流理檯上，然後詢問般地望著我，「你想吃什麼？煎蛋捲果凍嗎？」

「如果妳要做的話，好啊。」我對克萊兒的效率感到很驚訝，她在廚房裡忙來忙去的，就好像她是貝蒂．科洛克[69]，好像她這麼做已經行之有年了。她現在就算沒有我也會沒事的，我邊看她邊想，但我也知道她不會沒事的。我看著阿爾芭把水和麥片混在一起，我想著十歲的阿爾芭、十五歲的阿爾芭、二十歲的阿爾芭。這樣還不夠，我還沒有過夠，我想待在這裡，我想看著她們，我想把她們抱在我的懷裡，我想活……

「爸爸在哭。」阿爾芭小聲地對克萊兒說。

「他是因為得吃我煮的東西才哭的。」克萊兒告訴她，對我眨眼示意，我得開懷大笑。

除夕夜，之二

二〇〇六年十二月三十一日星期日（克萊兒三十五歲，亨利四十三歲）

（晚上七點二十五分）

克萊兒：我們要開派對！亨利起初有點不情願，但他現在顯得相當滿足。他坐在廚房的桌子旁，正在向阿爾芭表演如何用蘿蔔和胡蘿蔔雕花。我得承認我有點使詐，我把這些東西放在阿爾芭面前，她興奮得要命，於是亨利就不忍心讓她失望了。

「這場派對會很棒的，亨利。我們會邀請所有我們認識的人來參加。」

「所有人？」他微笑地質問。

「所有我們喜歡的人。」我修正我的話。我已經大掃除好幾天了，亨利和阿爾芭也一直都在烤餅乾（雖然有半數的麵糰都在我們不注意時，進了阿爾芭的嘴巴）。昨天雀兒喜和我去了生鮮雜貨店，我們買了蠟燭、薯條、熟食、各式各樣的蔬菜、啤酒、葡萄酒和香檳，還有用來吃開胃菜用的牙籤、印著金色「新年快樂」的餐巾、相搭配的紙盤，天知道還有什麼東西。現在，整個房子聞起來有肉丸和客廳裡行將就木的聖誕樹味道。艾莉西亞正在幫我們洗酒杯。

亨利抬頭看我，「嘿，克萊兒，上場的時間快到了，妳去洗個澡吧。」我瞄了一眼手錶，沒錯，時間快到了。

我沖了個澡，洗頭，吹乾頭髮，穿上內褲、胸罩、褲襪和黑色絲質的宴會禮服及高跟鞋，最後擦了點香水，塗了點口紅，看了鏡子最後一眼（真是驚為天人），再回到廚房，奇怪的是，阿爾芭仍然穿著她那件藍色天鵝絨洋裝，亨利依舊穿著他那件有破洞的紅色法蘭絨襯衫和裂口藍色牛仔褲。

「你還不去更衣嗎？」

「當然要啊。妳會幫我吧，啊？」我推他到我們的臥房。

「你想穿什麼？」我在他放內褲和襪子的抽屜裡翻找。

「隨便，妳挑吧。」亨利伸手把臥房的門關上。「過來。」

我本來在他的衣櫃裡幫他挑衣服，然後我停下來，望著亨利。他把輪椅的煞車放下來，然後想辦法把他自己弄上床。

「沒時間了。」我說。

「完全正確，所以我們就不要浪費時間說話了。」他的聲音很小，但充滿堅持，我把門鎖扣上。

「你知道的，我已經打扮好……」

「噓。」他對我張開雙手，我拿他沒轍，只好坐到他旁邊。「最後一次」這個詞，不知怎地跳進我的腦海裡。

（晚上八點零五分）

亨利：門鈴響時，我正在打領帶。克萊兒緊張兮兮地說：「我看起來還好吧？」她看起來很好，臉紅撲撲的，很漂亮，「非常好。」就在阿爾芭跑去應門並大叫「爺爺！爺爺！金咪！」時，我們正好從臥房出來。我父親重重地跺了跺他沾滿雪的靴子，彎下腰擁抱阿爾芭。克萊兒親吻他兩邊的臉頰，爸爸把他的外套交給她當作獎賞。金咪還來不及把大衣脫下來，就被阿爾芭拖去看聖誕樹了。

「哈囉，亨利。」爸爸微笑著低頭看我，我突然萌生一個念頭：今晚，我的人生就會在我的眼前一閃而過。我們邀請了所有跟我們有關係的人：爸爸、金咪、艾莉西亞、戈梅茲、雀兒喜、菲利普、馬克和雪倫和他們的孩子、葛蘭、賓、海倫、露絲、肯德瑞克和南西及他們的孩子、羅伯托、凱薩琳、伊莎貝爾、麥特、艾蜜莉亞、克萊兒的藝術家朋友、我圖書館學校的朋友、阿爾芭朋友的父母、克萊兒的經紀人，甚至還在克萊兒的堅持下，邀請了西莉亞……遺漏的只有來不了的人：我母親、露西兒、英格麗……噢，老天爺，幫幫我啊。

（晚上八點二十分）

克萊兒：戈梅茲和雀兒喜像風一樣走進來，就像神風特攻隊的噴射機一樣。

「嘿，圖書館男孩，你這懶鬼，你有沒有鏟過你們家前面人行道的雪啊？」

亨利拍了一下自己的額頭。「我就知道我有什麼事情忘了。」戈梅茲把裝了滿滿一袋CD的購物袋倒在亨利的膝蓋上，就走出去清理人行道了。雀兒喜大笑，隨著我走進廚房。她拿出一大瓶俄羅斯伏特加酒，放進冰箱裡。我們可以聽到戈梅茲邊唱「下雪吧」，邊拿鏟子在房子四周工作。

「孩子們呢？」我問雀兒喜。

「送到我媽媽那裡了。今天是除夕夜，我們認為他們跟外婆一起過會更好玩。此外，我們決定給我們的宿醉一點隱私。」事實上我從來都沒有想過這一點，在懷阿爾芭之前，我就沒有喝醉過了。阿爾芭跑進廚房，雀兒喜熱情地擁抱她。「嘿，小寶貝！我們給妳帶了個聖誕禮物喔！」

阿爾芭看著我。「去打開吧。」那是一套小小的指甲美容組，裡面裝滿了指甲油。阿爾芭敬畏地看著，嘴巴張得大大的。我用手肘推推她，她終於想到了。

「謝謝妳，雀兒喜阿姨。」

「不客氣，阿爾芭。」

「拿去給爸爸看吧。」我告訴她，她往客廳跑過去。我探頭到走廊上，可以看到阿爾芭興奮地對著亨利比畫，亨利把手指舉起來給阿爾芭，彷彿正在考慮要不要動個切除指甲的手術。「這個禮物送得好。」我告訴雀兒喜。

她微笑。「我小時候希望以後能當美容師。」

我大笑。「但妳沒辦法達成心願，所以妳變成了藝術家。」

「我遇見了戈梅茲，然後我了解到，沒有人曾經用燙髮推翻過布爾喬亞資本主義厭惡女性的企業運作制度。」

「當然是這樣啊，我們也沒辦法靠賣藝術品給他們來逼迫他們屈服。」

「妳這是為自己辯護啦，寶貝。妳只是耽溺在美上頭，就是這樣。」

「罪過啊，罪過啊，罪過啊。」我們漫步到飯廳，雀兒喜開始把菜夾到她的盤子上。「那妳現在在搞什麼？」我問她。

「拿電腦病毒來搞藝術。」

「噢。」不要啊。「這難道不會犯法嗎？」

「不會。我只是設計電腦病毒，把ＨＴＭＬ畫在畫布上，然後辦一場展覽。我不會真的把它們拿去散播的。」

「但有人可以啊。」

「當然啊。」雀兒喜邪惡地微笑。「我希望他們這麼做。戈梅茲嗤之以鼻，但這些小畫作中有幾幅可能會給世界銀行和比爾蓋茲，以及那些製造出自動提款機的混帳東西，帶來嚴重的不便。」

「嗯，祝妳好運。展覽什麼時候舉辦？」

「五月。我會給妳一張邀請卡的。」

「好，當我拿到邀請卡後，就會把我的財產換成黃金，開始儲存瓶裝水。」

雀兒喜大笑。凱薩琳和艾蜜莉亞到了，我們停止討論「如何透過藝術達成世界無政府狀態」，走過去稱讚彼此的宴會禮服。

（晚上八點五十分）

亨利：這棟房子裡滿是我們最親近、最親愛的人，其中有些人從我手術後就沒有見過了。克萊兒的經紀人黎兒．賈可布是個圓滑世故，也很親切大方的人，但我發現她注視我的眼神有種揮之不去的憐憫之情，這讓我難以承受。西莉亞直直朝我走過來，伸出手，這讓我大吃一驚。我握了握她的手，然後她說：「看到你這樣，我覺得很遺憾。」

「嗯，妳看起來很棒。」我說道，而她也確實如此。她的頭髮弄得很高，一身藍色的閃亮裝扮。

「嗯哼，」西莉亞用她那非常悅耳的太妃糖嗓音說：「我比較喜歡你是個混球，而我就只要痛恨你這個惡劣白人的時候。」

我大笑。「啊，那些美好的往日時光啊。」

她在皮包裡找了老半天。「我很久以前在英格麗的遺物裡找到這個，我想克萊兒或許會想要留下來做個紀念。」西莉亞交給我一張照片。那是我的照片，可能是一九九〇年左右拍的，我留著一頭長髮，笑得很開心，站在橡樹灘上，沒有穿上衣。這張照片拍得很棒，我不記得英格麗有拍這張照片……我和英格麗在一起的大部分時間，在現在看來，都是空白一片。

「是啊，我打賭她會喜歡的。Memento mori（人難免一死）。」我把這張照片還給她。西莉亞狠狠地瞥了我一眼。「你可還沒死啊，亨利·狄譚伯。」

「我離那一天不遠了，西莉亞。」

西莉亞大笑。「嗯，如果你在我下地獄前先下去了，記得幫我在英格麗旁邊留個位子。」她很突兀地轉身去找克萊兒。

（晚上九點四十五分）

克萊兒：小孩子跑來跑去，還吃了太多宴會上的食物，現在他們都很想睡覺，但又很煩躁不安。我在走廊上碰到科林·肯德瑞克，我問他想不想小睡一下，他很鄭重地告訴我，他想跟大人們一起熬夜。他的禮貌、十四歲少年的美貌，還有他對我表現出來的害羞，都讓我大受感動。就算他已經認識我一輩子了，他面對我時還是很羞澀。阿爾芭和娜迪亞·肯德瑞克就沒有這麼自制了，「媽，媽，」阿爾芭可憐兮兮地說道：「妳說我們可以整晚不睡覺的！」

「妳確定妳們不想睡一會兒嗎？我會在午夜之前把妳們叫醒的。」

「不想。」肯德瑞克正在傾聽我們之間的對話，我聳了聳肩，而他大笑。

「妳們真是不屈不撓的二重唱哪。好吧，女孩們，妳們可以到阿爾芭的房間裡安靜地玩一會兒。」她們心不甘情不願地發著牢騷離開了。但我們知道幾分鐘內，她們就會玩得很開心了。

「很高興見到妳，克萊兒。」肯德瑞克說道。艾莉西亞從容地走過來。

「嘿，克萊兒，妳看爸爸。」我順著艾莉西亞的目光望過去，看到我們的父親在跟伊莎貝爾調情。

「那是誰？」

「喔，我的天啊。」我笑得樂不可支。「那是伊莎貝爾・柏克。」我簡單跟艾莉西亞描述一下伊莎貝爾極其殘酷的性癖好。我們笑得太厲害了，差點就喘不過氣來。「完美，太完美了。喔，停下來啊。」艾莉西亞說道。

理查走到我們這邊，他是被我們的歇斯底里吸引過來的。「什麼事情這麼好笑啊，美女？」

我們搖搖頭，還是笑得花枝亂顫的。「她們正在嘲笑她們父權象徵的交配儀式。」肯德瑞克說道。理查點點頭，但還是一臉茫然，他詢問艾莉西亞春季演奏會的行程。他們慢步走向廚房，聊著布加勒斯特交響樂團和巴爾托克。肯德瑞克還是站在我身旁，伺機說一些我不想聽的話。我跟他告退，但他伸手拉住我的手臂。

「等一下，克萊兒！」我等了。「我很抱歉。」他說。

「沒關係的，大衛。」我們瞪著彼此好一會兒。肯德瑞克搖搖頭，笨手笨腳地找他的菸。「如果妳還願意來實驗室的話，我可以給妳看看我一直在幫阿爾芭做的東西……」我環顧這場宴會，尋找亨利。戈梅茲正在表演要怎樣在客廳裡跳倫巴舞給雪倫看。大家似乎都玩得很開心，但我視線所及的範圍內沒有亨利的蹤影。我至少有四十五分鐘沒有看到他了，我有一股強烈的衝動想要找到他，確定他安然無恙，確定他人在這裡。「失陪一下，」我告訴肯德瑞克，他看起來好像還想談下去。「下次再談吧，等比較安靜的時候。」他點點頭。南西拖著科林出現，這也讓我們的話題沒辦法進行下去。他們開始就冰上曲棍球各抒己見，然後我就逃走了。

（晚上九點四十八分）

亨利：屋子裡變得太暖和了，而我需要冷卻冷卻，因此我坐在與外面隔絕的前陽台上，可以聽見人們在客廳裡交談的聲音。雪愈下愈厚，愈來愈快，覆滿了所有的汽車和灌木叢，把它們原本剛硬的線條變柔和了，也把交通的噪音減弱了。這是個美好的夜晚。我打開陽台和客廳中間的門。

「嘿，戈梅茲。」

他小跑步過來，把頭伸出來。「嗯？」

「我們到外面去吧。」

「外面冷得要死。」

「來嘛，你這個軟趴趴的老市議員。」

我使了個激將法。「好吧好吧，就出去一分鐘。」他消失了，幾分鐘後回來，穿著他的大衣，手裡拿著我的。就在我穿大衣的時候，他把他隨身攜帶的扁平小酒瓶遞給我。

「不用了，謝謝。」

「這是伏特加，可以給你暖暖胸口。」

「但這和鴉片互衝。」

「對喔。我們忘得多快啊。」戈梅茲把我推過客廳。到樓梯時，他把我抬離輪椅，背在背上；我像個孩子、像隻猴子似的。我們走出前門，走出大門，冷空氣就像一副外骨架，團團包圍著我們。我可以聞到戈梅茲的汗水散發出來的酒味。芝加哥萬家燈火後面的某處，繁星點點。

「同志。」

「嗯？」

「謝謝你所做的一切。你是最好的……」我看不見他的臉，但我可以感覺到在層層衣服下方，戈梅茲渾身僵硬。

「你在說什麼啊？」

「我差不多了，戈梅茲。時間到了，遊戲結束了。」

「什麼時候？」

「很快。」

「有多快？」

「我不知道，」我說謊。非常、非常快。「無論如何，我只是想告訴你，我知道我經常都很惹人厭，」戈梅茲大笑，「但我這一生很精彩……」我停頓了一下，因為熱淚盈眶，「真的很精彩。」我們站在那裡，兩人都是不善言詞的美國雄性生物，我們呼出來的氣息在面前結成白霧，所有想說的話都沒有說出口，最後我說：「我們進去吧。」然後我們就進去了。就在戈梅茲輕輕地把我放在輪椅上時，他抱了我一會兒，然後頭也不回地走開了。

（晚上十點十五分）

克萊兒：亨利不在客廳裡，客廳被一小群執意要跳舞的人佔據了。雀兒喜和麥特正在……看起來像在跳恰恰，而羅伯托正在跟金咪跳舞，他的舞跳得相當好。戈梅茲已經拋下雪倫，跑去跟凱薩琳共舞了，當他帶著她旋轉時，她一直驚呼，但等他停下來點菸時，她又笑得很開心。

亨利也不在廚房裡，廚房已經被勞爾、詹姆士和羅迪斯，以及我其他藝術家朋友佔領了。他們正競相拿藝術經紀人如何壓榨藝術家，還有藝術家如何壓迫藝術經紀人的恐怖故事來娛樂大家。羅迪斯說了一個關於艾德．凱恩霍茲的故事，他做了一個會動的雕塑，把他經紀人昂貴的辦公桌鑽出一個大洞。他們全都殘酷地大笑。我對他們搖了搖食指，開玩笑說：「別讓黎兒聽見你們的話。」「黎兒在哪裡啊？」詹姆士叫道。「我敢打賭她一定有一籮筐的精彩故事。」他跑去找我的經紀人，黎兒和馬克正坐在樓梯上喝干邑白蘭地。

賓正在泡茶。他有個密封袋，裡面裝了各式各樣味道難聞的草藥，他仔細地量了一些草藥，放進茶葉的過濾器裡，把過濾器浸到裝滿滾燙熱水的馬克杯裡。「你有看到亨利嗎？」我問他。

「有，我們剛剛才在聊天，他在前陽台。」賓瞧了我一眼，「我有點擔心他，他似乎非常悲傷。似乎……」賓不說話了，用手比了一個手勢，意思是「我想的可能不大對」，然後繼續說道：「他讓我想到我的一些病人，當他們覺得自己已經沒多少時間了……」我的胃收緊了。

「自從他的腳……之後，他就一直鬱鬱寡歡。」

「我知道，但他說話的方式，彷彿他即將要搭上一輛隨時就會啟程的火車，他跟我說，」賓壓低聲音，我幾乎聽不見他說的話，「他跟我說他愛我、他很感激我……我是說，一般人，尤其是男人，如果覺得自己還有得活的時候，是不會說那種話的。」他鏡片後的眼睛盈滿了淚水，我伸手抱住他，我們就這樣站了一分鐘，我的手抱著賓瘦骨嶙峋的身軀。人們在我們的周遭聊天，對我們視而不見。「我不指望活得比任何人更久，」賓說道：「耶穌基督啊。在喝這個可怕的東西十五年之後，我想我已經獲得權利，可以讓我認識的每一個人在經過我的棺材時，說『他是英勇戰死的』。我還指望亨利會到場引用多恩的詩，『死神，汝勿驕傲，[70]你這個天殺的蠢貨。』這會很淒美的。」

我大笑。「如果亨利沒辦法承擔這個重責大任的話，就由我來吧，我很會模仿亨利。」我挑起眉毛，抬起下巴，壓低我的聲音，「一覺倏醒，永生不眠，而死神應在凌晨三點身著內褲坐在廚房，玩上星期的拼字遊戲。」賓捧腹大笑，我吻了吻他蒼白平滑的臉頰後就離開了。

亨利一個人坐在前陽台，坐在黑暗中，望著雪紛紛落下。我一整天幾乎都沒有往窗外看，現在我才發現雪已經持續下了幾個小時了。除雪機正喀嚓喀嚓地行進在林肯大道，我們的鄰居也在外面鏟他們人行道上的雪。雖然陽台是封閉的，但這裡還是很冷。

「進去吧，」我站在他身旁，看著一隻狗在雪裡跳躍著穿過街道。亨利伸手抱住我的腰間，頭靠在我的臀部上。

「我希望我們可以把時間停在現在。」他說道。我的手指在他的髮間遊走。他的頭髮比起從前還沒變花白之前硬多了，也粗多了。

「克萊兒，」他喊著我的名字。

「亨利。」

「什麼？」

「時候到了……」他沒說下去。

「時候……我就要……」

「我的天啊。」我坐在長沙發上，面對亨利。「可是……不要。就只要留下來。」我捏緊他的手。

「這件事情已經發生了。這裡，讓我坐到妳身邊吧。」亨利把他自己弄出輪椅，坐到長沙發上。我們往後躺在冷冰冰的沙發布上。我穿得很單薄，我正在瑟瑟發抖。屋裡的人笑得很高興，跳得很開心。

亨利伸手摟住我，設法讓我暖和。

「你為什麼不告訴我？你為什麼讓我邀了所有人來？」我不想大發雷霆，但我真的很生氣。

「我不希望在我死了之後……妳是獨自一人。而且我想跟大家道聲再見。這樣很好，這是最後的歡呼。」我們安靜地躺在那裡一會兒。雪也安靜地落下。

「現在幾點了？」

我看看我的手錶。「十一點多。」亨利從另一張椅子上抓了一條毯子，裹住彼此。我沒辦法相信這個。我知道這件事情會發生，很快就會發生，早晚都會發生，但現在就要發生了，而我們只能躺在這裡，等著……

「我們為什麼不能做點什麼事情？」我在亨利的脖子上低語。

「克萊兒……」亨利伸手抱住我，我閉上眼睛。

「阻止啊，不要讓這件事情發生啊，改變啊！」

「噢，克萊兒。」亨利的聲音很溫柔，我抬頭看他，他的眼睛在雪所反射的燈光照耀下閃著淚水。我的臉頰貼在亨利的肩膀上，他撫摸我的頭髮，我們就這樣待了好一會兒。亨利在冒汗。我把手放在他的臉上，他在發高燒。

「現在幾點了？」

「快午夜了。」

「我很害怕。」我用我的手纏住他的，用我的腿纏住他的。我真的沒辦法相信，這麼堅實的亨利，我的愛人，這個真實的肉體，我用盡吃奶的力氣死命抱緊的肉體，有可能會消失。

「吻我！」

我正在親吻亨利，然後我就變成獨自一人了，在毯子下方，在沙發上，在這個寒冷的陽台上。外面依然在下雪，裡面的音樂停了，我聽到戈梅茲在說：「十！九！八！」然後大家一起說：「七！六！五！四！三！二！一！新年快樂！」香檳酒的軟木塞砰的一聲開了，大家突然又開始說話了，有人說，「亨利和克萊兒跑哪裡去了？」外面的街道上有人在放煙火。我用手蒙住臉，開始等待。

第三部　渴望的敘事

寫下他的四十三年。他短短的一生到此即止。他的一生——
在無數單調的表面上透視著數不盡的裂紋
並且因此而死。[1]

——引自拜雅特的《迷情書蹤：一則浪漫傳奇》

緩慢地跟隨著而且費許多時間，
好像有什麼難關她還沒有攀越；
可是又如同等度過這一層難關，
她將要高飛，不再需兩足的憑藉。[2]

——引自里爾克的《欲盲的婦人》（*Going Blind*），史蒂芬·米契爾譯

一九八四年十月二十七日星期六／二〇〇七年一月一日星期一

（亨利四十三歲，克萊兒三十五歲）

亨利：晴空萬里，我掉落比人還高的枯草裡，心裡吶喊著，快點讓我從這一切解脫吧！就在我試著維持不動時，一聲來福槍爆裂聲在遠方響起，理當與我無關，但我卻猛然倒在地上，望著我的肚子像顆石榴般裂開，內臟和鮮血宛如湯水般，在我身體的這個碗裡晃動。弔詭的是，看著內臟活生生地跳動，竟不覺疼痛，這怎麼可能？隱隱中，我感覺到有人在奔跑，此刻我唯一的期望，就是能在嚥氣前見克萊兒一面，「克萊兒，克萊兒……」

克萊兒低頭看我，臉上淚水奔流，阿爾芭低語著：「爸爸……」

「愛妳……」

「亨利——」

「永遠……」

「喔天啊！天啊——」

「夠大的世界……」

「不要啊！」

「和夠長的時間……」

「亨利！」

克萊兒：客廳陷入一片死寂，每個人都呆若木雞地站著、看著我們。比莉·哈樂黛的歌聲縈繞，但不知道誰關掉了音樂，屋裡陷入沉默。我坐在地板上，手裡抱著亨利，阿爾芭蹲在他身邊，在他耳邊低語，搖晃著他。亨利的皮膚還有餘溫，雙眼直勾勾地盯著我背後某處。我能感覺到臂膀中的沉重重量，他那蒼白的皮膚炸裂開來，血紅四處蔓流，和著撕裂的肉體，構造出一個鮮血的祕密世界。我擦去他嘴角的血時，附近某個地方正在施放煙火。

「我想我們最好打電話叫警察來。」戈梅茲說道。

消融

二〇〇七年二月二日星期五（克萊兒三十五歲）

克萊兒：我睡了一整天。巷子裡垃圾車的聲音、雨聲、樹木敲打臥房窗戶的聲音……各種噪音從房子掠過，我只想牢牢地棲息在沉睡的世界裡，用意志逼迫自己睡去，拒絕一切夢境、拒絕一切。如今睡眠是我的愛人、我的忘卻、我的鴉片、我的救贖。電話響了又響，我已經關掉用亨利聲音答覆的電話答錄機了。現在是午後，現在是夜晚，現在是早晨，所有的一切都刪減到只剩這張床，我永無止盡的睡眠能夠將日子簡化成一天，能夠讓時間靜止，能夠延展時間、壓縮時間，直到時間變得毫無意義。

有時候睡眠會棄我而去，這時我就假裝沉睡不醒，就像艾塔來叫我起床上課那樣。我緩慢而深沉地呼吸，保持眼皮下方的眼球不動，維持心境平和，很快的，睡眠，因為是其自身的完美複製，於是和它的摹本合而為一。

有時候我醒來，伸手碰觸亨利。睡眠泯滅了所有的差異：過去和現在；生和死。我超越了飢餓，超越了浮華，超越了關懷。今天早晨，我看了浴室鏡子一眼，我的皮膚像紙一樣薄，面色枯黃、憔悴，頭髮糾結在一塊，我看起來有如行屍走肉。萬念俱灰。

金咪坐在床腳，「克萊兒？阿爾芭已經放學回來了，妳要不要讓她進來跟妳打聲招呼？」我假裝在睡覺。阿爾芭的小手撫摸我的臉，眼淚從我眼裡流下。阿爾芭把什麼東西放在地板上，是她的書包嗎？還是她的小提琴盒？然後金咪說：「把鞋脫了，阿爾芭。」接著阿爾芭就爬到床上。她拿我的手抱住她，自己把頭伸到我的下巴底下。我嘆了一口氣，然後睜開雙眼。阿爾芭假裝在睡覺，我凝視著她又濃又黑的睫毛、她的大嘴、她蒼白的肌膚。她小心翼翼地呼吸，用她強壯的手抓著我的屁股，她聞起來有削鉛筆時木屑、松香以及洗髮精的味道。我親吻她的頭頂。阿爾芭睜開眼睛，她長得太像亨利了，這快要超過我能承受的範圍。金咪起身走出房間。

後來我起床，先淋了個浴，然後坐在餐桌邊和金咪、阿爾芭一起吃晚餐。阿爾芭上床睡覺後，我坐在亨利的桌子旁，打開抽屜，拿出一束信和文件，開始閱讀。

一封在我死去之後才會打開的信

二〇〇六年十二月十日

我最親愛的克萊兒：

當我寫這封信時，我就坐在臥房裡、我的桌子前，望著窗外的工作室，後院積滿了藍色的夜雪，一切都因為冰的關係，而顯得粗硬、光滑。萬籟俱寂。這是那些個冬夜之一，每一件大大小小的事物，因為寒冷讓時間慢了下來，就像沙漏狹窄的中心，時間從中流過，緩緩、緩緩地流過。我有種熟悉的感覺，就像置身在時空之外，像是浮在時空之上，就像一個胖婦人放鬆地飄浮在時空的表面。今晚我獨自待在家中（妳去參加艾莉西亞在聖路濟亞教堂舉辦的獨奏會），我突然有股衝動，想要寫信給妳，想留下點東西給未來。我現在覺得時間真如白駒過隙。彷彿我所儲備的全部精力、歡愉和時間，都變薄、變少了。我不覺得自己有能力再活多久，我知道妳心裡也明白。

如果妳正在讀這封信，那我大概已經死了（我說大概，是因為你永遠都不知道會出什麼狀況，如同宣告事實般宣佈自己的死亡，會顯得很愚蠢、很妄自尊大）。關於我的死亡，我希望是簡單、乾淨而且不拖泥帶水，我希望我的死不會帶來太多麻煩。我很抱歉（這讀起來很像絕命書，真奇怪），但妳知道，妳知道如果我能留下來，如果我能活下去，我一定會牢牢地把握每一秒。我的死亡，不管它是怎麼一回事，妳知道它都一定會來、會把我帶走，就和孩子被醜陋的小妖精帶走一樣。

克萊兒，我想再跟妳說一遍我愛妳。我們的愛是穿越迷宮的一條線，是高空鋼索底下的那張網，是我這離奇古怪的一生裡，唯一真實、唯一可以信任的東西。今晚，我對妳的愛變得比對我自己的更濃烈了，彷彿在我死後，它還會久久逗留不去，環繞妳、支持妳、擁抱妳。

每次想到妳的等待，都讓我憤恨不已。我知道妳這一生都在等我，永遠都不確定這回得等多久，十分鐘、十天、一個月。我是一個多不可靠的丈夫啊，克萊兒，我像名水手，像是遭到大浪打擊、獨自一人的奧德修斯，有時候詭計多端，有時候不過是諸神的玩物。拜託妳，克萊兒，在我死後，不要再等我了，就放妳自己自由吧。至於我，妳就把我放在妳內心深處，迎向世界好好過活吧。去愛這個世界，還有身在這個世界中的妳，走進這個世界吧！彷彿這個世界毫無招架之力，彷彿這個世界是妳的自然元素。我給了妳休眠般的一生，並不是說妳什麼事都沒做，妳在妳的藝術裡創造了美，還有意義，妳孕育了阿爾芭，她是如此地不可思議。對我來說，妳是我的一切。

在我母親死後，她把我父親吞噬得一乾二淨。她會痛恨這樣的。從那時候開始，我父親人生裡的每一分鐘都擺明了她的缺席，他的每一個行動都缺乏方向，因為她不在那裡幫他度量。我小時候並不了解，但我現在明白空虛是如何實實在在地發揮影響，就像是受損的神經，就像黑鳥。如果要我在沒有妳的情況下活下去，我知道我辦不到。但我希望，我憧憬妳能夠在大太陽底下昂首闊步地行走，甩著一頭閃閃發亮的秀髮。我沒有親眼見到這個景象，這只存在於我的想像裡，我的想像力描繪了這些畫面，我的想像力總是想要把妳描繪得閃耀動人。而我希望，無論如何，這個景象能夠成真。

克萊兒，還有最後一件事情，我一直猶豫要不要告訴妳，因為我很迷信，我怕我告訴妳之後，這件事情或許就不會發生了（我知道這很蠢），而且我才剛叫妳不要等我，而這件事情或許會害妳等得比從前更久更久。但我會告訴妳，以防妳在我亡故之後，需要什麼事情來支持著妳。

去年夏天，我坐在肯德瑞克的等候室裡，突然發現自己置身在一棟陌生房子的陰暗走廊，陷在一堆橡膠套鞋裡，空氣聞起來有下雨的味道。在走廊的盡頭，我看見有扇門透出光線，所以我很緩慢、很安靜地走到門邊，往裡頭看去。那間房間是白色的，被早晨的陽光照得白燦燦的。窗邊坐著一個女人，她背對我，穿著一件橘紅色的開襟毛衣，一頭白色的長髮垂在她背後。她身旁有張桌子，桌子上放著一杯茶。我一定是弄出了一點聲響，或是她感覺到我就站在她背後……她轉過身，看見了我，我也看見她了。那個人就是妳，克萊兒，那是未來成了老婦人的妳。那很美好，克萊兒，無法言喻的美好，我彷彿從死亡中回來擁抱妳，回來看看展現在妳臉上的全部年月。我不會告訴妳更多了，這樣一來妳可以想像，這樣一來妳在那一刻來臨前就無法預演。但那一刻會來的，那一刻確實發生了。我們會再次相見的，克萊兒。在那一刻來臨之前，妳要好好活著，妳要盡情活著，要活躍在這個世界上，因為世界是如此美好。

夜幕籠罩，我非常疲憊。我永遠愛妳。時間，微不足道。

亨利

存在

二〇〇八年七月十二日星期六（克萊兒三十七歲）

克萊兒：雀兒喜帶阿爾芭、羅莎、麥克斯和喬去溜直排輪。我開車到她家接阿爾芭回家，但我到得比較早，戈梅茲身上圍著一條毛巾來應門。

「進來吧，」他把門打開，「要喝點咖啡嗎？」

「好啊。」我尾隨他穿過那間雜亂無章的客廳，來到廚房。我坐在桌子旁邊，桌上依然亂七八糟地擺著早餐的碗盤，我清了一塊地方好讓我擱置我的手肘。戈梅茲在廚房裡四處走動、煮咖啡。

「有好一陣子沒有見到妳了。」

「我一直都很忙。阿爾芭什麼奇怪的課都上，我就載著她到處跑。」

「妳還在創作嗎？」戈梅茲在我面前放了杯子和底碟，然後把咖啡倒進杯子裡。牛奶和糖早就放在桌子上了，所以我就自己動手。

「沒有。」

「喔。」戈梅茲靠著廚房的流理檯，雙手捧著他的咖啡杯。他的頭髮因為沾了水的關係，顏色變得很深，他把頭髮全都往後梳。我以前都沒有注意到他的髮線在往後退。「除了開車接送公主殿下之外，妳都在忙些什麼？」

我都在忙什麼？我在等待；我在想他；我坐在床上，手裡拿著還有亨利氣味的舊格子襯衫，深深地嗅吸他的氣味；我在凌晨兩點，阿爾芭安全躺在床上睡覺時出去散步，散很長的步，累到我頭一沾枕就會睡著；我繼續和亨利交談，彷彿他還在這裡，還跟我在一起，彷彿他可以看穿我的眼睛，用我的腦子來思考。

「沒忙什麼。」

「嗯。」

「你呢？」

「妳知道的，當市議員、扮演嚴厲的父權家長，就和往常一樣。」

「喔。」啜飲一口咖啡，我瞥了一眼水槽上方的鐘。這個鐘的形狀像是一隻黑貓，牠的尾巴來回擺動，像是鐘擺似的，牠的大眼也隨著時間移動，滴滴答答地走著。現在是十一點四十五分。

「妳想吃點什麼嗎？」

我搖搖頭。「不用了，謝謝。」從桌子上的碗盤來判斷，戈梅茲和雀兒喜早餐吃的是哈密瓜、炒蛋和吐司；孩子吃的是穀片和上面塗花生醬的東西。他們的餐桌就像二十一世紀家庭早餐的考古重建遺址。

「妳有在跟誰約會嗎？」我抬頭看戈梅茲，他還是靠著流理檯，把咖啡杯捧在下巴附近的位置。

「沒有。」

「為什麼沒有？」

這不關你的事，戈梅茲。「我從來都沒想過。」

「妳應該想一想的。」他把杯子放到水槽裡。

「為什麼？」

「妳需要新的事物、新的人，妳不能下半輩子都坐在那裡等亨利現身啊。」

「我當然能。」

戈梅茲往前走了兩步，就站在我身邊。他低下頭，把嘴放在我的耳邊。「難道妳都不想念……」他舔我的耳朵內側，「……這個嗎？」想，我想念這個。「離我遠一點，戈梅茲。」我出言喝止，但我沒有移開。我受到一個念頭擺佈，牢牢地坐在我的位子上。戈梅茲撩起我的頭髮，親吻我的脖子後方。

我要，喔！給我！

我閉上眼睛。有雙手把我拉離座位，解開我襯衫的釦子。舌頭游移在我的脖子上、我的肩膀上、我的乳頭上。我盲目地伸出手，摸到毛巾布，有條浴巾掉下去了。亨利。有雙手解開我的牛仔褲，把它們往下拉，把我壓在廚房的桌子上。有什麼東西掉到地板上。金屬的東西。我的背抵著食物和銀製餐具、一個半圓形的盤子、哈密瓜皮。我的雙腿張開，有舌頭在我的陰部遊走，「喔……」我們在草地上，現在是夏天，一條綠色的毯子，我們才剛吃完飯，我的嘴裡還有哈密瓜的味道。舌頭讓位給空無一物的空間，濕潤而開啟著。我睜開眼睛，眼前是一杯半滿的柳橙汁。我閉上眼睛。亨利的老二穩穩、堅硬地插進我體內。就是這樣。我一直都很有耐心地等待，亨利，我知道你早晚會回來的。就是這樣。肌膚貼著肌膚，雙手放在我的乳房上，他的老二有節奏地進去又出來，愈來愈深入，對，就是這樣，喔……

「亨利……」

一切都停了下來，只有鐘滴滴答答地走著。我睜開眼睛，戈梅茲低頭盯著我，是受傷嗎？還是憤怒？有那麼一下子，他面無表情。外面傳來車門關上的聲音，我坐起來，跳離桌子，跑進浴室，戈梅茲在我進去後把我的衣服扔進來。

在我穿衣服時，我聽見雀兒喜和孩子笑著走進前門。阿爾芭喊道：「媽媽？」然後我大喊：「我一分鐘後出來！」我站在貼著粉紅色和黑色磁磚的浴室裡，就著昏暗的燈光瞪著鏡子裡的自己。我的頭髮上有穀片，鏡子裡的映影顯得既迷失又蒼白。我洗了手，用手指梳了梳頭髮。我在做什麼？我到底把自己搞成什麼樣子了？

有個答案浮現：妳現在是旅人了。

二〇〇八年七月二十六日星期六（克萊兒三十七歲）

克萊兒：阿爾芭乖乖地陪我和雀兒喜逛一家又一家的畫廊，觀賞藝術品的獎賞就是帶她去愛德戴碧克斯[3]，那是一個假裝是餐館，卻在做觀光客生意的地方。我們剛走進去，就發現裡面感覺起來像是塞了太多一九六四年左右的裝潢。音響開到最大聲，到處都是招牌歌的聲音：

「如果你真的是好顧客，你就會點更多菜！」

「點菜的時候請說清楚。」

「我們的咖啡好到我們自己都會喝！」

今天很明顯是動物氣球日，一位穿著亮紫色西裝的紳士迅速地幫阿爾芭做了一個臘腸狗氣球，然後把它變成一頂帽子，安在她頭上。她高興地扭動身子。我們排了半小時的隊，但阿爾芭一點牢騷也沒發，她興致盎然地看著服務生和女服務生互相調情、無聲地打量別的小孩的動物氣球。我們後來被一名服務生帶到一個雅座，服務生名牌上寫著史貝茲，他戴著一副厚厚的角質框架眼鏡。我和雀兒喜很快地翻閱菜單，試著在薯條和肉捲之間看看有沒有我們想吃的東西。阿爾芭就只是一遍又一遍地唸著奶昔。史貝茲再度出現時，阿爾芭突然變得很害羞，而且還要別人好說歹說，才願意告訴他她想要一杯花生奶昔（還有小份的薯條。因為我告訴她，午餐只喝奶昔不吃別的東西有點太頹廢了）。雀兒喜點了起司通心粉，而我點了培根番茄生菜總匯三明治。等到史貝茲離開後，雀兒喜就開始唱，「阿爾芭和史貝茲，坐在樹下，接吻……」阿爾芭閉上眼睛，用手摀住耳朵，搖搖頭微笑。有個名牌上寫著布茲的服務生在午餐櫃檯上，用卡拉OK唱著鮑布．席格的「我愛古早搖滾樂」。

「我超討厭鮑布．席格，」雀兒喜說：「妳覺得他寫這首歌有花超過三十秒的時間嗎？」

奶昔裝在高腳杯裡送上來了，上面插了一根可以彎曲的吸管，旁邊還有一個金屬雪克杯，裡面裝著無法倒進高腳杯的奶昔。阿爾芭站起來喝奶昔，踮起腳尖，這樣才能達到吸花生奶昔的最佳角度。她的臘腸狗帽子一直滑到她的額頭，害她沒辦法專心。她抬頭看我，把氣球往上推，這樣帽子就會因為靜電的關係黏在她頭上。

「爸爸什麼時候回家？」她提問。雀兒喜發出聲響，一個人只有在喝百事可樂時，不小心讓可樂跑進鼻子才會發出這種聲響，她開始咳嗽，我猛拍她的背，直到她比了一個手勢要我停下來，我才停止。

「八月二十九日。」我告訴阿爾芭，她繼續用力吸她的奶昔渣滓，雀兒喜責備似地盯著我。

後來，我們坐在車子裡，開在湖岸大道上，我負責開車，雀兒喜調想聽的廣播電台，而阿爾芭在後座睡覺。我從厄文公園的出口出去，雀兒喜說：「阿爾芭知道亨利已經過世了嗎？」

「她當然知道，她有看到。」我提醒雀兒喜。

「那妳為什麼要告訴她，他會在八月份回家？」

「因為他會。這個日期是他自己給我的。」

「喔。」雖然我的眼睛盯著路面，但我還是感覺到雀兒喜正瞪著我。「這難道不會……有點詭異嗎？」

「阿爾芭很愛這樣呢。」

「那妳呢？」

「我從來都沒有見過他。」我努力讓我的聲音聽起來很輕鬆，彷彿我沒有因為這麼不公平的事備受折磨，彷彿阿爾芭跟我說她去拜訪亨利時，我並沒有哀慟、沒有憤慨，就算我對每一個細節都瞭如指掌。

為什麼不是我，亨利？當我把車開進雀兒喜和戈梅茲家散落著玩具的車道時，我無聲地問他，為什麼只有阿爾芭？和往常一樣，沒有人回答我的問題；和往常一樣，情況就是如此。雀兒喜親了我一下，然後下車，沉著地往前門走去，她家的前門突然開了，冒出戈梅茲和羅莎。羅莎跳上跳下的，手裡拿著什麼東西，朝雀兒喜飛奔而去，雀兒喜接過這東西，說了幾句話，給她一個很大的擁抱。戈梅茲看著我，最後輕輕地對我揮了一下手，我也向他揮手。他轉過身，雀兒喜和羅莎已經進去了。門關上。

我坐在那裡，在車道上；阿爾芭在後座睡覺；烏鴉走在被蒲公英佔據的草坪上。亨利，你在哪裡？我把頭靠在方向盤上。幫幫我。沒有人回答。過了一分鐘後，我上檔、倒出車道，朝我們那個安靜、等著我們的家駛去。

一九九〇年九月三日星期六（亨利二十七歲）

亨利：我和英格麗把車弄丟了，而且我們喝醉了，喝得爛醉如泥，現在已經很晚了，我們來回走，四處走，就是找不到車子的蹤影。操你媽的林肯公園，操你媽的林肯公園拖吊大隊。幹！

英格麗很火大，她走在我前面，整個背部、連她屁股的移動方式，在在都顯露她的憤怒。這多多少少算是我的錯。操你媽的爛夜店，為什麼會有人把夜店開在住了一堆雅痞、可惡的林肯公園裡？還不能把車留在這個地方超過十秒鐘，要不然林肯公園的拖吊大隊就會把它拖到他們的巢穴，幸災樂禍地看著⋯⋯

「亨利？」

「幹嘛？」

「又是那個小女孩。」

「什麼小女孩？」

「我們先前看到的那個。」英格麗停下來。我看向她手指的地方——那個女孩站在一間花店門口，穿著黑色的衣服，所以我只能看到她的白臉和她的光腳。她或許七、八歲了，但還是太小，不應該深夜一個人待在外面。英格麗走到那個小女孩身邊，小女孩面無表情地看著她。

「妳還好嗎？」英格麗問小女孩，「妳是不是迷路了？」

小女孩望著我，「我是迷路了，但現在我搞清楚我人在哪裡了。」她很有禮貌地加上一句，「謝謝。」

「妳需要有人載妳回家嗎？我們可以載妳喔，如果我們找得到車子的話。」英格麗低下頭看著小女孩，她的臉離小女孩或許只有一呎。就在我走到她們身邊時，我看到那個小女孩穿著一件男人的風衣，風衣長及她的腳踝。

「不用了，謝謝，我住的地方實在太遠了。」這個小女孩有一頭烏黑的長髮，還有一雙令人讚嘆的黑眼珠，在花店黃色燈光的照射下，她看起來就像是維多利亞時代的賣火柴的小女孩，或是德昆西筆下的安。

「妳媽媽人呢？」英格麗問她。這小女孩答道：「她在家。」她對我微笑，然後說：「她不知道我人在這裡。」

「妳逃家了嗎？」我問她。

「沒有，」她說著，笑得很開心，「我在找我爸爸，但我想我來的時間太早了。我會回到晚一點的時間。」她擠過英格麗的身邊，信步朝我走來，抓住我的夾克，把我拉向她。「你們的車子就停在這條街的對面。」她耳語道。我朝對面一看，英格麗的紅色保時捷就停在那裡。「謝……」我才開口，那個小女孩就突然親了我一下，親在靠近耳朵的地方，接著她跑到人行道上，我盯著她，看見她雙腳踩在水泥地上。我們上車時，英格麗不發一語，最後我忍不住說：「這還真奇怪。」她嘆了一口氣，「亨利，就一個聰明人來說，你有時候實在是相當愚鈍。」然後她把我丟在我的公寓前，沒有再說半句話。

一九七九年七月二十九日星期日（亨利四十二歲）

亨利：這是在過去的某個時候，我和阿爾芭坐在燈塔灘。她十歲，我四十二歲，我們倆都時空旅行了。這天下午挺暖和的，可能是七月或八月。我穿著從北艾文斯頓一棟很高檔的大宅裡偷來的牛仔褲和白襯衫，阿爾芭穿著她從某個老太太的曬衣繩上拿下來的粉紅色睡衣，對她來說有點長，所以我們在她膝蓋附近打了個結。整個下午，人們不停地對我們投以奇怪的眼神，我想我們看起來不太像沙灘上的尋常父女，但我們盡力了。我們游泳、蓋沙堡、向停車場裡的小販買熱狗和薯條吃；我們沒帶毯子，也沒帶毛巾，所以我們濕答答、渾身是沙，很疲憊，但也很愉快；我們坐著看小朋友在波浪裡來回奔跑，幾隻大笨狗跟在他們後面。我們凝視著湖水，太陽在身後緩緩落下。

「講個故事給我聽，」阿爾芭要求，她靠著我，就像是煮過冷掉的義大利麵般輕輕地黏著。

我伸手抱著她，「什麼樣的故事？」

「精彩的故事。你跟媽媽的故事，媽媽還是個小女孩時的故事。」

「嗯，好吧。很久很久以前……」

「那是什麼時候？」

「所有的時間都重疊在一起。很久以前，還有此時此刻。」

「兩個一起發生嗎？」

「對，總是兩個一起發生。」

「兩個怎麼一起發生啊？」

「妳到底要不要讓我講故事啊？」

「要。」

「好。很久很久以前，妳媽媽住在一片草地旁的一棟大房子裡，這片草地叫作牧場，她常常去那裡玩。然後某個晴朗的日子，妳媽媽到空地上，那裡有個男人……」

「沒有穿衣服！」

「沒錯，身上連塊布都沒有，」我附和著。「然後妳媽媽遞給他一條她剛好帶來的海灘巾，所以他就有東西可以遮住身體了。那個男的向她解釋說：他是一個時空旅人，因為某種原因，妳媽媽就相信了……」

「因為這是真的！」

「呃，對，但她那時候哪會知道呢？反正，她真的相信了，然後過了很久以後，她就笨到嫁給他，然後我們就在這裡了。」

阿爾芭捶了捶我的肚子。「好好講啦！」

「哎唷，如果妳一直像剛剛那樣揍我的話，我怎麼好好講呢？」

阿爾芭安靜下來，接著說：「為什麼你從來都不去未來探望媽媽？」

「我不知道，阿爾芭。如果可以的話，我會去的。」地平線的藍正在加深，潮水正在後退。我站起身，伸出手把阿爾芭拉起來。她站著撢睡衣上的沙子，朝我這邊絆了一下，「啊！」一聲，就消失了。我站在沙灘上，手裡拿著一件潮濕的棉質睡衣，憑著愈來愈暗的光線，盯著阿爾芭纖細的足跡。

新生

二〇〇八年十二月四日星期四（克萊兒三十七歲）

克萊兒：寒冷晴朗的早晨，我把工作室的門鎖打開，把靴子上的雪跺掉，拉開百葉窗，把暖氣打開，開始煮咖啡。我站在工作室中央的空地上，環顧四周。

兩年份的塵土和靜謐覆蓋了一切。我的畫桌上空無一物，打漿機很乾淨地擺在那裡，空空如也。模子和定紙框整齊地疊放在一起，雕塑用的鐵絲一捆一捆地擺在畫桌旁，沒人動過。塗漆和顏料、放畫筆的罐子、工具、書本，好像我才剛把它們留在那裡似的。我用圖釘釘在牆上的素描已經泛黃、捲了起來，我把它們拿下來，丟進垃圾桶裡。

我坐在畫桌旁邊，閉上雙眼。

風吹過樹枝，打在房子側邊發出喀喀聲，有輛車駛過小巷子濺起融雪，咖啡機往壺裡吐出最後一口咖啡後，發出噓噓嘎嘎聲。我睜開雙眼，打了個哆嗦，把厚毛衣拉緊一點。

今天早上睡醒了以後，突然有股衝動想來這裡。就像湧起一陣強烈的欲望，想和我過去的愛人——藝術幽會。但現在，我坐在這裡等待……等待什麼……降臨在我身上，但什麼事都沒發生。我打開一個抽屜，拿出一張用靛藍染料染的紙。這張紙很重，有點粗糙，是深藍色的，摸起來冰冰涼涼，像金屬似的。我把這張紙放在桌子上，站著凝視它好一會兒，拿出幾枝白色蠟筆，放在掌心掂掂重量，才把它們放下來。為我自己倒了點咖啡，我盯著窗外，看著屋子後面。如果亨利還在的話，他會坐在他的桌子旁，也許會從他桌子上方的窗戶朝我這邊張望。或者，他也可能會陪阿爾芭玩拼字遊戲、看連環漫畫，或是煮午餐要喝的湯。我喝了一口咖啡，試著回復時空，試著消弭現在和當時的差異。把我留在這裡的，只有那些回憶。時間，讓我消失吧！這樣一來，所有的過去就可以和現在相聚。

我站在這張紙前面，拿著一枝白色的蠟筆。這張紙很大，我從中心畫起。雖然我知道把紙放在畫架上會比較便於繪畫，但我寧可俯身在這張紙上。我抓了一下人形的比例，這個人形有半個人大小，這裡是頭頂、鼠蹊、腳跟。憑記憶畫，我粗略地畫了一顆頭，畫得很淡。空洞的眼睛，頭的正中心是長長的鼻子，嘴角往下垂，嘴微微張開，眉毛因為驚訝而彎起。這個人是妳。尖下巴、圓下頦，額頭很高，耳朵隱約可見。這裡是脖子，肩膀向下傾斜沒入手臂，雙臂保護性地交叉置於胸前，這裡是胸腔底部，圓滾滾的肚子，豐滿的臀部，雙腿有點內彎，腳往下指，就像飄浮在半空中。用來測定比例、大小的點，就像是這片靛藍色夜空裡的星星。整個人形是一個星座。我把強光的部分畫出來，這個人形就變成立體的了，像是一個玻璃瓶。我小心地畫上容貌，畫出臉的結構，把眼睛塗滿，望著我，因為突然存在顯得很吃驚。頭髮在紙上起伏，無重力地飄浮著，一動也不動地飄浮著，這些線條讓靜態的身體擁有一種動感。在這個宇宙中、在這張畫裡，還缺少些什麼？其他遙遠的星星。我在工具裡尋找，找到一根針。我把畫貼在一扇窗子上，開始在紙上刺滿小洞，每個針孔都變成別的世界的太陽。當我把銀河裡的星星都刺完之後，我開始刺這個人，這個人現在變成星座了，變成微小光點的網絡了。我望著這個和我神似的人，她也望著我。我把手指放在她的額頭上說，「消失。」但她才是留下來的人，而我才是那個正在消失的。

總會再來

二〇五三年七月二十四日星期四（亨利四十三歲，克萊兒八十二歲）

亨利：我置身在堆滿了橡膠套鞋和雨鞋的陰暗走廊裡，盡頭有扇微微打開的門，白色的光線從門緣流洩出來。我安靜緩慢地走到門邊，小心地往裡面張望，觸目只見刺眼的晨光瀰漫。等眼睛適應光線之後，我看到窗邊放了張樸素的木頭桌子，有個女人坐在桌邊，臉朝窗外，手肘邊放了個茶杯。窗外有座湖，浪濤來了又去，平和、重複地拍打著岸邊。一切宛若靜止。這女人一動也不動，從她身上傳來一種令我熟悉的感覺。穿著橘紅色毛衣的她已垂垂老矣，雪白的長髮披在背後，像是一道涓涓細流，她的肩膀線條及僵硬的坐姿，在在述說著滿身的疲憊，就跟我一樣。我調整姿勢，把全身的重量換到另外一隻腳，地板因此發出了聲響。她轉過頭來，看見我的那一刻，臉龐綻放出喜悅的光彩……天啊，那是克萊兒，年邁的克萊兒！她朝我走來，我擁她入懷。

二〇五三年七月十四日星期一（克萊兒八十二歲）

克萊兒：這早晨，萬物一片純淨，院子裡散佈著許多暴風吹落的樹枝，我打算等等再出去把它們撿起來。沙灘經過沖刷重整，上面滿是雨水落下形成的坑坑洞洞。百合花彎著腰，在早晨七點的白色日光下閃閃發光。我坐在飯桌旁，放著一杯茶，望著湖水聆聽。等待。

今天和往常沒有什麼不同，黎明時起床、穿上長褲和毛衣、梳頭、烤吐司、泡茶、坐望湖水，心想他今天會不會來。今天跟那無數過往並沒有太大的不同，他一樣不在，我依舊苦苦等待。唯一不同的是，這一次，我有他給的指示，我知道亨利終究會再出現。有時候我難免會擔憂，不知道我為這天所做的準備、我的殷切期盼，會不會妨礙奇蹟發生。但我別無選擇。他要來了，而我在這裡等待。

＊

俄底修斯[4]的心裡激起更強烈的悲哭的慾望，
抱著心愛的妻子，嗚咽抽泣，她的心地純潔善良。
像落海的水手看見了陸地，
堅固的海船被波塞冬擊碎在
大洋，捲來暴風和洶湧的浪濤，
只有寥寥數人調出灰黑的水域，游向
岸基，滿身鹽腥，厚厚的斑跡，
高興地踏上灘岸，逃身險惡的境況——
對裴奈羅佩[5]，丈夫的回歸恰如此番景狀。她眼望親人，
雪白的雙臂攏抱著他的脖子，緊緊不放。[6]

——引自荷馬《奧德賽》，羅伯特．費茲傑羅（Robert Fitzgerald）譯

譯註

第一部

1 引自綠原譯的《里爾克詩選》。

2 凱姆史考特印刷社是一家手工印刷社。《喬叟作品集》（*Chaucer*）是該印刷社於一八九六年印製的，本書的印製時間長達二十三個月，內附八十七幅木刻版畫，總共只印製了四百三十八本，插畫和印刷都十分精美。

3 艾貢・席勒（Egon Schiele），奧地利表現主義的畫家，只活了二十八歲，生性放蕩不羈。他的畫作充滿稜角，對比強烈，表現出深沉而徬徨的孤獨，縈繞著性慾、陰鬱和頹敗。

4 約翰・葛蘭姆（John Graham），俄羅斯裔的美國極簡主義（Minimalist）畫家。

5 波提切利（Botticelli）是義大利文藝復興時期的畫家，用背離傳統的畫法，創造出擅長表現情感的獨特風格，最著名的畫作是「維納斯的誕生」和「春」。

6 莫比爾斯是十九世紀德國的幾何學家、數論學家和統計學家，他以在幾何學和拓樸學的研究著稱，在拓樸學中，他是第一個描述單面曲面的人，該曲面後來即稱為莫比爾斯環，所謂的莫比爾斯環，就是只有一面的連續曲面，用一條粗型紙袋扭轉一百八十度，然後將兩端連接起來即構成。莫比爾斯環的起點和終點是重合的。

7 底特律是美國汽車產業的大本營，是效率化、大量生產的代名詞。

8 美術工藝運動（Arts and Crafts movement），風行於一八八八年到一九一〇年的設計運動。受到羅斯金（John Ruskin）的「高直復古主義」理論影響，羅斯金認為光憑機器，無法生產品質優良的產品，所以他否定機器文明，力倡恢復中世紀時代的建築家或工匠的工作精神。威廉・摩里斯（William Morris）非常認同羅斯金的理念，親自設立工坊，製作染色、紡織品、壁紙、彩色玻璃、家具等，提倡重視實踐的工藝運動，史稱「美術工藝運動」。摩里斯主張藝術理念必須源自大眾，設計必須忠於材料的自然性質，以製作安靜、誠實、永恆的精緻手工藝術品。

9 多感官學習，即多感官教育訓練（Multisensory Education Training），根據多年的臨床研究，如果父母把握兒童學習的「黃金時期」，善用視、觸、聽三種感官刺激，將大大地幫助兒童對知識的吸收，以及日後發展高層次思維的能力。

10 約翰・詹姆士・奧都邦（John James Audubon），美國第一位通俗的鳥類學作家，其著作《美洲鳥類》（*Birds of America*）羅列了他在十九世紀初於旅行途中所繪的一系列水彩畫作，仔細列出了四百三十五種美洲鳥類，不但完整，而且畫作精彩美麗。

11 As mad as a hatter，這是英文的俚語，有瘋狂、狂怒的意思，原意是像製帽工人一樣地瘋狂。製帽工業是用硝酸汞來處理兔皮毛的鞣皮工作，因此製帽工人會染上瘋癲帽人症候群（Mad-Hatter syndrome），導致工人雙手顫抖與瘋癲，所以英文裡才出現了這個俚語。

12 分裂宇宙論（splitting universes）一詞是源自美國物理學家休・埃佛萊特（Hugh Everett III）提出來的「多重世界」理論，他認為宇宙從「大霹靂」開始的演化過程上，如分叉路般不斷地分裂為二，歧異點是某個關鍵事件引起的量子轉移，而分出的世界便產生差異，成為多重「平行世界」的「等次元宇宙」。簡單地說，實際上存在無窮多的宇宙，每一個宇宙和我們這個宇宙是平行、不相通的。

13 聖喬治（St. George）出生於小亞細亞，活在羅馬帝國戴奧基提安大帝（Emperor Diocletian）的時代（大約西元三世紀到四世紀）。十七歲從軍，加入羅馬軍隊成為騎兵，以驍勇善戰聞名，因為拒絕執行戴奧基提安大帝屠殺基督徒的命令，被酷刑折磨至死，他在西元四九四年被封為聖人。傳說，當聖喬治騎馬進入位於現在利比亞的西蓮城（Silene）時，他發覺居民活在惶恐中，每天要犧牲一個人，作為一隻噴火龍的食物，他們以抽籤的方式決定被犧牲的人，恰巧，下一個犧牲者就是基奧蓮達公主（Princess Cleolinda），因此聖喬治挺身而出，殺掉惡龍，將人民從壓迫中解放出來。而聖喬治屠龍的故事也成為後世許多畫作的主題。

14 伯納多・馬托雷爾（Bernardo Martorell），文藝復興早期的西班牙畫家，這裡所說的聖喬治和惡龍的畫作即是他所畫的「聖喬治屠龍」（St. George Killing the Dragon），目前藏於芝加哥美術館。

15 大碗島（La Grande Jatte），即著名的「大碗島的星期天午後」（Sunday Afternoon on the Island of la Grande Jatte），這是法國新印象派大師秀拉（Seurat）的代表作。

16 Haystack，印象派大師莫內曾經畫過一系列的麥草堆畫作。

17 土魯茲・羅特列克（Toulouse-Lautrec），法國著名的印象派畫家，曾以法國著名的歌舞場所紅磨坊為背景，畫了一系列名畫。

18 自由意志，人類藉由對事物的認識，做出決定並採取行動的能力。最初是從道德倫理的角度提出來的，指人在行動時對善與惡、道德或不道德的一種選擇自由，後來發展成對自由與必然、決定論與非決定論的探討。

19 胡迪尼（Houdini），美國傳奇的魔術大師，傑出的遁逃術藝術家，從束縛衣到水中加鎖的沉箱，全都難不倒他。

20 普洛斯帕羅（Prospero），莎士比亞作品《暴風雪》（*The Tempest*）中的魔法師。

21 小紅娘（The Parent Trap），迪士尼於一九六一年推出的經典名片。這部片子改編自德國兒童文學作家艾利西·凱斯納（Erich Kastner）的小說，故事敘述一對父母離異的雙胞胎女孩，意外地在夏令營裡重逢之後，做出一個大膽的決定，就是交換彼此的身分，回家後想盡辦法讓她們的父母破鏡重圓。

22 促進人類意識轉變、心靈回歸和飛越的一種運動。新世紀運動起源於一九六〇、七〇年代，如今在世界各地愈來愈盛行，已經滲透到社會文化的各個領域了。

23 佩蒂·赫斯特（Patty Hearst），美國報業大亨的孫女暨繼承人，她被恐怖份子綁架，幾星期後，她竟然認同綁架她的人，並幫助那些恐怖份子從事其他的犯罪工作。

24 失落的環節（Missing Link），意即相關聯的事物當中所缺少的一個環節。就人類的進化來說，猿猴和人類之間的過度生物一直沒有被發現，因此進化論的學者就稱這段空白為「失落的環節」，也就是介於類人猿與人類之間的假想靈長類動物。

25 桃樂西·榭爾絲（Dorothy Sayers），英國知名的偵探小說家，是牛津大學第一位女畢業生，她的偵探小說以思想縝密、佈局奇巧和邏輯推理周延聞名。

26 決定論（determinism），這個學說主張宇宙間萬事萬物的運行，都已經由其先決的因素來決定了，不是人的簡單意志可以改變的，也無法輕易改變因果關係裡的必然機制。

27 實用主義（pragmatism），由美國哲學家威廉·詹姆士（William James）提出，主張一切概念的價值均以其實際效果為標準。

28 聖多瑪斯（St. Thomas Aquinas），義大利神學家，經院哲學的集大成者，著有《神學大全》（*Summa Theologica*）。

29 葛麗絲·凱莉（Grace Kelly），美國知名影星，以優雅著稱，後來嫁給摩納哥王子成為摩納哥王妃，但於一九八二年因車禍過世。

30 這是一句著名的法文，是克里米亞戰爭時，法軍司令皮耶·波斯克（Pierre Bosquet）在聯軍剛吃了一場大敗仗之後對聯軍司令說的。

31 觀念藝術（conceptual art）誕生於一九六六年，強調藝術的目的在於觀眾直接參與創作活動，因此藝術家通常不會將完成後的藝術品展覽出來，而是展出加工中，或正在處理中的作品，讓觀眾能在欣賞的過程中，在自己的腦海裡把作品完成。

32 小間諜哈麗葉（Harriet the Spy）在兒童文學史上佔有特殊的地位，主角是一個有強烈好奇心、非常聰明的女孩，她把她觀察大人和同學所發現的一言一行都記在筆記本裡，並且加上自己率直的評論。當她的同學發現這本筆記本之後，就給她冠上「間諜」的封號，開始集體排擠她。

33 《比利·巴德》（*Billy Budd*），海曼·梅爾維爾（Herman Melville）的遺作，其為美國十九世紀的大文豪，代表作有本文提到的《白鯨記》和《比利·巴德》等書。

34 時空連續體（space-time continuum），指時間與空間所構成的四維時空結構。

35 露露（Lulu），阿班·貝爾格（Alban Berg）所創作的現代歌劇，貝爾格是奧地利無調性風格的作曲家。

36 皮耶·布列茲（Pierre Boulez），著名的指揮家兼作曲家，對推廣現代音樂不遺餘力。

37 水塔大廈（Watex Tower Place）芝加哥一家大型購物中心，樓高七十四層，是著名的摩天大樓。

38 原本是指聖方濟會的修士，但後來也用來指一種中南美洲產的戴帽捲尾猴。因為聖方濟教會的修士都戴著一頂尖尖的帽子，而戴帽捲尾猴的頭頂也有豎立的黑色短毛，看起來就像戴了帽子似的。

39 美國一九五〇年代刮鬍膏產品，柏瑪刮鬍膏著名的戶外廣告詞是：「不要把手肘伸太出去，免得它跟別的車回家。」

40 著名童書與迪士尼兒童電影「歡樂滿人間」的主角，包萍是一位媬母仙女，她來到人間幫助班克斯（Banks）家的兩個小朋友重拾歡樂，教導他們如何克服生活的困難，並且讓終日汲汲於銀行業務與女權運動的班克斯夫婦體認到親子溫情的可貴。

41 《戴洛維夫人》（*Mrs. Dalloway*），英國二十世紀著名的女作家維吉尼亞·吳爾芙（Virginia Woolf）的作品，這篇小說以意識流的手法描寫戴洛維夫人的一天，從清晨為準備舉行一場宴會而外出買花，到宴會行將結束為止。

42 《神話學：生食與熟食》（*The Cooked and The Raw*），法國著名的人類學家暨結構主義之父李維史陀（Lévi-Strauss）所著，本書是《神話學》四卷中的第一卷，以結構主義的研究方法，巧妙地對烹調做出精細的文化分析。

43 絕對命令（Categorical Imperative），德國哲學家康德（Immanuel Kant）的哲學用語，指的是良心至上的道德律，即別人如何對我，我就如何對人。

44 黃金律（the Golden Rule），即馬太福音七章十二節裡提出的箴言，即「所以無論何事，你們願意人怎樣待你們，你們也要怎樣待人」。這條箴言體現了基督教徒對鄰人的義務，並且揭示了基本的道德準則，在西方文化中被尊奉為黃金律。

45 卡克斯頓讀書俱樂部（Caxton Club），卡克斯頓是倫敦的一家出版集團。而讀書俱樂部（Book Club）指的是一種獨立於書店之外的書籍銷售通路，例如美國的「雙日讀書俱樂部」（Doubleday Book Club）、德國的「貝塔斯曼書友會」等，這些俱樂部採會員制，加入者可以用遠低於市售定價的金額購得各家出版社的新舊出版品，十分優惠，因此會員人數往往以數百萬來計算。

46 教皇無誤說（papal infallibility），一八七〇年的梵蒂崗會議中，羅馬天主教宣佈了所謂的教皇無誤的說法；教皇所做的一切有關信仰及道德的諭旨，都是絕對正確而不可能有錯誤的；教皇所頒佈的一切命令是普世天主教徒所應該完全相信、接受並且遵從的。

47 法色斯（Facets），芝加哥著名的多媒體中心，是全球最具規模、搜羅了最豐富多元的錄影帶、DVD的多媒體中心之一。

48 讓．奧格斯特．多明尼克．安格爾（Jean Auguste Dominique Ingres），法國十九世紀新古典主義畫派的著名畫家，其畫作「宮女」（La Grande Odalisque）的主角是一名幾近全裸的宮女，引人遐思。

49 摩霍克人是從前居住在美國紐約州摩霍克河畔的印第安人。這種髮型只有中間有頭髮，兩側都剃光。

50 美國在一九五〇年代興起的一場數學教育改革運動。

51 伊卡魯斯是希臘神話裡的人物，他是戴達勒斯之子，與其父身黏蠟翼飛離克里特島，但因過分接近太陽，蠟翼被陽光融化，墜落愛琴海而死。

52 威廉．莫理斯（William Morris），十九世紀英國的傑出人物，他多才多藝，除了是詩人、藝術家和出版商之外，還是激進的社會主義者。他是美術手工藝方面的藝術家，採取自然界植物、花卉形態和波紋彎曲線條作為設計的體裁，他也是維多利亞時期最活躍，也最具影響力的藝術家之一。

53 伊蓮那．羅斯福（Eleanor Roosevelt），美國近代史上最卓越的女性之一，她是老羅斯福總統的姪女，也是小羅斯福總統的夫人，是一位精明幹練、堅毅果斷的女性。

54 一八七一年十月八日，芝加哥發生一場焚城大火，火勢足足延燒了兩天，導致三百人喪生，九萬多人無家可歸，財物損失高達兩億美元。

55 陶倉（Pottery Barn），美國一家連鎖家居用品專賣店，商品系列眾多，品質都很不錯，店內每一季都會供應印製精美的商品目錄。

56 White trash，即「白人當中的垃圾」，指社會底層窮苦潦倒的白人。

57 引自安德魯．馬維爾的〈致羞赧的情人〉（To His Coy Mistress）。

58 傑基．格雷森（Jackie Gleason），他在一九六一年出品的美國電影「江湖浪子」（The Hustler）裡飾演號稱美國第一的球王「明尼蘇達胖子」（Minnesota Fats），並因本片獲得一九六二年奧斯卡最佳男配角的提名，而「江湖浪子」也是影史上最早的一部撞球電影。

59 泰瑞．萊利（Terry Riley），著名的現代音樂家，是極簡音樂（minimalism）的先驅。

60 「莎樂美為和平而舞」（Salome Dances for Peace），這是泰瑞．萊利和其他音樂家合錄的一張專輯。

61 莎樂美（Salome）是希律王（Herod）後妻西羅底（Herodia）之女，她受到母親西羅底的唆使，向酒醉後要求她跳舞的希律王索討施洗約翰的首級，幫助母親報復施洗約翰，因為施洗約翰當初曾經阻止希律王娶她為後妻。

62 施洗約翰（John the Baptist），跟耶穌同時代的人，他跟耶穌都傳播上帝救贖的福音，但他算是耶穌的先驅，是耶穌之前最偉大的先知，也是基督教最重要的人物之一。

63 羅莉塔（Lolita）是俄裔美籍作家伏拉地米爾・納博科夫（Vladimir Nabokov）於一九五五年發表的同名小說的女主角。小說曾經改拍成同名電影，中譯片名為《一樹梨花壓海棠》。小說內容在講述一名四十歲的中年教授杭伯特・杭伯特（Humbert Humbert）迷戀上女房東十二歲的女兒，而發生的愛慾糾葛。

64 李察・赫爾（Richard Hell），紐約龐克的代表性人物，原本是「電視」樂團（Television）的貝斯手，後來自組「李察・赫爾與巫毒小子」樂團（Richard Hell and the Voidoids）。

65 這也是龐克族的裝扮之一，但屬於比較摩登、比較後期的風格。

66 麥克阿瑟獎是由芝加哥企業家約翰・麥克阿瑟（John MacArthur）所設立的麥克阿瑟基金會所頒發，這個獎每年頒給在藝術界、科學界以及文學界有卓越成就的人士。

67 羅絲・高登（Ruth Gordon），美國老牌電影明星，曾主演過「失嬰記」（Rosemary's Baby），並以本片榮獲美國奧斯卡金像獎的最佳女配角獎。

68 吳鎮，字仲圭，自號梅花道人、梅道人、梅花庵主等。元四大家之一，能書善畫，山水學董源畫法，用筆厚重，更長於畫竹和漁父人物，自成一格，他的畫竹法對後世影響深遠。前文提到的詩引自吳鎮的「題竹二十二首」之十二。

69 光頭族（Skinheads），極端右翼保守的年輕人。

70 引自《愛麗絲夢遊仙境》。

71 同上。

72 同上。

73 引自英國十七世紀著名宗教詩人法蘭西斯・夸爾斯（Francis Quarles）的詩句。

74 羅傑斯先生（Mr. Rogers），美國公共電視長壽的兒童節目「羅傑斯先生的社區」（Mr. Rogers' Neighborhood）的主持人，節目中，他會在下班回家後換上網球鞋。

75 齊多夫定（ＡＺＴ）一種治療愛滋病的藥物。

76 卻爾登・西斯頓（Charleton Heston），美國老牌電影明星，演過「賓漢」（Ben-Hur）等片，也曾在電影「十誡」裡扮演先知摩西。

77 《反自然》（*A Rebours*），十九世紀法國小說家于斯曼（Joris Karl Huysmans）創作的小說，是頹廢主義的代表作。

78 芭芭拉・卡德蘭（Barbara Cartland），英國著名的多產小說家，以寫羅曼史小說而聞名。

79 約翰・葛里辛（John Grisham），美國著名的暢銷小說家，律師出身，以寫法律小說而聞名。

80 克萊斯特（Heinrich von Kleist），德國十八世紀著名的戲劇家暨小說家。

81 諾曼・洛克威爾（Norman Rockwell），美國近代著名畫家，人稱「童軍藝術家」，以懷舊復古的畫風聞名。

82 烏菲茲美術館（Uffizi），位於義大利的佛羅倫斯，是世界三大美術館之一，館內珍藏了達文西、喬托（Giotto）、拉斐爾、提香（Titian）、魯本斯（Rubens）、卡拉瓦喬（Caravaggio）、米開朗基羅和波提切利等人的傑作。重要的館藏有波提切利的「維納斯的誕生」和「春」、達文西的「三博士的朝拜」、拉斐爾的「金翅雀的聖母」，和米開朗基羅的「聖家族」等等。

83 梅迪奇家族（Medici）是義大利中世紀的著名家族，十五世紀中葉時，控制佛羅倫薩共和國的政權。

84 在西方，婚禮最後，新娘會朝在場所有未婚女性丟出手中的捧花，接到捧花的女性被認為將會是下一個結婚的人。而為了公平起見，最近發展出新郎將新娘的襪帶丟向未婚的男性群體當中，而接到襪帶的男性則被認為將是下一個結婚的人。

85 「搭乘A號列車」（Take the A Train），爵士樂大師艾靈頓公爵的名曲。

1 拜雅特（A. S. Byatt），英國當代重要的作家暨評論家；《迷情書蹤：一則浪漫傳奇》（*Possession*）榮獲英國布克獎。翻譯引自于冬梅、宋瑛堂所譯之《迷情書蹤：一則浪漫傳奇》。

2 瓊妮・蜜雪兒（Joni Mitchell），加拿大著名的民謠歌手，也是畫家、詩人和社會觀察者。

3 瑟斯（Circe），希臘傳說中的女巫，太陽神希里奧斯（Helios）和海中仙女珀耳塞（Perse）的女兒，她能用藥物和咒語把人變成狼、獅子或豬。

4 阿特米斯（Artemis），希臘神話中的月神和狩獵女神，眾神之王宙斯的女兒，也是太陽神阿波羅的孿生妹妹，相當於羅馬神話中的戴安娜（Diana）。

5 雅典娜（Athena），希臘神話中的智慧、技藝和戰爭女神，同時也是城市的保護女神，傳說是從宙斯的頭部生出來的，相當於羅馬神話中的彌涅耳瓦（Minerva）。

6 珀涅羅珀（Penelope），奧德修斯的妻子，在丈夫遠征離家的二十年中堅守貞節。為了應付前來求婚的惡漢，她採取了拖延戰術：她說她得先為公公縫好一件壽衣，才能考慮改嫁。於是她白天織布，晚上又把織好的布拆成散紗。

7 奧德修斯（Odysseus），特洛伊（Troy）戰爭中希臘聯軍的大將，用木馬攻陷特洛伊的妙計就是他想出來的，在特洛伊戰爭結束後，他顛沛流離，歷經十年才返回家鄉。在羅馬神話中，他稱作尤里西斯（Ulysses）。

8 「Musique du Garrot et de la Farraille」是 Jardin D'Usure 這支來自比利時布魯塞爾、被形容為「後達達」的雙人樂隊所出的專輯，這張專輯散發出黑暗的氣息。

9 讀書人之巷（Bookman's Alley），位在艾文斯頓的一家珍品書店。

10 社會公益基金（Community Chest），美國一個民間的、志願的、非營利的組織，結合社區志工和地方福利機構，聯合辦理勸募工作，一年舉辦一次。

11 公園地旅館（Park Place），美式大富翁圖板上的一格，過路費很高。

12 亞當・斯密（Adam Smith），英國古典政治經濟學的主要代表人物之一，代表作是《國富論》（*An Inquiry into the Nature and Causes of the Wealth of Nations*），他被奉為現代西方經濟學的鼻祖。

13 卡爾・馬克思（Karl Marx），德國經濟學家、哲學家、社會主義者，著有《資本論》（*Das Kapital*）。

14 羅莎・盧森堡（Rosa Luxembourg），波蘭裔的德國政治激進派、知識份子和作家，她是德國社會主義的領導人，馬克思主義革命家兼理論家。

15 艾倫・葛林斯潘（Alan Greenspan），美國聯邦準備理事會的前任主席。

16 羅莎・盧森堡在被德國軍隊監禁時遭謀殺。

17 托洛斯基（Trotsky），俄國革命家，共產主義者，十月革命的領導人之一。

18 迪亞哥・里維拉（Diego Rivera），墨西哥壁畫大師，被譽為「墨西哥文藝復興」的美術巨人，也是著名女畫家卡蘿的丈夫。

19 芙烈達・卡蘿（Frida Kahlo），墨西哥知名殘障女畫家，曾和托洛斯基有過一段情。

20 魯道夫・科赫（Rudolf Koch），德國書法家、鉛字設計者和教師，是二十世紀書法復興時期的重要人物。

21 Mies，即密斯・梵・德羅（Mies van der Rohe），德國現代主義的建築大師。

22 D. H.勞倫斯（D. H. Lawrence），英國二十世紀的著名作家，代表作是《查泰萊夫人的情人》（*Lady Chatterley's Lover*）。

23 《夢斷白莊》（*Brideshead Revisited*），英國著名作家渥夫（Evelyn Waugh）創作的小說。

24 亨丁頓舞蹈症（Huntington's disease），一種因體顯性遺傳所造成的腦部退化疾病，起因是基因突變，或是第四對染色體內去氧核醣核酸基質的CAG三核甘酸重複序列過度擴張。

25 狄蜜特（Demeter），希臘神話裡司農業、豐饒、結婚、社會秩序的女神，相當於羅馬的西莉斯（Ceres）。

26 猴掌的故事，典故源於英國作家賈可布斯（W W Jacobs）創作的小說。內容敘述懷特一家人從朋友那裡買來一隻具有魔力的猴掌，可以實現三個願望。由於家裡的經濟問題，他們許的第一個願望是「得到三萬英鎊」。隔天他們真的收到三萬英鎊了，那是他們兒子在工廠工作時不幸捲入機器而死，公司給他們的補償金。之後懷特太太很思念兒子，希望能再見兒子一面，於是又拿猴掌許願。懷特先生很害怕，因為他兒子的屍體肯定不好看，但懷特太太瘋狂地想見他。最後，門外傳來奇怪的聲響，懷特太太激動地衝向門口，但懷特先生就在她開門前找出猴掌，許了第三個願望。當懷特太太開門時，聲響沒了，外頭一個人也沒有。

27 洛可可（rococo），十八世紀法國的建築、美術和音樂的風格，主要是浮華纖巧的裝飾。

28 愛蜜莉·狄瑾蓀（Emily Dickinson），美國十九世紀著名女詩人，寫過一千七百多首令人耳目一新的短詩。她的詩風獨特，以文字細膩、觀察敏銳、意象突出著稱，題材多半和自然、死亡、永生有關。

29 即伊莉莎白·碧許（Elizabeth Bishop），美國二十世紀著名的隱逸女詩人。

30 垮掉的一代（Beats），美國一九五〇年代崛起的一個作家群體，以叛逆、反戰、追求人性解放著稱。

31 魏崙（Verlaine），法國十九世紀象徵主義抒情詩人。

32 波特萊爾（Baudelaire），法國十九世紀詩人及評論家，開法國象徵主義詩歌的先河，現代主義創始人之一，主要作品為《惡之華》（*Les Fleurs du mal*）。

33 這是詩人暨插畫家謝爾·希爾弗斯坦（Shel Silverstein）所寫的詩，詩名叫作「一個自私小孩的禱告」（Prayer of The Selfish Child）。

34 莎芙（Sappho），西元前六世紀希臘抒情女詩人，出生於蕾絲玻（Lesbos）島，作品主題以詩人自己與女伴之間的情誼為主，後世以她居住的島為女同性戀（lesbian）的代稱。

35 約翰·柯川（John Coltrane），美國爵士樂的薩克斯風大師。

36 波蘭籍導演羅曼·波蘭斯基（Roman Polanski）把美國小說家暨劇作家艾拉·雷文（Ira Levin）的小說，改編成電影「失嬰記」。故事主要是描述一名單純的家庭主婦，在懷孕之後所發生的一連串詭異事情。

37 露易絲·布魯克斯（Louise Brooks），美國默片時期的電影明星，一九二〇年代因為很自然地扮演墮落放蕩的角色而成名。

38 這是美國的一個術語，由於被一連串的校園槍擊事件嚇壞了，因此美國政府搞了一個「零度容忍」政策，誓言根絕槍枝和毒品。後來這個術語廣為流行，意思是不給予一絲寬容或容忍。

39 聖母領報（Annunciation），指天使加百列（Gabriel）向聖母瑪利亞（Mary）傳報耶穌將通過她成胎而降生的喜訊，見路加福音一章三十一節。

40 《大象之子》（*Elephant's Child*）是英國作家拉迪亞德·吉卜林（Rudyard Kipling）創作的文學作品，書裡有一隻好奇心很重、很愛問問題的小象。

41 羅氏墨跡測驗（Rorschach test），這是心理學上一種由看圖像說故事來分析受試人心理狀態的方法，這種方法並沒有對或錯的標準答案。

42 字義「白版」（Tabula Rasa），原指一種潔白無瑕的狀態，英國經驗主義哲學家洛克（John Locke）用它來比喻，人類心靈的本來狀態就像白紙一樣沒有任何印跡，一切的知識都是來自於後天的經驗。

43 字義鈦白（Titanium White），是一種顏料。

44 抑揚格（iamb），一個短音節（如在古典詩歌中）或一個非重讀音節（如在英詩中）之後，跟著一個長音節或重讀音節的音步，古希臘人認為抑揚格同講話的自然節奏相近，所以把它廣泛應用在戲劇對話、抨擊文字、諷刺文字和寓言上。

45 普羅文斯語，中世紀法國南部之語。

46 Bosom 的戲謔誤讀。

47 約瑟夫·柯內爾（Joseph Cornell），美國藝術家，他用抽屜大小的木箱，在裡面安置種種他畢生蒐集的，譬如石頭、舊信、舊報紙、樹枝、玻璃罐、圖片等普通物件，以怪異的邏輯安居在玻璃窗裡，組成奇幻的故事。

48 舞蹈病（Saint Vitus' Dance），一種神經錯亂症，伴有抽搐和不自主的動作。

49 阿斯托·皮亞佐拉（Astor Piazzolla），開創當代新探戈音樂（Tango Nuevo）的阿根廷探戈大師。

50 《杜伊諾哀歌·第五首》，引自綠原譯的《里爾克詩選》。

51 鈴木（Suzuki），一種小提琴教學法，是由日本的小提琴家暨音樂教育家鈴木鎮一博士所創的。

52 指人吃人，「食人俗」一語源於加勒比人一詞的西班牙語稱呼；加勒比人是西印度群島一個素有食人風俗的部落。

53 指「崔斯坦與依索德」（Tristan und Isolde）一劇中，當崔斯坦與依索德決定喝毒藥殉情時，依索德的侍女幫他們把毒藥換成了迷藥。

54 克拉克·肯特是超人在現實生活中的身分，一個文質彬彬、忠厚老實的報社記者。超人是美國著名的漫畫人物，曾經拍成電影和電視劇。吉米·奧森是克拉克的好朋友；露意絲·雷恩則是克拉克·肯特的同事，她愛上超人，卻一直不知道超人就是平日愛慕她的同事克拉克·肯特。

55 約瑟夫·門格勒（Josef Mengele），二次世界大戰期間惡名昭彰的德國軍醫，在波蘭的奧斯威茲集中營裡，在犯人的身上進行人體實驗及慘無人道的折磨，有「死亡天使」的稱號。

56 靈薄獄（limbo），地獄的邊緣，在地獄與天國之間，是善良的非基督徒和未受洗的兒童的靈魂所居之處。

57 人體不同部位的溫度是不同的，代表人體真實溫度的是心臟和腦部的血液溫度，一般稱為基礎溫度或是核心溫度，這個溫度在臨床上是測量不出來的。

58 低體溫症（hypothermia），溫血動物體溫異常降低的一種現象，伴有生理活動普遍減慢。

59 《愛麗絲夢遊仙境》的作者路易斯·卡洛爾於一八七四年某天上午散步時，腦海裡驀地湧出一句詩：「For the Snark was a boojum, you see」（因為這條蛇鯊真的是屬於怖悸種，你知道吧），當時他一頭霧水，但是立刻記了下來，由此得到啟發，後來就寫出了英文最長的戲擬英雄體（mock-heroic）打油詩「狩獵蛇鯊」（The Hunting of the Snark），這首詩就以這句憑空得來的佳句作結。

60 里爾克的《杜伊諾哀歌·第二首》，引自綠原譯的《里爾克詩選》。

61 波赫士（Borges），阿根廷詩人、散文家與短篇小說家，魔幻寫實主義的鼻祖。

62 里爾克的《杜伊諾哀歌·第九首》，引自綠原譯的《里爾克詩選》。

63 卡克斯頓（Caxton），即威廉·卡克斯頓（William Caxton），英國第一個印刷業者。

64 堅森（Jensen），即尼可拉斯·堅森（Nicholas Jenson），十五世紀法國的雕刻家、印刷商、羅馬體活字創始人。

65 《優西比烏》（*Eusebius*），也就是該撒利亞的優西比烏（Eusebius of Caesarea），早期基督教的神學家、教會史家、歷史學家暨作家。

66 莫霍伊・納吉（Maholy-Nagy），匈牙利籍的畫家、攝影家暨美術教師，他是德國包浩斯（Bauhaus）運動的主要領導者，在德國納粹政權興起後不久，就遠渡重洋到美國的芝加哥落腳，把包浩斯的理念推廣到美國，其藝術觀點對二十世紀中葉的美術和應用美術產生了巨大的影響。

67 尤麗黛（Eurydice），希臘神話中的泉水精，她是遊唱詩人奧菲斯（Orpheus）的妻子，奧菲斯企圖救她脫離地獄而未果。

68 拉撒若夫人（Lady Lazarus），這是出自雪維亞・普拉絲（Sylvia Plath）的詩「拉撒若夫人」，普拉絲是美國當代著名女詩人，一九六三年，以三十出頭的年紀結束自己的生命。

69 貝蒂・科洛克（Betty Crocker），通用食品（General Mills）旗下的蛋糕粉品牌，這裡指的是它們食品包裝盒上的貝蒂合成畫像，貝蒂是虛構的人物。

70 引自英國十七世紀詩人約翰・唐恩（John Donne）的詩「神聖十四行詩・第十首：死神，汝勿驕傲」（Holy Sonnets X），後面一句是開玩笑鬼扯的。

第三部

1 引自于冬梅、宋瑛堂譯的《迷情書蹤：一則浪漫傳奇》。

2 吳興華譯，引自臧棣編的《里爾克詩選》。

3 愛德戴碧克斯（Ed Debevic's），芝加哥一個歷史悠久的大型娛樂中心，有保齡球館、溜冰場、演唱會場地、溜直排輪場等。

4 即奧德修斯（Odysseus）。

5 即珀涅羅珀（Penelope）。

6 引自陳中梅譯的《奧德賽》（*Odyssey*）。

致謝

寫作是很私密的事情。看人家寫作其實很無趣，但對親身寫作的人來說，卻其樂無窮。因此我帶著萬分感激和敬意，感謝所有協助我寫作和出版《時空旅人之妻》的人。

我要謝謝約瑟夫・瑞蓋爾（Joseph Regal），因為他答應出版本書，示範如何流暢順利地出版書籍。我還要謝謝 MacAdam/Cage 出版社所有的優秀同仁，特別是我的編輯安妮卡・史崔特費爾德（Anika Streitfeld），因為她很有耐心，對我很照顧，審稿也很仔細。還有桃樂絲・凱瑞可・史密斯（Dorothy Carico Smith）、派特・威爾許（Pat Walsh）、大衛・波因戴克斯特（David Poindexter）、凱特・尼茲（Kate Nitze）、湯姆・懷特（Tom White）和約翰・葛雷（John Gray），和他們共事非常愉快。另外，我也要謝謝米蘭妮・密契爾（Melanie Mitchell）、愛咪・史托爾（Amy Stoll）和塔莎・雷諾德（Tasha Reynolds）。我也非常感謝霍華・桑德斯（Howard Sanders）和卡斯賓・丹尼斯（Caspian Dennis）。

雷格岱基金會（Ragdale Foundation）很支持這本書，我也要謝謝他們很了不起的工作人員，特別是席薇亞・布朗（Sylvia Brown）、安・休斯（Anne Hughes）、蘇珊・提雷特（Susan Tillett）和梅麗莎・莫歇爾（Melissa Mosher）。我也要感謝伊利諾州藝術協會（The Illinois Arts Council）和伊利諾州的納稅義務人，因為他們在二〇〇〇年時，給了我一份寫作獎助金。

我也要謝謝紐伯瑞圖書館過去和現在的圖書館員和員工：保羅・蓋爾博士（Dr. Paul Gehl）、巴特・史密斯（Bart Smith）和瑪格莉特・庫利斯（Margaret Kulis），沒有他們慷慨大方的協助，亨利最後就會在星巴克工作。我也要感謝艾文斯頓公立圖書館（Evanston Public Library）詢問檯的圖書館員，因為他們不厭其煩地回答我各式各樣稀奇古怪的問題。

我也要感謝耐著性子跟我分享他們那一行專業的製紙人：瑪莉琳・史華德（Marilyn Sward）和安德魯・彼得遜（Andrea Peterson）。

我也要感謝讀書人之巷（Bookman's Alley）書店的羅傑・卡爾遜（Roger Carlson），因為我在那裡快樂地獵書多年，我也要感謝Vintage Vinyl唱片行的史帝夫・凱（Steve Kay），因為他進了所有我想聽的唱片。我還要謝謝卡蘿・普雷托（Carol Prieto），因為她是最棒的房地產經紀人。

我還要感謝讀過本書、提出批評並且貢獻了他們專業的朋友、家人和同事：琳・羅森（Lyn Rosen）、丹妮亞・洛許（Danea Rush）、瓊妮爾・尼芬格（Jonelle Niffenegger）、瑞瓦・李爾（Riva Lehrer）、莉莎・顧爾（Lisa Gurr）、羅伯特・佛拉度瓦（Robert Vladova）、梅莉莎・傑・克雷格（Melissa Jay Craig）、史黛西・史坦（Stacey Stern）、隆・法爾綜（Ron Falzone）、馬西・亨利（Marcy Henry）、喬西・基爾恩（Josie Kearns）、卡洛琳・普雷斯頓（Caroline Preston）、比爾・佛瑞德瑞克（Bill Frederick）、伯特・曼可（Bert Menco）、派翠西亞・尼芬格（Patricia Niffenegger）、貝絲・尼芬格（Beth Niffenegger）、瓊妮斯・艾吉（Jonis Agee）和她二〇〇一年在愛荷華市開的高級小說寫作班的全體學員。我還要感謝寶拉・坎貝爾（Paula Campbell）在法文方面給我的協助。

我要特別感謝艾倫・拉森（Alan Larson），他的樂天給我樹立了好榜樣。

最後我還要感謝克里斯多夫・荀伯格（Christopher Schneberger），我一直都在等你，而如今，你就在這裡。

國家圖書館出版品預行編目資料

時空旅人之妻 / 奧黛麗．尼芬格（Audrey Niffenegger）著；
陳雅汝 譯. -- 二版. -- 臺北市：商周出版，城邦文化事業股份有限公司出版；英屬蓋曼群島商家庭傳媒股份有限公司城邦分公司發行；民111.05
面；　公分. --（iFiction：1）
譯自：The Time Traveler's Wife
ISBN 978-626-318-272-1（平裝）
874.57　　111005546

時空旅人之妻

原著書名／The Time Traveler's Wife
作者／奧黛麗．尼芬格（Audrey Niffenegger）
譯者／陳雅汝
企畫選書／楊如玉
責任編輯／楊如玉

版權／黃淑敏、吳亭儀、林易萱
行銷業務／周丹蘋、賴正祐
總編輯／楊如玉
總經理／彭之琬
事業群總經理／黃淑貞
發行人／何飛鵬
法律顧問／元禾法律事務所　王子文律師
出版／商周出版
城邦文化事業股份有限公司
臺北市中山區民生東路二段141號9樓
電話：(02) 2500-7008 傳真：(02) 2500-7759
E-mail：bwp.service@cite.com.tw
發行／英屬蓋曼群島商家庭傳媒股份有限公司城邦分公司
臺北市中山區民生東路二段141號2樓
書虫客服服務專線：(02) 2500-7718・(02) 2500-7719
24小時傳真服務：(02) 2500-1990・(02) 2500-1991
服務時間：週一至週五09:30-12:00・13:30-17:00
郵撥帳號：19863813　戶名：書虫股份有限公司
E-mail：service@readingclub.com.tw
歡迎光臨城邦讀書花園 網址：www.cite.com.tw
香港發行所／城邦（香港）出版集團有限公司
香港灣仔駱克道193號東超商業中心1樓
電話：(852) 2508-6231　傳真：(852) 2578-9337
E-mail：hkcite@biznetvigator.com
馬新發行所／城邦（馬新）出版集團 Cité (M) Sdn. Bhd.
41, Jalan Radin Anum, Bandar Baru Sri Petaling,
57000 Kuala Lumpur, Malaysia
電話：(603) 9057-8822　傳真：(603) 9057-6622
E-mail：cite@cite.com.my

封面設計／FE 設計
排版／新鑫電腦排版工作室
印刷／高典印刷有限公司
經銷商／聯合發行股份有限公司
電話：(02) 2917-8022　傳真：(02) 2911-0053
地址：新北市231新店區寶橋路235巷6弄6號2樓

■2022年（民111）5月二版
定價 560 元

Printed in Taiwan
城邦讀書花園
www.cite.com.tw

Original Title: THE TIME TRAVELER'S WIFE

ISBN 978-626-318-272-1

廣　告　回
北區郵政管理登
台北廣字第0007
郵資已付，免貼

104台北市民生東路二段141號2樓

英屬蓋曼群島商家庭傳媒股份有限公司　城邦分公

請沿虛線對摺，謝謝！

書號：BL5001X	**書名**：時空旅人之妻	**編碼**：

請於此處用膠水黏貼

線上版讀者回函卡

商周出版

讀者回函卡

感謝您購買我們出版的書籍！請費心填寫此回函卡，我們將不定期寄上城邦集團最新的出版訊息。

姓名：＿＿＿＿＿＿＿＿＿＿＿＿＿＿＿＿ 性別：□男 □女

生日：西元＿＿＿＿＿＿年＿＿＿＿＿＿月＿＿＿＿＿＿日

地址：＿＿＿＿＿＿＿＿＿＿＿＿＿＿＿＿＿＿＿＿

聯絡電話：＿＿＿＿＿＿＿＿＿＿ 傳真：＿＿＿＿＿＿＿＿＿＿

E-mail：

學歷：□ 1. 小學 □ 2. 國中 □ 3. 高中 □ 4. 大學 □ 5. 研究所以上

職業：□ 1. 學生 □ 2. 軍公教 □ 3. 服務 □ 4. 金融 □ 5. 製造 □ 6. 資訊
□ 7. 傳播 □ 8. 自由業 □ 9. 農漁牧 □ 10. 家管 □ 11. 退休
□ 12. 其他＿＿＿＿＿＿＿＿＿＿

您從何種方式得知本書消息？

□ 1. 書店 □ 2. 網路 □ 3. 報紙 □ 4. 雜誌 □ 5. 廣播 □ 6. 電視
□ 7. 親友推薦 □ 8. 其他＿＿＿＿＿＿＿＿＿＿

您通常以何種方式購書？

□ 1. 書店 □ 2. 網路 □ 3. 傳真訂購 □ 4. 郵局劃撥 □ 5. 其他＿＿＿＿

您喜歡閱讀那些類別的書籍？

□ 1. 財經商業 □ 2. 自然科學 □ 3. 歷史 □ 4. 法律 □ 5. 文學
□ 6. 休閒旅遊 □ 7. 小說 □ 8. 人物傳記 □ 9. 生活、勵志 □ 10. 其他

對我們的建議：＿＿＿＿＿＿＿＿＿＿＿＿＿＿＿＿＿＿＿＿

＿＿＿＿＿＿＿＿＿＿＿＿＿＿＿＿＿＿＿＿

＿＿＿＿＿＿＿＿＿＿＿＿＿＿＿＿＿＿＿＿

【為提供訂購、行銷、客戶管理或其他合於營業登記項目或章程所定業務之目的，城邦出版人集團（即英屬蓋曼群島商家庭傳媒（股）公司城邦分公司、城邦文化事業（股）公司），於本集團之營運期間及地區內，將以電郵、傳真、電話、簡訊、郵寄或其他公告方式利用您提供之資料（資料類別：C001、C002、C003、C011 等）。利用對象除本集團外，亦可能包括相關服務的協力機構。如您有依個資法第三條或其他需服務之處，得致電本公司客服中心電話 02-25007718 請求協助。相關資料如為非必要項目，不提供亦不影響您的權益。】

1.C001 辨識個人者：如消費者之姓名、地址、電話、電子郵件等資訊。
2.C002 辨識財務者：如信用卡或轉帳帳戶資訊。
3.C003 政府資料中之辨識者：如身分證字號或護照號碼（外國人）。
4.C011 個人描述：如性別、國籍、出生年月日。

請於此處用膠水黏貼